普通高等院校"十三五"规划教材·公共基础课系列

中国文学简编

主　编 ◎ 张鹏振　冯梦琳　　副主编 ◎ 张逸龙　徐小婉

华中科技大学出版社
http://www.hustp.com
中国·武汉

内 容 简 介

本书以教育部《关于加强大学生文化素质教育的若干意见》为指导,充分考虑普通高等院校非中文专业学生综合文化素质现状,精心遴选一百余篇兼具经典性和可读性的中国古代、现当代文学作品,以文史发展脉络为序次,以相近文体为块面编写而成。全书分成12章,每一章的选文,既注意到面的广度,又突出重点作家。各章的概述文字,提纲挈领地介绍了特定时段某种文学品类的发展线索、主要作家和代表作品,以便学生总体把握,且作为扩展阅读指南。每篇选文均附有三百余字的精短解说和若干启发思考的习题,解说简明扼要,切中肯綮,习题紧扣文本,难易适度。

在某种意义上说,本书是普通高等院校非中文专业学生一个简明而精粹的中国文学读本,有利于学生获得审美快感,提升人文素质,提高读写水平,也便于教师实施课堂改革,灵活组织教学,发挥学术能量。

图书在版编目(CIP)数据

中国文学简编/张鹏振,冯梦琳主编. —武汉:华中科技大学出版社,2019.7(2024.9重印)
ISBN 978-7-5680-5341-9

Ⅰ.①中… Ⅱ.①张… ②冯… Ⅲ.①中国文学-文学史-高等学校-教材 Ⅳ.①I209

中国版本图书馆CIP数据核字(2019)第143801号

中国文学简编   张鹏振   冯梦琳   主编
Zhongguo Wenxue Jianbian

策划编辑:	张 毅
责任编辑:	张 毅
封面设计:	廖亚萍
责任监印:	朱 玢

出版发行:华中科技大学出版社(中国·武汉)   电话:(027)81321913
           武汉市东湖新技术开发区华工科技园   邮编:430223

录　　排:武汉市洪山区佳年华文印部
印　　刷:武汉市籍缘印刷厂
开　　本:787 mm×1092 mm　1/16
印　　张:20
字　　数:524千字
版　　次:2024年9月第1版第6次印刷
定　　价:49.80元

本书若有印装质量问题,请向出版社营销中心调换
全国免费服务热线:400-6679-118   竭诚为您服务
版权所有   侵权必究

前言

有人曾在高校做过调查,发现图书馆的文学名著几乎无人问津,调查者问同学们何以会这样,学子们回答:"读文学名著有什么用？能为我们找到饭碗吗？"问得调查者哭笑不得。用实用主义的态度对待文学作品,实在是一种目光短浅的表现。人类之所以需要文学,是源于生命与生存的需要。一个完整意义的人必须具有双重生命——物理意义的生命和精神意义的生命,也就是说,他不仅要生存,而且要生活——人类的本真生存方式总是要寻求诗意的栖居。古人言"委形无寄,但教鹿豕为群",人不只是靠米饭活着,他还需要有所寄托,需要人文精神滋养,没有任何寄托,缺乏人文精神滋养的人只算是与鹿豕无异的"半人"。文学是关于人自身问题的最智慧的思考、最勇敢的探索,文学中所含括的智慧、人文精神是任何其他学科难以媲美的。亲近文学,就是接受人文精神潜移默化、深入骨髓的熏陶,文学书籍虽不能直接给人以谋生技艺,但它能以一种强大的人格力量改变人,使人逐渐成为完整的真正意义的人,使我们在遇到物欲横流、灵魂放逐的不利氛围时有一块属于自己的精神家园,成为超凡脱俗、人格高尚、诗意地栖居的人。

生命需要文学,成才需要文学。国际上一些杰出的高等教育机构,将不少经典文学作品规定为学生的必读书。哈佛大学 1945 年提出"通识教育",强化人文精神培养,即不论什么专业,都必修历史、哲学、语言和文学。斯坦福大学规定,大学一年级学生必须读柏拉图、荷马、但丁等哲人、诗人著作。中国的大学其实在这方面也有过成功的经验,比如,在蔡元培校长的倡导下,"五四"时期的北大理科各系,就把国文(核心内容为中国文学)作为一年级学生的必修课程。到了西南联大时期,由中文系开设的"大一国文",成为当时最受欢迎的全校必修课之一。西南联大所培养的许多一流的人才,也在不同程度上通过这门课,接受了中国优秀文学与文化传统的教育与熏陶。西南联大毕业生,像后来获得诺贝尔物理学奖的杨振宁、李政道以及被誉为中国原子弹、氢弹之父的邓稼先等杰出的科学家,都在大学阶段具备了很高的文学和文化修养。北宋大儒张横渠有言:"为天地立心,为生民立命,为往圣继绝学,为万世开太平。"这四句话最能表出古代读书人的襟怀,也可说是人类教育最高的向往,它所要培养的绝不是为了将来能够谋食的可怜虫,而是有大格局、大追求、大造化,能够经邦济世的英才。这样的英才,没有深厚的文化根基是不可想象的。有鉴于此,从 1995 年开始,国家教委和后来的教育部先后出台了《关于加强大学生文化素质教育的若干意见》《国家大学生文化素质教育基地建设的实施意见》等一系列文件,指示各大专院校通过加强文学、历史、哲学、艺术等人文科学和自然科学伦理方面的教育,以提高全体大学生的文化品位、审美情趣、人文素质和科学素质。这两份纲领性文件皆将文学教育排在文化素质教育的首位！

作为华夏后裔,我们首先应该亲近的就是母语文学。对此,资中筠先生说:"生为中国人,如果不知道欣赏,该多可惜!"中国文学源远流长,3000多年文脉不断,各类作品浩如烟海。修习中国文学,首先必须宏观地把握文学发展的基本脉络,了解每一时期有哪些重要文体、文学流派、代表作家和经典作品。这样修习才能目标明确、重点突出、循序渐进、事半功倍。下面依循先秦两汉—魏晋六朝—隋唐五代—宋辽金—元明清这条线索,对中国文学的发展历程做一个概括性介绍。

先秦时代,诗歌散文出现了中国文学史中的若干"第一":第一批口头创作远古歌谣、神话;第一部诗歌总集《诗经》,第一首长篇抒情诗《离骚》,第一个伟大诗人屈原;第一部历史文献《尚书》,第一部私撰编年史《春秋》,第一部叙事详备的编年史《左传》,第一部国别史《国语》,第一部哲学经典《老子》。此外重要成就还有先秦历史散文的光辉总结《战国策》,诸子散文中文学价值最高的《庄子》,先秦散文向汉赋过渡的标志《谏逐客书》。

汉代文学蓬勃发展,辞赋、散文和诗歌创作取得突出成就。赋是两汉400年间最盛行的文体,司马相如、扬雄是最具代表性的作家。历史散文登峰造极,出现了中国最好的两部史著——司马迁《史记》和班固《汉书》。政论散文继承和发展先秦诸子散文的传统作风,成就最高、影响最大的是贾谊。汉乐府诗(以《孔雀东南飞》为代表)是继《诗经》《楚辞》之后的中国诗歌史上又一创作景观,与汉代散文、辞赋鼎足而三;《古诗十九首》显示了五言诗在艺术上的成熟,是中国诗歌的重心由民歌转向文人诗的过渡桥梁。

魏晋六朝,文学进入"自觉的时代",各种文学形式都得到发展,同时出现了文学批评。建安文学掀起文人诗歌创作的高潮,曹植将五言诗创作推到极致,曹丕写出完整成熟的七言诗。正始以降,阮籍创造了五言抒情组诗,嵇康开拓了四言诗新境界,左思提高了咏史诗的品格,陶渊明开创了田园诗,谢灵运开创了山水诗,谢朓推动了"永明体"的发展。六朝南歌清丽婉转,北歌粗犷刚健,《木兰诗》《西洲曲》各为代表。汉末魏晋散文个性鲜明(如曹操、诸葛亮、陶渊明),抒情小赋获得较大发展(如王粲、鲍照、江淹)。小说雏形志怪小说和志人小说开始问世(如《搜神记》《世说新语》)。文学批评已有系统的理论建树(如《文心雕龙》《诗品》)。

唐代诗歌空前繁荣,流派异彩纷呈,名家灿若星斗,成就前无古人。初唐"四杰"(王勃、杨炯、卢照邻、骆宾王)以昂扬的歌唱,成为盛唐诗歌先声。开天年间出现山水田园诗派(孟浩然、王维)、边塞诗派(高适、岑参、王昌龄)两大诗派。双子星座诗仙李白和诗圣杜甫横空出世,双峰并峙。中唐后期崛起"韩孟诗派"和"元白诗派"(倡导新乐府运动),柳宗元、刘禹锡、李贺各有特色。晚唐"小李杜"李商隐、杜牧竞展风华。中唐古文运动带来了散文勃兴。韩愈是司马迁之后最大的散文家,"文起八代之衰",气势奔放,雄健有力;柳宗元的政论、寓言和山水游记出类拔萃,雄浑深沉,典雅刚健。晚唐阶级矛盾日益尖锐,讽刺小品走上了文坛。唐人传奇标志着中国文言短篇小说成熟,揭开中国现实主义小说序幕。僧侣向听众作通俗宣传的"变文",成为后世各种说唱文学的先驱。敦煌曲子词《云谣集》是第一部民间词集,晚唐温庭筠开五代花间词派。五代沿袭晚唐词风,形成西蜀(花间词)、南唐(冯、李词)两大中心,李煜词具有开朗和博大的气象,影响后来豪放派词家。

宋代文学具有强烈的政治色彩。诗歌重理趣,散文化,议论化。成就最高的诗人是先后辉映的苏轼和陆游,重要诗人还有王安石、黄庭坚及范成大、杨万里等。宋词至柳永一变(变旧声为新声),至苏轼再变(变婉约为豪放),至周邦彦三变(复归于婉约)。宋词有豪放、婉约两种倾向:北宋豪放以苏轼为首,婉约以秦观为首;南宋豪放以辛弃疾为首,婉约以李清照为首。诗文革新运动促成散文创作的繁荣,欧阳修有倡导之功,苏轼成就最大,名家还有苏洵、苏辙、王安石、曾巩。董解元《西厢记诸宫调》标志着宋金演唱文学的流行发达,宋元话本标志着中国古代白话小说的正式出现,宋金杂剧和南宋戏文标志着中国古典戏曲的日趋成熟,李清照《词论》、严羽《沧浪诗话》和元好问《论诗绝句》为文学批评名著。

元代是中国戏曲发展的黄金时期。关汉卿是中国古代戏曲的奠基人,著名杂剧作家还有王实甫、马致远、白朴、郑光祖、纪君祥。《窦娥冤》《汉宫秋》《梧桐雨》《赵氏孤儿》为"元曲四大悲剧",《拜月亭》《西厢记》《墙头马上》《倩女离魂》为"元曲四大爱情剧"。散曲是一种有别于唐诗、宋词的新兴诗体。前期散曲以豪放本色为主流,名家有关汉卿、马致远、白朴等;后期散曲以清丽秀雅为主,名家有张养浩、张可久、乔吉等。南戏最初流行于浙东温州地区,高明以"南曲之宗"《琵琶记》名世,《荆钗记》《白兔记》《拜月亭》《杀狗记》为"四大南戏"。元初诗作流露出较多的民族意识,刘因、赵孟頫成就较高。延祐之后诗人有"元代四大家"虞集、杨载、范梈、揭傒斯。元末诗歌名家有王冕、杨维桢,著名词人有虞集、张翥、萨都剌。

明代小说突飞猛进。长篇小说出现了"四大奇书":历史演义《三国演义》、英雄传奇《水浒传》、神魔小说《西游记》、世情小说《金瓶梅》。冯梦龙"三言"和凌濛初的"二拍",标志着宋元以来讲唱文学从口头创作进入文人书写阶段。明代传奇创作盛极一时,有弋阳腔、海盐腔、余姚腔和昆山腔"四大声腔",有以沈璟为代表的吴江派、汤显祖为代表的临川派两大派别。《浣纱记》《宝剑记》《鸣凤记》为嘉靖时期的三大传奇。汤显祖是最杰出的传奇作家,《牡丹亭》是中国戏曲史上的杰作。宋濂、刘基、高启为明初诗文"三大家",名家还有王祎、方孝孺。明代诗文派别蜂起,前后"七子"的"复古运动"前赴后继,公安派和竟陵派继唐宋派亮相文坛。晚明小品特盛,张岱、王思任、祁彪佳并称"晚明三才子"。明末陈子龙诗歌创作被称为明诗"殿军"。民歌空前繁荣,冯梦龙所辑《山歌》是文学史上第一部个人编纂的民歌专集。

清代是大总结时期。小说创作出现了"三大高峰":文言短篇小说高峰《聊斋志异》、讽刺文学高峰《儒林外史》、人情小说和现实主义文学高峰《红楼梦》。《清忠谱》是中国戏曲史上第一部如实演绎的历史剧;代表清代戏剧艺术最高成就的是"南洪北孔":洪昇《长生殿》是对李杨爱情题材的总结,孔尚任《桃花扇》是对南明王朝兴亡的总结。清代诗文有三大亮点:诗——顾炎武,词——纳兰性德,文——桐城派。顾诗直面现实、雄深沉毅,纳兰词哀婉顽艳、格高韵远,桐城派散文清真雅正、简洁明达。大诗人还有屈大均、吴伟业、黄景仁、龚自珍;名词家还有陈维崧、朱彝尊、张惠言,散文家还有侯方域、魏禧、汪琬。清代诗论有王士禛"神韵说"、沈德潜"格调说"、袁枚"性灵说"和翁方纲"肌理说",词话有陈廷焯《白雨斋词话》、况周颐《蕙风词话》和王国维《人间词话》,曲话有李渔《闲情偶寄》。

五四"文学革命"给现代文学(20世纪上半叶)带来深远影响。郭沫若《女神》开一代诗风,随后新月派、象征派、现代派、七月派、九叶派相继组成,闻一多《死水》、徐志摩《再别康桥》、戴望舒《雨巷》、艾青《雪落在中国的土地上》、穆旦《春》皆为现代诗歌经典。殷夫、臧克家、阮章竞、李季亦出手不凡。鲁迅、瞿秋白、聂绀弩为现代杂文三大家,纯散文名家有朱自清、冰心、沈从文等,报告文学名家有范长江、萧乾、黄钢等。鲁迅是"中国现代小说之父",《狂人日记》开通航路,《阿Q正传》久负盛名。京派小说写梦幻乡土,重悲悯人生、诗意抒写,沈从文为领衔者;海派小说写病态都市,重精神分析、现代手法,施蛰存为创立者。茅盾《子夜》、老舍《骆驼祥子》、巴金《家》、钱钟书《围城》为现代小说四大长篇,分写事业、人生悲剧。另外,五四作家群、左翼作家群、东北作家群、孤岛作家群、解放区作家群分别奉献了《沉沦》《二月》《生死场》《金锁记》《荷花淀》等优秀作品。欧阳予倩是"中国现代戏剧之父",他与洪深、田汉并称"现代话剧三大奠基人",代表作分别为《桃花扇》《五奎桥》《名优之死》。曹禺后来居上,写出了现代话剧"双璧"《雷雨》和《日出》。其他重要剧作还有郭沫若《屈原》、陈白尘《升官图》、吴祖光《风雪夜归人》以及贺敬之等新型歌剧《白毛女》。

当代文学(20世纪下半叶),是现代文学的继续和发展。"生活抒情诗"和"政治抒情诗",构成当代诗歌前期的两大最主要潮流。主要诗人有贺敬之、郭小川和闻捷,代表作为《放声歌唱》《白雪的赞歌》《天山牧歌》。后期诗歌走上多元化的艺术道路,舒婷、顾城、江河等宣告了新诗群的崛起,朦胧诗之后出现了"后朦胧""新生代"诗人于坚、雁北、西川、海子等。台湾地区有现代诗社、蓝星诗社和创世纪诗社,纪弦、余光中、洛夫为诗坛大腕。当代散文前期有三大散文家:"重诗意"的杨朔,"重理趣"的秦牧和"重激情"的刘白羽。后期重要散文作家有梁实秋、巴金、张中行、杨绛、张晓风、董桥、余秋雨、史铁生等。报告文学名作有徐迟《哥德巴赫猜想》、黄宗英《大雁情》、刘冰雁《人妖之间》等。前期影响较大的长篇小说有梁斌《红旗谱》、柳青《创业史》和杨沫《青春之歌》;后期著名长篇小说有林海音《城南旧事》、刘以鬯《酒徒》、古华《芙蓉镇》、路遥《人生》、白先勇《台北人》、贾平凹《浮躁》、莫言《红高粱》、陈忠实《白鹿原》等。其他中短篇名作还有王蒙《春之声》、高晓声《陈奂生上城》、汪曾祺《受戒》、邓友梅《那五》、张贤亮《河的子孙》、陆文夫《美食家》等。当代戏剧创作,前期历史剧取得较高成就,名剧有老舍《茶馆》和田汉《关汉卿》;后期实验剧、荒诞剧获得重大突破,名剧有高行健《绝对信号》和魏明伦《潘金莲》以及白先勇青春版《牡丹亭》。

值得说明的是,本教材编排体例与同类《中国文学》教材略有不同,并未严格按照中国历史发展进程的不同时段切分,将同一时段不同体裁的选文放进一个板块,而是采用全局大体以历史序列为线、局部基本以同体文本为面的结构模式。这样编排,一是便于教师实施教学,二是便于学生阅读欣赏,应该是一种不错的选择,但愿有获得本教材使用者广泛认可的荣幸。

本书由张鹏振、冯梦琳担任主编,张逸龙、徐小婉担任副主编。在编写过程中,我们参阅借鉴了大量中国古代文学、现代文学研究文献和鉴赏读物,在此一并向所有赐益于本书的专家、学者、编者谨致谢忱!同时祈盼垂阅此书的一线教师、修习文学课程的学生批评指教!

编　者
2019年仲夏于汤逊湖畔

目录

第一章　先秦诗文　1
《诗经》三首　《诗经》　3
屈原诗三首　屈原　5
古代神话三则　9
《老子》五章　老子　11
《论语》五则　《论语》　15
晋楚城濮之战（节选）　《左传》　16
苏秦始将连横　《战国策》　19
谏逐客书　李斯　22

第二章　汉魏六朝诗文　25
饮马长城窟行　《乐府诗集》　27
行行重行行　《古诗十九首》　28
蒿里行　曹操　29
送应氏　曹植　30
陶渊明诗三首　陶渊明　31
西洲曲　南朝民歌　34
屈原列传　司马迁　35
苏武传　班固　38
兰亭集序　王羲之　42
与陈伯之书　丘迟　44

第三章　唐宋诗　47
春江花月夜　张若虚　49
王维诗三首　王维　50
岑参诗二首　岑参　52
李白诗三首　李白　54

杜甫诗三首　杜甫　58
长恨歌　白居易　61
李商隐诗三首　李商隐　63
苏轼诗三首　苏轼　66
陆游诗三首　陆游　68
文天祥诗二首　文天祥　70

第四章　唐宋词　73
忆秦娥　李白　75
忆江南　白居易　76
温庭筠词二首　温庭筠　77
李煜词三首　李煜　78
柳永词三首　柳永　81
苏轼词三首　苏轼　83
秦观词二首　秦观　86
李清照词三首　李清照　88
满江红　岳飞　90
辛弃疾词三首　辛弃疾　91

第五章　唐宋散文　95
滕王阁序　王勃　97
韩愈散文二篇　韩愈　100
柳宗元散文二篇　柳宗元　104
阿房宫赋　杜牧　107
岳阳楼记　范仲淹　109
欧阳修散文二篇　欧阳修　112
苏轼散文二篇　苏轼　115
墨竹赋　苏辙　118

· 1 ·

第六章　金元明清诗文 ········· 120
　　摸鱼儿·雁丘词　元好问 ········· 122
　　沉醉东风·别情　关汉卿 ········· 123
　　双调·寿阳曲·潇湘八景　马致远
　　　　········· 124
　　登金陵雨花台望大江　高启 ········· 126
　　点绛唇·春日风雨有感　陈子龙
　　　　········· 128
　　顾炎武诗二首　顾炎武 ········· 129
　　纳兰性德词二首　纳兰性德 ········· 130
　　徐文长传　袁宏道 ········· 132
　　西湖七月半　张岱 ········· 135
　　马伶传　侯方域 ········· 137
　　登泰山记　姚鼐 ········· 139
　　病梅馆记　龚自珍 ········· 141

第七章　唐宋明清小说 ········· 143
　　虬髯客传　杜光庭 ········· 145
　　三国演义（节选）　罗贯中 ········· 148
　　水浒传（节选）　施耐庵 ········· 151
　　西游记（节选）　吴承恩 ········· 155
　　金瓶梅（节选）　兰陵笑笑生 ········· 161
　　红玉　蒲松龄 ········· 166
　　儒林外史（节选）　吴敬梓 ········· 169
　　红楼梦（节选）　曹雪芹、高鹗
　　　　········· 174

第八章　元明清戏剧 ········· 180
　　窦娥冤·诉冤　关汉卿 ········· 182
　　赵氏孤儿·救孤　纪君祥 ········· 185
　　西厢记·送别　王实甫 ········· 188
　　牡丹亭·惊梦　汤显祖 ········· 191
　　长生殿·惊变　洪昇 ········· 195
　　桃花扇·却奁　孔尚任 ········· 198

第九章　现当代诗歌 ········· 202
　　凤凰涅槃（节选）　郭沫若 ········· 204
　　新月派诗二首 ········· 207
　　现代派诗二首 ········· 209
　　七月派诗二首 ········· 212
　　九叶派诗二首 ········· 214
　　朦胧派诗二首 ········· 216

第十章　现当代散文 ········· 219
　　野草题辞　鲁迅 ········· 221
　　冬天　朱自清 ········· 222
　　钱　梁实秋 ········· 224
　　巷　柯灵 ········· 226
　　阴　杨绛 ········· 228
　　黄昏　何其芳 ········· 230
　　听听那冷雨　余光中 ········· 231
　　春之怀古　张晓风 ········· 235

第十一章　现当代小说 ········· 237
　　阿Q正传（节选）　鲁迅 ········· 239
　　子夜（节选）　茅盾 ········· 245
　　骆驼祥子（节选）　老舍 ········· 251
　　家（节选）　巴金 ········· 255
　　围城（节选）　钱钟书 ········· 259
　　边城（节选）　沈从文 ········· 265
　　梅雨之夕　施蛰存 ········· 269
　　蛇　刘以鬯 ········· 275

第十二章　现当代戏剧 ········· 279
　　关汉卿（节选）　田汉 ········· 281
　　茶馆（节选）　老舍 ········· 287
　　雷雨（节选）　曹禺 ········· 294
　　风雪夜归人（节选）　吴祖光 ········· 301

参考文献 ········· 310

第一章

先秦诗文

　　我国最早的文学产生于原始社会,但原始社会文学由于年代久远,没有文字记录,多已亡佚。流传至今的只有少数原始歌谣和原始神话,它们是中国文学的辉煌开端。

　　中国诗歌最早的源头是远古歌谣。如《吴越春秋》中的《弹歌》是原始猎歌,再现了原始人制作弹弓捕猎兽物的场面。《礼记·郊特牲》中的《蜡辞》是原始祝词,反映了原始人要自然界听命于人类的愿望。《易经》中的《归妹》是古老牧歌,再现了男男女女剪羊毛的生动劳动场景。在《诗经》诞生之前,这些古老的歌谣,逐渐铺设了通向四言诗时代的桥梁。

　　春秋时期编成的我国第一部诗歌总集《诗经》,各篇作品原来都可配乐歌唱,"风""雅""颂"依据不同的音乐风格来划分,三部分的精华是"风",十五国风就是反映十五个地区风土人情的民间歌谣。《诗经》反映的社会生活内容非常广泛,有的揭露了统治者的腐朽,喊出反剥削、反压迫的呼声,如《硕鼠》《伐檀》;有的表达了对徭役兵役的憎恨,如《东山》《采薇》;有的歌颂了男女之间真挚的爱情和对美好婚姻生活的向往,如《静女》《蒹葭》;有的则表现了妇女婚姻的不幸,如《氓》。《诗经》整体上体现了写实的倾向,表现了干预人生、反映现实的批判意识,形象地再现了当时社会的历史面貌,真实反映了早期中国文化的各个层面,具有鲜明的时代感和人民性,开创了中国古代文学的现实主义传统。《诗经》创造了"赋"(叙物以言情)、"比"(索物以托情)、"兴"(触物以起情)三种艺术表现手法,奠定了中国诗歌审美体系和抒情模式的基本格局。

　　战国后期,以伟大的爱国主义诗人屈原为代表的楚国诗人,吸收了民间文学特别是楚声的形式,创造出一种以六言、七言为主,长短参差、灵活多变的骚体诗。深厚的地方色彩,浓郁的浪漫氛围,鲜明的时代风貌,是骚体诗思想内容的特征。宏大的篇幅结构,参差的句法组织,灵活的助词运用,强烈的抒情风格,是骚体诗艺术表现的特征。屈原是我国第一位伟大诗人,楚辞的创立者和代表作家,其作品表现出热爱祖国、追求理想、坚持自我的强烈进取精神,主要作品有《离骚》《九歌》《天问》《九章》等,代表作《离骚》是我国古代文学史上最宏伟瑰丽的长篇抒情诗,它是诗人满怀爱国激情和"美政"理想,饱含着血泪写成的忧伤怨愤之歌。屈原诗歌具有恢弘的艺术结构、出色的比兴手法、华美的艺术语言、浓郁的浪漫色彩,是古代浪漫主义诗歌的典范和中国古代抒情诗的光辉起点。宋玉是继屈原之后最优秀的楚辞作家,代表作《九辩》是一首效法屈原作品直抒胸臆的长篇政治抒情诗。楚辞的出现,标志着中国诗歌从民间集体歌唱过渡到了诗人独立创作的新阶段,对中国文学的发展具有划时代意义。《诗经》和《楚辞》,在文学史上并称"风骚",共同开创了我国古代诗歌现实主义和浪漫主义两大文学传统,影响深远,泽被百代。

在先秦出现了最早的叙事作品——神话,它是远古先民对自然现象和社会生活的描述和解释,它以虚幻的想象、人格化的形象,来反映原始人类的生活与斗争,反映人类战胜自然的愿望。中国古代神话未能像古希腊神话那样构成体系神话,零散的神话作品有赖于《山海经》《楚辞》《淮南子》等典籍才得以保存。

中国散文的发展源于文字记事。从时代来说,始于商代;从内容来说,分巫卜记事和史官记事两种。殷墟的甲骨卜辞(卜辞简短,涉及内容却相当广泛,可以说是最简单、最朴素的散文形式)和商周铜器铭文,《周易》(第一部专为巫卜所用的系统著作)中的卦、爻辞,《尚书》中的殷、周文诰等是我国散文的萌芽。《尚书》是我国最早的散文总集,内容朴实,有叙有议,标志着先秦散文的进一步发展。春秋战国时期,上承商周,下接秦汉,是中国历史上一个大放异彩的时期。这一时期,社会特征是礼崩乐坏,诸侯力征;文化特征是处士横议,百家争鸣。政治上的需要和环境的驱使,使一大批知识渊博的文士纷纷走上政治舞台,思想空前活跃,各家著书立说,由此带来了散文的勃兴。先秦诸子散文经历了由简短的语录、对话向长篇专题论文演进的过程。第一阶段(战国初期)以《老子》《论语》《墨子》为代表,基本上属语录体,有结论而少论证。《老子》阐述了以"道"为核心的哲学思想和"无为而治"的社会政治理想,《论语》集中体现了儒家礼乐德治的思想,《墨子》表达墨翟"兼爱""非攻"的政治主张。第二阶段(战国中期)以《孟子》《庄子》为代表,由对话式的论辩文向专题论文演进。《孟子》宣传儒家仁政思想和性善说,《庄子》阐发道家"清静无为"的哲学理念,两书文学性最强。第三阶段(战国末期)以《荀子》《韩非子》为代表,已完全摆脱了对话体的束缚,发展成为专题论文。《荀子》集古代儒、法、道、墨等诸子学术思想之大成,《韩非子》宣传法家严刑峻法、因时制宜的政治主张。诸子散文体裁多样,风格各异:《老子》微言大义,韵散结合;《论语》简朴含蓄,富有哲理;《墨子》条理井然,质朴无华;《孟子》犀利雄辩,气势充沛;《庄子》构思奇特,汪洋恣肆;《荀子》整饬严密,透辟浑厚;《韩非子》思精虑周,严刻峻峭。秦吕不韦的门人编著的《吕氏春秋》,是战国末年诸子学术走向合流和总结期的产物,是先秦诸子学术、思想、文化的集大成者。

与诸子散文辉映一时的,是以记事记言为主的历史散文。《春秋》是我国第一部编年体史书,以年为经,以事为纬,记载了242年间(前722—前480)各国大事,条理清晰,结构完整,行文简约,以严谨著称。诠释《春秋》的《左传》《公羊传》《穀梁传》合称"春秋三传",《左传》文学色彩最浓,记事纲领严谨而分明,情节曲折而简洁;记言深邃而典雅,充实而有生气。著名史著除《左传》外,还有《国语》《战国策》。《国语》是我国历史上第一部国别体史书,分别记载西周末年至春秋末年周、鲁、齐、晋、郑、楚、吴、越八国史实,篇幅短小,文字简朴,扼要传神,表现出古朴简明的风格。《战国策》是战国时代各国史官记录策士言行的史籍,善于分析形势、指陈利害,又常采用迂回战术,极善擒纵,表达上有意饰言巧辩,夸张渲染,笔酣墨饱,表现出铺张扬厉的风格。

先秦散文对后世思想、文学、史学均影响甚巨。诸子学说尤其是儒道学说影响历代思想界,史传散文的良史精神为后世治史垂范,汉初政论和唐宋古文运动均导源于先秦,后世各种散文品种体式多滥觞于先秦,不同散文风格多方面影响后世作家创作,为历代诗文、小说和剧本创作提供了素材。李斯《谏逐客书》是奏章名篇,系先秦散文向汉赋的过渡。先秦散文与《诗经》《楚辞》一同构成了中国文学的基石。

《诗经》三首

《诗经》

> 《诗经》是中国文学史上第一部诗歌总集,集中收入自西周初至春秋中叶500多年间的305篇作品,分为"风""雅""颂"三部分,反映了经济制度、生产发展、阶级矛盾、风俗民情等当时社会生活的各个方面,作为其精华的民间歌谣具有深刻的社会批判精神,充满浓厚的人本意识、人伦情感和乡土情韵。四言为主的诗歌体式,赋、比、兴的表现手法,重章叠句的章法结构,朴素自然的艺术风格,是《诗经》的基本艺术特征。《诗经》关注现实的"风雅"精神和高度的艺术成就,奠定了我国诗歌的现实主义传统和以抒情传统为主的发展方向。

伐 檀[1]

坎坎伐檀兮,[2]置之河之干兮,[3]河水清且涟猗。[4]不稼不穑,[5]胡取禾三百廛兮?[6]不狩不猎,[7]胡瞻尔庭有县貆兮?[8]彼君子兮,不素餐兮![9]

坎坎伐辐兮,[10]置之河之侧兮,河水清且直猗。[11]不稼不穑,胡取禾三百亿兮?[12]不狩不猎,胡瞻尔庭有县特兮?[13]彼君子兮,不素食兮!

坎坎伐轮兮,置之河之漘兮,[14]河水清且沦猗。[15]不稼不穑,胡取禾三百囷兮?[16]不狩不猎,胡瞻尔庭有县鹑兮?[17]彼君子兮,不素飧兮![18]

【简注】

[1]本文选自《诗经·魏风》。 [2]坎坎:伐木声。檀:檀树,木质坚实,古代用作制造车子的材料。 [3]置:搁。干:河岸。 [4]涟:风吹水面形成的波纹。猗(yī):语气助词,义同"兮"。 [5]稼穑(jià sè):耕种收割。稼:耕种。穑:收割。 [6]胡:为什么。禾:稻谷。廛(chán):通"缠",古代的度量单位,三百廛就是三百束。三百:言其很多,不一定是确数。下二章仿此。 [7]狩:冬猎。猎:夜猎。此诗中皆泛指打猎。 [8]尔:指"不稼不穑""不狩不猎"的人,也就是下句的"君子"。庭:堂阶前的院子。县(xuán):通"悬",悬挂。貆(huán):兽名,今名猪獾。 [9]君子:指有地位有权势者,即上文"不稼不穑"者。素餐:白吃饭,不劳而食。素:白,空。"不素餐"以反语讥讽。 [10]辐:车轮上的辐条,即伐木为辐,承上"伐檀"而言。下章"伐轮"仿此。 [11]直:水流的直波,水平则流直。 [12]亿:"繶"的假借,犹"缠"。 [13]特:三岁之兽。一说兽四岁为特。 [14]漘(chún):水边。 [15]沦:微波,小波浪。 [16]囷(qūn):同"稇(kǔn)"。稇:用绳索捆束。一说圆形的谷仓。 [17]鹑:鸟名,俗名鹌鹑。 [18]飧(sūn):熟食,此泛指吃饭。

【浅释】

这是一首不平则鸣之作,揭露劳者不获、获者不劳的现实。

全诗每章均可分为三层:劳动场景(起)—愤怒质问(承)—讽刺斥责(结)。"河水"句在感情上起催化作用,在篇章上起过渡作用,河水清澈而世道不平,河水自由流淌而劳者被役于人!作品实写劳者,描写其劳作的繁重艰辛和无休无止:伐檀—伐辐—伐轮;虚写君子(见物不见人),累数其财物的丰富和苛索的贪婪:粮食山积,由"三百"束而"三百"捆而"三百"

仓;野味如林,地上跑的("貆""特")到天上飞的("鹑")皆有。劳者的"获"和君子的"劳"均未写,这种巧妙的空置,便突出了劳者不获、获者不劳的尖锐对立和极端荒谬。

在艺术上可称道处有三:重章叠句,反复咏叹,充实了诗歌内容,深化了诗歌主题;正反对比,冷热相生,揭露了剥削者寄生虫的本质;寓庄于谐,既柔且刚,体现了"温柔敦厚"的诗教。

蒹　葭[1]

蒹葭苍苍,白露为霜。[2]所谓伊人,在水一方。[3]溯洄从之,道阻且长。[4]溯游从之,宛在水中央。[5]

蒹葭萋萋,白露未晞。[6]所谓伊人,在水之湄。[7]溯洄从之,道阻且跻。[8]溯游从之,宛在水中坻。[9]

蒹葭采采,白露未已。[10]所谓伊人,在水之涘。[11]溯洄从之,道阻且右。[12]溯游从之,宛在水中沚。[13]

【简注】

[1]本文选自《诗经·秦风》。　[2]蒹(jiān):未秀穗的芦荻。葭(jiā):初生的芦苇。苍苍:茂盛的样子。十分茂盛的芦苇,到秋天已成青苍色。下文"萋萋""采采"与之同义。白露为霜:晶莹透明的露水凝结成霜花。白露:清露。为:凝结成。　[3]所谓:所说的,此指所怀念的。伊人:那个人,指所思慕的对象、心爱的人。一方:那一边。　[4]溯洄:逆流而上。一说"洄"指弯曲的水道。从之:从,接近,寻找。之:指伊人。[5]溯游:顺流而下。一说"游"指直流的水道。阻:险阻,崎岖不平,(道路)难走。宛:宛然,好像。水中央:指水中小洲(小岛)。　[6]晞(xī):干。　[7]湄(méi):水和草交接的地方,也就是岸边。　[8]跻(jī):升高,水中高地。　[9]坻(chí):水中露出的小沙坝、小沙坪、小沙碛。　[10]未已:未止,犹"未晞",露水还没有干。　[11]涘(sì):河岸,水边。　[12]右:迂回曲折。　[13]沚(zhǐ):水中小洲,水中的小沙滩。

【浅释】

这首诗表现了歌者对"伊人"真挚热切的爱情和积极追求的态度。

全篇采用重章三叠的结构方式。每章的基本格局是:前二句写景起兴,点明凄清的节令,烘托清寥的氛围,造成凄迷的意境,映衬怅惘的心情。三、四句写"伊人"所在之处,"蒹葭""水"和"伊人"的形象交相辉映,浑然一体。那条阻隔于歌者与"伊人"之间的秋水,既是眼前景,又别有含意。后四句写歌者"溯洄""溯游"反复寻求,而"伊人"虽隐约可见却依然遥不可及。"宛"字精妙传神,表明"伊人"身影隐约缥缈。歌者从不确定中追求确定,求之不得而仍不弃追求,体现出人类对幸福生活不可遏止的企慕和对完美境界永无止境的求索。

作品虚处取神,缥缈空灵,"蒹葭""白露""秋水""洲渚"等意象,使"伊人"意象距离化、朦胧化;复沓联章,一唱三叹,不断推进诗意,突出执着程度,加深情感浓度。

黍　离[1]

彼黍离离,彼稷之苗。[2]行迈靡靡,中心摇摇。[3]知我者谓我心忧,不知我者谓我何求。[4]悠悠苍天!此何人哉?[5]

彼黍离离,彼稷之穗。行迈靡靡,中心如醉。[6]知我者谓我心忧,不知我者谓我何求。悠悠苍天!此何人哉?

彼黍离离,彼稷之实。[7]行迈靡靡,中心如噎。[8]知我者谓我心忧,不知我者谓我何求。悠悠苍天!此何人哉?

【简注】

[1]本文选自《诗经·王风》。《毛诗序》言:周平王迁都洛邑后,朝中一位大夫行役至西周都城镐京,见昔日的宗庙宫室尽为禾黍,彷徨不忍离去,而作是诗。 [2]彼:那个地方。黍(shǔ)、稷(jì):均为粮食作物,均属粟类,穗像稻穗,而籽粒小(如粟粒),黍米有黏性,稷米不黏。离离:繁茂而行列整齐的样子。"离离"和"苗"虽然分在两句,实际是兼写黍稷。下二章仿此。 [3]迈:行走,远行。靡靡:迟迟、缓慢的样子。中心:内心。摇摇:心神不定。 [4]谓:说。求:寻求。 [5]悠悠:遥远、渺茫,形容天之无际。此何人哉:这(指故国沦亡的凄凉景象)是谁造成的呢? [6]醉:指心中忧愁如醉酒一样难受而不能自持。 [7]实:籽粒。 [8]噎(yē):咽喉堵塞而难于喘息,这里指因忧愤而哽咽。

【浅释】

此诗为忧国忧民、伤时悯乱之歌。

每章以"忧"为抒情线索。首二句景物描写为"忧"之触媒,将读者带入沧海桑田的特定情境。三、四句由外而内写"忧"之情状,"行迈靡靡"实为全章枢纽,既关联前面所见,又关联后面所感、所问。后面六句写"忧"之深重,面对盛衰变迁,人醉我醒,知音难觅,其"忧"不可排解;心知灾难根由,不便明说,质之于天,其"忧"无法宣泄。三章借助同一物象(黍稷)不同时间的表现形式(春苗—夏穗—秋实)完成时间流逝、情景转换、心绪压抑三个方面的发展,在黍稷不断纷繁茁长背后,暗示着西周王朝的日渐败落,直至彻底灭亡。诗人的情感越来越沉重,悲伤的程度越来越深切。"行迈靡靡"在三章中反复出现,强化了诗人积郁难遣、低首徘徊的形象特征。

重章叠句,反复咏叹,以问作结,这种结构和表现手法正适合于表现全诗沉重的悲愤情绪。

【习题】

1. 阅读《魏风·硕鼠》,试比较它与《伐檀》的异同点。
2. 结合《蒹葭》《子衿》《静女》等诗谈谈《诗经》爱情诗的特点。
3. 有人认为《黍离》是抒写流浪者思乡之情的作品,你怎样理解?

屈原诗三首

屈原

屈原(约前340—约前278),名平,字原,战国后期楚国丹阳(今湖北秭归)人,是楚王同姓贵族,具有高度的文化修养和卓越的政治才能,曾任左徒、三闾大夫,楚怀王、顷襄王时两度被流放,最终自投汨罗江而死。屈原是我国第一位伟大诗人,楚辞的创立者和代表作家,其作品表现出强烈的爱国激情、伟大的"美政"理想、坚韧的进取精神和美好的人格情操。其主要作品有《离骚》《九歌》《天问》《九章》《招魂》等。屈原作品中运用了大量的神话传说和奇妙比喻,想象丰富、构思奇特、辞藻华美,是古代浪漫主义诗歌的典范,也是中国古代抒情诗真正光辉的起点。

国　殇[1]

操吴戈兮被犀甲,[2]车错毂兮短兵接。[3]旌蔽日兮敌若云,[4]矢交坠兮士争先。[5]凌余阵兮躐余行,[6]左骖殪兮右刃伤。[7]霾两轮兮絷四马,[8]援玉枹兮击鸣鼓。[9]天时怼兮威灵怒,[10]严杀尽兮弃原野。[11]出不入兮往不反,[12]平原忽兮路超远。[13]带长剑兮挟秦弓,[14]首身离兮心不惩。[15]诚既勇兮又以武,[16]终刚强兮不可凌。身既死兮神以灵,[17]魂魄毅兮为鬼雄。[18]

【简注】

[1]本文选自屈原《九歌》。殇(shāng):古代称未成年(不足20岁)而死去的为"殇",也称死于外的人为"殇"。国殇:为国牺牲的将士。　[2]操:拿着。吴戈:吴国出产的戈。春秋时代,吴国由于有较高的冶炼技术,出产的武器锋利精良。屈原时代,吴国已为楚国所灭,这里的"吴戈"泛指精良的武器。被:同"披"。犀(xī)甲:用犀牛皮制作的铠甲,这种铠甲特别坚韧。　[3]错:交错。毂(gǔ):车轮中心横穿车轴的圆孔,这里指车轴露出的两端。车错毂:指两国双方激烈交战,战车之毂相互接触碰撞。短兵:指刀剑一类短距离内使用的短兵器。　[4]旌(jīng):用羽毛装饰的战旗。此句意谓旌旗遮蔽了太阳,敌兵像云一样聚集在一起。　[5]矢:箭。此句意谓双方激战,流箭交错,纷纷坠落,战士却奋勇争先杀敌。　[6]凌:侵犯,侵占。躐(liè):践踏。行:行列。　[7]左骖(cān):战车左侧拉车的马。古代战车用四匹马拉,中间的两匹马叫"服",左右两边的叫"骖"。殪(yì):倒地而亡。右刃伤:右骖受了刀伤。　[8]霾(mái):同"埋"。霾两轮:两只车轮被淤泥陷住。絷(zhí):拴,绊。絷四马:拉车的四匹马被绊住。一说埋轮絷马是古代一种军事行动,即在对阵失利时,以此表示至死不退。　[9]援:拿起。玉枹(fú):光滑像玉的鼓槌。援玉枹,即主帅鸣击战鼓以振作士气。　[10]天时:天意,天象,神灵。怼(duì):怨恨。威灵:神灵。怒:震怒。　[11]严杀:酣战痛杀。弃原野:指骸骨弃在战场上。　[12]出,往:奔赴战场。入,反:退算归家。此句意谓战士抱着义无反顾的必死决心。　[13]忽:迷茫,指原野宽广无际。超远:遥远。　[14]长剑:护身的武器。挟(xié):拿着。秦弓:秦国出产的弓。"秦弓"是有名的良弓,这里泛指优良的进攻性长武器。　[15]首身离:头和身子分离,指战死。惩:恐惧,悔恨。　[16]诚:果然是,诚然。武:威武。　[17]神以灵:精神已经显示灵异,即精神永存。　[18]鬼雄:鬼中英雄。

【浅释】

《国殇》是悼念阵亡将士的祭歌,鼓舞士气的战歌,爱国主义的赞歌,在《九歌》中别具一格。

作品前半重于叙事,描写激烈战斗。诗歌循严阵以待、浴血奋战、抛尸原野一路写来,叙事中有强烈的抒情。在动态过程的描述中,全景鸟瞰与局部特写两相糅合,意境更显深广。后半重于抒情,讴歌阵亡将士。前四句颂扬其生死不渝的报国意志,后四句赞美其殒身不恤的英雄品质,抒情中有具体的描写。在静态形象的刻画中,外在描绘与精神挖掘相辅相成,形象更显高大。前半叙事是抒情的前提,由面而点奠定讴歌基础,收煞扣住"国殇"诗题;后半抒情是叙事的升华,由外而内尽显烈士伟美,结穴示现"招魂"本旨,全篇浑然一体。

《国殇》以风格刚毅著称,它以写实手法再现激战场面,以凝重词句渲染悲壮气氛,以特写镜头塑绘将士英姿,以激昂语调赞美爱国精神,铿锵激越,沉雄浑厚。

山　鬼[1]

若有人兮山之阿，[2]被薛荔兮带女萝。[3]既含睇兮又宜笑，[4]子慕予兮善窈窕。[5]乘赤豹兮从文狸，[6]辛夷车兮结桂旗。[7]被石兰兮带杜衡，折芳馨兮遗所思。[8]余处幽篁兮终不见天，[9]路险难兮独后来。[10]表独立兮山之上，[11]云容容兮而在下。[12]杳冥冥兮羌昼晦，[13]东风飘兮神灵雨。[14]留灵修兮憺忘归，[15]岁既晏兮孰华予！[16]采三秀兮於山间，[17]石磊磊兮葛蔓蔓。[18]怨公子兮怅忘归，[19]君思我兮不得闲。[20]山中人兮芳杜若，[21]饮石泉兮荫松柏。[22]君思我兮然疑作。[23]雷填填兮雨冥冥，[24]猿啾啾兮又夜鸣。[25]风飒飒兮木萧萧，[26]思公子兮徒离忧。[27]

【简注】

[1]本文选自屈原《九歌》。　[2]若有人：仿佛有人，指山鬼。阿：曲隅，偏僻的角落。　[3]被：同"披"。薛荔(bì lì)：香草名，常绿攀援或匍匐性藤本植物，别名"木莲"。下文"石兰""杜衡""杜若"，均香草名。带女萝：以女萝为带。女萝：蔓生植物，又名"菟丝"。　[4]含睇(dì)：含情斜目而视。睇：斜视、流盼。宜笑：口齿美好，适宜于笑，笑时很美。　[5]子：指山鬼所爱慕的对方。予：山鬼自称。窈窕：美好的体态外貌。　[6]赤豹：毛赤而纹黑的豹。从：随行。文狸：毛黄黑相杂的狸猫。文：花纹。　[7]辛夷：香木名。结桂旗：结桂枝为旗。　[8]遗(wèi)所思：送给所思慕的人。　[9]余：山鬼自称。幽篁：深密的竹林。　[10]后来：迟到。　[11]表：高高挺立。　[12]容容：云翻涌浮动。　[13]杳：深沉。冥冥：昏暗不明。羌：发语词，无义。昼晦：白天昏黑。　[14]神灵雨：神灵下雨。　[15]留：等待，等候。灵修：山鬼所思念的人。憺(dàn)：安然。　[16]岁既晏：年华如果已经老大。晏：晚。华：通"花"。华予：认为我貌美如花。　[17]三秀：灵芝的别名。灵芝一年三次开花，故称"三秀"。於山间：在山间。一说於山即巫山。　[18]磊磊：乱石堆积。蔓蔓：蔓延，纠结悬垂。　[19]公子：指山鬼的恋人。　[20]"君思我"句：对方思念我而不得空闲前来。　[21]山中人：山鬼自指。芳杜若：像杜若一般芬芳。　[22]荫松柏：以松柏为遮蔽。　[23]然：肯定之词，犹言这是这样。疑：怀疑。这句设想对方思念自己而自己又信疑交并。　[24]填填：雷声隆隆。　[25]啾啾：猿哀鸣声。猨(yuán)：同"猿"。狖(yòu)：黑色长尾猿。　[26]飒飒(sà)：风声。萧萧：风吹树木，动摇作声。　[27]徒：徒然。离：同"罹"，遭受。离忧：遭受相思煎熬。

【浅释】

《山鬼》描写了山鬼等候恋人的情景和心理活动，表现出坚贞不渝的纯洁情操。

全诗分成山鬼赴约、山鬼等候、山鬼哀怨三个段落。第一部分写山鬼体貌殊丽、仪仗隆盛奇美、途中焦急愧疚，表现山鬼对爱情的专注和执着。第二部分写山鬼由平静到焦灼的漫长等待，细腻地刻画了她在情人久候不至时的心理活动：忧美人迟暮—怨公子爽约—猜爽约缘由—生难释疑虑。山鬼越石攀葛采集灵芝之举，足见心系恋人，爱之弥深。第三部分写山鬼在阴森的氛围中的深沉慨叹，在分明绝望的情况下，仍保留着对公子的深深恋情和对爱情的执着期盼。

山鬼是美的化身：她自然脱俗，温婉多情，专一坚贞，这个形象集中体现了古代劳动人民美好的生活理想和严肃的生活态度。在山鬼身上，也无疑寄托着诗人的身世之感和政治愿望。

本诗曲折细腻的心理独白，烘托氛围的景物描写，借情言政的深刻寄托，皆为妙处。

橘 颂

后皇嘉树,[1]橘徕服兮。[2]受命不迁,[3]生南国兮。[4]深固难徙,更壹志兮。[5]绿叶素荣,[6]纷其可喜兮。[7]曾枝剡棘,[8]圆果抟兮。[9]青黄杂糅,[10]文章烂兮。[11]精色内白,[12]类任道兮。[13]纷缊宜修,[14]姱而不丑兮。[15]嗟尔幼志,[16]有以异兮。独立不迁,岂不可喜兮?深固难徙,廓其无求兮。[17]苏世独立,[18]横而不流兮。[19]闭心自慎,[20]终不失过兮。[21]秉德无私,[22]参天地兮。[23]愿岁并谢,[24]与长友兮。[25]淑离不淫,[26]梗其有理兮。[27]年岁虽少,可师长兮。[28]行比伯夷,[29]置以为像兮。[30]

【简注】

[1]后皇:皇天后土,指地和天。嘉:美好,或释为生育。 [2]徕服:适宜南方水土。徕:同"来"。服:习惯,服习南国水土。这两句是指美好的橘树只适宜生长在楚国的大地。 [3]受命不迁:受自然的天性,不宜迁徙。受:承受。命:天命,这里指橘树的本性。 [4]南国:南方,此处专指楚国。这两句诗说美好的橘树只适宜生长在南方是它的本质决定的。 [5]壹志:志向专一。壹:专一。这两句是说橘树扎根南方,一心一意。 [6]素荣:白色的花。荣:花。 [7]纷其可喜:叶繁花多十分可爱。纷:繁茂的样子。其:语助词,无实义。这两句是说橘树叶繁花茂,十分可爱。 [8]曾枝:层层枝叶。曾:通"层",一层层,一重重。剡(yǎn),锐利。棘:刺,橘枝有刺。 [9]圆果:指橘子。抟(tuán)通"团",圆圆的,指橘子长得圆美。一说同"圜"(huán),环绕,楚地方言。 [10]糅(róu):混杂。青黄杂糅:橘子皮色有青有黄,相互错杂。 [11]文章:文采,此花纹色彩,指橘子色彩。烂:灿烂,斑斓,明亮。 [12]精色:果实的外皮色泽纯净。内白:橘子内瓤洁白。 [13]类任道兮:就像抱着大道一样。类:像。任:担当重任。 [14]纷缊宜修:长得繁茂,修饰得体。纷缊:同"氛氲",香气盛貌。宜修:美好。 [15]姱(kuā):美好。 [16]嗟:赞叹词。 [17]廓:空廓,此指胸怀开阔。 [18]苏世独立:独立于世,保持清醒,或曰疏远浊世。苏:苏醒,指的是对浊世有所觉悟。 [19]横而不流:横立水中,不随波逐流。横:横立世上,或释为栏木,以喻自我约束。不流:不随从流俗。 [20]闭心:安静下来,戒惧警惕。 [21]失过:即"过失"。 [22]秉德:保持好品德。秉:执,持。 [23]参天地:上合天地无私之德。参:合。 [24]愿岁并谢:誓同生死。并谢:百花一齐凋谢。岁:年岁。谢:死。 [25]与长友:长与橘为朋友。橘树四季常青,不因岁寒而凋。 [26]淑离:美丽而善良自守。淑:美、善。离:通"丽",附丽。淫:放荡。 [27]梗其有理:梗直坚强而坚持真理。梗:正直。理:纹理。此以橘之干直而有纹理,喻人之坚守正道、符合正理。 [28]可师长:可以为人师表。 [29]比:比美。伯夷:商末孤竹君之子,周灭商,伯夷与弟叔齐义不食周粟,饿死于首阳山中。他们是后世称颂的有节之士。 [30]置以为像:树立作为榜样。置:植,立。像:榜样。

【浅释】

《橘颂》是一首理想人格的颂歌,借写具有淡泊宁静、疏远浊世、超然自立、豁达正直等精神品质的橘树,表达了自己的人格理想。

诗作前半部分铺陈写实,咏物托志,以描写为主,重在描述橘树俊逸动人的外在风神。后半部分直抒胸臆,直歌述志,以抒情为主,重在讴歌橘树坚贞不移的内在精神。两部分各有侧重,而又互相勾连,融为一体。作品最大的特色是运用象征手法,以物喻人,托物言志。诗人把"深固难徙,廓其无求兮"的橘和"苏世独立,横而不流兮"的人融为一体,使它们在形和质上达到了和谐的统一。橘树像仁人志士,能负起重任;如正人君子,品格高尚,不随俗世;它大公无私,可为人师。这种若合若离、语带双关的拟人写法,有镜花水月之妙,充分显示了诗人咏物的才能。

《橘颂》堪称咏物作品的典范,开创了咏物抒情和托物寓志的先例,深刻影响了后世创作。

【习题】
1. 试分析《国殇》中所抒发的爱国主义精神。
2. 试将《山鬼》与《卫风·硕人》比较,谈谈两诗形象塑造的不同特征。
3. 以《橘颂》为例,试归纳咏物诗写作上的基本特点。

古代神话三则

> 神话是富于想象力的古代人民以不自觉的艺术方式口头创作的神异故事。我国古代有丰富的神话,收录神话较多的古籍主要有《山海经》《淮南子》《穆天子传》《列子》等。中国神话分自然神话、创世神话、英雄神话、传奇神话四大类。中国古代神话在很大程度上影响了民族精神的形成及其特征,它蕴含了深重的忧患意识,表达了厚生爱民理念,体现了先民的斗争精神。基本特征为:没有完整的宗教经典或神话作品,均系零散的独立神话或神话片段,神话历史化、伦理化的倾向明显。古代神话是浪漫主义文学的萌芽,对后世文学产生很大影响。

夸父逐日[1]

夸父与日逐走,[2]入日。[3]渴,欲得饮,饮于河、渭;[4]河、渭不足,[5]北饮大泽。[6]未至,[7]道渴而死。[8]弃其杖,[9]化为邓林。[10]

【简注】
[1]本文选自《山海经·海外北经》。 [2]逐:角逐。逐走:竞跑,赛跑。 [3]入日:一说进入太阳里,一说追赶到太阳落下的地方。 [4]于:到。河、渭:黄河和渭水。 [5]不足:不够。 [6]北:向北。大泽:大湖。传说其纵横千里,在雁门山山北。 [7]至:到。 [8]道:名词作状语,在半路上。道渴而死:在半路因口渴而死。 [9]其:代词(代夸父)。 [10]邓林:桃林。

【浅释】
这则神话塑造了一位奋不顾身的逐日英雄形象。他勇敢追求,锲而不舍,坚持不懈,死而不已。

此英雄悲剧没有背景描写,没有任何铺垫,一开始夸父就进入宏伟画面、宏大事件——逐日入日,展示了夸父神奇伟美的巨人形象。接着写夸父道渴,之所以道渴,一是因长途奔跑,二是因被日炙烤,原因在前面已交代了,此板块一波三折地夸写英雄道渴的程度:"饮于河、渭"(上承)—"河、渭不足"(转折)—"道渴而死"(再转),渴的酷烈印证了他一往无前拼命奔跑的速度和强度。渴死道中的悲剧结局写得神奇浪漫:杖化桃林显示了夸父虽死不屈的坚强意志。夸父本质上是一个追梦者,较之移山愚公还要悲壮雄浑,在他身上集中了人类探索自然的强烈愿望、与天比拼的顽强意志、造福于民的优秀品质。

神话想象神奇:人竟走进了太阳,一奇;渴得喝尽河、渭,二奇;手杖化作一片桃林,三奇。

精卫填海[1]

又北二百里,曰发鸠之山,[2]其上多柘木,[3]有鸟焉,其状如乌,[4]文首,白喙,[5]赤足,名曰"精卫",其鸣自詨。[6]是炎帝之少女,[7]名曰"女娃"。女娃游于东海,溺而不返,故为精卫,[8]常衔西山之木石,以堙于东海。[9]漳水出焉,东流注于河。

【简注】

[1]本文选自《山海经·北山经》。精卫:鸟名。 [2]曰:叫作。发鸠之山:古代传说中的山名。 [3]柘(zhè)木:柘树,桑树的一种,叶可喂蚕。 [4]焉:兼词,在那里。状:形状。乌:乌鸦。 [5]文首:头上有花纹。文,同"纹",花纹。喙(huì):鸟嘴。 [6]其鸣自詨(xiāo):它的叫声是在呼唤自己的名字。"精卫"是这种鸟的叫声,以叫声作为鸟名。 [7]是:这。炎帝之少女:炎帝的小女儿。炎帝:传说中的中国上古帝王。 [8]返:回家。故:所以。 [9]堙(yīn):填塞。

【浅释】

这则神话塑造了一位英勇顽强的复仇女神形象,反映了先民征服水患的坚韧意志、勇于实践的奋斗品格和百折不挠的斗争精神。

在写主体事件之前,对女娃所化身的鸟类,从所栖地处到鸟之状貌、叫声、得名作了较细致的描写。写鸟突出其小巧玲珑("如乌")、精致美丽("文首""白喙""赤足")、自尊自恋("其鸣自詨"),为下面写弱女子复仇预做铺垫。下面扣住复仇叙写,线索十分清楚:复仇的原因(游海溺亡)—复仇的准备(化身为鸟)—复仇的方式(木石填海)。鸟之弱小与海之强大、木石细微与大海浩瀚,力量和空间的对比是如此悬殊,前者征服后者是不可能的,但精卫鸟明知徒劳仍要抗争,不达目的誓不罢休("常衔"),表现出坚韧不拔、死犹不屈的可贵斗争精神。这种悲剧复仇意志,无疑使精卫获得了道义上的胜利。

精卫"知其不可为而强为之"的气度,激励着历代仁人志士。

女娲补天[1]

往古之时,四极废,[2]九州裂,[3]天不兼覆,[4]地不周载,[5]火滥焱而不灭,[6]水浩洋而不息,[7]猛兽食颛民,[8]鸷鸟攫老弱。[9]于是,女娲炼五色石以补苍天,断鳌足以立四极,[10]杀黑龙以济冀州,[11]积芦灰以止淫水。[12]苍天补,四极正;淫水涸,冀州平;[13]狡虫死,颛民生。[14]

【简注】

[1]本文选自《淮南子·览冥训》。女娲(wā):女神名,据说是我国化育万物的古创生神,有"抟黄土作人"的故事流传。 [2]四极:四方极远之地,泛指四方,这里指天的四边。上古的人认为在天的四边有四根支撑天体的立柱。极:边,端。废:毁坏,此指折断。 [3]九州:传说中古代中国划分的九个地区,《尚书·禹贡》称九州之名为冀、兖、青、徐、扬、荆、豫、梁、雍,这里泛指中国大地。裂:崩裂。 [4]天不兼覆:此指天体有塌落而不能全面覆盖大地。 [5]地不周载:此指大地有崩裂溢水而不能周全地容载万物。 [6]滥焱(làn yàn):大火绵延燃烧的样子。焱:火花。 [7]浩洋:洪水广大盛多的样子。 [8]颛(zhuān)民:淳朴善良的百姓。颛:善。 [9]鸷鸟:凶猛的鸟。攫(jué):用爪抓取。 [10]鳌(áo):海里的一种大龟。 [11]黑龙:此当指水怪邪神之属,杀之以止水。济:救助。冀州:古九州之一,古代中原地带。此代指九州大地。 [12]芦灰:芦柴烧成的灰。淫水:泛滥的洪水。 [13]涸(hé):干枯,这里指洪水消退了。 [14]狡虫:凶猛的禽兽。生:得以生存。

【浅释】

　　这则神话塑造了一位智勇仁爱的救世女神形象,反映了原始人类对自然界的认识、征服自然的信心和改变现实的愿望。

　　故事的陈述颇有章法。首先描绘灾难性背景:天崩地塌,大火燃烧,洪水泛滥,恶禽猛兽食人,民不聊生,对当时一场特大自然灾难(或暴雨,或海啸,或地震)作了艺术概括。特大灾难呼唤英雄解民倒悬,下文即写救世女神女娲出场,改造自然,拯救人类。四个排比句如四幅移动的镜头,生动再现了女娲英勇救世的系列行动:补苍天,立四极,杀黑龙,止淫水,其临危不惧的献身精神、重整乾坤的雄伟气魄、雷厉风行的办事作风、出奇制胜的高度智慧,在救世过程中尽显无遗。透过原始崇拜的夸张迷雾,可见母系氏族社会折射的闪光。最后记述女娲带来的福祉:天地安宁,颛民安乐。简短的语句流露出征服自然的兴奋之情。

　　此神话叙事完整,描述生动,语言雅洁。

【习题】

1. 怎样理解评价上面神话中夸父和精卫似乎"自不量力"的抗争行为?
2. 比较夸父和女娲形象,体会上古人们对男性英雄和女性英雄的不同态度。
3. 比较上述三则神话,说说它们在结构和语言上各有什么特点。

《老子》五章

老　子

　　老子(前571—前471),姓李,名耳,字聃,楚国苦县厉乡曲仁里(今河南鹿邑)人,我国古代伟大的哲学家和思想家、春秋时期道家学派创始人。老子所作《老子》又称《道德经》,阐述"道"和"德"的深刻含义,代表了老子的哲学思想。该书是中国历史上第一部完整的哲学著作,上篇论"道"(探索宇宙人生哲理),下篇论"德"(讨论社会政治理想),含有丰富的辩证法思想,微言大义,一语万端,全用韵语,意蕴深美,宛若富有哲理的散文诗,被华夏先辈誉为万经之王。老子哲学与古希腊哲学一起构成了人类哲学的两个源头,老子也因其深邃的哲学思想而被尊为"中国哲学之父"。

　　道可道,非常道;[1]名可名,非常名。[2]无,名天地之始;[3]有,名万物之母。[4]故常无,欲以观其妙;[5]常有,欲以观其徼。[6]此两者,同出而异名,[7]同谓之玄。[8]玄之又玄,众妙之门。[9](一章)

【简注】

　　[1]道:天道、宇宙真理,亦即宇宙的基本特性,宇宙万物的本始。可道:可以说解,表述。常道:无上的道,永恒的道。常:恒常,永远。　[2]名:天道、宇宙真理的名称。可名:可以说出,可以命名。　[3]无:指天地形成以前混沌一片,无以名状的状态。天地之始:天地形成的开端。　[4]有:指天地形成以后,万物竞相生成的动因。母:根本、根源。　[5]观其妙:(从常无中)观照"道"的奥妙。　[6]观其徼(jiào):(从常有

中)观察"道"的开端、端倪。徼:边界。　　[7]同出:同出于道。异名:名异,名称不同。　　[8]玄:幽微深远、变化难测的意思。　　[9]众妙之门:一切变化的总门,也就是关于宇宙本原的门径。

【浅释】

老子思想的核心是"道",天地万物都源于神秘玄妙的母体——"道"。

"道"具有无形无名,自然无为,不可感知,不可言说的性质。它是一个形而上的实存体,是自然而然的存在,不因人认识到了而存在,也不因人没有认识而消失。"道"的存在形式是虚无的,看不见摸不着,而且无法证明。宇宙从"无"到"有",万物皆由"道"产生。"无"不是空无,它是肇始天地的无形无象的本原。"有"并非实有,它是生成有形有象的具体事物的动因。"道"无所不在,无所不用,永恒不变。我们可以据之观察天地之间的玄妙和万事万物的变化趋势。"有"和"无"同出于"道",是"道"的不同两面。"道"在不停地演化,"有""无"也在不断运动,相互转化。两者名称不同,皆玄妙难测。由自然之道到天地之道,再到万事万物之道,一步步推演感悟,是领会各种事物玄妙之理的途径。

天下皆知美之为美,斯恶已;[1]皆知善之为善,斯不善已。[2]故有无相生,[3]难易相成,[4]长短相形,[5]高下相倾,[6]音声相和,[7]前后相随。[8]是以圣人处无为之事,[9]行不言之教,[10]万物作焉而不辞,[11]生而不有,[12]为而不恃,[13]功成而弗居。[14]夫唯不居,是以不去。[15](二章)

【简注】

[1]斯恶已:那是因为有丑的存在。斯:则,那是。恶:丑陋。已:通"矣"。　　[2]斯不善:那是因为有恶的存在。不善:即凶恶。　　[3]有无:指自然界事物的存在或不存在。生:生成。相生:互相依存,相互转化。　　[4]相成:相互形成,相反相成。成:成就。　　[5]相形:相互显现。形:用作动词,显现的意思。　　[6]相倾:相互依靠,互相对立和依存。倾:倾斜,依靠。　　[7]音:指宫商角徵羽每个单一的音。声:即宫商角徵羽谐调的音节。和:和谐,应和。相和:相互谐和,相呼应和。　　[8]相随:相互衔接。随:伴随。　　[9]圣人:有两义,一是指有道的统治者,一指有道之士、道的体现者。此处指前者。处:处世行事。无为之事:不做违背本性、背离自然意志、束缚心灵、异化人性的事,即顺其自然,无为而治。　　[10]不言之教:不要硬去发布许多不符合自然规律的教令,强制实现自己的主观意志。不言:不发号施令,不滥用政令。　　[11]作:兴起,自然发生。不辞:不干涉,不强为主宰。　　[12]生:生养。有:占有,据为私有。　　[13]为:施予,推动万物发展。不恃:不自恃(有能耐),一说不求达到什么目的。　　[14]功成:事业成功。居:居功自傲,自我夸耀。　　[15]夫唯:由于,正因为。去:失去,泯灭,指"圣人"的功绩不会消失。

【浅释】

阐述了以道为本的宇宙观后,老子接着谈及对立统一的哲学观和无为而治的政治观。

前半讲对立统一规律。人世间各种事物和现象都是相比较而产生和存在的,都在对立统一的规律中运动和演变,相互对立,相互依存,相互转化。有无、难易、长短、高下、音声、前后皆为互相矛盾的对立面,其实又相生、相成、相形、相盈、相合、相随,彼此都以对方为存在条件,相反相因,不可分割。双方的矛盾对立状态又不是永恒的,它们无时不在向对立面转化。后半讲"圣人"治国之道。老子的政治哲学和治国之道都是秉承"道"的性质来的。"无为而治"是老子政治思想的总纲。"无为而治"即是凭借"顺其自然"的哲学智慧进行科学管理。"无为"并非无所作为,而是"不言""不辞""不有""不恃""弗居",亦即顺应自然规律,任其自然,不作人为,不强为,不妄为,不乱为。

不尚贤,[1]使民不争;[2]不贵难得之货,[3]使民不为盗;不见可欲,[4]使民心不乱。是以圣人之治,虚其心,[5]实其腹,[6]弱其志,[7]强其骨。[8]常使民无知无欲,[9]使夫智者不敢为也。[10]为无为,[11]则无不治。[12](三章)

【简注】

[1]尚贤:崇尚贤才。尚:崇尚、标榜。贤:有才能的人。 [2]不争:不争夺功名利禄、权势地位。 [3]贵:重视,以为贵重。此句意即不以难得之货为贵,即不珍视稀罕的器物。 [4]见:同"现",显示、显耀的意思。可欲:指能诱发人贪欲的东西。 [5]虚其心:使百姓的心思清净淳厚。 [6]实其腹:使百姓都吃饱肚子。 [7]弱其志:削弱自我主观意志,一切顺其自然。 [8]强其骨:使百姓的筋骨强健。 [9]知:通"智",这里指巧智。 [10]夫:那些。智者:指自作聪明的乖巧之人。 [11]为:做,实行。为无为:以无为的态度去对待世事,亦即以符合自然的态度去治理人民。 [12]治:治理。

【浅释】

出于对自然法则的深刻悟解,老子在第三章继续阐述其社会政治理想。

老子提出"三不"主张:不尚贤者,尚贤者容易造成人们攀比相争;不贵奇货,贵奇货容易刺激人们贪图占有;不见可欲,现可欲容易致使人心惑乱疯狂。民争、民盗、民心乱,势必导致天下大乱,防止天下大乱的关键就在于消除人们名利上的计较,消除人心的贪欲。因此圣人治世,要使百姓去掉功名利禄的追求("虚其心"),以温饱为最大满足("实其腹"),去掉珍物稀宝的争竞("弱其志"),以健康为最大财富("强其骨"),使人人都回归纯洁的、无知无欲的自然本性。"无知"不是没有智慧,而是涤除巧取身外之物的狡诈心计,"无欲"不是没有欲望,而是放弃超越生存需要的非分之想。社会风气一旦形成,刁滑多欲之徒也不敢放肆弄巧逞欲了。倘若一切顺自然天道而行,天下自然就可以得到治理。

上善若水。[1]水善利万物而不争,[2]处众人之所恶,[3]故几于道。[4]居善地,[5]心善渊,[6]与善仁,[7]言善信,[8]正善治,[9]事善能,[10]动善时,[11]夫唯不争,故无尤。[12](八章)

【简注】

[1]上善若水:第一流的善就像水一样。上善:最善,最好的善,第一流的善。这里老子以水的形象来说明"圣人"是道的体现者,因为圣人的言行有类于水(水一样的柔顺品性),而水德是近于道的。 [2]善利:善于利物,即善于滋润万物。 [3]处:处在,居于。众人之所恶:众人厌恶的地方。所恶:指低下的地位。 [4]几于道:接近于道。几:接近,与……相似。 [5]居善地:水安于卑下,保持低调。居:处身,置身。 [6]心善渊:水深沉宁静,渊深明澈。 [7]与善仁:水仁爱万物,不求回报。与:交友,待人。 [8]言善信:水诚实守信,涨落有定。信:信实,真诚。 [9]正善治:水洗涤群秽,清正公平。 [10]事善能:水随物赋形,能方能圆。 [11]动善时:水待时而变,盈枯守时。 [12]不争:水与世无争。尤:怨咎,过失,罪过。

【浅释】

第八章阐述的是"道"的"不争"性质。

老子特别推崇水的品德,把最高的人生境界比作水。首先提出论点"上善若水"。接着加以论证:因为水滋润万物而不与争,水甘处卑下而守柔静,这种德性正与"道"虚静守柔、作而不有、为而弗恃的特点相吻合。下面扣住一个"善"字,进一步列举水的七种美德,即谦逊低调、深沉宁静、善待万物、涨落有定、清正公平、随物赋形、盈枯守时。水的这七种美德皆符合人的自然本性,有关水德的写状,同时也是介绍善之人所应具备的品格,具有诸般水德也就达到了人生境界的极致。最后的结论是:为人处世的要旨,即为"不争"。如此,既没有出自内心的忧虑、忧郁,也没有来自外界的怨尤、责难。世界上最柔弱的东西莫过于水,最刚强的东西也莫过于水,水因为不争,不为利欲所驱动,在柔弱宁静中能积聚巨大能量,所以能无往而不胜。

曲则全,[1]枉则直,[2]洼则盈,[3]敝则新,[4]少则得,多则惑。[5]是以圣人抱一为天下式。[6]不自见,故明;[7]不自是,故彰;[8]不自伐,故有功;[9]不自矜,故长。[10]夫唯不争,故天下莫能与之争。古之所谓"曲则全"者,岂虚言哉?诚全而归之。[11](二十二章)

【简注】

[1]曲:委曲。则:反而。全:保全。 [2]枉:屈,弯曲。直:伸展。 [3]洼:低洼之处。盈:满,充盈。 [4]敝:凋敝,破旧。 [5]少则得,多则惑:人对于财物,少取则可多得,贪多反而迷惑或都失掉。 [6]抱一:意为守道。即自处于柔弱卑微之道。抱:怀抱,固守。一:即道。式:法式,规范。 [7]自见:自现,自我显示。明:彰明。 [8]自是:自以为是,固执自己的观点。彰:明显,显著。 [9]伐:夸耀。 [10]矜:傲慢。长:君长,此用作动词,指当君长。 [11]诚:确实。全:保全。归:归附。之:指"曲"而"不争"的圣人。

【浅释】

本章与第八章相承,宣扬谦退不争反而有益的处世哲学。

首先引古语"曲则全"发端,枚举人们熟悉的生活经验来阐述做人处世之道,"曲""枉""洼""敝""少""多"说的是原因,"全""直""盈""新""得""惑"说的是结果,两者之间存在着巧妙而必然的因果联系。接着以圣人为例,论述人应该怎样面对自我。圣人怀抱大道,顺应自然做事,从不会勉强自己,从不刻意而为,从不为争而争。他们不自见而善视所以明白,不自是而善听所以彰显,不自伐而善动所以有功,不自矜而善言所以上进。诸种"不争"的人生姿态带来让人刮目的奇效,个中因果奥秘与上文紧密对应。结论水到渠成:圣人没有争的概念,远远超越俗世境界,这种不争,足以让天下人都相形见绌,无法与之争。末尾呼应段首,强调"曲则全"是委曲求全、以退为进的处世策略。

【习题】

1.为什么说"道"是老子哲学的思想基础?
2.你怎样理解老子"自然无为""上善若水""委曲求全"等观点?
3.根据以上五章,谈谈《老子》的行文风格和形式特征。

《论语》五则

《论语》

　　《论语》是一部语录体散文集,儒家学派的经典著作,由孔子(春秋末期著名的思想家、政治家、教育家,儒家学派的创始人)的门人及再传弟子纂录而成。书中辑录了孔子及其弟子的言行,思想核心是"仁"。《论语》共二十篇,每篇又分成若干章节,它以端庄、严肃的文笔表达了孔子信而好古、亲亲仁民的思想,反映了孔子在哲学、政治、伦理、文学艺术、教育等各方面的思想见解。该书的义理阐发融经验于哲理,寓哲理于物象,言简意赅、平实深刻、形象隽永,为语录体的典范。它是我国思想文化史上具有深远影响的一部著作,对后代文学语言的形成和发展产生了巨大影响。

　　子曰:[1]"学而时习之,[2]不亦说乎?[3]有朋自远方来,[4]不亦乐乎?人不知,[5]而不愠,[6]不亦君子乎?[7]"(《论语·学而》)
　　子曰:"弟子入则孝,[8]出则悌,[9]谨而信,[10]汎爱众,[11]而亲仁。[12]行有余力,[13]则以学文。[14]"(《论语·学而》)
　　子曰:"君子不重则不威,[15]学则不固。[16]主忠信,[17]无友不如己者。[18]过则勿惮改。[19]"(《论语·学而》)
　　子曰:"君子食无求饱,[20]居无求安,[21]敏于事而慎于言,[22]就有道而正焉,[23]可谓好学也已。[24]"(《论语·学而》)
　　孔子曰:"君子有九思:[25]视思明,[26]听思聪,[27]色思温,[28]貌思恭,[29]言思忠,[30]事思敬,[31]疑思问,忿思难,[32]见得思义。[33]"(《论语·季氏》)

【简注】

　　[1]子:中国古代对于有地位、有学问的男子的尊称,有时也泛称男子。《论语》中"子曰"的子,多是指孔子。　[2]学:学新东西或知识或技能。时习:时不时地演练、实践。　[3]说:通"悦",高兴,愉快。　[4]朋:具有共同见解的人。上古同门(师)为朋,同志为友。乐:悦在内心,乐则见于外。　[5]人不知:不为他人理解。　[6]愠(yùn):生气,怨恨。　[7]君子:《论语》中有时指有德者,有时指有位者,此处指孔子理想中具有高尚人格的人。　[8]弟子:这里指年纪幼小的人。入:指"在家",与父母在一起。　[9]出:指"出外",出外拜师学习。悌(tì):敬爱兄长,亦泛指敬重长上。　[10]谨:寡言少语。　[11]汎(fàn):同"泛",广泛的意思。　[12]仁:仁人,有仁德之人。　[13]行有余力:指有闲暇时间。行:指代以上这些事。　[14]文:指古代贵族所必须学习的礼、乐、射、御、书、算等六项技艺。　[15]重:庄重,自持。威:威严。　[16]固:作坚initial解,与上句相连,不庄重就没有威严,所学也不坚固;作固陋解,喻人见闻少,学了就可以不固陋。　[17]主:奉以为主,信奉。主忠信:坚持忠实诚信的原则。　[18]无:通"毋",不要。友:名词动用,交往。如:一样,相同,类似。　[19]过:过错,过失。惮(dàn):害怕,畏惧。　[20]食:指代人的所有欲望。无求:不贪求。饱:满足,引申为欲望的过分满足。　[21]居:环境,指俸禄,官位。安:安逸,安稳。　[22]敏:敏捷,奋勉。慎:小心,谨慎。办事勤勉,说话谨慎。　[23]就有道:接近有道德的人。就:挨近,接近。道:道德。正:动词,匡正。　[24]好学:善于学习。也已:复合语气词连用,表示肯定。　[25]九思:多方面思考、多角度想问题。九,阳数之极,表示多。思:考虑,思考。　[26]明:清楚通透　[27]聪:听觉灵敏。　[28]色:脸

色。温:温和可亲。 [29]貌:外在形象。恭:谦恭,谦虚而有礼貌。 [30]忠:诚信。 [31]敬:敬业。 [32]忿:发怒。难:后患。 [33]得:可得的东西。

【浅释】

儒家重视学问品德修养,力求塑造君子人格。上述语录论治学、修身、立德、做人、处世的道理,谈言微中。

其一,论述治学的三重境界,揭示快乐的真谛,从治学方法(学以致用)谈到治学乐趣(同道交流),再谈到治学态度(和寡不愠),落脚于君子风范。其二,表达了儒家传统对人的道德从家庭伦理到社会伦理的一个发生过程。孝悌同构,能孝必悌。后面讲"悌"的规范:谨言慎行,推爱及人,知行结合。其三,先反面说明君子何以必"重",后面说明如何致"重":忠诚信实,同气相求,有错必改。"重"致则"威"树。其四,从两方面提出处世要求:饮食起居应崇尚俭朴,勿图安逸;待人接物应多做少说,见贤思齐。如此方能不断进取。其五,提倡内省多思,培养高瞻远瞩、兼听博纳、平易近人、谦恭文雅、诚实笃信、敬业精专、好师善问、忍气制怒、寡欲重义的君子素质。

【习题】

1. 谈谈儒家倡导君子人格修养的现实价值。
2. 联系自身实际,谈谈学习《论语》五则的收获。
3. 以本篇课文为例,谈谈《论语》的语言风格。

晋楚城濮之战[1](节选)

《左传》

《左传》又称为《春秋左氏传》《左氏春秋》,与《公羊传》《穀梁传》合称为"春秋三传"。《左传》是我国第一部叙事详备的编年体史书,内容丰富多彩,记述了春秋列国政治、外交、军事等方面的活动,总结历史经验和教训,借鉴于当时,垂诫于后世。《左传》善于叙写战争,尤其讲究谋篇,善于通过一系列具体情节的描写,使所叙述内容故事化,首尾完整,引人入胜。"其言简而要,其事详而博",历史的真实性、思想倾向的鲜明性、语言的形象性三者有机结合,是《左传》的重大特色。这些特点对后代的史书及叙事散文的写作产生了很大影响。

夏四月,戊辰,晋侯、宋公、齐国归父、崔夭、秦小子慭次于城濮。[2]楚师背酅而舍,[3]晋侯患之。听舆人之诵曰:[4]"原田每每,舍其旧而新是谋。[5]"公疑焉。子犯曰:"战也!战而捷,必得诸侯,若其不捷,表里山河,必无害也。[6]"公曰:"若楚惠何?[7]"栾贞子曰:"汉阳诸姬,[8]楚实尽之。思小惠而忘大耻,不如战也。"晋侯梦与楚子搏,楚子伏己而盬其脑,[9]是以惧。子犯曰:"吉。我得天,楚伏其罪,[10]吾且柔之矣。[11]"

子玉使斗勃请战,[12]曰:"请与君之士戏,[13]君冯轼而观之,[14]得臣与寓目焉。[15]"晋侯使栾枝对曰："寡君闻命矣。[16]楚君之惠,未之敢忘,是以在此。[17]为大夫退,[18]其敢当君乎!既不获命矣,[19]敢烦大夫谓二三子,[20]戒尔车乘,[21]敬尔君事,诘朝将见。[22]"

晋车七百乘,韅、靷、鞅、靽。[23]晋侯登有莘之虚以观师,[24]曰:"少长有礼,其可用也。"遂伐其木以益其兵。[25]己巳,晋师陈于莘北,[26]胥臣以下军之佐当陈、蔡,[27]子玉以若敖之六卒将中军,[28]曰:"今日必无晋矣!"子西将左,[29]子上将右。[30]胥臣蒙马以虎皮,[31]先犯陈、蔡。陈、蔡奔,楚右师溃。狐毛设二旆而退之,[32]栾枝使舆曳柴而伪遁,[33]楚师驰之,原轸、郤溱以中军公族横击之。[34]狐毛、狐偃以上军夹攻子西,楚左师溃。楚师败绩。子玉收其卒而止,故不败。

晋师三日馆、谷,及癸酉而还。[35]甲午,至于衡雍,[36]作王宫于践土。[37]

乡役之三月,[38]郑伯如楚致其师,[39]为楚师既败而惧,使子人九行成于晋。[40]晋栾枝入盟郑伯。[41]五月丙午,[42]晋侯及郑伯盟于衡雍。丁未,献楚俘于王:[43]驷介百乘,徒兵千。[44]郑伯傅王,[45]用平礼也。[46]己酉,王享醴,命晋侯宥。[47]王命尹氏及王子虎、内史叔兴父策命晋侯为侯伯,[48]赐之大辂之服、戎辂之服,[49]彤弓一、彤矢百、玈弓矢千,[50]秬鬯一卣,[51]虎贲三百人。[52]曰:"王谓叔父,[53]'敬服王命,以绥四国,纠逖王慝。[54]'"晋侯三辞,[55]从命,曰:"重耳敢再拜稽首,奉扬天子之丕显休命。[56]"受策以出。出入三觐。[57]

卫侯闻楚师败,惧,出奔楚,遂适陈。使元咺奉叔武以受盟。[58]癸亥,王子虎盟诸侯于王庭,要言曰:[59]"皆奖王室,无相害也。[60]有渝此盟,明神殛之,[61]俾队其师,无克祚国,[62]及而玄孙,无有老幼。[63]"君子谓是盟也信,谓晋于是役也,能以德攻。[64]

初,楚子玉自为琼弁玉缨,[65]未之服也。先战,梦河神谓己曰:"畀余,余赐女孟诸之麋。[66]"弗致也。[67]大心与子西使荣黄谏,[68]弗听。荣季曰:"死而利国,犹或为之,况琼玉乎!是粪土也,而可以济师,将何爱焉?[69]"弗听。出告二子曰:"非神败令尹,令尹其不勤民,实自败也。[70]"既败,王使谓之曰:"大夫若入,其若申、息之老何?[71]"子西、孙伯曰:"得臣将死,二臣止之,曰:'君其将以为戮。[72]'"及连谷而死。[73]晋侯闻之,而后喜可知也。曰:"莫余毒也已![74]蒍吕臣实为令尹,[75]奉己而已,不在民矣。[76]"

【简注】

[1]本文选自《左传·僖公二十八年》。城濮:卫国地名,在今河南开封。 [2]夏四月戊辰:夏天四月初三。晋侯:指晋文公重耳。宋公:宋成公,襄公之子。归父、崔夭:均为齐国大夫。秦小子憖(yìn):秦穆公之子。次:临时驻扎和住宿。 [3]背:背靠着。郤(xī):城濮附近一个险要的丘陵地带。舍:驻扎。 [4]舆人:众人。诵:不配乐曲的歌词。 [5]原田:原野。每每:青草茂盛的样子。舍其旧:除掉旧草的根子。新是谋:谋新,指开辟新田耕种。 [6]子犯:狐偃,春秋时晋国国卿,晋文公重耳之舅。必得诸侯:必定能够领导诸侯。表里山河:晋国外(表)有黄河,内(里)有太行山,形势险要。 [7]若楚惠何:对于楚国从前的情谊怎么办呢? [8]栾贞子:栾枝,晋国权臣、将领。汉阳:汉水北面。诸姬:那些姬姓的诸侯国。尽:全部吞并。 [9]楚子:楚成王。搏:徒手对打,格斗。伏己:伏在晋文公身上。盬(gǔ)吮吸。 [10]得天:面朝天,意思是得到天助。伏其罪:面朝地像认罪。 [11]柔之:软化他,意思是使他驯服。 [12]子玉:春秋时楚令尹。斗勃:楚国大夫。 [13]戏:角力,较量。 [14]冯轼:凭倚车前横木。冯:同"凭"。 [15]得臣:子玉的字。寓目:观看。这里是斗勃代子玉说的话。 [16]闻命:领教,接受命令或教导。 [17]未之敢忘:未敢忘记楚君之惠。是以在此:为报楚君之惠,退避三舍(九十里),所以留军于此地。 [18]大夫:指斗勃。退:退让。当:抵挡。 [19]不获命:得不到贵国退兵的命令。 [20]二三子:指楚军将领子玉、子西等人。 [21]戒:准备好。敬尔君事:重视你们国君交付的任务。 [22]诘朝:明天早上。 [23]韅(xiǎn):马背上的皮件。靷(yǐn):马胸部的皮件。鞅(yāng):马腹的皮件。靽(bàn):马后的皮件。这是说晋军人马

· 17 ·

齐备,军容整齐。　〔24〕有莘(shēn):古代国名,在今河南开封东北。虚:同"墟",旧城废址。　〔25〕"少长"句:言晋军训练有素,懂得军中贵贱等列的礼仪,可以用来打仗。益兵:补充作战的器械。　〔26〕己巳:四月初四。陈:摆开阵势。莘北:即城濮。　〔27〕陈、蔡:陈、蔡两国军队属于楚军右师。　〔28〕若敖之六卒:若敖氏的六百兵卒。中军:楚军分为左、中、右三军,中军是最高统帅。　〔29〕子西:楚军左军统帅斗宜申的字。　〔30〕子上:楚国右军统帅斗勃的字。　〔31〕胥臣:晋将。蒙马以虎皮:用老虎皮蒙在马上。　〔32〕狐毛:春秋时晋国卿大夫,狐偃兄,晋文公之舅。斾(pèi)装饰有飘带的大旗。退之:装做向后退却的样子。　〔33〕舆曳柴:战车后面拖着树枝,使尘土飞扬,伪装败退。　〔34〕原轸、郤溱:晋将。公族:直属晋君的宗族部队。横击:拦腰冲杀,侧面攻击。　〔35〕馆:驻扎,这里指住在楚国军营。谷:指吃楚军丢弃的军粮。癸酉:四月初八。　〔36〕甲午:四月二十九。衡雍:郑国地名,在今河南原阳西。　〔37〕作王宫:为周襄王造了一座行宫。践土:郑国地名,在今河南原阳西南。　〔38〕乡(xiàng):不久之前。役:指城濮之战。　〔39〕致其师:将郑国军队交给楚军指挥。　〔40〕子人九:郑国大夫,姓子人,名九。行成:休战讲和。　〔41〕入盟郑伯:去郑国与郑文公议盟。　〔42〕五月丙午:五月十一日。　〔43〕丁未:五月十二日。王:指周襄王。　〔44〕驷介:四马披甲的战车。徒兵:步卒。连同上句,都是押送楚俘的晋军士兵。　〔45〕傅:辅佐、辅助。这里指替周襄王主持礼节仪式。　〔46〕用平礼:用周平王的礼节(接待晋文公)。　〔47〕己酉:五月十四日。享醴:用甜酒款待晋文公。宥:同"侑",劝酒。即劝晋文公进酒。　〔48〕尹氏、王子虎:周王室的执政大臣。内史:掌管爵禄策命的官。策命:在竹简上写上命令。侯伯:诸侯的领袖。　〔49〕大辂(lù)之服:与举行大礼所乘之车及与之相配套的服饰仪仗。戎辂之服:举行军礼所乘兵车及与之配套的服饰仪仗。　〔50〕旅(lú):黑色。　〔51〕秬鬯(jù chàng):用黑黍米和香草酿成的香酒。卣(yǒu):盛酒的器具。　〔52〕虎贲(bēn):周王朝勇士。　〔53〕叔父:天子对同姓诸侯的称呼。这里指晋文公重耳。　〔54〕敬服:敬重地服从。绥:安抚。纠:检举。逖(tì):惩治。慝(tè):坏人。　〔55〕三辞:辞让了三次,这是古代在接受策命以前的惯例。　〔56〕奉扬:承受,发扬。丕显休命:伟大、光明、美好的命令。丕:大。显:明。休:美。　〔57〕出入:来回。三觐:进见周襄王了三次。　〔58〕元咺(xuān):卫国大夫。奉:陪同。叔武:卫成公的弟弟。　〔59〕要(yāo)言:约言,立下誓言。　〔60〕奖:扶助。相害:相互残害。　〔61〕渝:改变。明神:有灵验的神。殛(jí):惩罚。　〔62〕俾:使。队:同"坠",灭亡。克:能。祚国:享有国家。祚:享有。　〔63〕及而:直到你的。而:同"尔"。无有老幼:(若违背此盟)不论年长年幼,都逃不脱惩罚。　〔64〕君子:《左传》所假设的发议论的人,说出作者的见解。是盟也信:这次盟约是有信用的。能以德攻:依凭德义进行征讨。　〔65〕琼弁(biàn):用红色美玉装饰的冠。玉缨:以玉为饰用来系弁的带子。　〔66〕畀(bì):送给。孟诸:宋国地名,在今河南商丘东北。麋:同"湄",水边草地。　〔67〕弗致:不肯送给。　〔68〕大心:孙伯,子玉的儿子。荣黄:荣季,楚国大夫。　〔69〕济师:帮助我们的军队。　〔70〕勤民:为民众尽力。　〔71〕若申、息之老何:怎么对申、息两地的父老们交代。按当时习惯,大臣误了国事,不须等待国家处分,就应该自杀。　〔72〕"君其"句:君王还得治你的罪呢。　〔73〕连谷:楚国地名。子玉到连谷不见赦令,于是自杀。　〔74〕毒:危害。莫余毒:莫毒余。再没有危害我的人了。　〔75〕蒍(wěi)吕臣:楚国大夫,在子玉之后任楚国令尹。　〔76〕奉己:保住自己不犯过失。不在民:不为民事着想。

【浅释】

　　本文记述了中国古代战争史上一次以弱胜强的著名战例。

　　全篇以时为序。先写战前,楚军挑战,晋军应战,双方外交辞令颇可玩味,一方浅薄放肆,一方柔中有刚,战争胜败已隐隐暗示。接写战时,区区二百字生动而精彩,战车隆隆,战马嘶嘶,尘烟滚滚,杀声阵阵,如在目前。晋军知己知彼,楚军不谙虚实,针对楚中军较强、两翼薄弱的部署态势,晋军采取先击翼侧,再攻中军的战略部署,采用诱敌深入、分割聚歼的战法赢得了这场战争的胜利。再写战后,写晋郑结盟、周王犒师、卫国受盟,突出城濮之战的巨大影响:晋国得以取威定霸。后面插写子玉之梦,交代子玉之死,描写晋侯庆幸。两梦首尾呼应,疑喜前后对照,既总结了胜败因由,又补写了人物性格。

《左传》善于捕捉人物性格特征,此篇先轸之忠勇机敏,子犯之老谋深算,文公之谨慎沉着,子玉之自负浮躁,给人留下鲜明印象。

【习题】
1. 以本篇为例,谈谈《左传》战争描写的特色。
2. 谈谈本文叙事的条理性与生动性。
3. 结合作品实际,分析本文主要人物的性格特征。

苏秦始将连横[1]

《战国策》

《战国策》是一部国别体史书,是战国时代各国史官记录策士言行的史籍,经汉代刘向辑录定名为《战国策》。书中着重记载一些策士谋臣在诸侯争斗中所进行的游说活动,尤其注重记叙纵横家的游说活动和斗争方略,以反映他们在这一历史时代中所起的作用。《战国策》兼有历史散文与诸子散文的特点,善于分析形势,指陈利害,又常常采取迂回战术,极善擒纵;表达上有意饰言巧辩,表现出铺张扬厉的风格;文思开阔,情理并茂,善于条陈铺叙,行文酣畅淋漓。《战国策》的文学特色,为《史记》以及后世的文学、史学著作的写作开了先河。

苏秦始将连横,说秦惠王曰:[2]"大王之国,西有巴、蜀、汉中之利,[3]北有胡貉、代马之用,[4]南有巫山、黔中之限,[5]东有肴、函之固。[6]田肥美,民殷富,[7]战车万乘,奋击百万,[8]沃野千里,蓄积饶多,地势形便,此所谓天府,[9]天下之雄国也。以大王之贤,士民之众,车骑之用,兵法之教,可以并诸侯,吞天下,称帝而治。愿大王少留意,臣请奏其效。[10]"

秦王曰:"寡人闻之:毛羽不丰满者,不可以高飞,文章不成者,不可以诛罚,[11]道德不厚者,不可以使民,政教不顺者,不可以烦大臣。[12]今先生俨然不远千里而庭教之,[13]愿以异日。[14]"

苏秦曰:"臣固疑大王之不能用也。昔者神农伐补遂,[15]黄帝伐涿鹿而禽蚩尤,[16]尧伐驩兜,[17]舜伐三苗,[18]禹伐共工,[19]汤伐有夏,[20]文王伐崇,[21]武王伐纣,[22]齐桓任战而伯天下。[23]由此观之,恶有不战者乎?[24]古者使车毂击驰,[25]言语相结,天下为一,约从连横,兵革不藏。[26]文士并饬,[27]诸侯乱惑,万端俱起,[28]不可胜理。[29]科条既备,[30]民多伪态,书策稠浊,[31]百姓不足。上下相愁,民无所聊,[32]明言章理,[33]兵甲愈起。辩言伟服,[34]战攻不息,繁称文辞,[35]天下不治。舌弊耳聋,[36]不见成功,行义约信,天下不亲。[37]于是乃废文任武,厚养死士,缀甲厉兵,[38]效胜于战场。[39]夫徒处而致利,[40]安坐而广地,虽古五帝三王五伯,[41]明主贤君,常欲坐而致之,其势不能。故以战续之,宽则两军相攻,迫则杖戟相橦。[42]然后可建大功。是故兵胜于外,义强于内,[43]威立于上,民服于下。今欲并天下,凌万乘,[44]诎敌国,[45]制海内,子元元,臣诸侯,[46]非兵不可。今不嗣主,[47]忽于至道,[48]皆惛于教,[49]乱于治,[50]迷于言,惑于语,沈于辩,溺于辞。[51]以此论之,王固不能行也。"

说秦王书十上而说不行,[52]黑貂之裘弊,黄金百斤尽,资用乏绝,去秦而归,赢滕履蹻,[53]负书担橐,[54]形容枯槁,面目犁黑,[55]状有归色。[56]归至家,妻不下纴,[57]嫂不为炊。父母不与言。苏秦喟叹曰:[58]"妻不以我为夫,嫂不以我为叔,父母不以我为子,是皆秦之罪也。"乃夜发书,[59]陈箧数十,[60]得太公阴符之谋,[61]伏而诵之,简练以为揣摩。[62]读书欲睡,引锥自刺其股,血流至足,[63]曰:"安有说人主,不能出其金玉锦绣,取卿相之尊者乎?"期年,揣摩成,曰:"此真可以说当世之君矣。"于是乃摩燕乌集阙,[64]见说赵王于华屋之下,[65]抵掌而谈。[66]赵王大悦,封为武安君,[67]受相印,革车百乘,[68]锦绣千纯,[69]白璧百双,黄金万溢,[70]以随其后,约从散横,[71]以抑强秦,故苏秦相于赵而关不通。[72]

当此之时,天下之大,万民之众,王侯之威,谋臣之权,皆欲决苏秦之策。不费斗粮,未烦一兵,未战一士,未绝一弦,未折一矢,诸侯相亲,贤于兄弟。[73]夫贤人在而天下服,一人用而天下从,故曰:式于政不式于勇;[74]式于廊庙之内,[75]不式于四境之外。当秦之隆,[76]黄金万溢为用,转毂连骑,[77]炫熿于道,[78]山东之国从风而服,[79]使赵大重。[80]且夫苏秦,特穷巷掘门、桑户棬枢之士耳,[81]伏轼撙衔,[82]横历天下,[83]廷说诸侯之王,杜左右之口,天下莫之能伉。[84]

将说楚王,路过洛阳,父母闻之,清宫除道,[85]张乐设饮,[86]郊迎三十里。妻侧目而视,[87]倾耳而听。嫂蛇行匍伏,[88]四拜自跪而谢。[89]苏秦曰:"嫂何前倨而后卑也?[90]"嫂曰:"以季子之位尊而多金。[91]"苏秦曰:"嗟乎!贫穷则父母不子,富贵则亲戚畏惧。[92]人生世上,势位富贵,盖可忽乎哉?[93]"

【简注】

[1]本文选自《战国策·秦策二》。苏秦:战国时洛阳人,著名策士。连横:战国时代,合六国抗秦,称为约从(或"合从");秦与六国中任何一国联合以打击别的国家,称为连横。 [2]说(shuì):劝说,游说。秦惠王:公元前336至公元前311年在位。 [3]巴:今四川东部。蜀:今四川西部。汉中:今陕西秦岭以南一带。 [4]胡:指匈奴族所居地区。貉(hè):一种形似狐狸的动物,毛皮可作裘。代:今河北、山西北部,以产良马闻世。 [5]巫山:在今重庆巫山东。黔中:在今湖南沅陵西。限:屏障,险阻之处。[6]肴:同"崤",崤山在今河南洛宁西北。函:函谷关,在河南灵宝西南。 [7]殷富:殷实富足。[8]奋击:奋勇进击的武士。[9]形便:得形势,擅便利。天府:自然界富饶的宝库。 [10]奏其效:陈述事情的效验,陈述秦国地利兵强的功效。 [11]文章:这里指法令制度。 [12]政教:政治教化。烦:烦劳……对外作战。 [13]俨然:庄重矜持。庭教:在朝廷上指教我。庭:通"廷"。 [14]愿以异日:希望将来再领教。以:于。异日:他日。 [15]神农:传说中发明农业和医药的远古帝王。补遂:古国名。 [16]黄帝:姬姓,号轩辕氏,传说为中原各族的共同祖先。涿鹿:在今河北涿鹿南。禽:通"擒"。蚩尤:神话中东方九黎族的首领,被黄帝擒杀于涿鹿之野。 [17]尧:又称陶唐氏,传位于舜。驩兜(huān dōu):中国古代传说中三苗族首领,传说曾与共工、鲧一起作乱,被流放于崇山。 [18]舜:又称有虞氏,名重华,传位给禹。三苗:古代少数民族。在今湖北武汉、湖南岳阳、江西九江一带。 [19]禹:夏朝开国君主。共工传为尧的大臣,与驩兜、三苗、鲧并称四凶。[20]汤:商朝开国君主。有夏:即夏桀。"有"字无义。 [21]文王:姬姓,名昌,殷末诸侯,称西伯。崇:殷时古国名,在今陕西西安。崇侯虎助纣为虐,为文王所灭。 [22]武王:文王之子,名发,率诸侯灭纣建立周朝。纣:商朝末代君主,传说中的大暴君。 [23]齐桓:齐桓公,名小白,春秋五霸之一。伯:同"霸",称霸。 [24]恶:同"乌",何。 [25]毂(gǔ):车轮中央圆眼,以容车轴。这里代指车乘来往频繁。 [26]约从:相互结盟交好。兵革:武器装备。 [27]文士:辩士。饬:通"饰",修饰文辞,即巧为游说。 [28]万端俱起:群议纷起。 [29]胜理:全部加以整治。胜:尽。理:整治。 [30]科条:法令条文。 [31]书策稠浊:多而混乱。 [32]聊:依靠。 [33]明言章理:说话明白,道理清楚。章:同"彰",明显。 [34]辩言:巧辩的辞令。伟服:华丽的服饰。 [35]繁称文辞:称引繁富,言辞巧饰。文:装饰。 [36]舌敝:舌头磨

破。敝:坏。　[37]行义约信:各国宣称约守仁义。不亲:不能相亲。　[38]缀甲:连缀甲片。砺兵器。厉:通"砺",磨砺。　[39]效胜:致力于战胜敌人。效:尽,致。　[40]徒处:白白地等待。致利:获利。　[41]五帝:一般指黄帝、颛顼、帝喾、尧、舜。三王:指夏禹、商汤、周文王。五伯:即春秋五霸。指春秋时先后称霸的五个诸侯:齐桓公、晋文公、楚庄王、吴王阖庐、越王勾践。　[42]迫:两军接近。杖:持着。戟:一种将戈矛合成一体的武器,能直刺,又能横击。橦(chōng):冲刺。　[43]义强于内:道义在国内得到加强。　[44]凌:凌驾于上。万乘:兵车万辆,指大国。　[45]诎:通"屈",屈服。　[46]子元元:以广大人民为子,意即统一天下。臣诸侯:以诸侯为臣。　[47]嗣主:继位的君王。　[48]至道:最重要的道理。　[49]悟:不明。对教化昏聩不明。　[50]乱:头脑昏乱。　[51]溺于辞:沉溺于巧辩的言辞之中。　[52]说不行:指连横的主张未得实行。说(shuō)言论,主张。　[53]羸(léi):缠绕。縢(téng):绑腿布。履:穿着。蹻(jué)草鞋。　[54]橐(tuó):囊,布袋。　[55]犁:通"黧"(lí):黑色。　[56]归:应作"愧",惭愧。　[57]纴(rèn):织布机。　[58]喟然:叹气的样子。　[59]发书:取出书籍。　[60]陈箧(qiè):摆出(装书的)竹箱子。　[61]太公:姜太公吕尚。阴符:兵书。　[62]简:选择。练:熟习。全句意为精心研摩熟练掌握。　[63]引:拿过来。股:大腿。足:应作"踵",足跟。　[64]摩:靠近。燕乌集:宫阙名。　[65]华屋:指宫殿。　[66]抵(zhǐ)掌:击掌,形容谈话很热烈、融洽。　[67]武安:今河北武安。　[68]革车:兵车。　[69]纯(tún):匹,段。　[70]溢(yì):通"镒"。一镒二十四两。　[71]约从散横:联合起东方六国,以拆散与秦的连横关系。　[72]关不通:指六国不与秦往来。关:函谷关,为六国通秦要道。　[73]贤于兄弟:关系比兄弟还亲。　[74]式:用。　[75]廊庙:谓朝廷。　[76]隆:显赫,隆盛得意之时。　[77]转毂连骑:车轮飞转,从骑接连不断。这是形容苏秦车骑之盛。　[78]炫熿(huáng):辉煌显耀。　[79]山东:指华山以东。　[80]使赵大重:谓使赵的地位因此而提高。　[81]掘门:同窟门,窑门。桑户:桑木为板的门。棬(quān)枢:树枝做成的门枢。　[82]轼:车前横木。撙(zǔn):节制,勒住。　[83]横历:横行。　[84]杜:堵住。左右:左右侍臣。伉:通"抗",抵挡,匹敌。　[85]清宫除道:清扫房屋,修理道路。　[86]张:设置。　[87]侧目而视:不敢正视。　[88]蛇行匍伏:像蛇一样伏在地上爬行。　[89]谢:请罪。　[90]倨:傲慢。　[91]季子:苏秦的字。　[92]亲戚:亲人,指家庭中的亲属。　[93]盖:同"盍",何。

【浅释】

文章刻画了纵横家苏秦自我奋斗的形象,展示了战国时代的社会形态和世俗风貌。

读本文注意三点:其一,先抑后扬的结构。前半记言,写苏秦用连横的策略游说秦王,遭受失败,为下文反做铺垫。后半叙事,写苏秦用合纵的策略联合诸侯,获得成功。叙事层层递进,先写失败的窘境和刻苦的自砺,后写游说的成功和命运的剧变,因果呼应,详略得当。其二,强烈的对比手法,如失败与成功,功名不遂与功成名就,家人前倨与家人后恭,诸多对比突出了成功的不易和奋斗的价值,揭示出世态的炎凉和人性的异化。其三,铺张扬厉的语言。通篇广用铺排,说词雄辩讲究,华丽工整,叙述节奏分明,朗朗上口,具有辞赋化的倾向,体现了战国时代的文风。

苏秦博闻广记、能言善辩、坚韧不拔、沉醉富贵、急功好利的形象通过游说言辞、肖像神情、动作细节描画,立体化地呈现在读者面前。

【习题】

1. 结合苏秦经历,谈谈你对纵横家人生价值观的看法。
2. 简析本文塑造人物形象的手法和特点。
3. 以本文为例,谈谈《战国策》铺张扬厉的语言风格。

谏逐客书[1]

李 斯

> 李斯(？—前208)，战国末年楚国人。曾为楚上蔡(今属河南)小吏，后从荀况学帝王之术，学成后入秦为客卿，在秦灭六国事业中发挥重大作用。秦统一天下后拜为丞相，参与制定法律，统一车轨、文字、度量衡制度。李斯不仅是秦代著名的政治家，也是秦代的散文大家。秦始皇时，一切诏令、表奏、碑刻的文字，差不多都是出自李斯之手。李斯文章存世不多，主要见于《史记》所载，以奏疏和刻石文如《谏逐客书》《狱中上书》《泰山刻石》《琅邪台刻石》《会稽刻石》等闻名于后世。李斯散文布局谋篇构思严密，设喻说理纵横驰骋，既重质实，又饶文采，在秦代文坛一枝独秀。

臣闻吏议逐客，窃以为过矣。[2]

昔缪公求士，[3]西取由余于戎，[4]东得百里奚于宛，[5]迎蹇叔于宋，[6]来丕豹、公孙支于晋。[7]此五子者，不产于秦，而缪公用之，并国二十，遂霸西戎。[8]孝公用商鞅之法，[9]移风易俗，民以殷盛，国以富强，百姓乐用，诸侯亲服，获楚、魏之师，举地千里，[10]至今治强。惠王用张仪之计，[11]拔三川之地，[12]西并巴、蜀，[13]北收上郡，[14]南取汉中，[15]包九夷，[16]制鄢郢，[17]东据成皋之险，[18]割膏腴之壤。[19]遂散六国之从，[20]使之西面事秦，[21]功施到今。[22]昭王得范雎，[23]废穰侯，[24]逐华阳，[25]强公室，杜私门，[26]蚕食诸侯，使秦成帝业。此四君者，皆以客之功。由此观之，客何负于秦哉？向使四君却客而不内，[27]疏士而不用，是使国无富利之实，而秦无强大之名也。

今陛下致昆山之玉，[28]有随和之宝，[29]垂明月之珠，[30]服太阿之剑，[31]乘纤离之马，[32]建翠凤之旗，[33]树灵鼍之鼓。[34]此数宝者，秦不生一焉，而陛下说之，[35]何也？必秦国之所生然后可，则是夜光之璧不饰朝廷，[36]犀、象之器不为玩好，[37]郑、卫之女不充后宫，[38]而骏良駃騠不实外厩，[39]江南金锡不为用，西蜀丹青不为采。[40]所以饰后宫、充下陈、[41]娱心意、说耳目者，必出于秦然后可，则是宛珠之簪、[42]傅玑之珥、[43]阿缟之衣、[44]锦绣之饰不进于前，而随俗雅化、佳冶窈窕赵女不立于侧也。[45]夫击瓮叩缶，弹筝搏髀，[46]而歌呼呜呜快耳目者，真秦之声也。郑卫、桑间、韶虞、武象者，[47]异国之乐也。今弃击瓮叩缶而就郑卫，退弹筝而取韶虞，若是者何也？快意当前，适观而已矣。[48]今取人则不然，不问可否，不论曲直，非秦者去，为客者逐。然则是所重者，在乎色、乐、珠、玉，而所轻者，在乎人民也，此非所以跨海内、制诸侯之术也。

臣闻地广者粟多，国大者人众，兵强则士勇。是以太山不让土壤，[49]故能成其大；河海不择细流，故能就其深；王者不却众庶，[50]故能明其德。是以地无四方，民无异国，四时充美，鬼神降福，此五帝三王之所以无敌也。[51]今乃弃黔首以资敌国，[52]却宾客以业诸侯，[53]使天下之士，退而不敢西向，裹足不入秦，此所谓藉寇兵而赍盗粮者也。[54]

夫物不产于秦，可宝者多；士不产于秦，而愿忠者众。今逐客以资敌国，损民以益仇，内自虚而外树怨于诸侯，求国之无危，不可得也。

【简注】

[1]本文选自《史记·李斯列传》。谏:对尊长直言规劝。客:指客卿。凡他国人在秦为官,其位为卿,以客礼待之,称客卿。书:上书,古代一种向君王陈述意见的文体。 [2]逐客:公元前237年,韩国派著名的水利专家郑国游说秦王修渠灌田,以图消耗秦国人力财力,缓和对韩国的军事威胁。秦国王室贵族便借此为由劝秦王驱逐所有客卿。窃:私下,谦辞。过:错。 [3]缪公:即秦穆公,姓嬴,名任好,春秋五霸之一,在位三十九年。缪:通"穆"。 [4]由余:春秋晋国人。入戎,戎王命出使秦国,为秦穆公所用。献策攻戎,开境千里,使穆公称霸。 [5]百里奚:春秋楚国人,曾为虞国大夫,晋灭虞后被俘,作陪嫁奴仆入秦,后逃回故乡宛地(今河南南阳)。秦穆公以五羖(公羊)皮赎回,任用为相。 [6]蹇叔:春秋时西戎岐(今陕西境内)人,寓居于宋国,经百里奚推荐入秦,穆公厚礼聘为上大夫。 [7]丕豹:春秋晋国人,父丕郑为晋惠公所杀,逃到秦国,穆公任用为将。公孙支:秦岐人,寓居于晋,后归秦,穆公用为大夫。 [8]并国二十:指秦吞并西戎二十部落。 [9]孝公:战国秦君,名渠梁,在位二十四年。商鞅:即公孙鞅,战国卫人,又称卫鞅。因秦封其于商,故名商鞅。商鞅曾辅佐秦孝公实行变法,使秦国得以富强,奠定统一六国基础。 [10]获楚魏之师:战胜楚国、魏国的军队。举:攻克,占领。 [11]惠王:即秦惠王,也称惠文王,秦孝公之子,名驷。张仪:战国魏人,与苏秦同为纵横家。秦惠王时为相,用连横之策瓦解了六国的合纵政策。 [12]拔:攻取。三川:东周以伊水、洛水、黄河为三川,本韩地,在今河南黄河以南、灵宝以东地带。[13]巴蜀:当时的两个小国,分别在今四川东部、西北部。 [14]上郡:本魏地,在今陕西西北、宁夏及内蒙古一带。 [15]汉中:本楚地,在今陕西西南部。 [16]包:占有,吞并。九夷:泛指当时楚国境内的少数民族。 [17]鄢(yān):楚都,在今湖北宜城西南。郢(yǐng):楚都,在今湖北荆州城北。 [18]成皋:在今河南荥阳虎牢关,古代是一个军事要地。 [19]膏腴:肥沃。 [20]从:同"纵",当时六国联合对付秦国的一种策略。 [21]西面事秦:向西服从秦国。 [22]施(yì):延续。 [23]昭王:即秦昭襄王,名则,又名稷,惠王子,秦武王异母弟。并西周,用范雎为相。范雎:又称范且,字叔,战国时魏人。入秦为昭王相,主张远交近攻策略,使秦逐步歼灭诸侯力量。 [24]穰侯:魏冉,秦昭王母宣太后的异父弟。昭王年少即位,宣太后用冉执政,封为穰(今河南邓州)侯。 [25]华阳:芈(mǐ)戎,宣太后弟,封华阳(今陕西商洛)君。与穰侯一起专权,后同被逐出关外。 [26]公室:指中央王权。杜:杜绝,杜塞。私门:指贵族豪门。 [27]向使:当初假如。却:拒绝。内:同"纳"。 [28]致:得到,求得。昆山:即昆仑山,传说盛产美玉。 [29]随和之宝:指隋侯珠、和氏璧。相传春秋时随侯救了受伤的大蛇,后蛇于江中衔大珠以报,称随侯珠。春秋时楚人卞和得璞于山中,剖璞得宝玉,琢为璧,称和氏璧。 [30]明月之珠:即夜光珠,夜间发光犹如明月。 [31]服:佩带。太阿:春秋时楚王命欧冶子、干将铸龙渊、太阿、工布三宝剑。 [32]纤离:古骏马名。 [33]建:竖立。翠凤:用翡翠羽毛作成凤形装饰的旗帜。 [34]树:设置。灵鼍(tuó)之鼓:用扬子鳄皮制成的鼓。 [35]说:同"悦"。 [36]夜光之璧:夜间发光的美玉,一说即指"明月之珠"。 [37]犀、象之器:用犀牛角和象牙做成的器物。 [38]郑、卫之女:郑、卫是小国名,以美女多著称。 [39]駃騠(jué tí):北狄良马。厩:马棚。 [40]丹青:指丹砂、青䨼等不易褪色的矿石颜料。 [41]下陈:后列(殿堂下婢妾站立的地方),指宫中侍奉帝王的宫女行列。 [42]宛(yuān)珠之簪:用宛地(今河南南阳)的珠装饰的簪。簪:定发髻的长针。 [43]傅玑之珥:缀有珠玑的耳饰。傅:通"附"。玑:不圆的珠。 [44]阿(ē)缟:东阿(在今山东)出产的白色绢。缟:白色的丝织品。 [45]随俗雅化:随着风尚打扮得高雅漂亮。佳冶窈窕:佳丽美好体态优雅。赵女:赵国的美女。 [46]瓮(wèng)、缶(fǒu):均为秦产陶制乐器。筝:古代弦乐器。搏髀(bì):拍大腿,指打拍子的动作。 [47]郑卫:指郑国、卫国的地方音乐。桑间:卫国濮水之滨,是当时青年男女欢聚唱歌的地方。"郑卫桑间"泛指当时的民间音乐。韶:虞舜时的音乐,故称韶虞。武:周武王时的乐舞,故称武象。"韶虞、武象"泛指当时的雅乐。 [48]适观:适意地观赏,满足于观赏。 [49]太山:泰山。让:推辞,拒绝。 [50]众庶:平民百姓。 [51]五帝三王:参见《苏秦始将连横》注[41]。 [52]黔首:战国时期和秦代对百姓的称呼。平民以黑巾裹头,故名。资:资助,帮助。 [53]业:立功。业诸侯:使诸侯成就功业。 [54]藉:借给。赍(jī):赠送。

【浅释】

《谏逐客书》的中心论点是"逐客"为过。

结构布局为议论文中极有代表性的范式:提出论点——论证论点——照应论点。论点提出极为策略,轻描淡写,点到为止,谦卑委婉,以退为进。主体从三个方面论述任用客卿之利和驱逐客卿之过。首先道古,按时间先后,由远及近,用四君"以客之功"的事实,正面说明秦国靠客卿才得以富强;继而论今,从秦王重物轻人入手,从秦统一天下的高度立论,切中要害指出逐客之过;最后劝谏,用比喻、对比论证方法阐述以"客"治国和逐"客"资敌的不同效果,从理论上驳斥逐客之过。结尾重申逐客之过,将逐客的危害(亡国)渲染到极点,从而成功地完成对秦王的劝谏。

本文抓住要害,动之以情,晓之以理,层层递进;援古证今,纵横捭阖,层层对比,结构严密;铺陈夸张,排比对偶,辞采富丽,生动有力,体现了先秦散文向汉赋过渡的骈偶化趋势。

【习题】

1. 本文始终贯穿对比论证的方法,悉心体会这一论证方法的作用。
2. 细读"昔缪公求士"一段,试分析本文铺陈史实、选用论据材料的技巧。
3. 本文被后人追认为"骈体初祖",请谈谈本文语言修辞上的特色。

第二章
汉魏六朝诗文

汉魏六朝800余年,文学呈多元化发展的趋势。

继"诗经"和"楚辞"之后,汉代出现了又一新诗体——乐府诗。汉乐府民歌是由汉代音乐机构从民间采集而来的,主要有"相和歌辞""鼓吹歌辞""杂曲歌辞"三种类型,它们在音乐上各具特色。汉乐府民歌继承并发扬了《诗经》民歌的现实主义优良传统,它"感于哀乐,缘事而发",广泛而深刻地反映了当时的现实生活,暴露了各种社会矛盾,表达了人民群众的思想感情。汉乐府大部分是叙事诗,剪裁精当,对话传神,突出冲突,代表作《孔雀东南飞》是我国古代第一首长篇叙事诗,强烈的反封建思想内容和优美的艺术形式在作品中得到高度统一,是中国现实主义诗歌发展的重要标志。另一篇代表作是《陌上桑》。汉乐府民歌标志着我国古代叙事诗的成熟,它是五七言诗歌的源头,深深地泽溉了后代诗歌创作。东汉末期出现的《古诗十九首》,被誉为"五言之冠冕",显示了五言诗在艺术上的成熟,它是由寒门文人创作的抒情短诗,这些古诗表现了浓重的感伤情绪,从一个侧面反映了时代的动荡不安。它们长于抒情,善于比兴,象征衬托,所用皆妙,言近旨远,语短情长,融情于景,寄情于事,往往达到水乳交融的境界,以高度的艺术成就,开创了我国抒情诗的新风格。建安诗歌在汉乐府和"古诗"的影响下,反映社会现实,表现生民痛苦;抒发建功抱负,歌唱拯世理想;痛感人生短暂,哀叹壮志难酬,大抵情辞慷慨激昂,格调刚健遒劲,在思想性和艺术性上均有鲜明特色,后人称这种特色为"建安风骨"。建安诗歌代表作家有"三曹"(曹操、曹丕、曹植)、"七子"(孔融、陈琳、王粲、徐干、阮瑀、应玚、刘桢)和蔡琰。被称为"建安之杰"的曹植,灵活地运用五言诗的形式叙事、咏史、写志、抒情,细腻真切地表现出悲壮、愤慨、热烈、哀怨的情感。

魏晋诗歌抒写个人忧愤的居多。正始诗人阮籍《咏怀诗》着重写自己的嗟生、忧时、愤世、疾俗的思想感情,曲折地透露凄惶、恐惧、幽独、怨懑等复杂情绪,开创了一种委婉含蓄、言近旨远的抒情风格。左思咏史诗借历史人物作比拟,抒发对现实的不满,真正提高了咏史诗的品格。郭璞游仙诗以游仙咏隐逸,借高蹈赞超脱,寄托对现实人生的悲哀,一直影响到后世李白的诗歌创作。陶渊明是第一个大力创作田园诗的诗人,写田园生活和隐逸情趣,质朴自然,平和冲淡,意境高远,韵味悠长,对唐以后诗歌有广泛而深刻的影响。谢灵运山水诗写奇山异水和审美感悟,富丽精工,清新自然,穷貌极物,逼真细致。鲍照在七言乐府上作出了突破性的贡献,完成了五言到七言的转变。南朝后期出现的永明体是我国格律诗的开端,沈约的音律研究和谢朓的诗歌创作贡献尤大。庾信是南北朝时期最后一个卓有成就的诗人,后期诗作抒发身世之感、乡关之思和悔恨之情,苍凉沉郁,老成刚健。南北朝民歌足以和汉乐府相媲美。北歌多抒发慷慨悲壮情绪,风格直率粗犷,质朴中带有俚俗粗野的气息,具阳刚之美,《木兰诗》与《孔雀东南飞》被称为乐府"双璧";南歌专写缠绵婉约情爱,风格委婉细腻,自然中含有清丽柔美的韵致,具阴柔之美,《西洲曲》被誉为"言情之绝唱"。

散文到了汉代,又在国家政权封建大一统的广阔社会背景之下继续发展起来,取得很高的成就,在中国文学史上占有重要地位。一是历史散文获得了突出成就,史传文学的创造是历史散文的一个飞跃发展。代表两汉历史散文最高成就的是司马迁《史记》,它不仅是我国古代源远流长的历史散文作品的顶峰,而且还开创了新的文学门类——传记文学(《史记》是我国第一部纪传体通史),高超的写人手法、深沉的人生感慨、卓越的语言艺术是其巨大成就,被鲁迅誉为"史家之绝唱,无韵之离骚"。另一部历史名著是班固《汉书》,它是我国第一部断代史,成就稍逊于《史记》。文学价值主要表现在人物塑造的一定程度上的典型化、语言运用的骈俪化与韵律感、行文中情感倾向的鲜明流露等三个方面。二是完成了汉赋体制的创造,并获得蓬勃的发展。初期骚体赋是楚辞的余绪,贾谊《鹏鸟赋》可为代表;中期枚乘《七发》标志着大赋的形成,大赋以铺张扬厉、描景状物为主要特色,重要作品有司马相如《子虚赋》和《上林赋》、扬雄《甘泉赋》和《羽猎赋》、班固《两都赋》、张衡《二京赋》等;后期抒情小赋抛弃大赋的体物倾向,又回到抒情路上来,代表作有贾谊《吊屈原赋》、张衡《归田赋》、赵壹《刺世嫉邪赋》。三是政论散文产生了不少名篇。西汉前期的散文主要是务实求用的政论性文体,较之战国诸子之文,体裁、风格已有明显变化:涉及治世的原则、见解和措施,议论比较深刻,也颇具文采。其中,以贾谊(《过秦论》)、晁错(《论贵粟疏》)成就最高。西汉后期桓宽《盐铁论》是一部别具特色的政论性散文专著。东汉前期政论散文的代表是王充《论衡》,是书表现了独立思考、自抒机杼的个性。此外,还有刘安《淮南子》、刘向《说苑》、赵晔《吴越春秋》等子书,邹阳《狱中上梁王书》、司马迁《报任安书》、杨恽《报孙会宗书》等书札。汉代散文,无论在叙事、说理方面,还是在塑造人物、描写社会现实方面,都较先秦散文有很大进步。

魏晋时期的散文大家有曹操(《让县自明本志令》)、诸葛亮(《出师表》)、嵇康(《与山巨源绝交书》)、陶渊明(《桃花源记》)。曹操散文具有政治家的宏伟气魄,带有鲜明的帝王形象,出语豪放,无所顾忌,其清峻、通脱的散文风格表现了建安散文的新风貌,对魏晋散文的发展有重要影响。嵇康师心以遣论,综名核实,析理绵密;使气以作书,语浅意明,任情恣肆。陶渊明散文虽然不多,但篇篇真淳,宛如蓝田美玉,在当时的文坛别树一帜,能自由真实地再现自我,创造出一种真率自然的文章风格。其他散文名作还有阮籍《大人先生传》、向秀《思旧赋》、鲁褒《钱神论》和孔稚圭《北山移文》等。

魏晋南北朝散文的发展呈现出许多新特点:明显地增加主体意识,而且充满生活气息;向更加文学化、个性化的方向发展;更加富于审美情趣,表现了新的审美追求。如王羲之《兰亭集序》、鲍照《登大雷岸与妹书》、吴均《与宋元思书》、丘迟《与陈伯之书》、陶弘景《答谢中书书》等。骈赋名作有曹植《洛神赋》、王粲《登楼赋》、鲍照《芜城赋》、谢庄《月赋》、江淹《别赋》《恨赋》、左思《三都赋》、陶渊明《闲情赋》《归去来兮辞》、庾信《哀江南赋》等。郦道元《水经注》、杨衒之《洛阳伽蓝记》、颜之推《颜氏家训》都是骈散结合的佳作。曹丕《典论·论文》、陆机《文赋》、刘勰《文心雕龙》和钟嵘《诗品》等为著名文论著作。

饮马长城窟行[1]

《乐府诗集》

> 汉乐府指汉时乐府官署所采制的诗歌,其中一部分是宫廷祭祀时的郊庙歌辞,另一部分则是采自民间的乐府民歌。汉乐府继承并发扬了《诗经》民歌的现实主义优良传统,它"感于哀乐,缘事而发",广泛而深刻地反映了当时的现实生活,暴露了各种社会矛盾,表达了人民群众的思想感情。精彩成熟的叙事手法,质朴悲怆的语言风格,自由多样的艺术形式,是汉乐府的三大艺术特征。汉乐府民歌标志着我国古代叙事诗的成熟,它是五七言诗歌的源头,深深地泽溉了后代诗歌创作。汉乐府保留较为完备的是宋朝郭茂倩所编的《乐府诗集》。

青青河畔草,绵绵思远道。[2]远道不可思,宿昔梦见之。[3]梦见在我旁,忽觉在他乡。他乡各异县,展转不相见。[4]枯桑知天风,海水知天寒。[5]入门各自媚,谁肯相为言![6]客从远方来,遗我双鲤鱼。[7]呼儿烹鲤鱼,中有尺素书。[8]长跪读素书,书中竟何如?[9]上言加餐食,下言长相忆。[10]

【简注】

[1]本文选自郭茂倩所编《乐府诗集》。 [2]绵绵:延续不断,表面上形容春天芳草绵延不绝,实际上指相思连绵不断。远道:远方,代指远方被思念的人。 [3]宿昔:同"夙夕",指昨夜。 [4]展转:亦作"辗转",不定。这里是说在他乡作客的人行踪无定。"展转"又是形容不能安眠之词,即是说思妇醒后翻来覆去不能再入梦。 [5]枯桑:落了叶的桑树。这两句是说枯桑虽然没有叶,仍然可以感到风吹,海水虽然不结冰,仍然可以感到天冷。比喻远方的游子纵然感情淡薄也应该知道思妇的孤凄和想念。一说比喻丈夫不在家,使女主人公深感门庭冷落,世态炎凉,就像枯桑知天风,海水知天寒一样。 [6]入门:指从远方归来的其他人。媚:爱。言:问讯。以上二句把远人没有音信归咎于别人不肯代为传送。 [7]双鲤鱼:指藏书信的函,就是刻成鲤鱼形的两块木板,一底一盖,把书信夹在里面。 [8]烹:这里指打开信函。因信函系鱼状,故用"烹"以求造语生动。尺素书:一尺左右的绢帛书信。素:生绢。 [9]长跪:伸直了腰跪着。古人席地而坐,坐时两膝着地,臀部压在脚后跟。跪时臀部离开脚跟将腰伸直。 [10]末二句"上""下"指书信的前部与后部。加餐饭:意在劝慰妻子保重身体。

【浅释】

此篇以细腻委婉的笔调,描写了空闺念远的无限深情。

它以叙事的方式写内在情思,"思"字贯通全篇。第一层(始8句)写思妇昼思夜想:因"思"而"梦",因"梦"而喜,因"觉"而悲。思妇种种意想,似梦非梦,似真非真,念远的苦涩、情感的缠绵、神思的恍惚宛然可见。青草意象和相思主题因"思"而巧妙粘合。顶针连用,牵思缀情,乐感天成。第二层(中4句)写思妇寒门独居,时入深秋,倍感寒凉;人我对比,难耐孤独;音耗全无,忧伤至极。此层实为情感上的积蕴和结构上的过渡。第三层(后8句)写思妇意外得书,接书之惊喜、开书之急切、读书之虔敬、读后之怅惘一一道来,思妇复杂而微妙的心底微澜得到了真切的描画。诗歌在含蓄得近乎平淡中结束,暗示思妇对夫君的思念绵绵无尽。首尾遥相呼应,全诗浑然一体。

作品笔法委曲多致,多用比兴顶针,文字质朴自然。

【习题】

1. 试分析这首诗的艺术构思的特点。
2. 以本诗为例,谈谈乐府民歌艺术表现的长处。
3. 分析本诗景物描写和心理描写对塑造思妇形象的作用。

行行重行行[1]

《古诗十九首》

> 《古诗十九首》最早见于梁昭明太子所编《文选》,所谓"古诗",本是魏晋南北朝对古代诗歌的统称,《文选》的编者把已失去主名的十九首五言古诗选编在一起,题作"古诗十九首"。《古诗十九首》是由寒门文人创作的抒情短诗,并非成于一人一时,但主题和风格大体统一,抒发的多是动乱时代下层文人的牢骚不平与消极感伤。其主要特色是长于抒情,委婉含蓄,抒情情景相衬,结构精巧自然,语言平淡精练。它以高度的艺术成就,开创了我国抒情诗的新风格,受到历代文学评论家的一致推崇。

行行重行行,与君生别离。[2]相去万余里,各在天一涯。[3]道路阻且长,[4]会面安可知。胡马依北风,越鸟巢南枝。[5]相去日已远,衣带日已缓。[6]浮云蔽白日,[7]游子不顾返。[8]思君令人老,[9]岁月忽已晚。[10]弃捐勿复道,[11]努力加餐饭。[12]

【简注】

[1]本诗为《古诗十九首》第一首。行行:行而不止。重:相当于"又""复"。 [2]生别离:活生生地分离。 [3]天一涯:天一方。意思是两人各在天之一方,相距遥远,无法相见。 [4]阻且长:艰险而且遥远。 [5]胡马:泛指北方的马。古时称北方少数民族为胡。越鸟:泛指南方的鸟,越指南方百越。胡马南来后仍依恋于北风,越鸟北飞后仍筑巢于南枝。这两句托物寓意,鸟兽尚眷恋故土,何况人呢? [6]"相去"两句:相离愈来愈远,衣带也愈来愈松了(由于相思而消瘦)。已:通"以"。远:久远。缓:宽松。 [7]浮云蔽白日:这是比喻,大致是以浮云喻邪,以白日喻正,思妇想象游子在外被人所惑。蔽:遮掩。 [8]不顾反:不想着回家。顾:念。反:通"返"。 [9]老:老态,老相。 [10]岁月忽已晚:一年倏忽又将过完,年纪愈来愈大。 [11]弃捐勿复道:什么都撇开不必再说了。捐:弃。 [12]努力加餐饭:一说寄望游子,努力吃饱,多加保重,以待归来;另说思妇自慰,尽量进食,保养身体,等待重聚。

【浅释】

这是一首东汉末年乱离岁月中的相思之歌。

抒情结构是:初别之痛—会难之忧—相思之苦—自慰之悲。开篇二句,写游子远行情状和思妇情感痛苦。"行"字四叠,强调往而不返的伤感;"生别离",饱含不忍、无奈的剧痛。三、四句设想行役路远,五、六句预感此生会难。"阻且长"涵盖空间、地理、人事诸多因素,融入思妇无限的忧虑和绝望的悲哀。"胡马"二句借物类比,设想游子理应思乡念妇,相思之情的倾诉更深一层。下面具写相思之苦:相思、憔悴与时日并行,别离愈久,相思愈烈,憔悴愈剧!生活细节表达温柔平易,尽显含蓄蕴藉。思妇相思至极渐生疑虑,"顾"字足见其品性温柔敦厚。"思君"两句更进一层,思妇难忍相思煎熬,恐惧红颜凋谢。最终强打精神自慰,隐含团聚冀望,见出坚贞德操。

重叠反复的咏叹,精当绝伦的比兴,淳朴清新的风格是本诗特色。

【习题】

1. 试分析本诗的抒情主人公形象。
2. 试分析本诗回环复沓、反复咏叹的抒情特点和效果。
3. 胡应麟说此诗"结构天然,绝无痕迹",请谈谈你的看法。

蒿 里 行[1]

曹 操

> 曹操(155—220),即魏武帝,字孟德,东汉沛国谯县(今安徽亳州)人。曹操既是著名政治家、军事家,又是很有成就的文学家,建安文学的开创者。他以乐府旧题写时事,反映新的社会现实,被称为"汉末实录",对唐代新题乐府和新乐府运动起了先导作用。他继承《诗经》抒情传统,使四言诗重现光彩,开魏晋之际四言风气之先。曹诗描写生灵涂炭的悲惨现实,表现自强不息的进取精神,抒发统一天下的政治理想,有政治人物的宏大气魄和高远阔大的诗歌意境,气韵沉雄,古直悲凉;散文则清峻通脱,简洁朴素,被鲁迅誉为"改造文章的祖师"。今人辑有《曹操集》。

关东有义士,[2]兴兵讨群凶。[3]初期会盟津,[4]乃心在咸阳。[5]军合力不齐,[6]踌躇而雁行。[7]势利使人争,嗣还自相戕。[8]淮南弟称号,[9]刻玺于北方。[10]铠甲生虮虱,[11]万姓以死亡。[12]白骨露于野,千里无鸡鸣。生民百遗一,[13]念之断人肠。

【简注】

[1]蒿里行:乐府诗题,属《相和歌辞·相和曲》。原为出殡时挽柩者所唱的挽歌,曹操用来写乱世人民的苦难,抒发自己深沉的感慨。 [2]关东:指函谷关(在今河南新安东)以东。义士:指以袁绍为首的关东诸州郡讨伐董卓的军事首领。 [3]兴兵:起兵。初平元年(190)正月,关东诸军事首领起兵讨伐董卓,推袁绍为盟主,曹操为奋武将军。群凶:指董卓为首把持东汉军政大权的军阀。 [4]期:约会,期望。会:会盟,联盟。盟津:也称孟津,在今河南孟州南。相传周武王起兵伐纣时,中途曾与联盟反纣的八百诸侯会合于此地。这里用"会盟津"代指各路讨董卓军队的联盟义举。 [5]乃心:其心,他们的心。咸阳:秦国的首都,这里指代洛阳。一说,当时董卓挟持汉献帝迁都长安。 [6]军合力不齐:军队虽然会合一起,但力量不统一。指军阀各有野心。 [7]踌躇:徘徊不进的样子。雁行:指军队排列前行,如飞雁的行列。这句形容讨董诸军列阵观望,无人先行进击。 [8]嗣还:随后不久。还:同"旋"。戕(qiāng):杀害。自相戕:自相残杀。当时袁绍等发生了内部的攻杀。 [9]淮南弟称号:建安二年(197),袁绍异母弟袁术在淮南(今安徽寿县)自立为皇

帝。　[10]刻玺(xǐ)：初平二年(191)，袁绍谋废汉献帝，立幽州牧刘虞，刻作金玺。玺：皇帝的印章。时袁绍屯兵河内(今河南沁阳)，故称北方。　[11]铠甲：战甲。虮虱(jǐ shī)：虱子、虮子。此句形容战争旷日持久，士兵不得解甲。　[12]万姓：百姓。以：因此。　[13]百遗一：一百个人里剩下一个人。极言死人之多。

【浅释】

　　作品真实地反映了汉末动乱和生灵涂炭的社会现实。

　　诗作以事件的因果关系为线索来结构全篇。第一部分是"扬"，概括联军讨董的浩大声势。"义士""群凶"之指称褒贬鲜明，维护国家统一之情毕现。第二部分是"抑"，叙写联军行动的让人失望：各怀异志，互相观望，自相残杀，袁术称帝，袁绍刻玺。"雁行"喻诸军貌合神离尤为生动，"势利"揭诸将包藏私心一针见血，"称号""刻玺"斥二袁称孤逆施义正词严。此段如层层剥笋，步步深入，为后半震撼人心的描述作了坚实铺垫。第三部分是"结"，描述军阀混战的严重后果。"铠甲"四句采用白描手法，概括而形象地反映了长期战乱给社会带来的深重苦难。"生民"两句感伤生灵涂炭，直抒悲怆情怀，就此愤然作结。

　　全诗气度雄阔，笔力简劲，展示了诗人怜世悯人的仁者胸襟、疾恶如仇的英雄意气和古直悲凉的艺术风格。

【习题】

　　1. 钟惺称此诗为"汉末实录，真诗史也"，请谈谈它所反映的社会现实。
　　2. 试分析这首诗怎样实现叙事与抒情的完美融合。
　　3. 前人用"古直悲凉"来评价曹操诗歌风格，请结合本诗谈谈你的感受。

送 应 氏[1]

曹　植

> 　　曹植(192—232)，字子建，东汉沛国谯县(今安徽亳州)人，曹操第三子。曹植是建安时期最有代表性的作家，在诗歌和辞赋创作方面有杰出成就。其五言诗成就最高，前期多写个人志趣和抱负，后期多写内心不平和哀怨。他创造性地发展了汉乐府的民歌形式，把叙事为主变为抒情为主，注入了诗人的个性与感情，骨气奇高，词采华茂，富于艺术表现力。其赋继承两汉以来抒情小赋的传统，又吸收楚辞的浪漫主义精神，为辞赋的发展开辟了新境界。《洛神赋》为曹植辞赋中杰出作品。

　　步登北邙阪，[2]遥望洛阳山。[3]洛阳何寂寞，宫室尽烧焚。[4]垣墙皆顿擗，[5]荆棘上参天。[6]不见旧耆老，[7]但睹新少年。侧足无行径，[8]荒畴不复田。[9]游子久不归，[10]不识陌与阡。[11]中野何萧条，[12]千里无人烟。念我平常居，[13]气结不能言。[14]

【简注】

　　[1]《送应氏》共二首，是曹植于建安十六年(211)随曹操西征马超，路过洛阳时送别应场(建安七子之

一)、应璩兄弟所作。本篇是第一首。　[2]北邙:山名,位于洛阳城北,属秦岭崤山余脉。阪:同"坂",山坡。　[3]洛阳山:指与北邙山相连的洛阳群山。　[4]"宫室"句:初平元年(190),董卓挟汉献帝迁都长安,把洛阳的宗庙宫室全部焚毁。　[5]垣(yuán):矮墙。顿:塌坏。擗(pǐ):分裂。　[6]参天:上至高天。荆棘参天,形容十分荒凉。　[7]耆(qí)老:老人。　[8]侧足:置足,插足。　[9]荒畴:荒芜的土地。畴:田亩。田:耕种,作动词用。　[10]游子:指应氏兄弟,或长久流落异乡的洛阳人。　[11]陌、阡:田间小道。东西叫陌,南北叫阡。　[12]中野:田野,野中。　[13]"念我"句:是代久不归的游子即应氏设词,应氏或曾家于洛阳。平常居:指平时和应氏一道生活的人。　[14]气结:指胸中郁塞。

【浅释】

《送应氏》写洛阳遭董卓之乱后的荒凉景象,表达了忧世伤时的无限感慨。

作品立意深远,手法新颖,它未从送行入手,而是从对方角度抒发怀乡别土之情。始两句写登高远望,"登""望"二字提挈全诗。接下来描写望中所见,由一声感叹("何寂寞")领起。洛阳残破:宫室焚毁,垣墙崩塌,荆棘参天;原野萧条:杳无人烟,田畴荒芜,草莽塞途。城中景象是主体,城郊景象是陪衬,远近相连,虚实相生,画面赢得了广度,情思赢得了深度。"何萧条"呼应"何寂寞",加深了感喟悲惨现实的情绪浓度。诗作由静到动,由物到人,以人托事,耆旧不见、游子不归强化了寂寞萧条。末二句归结送别题旨,抒发登望感慨:满腔悲愁,沉痛郁结。

诗歌情感真挚,对于人祸的惨烈、家园的败落、民生的凋敝有着痛切的感受,描写真切细微,感叹苍凉深沉,笔调遒劲自然,堪称建安文学精品。

【习题】

1. 试比较曹操《蒿里行》和《送应氏》,看后者在反映现实的深度和广度上有何发展。
2. 这首送别诗的艺术构思别具一格,请与你读过的送别诗作比较分析。
3. 结合具体诗句,谈谈本诗语言的特色。

陶渊明诗三首

陶渊明

陶渊明(约365—427),名潜,字元亮,自号五柳先生,浔阳柴桑(今江西九江西南)人。东晋伟大诗人、散文家、辞赋家。陶诗分田园诗、饮酒诗和咏怀诗三类,多写田园生活和隐逸情趣,充满对污浊社会的憎恶和对纯洁田园的热爱,表现了自己自然恬淡的人生追求,显示出纯净的精神和高洁的人格。诗作"发纤浓于简古,寄至味于淡泊",平淡自然而真醇清新,词语浅易而丰腴深厚,浑然天成而意境高远,清和婉约而豪放雄健,对唐以后诗歌有广泛而深刻的影响。其散文、辞赋成就亦高,《桃花源记》《闲情赋》均为妙品。今存诗120余首,文10余篇,世传《陶渊明集》多种。

归园田居(其一)[1]

少无适俗韵,性本爱丘山。[2]误落尘网中,一去三十年。[3]羁鸟恋旧林,池鱼思故渊。[4]开荒南野际,守拙归园田。[5]方宅十余亩,草屋八九间。[6]榆柳荫后檐,桃李罗堂前。[7]暧暧远人村,依依墟里烟。[8]狗吠深巷中,鸡鸣桑树颠。户庭无尘杂,虚室有余闲。[9]久在樊笼里,复得返自然。[10]

【简注】

[1]《归园田居》共五首,写于辞去彭泽令归田的次年(406),本篇原列第一首。 [2]适俗韵:投合世俗的性情。韵:性情,风度。 [3]尘网:尘世的罗网,指仕途。意谓仕途有如罗网,使人不得自由。三十年:并非几次出仕时间的累计,而是着意夸言时间之长(官场居然耗去人生半辈子光阴),借此突出痛悔程度之深。 [4]羁(jī)鸟:被束缚于笼中之鸟。池鱼:被养于池中之鱼。此二句以羁鸟池鱼比自己过去仕途生活的不自由,以"旧林""故渊"比田园。 [5]守拙:自己没有智能继续做官,故说"守拙"。拙:指不善为官,也就是不会取巧逢迎之意。"归园田"即回归田居之意。园田居:又名古田舍,为陶渊明在浔阳柴桑的住宅之一。 [6]方宅:宅的四周。方:旁,四周。 [7]罗:罗列,排列。 [8]暧暧:昏暗不明。依依:轻柔。一说,隐约可见。墟里:村落。 [9]户庭:门庭。尘杂:指俗世的繁杂之事。虚室:虚空闲静的居室。 [10]樊笼:比喻出仕做官。

【浅释】

本诗写弃官归田的原因、归田之后的人居环境和重返自然的情怀。

作品妙处有三:一是章法拙而实巧,诗作以"归"字贯穿,依次叙归之因、归之地、归之乐,结构貌似径情直遂,但自然而不平板,整一而显工巧。写"因"揉直使曲,写"地"由近及远,写"乐"由境到心,每层富于变化;题文高度和谐,前重写"归",中重写"园田",后重写"居",合起来即是"归园田居"。二是画面写意融情,纯用白描,随意点染,方宅草屋、榆柳桃李、村落炊烟、狗吠鸡鸣看似偶然的排列组合,却构成远离尘世、宁静安谧、淳朴自然的和谐画面,其中融入淡泊恬静的生活情趣和归隐田园的舒畅快乐,自然与人生浑然一体,实境与心境水乳交融,画面见情见性,神韵品咂不尽。三是语言淡而有味,不见雕镂之工,仿佛信笔写来,句句明白如话;形象贴切生动,对偶自然天成,富于音韵之美;素淡中见绮丽,浅易中寓丰腴,质朴中藏深味。

移居(其二)[1]

春秋多佳日,登高赋新诗。[2]过门更相呼,有酒斟酌之。[3]农务各自归,闲暇辄相思。[4]相思则披衣,言笑无厌时。[5]此理将不胜?无为忽去兹。[6]衣食当须纪,力耕不吾欺。[7]

【简注】

[1]陶渊明归田四年后(409)旧宅遇火,义熙六年(410)迁至南里之南村。《移居》二首作于搬家后不久,描述了与南村邻人交往过从的生活情景。 [2]"春秋"两句:春秋多晴朗天气,恰好登高赋新诗。 [3]斟:盛酒于勺。酌:盛酒于觞。斟酌:倒酒而饮,劝人饮酒的意思。这句和上句是说邻人间互相招呼饮酒。 [4]农务:农活儿。相思:互相怀念。这两句是说有农活儿时各自回去耕作,有余暇时便彼此想念。 [5]披衣:披上衣服,指去找人谈心。厌:厌烦,厌倦。 [6]此理:指与邻里过从畅谈欢饮之乐。将:岂。将不胜:岂不美。兹:这些,指上句"此理"。这两句是说,这种邻里之间过从之乐岂不比什么都美?不要忽然抛弃这种生活状态。 [7]纪:经营。这句和下句语意一转,认为与友人谈心固然好,但必须经营衣食,只有努力耕作才能供给衣食,力耕不会欺骗我们。

【浅释】

此诗描写与邻人融洽相处的快乐,表达朴素自然的人生理想。

作品以"乐"贯穿,展示了一幅幅任情适意的生活场景。开头四句写农闲时节的开心事,登高赋诗,可知当事人情趣盎然,雅兴非浅,"佳"点出天气之好、风光之美和精神之爽;过门招饮,尤见乡邻间关系融洽,亲密无间,"更相呼"说明交往随便,全然不受客套的束缚。接着四句写农忙时节的邻里情,归耕相思,表现乡邻间情谊深挚,形影难离,"辄"写出相思难耐,渴望欢聚;相访言笑,表现乡邻间志趣相投,推心置腹。"披衣"见相访急切,欲往则往;"言笑"见交谈畅快,无拘无束;"无厌时"说明谈锋甚健,完全忘却时间的限制。诸多不同地点的生活场面,构成完整的统一体,充分地表现了乡村自由自在的生活气氛。最后四句由情及理,点明自然之乐的根源在于:与邻为友,勤力躬耕。结构自然、以情化理是本诗特色。

杂诗(其二)[1]

白日沦西阿,[2]素月出东岭。[3]遥遥万里辉,荡荡空中景。[4]风来入房户,[5]中夜枕席冷。气变悟时易,不眠知夕永。[6]欲言无予和,[7]挥杯劝孤影。日月掷人去,有志不获骋。[8]念此怀悲凄,终晓不能静。[9]

【简注】

[1]《杂诗》是在晋义熙十年(414)前后,陶渊明 50 岁时所写,共 12 首。 [2]沦:落下。阿:山岭。西阿:西山。 [3]素月:白月。 [4]万里辉:指月光。荡荡:广阔的样子。景:同"影",指月轮。这两句是说万里光辉,高空清影。 [5]房户:房门。这句和下句是说风吹入户,枕席生凉。 [6]时易:季节变化。夕永:夜长。这两句是说气候变化了,因此领悟到季节也变了,睡不着觉,才了解到夜是如此之长。 [7]无予和:没有人和我对答。和(hè):应答。这句和下句是说想倾吐隐衷,却无人和我谈论,只能举杯对着只身孤影饮酒。 [8]日月:光阴。掷:抛开。骋:驰骋,这里指大展宏图。这两句是说时光飞快流逝,我空有壮志却不能得到伸展。 [9]此:指有志不得伸展这件事。终晓:彻夜,直到天明。这两句是说想起这件事满怀悲凄,心里通宵不能平静。

【浅释】

此诗表达了人生抱负难以实现,一任时光徒然流逝的忧伤。

起笔四句,展现开一幅无限廓大光明之境界。日落月出,昼去夜来,凸显光阴流逝之迅忽。孤影悬天,清辉万里,诗意空间弥漫悲凉之气。"风来"四句承上启下,写此"夕"对生命的体验与感受。冷风入户,才感悟到季节的交替;彻夜难眠,才体认到黑夜之漫长。以"天寒"衬托"不眠"的凄寒心境,以"悟"和"知"引出下面的抒怀。"欲言"四句由浅入深陈述"不眠"的原因,先言没有相伴知己,孤独无法诉说,苦闷无法消释;再以"日月"两句直抒悲怀,说出孤独苦闷的根由:光阴流逝不舍昼夜,并不为人停息片刻,生命渐渐感到有限,有志却得不到施展。日月掷人去愈迅速,则有志不获骋之悲慨愈加沉痛激烈。诗的结尾将悲伤推向极致,命途坎坷只能暗自悲凄,直到天亮难以平静。

全诗充满对人生的叹息,一纸苍凉无尽。

【习题】

1.古人认为"返自然"是《归园田居》"诸篇之总纲",阅读陶渊明另外四首同名作,谈谈你

2.课外阅读《移居》其一,试比较它与《移居》其二的异同点。
3.《杂诗》表达了陶渊明浓重的生命悲剧意识,请谈谈你的认识。

西 洲 曲

南朝民歌

> 南北朝民歌足以和汉乐府相媲美。"骏马秋风冀北,杏花春雨江南",这两句话被用来概括南朝、北朝乐府民歌的不同风貌。抒发慷慨悲壮情绪的北歌,风格直率粗犷,质朴中带有俚俗粗野的气息,具阳刚之美;专写缠绵婉约情爱的南歌,风格委婉细腻,自然中含有清丽柔美的韵致,具阴柔之美。南朝乐府主要分"吴声""西曲""神弦歌"三类。吴声、西曲是侑酒佐欢的女乐,声调柔软,自然婉丽;神弦歌是民间乐歌,有巫歌源远流长的遗风影响。此诗为南朝民歌,代表"吴歌""西曲"最成熟、最鼎盛阶段的作品,被誉为"言情之绝唱"。

忆梅下西洲,折梅寄江北。[1]单衫杏子红,双鬓鸦雏色。[2]西洲在何处?两桨桥头渡。日暮伯劳飞,风吹乌桕树。[3]树下即门前,门中露翠钿。[4]开门郎不至,出门采红莲。[5]采莲南塘秋,莲花过人头。低头弄莲子,莲子青如水。[6]置莲怀袖中,莲心彻底红。[7]忆郎郎不至,仰首望飞鸿。[8]鸿飞满西洲,望郎上青楼。[9]楼高望不见,尽日栏杆头。[10]栏杆十二曲,垂手明如玉。卷帘天自高,海水摇空绿。[11]海水梦悠悠,君愁我亦愁。[12]南风知我意,吹梦到西洲。

【简注】

[1]梅:第一个"梅"可视为爱情、情郎的象征符号(殆同"闻欢下扬州"之"欢")。下:到。西洲:当为江北某处。江北:指情人所去之地域。 [2]杏子红:杏红色。鸦雏:小鸦。鸦雏色,言其乌黑发亮。 [3]伯劳:鸣禽,仲夏始鸣。伯劳飞翔暗示已经入夏。乌桕:江南水乡常见的落叶乔木,夏日开出黄色花朵,秋季叶色红艳夺目。乌桕枝叶繁密,故鸟尤其是喜鹊多在树上垒窝。 [4]翠钿:用翠玉做成或镶嵌的首饰。 [5]采红莲:红莲摇曳暗示已届夏末。下文的"莲"都有谐音"怜"的双关意思。 [6]莲子:谐"怜子",暗指对男子的爱情。青如水:喻爱情的纯洁。 [7]莲心:谐"怜心",就是相爱之心。彻底红:喻爱情的浓烈。 [8]望飞鸿:有盼望书信的意思。古人有雁足传书的传说,故成为典实。鸿雁南飞暗示已是清秋。 [9]青楼:涂饰青漆的楼,指显贵之家,和后代以青楼为妓院的意思不同。 [10]尽日:整天,终日。 [11]海水:这里指江水。摇空绿:是说水天一色相接,好像一齐摇荡起来。 [12]悠悠:渺远,悠长。君:指在江北的所欢。

【浅释】

《西洲曲》描写一位江南少女自春至秋对情郎刻骨铭心的相思。

全诗以忆昔—盼归—思郎—望郎—梦郎为序展开。忆及"折梅寄远",引出绵绵之思。"西洲"八句写少女对情郎归来的期盼,"开门候郎"四个"门"字叠用,活现少女焦迫、失望、难堪心态。"南塘采莲"集中笔墨描写少女思念情郎、憧憬幸福的神情意态。"采莲""弄莲""置莲"三个动作,极有层次地写出人物感情的变化:浪漫的期待—真诚的自许—执着的坚守,描写细致入微,真切感人。此节连用七个"莲"字,着意渲染女子缠绵的情思。"忆郎"十句由思郎而望郎,"青楼望郎"突出一个"望"字,"望"的简单动作写得形神兼备。最后四句是全诗的尾声。"海水""悠悠"喻终年相思没有穷尽。结末两句是遐想,"南风吹梦",设想新奇,情思无限。

作品兼具吴歌的缠绵清丽和西曲的坦直率真,画面组接巧妙,声情婉转动人。

【习题】

1. 这首抒情诗具有较浓的叙事色彩,请分析其艺术结构的特征。
2. 本诗头两句的含意过去众说纷纭,歧解颇多,谈谈你的理解。
3. 请以本诗为例,谈谈南朝乐府民歌的抒情风格。

屈 原 列 传[1]

司马迁

> 司马迁(约前145—?),字子长,夏阳(今陕西韩城南)人。西汉史学家、文学家、思想家。元封元年(前110)任太史令,不久开始撰写《史记》。《史记》分本纪、表、书、世家和列传五种形式,记叙上自轩辕黄帝,下至汉武帝太初年间约三千年的历史。司马迁本着"不虚美、不隐恶"的实录精神,以饱满情感、过人胆识和卓绝才华秉笔直书,刻画了众多既有鲜明个性又具典型意义的历史人物形象。《史记》开创了中国纪传体史学和中国传记文学。《史记》叙事传神畅达,情节曲折;语言明白晓畅,生动精当;文章气势磅礴,充满激情,堪称古典散文的典范。

屈原者,名平,楚之同姓也。[2]为楚怀王左徒。[3]博闻强志,[4]明于治乱,娴于辞令。[5]入则与王图议国事,以出号令;出则接遇宾客,应对诸侯。王甚任之。[6]

上官大夫与之同列,[7]争宠而心害其能。[8]怀王使屈原造为宪令,[9]屈平属草稿未定。[10]上官大夫见而欲夺之,[11]屈平不与,因谗之曰:"王使屈平为令,众莫不知,每一令出,平伐其功,[12](曰)以为'非我莫能为'也。"王怒而疏屈平。[13]

屈平疾王听之不聪也,[14]谗谄之蔽明也,邪曲之害公也,方正之不容也,[15]故忧愁幽思而作《离骚》。[16]离骚者,犹离忧也。[17]夫天者,人之始也;父母者,人之本也。人穷则反本,[18]故劳苦倦极,未尝不呼天也;疾痛惨怛,[19]未尝不呼父母也。屈平正道直行,竭忠尽智以事其君,谗人间之,[20]可谓穷矣。信而见疑,忠而被谤,能无怨乎?屈平之作《离骚》,盖自怨生也。《国风》好色而不淫,[21]《小雅》怨诽而不乱,[22]若《离骚》者,可谓兼之矣。上称帝喾,下道齐桓,中述汤武,以刺世事。[23]明道德之广崇,[24]治乱之条贯,靡不毕见。[25]其文约,[26]其辞微,其志洁,其行廉。其称文小而其指极大,[27]举类迩而见义远。[28]其志洁,故其称物芳。[29]其行廉,故死而不容自疏。[30]濯淖污泥之中,[31]蝉蜕于浊秽,[32]以浮游尘埃之外,不获世之滋垢,[33]皭然泥而不滓者也。[34]推此志也,虽与日月争光可也。

屈平既绌,[35]其后秦欲伐齐,齐与楚从亲,[36]惠王患之,乃令张仪详去秦,[37]厚币委质事楚,[38]曰:"秦甚憎齐,齐与楚从亲,楚诚能绝齐,秦愿献商、於之地六百里。[39]"楚怀王贪而信张仪,遂绝齐,使使如秦受地。[40]张仪诈之曰:"仪与王约六里,不闻六百里。"楚使怒去,归告怀王。怀王怒,大兴师伐秦。秦发兵击之,大破楚师于丹、淅,[41]斩首八万,虏楚将屈匄,[42]遂取楚之汉中地。怀王乃悉发国中兵以深入击秦,战于蓝田,[43]魏闻之,袭楚至邓。[44]楚兵惧,自秦归。而齐竟怒不救楚,楚大困。

明年,[45]秦割汉中地与楚以和。楚王曰:"不愿得地,愿得张仪而甘心焉。[46]"张仪闻,乃曰:"以一仪而当汉中地,[47]臣请往如楚。"如楚,又因厚币用事者臣靳尚,而设诡辩于怀王之宠姬郑袖。[48]怀王竟听郑袖,复释去张仪。是时屈平既疏,不复在位,使于齐,顾反,[49]谏怀王曰:"何不杀张仪?"怀王悔,追张仪不及。

其后诸侯共击楚,大破之,杀其将唐眛。[50]

时秦昭王与楚婚,欲与怀王会。[51]怀王欲行,屈平曰:"秦虎狼之国,不可信,不如毋行。[52]"怀王稚子子兰劝王行:[53]"奈何绝秦欢!"怀王卒行。[54]入武关,[55]秦伏兵绝其后,因留怀王,以求割地。怀王怒,不听。亡走赵,赵不内。[56]复之秦,竟死于秦而归葬。[57]

长子顷襄王立,[58]以其弟子兰为令尹。[59]楚人既咎子兰以劝怀王入秦而不反也。[60]

屈平既嫉之,虽放流,眷顾楚国,[61]系心怀王,不忘欲反,冀幸君之一悟,俗之一改也。[62]其存君兴国而欲反覆之,[63]一篇之中三致志焉。然终无可奈何,故不可以反,卒以此见怀王之终不悟也。人君无愚智贤不肖,莫不欲求忠以自为,举贤以自佐,[64]然亡国破家相随属,[65]而圣君治国累世而不见者,[66]其所谓忠者不忠,而所谓贤者不贤也。怀王以不知忠臣之分,故内惑于郑袖,外欺于张仪,[67]疏屈平而信上官大夫、令尹子兰。兵挫地削,亡其六郡,身客死于秦,为天下笑。此不知人之祸也。《易》曰:"井泄不食,为我心恻,可以汲。王明,并受其福。[68]"王之不明,岂足福哉!

令尹子兰闻之大怒,卒使上官大夫短屈原于顷襄王,[69]顷襄王怒而迁之。[70]

屈原至于江滨,被发行吟泽畔,[71]颜色憔悴,形容枯槁。渔父见而问之曰:[72]"子非三闾大夫欤?[73]何故而至此?"屈原曰:"举世混浊而我独清,众人皆醉而我独醒,是以见放。[74]"渔父曰:"夫圣人者,不凝滞于物而能与世推移。[75]举世混浊,何不随其流而扬其波?众人皆醉,何不餔其糟而啜其醨?[76]何故怀瑾握瑜而自令见放为?[77]"屈原曰:"吾闻之,新沐者必弹冠,[78]新浴者必振衣,人又谁能以身之察察,[79]受物之汶汶者乎![80]宁赴常流而葬乎江鱼腹中耳,[81]又安能以皓皓之白,[82]而蒙世俗之温蠖乎![83]"乃作《怀沙》之赋。[84]……于是怀石遂自沈汨罗以死。[85]

屈原既死之后,楚有宋玉、唐勒、景差之徒者,[86]皆好辞而以赋见称;[87]然皆祖屈原之从容辞令,[88]终莫敢直谏,其后楚日以削,[89]数十年竟为秦所灭。……

太史公曰:余读《离骚》《天问》《招魂》《哀郢》,悲其志。适长沙,[90]观屈原所自沈渊,未尝不垂涕,想见其为人。

【简注】

[1]本文选自《史记·屈原贾生列传》。 [2]同姓:指与楚王同姓,是楚国的王族。楚王族本姓芈(mǐ),楚武王熊通的儿子瑕封于屈,其后代遂以屈为姓,瑕是屈原的祖先。屈、景、昭氏都是楚国的王族同姓。 [3]楚怀王:熊槐,前328—前299年在位。左徒:楚国官名,职位仅次于令尹。 [4]博闻强志:见闻广博,记忆力强。志,同"记"。 [5]明:懂得。治:政治清明安定。娴于辞令:擅长讲话。娴,熟悉。辞令:指外交方面应酬交际的语言。 [6]任:信任。 [7]上官大夫:楚大夫。上官,复姓。同列:同位,官阶相同。 [8]害:妒忌。 [9]造为:起草。宪令:国家的重要法令。 [10]属:写作。 [11]夺之:有两种说法,一是夺过来

据为己有；一是强迫屈原改写书稿。与：给予，赞同。　[12]伐：自我夸耀。　[13]疏：疏远。　[14]疾：痛心。听之不聪：听信谗言，不能明辨是非。聪：听觉灵敏，此处指明辨是非。　[15]谗谄：谗言和谄媚之词。蔽明：蒙蔽了（君王的）明智。邪曲：邪恶的小人。方正：行为正直。不容：不能见容于朝。　[16]幽思：苦闷深思。《离骚》：屈原代表作，自叙生平的长篇抒情诗。　[17]离：通"罹"。离骚：遭受忧患，又释"离"：离别。离骚：离别的忧愁。　[18]穷：处境困窘，走投无路。反本：追念根本。反：同"返"。劳苦倦极：操劳、苦闷、疲倦、困惫。　[19]疾痛惨怛（dá）：疾病、疼痛、凄惨、悲痛。　[20]谗人：小人、坏人。间：挑拨离间。　[21]《国风》：《诗经》中十五国土风歌谣。好色而不淫：风诗中有许多描写男女爱情的诗，但不涉于淫荡，符合儒家的礼义道德。　[22]《小雅》：《诗经》中镐京地区土风歌谣。怨诽：抱怨指责，其中有些批评当时朝政过失或抒发怨愤。乱：逾越君臣界限。　[23]上、中、下：远古、中古、近古。帝喾：上古帝王，黄帝曾孙，号高辛氏。齐桓：春秋时齐国诸侯王。汤武：指商汤、周武王，都是为后世所称道的古代明君。　[24]明：阐明。道德：这里指个人品格和举贤授能的善政。广崇：伟大崇高。　[25]条贯：条理、道理，也指因果关系。靡：没有。毕：完全。见：同"现"。　[26]约：缠束，迂曲。微：精深，幽微。廉：方正不苟。　[27]称文：文章用词。小：琐细，指《离骚》中多引述花草树木等细小事物。指：通"旨"，意义。　[28]举类：列举类似事例。迩：近，浅显，指《离骚》所称引的都是眼前习见的事例。义：道理。远：深远。　[29]称物芳：指《离骚》中多用兰、桂、蕙、芷等香花芳草做比喻。　[30]不容自疏：不肯自己疏放（懈怠）。疏：疏忽，懈怠。　[31]濯淖（zhuó nào）：洗涤污垢。此处以喻超脱世俗。　[32]蝉蜕（tuì）：蝉蜕之壳，蝉脱壳后高飞，此处以喻解脱，不为环境影响，品行高洁。　[33]获：被玷污，被污染。滋垢：污垢、赃物。滋：通"兹"，黑，混浊，污黑。　[34]皭（jiào）然：洁白的样子。泥（niè）：通"涅"，动词，染黑。滓（zǐ）：污泥，污浊。　[35]绌（chù）：通"黜"，废除，罢免。指屈原被免去左徒的职位。　[36]从（zòng）：同"纵"。从亲：合纵亲善。指山东六国团结起来，结成联盟，共同抗秦，称为合纵，楚怀王曾为纵长。　[37]惠王：秦惠王，前337—前311年在位。张仪：魏国人，战国时代著名的纵横家，主张"连横"，游说六国事奉秦国，为秦惠王所重用。详：通"佯"。假装。去：离开。　[38]厚币：丰厚的礼品。币：古人用作礼物的丝织品，泛用作礼品的玉、帛等物。委质：谓人臣拜见人君时，屈膝而委体于地。引申为归顺、臣服。质：指形体。一说"质"通"贽"，指初次拜见尊长时所送的礼物。　[39]商、於（wū）：秦地名，商，在今陕西商县东南。於，在河南内乡东。此指两地之间的地区。　[40]如：往……，到……。　[41]破：攻克，打败。丹、淅：二水名。丹水：汉江支流（又称丹江），发源于陕西商洛西北，东南流入河南。淅水：为丹江支流。　[42]屈匄（gài）：楚国大将军。虏楚将屈匄，发生于楚怀王十七年（前312）。　[43]蓝田：秦地名，在今陕西蓝田西一带。　[44]袭：偷袭。邓：春秋时蔡地，后属楚，在今河南邓州一带。　[45]明年：第二年，指楚怀王十八年（前311）。　[46]甘心：称心，快意。　[47]当：抵押，价值相当，这里有换取的意思。　[48]因：凭借。用事者：当权的人。靳尚：楚国大夫。设诡辞：用花言巧语欺骗。即靳尚受张仪指使，告诉郑袖："秦王甚爱张仪，而王欲杀之，今将以上庸之地六县赂楚，以美人聘楚王，以宫中善歌者为之媵。楚王重地，秦女必贵，而夫人必斥矣。夫人不若言而出之。"　[49]顾反：等到返回时，反，同"返"。下"入秦而不反""不忘欲反"等句之"反"同此。　[50]唐昧（即唐蔑）：楚将。楚怀王二十八年（前301），秦、齐、韩、魏攻楚，大败楚军于方城重丘，杀掉唐昧。　[51]秦昭王：秦惠王之子。会：会盟。　[52]毋行：不去为好。毋：无，不。　[53]稚子：幼子。子兰：怀王庶子。绝：拒绝。欢：欢心。　[54]卒：最终。　[55]武关：秦国的南关，在今陕西省商洛东。　[56]留：拘留。亡：逃走。内：同"纳"。接纳。　[57]之：到。竟：最终。归葬：（前296）即把怀王送回楚国安葬。　[58]顷襄王：名熊横，前297年（即楚怀王客死于秦之前），楚人拥立了当时在齐国做人质的太子横为楚王。　[59]令尹：楚国的最高行政长官，相当于其他诸侯国的相。　[60]咎：抱怨、责备。　[61]嫉：怨恨。放流：一说被疏远，一说被流放。眷：眷念，怀念。　[62]冀幸：寄以殷勤的希望。幸：希望。俗：习俗风气。　[63]存君：心里不忘国君。存：关怀。反复之：指把楚国从衰弱的局势中挽救过来。三致志：再三地表示这种意志。　[64]自为：给自己帮助。自佐：给自己辅佐。　[65]属（zhǔ）：连缀，接连。　[66]累世：好几个朝代。世：三十年为一世。　[67]分：本分。内、外：名词作状语，在内，在外。　[68]渫（xiè）：淘去泥污，使水清洁。这里以淘干净的水比喻贤人，意思是才能的人不为所用。心恻：心里难受。汲：汲取饮用。王明：君王英明。并受：共同得到。句意是有圣明的君主，百姓才会过上幸福的生活。　[69]卒：终于。短：毁谤。　[70]迁：放逐。指再度放逐到江南。

[71]被发：指头发散乱，不梳不束。　[72]渔父：渔翁。此处为隐者。　[73]三闾大夫：楚国掌管王族昭、屈、景三姓事务的官。本文中代指屈原，因他迁谪前最后曾任此职。　[74]见放：被放逐。　[75]圣人：这里指识时务的明哲之士。凝滞：拘泥，固执。推移：变迁，转易。　[76]铺（bǔ）：通"哺"，食。糟：酒渣。啜（chuò）：喝。醨（lí）：薄酒，淡酒。　[77]怀瑾握瑜：比喻保持高洁品德。瑾、瑜：都是美玉，此处以喻高尚的品德。为：表示疑问的语气词。　[78]弹冠：用手弹去帽子上的灰尘。振衣：抖衣服。　[79]察察：清洁、洁白的样子。　[80]汶汶(mén)：昏暗不明的样子，引申为蒙受污垢或耻辱，与"察察"相对。　[81]常流：长流，指江水。　[82]皓皓(hào)：通"皜皜"，皎洁貌，比喻品德的高贵纯洁。　[83]温蠖(huò)：尘滓重积的样子。　[84]《怀沙》：《楚辞·九章》中的一篇。　[85]沈：同"沉"。汨(mì)罗：江名，在湖南东北部，流经汨罗入洞庭湖。　[86]宋玉：辞赋家，楚顷襄王时人，相传为屈原的弟子。唐勒、景差：约与宋玉同时代人，都是当时的辞赋家。之徒：这类人，这班人。　[87]辞：文辞，这里指文学。　[88]祖：学习，效法。从容辞令：指文章委婉含蓄。从容：舒缓的样子。　[89]日以削：领土一天比一天缩小。削：削弱。为秦所灭：公元前223年秦灭楚。　[90]适：前往，到达。

【浅释】

本传为屈原高洁人格和斗争精神的赞歌。

基本上以时为序，展示屈原对内举贤授能、对外联齐抗秦的美政理想无法实现的悲剧。第一部分写屈原见疏，一波三折，由才华超卓、极受重用，转而信而见疑、忠而被谤，于是赋《离骚》以抒发孤愤之情。第二部分写屈原黜后，将屈原命运与楚国命运结合起来写，怀王变联齐抗秦为绝齐亲秦，楚国接二连三受秦国愚弄、打击：绝齐失地，释张遗恨，客死于秦，以历史的教训来证明屈原外交路线的正确。屈原虽遭贬黜，但不忘进谏，足见对祖国忠心耿耿，对奸邪斗争顽强。作者感叹怀王不悟(不能知人善任，任由奸佞害忠)，带来诗人理想失落和国家走向衰败的双重悲剧，这正是此传最深刻之处。第三部分写屈原自沉，诗人沉江之前与渔父的对白，表现了洁身自好的高尚节操和宁折不弯的斗争精神。

作品以倾注激情的史家笔墨，增添了形象魅力。

【习题】

1.读《屈原列传》，从屈原的事迹和精神中你获得了怎样的启示？
2.阅读《离骚》，结合本文归纳伟大诗人屈原的形象特征。
3.这篇评传式散文抒情色彩浓厚，请结合实例分析这一特点。

苏　武　传

班　固

> 班固(32—92)，字孟坚，东汉扶风安陵(今陕西咸阳)人，东汉史学家、文学家。班固继承父亲班彪的事业，在《史记后传》(班彪著)的基础上撰作"汉史"，经二十余年努力，终于写成《汉书》。《汉书》开创了我国断代史的先例，写西汉一代230年的史事。《汉书》虽仿《史记》体例，但也有创新。是书能博采众长，严加考核，补苴缺漏，同时文字整饬、记事周密、结构严谨，故其成为一部与《史记》并称的历史巨著。班固同时也是一位文学家，善作诗赋，代表作有《咏史诗》(文学史上第一篇文人五言诗)和《两都赋》。后人辑有《班兰台集》。

武字子卿，少以父任，兄弟并为郎，稍迁至栘中厩监。[1]时汉连伐胡，数通使相窥观。[2]匈奴留汉使郭吉、路充国等前后十余辈。[3]匈奴使来，汉亦留之以相当。[4]天汉元年，且鞮侯单于初立，[5]恐汉袭之，乃曰："汉天子，我丈人行也。"[6]尽归汉使路充国等。武帝嘉其义，乃遣武以中郎将使持节送匈奴使留在汉者，[7]因厚赂单于，答其善意。武与副中郎将张胜及假吏常惠等，募士斥候百余人俱。[8]既至匈奴，置币遗单于。[9]单于益骄，非汉所望也。方欲发使送武等，会缑王与长水虞常等谋反匈奴中。[10]缑王者，昆邪王姊子也，与昆邪王俱降汉，后随浞野侯没胡中。[11]及卫律所将降者，阴相与谋劫单于母阏氏归汉。[12]会武等至匈奴。虞常在汉时，素与副张胜相知，私候胜，[13]曰："闻汉天子甚怨卫律，常能为汉伏弩射杀之。吾母与弟在汉，幸蒙其赏赐。"张胜许之，以货物与常。后月余，单于出猎，独阏氏、子弟在。虞常等七十余人欲发，其一人夜亡，告之。[14]单于子弟发兵与战，缑王等皆死，虞常生得。

单于使卫律治其事。张胜闻之，恐前语发，以状语武。[15]武曰："事如此，此必及我。见犯乃死，重负国！"[16]欲自杀，胜、惠共止之。虞常果引张胜。[17]单于怒，召诸贵人议，欲杀汉使者。左伊秩訾曰："即谋单于，何以复加？宜皆降之。"[18]单于使卫律召武受辞[19]，武谓惠等："屈节辱命，虽生，何面目以归汉！"引佩刀自刺。卫律惊，自抱持武，驰召医。凿地为坎，置煴火，覆武其上，蹈其背以出血。[20]武气绝，半日复息。惠等哭，舆归营[21]。单于壮其节，朝夕遣人候问武，而收系张胜[22]。

武益愈，单于使使晓武，会论虞常，欲因此时降武。[23]剑斩虞常已，律曰："汉使张胜，谋杀单于近臣，当死。单于募降者赦罪。"[24]举剑欲击之，胜请降。律谓武曰："副有罪，当相坐。"[25]武曰："本无谋，又非亲属，何谓相坐？"[26]复举剑拟之，武不动。[27]律曰："苏君，律前负汉归匈奴，幸蒙大恩，赐号称王；拥众数万，马畜弥山，富贵如此！苏君今日降，明日复然。空以身膏草野，谁复知之！"[28]武不应。律曰："君因我降，与君为兄弟。今不听吾计，后虽欲复见我，尚可得乎？"武骂律曰："女为人臣子，不顾恩义，畔主背亲，为降虏于蛮夷，何以女为见？[29]且单于信女，使决人死生；不平心持正，反欲斗两主，观祸败。[30]南越杀汉使者，屠为九郡[31]。宛王杀汉使者，头县北阙[32]。朝鲜杀汉使者，即时诛灭[33]。独匈奴未耳。若知我不降明，欲令两国相攻，[34]匈奴之祸，从我始矣！"

律知武终不可胁，白单于。单于愈益欲降之，乃幽武，置大窖中，绝不饮食。[35]天雨雪，武卧啮雪，与旃毛并咽之，数日不死，匈奴以为神。[36]乃徙武北海上无人处，使牧羝，羝乳乃得归。[37]别其官属常惠等，各置他所。

武既至海上，廪食不至，掘野鼠去草实而食之。[38]杖汉节牧羊，卧起操持，节旄尽落。[39]积五、六年，单于弟於靬王弋射海上。[40]武能网纺缴，檠弓弩，於靬王爱之，给其衣食。三岁余，王病，赐武马畜、服匿、穹庐。[41]王死后，人众徙去。其冬，丁令盗武牛羊，武复穷厄。[42]

初，武与李陵俱为侍中。[43]武使匈奴明年，陵降，不敢求武。久之，单于使陵至海上，为武置酒设乐。因谓武曰："单于闻陵与子卿素厚，故使陵来说足下，虚心欲相待。[44]终不得归汉，空自苦亡人之地，信义安所见乎？[45]前长君为奉车，从至雍棫阳宫，扶辇下除，触柱折辕，劾大不敬，伏剑自刎，赐钱二百万以葬。[46]孺卿从祠河东后土，宦骑与黄门驸马争船，推堕驸马河中溺死。[47]宦骑亡，诏使孺卿逐捕不得，惶恐饮药而死。来时，大夫人已不幸，陵送葬至阳陵。[48]子卿妇年少，闻已更嫁矣。独有女弟二人，两女一男，今复十余年，存亡不可知。[49]人生如朝露，何久自苦如此！陵始降时，忽忽如狂，自痛负汉，加以老母系保宫，子卿不欲降，何以过陵？且陛下春秋高，法令亡常，大臣亡罪夷灭者数十家，安危不可知。[50]子卿尚复谁为乎？愿听陵计，勿复有云！"[51]武曰："武父子亡功德，皆为陛下所成就，位列将，爵通侯，兄弟亲近,常愿肝脑涂地。[52]今得杀身自效,虽蒙斧钺汤镬,诚甘乐之。[53]臣事君,犹子事父也;子为父死,亡所恨。愿勿复再言!"陵与武饮数日,复曰:"子卿壹听陵言。"[54]武曰:"自分已死久矣!王必欲降武,请毕今日之欢,效死于前!"[55]陵见其至诚,喟然叹曰:"嗟乎,义士!陵与卫律之罪,上通于天!"因泣下沾衿,与武决去。[56]陵恶自赐武,使其妻赐武牛羊数十头。[57]后陵复至北海上,语武:"区脱捕得云中生口,言太守以下吏民皆白服,曰'上崩'。"[58]武闻之,南乡号哭,欧血,旦夕临,数月。[59]

昭帝即位,数年,匈奴与汉和亲。[60]汉求武等,匈奴诡言武死。后汉使复至匈奴,常惠请其守者与俱,得夜见汉使,具自陈道。教使者谓单于,言天子射上林中,得雁,足有系帛书,言武等在某泽中。[61]使者大喜,如惠语以让单于。[62]单于视左右而惊,谢汉使曰:"武等实在。"

于是李陵置酒贺武曰:"今足下还归,扬名于匈奴,功显于汉室。虽古竹帛所载,丹青所画,何以过子卿![63]陵虽驽怯,令汉且贳陵罪,全其老母,使得奋大辱之积志,庶几乎曹柯之盟,此陵宿昔之所不忘也。[64]收族陵家,为世大戮,陵尚复何顾乎?[65]已矣,令子卿知吾心耳。异域之人,壹别长绝!"陵起舞,歌曰:"径万里兮度沙幕,为君将兮奋匈奴。路穷绝兮矢刃摧,士众灭兮名已隤。老母已死,虽欲报恩将安归!"[66]陵泣下数行,因与武决。单于召会武官属,前已降及物故,凡随武还者九人。

武以始元六年春至京师。诏武奉一太牢谒武帝园庙。[67]拜为典属国,秩中二千石;[68]赐钱二百万,公田二顷,宅一区。常惠、徐圣、赵终根皆拜为中郎,赐帛各二百匹。其余六人,老,归家,赐钱人十万,复终身。[69]常惠后至右将军,封列侯,自有传。武留匈奴凡十九岁,始以强壮出,及还,须发尽白。

....

【简注】

[1]以:凭借。父:指苏武的父亲苏建。任:职位。汉代官制,官至二千石以上的人,其子弟可任为郎,苏武的父亲有功封平陵侯,做过代郡太守,所以苏武得享这种待遇。兄弟:指苏武和他的兄苏嘉,弟苏贤。郎:官名,汉代专指职位较低的皇帝侍从。稍迁:逐渐提升。栘(yí)中厩(jiù):汉宫中有栘园,园中有马厩(马棚),故称。监:此指管马厩的官,掌鞍马、鹰犬等。 [2]通使:派遣使者往来。窥观:窥探观察。 [3]郭吉:元封元年(前110),汉武帝亲统大军18万到北地,派郭吉到匈奴,晓谕单于归顺,单于大怒,扣留了郭吉。路充国:元封四年(前107),匈奴派遣使者至汉,病故。汉派路充国送丧到匈奴,单于以为是被汉杀死,扣留了路充国。辈:批。 [4]相当:相抵。 [5]天汉元年:公元前100年。天汉,汉武帝年号。且(jū)鞮(dī)侯:单于嗣位前的封号。单(chán)于:匈奴首领的称号。 [6]丈人:对男子长辈的尊称。行(háng):行辈。 [7]嘉其义:赞许他的义气。中郎将:皇帝的侍卫长。节:使臣所持信物,以竹为杆,柄长八尺,拴上牦牛尾,共三层,故又称"旄节"。 [8]假吏:临时委任的使臣属官。斥候:军中担任警卫的侦察人员。 [9]币:财物,玉、马、皮、帛等,古皆称币。遗(wèi):馈送。 [10]缑王:匈奴的一个亲王。长水:水名,在今陕西省蓝田县西北。虞常:长水人,后投降匈奴。 [11]昆邪(hún yé)王:匈奴一个部落的王,其地在河西(今甘肃西北部)。昆邪王于汉武帝元狩二年(前121年)降汉。浞(zhuó)野侯:汉将赵破奴的封号。汉武帝太初二年(前103)率二万骑击匈奴,兵败而降,全军沦没。 [12]卫律:本为长水胡人,但长于汉,被协律都尉李延年荐为汉使出使匈奴。回汉后,正值延年因罪全家被捕,卫律怕受牵连,又逃奔匈奴,被封为丁零王。"降者"下脱"虞常"二字。阏氏(yān zhī):匈奴王后封号。 [13]私候:偷偷地拜访。 [14]发:指起事。夜亡告之:夜间逃出去告密于单于。 [15]前语:指不久以前虞常和张胜私下所谈的那些话。发:泄露。 [16]见犯:被(匈奴)侵犯,凌辱。重负国:更加辜负了国家。 [17]引:牵引,牵连。 [18]左伊秩訾(zī):匈奴的王号,有"左""右"之分。即:假使。加:加重。此句意谓判刑太重。 [19]受辞:受审讯。 [20]坎:坑。熅(yūn)火:初燃未旺有烟无焰的火。覆武其上:把苏武的身体,面向下覆在坑上。蹈:同"掐",作"轻

敲"讲。　[21]复息:又有了呼吸的气息。舆:轿子。此用作动词,犹"抬"。营:汉使营帐。　[22]收系:逮捕监禁。　[23]会论:共同定罪,共同来判(虞常的)罪。　[24]近臣:亲信的大臣,这里指卫律自己。当死:当论死罪。募降:招降。　[25]相坐:连带治罪。古代法律规定,凡犯谋反等大罪者,其亲属也要跟着治罪,叫连坐,或相坐。这里是说,副使有罪,正使也应连带治罪。　[26]无谋:未与之同谋。　[27]拟:比拟。此句意谓拿剑对着他,做出要杀的样子。　[28]弥山:满山。膏:肥美滋润,此用作动词,涂。　[29]女(rǔ):即"汝",下同。何以女为见:见你干什么。　[30]斗两主:使汉皇帝和匈奴单于相斗。斗,用为使动词。[31]南越:国名,今广东、广西南部一带。屠:平定。《史记·南越列传》载,武帝元鼎五年(前112),南越王相吕嘉杀其国王及汉使者,叛汉。武帝发兵讨伐,活捉吕嘉,因将其地改为珠崖、南海等九郡。　[32]宛王:指大宛国王毋寡。北阙:宫殿的北门。《史记·大宛列传》载,汉武帝太初元年(前104),宛王毋寡派人杀前来求良马的汉使。武帝即命李广利讨伐大宛,大宛诸贵族乃杀毋寡而降汉。　[33]"朝鲜"二句:指武帝发兵伐朝鲜事。《史记·朝鲜列传》载,武帝元封二年(前109)派遣涉何出使朝鲜,涉何暗害了伴送他的朝鲜人,谎报为杀了朝鲜武将,因而被封为辽东部都尉。朝鲜王右渠杀涉何,于是武帝发兵讨伐。朝鲜相杀王右渠降汉。　[34]若:你。　[35]幽:囚,禁闭。饮食(yìn sì):用作动词。绝不饮食:即不给水喝,不给饭吃。　[36]啮:咬。旃(zhān):通"毡",毛毡。　[37]北海:当时在匈奴北境,即今贝加尔湖,当时为匈奴北界。羝(dī):公羊。乳:用作动词,生育,指生小羊。公羊不可能生小羊,故此句是说苏武永远没有归汉的希望。　[38]廪食:官府供给的食物。去:通"弆"(jǔ),收藏。　[39]杖:作动词用,拄着。节旄:指节上挂的牦牛尾饰物。　[40]於靬(wū jiān)王:且鞮单于之弟,为匈奴的一个亲王。弋射:射猎。　[41]"武能"句中"网"前应有"结"字。缴:系在箭上的丝绳。檠(qíng):矫正弓箭的工具。此作动词,犹"矫正"。服匿:盛酒酪的容器,类似今天的坛子。穹庐:圆顶大篷帐,犹今之蒙古包。　[42]丁令:即丁灵,匈奴北边的一个部族。　[43]李陵:字少卿,西汉陇西成纪(今甘肃秦安)人,李广之孙,武帝时曾为侍中。天汉二年(前99)出征匈奴,兵败投降,后病死匈奴。侍中:官名,皇帝的侍从。　[44]足下:敬辞,称对方。此指苏武。[45]亡:同"无"。"亡人之地",前略去"于"字。安所见:表现在哪里,即有谁看得见。　[46]长君:指苏武的长兄苏嘉。奉车:官名,即"奉车都尉",皇帝出巡时,负责车马的侍从官。雍:汉代县名,在今陕西凤翔县南。棫(yù)阳宫:秦时所建宫殿,在雍东北。辇(niǎn):皇帝的坐车。除:宫殿的台阶。劾(hé):弹劾,汉时称判罪为劾。大不敬:不敬皇帝的罪名,为一种不可赦免的重罪。　[47]孺卿:苏武弟苏贤的字。河东:郡名,在今山西夏县北。后土:地神。宦骑:骑马的宦官。黄门驸马:宫中掌管车辇马匹的官。　[48]大夫人:指苏武的母亲。大:通"太"。不幸:这里是死的代称。阳陵:汉时有阳陵县,在今陕西咸阳东。　[49]女弟:妹妹。[50]系:收押。保宫:本名"居室",太初元年更名"保宫",囚禁犯罪大臣及其眷属之处。春秋高:年老。春秋:指年龄。法令亡常:意谓武帝年老神昏,经常改变法令,任意杀人。夷灭:诛杀,指灭族。　[51]勿复有云:不要再说别的。　[52]位:指被封的爵位。列将:一般将军的总称。苏武父子曾被任为右将军、中郎将等。通侯:汉爵位名,本名彻侯,因避武帝讳改。苏武父苏建曾封为平陵侯。　[53]杀身自效:牺牲自己来效忠国家。斧钺(yuè):古时用以杀犯人的斧子。钺:大斧。镬(huò):无足大鼎。汤镬:一种酷刑,即把人投入滚汤中煮死。这里都泛指刑戮。　[54]壹:决定之辞,作"一定"讲,和下文"壹别长绝"的"壹"(同"一")不同。　[55]自分(fèn):自己料定。效死:交出生命。效死于前,即死在你的面前。　[56]衿:同"襟"。决:同"诀";决去,告别而去。　[57]恶(wù):羞恶,不好意思。赐:赠予。　[58]区(ōu)脱:亦作"瓯脱",两国边界地带。生口:活人,这里指被俘虏的汉人。上崩:皇帝死。这里指后元二年(前87)汉武帝死。[59]乡:同"向"。南乡:即向着南方。欧(ǒu):同"呕"。临(lìn):哭奠。　[60]"昭帝"三句:昭帝名弗陵,武帝子。公元前87年继位,次年改元始元。始元六年(前81),与匈奴议和。和亲:本指两个民族之间通过联姻,以缔结友好关系,这里当是和好的意思。　[61]上林:即上林苑。本秦时旧苑,汉武帝时扩建,周围三百里,为汉代皇帝的猎场。　[62]让:责备。　[63]竹帛:竹简和白绢,古时供书写之用,此指史册。丹青:丹砂和青䨼,皆绘画所用的原料,此指图画。　[64]驽怯:笨拙怯懦。贳(shì):宽赦。奋:施展。大辱:指自己兵败投降匈奴事。积志:积蓄已久的志愿。庶几:也许可以,表示希望。曹:指春秋时鲁人曹沫,《左传》作曹刿。柯:春秋齐邑,在今山东阳谷东北。曹沫与齐交战,三战皆败,鲁国献汶阳之地以求和。齐桓公乃与鲁庄公在柯邑会盟。曹沫执匕首劫持齐桓公,迫使齐桓公归还了鲁地。宿昔:以前,往日。这里的"宿昔",当指李陵家属尚未被杀之时。　　[65]收:系捕。族:灭族。戮:惩罚,这里指耻辱。顾:留恋。　　[66]径:经过。度:同"渡"。沙幕:同"沙漠"。为君将:指作汉武帝的将帅。奋:指奋力与匈奴作战。路穷绝:指被困峡谷。摧:毁折。名已隤:名誉扫地。隤:同"颓"。恩:指母恩。将安归:意谓母亲已死,向谁报恩呢。　　[67]奉:呈。太牢:以牛、羊、豕三牲作祭品。谒:这里指祭告。园庙:陵墓处的祠庙。　　[68]典属国:官名,掌管臣属于汉朝的外族事务。秩:俸禄的等级。中二千石:汉代俸禄以粮食数目为等级,二千石又分为中二千石、二千石、比二千石三等,中二千石,意谓月俸为一百八十斛。　　[69]复:免除徭役。

【浅释】

《苏武传》通过苏武出使匈奴、被迫滞留、终得返国的曲折经历的描写,塑造了一个坚持民族气节、具有高尚品德的爱国者形象。

文章以人物活动"出使匈奴""身陷匈奴""离开匈奴"为主线展开叙述。"出使匈奴"交代苏武受命出使的特殊背景和具体使命。"身陷匈奴"是文章重点部分,主要由"节外生枝""引刀自刎""怒斥卫律""北海牧羊""不听李陵""北海啼血"等情节组成,文章将苏武的人品、气节和襟怀置于意外的事变牵累、凌厉的劝降攻势和险恶的生存环境中来表现。"离开匈奴"由"雁足传书""苏李诀别""归反受封"三个情节构成,一"出"一"归",首尾圆合,结构非常完整。坚强个性、民族气节、爱国意志三个方面构成苏武形象的主要特征。

本传最重要的艺术成就是调动各种艺术手段塑造了栩栩如生的典型艺术形象,文章剪裁得法,对比反衬鲜明,语言富于个性。

【习题】

1. 试分析本文中苏武形象的基本特征。
2. 本文选择了哪些典型事例来刻画苏武形象?
3. 结合本文实例,谈谈《汉书》的语言特点。

兰亭集序

王羲之

> 王羲之(303—361),字逸少,琅琊临沂(今山东临沂)人,东晋时期书法家,官至会稽内史,领右军将军,世称"王右军"。少年时师从卫夫人习楷书,后改变初学,草书学张芝,楷书学钟繇,并博采众长,精研体势,推陈出新,一变汉魏以来质朴的书风,形成妍美流便的新体,最终成为一代大家。他的书法兼备诸体,尤善楷书、行书,楷书字势雄强刚健,草书"飘若浮云,矫若惊龙",行书运笔遒美健秀,风格平和自然,为历代书法家所崇尚,对后世影响极大,因此享有"书圣"之称。其《兰亭集序》流传千古,被后人誉为"天下第一行书"。

永和九年,岁在癸丑,暮春之初,会于会稽山阴之兰亭,[1]修禊事也。[2]群贤毕至,少长咸集。此地有崇山峻岭,茂林修竹;又有清流激湍,映带左右。引以为流觞曲水,[3]列坐其次,虽无丝竹管弦之盛,一觞一咏,亦足以畅叙幽情。是日也,天朗气清,惠风和畅。仰观宇宙之大,俯察品类之盛,所以游目骋怀,足以极视听之娱,信可乐也。

夫人之相与,俯仰一世。或取诸怀抱,[4]晤言一室之内;或因寄所托,[5]放浪形骸之外。[6]虽趣舍万殊,静躁不同,当其欣于所遇,暂得于己,快然自足,曾不知老之将至;及其所之既倦,情随事迁,感慨系之矣。向之所欣,俯仰之间,已为陈迹,犹不能不以之兴怀;况修短随化,[7]终期于尽。古人云:"死生亦大矣。"岂不痛哉!

每览昔人兴感之由,若合一契,[8]未尝不临文嗟悼,不能喻之于怀。[9]故知一死生为虚诞,齐彭、殇为妄作。[10]后之视今,亦犹今之视昔,悲夫!故列叙时人,录其所述。虽世殊事异,所以兴怀,其致一也。后之览者,亦将有感于斯文。

【简注】

[1]会稽:郡名,今浙江北部和江苏东南部。山阴:县名,在今浙江绍兴。 [2]修禊(xì):一种消除不洁的祭礼。古人风习,在农历三月上巳(上旬的巳日,魏以后固定为三月三日),临水而祭,以祓除不祥,称为修禊。 [3]流觞曲水:觞,酒杯;流觞,把酒杯放在曲水上游,任其循流而下,停在谁的面前,谁即取饮。曲水,引水环曲为渠,以流杯饮酒。 [4]取诸怀抱:采用倾诉胸怀的方式。 [5]因寄所托:凭借某些事物来寄托。 [6]放浪形骸:放浪,旷达不拘。形骸,形体,身体。 [7]修短随化:修短,指寿命长短。化,这里指自然变化。 [8]契:古人用作凭信之物,用竹、木等做成,刻有文字,剖成两半,双方各执一半以为凭证。 [9]喻:释,放下。 [10]彭、殇:彭,彭祖,传说是古代长寿的人物;殇,短命早死的人。

【浅释】

死生不能同一,悲乐不能替代,达观得自山水,是这篇序文的要义。

文章以对生死的看法为意脉,先写雅集盛况,总抒雅人幽情,即点明作序缘起。描叙笔墨粗放潇洒,但春光的明媚恬适、环境的悠闲静美、雅集的热烈欢畅、名士的旷达超迈,一一表达出来。再写人生感慨,由生命存在的现实引发对待生死的思考。时光飘忽,人生短暂,盛事不常,乐极生悲,故不可不珍惜美好时光,到自然美景中去获取生命的达观超然。行文先总后分,细针密缝,环环相扣。最后写生死观点,人寿不永,好景难长,乐极生悲,悲而至痛,自古然然,召唤人们走向自然,在山水中观象味道,以抗拒生命被无端淹没的隐痛。结末推己及人,由现今推断将来,点明作序的意旨。

此序构思不落窠臼,结构精短紧凑,语言简洁潇洒。清美画面、丰沛诗情和深湛理趣,与一般"人间烟火"味融为一体,在当时别开生面。

【习题】

1. 这篇序言在构思上与一般的序言有何不同?
2. 文中前面的写景文字与后面所发人生感慨有何联系?
3. 你是否赞同王羲之的生死观?试谈自己的看法。

与陈伯之书[1]

丘迟

> 丘迟(464—508),字希范,吴兴乌程(今浙江湖州)人,南朝齐梁时期重要作家。丘迟一生横跨宋、齐、梁三朝,出生成长于刘宋后期。早年仕于齐,后以文才为武帝所器重,官至永嘉太守、司空从事中郎。丘迟能诗、工骈文,辞采逸丽,文学成就颇高。诗赋作品在齐梁时已为世人所接受,南朝著名文学选本《文选》《玉台新咏》均录有其诗文,钟嵘在《诗品》中将其列入中品,并给予很高的评价:"点缀映媚,似落花依草。"惜诗文传世者不多,明代张溥辑有《丘司空集》,收入《汉魏六朝百三家集》。

迟顿首陈将军足下:[2]无恙,[3]幸甚幸甚。将军勇冠三军,[4]才为世出,[5]弃燕雀之小志,慕鸿鹄以高翔。[6]昔因机变化,遭遇明主;[7]立功立事,开国称孤。[8]朱轮华毂,[9]拥旄万里,[10]何其壮也!如何一旦为奔亡之虏,闻鸣镝而股战,[11]对穹庐以屈膝,[12]又何劣邪!

寻君去就之际,[13]非有他故,直以不能内审诸己,[14]外受流言,沈迷猖獗,[15]以至于此。圣朝赦罪责功,[16]弃瑕录用,[17]推赤心于天下,安反侧于万物。[18]将军之所知,不假仆一二谈也。[19]朱鲔涉血于友于,[20]张绣剚刃于爱子,[21]汉主不以为疑,魏君待之若旧。况将军无昔人之罪,而勋重于当世。夫迷途知反,往哲是与;[22]不远而复,[23]先典攸高。[24]主上屈法申恩,吞舟是漏。[25]将军松柏不翦,[26]亲戚安居;高台未倾,[27]爱妾尚在。悠悠尔心,亦何可言。今功臣名将,雁行有序,[28]佩紫怀黄,[29]赞帷幄之谋,[30]乘轺建节,[31]奉疆埸之任。[32]并刑马作誓,[33]传之子孙。[34]将军独腼颜借命,[35]驱驰毡裘之长,[36]宁不哀哉!

夫以慕容超之强,[37]身送东市,[38]姚泓之盛,[39]面缚西都。[40]故知霜露所均,[41]不育异类;[42]姬汉旧邦,[43]无取杂种。北虏僭盗中原,[44]多历年所;[45]恶积祸盈,理至燋烂。[46]况伪孽昏狡,[47]自相夷戮,[48]部落携离,[49]酋豪猜贰。[50]方当系颈蛮邸,[51]悬首藁街,[52]而将军鱼游于沸鼎之中,燕巢于飞幕之上,[53]不亦惑乎?

暮春三月,江南草长,杂花生树,群莺乱飞。见故国之旗鼓,感生平于畴日,抚弦登陴,岂不怆恨![54]所以廉公之思赵将,[55]吴子之泣西河,[56]人之情也。将军独无情哉?想早励良规,[57]自求多福。

当今皇帝盛明,天下安乐。白环西献,[58]楛矢东来。[59]夜郎滇池,[60]解辫请职;[61]朝鲜昌海,[62]蹶角受化。[63]唯北狄野心,倔强沙塞之间,[64]欲延岁月之命耳!中军临川殿下,[65]明德茂亲,[66]揔兹戎重,[67]吊民洛汭,[68]伐罪秦中。[69]若遂不改,[70]方思仆言。聊布往怀,[71]君其详之。丘迟顿首。[72]

【简注】

[1]陈伯之于南朝齐末曾为江州刺史,梁武帝萧衍起兵攻齐,招降了他,任命其为镇南将军、江州刺史,并封为丰城县公。梁武帝天监元年(502),陈伯之听信部下邓缮等人的挑唆,起兵反梁,战败后投奔北魏,为平南将军。天监四年(505)冬天,梁武帝命其弟临川王萧宏统率大军伐魏,陈伯之前来抵抗。时丘迟在萧宏

军中为记室,萧宏让他以私人名义写信给陈伯之,劝其归降。陈伯之接读这封劝降书后,立即率部归降梁朝。　　[2]顿首:叩拜。这是古人书信开头和结尾常用的客气语。足下:书信中对对方的尊称。　　[3]无恙:古人常用的问候语。恙:病,忧。　　[4]勇冠三军:(陈伯之)英勇为三军之首。语出李陵《答苏武书》"陵先将军功略盖天地,义勇冠三军"。　　[5]才为世出:(陈伯之)才能杰出于当世。语出苏武《报李陵书》"每念足下才为世生,器为时出"。　　[6]"弃燕"二句:谓陈伯之有远大的志向。语出《史记·陈涉世家》"陈涉太息曰:嗟乎! 燕雀安知鸿鹄之志哉!"。　　[7]因机:顺应时机。明主:指梁武帝萧衍。此二句指陈伯之弃齐归梁,受梁武帝赏爱器重。　　[8]立功:陈伯之"力战有功",被封为"征南将军"。开国:梁时封爵,皆冠以开国之号。孤:王侯自称。此指受封爵事。　　[9]毂:指代车舆。　　[10]旄(máo):用牦牛尾装饰的旗子。此指旄节。拥旄:古代高级武将持节统制一方之谓。陈伯之为江州刺史,故有此称。　　[11]鸣镝(dí):响箭。镝:箭头。股战:大腿颤抖。　　[12]穹庐:原指少数民族居住的毡帐。这里指代北魏政权。　　[13]去就:指陈伯之弃梁投降北魏事。　　[14]内审:内心反复考虑。　　[15]沈迷猖獗:沉溺迷惑,猖狂放肆。　　[16]赦罪责功:赦免罪过而求其建立功业。　　[17]弃瑕:不计较过失。瑕:玉的斑点,此指过失。　　[18]"推赤"二句:《后汉书·光武帝纪》"降者更相语曰:'萧王推赤心置人腹中,安得不投死乎?'"又,汉兵诛王郎,帝得吏人与郎交关谤毁者数千章烧之曰:"令反侧子自安。"反侧子:指心怀鬼胎,动摇不定的人。此谓梁朝以赤心待人,对一切都既往不咎。　　[19]不假:不借助,不需要。一二谈:一一细说。　　[20]"朱鲔"句:朱鲔(wěi)是王莽末年绿林军将领,曾劝说刘玄杀死了光武帝的哥哥刘伯升。光武攻洛阳,朱鲔拒守,光武遣岑彭前去劝降,转达降不会被杀、能保住官职之意,朱鲔乃降。涉血:同"喋血",谓杀人多流血满地,脚履血而行。友于:即兄弟。语出《尚书·君陈》"惟孝友于兄弟",此指刘伯升。　　[21]"张绣"句:据《三国志·魏志·武帝纪》载:建安二年张绣降曹操,后来反叛并杀曹操爱子,建安四年再降曹,被封为列侯。剚(zì)刃:用刀刺入人体。　　[22]往哲:以往的贤哲。与:称许,赞同。　　[23]不远而复:指迷途不远而返回。语出《易·复卦》"不远复,无祗悔,元吉"。　　[24]先典:古代典籍,指《易经》。攸高:嘉许。　　[25]屈法:枉曲法律。申恩:申明恩惠。吞舟:能吞舟的大鱼。语出桓宽《盐铁论·刑德》"明王茂其德教而缓其刑训也。网漏吞舟之鱼"。　　[26]松柏:古人常在坟墓边植以松柏,这里喻指陈伯之祖先的坟墓。不剪:谓未曾受到毁坏。　　[27]"高台"句:指陈伯之在梁的房舍住宅未被焚毁。语出桓谭《新论》云雍门周说孟尝君曰:"千秋万岁后,高台既已倾,曲池又已平"。　　[28]雁行:大雁飞行的行列,比喻尊卑排列次序。　　[29]紫:紫绶,系官印的丝带。黄:黄金印。　　[30]赞:佐助。帷幄:军中的帐幕。语出《史记·留侯世家》"运筹策帷帐之中,决胜千里外"。　　[31]轺(yáo):用两匹马拉的轻车,此指使节乘坐之车。建节:将皇帝赐予的符节插立车上。　　[32]疆埸(yì),边境。　　[33]刑马:杀马。古代诸侯杀白马饮血以会盟。　　[34]传之子孙:梁代誓约,指功臣名将的爵位可传之子孙。　　[35]腼(miǎn)颜:厚着脸。借命:苟且偷生。　　[36]毡裘:以毛织制之衣,北方少数民族服装,这里指代北魏。长:头目。这里指拓跋族北魏君长。　　[37]慕容超:南燕君主。晋末宋初曾骚扰淮北,刘裕北伐将他擒获,解至南京斩首。　　[38]东市:汉代长安处决犯人的地方。后泛指刑场。　　[39]姚泓:后秦君主。刘裕北伐破长安,姚泓出降。　　[40]面缚:面朝前,双手反缚于后。西都:指长安。　　[41]霜露所均:霜露所及之处,即天地之间。均:分布。　　[42]异类:古代汉族对少数民族带侮辱性的称呼。　　[43]姬汉:即汉族。姬:周天子的姓。旧邦:指中原周汉的故土。　　[44]北虏:指北魏。僭(jiàn):假冒帝号。　　[45]"多历"句:拓跋珪386年建立北魏,至505年已100多年。年所:年代。　　[46]燋烂:溃败灭亡。燋:通"焦"。　　[47]伪孽(niè):指北魏统治集团。昏狡:昏聩狡诈。　　[48]自相夷戮:指北魏内部的自相残杀。501年,宣武帝的叔父咸阳王元禧谋反被杀。504年,北海王元祥也因起兵作乱被囚禁而死。　　[49]携离:四分五裂。携:离。　　[50]酋豪:部落酋长。猜贰:猜忌别人有二心。　　[51]蛮邸:外族首领及使臣在汉族政权的京都所居的馆舍。　　[52]藁(gǎo)街:汉代长安街名,是少数民族居住的地方。蛮邸即设于此。　　[53]"而将军"二句:鼎:古代烹煮之器。李善注引袁崧《后汉书》朱穆上疏曰:"养鱼沸鼎之中,栖鸟烈火之上,用之不时,必也焦烂。"飞幕:动荡的帐幕,此喻陈伯之处境之危险。　　[54]"见故国"四句:语出李善注引袁晔《后汉记·汉献帝春秋》臧洪报袁绍书:"每登城勒兵,望主人之旗鼓,感故交之绸缪,抚弦搦矢,不觉涕之复面也。"畴日:昔日。陴(pí):城上女墙。怆悢(chuàng liàng):悲伤。　　[55]"所以"句,事见《史记·廉颇蔺相如列传》"廉颇居梁久之,魏不能信用。赵以数困于秦兵,赵王思复得廉颇,廉颇亦思复用于赵。"思赵将:即想复为赵将。　[56]"吴子"句:据《吕氏春秋·观表》载,吴起为魏国守西河(今陕西韩城一带)。魏武侯听信谗言,使人召回吴起。吴起预料西河必为秦所夺取,故临行望西河而泣。　[57]想:瞩望,盼望。励:勉励,引申为作出。良规:妥善的安排。　[58]白环:白玉制的环。　[59]楛(hù)矢:用楛木做的箭。肃慎氏:东北的少数民族。　[60]夜郎:今贵州桐梓一带。滇池:今云南昆明附近。均为汉代西南方少数民族国名。[61]解辫请职:解开盘结的发辫,改从汉俗,请求封职。即表示愿意归顺。　[62]昌海:西域国名。即今新疆罗布泊。　[63]蹶(jué)角:以额角叩地。受化:接受教化。　[64]北狄:指北魏。掘强:同"倔强"。沙塞:沙漠边塞之地。　[65]中军临川殿下:指萧宏。时临川王萧宏任中军将军。殿下:对王侯的尊称。　[66]茂亲:至亲。指萧宏为武帝之弟。　[67]摠:通"总",主持。戎重:军事重任。　[68]吊民:慰问百姓平民。汭(ruì):水流隈曲处。洛汭:这里泛指洛阳地区。　[69]伐罪:讨伐有罪的人。秦中:今陕西中部地区,指北魏。　[70]遂:因循,照旧。　[71]聊布:聊且陈述。往怀:往日的友情。　[72]详之:仔细考虑。

【浅释】

　　一篇不是檄文而力敌三军的劝降绝作。

　　首段追叙对方经历。赞赏陈的智勇、壮举、威望,激发其对昔日尊荣的回味感慨;惋惜陈的失足、狼狈、屈辱,唤醒其对叛梁投魏的痛悔自责。次段解除对方疑虑。一说陈当年迷误情有可原,二说梁不咎既往宽大为怀,三说陈功重罪轻归梁无虞,四说朝廷业已宽恕施恩,冀其放胆弃暗投明。三段分析对方处境。论人臣境遇,陈与昔日侪辈天壤之别;论政权走向,北魏分崩离析灭亡在即;论夷夏之分,事异族者下场必然可悲。论析之后复用生动比喻警示陈处境万分危殆。四段描写江南春景。援例言游子思乡古今皆同,勾起陈的故国之思、乡关之恋。五段道出修书意图。从南朝强盛、诸邦臣服、主帅非凡三点说明魏亡无疑,晓以利害,指明出路:归降则立功受赏,因循则身败名裂,敦促对方尽早抉择。

　　理智的分析与深情的感召交错递进,情理兼备,感人肺腑。

【习题】

1. 本文宏观上采用了前目后凡的结构方式,谈谈这样安排的妙处。
2. 本文运用典故、使用对比各有特色,请尝试加以总结。
3. 试分析这篇骈文文句组织的特点和语言表达效果。

第三章

唐 宋 诗

　　诗歌发展到唐代，进入了高度成熟的黄金时代。唐代在诗歌的题材、创作方法、体制等方面，达到了前所未有的高度，创造了后人难以企及的成就。

　　唐诗的发展大致分为初、盛、中、晚四个时期。唐初诗坛主流延续齐梁余风，多为应制奉和、歌功颂德之作。高宗、武后时，"初唐四杰"崛起于诗坛，他们反对纤巧绮靡，提倡刚健骨气，把诗歌从狭窄的宫廷移到了广大的市井，从小小的台阁推向了广阔的江山和边塞，开拓了诗歌思想和题材的领域，后人称"四杰"为唐诗"始音"。沈佺期、宋之问大力创作律诗绝句，完成了格律诗的创造。随后出现的陈子昂将汉魏风骨与风雅兴寄联系起来，提出了"骨气端翔，音情顿挫，光英朗练"的诗美理想，其代表作《感遇》三十八首，成为盛唐诗歌行将到来的序曲。

　　盛唐时代，中国诗歌进入巅峰状态，具有"气盛势飞""浑厚氤氲"的雄浑气象。张若虚《春江花月夜》写景如画，抒情如歌，将美好景致、深沉情感和隽永哲理融为一体，意境清幽绚丽，音韵圆转动听，语言清浅流畅，达到很高艺术境界，孤篇压全唐。唐代由于田园经济的出现和边塞战争的不断，促成了王孟山水田园诗派和高岑边塞诗派的形成。山水田园诗派的诗歌，将山水诗和田园诗融合为一，以描写自然风光、农村景物和安逸恬淡的隐居生活见长，借歌咏山水田园风光，表现隐逸情趣，抒发闲适情调，表达孤高人品。多采用五言诗体式，运用白描衬托，语言清丽洗练，风格恬静淡雅。孟浩然是唐代第一个大量写作山水诗的诗人，开唐代山水田园诗派的先声。他变秾艳华丽的齐梁诗风为雅淡自然，给盛唐诗坛带来一股新鲜气息。孟诗主要描写隐逸生活和漫游所见，表现悠然自得、洁身自好的情趣，往往用淡笔描写平凡景物和闲情逸致，意境浑成，恬淡清旷。王维是多才多艺的诗人，其诗歌主要是描写田园山水的静穆景色及安逸闲适的情趣，并带有空虚寂寞的气氛。"诗中有画"是王维诗歌创作的特色，作品力求勾勒一幅画面，表现一种空灵清幽的意境，给人总体的印象和感受。边塞诗人多采用七言歌行，描绘塞外大漠的奇异风光与艰苦的军旅生活，塑造边关健儿的英雄形象，表达保家卫国、建立功勋的人生理想，格调雄浑，慷慨悲凉。高适的边塞诗洋溢着高昂的爱国热情，充满慷慨奋发的时代精神，笔调粗犷，风格豪迈，体现出一种悲壮的美。岑参的边塞诗展示出开拓进取的气派，豪放自信的性格，质朴剽悍的风采，色彩瑰丽，奇峭洒脱，带有浓重的异域情调。王昌龄的七绝堪与李白比肩，《出塞》《从军行》等风格雄浑，意境开阔，语言精练，音韵铿锵，是代表盛唐诗风并为古今传诵的名作。李白是继屈原之后最杰出的浪漫主义诗人，他以想落天外的奇思异构、一泻千里的奔放激情和明净华美的语言风格,创作出数千首诗歌,他的诗歌继承前代浪漫主义诗歌的创作传统,风格豪放飘逸,雄奇超迈;绝句长于写景,情寓景中,信口天成;歌行感情奔放,想象奇特,意境瑰伟。杜甫被尊称为"诗圣",他的诗歌继承了前代现实主义诗歌的创作传统,真实深刻地反映了唐王朝由盛而衰过程中的社会风貌和时代苦难,有着丰富的社会政治内容和浓郁的时代气息,有"诗史"之誉。杜诗沉郁顿挫,雄浑古朴,把律诗的声律和对仗艺术推到了极致,《登高》《秋兴八首》是唐代七律的绝顶之作。

中唐前期"大历十才子"(李益为七绝能手)的作品取得了一定成就,但是缺乏盛唐诗歌那种强烈浓厚的感情和震撼人心的艺术感染力。中唐最杰出的现实主义诗人是白居易,他与元稹倡导了新乐府运动,主张"文章合为时而著,歌诗合为事而作",提倡赋吟新题材,运用新语言,标以新诗题。"元白诗派"继承杜甫正视现实、抨击黑暗的精神,强化了诗歌的讽谏美刺功能,语言通俗流畅,风格平易近人。白居易叙事诗《长恨歌》《琵琶行》体大思精,情节曲折,形象鲜明,韵味醇厚,开辟了歌行体诗歌的新境界。韩愈诗歌力求出奇制胜,追求奇险拗劲,形成深险怪癖的诗风,孵化出一个"韩孟诗派"。韩孟诗派善于刻画平凡、琐屑乃至苦涩的生活和雄奇险怪乃至幽僻阴森的景象,语言独造,风格或雄奇,或幽艳,或怪诞。中唐诗坛有如百花齐放,其风格的多样性和诗人艺术个性的独特性,比盛唐有过之而无不及。柳宗元诗歌幽怨峭厉,淡泊古雅,外枯中膏,似淡实美,自喻诗见人格操守,怀人诗见君子情怀。刘禹锡诗歌雄浑爽朗,明快流畅,怀古诗吊古伤今,沉郁苍凉。李贺诗歌构思不拘常法,追求奇峭艳丽,风格奇诡虚诞、幽艳凄婉,给人以全新的艺术享受。中唐其他重要诗人还有元结、顾况、张籍、王建、贾岛等。

晚唐随着王朝灭亡命运的临近,诗歌创作发生三点变化:境界趋向狭小,情调趋向感伤,诗风趋向雕琢。此时期有三大诗人:杜牧、李商隐、温庭筠。诗人杜牧的七绝题材广泛,风流俊爽,词采清丽,怀古咏史旁敲侧击,含蓄蕴藉;抒情写景气韵清拔,格调高峻。李商隐的七律深情绵邈,绮丽精工,《无题》《锦瑟》等诗将爱情的相思与政治的"相思"水乳交融,索解无端而又余味无穷。温庭筠擅长写乐府诗,受李贺诗的瑰丽浓艳的影响,多用以揭露统治者荒淫生活和他们的冶游宴乐,注重色彩的浓艳。

宋代传统诗歌继续发展,开辟新的境界。唐诗"主情",侧重抒发人类天然的情感、情意、情谊;宋诗"主理",注重表现诗人独得的禅机、意趣、理趣。唐诗继承温柔敦厚的诗歌传统,韵致浑雅,蕴藉空灵;宋诗求新求变,求深求险,言尽句中,深刻透辟。唐诗之美在情辞,诗句丰腴而有雍容之态;宋诗之美在气骨,诗句瘦劲而具挺拔之象。宋诗成就最高的诗人是苏轼和陆游。苏轼的抒情写景诗善于捕捉大自然瞬息变幻的奇妙景物,予以生动的刻绘(如《望湖楼醉书》),理趣诗往往以景寄理,意在言外(如《题西林壁》),或假物取譬,语含机锋(如《琴诗》)。陆游诗大都抒写光复中原的情怀和报国无门的悲愤,风格雄浑奔放、明朗流畅,整部《剑南诗稿》充满对祖国山河的深沉热爱、为同胞命运的急切鼓呼,其炽烈感人程度在当时诗坛中罕有其匹。宋代重要诗人还有王安石、黄庭坚、范成大、杨万里等。王安石诗多反映其政治革新的抱负和遭遇,抒情写景小诗清丽深婉,新颖别致;黄庭坚崇古尚奇,好造拗句,押险韵,作硬语,《雨中登岳阳楼望君山》两首七绝是黄诗难得的上品;范成大《四时田园杂兴》等细致入微地刻画江南风土人情,圆活温润,平实朴素;杨万里的田园诗清新泼辣、富有风趣,爱国诗感慨深沉、含蓄曲折。宋末出现了一批爱国诗人,文天祥诗作志愤气壮,不琢自工,英雄末路悲歌《过零丁洋》《题金陵驿》《正气歌》等慷慨悲壮,浩气满纸,感人至深。

春江花月夜[1]

张若虚

> 张若虚(约660—约720),唐代诗人,扬州人,曾任兖州兵曹。中宗神龙年间,与贺知章等俱以吴越文士扬名京都。开元初年又与贺知章、张旭、包融并称"吴中四士"。张若虚诗歌洗却六朝诗歌浓艳的铅华,呈现出自然清丽的风韵,舍弃了赋法的铺陈,代之以委婉隽永的抒情,在改造六朝宫体诗方面作出了贡献。但其所作诗多散佚,《全唐诗》仅录存《春江花月夜》和《代答闺梦还》。《春江花月夜》写景如画,抒情如歌,是中国诗歌史上难得的珍品。张若虚清丽典雅而又自然流畅的诗风影响到唐代诗人李贺、李商隐的诗歌创作,其影响甚至于一直到宋元间。

春江潮水连海平,海上明月共潮生。[2]滟滟随波千万里,何处春江无月明![3]江流宛转绕芳甸,月照花林皆似霰。[4]空里流霜不觉飞,汀上白沙看不见。[5]江天一色无纤尘,皎皎空中孤月轮。[6]江畔何人初见月?江月何年初照人?人生代代无穷已,江月年年只相似。[7]不知江月待何人,但见长江送流水。[8]白云一片去悠悠,青枫浦上不胜愁。[9]谁家今夜扁舟子?何处相思明月楼?[10]可怜楼上月徘徊,应照离人妆镜台。[11]玉户帘中卷不去,捣衣砧上拂还来。[12]此时相望不相闻,愿逐月华流照君。[13]鸿雁长飞光不度,鱼龙潜跃水成文。[14]昨夜闲潭梦落花,可怜春半不还家。[15]江水流春去欲尽,江潭落月复西斜。斜月沉沉藏海雾,碣石潇湘无限路。[16]不知乘月几人归,落月摇情满江树。[17]

【简注】

[1]《春江花月夜》是乐府《清商曲辞·吴声歌曲》旧题,相传为南朝陈后主所创。　[2]连海平:江潮高涨与海潮相连。共潮生:明月升腾与大海涨潮同时。　[3]滟滟:水波动荡闪光貌。　[4]芳甸:指遍生花草的原野。郊外之地叫甸。霰(xiàn):细密的雪珠。　[5]流霜:飞霜,古人以为霜和雪一样,是从空中落下来的,所以叫流霜。不觉飞:谓月光皎洁,悄然流泻,不觉得像流霜飞扬。汀(tīng):水边沙地,此指江畔沙滩。白沙看不见:霜一样的月光覆盖在沙滩上,故白沙难以分辨。　[6]纤尘:微细的灰尘。月轮:指月亮,因为月圆时像车轮,所以称为月轮。　[7]穷已:穷尽,停止。　[8]但见:只见,仅见。　[9]白云:此处喻指游子。悠悠:渺茫、深远。浦:原指大江、大河与其支流的交汇处,此处指离别渡口。不胜:经不起,受不了。　[10]扁(piān)舟子:指舟子(月夜)漂泊江湖。扁舟:小舟。明月楼:指思妇(月夜)楼头伫立。两句中"谁家""何处"互文见义。　[11]徘徊:指月影缓缓移动。妆镜台:梳妆台。　[12]玉户:形容楼阁华丽,以玉石镶嵌,此处指思妇居室。砧(zhēn):捣衣石、捶布石。　[13]相闻:互通音信。月华:月光。　[14]鸿雁、鱼龙:取鱼、雁传书之意。鱼龙:"龙"因"鱼"连类而及。文:同"纹"。两句谓游子、思妇彼此难通音信。　[15]闲潭:幽静的水潭。可怜:可惜。　[16]碣(jié)石:山名,在今河北昌黎北。潇湘:湘江与潇水,二水在湖南永州合流,称为潇湘,北入洞庭湖。碣石潇湘:泛指天南地北。无限路:极言离人相距之远。　[17]摇情:满挂落月余辉的江树轻轻摇曳,好像满怀无尽情意。

【浅释】

对良辰美景的陶醉,对游子思妇的关情,对宇宙人生的探索是此诗内容。

作品以"月"为抒情线索,串接起月洒江天、月启天问、月照无眠三幅画面。月洒江天是动态画面。起首两句遥想潮涨月出奇景,接续两句描写春江月明大观,下面四句扣住芳洲、花林、江空、沙渚写月色美好。月启天问是静态画面。这八句是全诗关键,从微观、宏观、人生角度作了层层深入的理性思考,由人不如月的感伤,到人亦如月的达观,再到人当惜月的自警。月照无眠是想象画面,在皎洁月光中,思妇倩影闪动:楼上低回,卷帘遥望,捣衣凝想。在缠绵的相思中,思妇萌发遐想:寄意明月,身化月光,情托鱼雁。在无望的期待中,思妇哀愁无限:忆起残梦,自怜迟暮,嗔怪游子。最后四句是尾声,写月落江潭,思妇形象淡淡隐去,抒情主人公复出,由虚转实,以景结情。

此诗情韵悠长,哀而不伤,令人百读不厌。

【习题】

1. 作者是怎样写月的?分析月在这首诗中的作用和意义。
2. 本诗表达了怎样的情感?又是怎样做到情、景、理相交融的?
3. 这首诗的感情基调是"哀而不伤",谈谈你的感受和认识。

王维诗三首

王 维

王维(701—761),字摩诘,原籍祁州(今山西祁县)人,随父迁居蒲州(今山西永济西)。盛唐最伟大的自然诗人,官终尚书右丞,世称王右丞。善写山水田园诗,与孟浩然并称"王孟",王诗融汇陶、谢诗歌之长,体物精细、色彩丰富、节奏协调,充溢着诗情、画意、乐声、理趣之美,清新淡雅,意境幽远,以"诗中有画,画中有诗"著称。中年之后,亦官亦隐于辋川。诗歌着意追求和表现大自然中的静美境界,作为精神上的寄托,往往渗透着佛家虚无冷寂的色彩,形成一种空寂、凄清、旷淡、疏秀的艺术风格。王维各体兼工,以五言律绝最为出色。有《辋川诗集》《王右丞集》传世。

山 居 秋 暝[1]

空山新雨后,[2]天气晚来秋。[3]明月松间照,清泉石上流。
竹喧归浣女,[4]莲动下渔舟。[5]随意春芳歇,[6]王孙自可留。[7]

【简注】

[1]山:指长安城南的终南山。秋暝(míng):秋天的黄昏。暝:日落,天色将晚。 [2]空山:幽旷、空寂的山野。新雨:刚下了一场雨。 [3]天气:自然界的节候。晚来:傍晚。秋:名词用作动词,指呈现出秋天的种种景色。 [4]竹喧:竹林里传来喧闹声。喧:喧哗,这里指竹叶发出沙沙响声。浣(huàn)女:洗衣物的女子。 [5]莲动:溪中的荷叶摇动。 [6]随意:任凭。春芳:春天的花草。歇:消逝,凋谢。 [7]王孙:原指贵族子弟,后来也泛指隐居的人,这里是作者自称。《楚辞·招隐士》:"王孙兮归来,山中兮不可久留。"

王维反其意而用之,暗寓归隐之意。留:居留。

【浅释】

此诗表现了诗人热爱自然,陶醉于闲适恬淡生活的情趣。

首联总起,写秋山雨后。概括题目,总挈全篇。山雨初霁,幽静闲适,清新宜人,环境描写中透露出心境。颔联顺承,写泉清月明。"明月"句写空中,是无声静景,写法是由上而下,妙在静中有动。"清泉"句写地面,是有声动景,写法是由近而远,妙在动中有静。两句色彩浓淡映衬,鲜明和谐,构图动静互生,相映成趣,声与色、动与静对立统一,画面具有强烈美感。颈联承转,写物芳人和。继写自然美之后,又表现生活美。上句写岸上,是有声动景,笔法是由远而近,由隐而显;下句写水下,是无声动景,笔法是由近而远,由显而隐。浣女的天真无邪,渔夫的勤劳质朴,村居的快活自在,均可想见。尾联作结,写隐居念想。由景入情,由外到内,挑明蕴含于前三联的画中意、景中情。

画的境和诗的情融为一体,恬静而不死寂,清新而又隽永。

汉江临眺[1]

楚塞三湘接,[2]荆门九派通。[3]江流天地外,山色有无中。
郡邑浮前浦,波澜动远空。[4]襄阳好风日,[5]留醉与山翁。[6]

【简注】

[1]汉江:即汉水,发源于陕西宁强秦岭南麓,流经陕西南部、湖北西部和中部至武汉流入长江。临眺:登高望远。一作"临泛"(临流泛舟)。 [2]楚塞:楚国边境地带,这里指汉水流域,此地古为楚国辖区。三湘:漓湘、潇湘、蒸湘的总称,在今湖南境内。一说是湖南的湘潭、湘阴、湘乡合称三湘。 [3]荆门:荆门山,在今湖北宜都西北的长江南岸,战国时为楚之西塞。九派:指长江的九条支流,长江至浔阳分为九支。相传大禹治水,开凿江流,使九派相通。这里指江西九江。 [4]"郡邑"两句:都市像浮在水上,波涛如在远空翻涌。郡邑:指汉水两岸的城镇。浦:水边。动:震动。 [5]好风日:一作"风日好",风景天气好。 [6]山翁:指晋代山简,竹林七贤山涛之子。曾镇守襄阳,任征南将军,好饮,每饮必醉。这里指当时襄阳的地方官。

【浅释】

此作表达了诗人对祖国壮丽河山的无限赞叹。

首联为想象之语,下笔就勾勒出汉江雄浑壮阔的背景。上句自北而南,下句自西而东,展布的空间极为辽阔,足以使人想象汉江横楚塞、接三湘、通九派的浩渺水势。次联用淡墨写汉江,上句承"九派",以高天厚地为参照,极写滔滔汉水的流长邈远;下句承"荆门",以苍茫山色作烘托,突出茫茫水势的浩瀚空阔。着墨越淡越能显示汉江穿绕千山、水汽弥漫的状貌。三联借错觉写汉江,上句承"山色",写沿江郡邑似乎变小、变轻、变薄,皆浮之于浩阔水面;下句承"江流",写远方天空似乎被波翻浪涌一路喧嚣的汉水撼动,不断起起落落。通过动与静的错觉奇景,进一步渲染了水势的磅礴,衬托出汉江的壮阔。末联以"留醉"作结,"醉"字切合作诗缘起,又隐含山水令人陶醉之意。

《汉江临眺》是一幅色彩素雅、格调清新、意境优美的水墨画。

渭川田家[1]

斜阳照墟落,穷巷牛羊归。[2]野老念牧童,倚杖候荆扉。[3]
雉雊麦苗秀,蚕眠桑叶稀。[4]田夫荷锄至,相见语依依。[5]
即此羡闲逸,怅然吟式微。[6]

【简注】

[1]渭川:一作"渭水"。渭水源于甘肃鸟鼠山,经陕西,流入黄河。田家:农家。　[2]斜阳:一作"斜光"。墟落:村庄。穷巷:深巷。　[3]野老:村野老人。牧童:一作"僮仆"。倚杖:靠着拐杖。荆扉:柴门。　[4]雉雊(zhì gòu):野鸡鸣叫。《诗经·小雅·小弁》:"雉之朝雊,尚求其雌。"蚕眠:蚕蜕皮时,不食不动,像睡眠一样。　[5]荷(hè):肩负的意思。至:一作"立"。依依:依恋不舍。　[6]即此:指上面所说的情景。式微:《诗经》篇名,其中有"式微,式微,胡不归"之句,表归隐之意。

【浅释】

一首地道的田园诗,一幅恬然自乐的田家晚归图。

作品结构为:山村夕照—田家风情—卒章显志。开始两句总写背景,统摄全篇。以"斜阳照"为静景,显宁静、祥和;以"牛羊归"为动景,显悠闲、安逸。中间六句由近至远,描画场景:野老候孙,一"念"一"候"见亲情深挚;麦秀桑老,一"雊"一"眠"见风光恬静;农夫交谈,一"立"一"语"见乡邻投缘。三幅画面以"牛羊归"之"归"字贯穿:牧童已在归家途中,野鸡在寻情感归宿,春蚕开始织茧营巢,农夫已经下地归来。充满诗情画意的田家生活图景,实质上成为一种反衬,以万物皆有所归,反衬自己独无所归。最后两句总结,评价农家生活("闲逸"),表达向往之情("羡")。结句是全诗的重心和灵魂,画龙点睛地揭示了主题:极端厌倦为官问政,切盼永过归隐生活。

其特色是:以"归"为线,通篇反衬;纯用白描,情味浓郁。

【习题】

1. 结合上面三首诗谈谈王维山水诗"诗中有画"的特点。
2. 试分析王维诗歌在诗情画意中所蕴含的生活情趣。
3. 课外阅读孟浩然《宿建德江》《过故人庄》等,试比较王孟诗歌的异同点。

岑参诗二首

岑　参

> 岑参(715—770),荆州江陵(今湖北荆州)人。天宝年间两度出塞,居边塞六年。安史之乱后官至嘉州刺史,世称岑嘉州。他是唐代最富有西部精神的边塞诗人,与高适齐名,并称"高岑"。岑参的边塞诗无论立意、题材、手法、风格均有其独特之处。以异域风土人情、塞外奇特风光和军旅生活激情为基本表现内容,以慷慨报国的英雄气概、粗犷剽悍的豪迈色彩和不畏艰苦的乐观精神为其基本特征,富有浪漫主义的特色:激情奔放,气势雄浑,想象丰富,色彩瑰丽,奇峭洒脱,显出奇情异彩的艺术魅力。有《岑嘉州诗集》存世。

白雪歌送武判官归京[1]

北风卷地白草折,胡天八月即飞雪。[2]忽如一夜春风来,千树万树梨花开。[3]散入珠帘湿罗幕,狐裘不暖锦衾薄。[4]将军角弓不得控,都护铁衣冷难着。[5]瀚海阑干百丈冰,愁云惨淡万里凝。[6]中军置酒饮归客,胡琴琵琶与羌笛。[7]纷纷暮雪下辕门,风掣红旗冻不翻。[8]轮台东门送君去,去时雪满天山路。[9]山回路转不见君,雪上空留马行处。[10]

【简注】

[1]武判官:名不详,当是封常清幕府中的判官。判官,官职名。唐代节度使等朝廷派出的持节大使,可委任幕僚协助判处公事,称判官,是节度使、观察使一类的僚属。 [2]白草:西北的一种牧草,晒干后变白。胡天:指塞北的天空。胡:古代汉族对北方游牧民族的通称。 [3]梨花:春天开放,花作白色。这里比喻雪花积在树枝上,像梨花开了一样。 [4]珠帘:用珍珠串成或饰有珍珠的帘子。形容帘子的华美。罗幕:用丝织品做成的帐幕。形容帐幕的华美。这句说雪花飞进珠帘,沾湿罗幕。"珠帘""罗幕"都属于美化的说法。狐裘:狐皮袍子。锦衾:锦缎做的被子。锦衾薄:丝绸的被子(因为寒冷)都显得单薄了。形容天气很冷。 [5]角弓:两端有兽角装饰的硬弓,一作"雕弓"。不得控:(天太冷而冻得)拉不开(弓)。控:拉开。都护:镇守边镇的长官此为泛指,与上文的"将军"是互文。铁衣:铠甲。难着:一作"犹着"。着:亦写作"著"。 [6]瀚海:沙漠。这句说大沙漠里到处都结着很厚的冰。阑干:纵横交错的样子。百丈:一作"百尺",一作"千尺"。惨淡:昏暗无光。 [7]中军:称主将或指挥部。古时分兵为中、左、右三军,中军为主帅的营帐。饮归客:宴饮归京的人,指武判官。饮:宴饮。胡琴、琵琶、羌笛:胡琴等都是当时西域地区少数民族的乐器。这句说在饮酒时奏起了乐曲。 [8]辕门:军营的门。古代军队扎营,用车环围,出入处以两车车辕相向竖立,状如门。这里指帅衙署的外门。风掣:红旗因寒而冻结,风都吹不动了。掣:拉,扯。翻:翻卷招展。 [9]轮台:唐轮台在今新疆乌鲁木齐境内,与汉轮台不是同一地方。天山:横亘新疆东西,长六千余里。满:铺满。形容词活用为动词。 [10]山回路转:山势回环,道路盘旋曲折。

【浅释】

此诗写八月飞雪的壮丽景色,抒塞外送客的复杂心情。

前半写雪飞边塞。开篇突兀,点边地风猛雪早。继而写晨雪奇丽,"梨花"妙喻传神绘出雪花的晶莹、鲜润、明丽和飘飞之状,透露出蓬勃浓郁的春意,传达出积极进取、奋发向上的时代精神。接四句写雪后奇寒,视线从帐外转入帐内,选取居住、睡眠、穿衣、拉弓等军营日常活动来渲染寒冷,以冷反衬将士内心的热,表现征人乐观的战斗情绪。后半写雪中送客。"瀚海"两句以天地冰封云冻的雄阔意境,总收上文雪寒描绘,反衬下文欢乐场面。下面依次写饯别盛况、送行情景、驻足遥望。大摆筵席,开怀畅饮,丝竹齐发,且歌且舞,饯别欢乐达于高潮。送行由近及远勾画两个镜头:暮雪红旗,天山雪路,前者红白相映,动静相生;后者一线延伸,意境悠远。结尾以虚衬实,寄情深挚。

诗篇想象大胆,设色瑰丽,气势雄壮,不可多得。

走马川行奉送封大夫出师西征[1]

君不见走马川行雪海边,平沙莽莽黄入天。[2]轮台九月风夜吼,一川碎石大如斗,随风满地石乱走。匈奴草黄马正肥,[3]金山西见烟尘飞,[4]汉家大将西出师。[5]将军金甲夜不脱,[6]半夜军行戈相拨,[7]风头如刀面如割。马毛带雪汗气蒸,五花连钱旋作冰,[8]幕中草檄砚水凝。[9]虏骑闻之应胆慑,[10]料知短兵不敢接,[11]车师西门伫献捷。[12]

【简注】

[1]走马川:即车尔成河,又名左末河,在今新疆境内。行:诗歌的一种体裁。封大夫:即封常清,唐朝将领。西征:一般认为是出征播仙。 [2]雪海:在天山主峰与伊塞克湖之间。这里泛指西北一带苦寒地区。黄入天:一片黄色,一直延伸到天边。 [3]匈奴:泛指西域游牧民族。秋季草黄、马肥,正是发动战争的季节。 [4]金山:阿尔泰山,在今新疆北境。这里泛指塞外山脉。烟尘飞:指发生战事。 [5]汉家:唐代诗人多以汉代唐。 [6]金甲:金属制成的铠甲。 [7]军行:即行军。戈相拨:兵器互相撞击。 [8]五花连钱:指名贵的马。开元天宝间承平日久,讲究马饰,剪马鬣为五瓣者称"五花马"。一说"五花连钱"都是指马斑驳的毛色。旋:立刻。 [9]草檄(xí):起草讨伐敌军的文告。凝:结冰。 [10]虏骑(jì):敌人的骑兵。慑:害怕,恐惧。 [11]短兵:指刀剑一类武器。接:交锋。 [12]车师:为唐北庭都护府治所庭州,今新疆乌鲁木齐东北。伫:久立,此处作等待解。献捷:献上贺捷诗章。

【浅释】

此诗极写冒雪征战的艰苦恶劣,表现唐军将士的英勇无畏。

开篇围绕"风"字落笔,描写出征环境险恶。"平沙"漫天句写白日所见,"碎石"乱走句写晚上所闻,三言两语就把风的猛烈写得历历在目。接着写将士出师西征:"烟尘飞"道西征缘起(匈奴人马汹汹而来)。"西出师"言西征开始。"将军"三句写唐军的士气和寒风的肆虐,将军夜不脱甲,暗写战士枕戈待旦;战士衔枚夜奔,侧写将军治军严明;寒风如刀割面,反衬军阵一往无前。"马毛"三句写行军的急速和气候的奇寒。"汗气蒸"、"旋作冰"、"砚水凝"三个细节,渲染了天气的严寒、环境的艰苦和临战的紧张气氛,表现了唐军将士所向披靡的英雄气概、斗风傲雪的战斗豪情。最后写西征必然告捷,豪迈的推断和热切的祈愿中,融入对来犯之敌的蔑视,对卫国将士的敬慕。

全篇节奏急促有力,情韵灵活流宕,声调激越豪壮。

【习题】

1. 试分析岑参诗歌所表达的爱国主义情感。
2. 谈谈岑参诗歌中景物描写的特点和作用。
3. 课外阅读高适《燕歌行》,试比较高岑边塞诗的不同风格。

李白诗三首

李 白

李白(701—762),字太白,号青莲居士,祖籍陇西成纪(今甘肃秦安,祖上隋唐间徙居西域),生于中亚碎叶城(今吉尔吉斯斯坦托克马克城)。李白是继屈原之后最杰出的浪漫主义诗人,受儒道释及游侠思想影响甚深,有着自信狂傲的人格、豪放洒脱的气度和自由创造的情怀,热爱生活,鄙夷世俗,蔑视权贵,追求精神自由,具有叛逆个性。其诗多描写明媚秀丽的自然,抒发安世济民的理想,抨击黑暗险恶的现实,倾诉茫然失路的苦闷;想象丰富奇特,结构挥洒自如,风格豪放飘逸,语言明净华美。李白是七言歌行巨匠,五、七言绝句圣手,今存诗千余首,有《李太白集》传世。

蜀 道 难[1]

噫吁嚱,危乎高哉![2]蜀道之难,难于上青天。蚕丛及鱼凫,开国何茫然![3]尔来四万八千岁,不与秦塞通人烟。[4]西当太白有鸟道,可以横绝峨眉巅。[5]地崩山摧壮士死,然后天梯石栈相钩连。[6]上有六龙回日之高标,下有冲波逆折之回川。[7]黄鹤之飞尚不得过,猿猱欲度愁攀援。[8]青泥何盘盘,百步九折萦岩峦。[9]扪参历井仰胁息,以手抚膺坐长叹![10]问君西游何时还?畏途巉岩不可攀。[11]但见悲鸟号古木,雄飞雌从绕林间。[12]又闻子规啼夜月,愁空山。[13]蜀道之难,难于上青天,使人听此凋朱颜![14]连峰去天不盈尺,枯松倒挂倚绝壁。[15]飞湍瀑流争喧豗,砯崖转石万壑雷。[16]其险也如此,嗟尔远道之人胡为乎来哉![17]剑阁峥嵘而崔嵬,一夫当关,万夫莫开。[18]所守或匪亲,化为狼与豺。[19]朝避猛虎,夕避长蛇,[20]磨牙吮血,杀人如麻。锦城虽云乐,不如早还家。[21]蜀道之难,难于上青天,侧身西望长咨嗟![22]

【简注】

[1]《蜀道难》:古乐府题,属《相和歌·瑟调曲》,都是描写蜀道的险阻。 [2]噫吁嚱:惊叹声,蜀方言。 [3]蚕丛、鱼凫:传说中古蜀国两位国王的名字。何茫然:难以考证。何:多么。茫然:悠久不可知。 [4]尔来:从那时以来。四万八千岁:极言时间之漫长,夸张而大约言之。秦塞:秦的关塞,指秦地。秦地四周有山川险阻,故称"四塞之地"。通人烟:人员往来。古代的蜀国本与中原不通,至秦惠王灭蜀(前316),始与中原相通。 [5]西当:西对。当:对着,向着。太白:太白山,又名太乙山,秦岭主峰,在今陕西周至、太白一带。旧说因其冬夏积雪,故名。太白山在当进京城长安之西,故云"西当太白"。鸟道:只有鸟能飞过的小路。极言山路险窄,仅能容鸟飞过。横绝:横越。峨眉巅:峨眉顶峰。 [6]地崩山摧壮士死:相传秦惠王想征服蜀国,知道蜀王好色,答应送给他五个美女。蜀王派五位壮士去接人。回到梓潼(今四川剑阁之南)的时候,看见一条大蛇进入穴中,一位壮士抓住了它的尾巴,其余四人也来相助,用力往外拽。不多时,山崩地裂,壮士和美女都被压死。山分为五岭,入蜀之路遂通。这便是有名的"五丁开山"的故事。摧:倒塌。天梯:非常陡峭的山路。石栈:栈道。 [7]六龙回日:相传太阳神乘车,羲和驾六龙而驶之。此指高标阻住了六龙,只得回车。高标:立木为表记,其最高处叫标,也即这一带高山的标志。这里指秦岭或蜀道上的最高峰。冲波:水流冲击腾起的波浪,这里指激流。逆折:水流回旋。回川:有漩涡的河流。 [8]黄鹤(hú),又名天鹅,善于高飞。尚:尚且。得:能。猿猱(náo):蜀山中最善攀援的猴类。 [9]青泥:青泥岭,在今甘肃徽县南、陕西略阳县北。盘盘:曲折回旋的样子。百步九折:百步之内拐九道弯。萦:盘绕。岩峦:山峰。 [10]扪参历井:参、井是二星宿名。意谓山高入天,竟至可以伸手摸到一路所见星辰。古人把天上的星宿分别指配于地上的州国叫"分野",以便通过观察天象来占卜地上所配州国的吉凶。参星为蜀之分野,井星为秦之分野。扪:用手摸。历:经过。胁息:屏气不敢呼吸。膺:胸。坐:徒,空。 [11]君:入蜀的友人。畏途:可怕的路途。巉岩:险恶陡峭的山壁。 [12]但见:只听见。号古木:在古树木中大声啼鸣。从:跟随。 [13]子规:即杜鹃鸟,蜀地最多,鸣声悲哀,若云"不如归去"。相传蜀帝杜宇,号望帝,死后其魂化为子规。 [14]凋朱颜:变色。 [15]去:距离。盈:满。 [16]飞湍(tuān):飞奔而下的急流。喧豗(huī):水流轰响声。砯(pīng)崖:水撞石之声。转:转动。壑:山谷。 [17]嗟:感叹声。尔:你。胡为:为什么。来:指入蜀。 [18]剑阁:又名剑门关,在四川剑阁北,是大、小剑山之间的一条栈道,长约三十里。峥嵘、崔嵬:都是形容山势高大雄峻的样子。一夫:一人。当关:守关。莫开:不能打开。 [19]所守:指把守关口的人。或匪亲:倘若不是可信赖的人。匪:同"非"。 [20]朝:早上。吮:吸。 [21]锦城:今四川成都。 [22]咨嗟:叹息。

【浅释】

诗篇明写蜀道艰危难行,实歌山川奇险壮丽。

全作紧扣题面,由开辟之难写到行旅之难写到久居之难。开篇以惊叹喝起,抒独特感受,凭空起势,骤响彻天。接写蜀道由来,从漫长岁月的无路,写到神话英雄的开路,赋予"天路"浓厚的神异色彩。下文循从蜀路径具写难行情景。六龙回日、鸟兽难越,夸说蜀道高入天际;青泥盘曲,胁息长叹,状述蜀道崎岖至极;鸟号深林,鹃啼月夜,渲染蜀道人迹罕至;连峰峭立,飞湍砯崖,描写蜀道惊险万状。匪夷所思的"高",令人惶恐的"曲",凄神寒骨的"空",惊心骇目的"险",从多个侧面描绘人在蜀道步履维艰的情状。后面写剑阁峥嵘、动物凶猛,从自然和人事两个角度写蜀地虽好不宜久居。末以"咨嗟"上呼开首惊叹,对雄奇山水的倾心,对远行之人的眷念,对社会隐患的愁虑,都融入深长感喟之中。

李白善写胸中丘壑,此诗即是显例。

梦游天姥吟留别[1]

海客谈瀛洲,烟涛微茫信难求。[2]越人语天姥,云霞明灭或可睹。[3]天姥连天向天横,势拔五岳掩赤城。[4]天台四万八千丈,对此欲倒东南倾。[5]我欲因之梦吴越,一夜飞度镜湖月。[6]湖月照我影,送我至剡溪。[7]谢公宿处今尚在,渌水荡漾清猿啼。[8]脚着谢公屐,身登青云梯。[9]半壁见海日,空中闻天鸡。[10]千岩万转路不定,迷花倚石忽已暝。[11]熊咆龙吟殷岩泉,栗深林兮惊层巅。[12]云青青兮欲雨,水澹澹兮生烟。[13]列缺霹雳,丘峦崩摧。[14]洞天石扉,訇然中开。[15]青冥浩荡不见底,日月照耀金银台。[16]霓为衣兮风为马,云之君兮纷纷而来下。[17]虎鼓瑟兮鸾回车,仙之人兮列如麻。[18]忽魂悸以魄动,恍惊起而长嗟。[19]惟觉时之枕席,失向来之烟霞。[20]世间行乐亦如此,古来万事东流水。[21]别君去兮何时还,且放白鹿青崖间,须行即骑访名山。[22]安能摧眉折腰事权贵,使我不得开心颜![23]

【简注】

[1]唐玄宗天宝三载(744),李白在长安受到权贵的排挤,被赐金还乡。745年,他由东鲁(在今山东)南游吴越,写了这首诗留给东鲁的朋友。天姥:天姥山,在浙江新昌东面,一说在浙江天台西。传说登山的人能听到仙人天姥唱歌的声音,山因此得名。　[2]海客:浪迹海上的人。瀛洲:古代传说中的东海三座仙山之一(另两座叫蓬莱和方丈)。烟涛:波涛渺茫,远看像烟雾笼罩的样子。微茫:景象模糊不清。信:确实,实在。　[3]越人:指浙江绍兴一带的人。明灭:忽明忽暗。　[4]向天横:直插天空。横:直插。拔:超出。五岳:指东岳泰山、西岳华(huà)山、中岳嵩山、北岳恒山、南岳衡山。赤城:山名,在今浙江天台北,为天台山的南门,土色皆赤。　[5]天台:山名,在今浙江天台北。东南倾:拜倒在它的东南。　[6]因:依据。之:指代前边越人的话。度:通"渡"。镜湖:又名鉴湖,在浙江绍兴南面,唐朝最有名的城市湖泊。　[7]剡(shàn)溪:水名,在今浙江绍兴嵊州南,曹娥江上游。　[8]谢公:指南朝绍兴诗人谢灵运。谢灵运喜欢游山,他游天姥山时,曾在剡溪借宿。渌(lù):清澈。清:这里是凄清的意思。　[9]谢公屐:谢灵运游山时穿的一种特制木鞋,鞋底下安着活动的锯齿,上山时抽去前齿,下山时抽去后齿。青云梯:指直上云霄的山路。　[10]半壁见海日:上到半山腰就见到从海上升起的太阳。天鸡:古代传说,东南有桃都山,山上有棵大树,树枝绵延三千里,树上栖有天鸡,每当太阳初升,照到这棵树上,天鸡就叫起来,天下的鸡也都跟着它叫。　[11]迷花倚石忽已暝:迷恋着花,依靠着石,不觉得天色已经晚了。暝:天黑,夜晚。　[12]熊咆龙吟殷岩泉:熊在怒吼,龙在长鸣,震荡着山山水水,岩中的泉水在震响。"殷岩泉"即"岩泉殷"。殷:这里作动词用,震响。栗深林兮惊层巅:使深林战栗,使层巅震惊。　[13]青青:黑沉沉的。澹澹:波浪起伏的样子。　[14]列缺:指闪电。缺:指云的缝隙。电光从云中决裂而出,故称"列缺"。　[15]洞天:仙人居住的洞府。扉:门扇。訇然:形容声音很大。　[16]青冥:指天空。浩荡:广阔远大的样子。金银台:金银铸成的宫阙,指神仙居住的地方。　[17]云之君:云里的神仙。　[18]鼓瑟:弹奏乐器。瑟:古代拨弦乐器的一种,形似

古琴。鼓：在古诗文中与"琴""瑟"连用一般作动词,弹奏、敲击的意思。鸾回车：鸾鸟驾着车。鸾,传说中的如凤凰一类的神鸟。回：旋转,运转。　[19]恍：恍然,猛然。　[20]觉时：醒时。向来：原来。烟霞：指前面所写的仙境。　[21]东流水：像东流的水一样一去不复返。　[22]白鹿：传说神仙或隐士多骑白鹿。须：等待。　[23]摧眉折腰：摧眉,即低眉；折腰,低头弯腰,即卑躬屈膝。

【浅释】

借梦境寄托思想感情,写不满现实,蔑视权贵,追求理想。

全诗以"梦"为线,分为梦游的缘起、梦游的经过、梦后的感慨三个部分。写梦游缘起,隐含对现实的不满。正因不满俗世,才神往世外。天姥横天之态、卓拔之势、雄强之风、恣狂之气,正吻合诗人个性,梦游遂成必然。"我欲"引出绚烂梦境,抒发对理想的追求。诗人月夜飞抵,乘兴攀登,昼迷山色,暮闻异声,而后饱览仙境大观：日月双悬,宫阙壮丽,仙姝美艳,行仪神妙,结队乘云,隆重迎迓……虚拟仙界俊逸飘忽,梦游幻境达于高潮。下文陡然收笔,跌入现实。"忽""恍"写似醒非醒,似梦非梦；"惟""失"见留恋梦境,遗憾梦醒。人生如梦的慨叹,超脱尘世的意愿,不事权贵的决绝,乃梦醒后的心路历程。揭示主旨的结句是全诗感情的凝聚点。

诗人描绘梦境之美,意在比照现实之丑,大胆的夸张、奇特的想象是其特色。

将　进　酒[1]

君不见黄河之水天上来,奔流到海不复回![2]君不见高堂明镜悲白发,朝如青丝暮成雪![3]人生得意须尽欢,莫使金樽空对月。[4]天生我材必有用,千金散尽还复来。[5]烹羊宰牛且为乐,会须一饮三百杯。[6]岑夫子,丹丘生,[7]将进酒,杯莫停。与君歌一曲,请君为我倾耳听。[8]钟鼓馔玉不足贵,但愿长醉不复醒。[9]古来圣贤皆寂寞,惟有饮者留其名。[10]陈王昔时宴平乐,斗酒十千恣欢谑。[11]主人何为言少钱,径须沽取对君酌。[12]五花马,千金裘,[13]呼儿将出换美酒,[14]与尔同销万古愁。[15]

【简注】

[1]将(qiāng)进酒：乐府旧题。将：请。　[2]奔流到海不复回：黄河东流入海,不会倒流回来。　[3]高堂：高大的厅堂。悲白发：为鬓发斑白而伤感。青丝：黑色的头发。暮成雪：到晚上黑发变白。形容时光匆促,人生短暂。　[4]得意：指心情愉快,有兴致。　[5]千金散尽还复来：意思是金钱不足贵,散去还会来。　[6]会须：应该。　[7]岑夫子、丹丘生：李白的朋友岑勋、元丹丘。　[8]倾耳听：侧着耳朵听,形容听得认真、仔细。　[9]钟鼓馔玉：代指富贵利禄。钟鼓：古时豪贵之家宴饮以钟鼓伴奏。馔玉：形容食物珍美如玉。　[10]寂寞：默默无闻。一说被世人冷落。　[11]陈王：指三国时魏国诗人曹植,封陈王。宴平乐,在洛阳的平乐观宴饮。斗酒十千：一斗酒值十千钱,指酒美价高。曹植《名都篇》："归来宴平乐,美酒斗十千。"斗：盛酒器,有柄。恣欢谑：尽情寻欢作乐。谑：喜乐。　[12]径须：只管。　[13]五花马：指名贵的马。千金裘：名贵的皮衣。　[14]将出：拿出。　[15]万古愁：绵绵不尽的愁。

【浅释】

读此诗见人生易老的感叹,怀才不遇的愤激,桀骜不驯的性格。

"君不见"领起的两声呼告,即是"起"——摆出问题：生命渺小脆弱,易逝短暂,该如何度过？接着"承"——回答问题。诗人的答案是"须尽欢"！如何才能"尽欢"？无他,饮酒！"莫使"一句将饮酒高度诗意化。饮酒"尽欢"的前提何在？诗人一一道来：对人生价值高度自信,去掉所有经济忧虑,下酒物准备充足,千万不可惜量,还得有畅饮氛围。为此,诗人高歌劝酒。"尽欢"("恣欢谑")的目的何在?"不复醒"(不再理会功名富贵,不再感叹圣贤寂寞)!最后"结"——解决问题:如何把"尽欢"进行到底?不惜代价沽酒买醉!将宾作主的任诞情态,活现狂豪醉态、洒脱性格。结句"万古愁"关合开篇"悲"字,囊括古今贤才悲愤,"愁"得邃远而深重。

诗篇情极悲愤而作狂放,语极豪纵而又沉着,具有震撼古今的气势与力量。

【习题】

1. 以《蜀道难》为例,谈谈李白描写山水的诗篇的基本特征。
2. 试谈《梦游天姥吟留别》所表达的情感内容。
3. 阅读曹操《龟虽寿》,谈谈《将进酒》的章法结构对《龟虽寿》的借鉴。

杜甫诗三首

杜 甫

> 杜甫(712—770),字子美,祖籍襄阳(今湖北襄阳),生于河南巩县(今河南巩义)。杜甫是唐代杰出的大诗人,被尊称为"诗圣"。杜诗以为黎民百姓悲苦命运焦虑感愤、对统治阶级祸国殃民痛加诛伐为基本核心主题,真实、深刻地反映了唐王朝由盛而衰过程中的社会风貌和时代苦难,有着丰富的社会政治内容和浓郁的时代气息,因而又被称为"诗史"。在诗歌艺术上,他能够吸取和总结前人的成就,融合众长,兼备诸体,以"沉郁顿挫"的主体风格独步诗坛,创造了"即事名篇"的乐府命题方法和"连章体"诗的新形式,把律诗的声律和对仗艺术推到了极致。有《杜少陵集》传世。

望 岳[1]

岱宗夫如何?[2]齐鲁青未了。[3]造化钟神秀,[4]阴阳割昏晓。[5]荡胸生曾云,[6]决眦入归鸟。[7]会当凌绝顶,[8]一览众山小。[9]

【简注】

[1]唐玄宗开元二十三年(735),诗人到洛阳应进士,结果落第而归。开元二十四年(736),诗人开始过一种不羁的漫游生活,这首诗就是在漫游途中所作。 [2]岱宗:泰山亦名岱山或岱岳,在今山东泰安城北。古代以泰山为五岳之首,诸山所宗,故又称"岱宗"。这里指对泰山的尊称。夫(fú):句首发语词,无实在意义,强调疑问语气。如何:怎么样。 [3]齐、鲁:原是春秋战国时代的两个国名,在今山东境内,后用齐鲁代指山东地区。青未了:指郁郁苍苍的山色无边无际,浩茫浑涵,难以尽言。青:指苍翠、翠绿的美好山色。未了:不尽,不断。 [4]造化:大自然。钟:聚集。神秀:天地之灵气,神奇秀美。 [5]阴阳:阴指山的北面,阳指山的南面。这里指泰山的南北。割:分。昏晓:黄昏和早晨。极言泰山之高,山南山北因之判若清晨与黄昏,明暗迥然不同。 [6]荡胸:心胸摇荡。曾:同"层",重叠。 [7]决眦(zì):眼角(几乎)要裂开。这是由于极力张大眼睛远望归鸟入山所致。决:裂开。眦:眼角。入:收入眼底,即看到。 [8]会当:终当,定

要。凌:登上。凌绝顶,即登上最高峰。　[9]小:形容词的意动用法,意思为"以……为小,认为……小"。

【浅释】

《望岳》赞美了泰山的雄伟气象,同时表现了自己的凌云壮志。

诗以问句领起,古雅苍劲,表达遥望泰山的激动惊讶,总写其横空出世的雄姿。下句境界雄阔,"青"点色彩,"未了"点气势,泰山横跨齐鲁的峻伟和千古苍郁的悠久兼而出之。三四句化静为动,写泰山神奇秀美和磅礴气势。"钟"赋予苍翠山色以灵气凝聚之动感,尽显造化对泰山无以复加的独宠多情。"割"赋予静止山峰以向上腾跃之动势,突出泰山主宰天地隔分阴阳的生命伟力。五六句虚实结合,写泰山通体高峻和山腹深远。以层云弥漫衬托其参天耸立,"生"见层云的变幻。以宿鸟归山侧写其林海苍茫,"入"见鸟归的急速。诗人心旌摇荡,观之不足,爱山之情毕现。结末言志,在预想的自然风景观照中融入了对人生风景的美好憧憬,一语双关,余味不尽。

此诗气骨峥嵘,造语挺拔,充分显示了青年杜甫卓越的才华。

秋兴八首(其一)[1]

玉露凋伤枫树林,巫山巫峡气萧森。[2]江间波浪兼天涌,塞上风云接地阴。[3]
丛菊两开他日泪,孤舟一系故园心。[4]寒衣处处催刀尺,白帝城高急暮砧。[5]

【简注】

[1]组诗《秋兴八首》是唐代宗大历元年(766)秋杜甫流寓夔州时所作。组诗以身在夔州心念长安为线索,抒写遭逢兵乱、流滞他乡的客中秋感。　[2]玉露:白露,指霜。"玉露"句,意谓枫树在深秋露水的侵蚀下逐渐凋零、伤残。萧森:指萧瑟阴森。时到深秋,峡中显得幽深而阴暗,故云。　[3]江间:此指巫峡。兼天涌:波浪滔天。塞上:指西部边塞。接:连接,迫近。接地阴:天地一片阴沉沉。　[4]丛菊两开:指诗人自伤留滞夔州,未能出峡北归。杜甫于永泰元年(765)夏离开成都,秋居云安,次年秋又羁留夔州,故云"丛菊两开"。他日泪:意指回忆过去而流泪。他日:借指往日。孤舟一系:犹言孤舟长系,指归舟老是系在江岸上,开不出去。故园心:指思念长安的心情。杜甫以长安为第二故乡。　[5]寒衣:御寒的衣服,冬衣。催刀尺:赶制冬衣。刀尺:指制衣时用的工具。急暮砧:薄暮时分,捣制寒衣的砧声一阵紧似一阵。

【浅释】

此诗抒写羁旅之愁、故园之思和家国之慨。

首联主要写秋山。上句点时令、风物,下句点地域、总貌,凸现了秋景的浓重感伤色彩和萧瑟衰残氛围。颔联主要写秋江。上句写近景、实景,主要意象"波浪"由下("江间")及上(天空),垂直撑开了诗歌的境界。下句写远景、虚景,主要意象"风云"由远(塞上)到近(夔州),横向拓展了诗歌境界。峡谷的深秋、动荡的时局、飘零的身世、阴郁的心情,都涵在其中。颈联主要写乡思。"两开""一系"语涉双关,使得心象("泪""心")与物象("丛菊""孤舟")两相融合,新颖奇特,意在言外。读之感觉沉稳铿锵,苍凉悲壮。尾联主要写秋声,以声结情。描写暮色秋风里人们赶制寒衣的场景,"刀尺"之"催"、"暮砧"之"急",使忧国伤时的诗人更添一份孤独与悲凉。

本诗所"悲",不仅是自然之秋,且是人生之秋和国运之秋。

咏怀古迹(其三)[1]

群山万壑赴荆门,生长明妃尚有村。[2]一去紫台连朔漠,独留青冢向黄昏。[3]
画图省识春风面,环佩空归月夜魂。[4]千载琵琶作胡语,分明怨恨曲中论。[5]

【简注】

[1]《咏怀古迹》五首作于大历元年(766),与《秋兴八首》同时,当时杜甫寓居夔州。其创作正值"老去渐于诗律细"的境界。诗人一面咏怀古迹,同时也抒发自己的情怀。五首诗分别吟咏庾信之"支离""漂泊",宋玉之"风流儒雅",王昭君之不遇明君,刘备之饮恨托孤,诸葛亮之壮志难酬。五篇之人物异代,各诗独立成篇。前三篇重在咏古人以抒写文人才子之怀才不遇;后两篇重在感慨历史之无情和难料。 [2]荆门:山名,在今湖北宜都西北。明妃:即王嫱(qiáng),字昭君,汉元帝时宫女。西晋时避司马昭讳而改称明妃。尚有村:还留下生长她的村庄,即古迹之意。村:指王嫱生长的乡村。在归州(今湖北秭归)东北四十里,与夔州相近。 [3]去:离开。昭君离开汉宫,远嫁匈奴后,从此不再回来,永远和朔漠连在一起了。紫台:犹紫禁,帝王所居,这里指汉宫。朔漠:北方沙漠,指匈奴所居之地。青冢(zhǒng):指王嫱的坟墓。向黄昏:指王嫱死后凄凉冷落。 [4]省识:指约略地看。春风面:形容王昭君的美貌。环佩:指妇女环镯一类装饰物,这里指昭君。"环佩"句说昭君死于匈奴,怀念故土,但不得归汉,只有魂在月夜归来。 [5]"千载"两句:琵琶本西域胡人乐器,相传汉武帝以公主(实为江都王女)嫁西域乌孙,公主悲伤,胡人乃于马上弹琵琶以娱之。因昭君事与乌孙公主远嫁有类似处,故推想如此。又《琴操》也记昭君在外,曾作怨思之歌,后人名为《昭君怨》。作胡语:琵琶中的胡音。曲中论:曲中的怨诉,乐曲中抒发感情。

【浅释】

借悼念昭君的人生不幸来抒写自己壮志难酬的悲怀。

首联描写昭君故园奇丽。山水奔凑,钟灵毓秀,"赴"化死为活,写出千山万壑飞动之势、变幻之姿。红颜奇伟,秀出其间,"尚"遥接今古,写出昭君故园数代长存、名扬天下。次联感叹昭君人生悲剧。去国离乡,生前寥落,"一""连"相呼,凸显出塞万里的艰辛、身处异域的悲苦;客死他乡、无限孤寂,"独""向"照应,强化埋香幽草的孤凄、至死未泯的乡愁。"紫台"对"青冢",富丽繁华与荒凉冷落对比悬殊。三联陈述昭君生死遗恨。"画图"句点出生前出塞的悲剧原因:昏君不察,铸成大错。"环佩"句点出骨留塞外的万般无奈:游魂空归,不足慰心。尾联点明诗作咏怀主题。"昭君怨"是远嫁塞外的女子的乡土之思,也是飘零西南的诗人的故园之情。

此诗落笔形象,不着议论;借古讽今,怀古伤己;对比鲜明,对仗工整。

【习题】

1. 课外阅读杜甫咏华山、衡山的同题作品,试分析它们与此诗的不同情感内容。
2. 课外阅读《秋兴》组诗其余篇章及《登高》,谈谈杜甫诗歌沉郁顿挫的风格。
3. 课外阅读《咏怀古迹》其余四首,谈谈杜甫咏史怀古之作的基本特征。

长 恨 歌[1]

白居易

> 白居易(772—846),字乐天,号香山居士,祖籍太原,后迁居下邽(今陕西渭南)。中唐最杰出的现实主义诗人,与元稹倡导了新乐府运动,主张"文章合为时而著,歌诗合为事而作",反对"嘲风雪,弄花草"而别无寄托的创作倾向。白诗继承陈子昂诗多兴讽和杜甫即事忧时的传统,"新乐府""秦中吟"等讽喻诗,内容丰富深刻,语言流畅通俗,形象鲜明生动,诗风周详明直。闲适诗、感伤诗,多情致曲尽、节奏轻快、声调优美、平易浅近。两首长篇叙事诗《长恨歌》《琵琶行》体大思精,情节曲折,形象鲜明,韵味醇厚,开辟了歌行体诗歌的新境界。

汉皇重色思倾国,御宇多年求不得。[2]杨家有女初长成,养在深闺人未识。[3]天生丽质难自弃,一朝选在君王侧。[4]回眸一笑百媚生,六宫粉黛无颜色。[5]春寒赐浴华清池,温泉水滑洗凝脂。[6]侍儿扶起娇无力,始是新承恩泽时。[7]云鬓花颜金步摇,芙蓉帐暖度春宵。[8]春宵苦短日高起,从此君王不早朝。[9]承欢侍宴无闲暇,春从春游夜专夜。[10]后宫佳丽三千人,三千宠爱在一身。[11]金屋妆成娇侍夜,玉楼宴罢醉和春。[12]姊妹弟兄皆列土,可怜光彩生门户。[13]遂令天下父母心,不重生男重生女。[14]骊宫高处入青云,仙乐风飘处处闻。[15]缓歌慢舞凝丝竹,尽日君王看不足。[16]渔阳鼙鼓动地来,惊破《霓裳羽衣曲》。[17]九重城阙烟尘生,千乘万骑西南行。[18]翠华摇摇行复止,西出都门百余里。[19]六军不发无奈何,宛转蛾眉马前死。[20]花钿委地无人收,翠翘金雀玉搔头。[21]君王掩面救不得,回看血泪相和流。黄埃散漫风萧索,云栈萦纡登剑阁。[22]峨嵋山下少人行,旌旗无光日色薄。[23]蜀江水碧蜀山青,圣主朝朝暮暮情。[24]行宫见月伤心色,夜雨闻铃肠断声。[25]天旋日转回龙驭,到此踌躇不能去。[26]马嵬坡下泥土中,不见玉颜空死处。[27]君臣相顾尽沾衣,东望都门信马归。[28]归来池苑皆依旧,太液芙蓉未央柳。[29]芙蓉如面柳如眉,对此如何不泪垂。[30]春风桃李花开日,秋雨梧桐叶落时。西宫南内多秋草,落叶满阶红不扫。[31]梨园弟子白发新,椒房阿监青娥老。[32]夕殿萤飞思悄然,孤灯挑尽未成眠。[33]迟迟钟鼓初长夜,耿耿星河欲曙天。[34]鸳鸯瓦冷霜华重,翡翠衾寒谁与共。[35]悠悠生死别经年,魂魄不曾来入梦。临邛道士鸿都客,能以精诚致魂魄。[36]为感君王辗转思,遂教方士殷勤觅。[37]排云驭气奔如电,升天入地求之遍。[38]上穷碧落下黄泉,两处茫茫皆不见。[39]忽闻海上有仙山,山在虚无缥缈间。楼阁玲珑五云起,其中绰约多仙子。[40]中有一人字太真,雪肤花貌参差是。[41]金阙西厢叩玉扃,转教小玉报双成。[42]闻道汉家天子使,九华帐里梦魂惊。[43]揽衣推枕起徘徊,珠箔银屏迤逦开。[44]云髻半偏新睡觉,花冠不整下堂来。[45]风吹仙袂飘飘举,犹似霓裳羽衣舞。[46]玉容寂寞泪阑干,梨花一枝春带雨。[47]含情凝睇谢君王,一别音容两渺茫。[48]昭阳殿里恩爱绝,蓬莱宫中日月长。[49]回头下望人寰处,不见长安见尘雾。唯将旧物表深情,钿合金钗寄将去。[50]钗留一股合一扇,钗擘黄金合分钿。[51]但教心似金钿坚,天上人间会相见。临别殷勤重寄词,词中有誓两心知。[52]七月七日长生殿,夜半无人私语时。[53]在天愿作比翼鸟,在地愿为连理枝。[54]天长地久有时尽,此恨绵绵无绝期![55]

【简注】

[1]本诗作于唐宪宗元和元年(806),当时白居易任盩厔(今陕西周至)县尉。一日与友人陈鸿、王质夫游马嵬附近仙游寺,有感于李隆基和杨玉环之事,写了这首长诗。　[2]汉皇:这里借指唐玄宗李隆基。倾国:形容女子极其美貌。御宇:驾驭宇内,即人君治理天下。　[3]杨家有女:指杨玉环。开元二十三年册封为寿王(玄宗子李瑁)妃,二十八年十月,玄宗度其为女道士,道号太真,天宝四载(745)召还俗,立为贵妃。　[4]丽质:美丽的姿质。难自弃:难于被埋没在民间。弃:舍弃。　[5]回眸:回首顾盼。眸:眼珠。百媚:种种媚人的姿态。六宫:本专指皇后寝宫,后泛指妃嫔居处。粉黛:本为女子的化妆品,这里代指美女。无颜色:没有了姿色。　[6]华清池:华清宫温泉,在今陕西临潼。凝脂:指白嫩柔滑的肌肤。　[7]新承恩泽:指初受宠爱。　[8]云鬓花颜:形容如云的鬓发,如花的容貌。云鬓:形容女子鬓发轻盈飘逸。金步摇:古代贵妇人头饰,上有金花,下有垂珠,随人行走摇动,故称"步摇"。芙蓉帐:绣有并蒂莲花的华丽纱帐。春宵:春夜。　[9]苦短:暗示寻欢无厌,故嫌夜短。　[10]夜专夜:每夜侍寝,独得专宠。　[11]佳丽:美女。三千:泛言其多。　[12]金屋:汉武帝幼时,曾说要筑金屋,将姑母长公主之女阿娇藏之。这里借用此典,指杨贵妃所居之"端正楼"。　[13]"姊妹"句:杨玉环受宠后,杨氏一家皆受到恩宠。大姐受封为韩国夫人,三姐受封为虢国夫人,八姐受封为秦国夫人,堂兄杨国忠被任命为右丞相。列土:分封土地,这里代指封官晋爵。列:通"裂"。可怜:值得羡慕。　[14]"不重"句:这是极力渲染并含讽刺的说法。语出陈鸿《长恨歌传》,说因贵妃际遇,当时社会上认为生女比生男更好。　[15]骊宫:即华清宫,因建于骊山,故称"骊宫",唐玄宗、杨贵妃经常在这里饮酒作乐。　[16]缓歌慢舞:悠扬的歌声,美妙的舞姿。凝丝竹:指歌舞与乐曲密切吻合,丝丝入扣。丝竹:弦乐和管乐的合称。　[17]渔阳鼙鼓:指天宝十四载(755)十一月安禄山叛军起兵造反。渔阳:郡名,在今天津蓟州区,唐时为安禄山所辖之地,也是安禄山起兵造反之地。鼙鼓:骑兵用的小鼓。霓裳羽衣曲:舞曲名,是西域乐舞的一种,据说曾经唐玄宗加工润色。　[18]九重城阙:指京城长安。皇宫有九道门,故称"九重"。烟尘:烽烟尘土,指战乱、战火。西南行:天宝十五载(756)六月,安禄山破潼关,唐玄宗和杨贵妃等向西南逃往蜀中。　[19]翠华:皇家仪仗用翠鸟羽毛为饰的旗帜。都门:指长安延秋门。百余里:指马嵬坡,在今陕西兴平西二十余里。　[20]六军:此指皇帝的扈从部队。不发:不再前进,暗指哗变。宛转:缠绵委屈貌。右龙武将军陈玄礼部下杀死杨国忠后,迫使唐玄宗命杨贵妃自缢。蛾眉:美女的眉毛,常作美女的代称,这里指杨贵妃。　[21]花钿(diàn):金玉制成的花形首饰。委地:丢弃在地上。翠翘:形似翠鸟之尾的首饰。金雀:凤形金钗。玉搔头:玉簪。　[22]黄埃:黄色尘土。散漫:弥漫。云栈(zhàn):高耸入云的栈道。悬崖峭壁上凿石架木而成的通道称为栈道。萦纡:弯曲盘旋。　[23]峨眉山:在今四川峨眉山南,此泛指蜀山。日色薄:日光暗淡。　[24]圣主:指唐玄宗。情:思念贵妃之情。　[25]行宫:皇帝出行时的住所。此二句意指在行宫中望月,月呈伤心之色;在夜雨中闻铃,铃作断肠之声。　[26]天旋日转:形容时局大变。肃宗至德二年(757)九月郭子仪收复长安。回龙驭:指肃宗派太子迎玄宗返京。龙驭:皇帝的车驾。此:代指马嵬坡。踌躇:徘徊不前的样子。　[27]玉颜:美女,此指杨贵妃。空死处:空见死处。　[28]沾衣:泪湿衣衫。信马:任马奔走,不加约束。信:任凭。　[29]太液:汉代宫池名,成帝与赵飞燕玩乐于此。未央:汉宫名。太液、未央在此泛指唐代宫苑。芙蓉:荷花。　[30]"芙蓉"二句:玄宗回宫后,看见池里的荷花像杨贵妃的脸,宫里的柳条像她的眉毛,不由得伤心落泪。　[31]西宫:太极宫。南内:兴庆宫。唐玄宗返京后的两处住所。　[32]梨园:唐玄宗创立的皇宫内的歌舞教坊。弟子:由玄宗当年调教的一班歌舞艺人。椒房:后妃所住宫殿,用花椒和泥涂壁,取其香味,故得名。阿监:后妃宫中的女官。青娥:年青宫女,古代女子用青黛画眉,称为"青娥"。　[33]悄然:忧伤愁闷的样子。"孤灯"句:古时用灯草点油灯,为了使灯燃得明亮,过一会儿就要把灯草往前挑一挑。　[34]迟迟:缓慢悠长。钟鼓:指宫中报时的钟鼓声。初长夜:指秋夜。耿耿:明亮貌。河:指银河。欲曙:快要天亮。　[35]鸳鸯瓦:指嵌合成对(一俯一仰合在一起)的瓦片。霜华:霜花。翡翠衾(qīn):指绣有成双翡翠鸟的被子。翡翠:鸟名,雌雄双栖,形影不离。　[36]临邛(qióng):县名,在今四川邛崃。鸿都:东汉京都洛阳宫门名,这里借指唐京都长安。鸿都客:指客居长安的人。致:招来。　[37]辗转:翻来覆去。教:使。方士:道士,有法术的人。　[38]排空驭气:指腾云驾雾。　[39]穷:找遍。碧落:道家称天界为碧落。　[40]五云:五色的彩云。绰约:风姿轻盈美好的样子。　[41]太真:即杨玉环。杨为道士时,住在宫内太真宫,故以此为字。参差:仿佛,差不多。　[42]金

阙:指仙山上金碧辉煌的宫殿。扃(jiōng):门户,门环。小玉、双成:这里指杨贵妃在仙山上的侍女。小玉:吴王夫差的女儿,相传死后成仙。双成:即董双成,相传是西王母的侍女。　　[43]九华帐:用九华图案绣成的彩帐。九华:一种回环的图案名称。　　[44]珠箔(bó):珠帘。屏:屏风。迤逦:接连不断。　　[45]睡觉:睡醒。　　[46]袂(mèi):袖子。　　[47]寂寞:暗淡失神貌。泪阑干:泪纵横流淌。　　[48]凝睇:凝视。谢:告诉。[49]昭阳殿:汉宫名,成帝皇后赵飞燕曾居此,这里借指杨贵妃生前所居之处。蓬莱:传说中海上仙山之一。蓬莱宫:杨贵妃死后所住的仙宫。　　[50]钿合:用金丝和珠宝镶嵌的首饰盒。合:通"盒"。　　[51]钗留一股:钗有两股,捎去一股,留一股。合一扇:盒分两半,捎去一半,留下一半。扇:半只。钗擘(bāi)黄金:将金钗剖分为二。擘:同"掰",用手分开。合分钿:将钿盒分成两半。　　[52]殷勤:反复多次。寄词:请道士带口信。　　[53]长生殿:唐代华清宫中殿名。　　[54]"在天"二句:是唐玄宗和杨贵妃当年在长生殿的誓词,表示两情相好,永不分离。比翼鸟:中国古代传说中的鸟名。又名鹣鹣、蛮蛮。此鸟仅一目一翼,雌雄须并翼飞行,故常比喻恩爱夫妻。连理枝:连理枝是指两棵银杏树的枝干合生在一起,连理枝又称相思树、夫妻树、生死树,比喻夫妻恩爱。　　[55]恨:遗憾。绝期:中断的时候。

【浅释】

《长恨歌》千古迷人之处,在于写了一段传奇式的"生死恋"。

叙事诗的整体情节流程是:相见欢—惨别离—无限恨。"相见欢"写杨贵妃入宫,李杨欢爱,杨家荣华,骊宫歌舞。首句为全诗纲领,此段极写明皇淫乐无度,荒怠朝政,宠杨至极;杨贵妃丰容艳饰,承欢受宠,游宴无暇。骊宫歌舞把李杨逸乐推向顶峰,为下文突转埋下伏笔。"渔阳鼙鼓"两句突转,承上启下,"长恨"由此开始。"惨别离"写安史之乱,逃窜西南,马嵬兵变,玉环惨死。"无限恨"先紧承现实情节写玄宗"长恨":蜀地断肠,归途怀痛,回宫苦恋,梦断求仙。后紧扣仙山寻觅写杨贵妃"长恨":惊觉相见,倾诉衷情,托物寄词,重申前誓。方士寻觅一段,关联着人间天上的"长恨"。结句深化了爱情主题,加重了"长恨"分量。

此诗构思精巧缜密,叙事张弛有度,抒情缠绵细腻,语言明白晓畅,堪称古代长篇歌行绝唱。

【习题】

1. 试分析《长恨歌》主题的两重性和诗中所塑造的艺术形象的双重性。
2. 这首长篇叙事诗情节曲折,扣人心弦,谈谈其艺术结构的基本特点。
3. 试分析《长恨歌》叙事、写景、抒情完美结合的表现手法。

李商隐诗三首

李商隐

李商隐(约813—约858),字义山,号玉溪生,又号樊南生,怀州河内(今河南沁阳)人,晚唐著名诗人,与杜牧齐名,世称"小李杜"。李商隐是一位缠绵感伤的诗人,其诗感伤时事,咏史鉴今,多抒写对国家命运的忧伤,遭遇不偶的悲慨,年华虚度的伤感,爱情追求的苦闷,首创"旨意幽深""婉转动情""绮丽精工"的"无题"诗,抒情含蓄委婉,意境凄清朦胧,如千丝织锦,如百宝流苏,具有独特的艺术魅力。擅长近体,尤精七律,继承杜甫七律的诸多特色,构思缜密,词工意深,深情绵邈。有《李义山诗集》《樊南文集》《樊南文集补篇》等传世。

锦　　瑟[1]

锦瑟无端五十弦,[2]一弦一柱思华年。[3]庄生晓梦迷蝴蝶,[4]望帝春心托杜鹃。[5]
沧海月明珠有泪,[6]蓝田日暖玉生烟。[7]此情可待成追忆,只是当时已惘然。[8]

【简注】

[1]锦瑟:装饰华美的瑟。瑟:古代拨弦乐器。据说瑟这种乐器本来有五十根弦,有次太帝让素女鼓瑟,觉得音调过于悲伤,就改了瑟的形制,变五十弦为二十五弦。　[2]无端:无缘无故,没有来由。　[3]一弦一柱:犹言一音一节。柱:调整弦的音调高低的支柱。华年:逝去的岁月,美好的青春。　[4]"庄生"句:"庄周梦蝶"典出《庄子·齐物论》。诗人引此典以言人生如梦,往事如烟,已难记省。迷:迷幻。　[5]"望帝"句:传说古代蜀国国君名为望帝,又名杜宇,死后魂魄不散,化为杜鹃,每当春天啼鸣,其声哀怨,嘴边有血。诗人似借此典寄托青春不再、无可奈何的心曲。春心:伤春之心。　[6]"沧海"句:古人认为海里蚌蛤中的珍珠是否圆润,与月亮的盈亏有关。诗人似以这一传说感叹自己如蚌珠一样被埋没,为之伤感。　[7]"蓝田"句:意思是宝玉埋在地里,遇到丽日会生出烟气。诗人似以此喻指理想如宝玉烟气之朦胧,可望而不可即。蓝田:山名,在今陕西蓝田县东南,古代是有名的产玉地。　[8]"此情"句:这种惆怅情绪早就产生,并非到今日回首往事时才有。可待:岂要等到。一说或许能有。惘然:惆怅。

【浅释】

《锦瑟》寄托华年之思、身世之悲,朦胧、凄迷而感伤。

首联总起,锦瑟繁弦,哀音怨曲,引起诗人无限悲感、难言怨愤。"无端"暗示往事千重,柔肠九曲。"思华年"点明主旨,统领全篇。中间两联化用典故,描绘出四幅迷离、凄清、幽旷、朦胧而略带感伤的画面,象征自己的遭际,暗寓自己的心境,让读者去揣测、寻味作者寄寓其中的心情意绪,去把握隐伏在画面深处的情感内涵。"庄生晓梦"传达出人生的恍惚和迷惘;"望帝春心"寓含着追求的执着和凄苦;"沧海月明"和"蓝田日暖"既有不为世用的自怜和怨愤,又有珠玉沉埋而光气难掩的自慰和期待。尾联以抒情感叹作结,"此情"即不甘沉埋而又无法解脱苦闷的心理意绪,既与首联的"华年"相呼应,又是颔联、颈联内容的概括。

李商隐诗以兴寄深婉、达意婉曲见长,绮丽隐约,耐人玩索,钻之弥深,其味弥浓。

无题(其一)

来是空言去绝踪,[1]月斜楼上五更钟。梦为远别啼难唤,书被催成墨未浓。
蜡照半笼金翡翠,[2]麝熏微度绣芙蓉。[3]刘郎已恨蓬山远,[4]更隔蓬山一万重。

【简注】

[1]空言:空话,是说女方失约。　[2]蜡照:烛光。半笼:半映。指烛光隐约,不能全照床上被褥。金翡翠:指饰以金翡翠的被子。　[3]麝熏:麝香的气味。麝本动物名,即香獐,其体内的分泌物可作香料。这里即指香气。度:透过。绣芙蓉:指绣有芙蓉图案的帐子。　[4]刘郎:相传东汉时刘晨、阮肇一同入山采药,遇二女子,邀至家,留半年乃还乡。后也以此典喻"艳遇"。蓬山:蓬莱山,指仙境。

【浅释】

作品描述痴情男子对阻隔重重的情人的无限相思之苦。

以倒叙起,先写梦醒,次述梦中,复写梦后,虚虚实实,如真如幻,层层揭示理想与现实、虚幻的完美与真切的残缺之间巨大的反差。首联抒发有约不来的怨思。上言对方负约,渲染无限空落的情绪;下言梦醒天明,传达清寒孤寂的情调。颔联描写忆梦修书的情景。上言追忆残梦,"梦为远别"是全诗的诗眼,一切由此四字生发。下言匆忙修书,细节描写真实传神,显出相思的深度和强度。"啼难唤""墨未浓"均系反语见意。颈联悬想情人独宿的情景。上言褥衾可见,"半"字暗示光焰的黯淡柔和;下言帐香可闻,"微"字暗示香气的若有若无,借幻景烘托相思的孤寂与心绪的凄凉。末联倾诉无法释去的离恨。上言恨不得见,下言相见无期,思慕至深而杳远难寻,此情何堪?

本诗结构曲折,语言绮丽,意境含蓄,情思绵缈,韵味深长。

隋宫(其一)[1]

紫泉宫殿锁烟霞,[2]欲取芜城作帝家。[3]玉玺不缘归日角,[4]锦帆应是到天涯。[5]于今腐草无萤火,[6]终古垂杨有暮鸦。地下若逢陈后主,[7]岂宜重问后庭花。[8]

【简注】

[1]隋宫:指隋炀帝杨广为游乐而修建的江都宫等,故址在今江苏扬州西北。此外尚有隋苑。《隋宫》二首是作者游江淮时,目睹南朝和隋宫故址,有感而作。本首为七律,另一首为七绝。 [2]紫泉:即紫渊。为避高祖李渊之讳,而改"渊"为"泉"。此处又以紫泉宫殿借指隋炀帝的长安宫殿。锁烟霞:即烟锁宫殿,任其冷落。 [3]芜城:指隋代的江都,即今扬州。因南朝鲍照登广陵故城(即扬州)作过《芜城赋》而以"芜城"名之。 [4]玉玺:皇帝的玉印,此处借皇位,引申为天下。日角:指人的额骨突出饱满如日的形态,古代认为这是帝王之相。此处指李渊。 [5]锦帆:指炀帝龙舟之帆皆锦缎制成。 [6]腐草无萤火:古人认为萤火虫为腐草所变。 [7]陈后主:陈朝的最后一个皇帝,荒淫亡国。 [8]岂宜:岂该。重问:再问。后庭花:即《玉树后庭花》,系陈后主之作。

【浅释】

《隋宫》借隋炀帝穷奢极欲、荒淫亡国的教训,为唐末帝王敲起警钟。

首联直写隋事。隋炀不理朝政,致使巍峨宫殿空锁烟霞;贪恋逸乐,游乐之地反被当成帝王之家。"紫泉"与"芜城"对照鲜明,凸显昏君隋炀选择的极端荒谬。颔联承上推断。若非改朝换代,隋炀的荒淫逸乐将愈演愈烈,无有止境。"锦帆"是游乐无度的象征,"天涯"是空间极限的象征,两个意象组合隐含深婉的讽意。颈联抚今追昔。暗用隋炀广征萤火夜放、命植运河杨柳两件旧事以作今昔比照,上句言今"无"(萤火)暗示昔"有",下句言今"有"(暮鸦)暗示昔"无",对仗工整,含蓄蕴藉。萤火绝种与暮鸦聒噪渲染了炀帝亡国后的凄凉景象,虽无直接鞭挞,但批判力度甚强。尾联反问假设。揭示出炀帝至死不悟,不改荒逸,终于重蹈历史覆辙的主旨。

虚处着笔,善于对比,用典自如,婉转讥讽,为本诗特色。

【习题】

1. 关于李商隐《锦瑟》主题众说纷纭,你谈谈你读后的看法。
2. 课外阅读李商隐其他《无题》,试总结其无题诗的抒情特征。
3. 搜读李商隐《马嵬》《贾生》等,结合此诗谈谈其咏史诗的特点。

苏轼诗三首

苏 轼

> 苏轼(1037—1101),字子瞻,号东坡居士,眉州眉山(今四川眉山)人。苏轼是北宋文学最高成就的代表,全能的文学艺术天才。他出入儒道,濡染佛禅,思想宏博,旷达通脱。其散文文思开阔,纵横恣肆,与欧阳修并称"欧苏";其诗歌理趣盎然,意在言外,与黄庭坚并称"苏黄";其词作境界恢弘,豪迈奔放,与辛弃疾并称"苏辛"。苏轼作品将积极入世的儒家精神、刚直不阿的人格力量和豁达放任的庄禅哲学融为一体,表现出旷达超然、随缘自适的人生态度和清新洒脱、豪放雄迈的艺术风格,受到后世极大推崇。有《苏东坡集》《东坡乐府》传世。

和子由渑池怀旧[1]

人生到处知何似,[2]应似飞鸿踏雪泥。泥上偶然留指爪,鸿飞那复计东西。
老僧已死成新塔,[3]坏壁无由见旧题。[4]往日崎岖还记否?路长人困蹇驴嘶。[5]

【简注】

[1]子由:苏轼弟苏辙,字子由。渑(miǎn)池:今河南渑池。这首诗是和苏辙《怀渑池寄子瞻兄》而作。苏辙《怀渑池寄子瞻兄》:"相携话别郑原上,共道长途怕雪泥。归骑还寻大梁陌,行人已度古崤西。曾为县吏民知否?旧宿僧房壁共题。遥想独游佳味少,无方骓马但鸣嘶。" [2]"人生"句:此是和作,苏轼依苏辙原作中提到的雪泥引发出人生之感。 [3]老僧:即指奉闲。新塔:新建的埋葬奉闲和尚骨灰的墓塔。 [4]坏壁:指奉闲僧舍。无由:无从,无法。旧题:嘉祐三年(1056),苏轼与苏辙赴京应举途中曾寄宿奉闲僧舍并题诗僧壁。 [5]蹇(jiǎn)驴:行步艰难的驴。蹇:跛脚。

【浅释】

本诗表达了诗人所领悟的复杂人生内涵,对往事的怀念,对无常的惆怅,对未来的向往,对前程的乐观……

诗分两部分,前半勉人自勉,后半怀念往事。前面"人生"起句超忽,以提问发端;"应似"以下三句回答"何似",用"雪鸿泥爪"意象,把人生比作飘忽无定的旅程。"飞鸿踏雪泥""泥上留指爪""那复计东西"所组成的意象系列,生动地表达了人生哲理:人生际遇中存在着许多偶然无定的变数,早年的经历、理想、抱负,有如雪泥鸿爪归于寂灭,回忆起来令人感慨万千。后面落实到题中"怀旧",蕴含着对人生无常性的省悟和超越,在回忆往日的困苦中蕴涵着珍惜现在、开拓将来的潜台词:人生虽然无常,但不应该放弃努力;事物虽多具有偶然性,但不应该放弃对必然性的寻求。

此诗贵在把对往事的追怀升华到人生哲理的高度,借助生动的譬喻表现对人生的哲理思考。

饮湖上初晴后雨(其二)[1]

水光潋滟晴方好,[2]山色空濛雨亦奇。[3]
欲把西湖比西子,[4]淡妆浓抹总相宜。[5]

【简注】

[1]《饮湖上初晴后雨》二首写于诗人任杭州通判期间。其中第二首广为流传。饮湖上:在西湖的船上饮酒。 [2]潋滟:水波荡漾、波光闪动的样子。方好:正显得美。 [3]空濛:细雨迷蒙的样子。濛,一作"蒙"。亦:也。奇:奇妙。 [4]欲:可以,如果。西子:即西施,春秋时代越国著名的美女。 [5]总相宜:总是很合适,十分自然。

【浅释】

此诗写不同天气中的西湖的旖旎风光。

开头二句,略去细部,大笔写意,抓住西湖神韵,进行精练概括。首句描写晴天湖光的明秀之美,次句赞美雨天山色的朦胧之美。这两句意境阔远,精妙传神,情趣盎然。后面两句,并没有具体描绘西湖的湖光山色,而是别出机杼,用新颖独特的比喻,由实写转为虚写,进一步渲染西湖的美景。"淡妆浓抹"呼应"晴"和"雨","总相宜"呼应"方好"和"亦奇",写出了西湖在任何时候都不减丰姿的神韵。比喻新奇贴切,妙语天成,本体、喻体之间在地域、名称、个性上有许多契合点,既以"西"字相连,又重在风神韵致。让人去遐想那个并未见过的上古美女之绝代风华,来领悟西湖景色的美不胜收。绝代佳人是淡妆美,浓抹亦美,西湖也是晴也美,雨也美。至于如何美,却不具体描写。

全诗的意境于整体观照中透出一种空灵的美、含蓄的美和朦胧的美。

题 西 林 壁[1]

横看成岭侧成峰,[2]远近高低各不同。[3]
不识庐山真面目,[4]只缘身在此山中。[5]

【简注】

[1]题西林壁:写在西林寺的墙壁上。题:书写,题写。西林:西林寺,在江西庐山。 [2]横看:从正面看。庐山总是南北走向,横看就是从东面西面看。侧:侧面。 [3]各不同:各不相同。 [4]不识:不能认识,辨别。真面目:指庐山真实的景色,形状。 [5]缘:因为;由于。此山:这座山,指庐山。

【浅释】

《题西林壁》是苏轼游观庐山后的理性总结。

开头两句从横侧、远近、高低的不同视角,描绘庐山峰峦重叠、变化多姿的景色。横看是郁郁葱葱、群峰集聚的山岭,侧看乃是一座座插天而立、秀色迷人的险峰。自远、从近,由高、及低,如按各个不同角度去欣赏,更是千姿百态、气象万千。后两句即景说理,谈游山的独特感悟。为什么不能辨认庐山的真实面目呢?因为身在庐山之中,视野为庐山的峰峦所局限,看到的只是庐山一峰一岭一丘一壑的局部而已,这必然带有片面性。要看清庐山的整体风貌,就必须跳出庐山看庐山。作者以身处庐山为喻,说明了一个极其深刻的道理:只有超越狭小范围,摆脱主观成见,保持相当距离,才能识得事物的真相与全貌乃至发现出美来。

这样耐人寻味的丰富内涵,全然紧扣庐山谈出,真正体现了诗趣和哲理的高度融合,讲的哲理亲切自然,读来又耐人寻味。

【习题】

1. "雪鸿泥爪"是苏轼著名的比喻,谈谈你对其中寓意的理解。
2. 以《饮湖上初晴后雨》《望海楼晚景》为例,谈谈苏轼写景诗的表现技巧。
3. 以《题西林壁》《琴诗》为例,谈谈苏轼理趣诗的特点。

陆游诗三首

陆　游

> 陆游(1125—1210),字务观,号放翁,越州山阴(今浙江绍兴)人。南宋中兴四大诗人(其余三位为尤袤、杨万里、范成大)之首,杰出的爱国主义诗人。诗大都抒写光复中原的情怀和报国无门的悲愤,融合李、杜不同创作手法,形成画面瑰丽、空间广阔的意境,雄浑奔放、明朗流畅的风格。词与诗歌类似,以呼喊抗金、反对议和为中心内容,词兼婉约、豪放之长,慷慨激昂接近苏、辛,清新绵丽类乎柳、秦。梁启超有诗赞曰:"集中什九从军乐,亘古男儿一放翁"。散文也著述甚丰,且颇有造诣。著有《渭南文集》《剑南诗稿》《南唐书》《老学庵笔记》等,后人辑有《放翁词》。

书愤(其一)[1]

早岁那知世事艰,中原北望气如山。[2] 楼船夜雪瓜洲渡,铁马秋风大散关。[3]
塞上长城空自许,镜中衰鬓已先斑。[4] 出师一表真名世,千载谁堪伯仲间![5]

【简注】

[1]书愤:抒发义愤。书:写。　[2]早岁:早年,年轻时。世事艰:指抗金救国的事业艰难。气如山:指收复失地的豪情壮志有如山岳。　[3]"楼船"两句:这是追述25年前的两次抗金胜仗。宋高宗绍兴三十一年(1161)冬金主完颜亮率大军南下,企图从瓜洲渡南下攻建康(今南京),被宋军击退。第二年,宋将吴璘从西北前线出击,收复了大散关。楼船:高大的战船。瓜洲渡:在今江苏邗江南大运河入长江处,为江防要地。铁马:披有铁甲的战马。大散关:在今陕西宝鸡西南,时为宋金边界重地。　[4]塞上长城:比喻卫国御侮战功卓著的将领。南朝宋檀道济,北伐有功,因遭疑忌被杀,死前曾言"乃复坏汝万里长城"。空自许:白白地自许。衰鬓:苍老的鬓发。　[5]出师一表:指诸葛亮在蜀汉建兴五年(227)三月出兵伐魏前所作《出师表》。名世:名传后世。堪:能够。伯仲间:意为并驾齐驱,可以相提并论。伯仲:原是兄弟长幼的次序。

【浅释】

《书愤》以"愤"作为抒情线索,抒发胸中郁愤之情。

首联追忆早岁抱负,慨叹世事。"艰"字集中概括了诗人奋斗的艰辛,经历的艰难和遭际的艰险。"气如山"三字生动地刻画出诗人伟岸高大、血气方刚的民族英雄形象。颔联概括战史时局,追忆抗战。两句六个名词不着虚字,把战时(一冬夜一秋昼)、战地(一东南一西北)、景象(一楼船夜渡一铁马迎战)和人物(一水师一骑兵)结合在一起,构成声势威武的场景,统合为完整壮阔的境界。颈联描摹暮年景况,叹息流年。"塞上长城"上呼"气如山","空"字表示一切成空。"镜中衰鬓"上呼"世事艰","斑"字形象具体地强化了"衰"。尾联抒发感叹,隐语刺世。总括前面所书之"愤":朝中无人兴复宋室,收复大业终成泡影,雄才大略百无一用!

此诗高度概括了诗人一生的志向、经历、遭遇、愤懑和希望,激昂雄健,悲愤沉郁。

长 歌 行[1]

人生不作安期生,醉入东海骑长鲸;[2]犹当出作李西平,手枭逆贼清旧京。[3]金印煌煌未入手,白发种种来无情。[4]成都古寺卧秋晚,落日偏傍僧窗明。[5]岂其马上破贼手,哦诗长作寒螀鸣?[6]兴来买尽市桥酒,大车磊落堆长瓶;[7]哀丝豪竹助剧饮,如钜野受黄河倾;[8]平时一滴不入口,意气顿使万人惊。国仇未报壮士老,匣中宝剑夜有声。[9]何当凯还宴将士,三更雪压飞狐城。[10]

【简注】

[1]长歌行:乐府旧题,属平调曲。 [2]安期生:传说的秦汉间仙人,姓郑,名安期。骑鲸:源自汉扬雄《羽猎赋》"乘巨鳞,骑鲸鱼"。 [3]李西平:唐代将领李晟。唐德宗建中四年(783),朱泚反叛。次年,李晟收复长安,朱泚被杀。逆贼:本指朱泚,这里暗喻金人。枭:斩首示众。清:肃清。旧京:故都。本指长安,这里暗喻北宋汴京。 [4]金印:古代文武大臣所佩黄金印信。煌煌:光辉的样子。种种:头发短的样子。 [5]成都古寺:陆游当时在成都,寓居多福院。 [6]岂其:难道,表反问语气。哦:吟咏。寒螀:一种体形较小、呈青红色的蝉。 [7]兴来:酒兴起来。市桥:成都濯锦江上的一座桥。磊落:错落不齐的样子。 [8]哀、豪:喻指诗人跌宕起伏的心情。丝、竹:弦乐、管乐。剧饮:痛饮。钜野:钜野泽。古时钜野(今山东境内)的大湖泊。 [9]匣:指剑鞘。有声:传说宝剑可以通灵,在匣中能够发出声音表示斗志或警戒。 [10]飞狐:古代关隘名,在今河北涞源,当时被金人占领。

【浅释】

报国不遂的苦闷和杀敌立功的渴望,是本诗表现的主要情感。

开始四句写人生志向,借出世与入世两种人生理想的选择,抒发杀敌立功之意,"不作""犹当"点明报国志向情怀。接下来四句一转,写现实境遇——岁月蹉跎,壮志成空,"秋晚""落日"体现了"美人迟暮"的焦灼。现实境遇与人生志向的巨大落差,使诗人悲愤至极。一声痛苦反诘,逼出六句剧饮浇愁的描写,由"买酒"而"饮酒",由"剧饮"而"人惊",抒发报国理想无由实现的悲愤,雄盖天地,气贯长虹。结尾四句写寸心未死,以想象中带有写实性的欢庆胜利的场面收束,融进美好憧憬的结句把前面的愁苦意绪涤荡无遗,与本诗开头抒发人生壮志的诗句遥相呼应。

本诗感情热烈充沛,笔力清壮顿挫,结构波澜迭起,气势豪迈奔放,语言明朗晓畅,一如长江出峡、骏马奔驰,典型地体现出陆诗的个性风格,被推为其压卷之作。

关 山 月[1]

和戎诏下十五年,将军不战空临边。[2]朱门沉沉按歌舞,厩马肥死弓断弦。[3]戍楼刁斗催落月,三十从军今白发。[4]笛里谁知壮士心,沙头空照征人骨。[5]中原干戈古亦闻,岂有逆胡传子孙![6]遗民忍死望恢复,几处今宵垂泪痕![7]

【简注】

[1]关山月:乐府旧题,属汉乐府《横吹曲辞》。横吹曲原为西域军乐。 [2]和戎诏:指宋王室与金人讲和的命令。和戎:与敌人妥协媾和。戎:指金人。空临边:枉自戍守边关。空:徒然,白白地。边:边境,边塞。 [3]朱门:指豪家贵族的府第。沉沉:深沉,指屋宇深邃。按歌舞:依照乐曲的节奏歌舞。 [4]戍楼:边境上的岗楼。刁斗:古代军中铜器,形制似锅,白天可作炊具,夜晚用以打更。 [5]笛里:指笛中吹出的曲调。沙头:沙原上,沙场上。征人:出征在外的人。 [6]干戈:代指战争。亦:也。闻:听说。岂有:哪有。逆胡:这里指女真族统治者。 [7]遗民:指金占领区的原宋朝百姓。望恢复:盼望宋朝军队收复故土。这两句可参读陆游《秋夜将晓出篱门迎凉有感》:"遗民泪尽胡尘里,南望王师又一年。"

【浅释】

《关山月》批判统治集团和戎苟安的罪行,表现爱国将士报国无门的苦闷,申诉中原百姓渴望恢复的痛切。

诗歌分三个层次,纵横开掘,大处落墨,对"和戎"背景下不同类型人物的行为方式和心理感受,作了鸟瞰式素描。第一层,突出"和戎"恶果之一:临边将军无所作为,武备废弛;朝中权贵寻欢作乐,醉生梦死。第二层,揭露"和戎"恶果之二:守边士卒欲战不能,欲归不得;边关戍楼形同虚设,无人问津。第三层,直抒痛恨"和戎"之情:民族败类昏庸无能,不图收复;中原百姓望眼欲穿,绝望痛苦。三层全凭浩气鼓荡,激情奔驰,形成冲波逆折、腾挪跃动的有机结构。两"空"字为全诗枢纽,种种令人心碎情景皆由此生发。

本诗构思巧妙,合三为一。朱门歌舞、沙场白骨、遗民泪痕三幅画面,在月夜统摄下拼接为一幅长卷,形成交相映衬的整体,意境空阔悠远,格调苍凉深沉。

【习题】

1.前人评《书愤》"风格高健",请谈谈本诗"愤"的情感内涵和艺术风格。
2.浅谈《长歌行》描写剧饮场面的技巧及其在全诗艺术结构中的地位。
3.试以《书愤》《长歌行》《关山月》诸作为例,总结陆游爱国主义诗歌的特色。

文天祥诗二首

文天祥

文天祥(1236—1282),字宋瑞,号文山,吉州庐陵(今江西吉安)人。宋末政治家、文学家、爱国诗人,抗元名臣,与陆秀夫、张世杰并成为"宋末三杰"。其诗文充满强烈的爱国主义热情,具有很高的艺术成就。创作以元军攻陷临安为界分为前后两期,前期《赴阙》《高沙道中》等洋溢着饱满的战斗精神,情感丰富浓郁,风格清新豪放;后期《指南录》《指南录后集》和《吟啸集》,表现力图恢复宋室的壮志、不屈不挠的斗争精神和傲岸坚贞的气节,笔触有力,感情强烈,激昂慷慨,苍凉悲壮。文天祥词继承辛派词风,直抒胸臆,悲壮激越。有《文山先生全集》传世。

过零丁洋[1]

辛苦遭逢起一经,干戈寥落四周星。[2]山河破碎风飘絮,身世浮沉雨打萍。惶恐滩头说惶恐,零丁洋里叹零丁。[3]人生自古谁无死,留取丹心照汗青。[4]

【简注】

[1]零丁洋:在今广东中山南。宋祥兴二年(1279),元军都元帅张弘范挟文天祥攻厓(yá)山(今广东江门新会南大海中)。张一再逼迫文招降坚守此山的张世杰,文给他这首诗以示拒绝。 [2]遭逢:遭遇到朝廷提拔。起一经:依靠精通经籍得官。寥落:稀疏。四周星:意即四年,文天祥从起兵抗元至此时恰是四年。 [3]惶恐滩:为赣江上著名的十八滩之一,在今江西万安,激流险恶。 [4]汗青:史册。古代无纸,记事用竹简,需用火烤去竹汗,因称"汗青"。

【浅释】

《过零丁洋》抒写国破家亡之痛、孤臣为俘之悲和以死明志之情。

前四句追述往事。首联回顾平生:寒窗苦读,科举得名;毁家纾难,起兵勤王。上句从文的方面写,着意突出"辛苦";下句从武的方面写,着意突出"寥落"。次联哀叹家国。上句用"风飘絮"比喻"山河破碎",表现了诗人深切的哀痛;下句用"雨打萍"比喻"身世浮沉",暗示了诗人屡遭的打击。个人的命运与国家的存亡紧密相连。三联追忆痛事:空院兵败,仓皇撤退;战败被俘,押赴厓山。两句诗因景生情,正好概括了起兵始末和忠愤之心。"惶恐滩"与"零丁洋"是巧对,地名对地名,"惶恐""零丁"又是语意双关,既表明了当地形势之险恶,又说明了诗人境况之危苦。尾联直抒胸臆,表现出诗人舍生取义的生死观和正气凛然的气节。

此诗是英雄末路的悲歌,情调自然沉郁悲壮,但浩然正气溢满字里行间。

金陵驿(其一)[1]

草合离宫转夕晖,孤云漂泊复何依?[2]山河风景元无异,城郭人民半已非。[3]满地芦花和我老,旧家燕子傍谁飞?[4]从今别却江南路,化作啼鹃带血归。[5]

【简注】

[1]金陵:今江苏南京。驿:古代官办的交通站,供传递公文的人和来往官吏憩息的地方。宋祥兴元年(1278),文天祥战败不幸被俘,次年被押赴大都(今北京),途经金陵,此时,南宋政权覆亡已半年有余,金陵亦被元军攻破四年之多,诗人抚今思昔,触景生情,写下《金陵驿二首》。 [2]草合:野草长满。离宫:南宋在金陵的外宫。建炎三年(1130),宋高宗曾进驻建康府(即金陵),在此修治行宫。转:移动。夕晖:夕阳。孤云:诗人自喻。 [3]山河风景元无异:此句化用"新亭对泣"典故,表达家国破灭悲恸。元:原来。城郭人民半已非:此句化用"化鹤归辽"典故,言宋恭宗德佑元年(1275)三月,元军攻破金陵事。郭:外城。非:不同。 [4]芦花和我老:我的头发与芦花一样白,自喻为国破家亡而憔悴。旧家燕子:化用刘禹锡《乌衣巷》诗句,寄托对金陵的残破和国家沦亡的悲哀。 [5]从今别却江南路:此句暗寓《楚辞·招魂》"魂兮归来哀江南"之意。别却:离别。路:宋、元、金以路作行政区划。啼鹃:传说古蜀王望帝死后,魂化杜鹃,又名子规,啼声哀苦,常啼至血出。

【浅释】

　　作品抒发黍离之悲、亡国之痛、报国之情，系有宋一代最具血性的诗篇。

　　夕阳残照，荒草颓垣，在开篇构合成特定的抒情场景，暗示南宋王朝的衰落沦亡，苍凉之气扑面而来。接着由家国沦亡写到自身不幸，亡国孤臣的无限悲恨和怅惘，化作一声"复何依"的悲叹。"孤"字摹状了飞絮飘零的身世，凝聚了国破家亡的沉痛。下面两句巧妙化用典故，对江山易主的悲恸，对百姓苦难的忧伤，借助山河依旧与人事苍黄的揪心对照加以突出。诗人痛感不能挽狂澜于既倒，救生民于涂炭，满腔愁恨凝聚于"芦花"放白的意象，深沉关切寄寓于"旧燕"无栖的悬思，切地，切景，切事，切情。感慨无穷，痛切骨髓。最后一联归结本旨，凛然自誓：此行必将以死报国，一片忠魂终返江南！在无限凄楚的情调中充溢着浩然正气，生死不渝的爱国深情感人肺腑。

　　此诗融情入景，化典寄情，外柔内刚，沉挚悲壮。

【习题】

　　1. 以《过零丁洋》和陆游《长歌行》为例，谈谈文、陆两家诗歌情感内涵的异同。
　　2. 试比较《金陵驿》和《过零丁洋》两首诗不同的抒情结构。
　　3. 谈谈《金陵驿》化用典故和前人诗句的特点及其艺术效果。

第四章

唐宋词

　　词是随着隋唐燕乐流播而出现的一种新型格律诗体,与音乐有着紧密的联系。最初称"曲子词",后来称"词",别称"乐府""琴趣""诗余""长短句"。

　　现存最早的唐代民间词是敦煌曲子词,敦煌曲子词《云谣集》是中国第一部民间词集,其内容有的描写歌楼妓女的辛酸,有的描写征夫思妇的痛苦。文人词在中唐前后开始出现,像李白、刘长卿、韦应物、白居易、刘禹锡、张志和等都曾创作过词。李白《忆秦娥》《菩萨蛮》,张志和《渔歌子》,白居易《忆江南》皆为文人词佳构。晚唐出现了辞藻艳丽、风格柔媚的花间词,温庭筠辞藻华艳缛丽,描写冷静客观("画屏金鹧鸪")。五代十国时期,词的创作十分流行,形成了西蜀与南唐两个中心。西蜀"花间"词人深受温庭筠的影响,多写花间月下、男女之情,风格以剪红刻翠、香软浓艳为主,但也有少数词人风格略有不同,如韦庄词语言平直鲜活,意境疏淡清丽,感情曲折深厚("弦上黄莺语")。南唐词主要作家是冯延巳、李璟、李煜,他们的词较少有浓艳的脂粉气。冯词着力抒写人物的内心世界,透过浓艳彩色表现悲哀("和泪试严妆")。李煜后期的词描写国破家亡感受,拓宽了词的题材,采用白描手法抒写生活感受,语言优美明净,词境疏朗开阔("粗服乱头,不掩国色"),为后代词人的言志抒怀的新体开拓了道路。

　　词到了宋代,有如诗至盛唐,以有美皆备的声势达到了发展的顶峰。北宋词的发展可以分成四个时期,即以晏、欧为主的小令时期,以柳永为主的慢词时期,以苏轼为主的诗人词时期和以周邦彦为主的乐府词复兴时期。

　　宋初,词的创作上承"花间"余响,未脱"艳科"范围。晏殊词袭五代绮丽词风,《珠玉词》抒写春花秋月的闲愁,含情凄婉,音调和谐,工于造语,和婉明丽,风流蕴藉。欧阳修的词大多叙写爱情、游子思归或抒发个人怀抱及闲情逸致,轻快浓艳,感情真挚。范仲淹、张先则把边塞风光和沙场情怀引入词的领域,开拓了词的意境,为豪放词派导航开路。柳永是第一个专业词人,词至柳永出现了一个历史性转折,变化有三:变体,大量创作慢词;变风,开创俚俗词派;变意,创作主体介入。《乐章集》表现都市生活,抒写羁旅愁思,极富平民色彩。体制之扩大,结构之铺叙,语言之从俗,是柳词的三个显著特点。柳词对"秦楼楚馆"浅斟低唱生活的歌咏和以"白衣卿相"自比对抗金榜功名的态度,开金元曲子先河。词到苏轼进入了以诗入词的发展阶段。他摈弃"柳七风味",追踪"诗人之雄",淡化柳词的市民情调,表达士人君子之"志"。苏词扩大了词的内容,提高了词的境界;注入了诗的精神,改变了词的风格;创变词的体制,突破旧有词律,意境清雄博大,豪放中寓清徐之气,为豪放词派的产生、发展奠定了基础。北宋中期婉约词完全成熟,名家竞出,晏几道工于小令,其《小山词》意境深远,结构精密,以"工于言情"为后世词话家称颂。秦观情韵俱胜,展衍绮丽的小令而作长调,并善于用柔笔抒情,语言工致而切合音律,深得一唱三叹的妙谛。贺铸则兼婉约、豪放之长,擅长用健笔,语言驱使温(庭筠)、李(商隐),词风深婉丽密,上追苏轼,下连张元干、辛弃疾一派。柳、苏之后,周邦彦从内部声律音韵、结构方式、艺术手法等方面改造了北宋词,将词恢复到苏轼以前的词曲密切相关的阶段,以音乐为第一生命的状态。《清真词》特色有三:格律严整化(审音协律,格调精严),铺叙复杂化(善于铺叙,长于勾勒),语言典雅化(疏密并用,深曲和雅)。周邦彦堪称北宋词集大成者,慢词至"清真"趋于定型成熟。

词到南宋,达到极盛,无论从反映生活的深度、广度,还是从词的艺术形式的丰采来看,南宋超过北宋。南宋词的发展也分为四个时期,即以"黍离之感"为内容的南渡词人时期,以"抚时感事"为主的辛派词人时期,以"格律为先"的姜派词人时期,以"清真为归"的吴派词人时期。

李清照、朱敦儒、陈与义并称为"渡江三家"(其他南渡词人还有向子諲、康与之、曾觌等)。南渡词人在创作上有两个共同倾向:创作主题——"黍离之感";抒情色彩——消极颓丧。低唱多于浩歌,哀婉多于悲壮。李清照崛起于北宋末,南渡后大放异彩,其词结合身世飘零反映时代动荡离乱,追忆美好往昔抒发山河之恸,以独特细微的感受表现深沉的故国之思,乡愁与国愁在《漱玉词》中紧密结合融二为一。她以浅近自然之语,创疏宕神峻之境,"易安体"成为词坛效法的榜样。与南渡词人几乎同时的爱国词人张元干、张孝祥、朱敦儒等以词为武器,宣传抗金救国,他们上承苏轼,下启辛派,是苏、辛词之间的重要过渡。宋词到了辛弃疾,达到了词体文学的极盛。辛弃疾继承苏轼豪放词风,又以他独特的艺术风格,恣肆的创作才力,昂扬的政治热情,把词引向更为广阔的社会现实,赋予词更为严肃的重大使命,使词取得在文学领域中前所未有的地位和成就。意境的宏阔壮观,手法的比兴用典,语言的自由放肆,风格的豪雄悲郁,是辛词艺术成就的四大支点。辛弃疾把爱国词推向极致,成为两宋第一歌手。陈亮、刘过、刘克庄、刘辰翁等,其词的主题、风格、情调均与辛词相近,史称"辛派词人"。辛派词人的作品表现恢宏雄放、金戈铁马的英雄情怀,正气凛然,骨高格遒,千载之后犹能促人奋起。在南宋词坛,姜夔与辛弃疾、吴文英鼎足而三。高洁清旷、感伤时事的思想倾向,论物比兴、虚处传神的表现手法以及凝练灵动、响亮自然的语言特点,是姜词的创作特色。"清气盘空,高远峭拔",染上浓重的冷色,充满悲伤抑郁的情调。白石词的贡献是扩大了婉约词题材,革新了婉约词艺术,改变了婉约词地位。姜夔之后,吴文英成为南宋后期格律派的典型代表,吴词反映南宋灭亡前的现实,抒写封建制度重压之下知识分子的不幸遭遇,在南宋婉约词的发展过程中完成了"返南宋之清泚,为北宋之秾挚"的转变。词人感受纤细而富于神奇浪漫的幻想,喜艳丽之美而尤好雕饰,以虚带实的结构手法,含蓄柔婉的抒情方式,绵密典丽的艺术风格,是梦窗词的三个特点。因过于考究音律,雕词琢句,难免堆砌晦涩,甚难索解。南宋末,周密、张炎、王沂孙等的词感慨悲凉,忧思极深。

宋词在创作上客观存在两种风格:婉约和豪放,前者以柳永、秦观、李清照、姜夔为代表,后者以苏轼、陆游、辛弃疾、张元干等为代表。婉约词题材狭窄,主要写男女恋情、羁旅愁思,结构深细缜密,表达含蓄细腻,语言清新绮丽,格调缠绵婉约,具有柔婉之美。豪放词题材广阔,无事无情不可入词,结构大开大合,倾向直抒胸臆,语言雄放大气,格调雄健激昂,具有阳刚之美。婉约派和豪放派竞雄词坛,各领风骚,又互相影响,相互渗透。

忆 秦 娥[1]

李 白

箫声咽,[2]秦娥梦断秦楼月。[3]秦楼月,年年柳色,灞陵伤别。[4] 乐游原上清秋节,[5]咸阳古道音尘绝。[6]音尘绝,西风残照,汉家陵阙。[7]

【简注】

[1]忆秦娥:词牌名,此处又作词的题目。 [2]箫:一种竹制的管乐器。咽:呜咽,形容箫管吹出的曲调低沉而悲凉,呜呜咽咽如泣如诉。据《列仙传》载:秦穆公时萧史善吹箫,能致孔雀、白鹤于庭,穆公之女弄玉嫁给萧史后,萧史教她吹箫作凤鸣,居然引来凤凰。穆公为他们作凤台,后来夫妇俩皆随凤凰飞去。 [3]秦娥:此处泛指秦地美貌女子。梦断:梦醒。 [4]灞(bà)陵:又作"霸陵",汉文帝刘恒之陵墓,故址在今陕西西安东。汉代东出函谷关,必经此地,故送行的人常在此折杨柳赠别。伤别:为别离而伤心。 [5]乐游原:亦称乐游苑,原是秦宜春苑,在长安东南,为长安最高处。每逢正月晦日、三月三日、九月九日汉唐两代京城仕女多到此游赏。清秋节:指农历九月九日的重阳节,是当时人们登高的节日。 [6]咸阳:今陕西咸阳,是汉唐时期由京城往西北从军、经商的要道。音尘绝:指车马行进时的声音和带起的烟尘。此指断绝音信。 [7]西风:指秋风。残照:指落日的光辉。汉家宫阙:汉朝皇帝的陵墓。阙:陵墓前的楼观。

【浅释】

这首闺怨词写一位思妇自春至秋对夫君的思念。

上片写春夜之愁。起句悲凉,"箫声咽"化用吹箫引凤的典故,暗示曾经的两情相悦和梦中的鱼水欢会。呜咽幽怨的箫声将梦境打断,只见高天寒月照着秦楼。秦娥望月怀人,怀想起灞陵送别的感伤情景,于是画面镜头由"秦楼"跃向"灞陵"。"年年"暗示夫妇离别旷日持久,"伤别"蕴含无数人的悲伤与哀痛!下片写秋暮之怨。秦娥重阳节登高远望,希望看到夫君佳节归来,然而咸阳古道上不见夫君踪影。"音尘绝"凸显秦娥的失望,情真语挚,动人心魄。眼前"西风"之中、"残照"之下的"汉家陵阙",更引起她内心的强烈震撼:韶华易逝,人生几何,此生将要等到何时才能与夫君团聚!

此词声情悲壮,气象博大,以"伤别"为关纽,以"秦楼月""音尘绝"为眼目,以"灞陵伤别""汉家陵阙"为结穴,相续映照,浑然一体。

【习题】

1.有人认为这首词深寓故国兴亡之感,请谈谈你的看法。
2.试分析这首词上下两片在内容和结构上的联系。
3.课外阅读其他唐人的闺怨诗词,试与此词做些比较。

忆 江 南[1]

白居易

江南好,风景旧曾谙。[2]日出江花红胜火,[3]春来江水绿如蓝。[4]能不忆江南?
江南忆,最忆是杭州。山寺月中寻桂子,[5]郡亭枕上看潮头。[6]何日更重游?
江南忆,其次忆吴宫。[7]吴酒一杯春竹叶,[8]吴娃双舞醉芙蓉。[9]早晚复相逢?[10]

【简注】

[1]忆江南:作者题下自注说:"此曲亦名谢秋娘,每首五句。"《忆江南》一名《望江南》,至晚唐、五代成为词体之一。这三首词当是作者卸苏州刺史任,回到洛阳以后所作。　[2]谙(ān):熟悉。　[3]红胜火:早晨太阳出来以后,照得江边盛开的花儿,红艳得比火还要红。　[4]绿如蓝:春江青碧,在阳光下泛着绿波,绿得比江边蓝草还要绿。如:用法犹"于",有胜过的意思。蓝:蓝草,其叶可制青绿染料。　[5]山寺句:作者《东城桂》诗自注说:"旧说杭州天竺寺每岁中秋有月桂子堕。"[6]郡亭:疑指杭州城东楼。看潮头:钱塘江入海处,有二山南北对峙如门,水被夹束,势极凶猛,为天下名胜。　[7]吴宫:指吴王夫差为西施所建的馆娃宫,在苏州西南灵岩山上。　[8]竹叶:酒名,即"竹叶春"。　[9]娃:美女。醉芙蓉:形容舞伎之美。[10]早晚:犹言何时。

【浅释】

此词写江南风景、人物之美,表达了词人对祖国河山的热爱。

三首词每首的基本格局是:夸赞—画面—感慨。写江南春朝胜景,以一当百,抓住"江花""江水"对江南春光做高度概括。"日出""春来"互文见义,渲染出盎然生机。"红胜火""绿如蓝"同色相互烘托,异色相互映衬,画面生动明丽。写杭州秋夜奇景,以"月"统摄,上句山寺寻桂以动观静,静者亦动,写出桂花飘香、山月随人的幽美境界;下句郡亭观潮以静观动,动中有静,写出潮月共生、气势磅礴的壮美图景。写苏州观舞场面,虚实相映,"春竹叶"不仅写出酒名,且暗示了季节的美好和观者的陶醉;"醉芙蓉"妙喻舞女面容的姣好和舞姿的优美。"吴宫""吴娃"连出,跨越时空意在唤起读者"吴王宫里醉西施"的历史联想,无穷拓展优美的意境。

三首词前后照应,脉络贯通,构成有机的整体大"联章"。

【习题】

1. 试分析三首《忆江南》在剪裁上的特点。
2. 试分析《忆江南》其一写景的特色。
3. 谈谈作者是怎样将三首《忆江南》融为一体的。

温庭筠词二首

温庭筠

> 温庭筠(约812—约870),原名岐,字飞卿,太原祁(今山西祁县)人。诗与李商隐齐名,有"温李"之称,他精通音律,熟悉词调,在词的格律形式上,起了规范化的作用。温庭筠诗风上承南北朝齐、梁、陈宫体的余风,下启花间派的艳体,是民间词转为文人词的重要标志。其词题材较狭窄,多红香翠软,词风婉丽、情致含蕴、辞藻浓艳,开"花间词"派香艳之风。著有《握兰》《金荃词》二集,均已散亡,现存的《花间集》收集了66阕他的词作,列为篇首。温庭筠词今存310余首,后世词人如冯延巳、周邦彦、吴文英等多受其影响。

菩 萨 蛮

小山重叠金明灭,[1]鬓云欲度香腮雪。[2]懒起画蛾眉,弄妆梳洗迟。[3]　　照花前后镜,花面交相映。[4]新帖绣罗襦,[5]双双金鹧鸪。[6]

【简注】

[1]小山:小山是指屏风上的图案,由于屏风是折叠的,所以说小山重叠。一说为眉妆的名目,指小山眉,弯弯的眉毛。金明灭:形容阳光照在屏风上金光闪闪的样子。　[2]鬓云:像云朵似的鬓发,形容发髻蓬松如云。度:覆盖,掩过,形容鬓角延伸向脸颊,逐渐轻淡,像云影轻度。欲度:将掩未掩的样子。香腮雪:香雪腮,雪白的面颊。　[3]蛾眉:女子的眉毛细长弯曲像蚕蛾的触须,故称蛾眉。弄妆:梳妆打扮,修饰仪容。[4]交相映:在前后镜中看到人面与花交映生姿。　[5]帖:通"贴",就是用金线绣好花样,再绣贴在衣服上,谓之"贴金"。罗襦:丝绸短袄。　[6]鹧鸪:这里指罗襦上的鹧鸪鸟装饰图案。

【浅释】

这首词描写美人晓起的情景,表现其娇慵、惆怅、百无聊赖之情。

上片写其慵懒。首句以绣屏掩映、阳光明灭,写少妇居室富丽,暗示少妇起身很迟。次句写少妇容貌之美,两腮雪白柔嫩,散发缕缕芳香,乌黑柔软鬓发垂掠其上,"欲度"将无生命的"鬓云"写活,色泽、气味、体态……连同神情都生动地描绘出来,一副娇慵万分模样。"迟"与"懒起"相呼应,言其本无心打扮但又不得不妆扮,"弄"字言其梳妆虽是例行公事也颇费心思。下片写其落寞。"照花"二句承上启下,写出梳洗已毕对镜簪花,镜中人面花影交相辉映,愈增其容色艳丽,难免孤芳自赏。然而,待她更换新绣罗襦,见到衣上金线绣的成双成对的鹧鸪鸟,无限孤独的感觉便油然而生。至此,前面关于少妇慵懒情状的描写,便有了足够的心理依据。

全词以浓艳的色彩、香软的笔调、含蓄的手法、深密的意境写人物,意在言外,耐人玩味。

更漏子(其三)[1]

玉炉香,红蜡泪,[2]偏照画堂秋思。[3]眉翠薄,鬓云残,[4]夜长衾枕寒。[5]　　梧桐树,[6]

三更雨,不道离情正苦。[7]一叶叶,一声声,空阶滴到明。[8]

【简注】

[1]更漏子:词牌名。古代用滴漏计时,夜间凭漏刻传更,故名更漏。 [2]红蜡泪:唐宋诗词中常用"蜡泪"这一意象表达幽怨、愁苦之思。 [3]偏照:偏偏照着。"偏"字突出物情与人情的乖离。画堂:装饰华美的厅堂。秋思:秋来引起的愁思。 [4]眉翠:古时女子以翠黛画眉,故有此说。薄:谓翠色已淡。鬓(bìn)云残:如云鬓发散乱。 [5]衾(qīn):被子。 [6]梧桐:落叶乔木,古人以为是凤凰栖止之木。 [7]不道:不管、不理会的意思。 [8]空阶滴到明:语出南朝何逊《临行于故游夜别》:"夜雨滴空阶。"

【浅释】

《更漏子》抒写思妇秋思(离愁)。

上阕由室内物象写到人物。"玉炉""红蜡""画堂",写居室华丽,陈设精美。"香""泪"皆名词动用,与"照"相应,玉炉之香袅袅升腾,红蜡之泪暗暗垂下,夜晚的寂静可见。"偏照"句点明季节和人的情思,暗示"秋思"深切。"眉翠薄,鬓云残"两句写人,"薄""残"是思妇辗转难眠的具体写照。"夜长衾枕寒"写其独处无眠的感受:长夜漫漫,衾枕生寒。下阕由室外雨声写到心境。"梧桐树,三更雨"点明夜已深沉,思妇仍未睡着。"不道"呼应"偏照",强调长夜难眠的原因。"叶叶""声声"两两相叠,表现繁叶促音,将声音拉长,从声音角度将"长""苦"具象化,且实现雨声由夜至晓的绵延。"空阶"意谓台阶空设,无人归来,思妇秋思无有尽头。

全词从室内物象到室外雨声,这种虚实过渡由内而外地塑造了完整的思妇形象。

【习题】

1.结合课文所选的温庭筠两篇作品,谈谈温词的艺术风格。
2.试比较《菩萨蛮》《更漏子》中的思妇形象。
3.试分析温词雨滴梧桐的意境对后世词人的影响。

李煜词三首

李 煜

李煜(937—978),字重光,李璟第六子,南唐后主。善作词,大体以南唐灭亡为界分前后两期,前期作品以描写宫廷逸乐生活为主,风格绮丽柔靡,未脱"花间"习气。后期词则多追忆往事,伤怀故国,转为感伤、沉痛之音。李煜突破了晚唐五代花间词派樽前花下吟唱的局限,扩大到多方面的抒情言志,对后来豪放派作家有积极影响。他多采用白描手法直接抒写生活的感受,语言优美明净,词境疏朗开阔,在提高词的表现力、扩大词的境界等方面,为唐五代其他词人所不及,为后代词人的言志抒怀的新体开拓了道路。今所传《南唐二主词》是他和李璟的合集,为后人所辑。

虞 美 人[1]

春花秋月何时了,[2]往事知多少。[3]小楼昨夜又东风,[4]故国不堪回首月明中。[5] 雕栏玉砌应犹在,[6]只是朱颜改。[7]问君能有几多愁?[8]恰似一江春水向东流。

【简注】

[1]此调原为唐教坊曲,后用为词牌名。此调初咏项羽宠姬虞美人死后地下开出一朵鲜花,因以为名。 [2]了:了结,完结。面对春花秋月,不可避免地会想起以往许多欢乐的生活,因而怕见到它,故云"何时了"。 [3]"往事"句:既悼惜去而不返的过去岁月,又不敢思量来日,故有此叹。 [4]小楼:指作者在汴京的住所。又东风:春天又来到了。 [5]故国:指南唐。不堪:不胜。 [6]雕栏玉砌:雕绘的栏杆和玉一般的石阶,这里借指远在金陵的南唐故宫。砌:台阶。 [7]朱颜改:指所怀念的人已衰老。朱颜:红颜,少女的代称,这里指南唐旧日的宫女。 [8]君:词人自称。"问君"句:假设的问语。

【浅释】

《虞美人》抒发了亡国后顿感生命落空的哀愁。

上阕倾诉忆昔伤今、痛不欲生的感情。开头奇语突发,"何时了"见对生命的决绝。"往事知多少"揭出决绝原因,融入无穷悔恨。"小楼"点囚人地位,"又东风"言又苦熬一年。"故国"上呼"往事",坐实往事内涵。"不堪回首"上呼"知多少",表现亡国之痛。"月明中"使故国之思环境具象化、深化、强化了亡国之痛。下阕抒发物是人非、江山易主的愁苦。"雕栏"承上"往事""故国"两句,具写"不堪回首"。"应犹在"和"朱颜改"形成强烈反差,"只是"的叹惋传达出无限怅恨。所有悲痛、哀伤、屈辱凝成最后的自问自答。"几多愁"呼应"知多少",包含万千感慨。"一江春水"喻愁,显示了愁恨的悠长深远和汹涌翻腾,充分体现出悲情的力度和深度。

全词以"愁"为眼,感情深挚,意境悠远;不事饰绘,直抒胸臆,震撼人心。

浪 淘 沙[1]

帘外雨潺潺,[2]春意阑珊。[3]罗衾不耐五更寒。[4]梦里不知身是客,一晌贪欢。[5] 独自莫凭栏,[6]无限江山,别时容易见时难。流水落花春去也,[7]天上人间。[8]

【简注】

[1]此词原为唐教坊曲,又名《浪淘沙令》《卖花声》等。 [2]潺(chán)潺:形容雨声。 [3]阑珊:衰残,将尽。 [4]罗衾:绸被子。不耐:受不了。 [5]身是客:指自己被拘汴京,形同囚徒。一晌:一会儿,片刻。贪欢:指恋梦境中的欢乐。 [6]凭栏:靠在栏杆边(望远方)。 [7]"流水"句:指帝王的生活如落花随流水漂走,一去不复返。 [8]"天上"句:指今昔之境相距甚远,有如天上人间的乖隔,永无见期。

【浅释】

《浪淘沙》抒写亡国之痛和囚徒之悲。

开头采用倒叙的手法,先写梦醒,再写醒因,后写梦境。梦醒听到"潺潺"雨声,感觉暮春来临。"春意阑珊"写大自然春意零落,也暗示人生命春意凋残。"五更"言醒来时分,"五更寒"交代梦醒原因,以身寒写心寒暗寓内心的无比痛楚。"梦里"两句借梦境抒写对故国的怀念,反衬对现状的厌憎。过片由梦境转入现实。"独自莫凭栏"写尽悲惨处境和复杂矛盾心情,写得曲折深挚。"江山"用"无限"形容,赞美怀念含蕴其中。"别时容易见时难"将丧失江山的自责、悔恨、无奈和绝望都包括在内。"落花流水"照应"春意阑珊"写残春景象,隐喻曾经的生活、失去的江山无可挽回。"天上人间"四字最是精彩,突出说明今昔生活境况、心态情感的迥异,传达出万千身世之感。

全词以春雨开篇,以春雨中落花结束,首尾照应,结构完整,意境浑然天成。

乌 夜 啼[1]

林花谢了春红,[2]太匆匆,无奈朝来寒雨晚来风。　　胭脂泪,[3]相留醉,几时重?[4]自是人生长恨水长东。

【简注】

[1]此调原为唐教坊曲,又名《相见欢》《秋夜月》《上西楼》。 [2]林花:郊野山林上的花朵。一说隐指跟随李煜到宋都汴京过着屈辱生活的妻子小周后。谢:凋谢。春红:春天的落红,美丽的颜色。 [3]胭脂泪:语涉双关,一指林花着雨,一指佳人流泪。 [4]几时重:何时再度相会。

【浅释】

《乌夜啼》表达人生无常、世事多变、年华易逝的"长恨"。

作品在漫天落花中登场,在滚滚江水中作结。上阕写暮春雨横风狂、林花纷谢,叹人生苦短,悲身世凄凉。首句从"林花"着笔,写出众芳芜秽、万象归空的苍茫。"太匆匆"的伤悼情感中糅合了人生苦短、来日无多的喟叹。末句由对林花的惋惜转到对风雨的怨恨,"朝"与"晚""雨"与"风"的对举,说明林花匆匆凋谢的原因,流露出不甘外力摧残,而又无力抵御的无奈。下阕由写花的凋零,转到写人思想感情之痛苦。"胭脂泪"写人花对泣,既有对美好事物行将毁灭的伤感,更有"故国不堪回首"的无限绝望。"相留醉"写不忍离分的深情与悲切,"几时重"写重逢无望的怅惘与迷茫。结句如江河决堤,用江水滂滂滔滔、无穷无尽,比喻人生长恨浩阔无边绵绵无期。

此词以写景开始,以写人结束。写景意境宏大,写人悲恨无尽。

【习题】

1."问君能有几多愁?恰似一江春水向东流"写愁有何特色?
2."流水落花春去也,天上人间"蕴涵了怎样的思想感情?
3.结合《虞美人》《浪淘沙》《乌夜啼》,谈谈李煜词的特色。

柳永词三首

柳 永

> 柳永(约987—约1053),原名三变,字耆卿,崇安(今属福建)人。官终屯田员外郎,故世称"柳屯田"。柳永是宋词发展史上一位标志性人物,第一位对宋词进行全面革新的词人,对宋词的发展产生了深远影响。柳永词多写都市繁华及倚红偎翠的生活,尤善表达羁旅行役之苦,每将身世之感融入词中,有一定的现实意义。他精通音律,善以俗语入词,工于铺叙,音律谐婉,通过制作大量慢词,推动了词体的发展。作品从内容到形式都富于平民色彩,雅俗共赏,影响广泛,古称"凡有井水饮处,即能歌柳词"。著有《乐章集》(中国诗歌史上第一部文人词集)。

八声甘州[1]

对潇潇、暮雨洒江天,[2]一番洗清秋。[3]渐霜风凄紧,[4]关河冷落,[5]残照当楼。是处红衰翠减,[6]苒苒物华休。[7]惟有长江水,无语东流。　　不忍登高临远,望故乡渺邈,[8]归思难收。[9]叹年来踪迹,何事苦淹留?[10]想佳人、妆楼颙望,[11]误几回、天际识归舟。[12]争知我、[13]倚栏干处,正恁凝愁。[14]

【简注】

[1]八声甘州:一名《甘州》。《甘州》本唐玄宗时教坊大曲名,来自西域,后用为词调。《词谱》卷二十五:"按此调前后段八韵,故名八声,乃慢词也。"　[2]潇潇:形容雨势急骤。　[3]洗:洗涤,这里有改变的意思。　[4]凄紧:凄清而急剧。　[5]关河:指旅途中经过的关口和河道。关:关塞。河:江河。　[6]是处:到处,处处。红衰翠减:形容花木凋零。红:代指花。翠:代指叶。　[7]苒苒:同"荏苒",指光阴流逝。物华:美好的景物。休:凋残。　[8]渺邈:渺茫,遥远。　[9]收:收拾起来,停止。　[10]淹留:久留,即久留他乡。　[11]颙(yóng)望:举头凝望。　[12]天际识归舟:谢朓《之宣城郡出新林浦向板桥》诗:"天际识归舟,云中辨江树。"　[13]争:怎么。　[14]恁(nèn):如此,这样。凝愁:忧愁凝结不解。

【浅释】

柳词善写羁旅行役,本词倾吐萍踪漂泊的感受,表现功业无成的苦闷。

上片写寂寥秋景。秋景描绘以"对"字领起,依次写出秋江暮雨、关河夕照、众芳凋零、江流东逝的画面,通过层层铺叙,渲染肃杀凄清、苍凉暗淡的秋暮氛围,构成苍茫辽阔、高远雄浑的诗意境界,蹉跎岁月的苦闷、人生如梦的感伤寓于其中,为下片抒情做了充分蓄势。下片抒乡思离愁。"不忍"领起下片,文势转折翻腾。下文紧扣"不忍"落墨,不断转换视角:"望"(思归心切)—"叹"(无奈淹留)—"想"(妆楼遥盼)—"愁"(归计成空),由己及人,复由人及己,由实到虚,复化虚为实,回环往复地写出了离愁、恋情的深婉和细腻。一个心理矛盾、心灵痛苦、不能把握自己命运的游子形象被立体地勾画出来。

此词写景通篇铺叙而抒情动荡开合,情感曲折深婉而调子苍凉激越,语言本色浅显而并不俚俗,异于柳永其他羁旅之作。

望　海　潮[1]

东南形胜,[2]三吴都会,[3]钱塘自古繁华。[4]烟柳画桥,风帘翠幕,[5]参差十万人家。[6]云树绕堤沙,[7]怒涛卷霜雪,天堑无涯。[8]市列珠玑,户盈罗绮,[9]竞豪奢。　　重湖叠𪩘清嘉,[10]有三秋桂子,[11]十里荷花。羌管弄晴,[12]菱歌泛夜,[13]嬉嬉钓叟莲娃。[14]千骑拥高牙,[15]乘醉听箫鼓,吟赏烟霞。[16]异日图将好景,归去凤池夸。[17]

【简注】

[1]据罗大经《鹤林玉露》记载,这首词是柳永呈献给旧友孙何的作品。孙何当时任两浙转运使,驻节杭州。　[2]形胜:地理条件优越、风景优美的地方。　[3]三吴:《水经注》以吴兴(今浙江吴兴)、吴都(今江苏苏州)、会稽(今浙江绍兴)为三吴。这里泛指江浙一带。都会:人口和货物集中的大城市。　[4]钱塘:杭州的别称。　[5]画桥:当指饰有雕栏的石拱桥,或桥的美称。风帘:挡风用的帘子。翠幕:翠色的帷幕。　[6]参差:指房屋楼阁高低不齐。　[7]云树:树木远望如云,极言高大茂密。堤:指钱塘江防潮水的大堤。　[8]霜雪:比喻雪白的浪花。天堑:天然的险阻,这里指钱塘江。无涯:无边无际,形容钱塘江的宽广。　[9]珠玑:此处泛指珠宝之类珍贵商品。珠:珍珠。玑:珠之不圆者。盈:充满,多。罗:轻软有稀孔的丝织品。绮:有纹彩的丝织品。　[10]重湖:西湖以白堤为界,分外湖与里湖,故称。叠𪩘(yǎn):重叠的山峰,这里指灵隐山、南屏山、慧日峰等重重叠叠的山岭。清嘉:清秀美丽。嘉,一般作"佳"。　[11]三秋:秋季的第三个月,即农历九月。桂子:桂花。　[12]羌管:羌笛,因笛子出自羌中而得名。这里泛指乐器。弄晴:笛声在晴空飞扬。弄:吹奏。　[13]泛夜:指歌声在夜间飘荡。　[14]嬉嬉:欢乐快活的样子。钓叟:垂钓的老翁。莲娃:采莲的少女。　[15]千骑(jì):形容州郡长官出行时随从众多。高牙:古代将军旗杆用象牙装饰,这里指大官高扬的仪仗旗帜。　[16]烟霞:湖光山色,山水美景。　[17]图:描绘。凤池:即凤凰池,原指皇帝禁苑中的池沼,此指中书省,代指朝廷。

【浅释】

《望海潮》描绘宋代杭州繁华美丽的承平景象。

上片总写杭州盛况。开头三句点出杭州位置重要、历史悠久、市井繁华,揭示所咏主题。"烟柳"三句写"都会",从市街美丽写到民居雅致,写到人烟繁庶。"云树"三句写"形胜",以"云树""怒涛""天堑"诸景刻画钱塘壮阔险要。"市列"三句写"繁华",以"珠玑""罗绮"两物,"列""盈""竞"三词,将市场繁荣、市民殷富端出。下片专叙西湖美景。"重湖"句总括自然景物之美,下扣"清嘉"分承。"三秋""十里"分呼"叠𪩘""重湖",写丹桂飘香和夏荷映日。"羌管"三句写人物风情之美。"弄晴""泛夜"互文见义,加以"嬉嬉",写尽杭人之乐。"千骑"三句写达官出游之快。分写行仪隆盛、陶醉神情和风雅意态。末两句将良好祝愿归结到对杭州的赞美。

此词特点是层层铺叙,善用对偶,白描见长。

雨　霖　铃[1]

寒蝉凄切。[2]对长亭晚,骤雨初歇。[3]都门帐饮无绪,[4]留恋处、兰舟催发。[5]执手相看泪眼,竟无语凝噎。[6]念去去、千里烟波,暮霭沉沉楚天阔。[7]　　多情自古伤离别,更那堪冷落清秋节![8]今宵酒醒何处?杨柳岸、晓风残月。此去经年,应是良辰好景虚设。[9]便纵有千种风情,[10]更与何人说?

【简注】

[1]此调原为唐教坊曲。相传玄宗避安禄山乱入蜀,时霖雨连日,栈道中听到铃声。为悼念杨贵妃,便采作此曲,后柳永用为词调。 [2]寒蝉:蝉的一种,又名寒蜩(tiáo)。 [3]对长亭晚:面对长亭,正是傍晚时分。长亭:人们饯行送别地方。骤雨:阵雨。 [4]都门帐饮:在京都郊外搭起帐幕设宴饯行。都门:京城门外。无绪:没有情绪,无精打采。 [5]留恋处:一作"方留恋处"。兰舟:据《述异记》载,木质坚硬而有香味的木兰树是制作舟船的好材料,鲁班曾刻木兰树为舟,后用作船的美称。 [6]凝噎:悲痛气塞,说不出话来。一作"凝咽"。 [7]去去:往前走了一程又一程(分手后越来越远)。烟波:水雾迷茫的样子。暮霭:傍晚的云气。沉沉:云气浓厚的样子。楚天:南天。古时长江下游地区属楚国,故称。 [8]清秋节:萧瑟冷落的秋季。 [9]经年:经过一年或多年,此指年复一年。 [10]千种风情:形容说不尽的相爱、相思之情。风情:情意。

【浅释】

此词表现作者离京南下时与恋人惜别时的真情实感。

全词围绕"伤离别"来构思。先写离别之前,重在勾勒环境。开首三句道出节令、时地、景物,以凄清景色揭开离别序曲。次写离别时刻,重在描写情态。"都门"三句写离别时的心情,欲留不得,欲饮无绪,矛盾至极。"执手"二句生动细腻,语简情深,极其感人。再写别后想象,重在刻画心理。"念去去"两句承上启下,笔随意转,设想别后的道路遥远而漫长。"多情"两句承"念"字而来,强调清秋别离之痛有甚于古人和常时。"今宵"二句,设想别后的境地,残月高挂,晓风吹拂,杨柳依依,清幽凄冷的画面烘托出离人凄楚惆怅、孤独忧伤的心境。"此去"遥应"念去去","经年"近应"今宵",推想异地漂泊情景。末以痴情语挽结,强化了恋情的执着、孤独的感伤。

词作以时为序,情景兼融,虚实相生,层层递进,一气呵成。

【习题】

1. 试分析《望海潮》运用铺叙手法的特点和艺术效果。
2. 谈谈《八声甘州》《雨霖铃》所表达的思想情绪的社会意义和认识价值。
3. 试分析《八声甘州》《雨霖铃》将景物、离愁、恋情相交融的艺术技巧。

苏轼词三首

苏 轼

念奴娇·赤壁怀古[1]

大江东去,[2]浪淘尽、千古风流人物。[3]故垒西边,[4]人道是、三国周郎赤壁。[5]乱石穿空,惊涛拍岸,卷起千堆雪。[6]江山如画,一时多少豪杰! 遥想公瑾当年,[7]小乔初嫁了,[8]雄姿英发。[9]羽扇纶巾,[10]谈笑间、樯橹灰飞烟灭。[11]故国神游,[12]多情应笑我,早生华发。[13]人生如梦,一尊还酹江月。[14]

【简注】

[1]念奴娇:词牌名,又名《百字令》《酹江月》等。赤壁:有文、武赤壁之说,"文赤壁"在湖北黄冈,"武

赤壁"在湖北赤壁,苏轼词中"赤壁"乃前者。　　[2]大江:指长江(古时"江"特指长江,"河"特指黄河)。[3]淘:冲洗,冲刷。风流人物:以才华、功业震撼一时,为众所企慕的杰出人物。　　[4]故垒:过去年代残存的营垒,这里指黄州古老的城堡。　　[5]周郎:指三国时吴国名将周瑜,字公瑾,少年得志,二十四为中郎将,掌管东吴重兵,吴中皆呼为"周郎"。下文中的"公瑾",即指周瑜。　　[6]雪:比喻浪花。　　[7]遥想:形容想得很远;回忆。当年:当时,或解作盛壮之年。　　[8]小乔初嫁了(liǎo):乔公两女皆国色,孙策纳大乔,周瑜纳小乔,赤壁之战时周瑜已婚十年,言"初嫁"是艺术语言,突出其少年得志,风流倜傥。　　[9]雄姿英发(fā):谓周瑜体貌不凡,言谈卓绝。英发:谈吐不凡,见识卓越。　　[10]羽扇纶(guān)巾:魏、晋士儒雅之士的装束,此指便服而非戎装,显得风度潇洒。羽扇:白羽为之,可用作督战指挥标识。纶巾:用丝带做的头巾。　　[11]樯橹(qiáng lǔ):这里代指曹操的水军战船。樯:挂帆的桅杆。橹:一种摇船的桨。"樯橹"一作"强虏"或"狂虏"。　　[12]故国神游:"神游故国"的倒文。故国:这里指故地,当年的赤壁战场。神游:神魂往游。　　[13]"多情"二句:"应笑我多情,早生华发"的倒文。华发(fà):花白的头发。　　[14]还(huán)酹(lèi)江月:这里指洒酒酬月,寄托自己的感情。尊:通"樽",酒杯。酹:古人以酒浇在地上祭奠。

【浅释】

　　美江月之永恒,慕英雄之得时,叹自身之偃蹇,为本词情感内涵。

　　起笔雄阔豪健,"浪淘尽"把千古江山和风流人物联系起来,为怀古伏笔。"故垒西边"三句紧扣题旨,由赤壁遗址进而缅怀赤壁之战中的英雄人物。"乱石穿空"三句,描绘赤壁的雄峻地形、浩荡江声,壮阔江景,静者得动势,动者得声威。"江山"两句承前作结,明赞"江山如画",实恋"风流人物",为下片抒情铺垫。过片由"遥想"领起,点明怀古。"公瑾当年"三句紧扣"豪杰",采用游龙绕宝珠的方式,总写周瑜年少英俊,风流儒雅,运筹帷幄,突出其在赤壁之战中的统帅作用和辉煌战绩。"故国神游"两句由怀古转入伤今,明叹"人生如梦",暗写壮志难酬,比照是为了寄慨。最后洒酒酬月,以祭奠隔千古今共明月的英灵,表达对生命价值恒久的祈望。

　　此词双线交织,境界博大,雄浑苍凉,寄托遥深,极豪放之致。

定 风 波

　　三月七日沙湖道中遇雨,[1]雨具先去,同行皆狼狈,[2]余不觉。已而遂晴,[3]故作此。

　　莫听穿林打叶声,[4]何妨吟啸且徐行。[5]竹杖芒鞋轻胜马,[6]谁怕?[7]一蓑烟雨任平生。[8]　　料峭春风吹酒醒,[9]微冷,山头斜照却相迎。回首向来萧瑟处,[10]归去,也无风雨也无晴。

【简注】

　　[1]三月七日:指元丰五年(1082)三月七日。沙湖:在今湖北黄冈东南三十里处,又名螺蛳店。　　[2]狼狈:进退皆难的困顿窘迫之状。　　[3]已而遂晴:一会儿天气就晴了。已而:过了一会儿。　　[4]穿林打叶声:指大雨点透过树林打在树叶上的声音。　　[5]吟啸:吟诗、长啸。表示意态闲适。　　[6]竹杖芒鞋:手持竹杖,脚穿草鞋。芒鞋:草鞋。轻胜马:轻便胜过骑马。　　[7]谁怕:怕谁,怕什么。意谓对风雨根本不畏惧。　　[8]一蓑(suō):一领蓑衣。蓑衣,用棕制成的雨披。烟雨:烟波风雨。　　[9]料峭:形容春天的微寒。[10]向来:方才。萧瑟:冷落,凄凉。这里指风雨穿林打叶。

【浅释】

《定风波》贵在一个"定"字,表现宠辱不惊的人生态度,超然物外的人生哲学。

上片写雨中吟啸徐行,怡然自乐。"莫听"句从否定角度写,不怕风雨打击,不受外界影响。"何妨"句从肯定角度写,说明应取的人生姿态:适情任性,从容淡定。"竹杖"句从实践角度写,说明心地坦然豁达,无往不感觉轻爽。"谁怕"上呼"莫听""何妨",尽显词人气度从容。结句表明人生态度:任你风雨肆虐,我自坦然面对。下片写雨后蓦然回首,云淡风轻。"料峭春风"三句承上启下,富有哲学韵味的春暮风景,寓含阳光总在风雨后之意,引出下面含蕴深邃的议论。"回首"即感悟反思,"归去"即灵魂升华(达到无差别境界),"风雨"喻指政治风雨和人生险途。结句阐发人生哲理:以平常心看待顺逆穷通、成败荣辱,无往而不自在。

全词构思新巧,以微显巨,有景有情,有理有趣,令人品咂不尽。

江 城 子

乙卯正月二十夜记梦[1]

十年生死两茫茫。[2]不思量,自难忘。[3]千里孤坟,无处话凄凉。[4]纵使相逢应不识,尘满面、鬓如霜。[5] 夜来幽梦忽还乡。[6]小轩窗,正梳妆。[7]相顾无言,惟有泪千行。[8]料得年年断肠处,[9]明月夜,短松冈。[10]

【简注】

[1]江城子:词牌名。这是一首悼亡词,是为悼念妻子王弗去世十周年而作。乙卯(mǎo):即宋神宗熙宁八年(1075)。苏轼当时在山东密州(今山东诸城)任知州,年仅四十岁。 [2]十年:指结发妻子王弗去世已十年。生死两茫茫:生死双方隔绝,什么都不知道了。 [3]思量:想念。 [4]千里:王弗葬地四川眉山与苏轼任所山东密州,相隔遥远,故称"千里"。孤坟:指王氏之墓。 [5]尘满面,鬓如霜:形容饱经沧桑,面容憔悴。 [6]幽梦:梦境隐约,故云幽梦。 [7]小轩窗:指小室的窗前。小轩:有窗槛的小屋。 [8]顾:看。 [9]料得:料想,想来。 [10]短松冈:长着小松树的山冈。古人葬地多植松柏,这里指苏轼葬妻之地。短松:矮松。

【浅释】

《江城子》表现对亡妻绵绵不尽的思念和生死不渝的深情。

上片述思。"十年"句言死别岁月之长,凄婉沉痛之莫可名状。"不思量"盘旋蓄势,"自难忘"扬起突发,质朴自然地揭示淡而弥久的情感,真情直语,感人至深。"千里"言生死途隔之远,"孤坟"痛惜亡妻独卧泉下的孤清,"无处"句哀诉幽明阻隔的孤苦。"纵使"转而通过假设之词写生死之恋,别开生面,另创新境。"尘满面"两句道尽死别十年辗转尘世、历尽坎坷的哀婉凄凉。下片记梦。"幽""忽"状梦境缥缈朦胧,又含梦外之意。"轩窗""梳妆"是平居生活画面,是夫妻恩爱的真实写照。"相顾无言"二句妙绝千古,泪眼相看,比千言万语更能显示出复杂深沉的感情。结尾三句推想未来岁月的生死牵挂,妙在化景物为情思,凄清幽独,余哀不尽。

虚实结合,以虚映实,虚中见实;采用白描,用家常话,写肺腑情,是本词所长。

【习题】

1. 试以《念奴娇·赤壁怀古》为例,谈谈豪放词的艺术风格。
2. 《定风波》较典型地表达了苏轼的人生哲学,谈谈你对这种"哲学"的看法。
3. 贺铸《鹧鸪天·重过阊门万事非》与苏轼《江城子》为宋代悼亡词"双璧",试分析两者在艺术上的异同。

秦观词二首

秦 观

> 秦观(1049—1100),字太虚,又字少游,北宋高邮(今江苏高邮)人,北宋后期著名婉约派词人,别号邗沟居士、淮海居士,世称淮海先生,与黄庭坚、晁补之、张耒并称"苏门四学士"。秦观的诗感情深厚,意境悠远,清新婉丽,富有阴柔之美。散文以政论、游记、小品最为出色,长于议论,文丽思深,引古征今,说理透彻。善填词,被尊为婉约派一代词宗,词大多描写男女情爱,抒写仕途失意的哀怨,文字工巧精细,音律谐美,情韵兼胜,历来词誉甚高,然而缘情婉转,语多凄黯,有的作品气格较弱。著有《淮海集》40卷、《淮海词》《劝善录》《逆旅集》。又辑《扬州诗》《高邮诗》。

踏莎行·郴州旅舍[1]

雾失楼台,[2]月迷津渡,[3]桃源望断无寻处。[4]可堪孤馆闭春寒,[5]杜鹃声里斜阳暮。[6]驿寄梅花,[7]鱼传尺素,[8]砌成此恨无重数。[9]郴江幸自绕郴山,[10]为谁流下潇湘去。[11]

【简注】

[1]此词约作于1097年,其时秦观因新旧党争先贬杭州通判,再贬监州酒税,后又被罗织罪名贬谪郴州,削去所有官爵和俸禄。 [2]雾失楼台:暮霭沉沉,楼台消失在浓雾中。 [3]月迷津渡:月色朦胧,渡口迷失不见。 [4]桃源:指刘晨、阮肇采药遇仙女的桃源。这里泛指词中人所思慕神往的地方。 [5]可堪:哪堪,受不住。闭春寒:馆门在春寒中紧闭。 [6]杜鹃:鸟名,相传其鸣叫声像人言"不如归去",容易勾起人的思乡之情。暮:作动词用,言斜阳下沉。 [7]驿寄梅花:《荆州记》说,陆凯自江南托驿使把梅花寄给北方的范晔:"折梅逢驿使,寄与陇头人。江南无所有,聊寄一枝春。"作者将自己比作范晔,表示收到了来自远方的问候。 [8]鱼传尺素:出自汉乐府《饮马长城窟行》"客从远方来,遗我双鲤鱼。呼儿烹鲤鱼,中有尺素书"。"鱼传尺素"成了传递书信的又一个代名词。这里表示接到朋友问候的意思。 [9]砌:堆积。无重数:数不尽。 [10]郴江:湖南水名,出郴州,北入湘江。幸自:本自,本来是。 [11]为谁:为什么。郴江为什么要流到潇湘去呢?意思是连郴江都耐不住寂寞何况人呢?

【浅释】

《踏莎行》抒写谪居的凄苦与羁旅的幽怨,流露了对现实政治的不满。

上片写孤苦处境。开头三句铺写"楼台""津渡""桃源"之"失""迷""断",以恍惚迷离的意境,映衬凄迷怅惘的意绪。四、五句融情于物,以"可堪"领起"孤馆""春寒""杜鹃""斜阳"

等惨淡悲凄意象,着意渲染贬所的冷峭凄凉和愁苦难耐。下片写无尽怅恨。"驿寄梅花"三句续写离愁别恨。亲友慰藉游子的不断寄赠,恰如抽刀断水,反倒愈增词人的痛苦愁恨。"此恨"既是远离京华亲故的离愁别恨,更是不幸遭贬带来的怨愤愁苦。这种愁恨伴随着寄件,越积越多,越积越厚。一个"砌"字化不可言传的抽象情感为具体形象,写出一种堆叠感、沉重感、坚固感和压抑感。最后两声苦闷的呼喊、无理的发问,曲折委婉地发泄了郁积的怨恨,更深刻地表现了愁苦的无穷无尽。

此词凄迷幽怨,意蕴深沉,相当耐读。

鹊　桥　仙[1]

纤云弄巧,[2]飞星传恨,[3]银汉迢迢暗度。[4]金风玉露一相逢,[5]便胜却人间无数。
柔情似水,佳期如梦,忍顾鹊桥归路。[6]两情若是久长时,又岂在朝朝暮暮。[7]

【简注】

[1]鹊桥仙:此调专咏牛郎织女七夕相会事。始见欧阳修词中有"鹊迎桥路接天津"句,故名。又名《金风玉露相逢曲》《广寒秋》等。　[2]纤云弄巧:是说纤薄的云彩变化多端,呈现出许多细巧的花样。　[3]飞星:流星。一说指牛郎、织女二星。　[4]银汉:银河。迢迢:遥远的样子。暗度:悄悄渡过。　[5]金风玉露:指秋风白露。李商隐《辛未七夕》:"由来碧落银河畔,可要金风玉露时。"金风:秋风,秋天在五行中属金。玉露:秋露。这句是说他们七夕相会。　[6]忍顾:怎忍回视。　[7]朝朝暮暮:指朝夕相聚。语出宋玉《高唐赋》。

【浅释】

《鹊桥仙》借牛郎织女七夕相会情事,歌颂坚贞诚挚的爱情。

上片写"会",表达爱情理想。开头以工整对句、拟人笔法、轻快语调,渲染牛郎织女七夕相会的特殊氛围。接着写双方渡河赴会,"迢迢"暗示赴会不易,"暗渡"点明赴会悄然。最后论相会的珍贵,节候风物"金风玉露",映衬牛郎织女爱情高尚纯洁;"一"与"无数"强烈对比,凸显牛郎织女爱情超凡脱俗。下片写"别",揭示爱情真谛。"柔情似水"即景设喻,写尽两情的欢洽和缠绵。"佳期如梦"比喻精妙,写出欢会的陶醉和恍惚。"忍顾鹊桥归路"写牛郎织女临别前的依恋与怅惘,"顾"都不忍,何谈得"归"?"两情若是"二句系深情慰勉,坚贞永恒的爱情,并不在于长相厮守,只要两情至死不渝,不必贪求朝欢暮乐。这一脱尽凡庸的断语,于婉约情思中现豪迈气骨,升华了词作的格调和境界。

此词堪称独出机杼,立意高远,给人启示良多。

【习题】

1.对《踏莎行》,王国维激赏四、五句,苏轼尤爱末两句,请谈谈你的看法。
2.以《踏莎行》和柳永《八声甘州》为例,试比较两人羁旅词作的不同特色。
3.试分析《鹊桥仙》所表达的爱情理想,谈谈你的爱情观。

李清照词三首

李清照

> 李清照(1084—约1155),号易安居士,齐州济南(今济南章丘)人。两宋之交最优秀的词人,著名的南渡词人,婉约词派代表词人。李清照有"千古第一才女"之称,诗文俱佳,尤以词擅名。前期生活优裕,夫唱妇随,词多写自然景物及闺情相思,韵调清新婉转;后期流寓南方,境遇孤苦,则多抒写山河破碎的感慨和流落漂泊的苦痛,情调凄苦低沉。词风以婉约为主,崇尚典雅情致,注重协律,工于造语,巧于创意,长于白描,风格婉约,极富情致,词号"易安体"。长调小令均有很高艺术成就。有《易安居士文集》《易安词》,已散佚。后人辑其词为《漱玉词》。

一 剪 梅

红藕香残玉簟秋,[1]轻解罗裳,独上兰舟。[2]云中谁寄锦书来?[3]雁字回时,月满西楼。[4]花自飘零水自流。一种相思,两处闲愁。[5]此情无计可消除。才下眉头,却上心头。[6]

【简注】

[1]红藕:红色的荷花。玉簟(diàn):光滑似玉的精美竹席。玉簟秋:意谓时至深秋,精美的竹席已嫌清冷。 [2]裳:古人穿的下衣,也泛指衣服。 [3]锦书:书信的一种美称。前秦苏惠曾织锦作《璇玑图诗》寄其夫窦滔,计八百四十字,纵横反复,皆可诵读,文辞凄婉。后人因称妻寄夫之信为"锦字",或称"锦书"。 [4]雁字:群雁飞时常排成"一"字或"人"字,诗文中因以雁字称群飞的大雁。相传雁能传书。月满西楼:意思是鸿雁飞回之时,西楼洒满了月光。 [5]一种相思,两处闲愁:意思是彼此都在思念对方,可又不能互相倾诉,只好各在一方独自愁闷着。 [6]才下眉头,却上心头:意思是,眉上愁云刚消,心里又愁了起来。

【浅释】

《一剪梅》抒写对丈夫绵绵不绝的相思之情。

上片写怀远念归。开篇兼写户内外景物,景物中暗寓情意的起句,渲染了环境气氛,烘托了孤独闲愁。"轻解罗裳"两句写心事满怀泛舟河上。"独上"暗示处境,暗逗离情。"云中"句钩连上下,写舟中所望、所思,从遥望云空引出雁足传书遐想。"雁字"两句遥盼月满人归,情景交融,意境迷离。下片抒相思之苦。"花自飘零"一句上承景物描写,下启情感抒发。两个"自"字移情于物又借物抒情,韶光易逝的感伤、青春消磨的痛惜含蕴其中。"一种"两句推己及人,见双方情爱之笃与彼此信任之深。末三句写相思之苦无由摆脱。"情"须"计"来"消除",沉重可知;竟"无计可消除",无奈可见。"眉头"与"心头"相对应,"才下"与"却上"成起伏,相思之情的微妙变化描绘得惟妙惟肖。

本词难能可贵处在于用平常的字眼表现新奇的意境。

声 声 慢[1]

寻寻觅觅,冷冷清清,凄凄惨惨戚戚。[2]乍暖还寒时候,最难将息。[3]三杯两盏淡酒,怎敌他、晚来风急?[4]雁过也、正伤心,却是旧时相识。[5]　　满地黄花堆积,憔悴损、如今有谁堪摘?[6]守着窗儿,独自怎生得黑![7]梧桐更兼细雨,到黄昏、点点滴滴。这次第,怎一个、愁字了得![8]

【简注】

[1]声声慢:此调始见晁补之《琴趣外篇》。慢:即慢词、慢曲,为词的长调。历来多用平韵,而李清照此作最为世所传诵,即据以为准。　[2]寻寻觅觅:意谓想把失去的一切都找回来,表现非常空虚怅惘、迷茫失落的心态。戚戚:忧愁苦恼。　[3]乍暖还(huán)寒:刚刚转暖忽又转寒。时而暖和,时而寒冷。将息:旧时方言,休养调理之意。　[4]敌:对付,抵挡。　[5]旧时相识:李清照以北人流寓南方,见故土之雁,故有是称。　[6]黄花:菊花。损:表示程度极高。谁:何,有谁,承上文指花。堪摘:能够摘。犹言无甚可摘。一说:有谁堪与共摘。　[7]怎生得黑:看样才能挨到天黑。怎生:怎么。生,语助词。黑:天黑。　[8]次第:这光景,这情形。了得:包含得了,概括得尽。

【浅释】

《声声慢》抒发亡国之痛、孀居之悲、沦落之苦。

在结构上打破了上下片局限,一气贯注,主体分为三节九层。七组叠字是第一节,分三层,首句写神态,次句写环境,尾句写心情,词人寂寞、怅惘、痛苦的感情通过叠字的渲染得以尽情表现。"乍暖……相识"是第二节。也分三层:"乍暖"两句写冷暖无常,伤神伤身;"三杯"三句写借酒浇愁,忧愁难遣;"雁过"三句写仰望过雁,悲从中来,北雁意象包含故国之思和悼夫之痛。整个下片为第三节,仍分三层。"满地"三句写俯视残花,自伤憔悴;"守着"两句写守窗独坐,日长难熬,孤苦绝望;"梧桐"三句写雨打梧桐,凄凉伤感,茕独凄惶。以上从各种不同层面,表现悲哀处境与悲凉心境。"这次第"总收上面的描写,"怎一个、愁字了得"借巧妙的"否定",使词意更深进一层,将愁绪推向顶峰。

此词艺术特点,一是铺叙手法,二是叠字运用。

永 遇 乐

落日熔金,[1]暮云合璧,[2]人在何处? 染柳烟浓,[3]吹梅笛怨,[4]春意知几许? 元宵佳节,融和天气,次第岂无风雨?[5]来相召,香车宝马,谢他酒朋诗侣。[6]　　中州盛日,[7]闺门多暇,[8]记得偏重三五。[9]铺翠冠儿,[10]捻金雪柳,[11]簇带争济楚。[12]如今憔悴,风鬟霜鬓,[13]怕见夜间出去。[14]不如向,帘儿底下,听人笑语。

【简注】

[1]熔金:形容日落时金黄灿烂的颜色。　[2]暮云合璧:形容日落后,红霞消散,暮云像碧玉般合成一片。　[3]染柳:指春柳翠绿如染。　[4]吹梅:吹奏笛曲《梅花落》。笛怨:指笛中发出幽怨的笛声。　[5]次第:如说转眼间。　[6]香车宝马:华美的车马,这里指乘坐华美车马的富贵朋友。　[7]中州:今河南辖区一带,因处古九州之中,故称中州。此处指北宋都城汴京。盛日:指北方未沦陷时繁盛的日子。　[8]闺门:女子居住的内室,词中指闺中女子。　[9]重:重视。三五:古人常称阴历十五为"三五",此处代指

89

元宵节。　　[10]铺翠冠儿:妇女们戴的翡翠珠子镶的帽子。一说饰有翡翠羽毛的女式帽子。铺:镶的意思。[11]捻金雪柳:一说用金线捻丝做成的雪柳(雪柳是当时女性插戴的一种头饰)。另一说,用黄纸、白纸捻扎的迎春柳枝作装饰品。金、雪:指黄白两色。　　[12]簇带:宋时方言,插戴满头之意。带:通"戴"。济楚:也是宋时方言,整齐美丽的意思。　　[13]风鬟霜鬓:形容因风尘劳碌而致头发散乱、两鬓斑白。霜:亦作"雾"。[14]怕:懒的意思。见:当"得"字讲。

【浅释】

《永遇乐》抒发流寓临安的故国之思、身世之感和寂寞之情。

上片重在写景,借写景抒幽愤;下片重在叙事,以叙事发感慨。昔盛今衰、物是人非是贯穿全文的意脉。上片前面三组句子行文格局一样,先实后虚,先扬后抑。前两四字句写景,是实写,是扬,后一问句抒情,是虚写,是抑,三组句子具写景美人忧。"来相召"三句,归结本事:身逢佳节,天气虽好,无心赏玩。下片前面六句忆昔,"中州""盛日"言经济繁荣,天下太平;"偏重"言文化昌隆,风俗淳厚;"多暇"言游有空闲,无忧无虑。"铺翠"三句写少女的出游兴致,写市井的繁华热闹。后面六句伤今,"如今"三句陈述谢绝游赏的原因,明写人不如昔("憔悴"),暗写国不如昔,情不如昔。"不如"三句写人乐我悲,语淡而情苦,孤凄悲凉之至。

此作今昔错叠,虚实相间;对比鲜明,含蓄委婉;既典雅工致,又朴素自然。

【习题】

1. 课外阅读李清照《点绛唇》《醉花阴》,结合《一剪梅》谈谈你的感受。
2. 试分析《声声慢》《永遇乐》所表达的身世之感和家国之愁。
3. 以所选的三首词为例,试分析李清照词的基本特色。

满　江　红[1]

岳　飞

> 岳飞(1103—1142),字鹏举,相州汤阴(今河南汤阴)人,南宋著名的军事家、战略家、抗金名将,位列南宋中兴四将(其余三人为韩世忠、张浚、刘光世)之首。屡次打败金兵,战功卓著,因坚持抗敌,反对和议,为秦桧所陷害。岳飞有深厚的文艺修养,诗词书法无不精擅。文学创作是岳飞戎马倥偬间之余事,其爱国激情、英雄气概给予作品永不磨灭的光彩。其文章刚劲质朴,诚挚感人;其诗词慷慨急切,大气磅礴。作品不多,质量很高,其中《满江红》以忠愤之气动人心魄,《小重山》以幽怨之情感人肺腑,一直为后世所传诵。今有文集《岳忠武王集》传世。

怒发冲冠,[2]凭栏处、潇潇雨歇。[3]抬望眼,仰天长啸,[4]壮怀激烈。三十功名尘与土,[5]八千里路云和月。[6]莫等闲、白了少年头,[7]空悲切。　　靖康耻,犹未雪;[8]臣子恨,何时灭!驾长车,踏破贺兰山缺![9]壮志饥餐胡虏肉,[10]笑谈渴饮匈奴血。[11]待从头、收拾旧山河,[12]朝天阙。[13]

【简注】

[1]满江红:原为吴民祭河神的迎神曲,文人以此曲填词始于柳永。　[2]怒发冲冠:头发直竖,顶起帽子,形容愤怒至极。　[3]凭栏:依靠楼上栏杆。潇潇:形容雨势急骤。　[4]抬望眼:抬头远望。长啸:发出长长的啸吼声。啸:撮口发出长而清越的声音,古人常用长啸之声来发泄胸中抑郁不平之气。　[5]尘与土:意味过去的功名事业微不足道。　[6]云和月:意谓尚需披星戴月驰骋疆场。　[7]等闲:轻易,随便。[8]靖康耻:指北宋灭亡的耻辱。靖康:宋钦宗赵桓年号。北宋靖康年间(1126—1127),四月金兵攻破开封,在城内搜刮数日,洗劫一空,掳徽、钦二帝和后妃、皇子、宗室、贵卿等数千人后北撤,北宋灭亡。　[9]长车:古代兵车。贺兰山:位于宁夏回族自治区与内蒙古自治区交界处,山势雄浑,若马群奔腾。这里借指宋金边界。缺:指险隘的关口。　[10]胡虏:对女真(即金人)侵略者的蔑称。"饥餐"与下句"渴饮"为极度痛恨语,非写实之词。　[11]匈奴:古代北方少数民族之一,这里指女真贵族统治者。　[12]从头、收拾:彻底收拾、整顿。　[13]朝天阙:朝见皇帝,表示凯旋。天阙:宫殿前的楼观,此处指代朝廷。

【浅释】

《满江红》表现报仇雪耻、收复河山的雄心壮志。

上片抒写壮怀。"怒"为抒情线索,总领全篇。开头三句形神并茂,情景交融。"抬望眼"三句继续抒写激愤之情,"壮怀激烈"总收"怒发冲冠"和"仰天长啸"。"三十"两偶句,回顾中见自谦,展望中见壮志。时空距离拉开,词境由此阔大。"莫等闲"三句自勉,见实现壮志的急切,爱国热情的激烈。下片陈述抱负。"靖康耻"四句,三字一顿,斩钉截铁,表明国耻未雪,此恨不消。"驾长车"句呼应"八千里"句,显示出一往无前的气势。"壮志"两句运用夸张笔法,表示对入侵者的切齿痛恨和极端蔑视,读来痛快淋漓。末三句为最终目标:收复失地,重整山河。"何时灭"后三大句群,实为抗金复国宏伟计划:攻克敌境(驾长车,踏山缺)——剿灭敌首(餐其肉,饮其血)——光复奏凯(收失地,朝天阙)。

通篇感情激荡,言辞壮烈,千载而下,撼人心魄。

【习题】

1.《满江红》千百年来激荡人心,鼓舞士气,试分析这首词的艺术魅力所在。
2.本词在抒发爱国激情的同时,刻画了词人的自我形象,请谈谈这个形象的特征。
3.阅读南宋其他爱国诗人、词人作品,谈谈这首《满江红》的与众不同之处。

辛弃疾词三首

辛弃疾

辛弃疾(1140—1207),字幼安,号稼轩居士,历城(今山东济南)人。南宋伟大的爱国词人,豪放派的杰出代表,与苏轼并称"苏辛"。辛弃疾以文为词,进一步解放了词的形式,开拓了词的境界,扩充了词的题材,扩大了词的表现力,开辟了词学的新天地。其词以英雄主义为基调,多赞美壮丽河山,歌颂抗金斗争,表达收复愿望,抒发不遇忧愤,描绘农村生活。艺术上随情挥洒,不受格律约束,善于熔铸典故,亦长于白描;词风不拘一格,既有慷慨纵横、雄奇豪壮、苍凉沉郁者,又有委婉缠绵、清新柔媚者。有词集《稼轩长短句》传世。

永遇乐·京口北固亭怀古[1]

千古江山,英雄无觅、孙仲谋处。[2]舞榭歌台,[3]风流总被、雨打风吹去。斜阳草树,寻常巷陌,[4]人道寄奴曾住。[5]想当年、金戈铁马,气吞万里如虎。[6]　　元嘉草草,[7]封狼居胥,[8]赢得仓皇北顾。[9]四十三年,[10]望中犹记、烽火扬州路。[11]可堪回首,[12]佛狸祠下,一片神鸦社鼓![13]凭谁问:廉颇老矣,尚能饭否?[14]

【简注】

[1]京口:古城名,即今江苏镇江。因临京岘山、长江口而得名。北固亭:在镇江东北固山上。　[2]孙仲谋:三国时的吴王孙权,字仲谋,曾建都京口。　[3]舞榭歌台:演出歌舞的台榭,这里代指孙权故宫。榭:建在高台上的房子。　[4]寻常巷陌:极窄狭的街道。寻常:古代指长度,八尺为寻,倍寻为常,形容窄狭,引申为普通、平常。巷、陌:这里都指街道。　[5]寄奴:南朝宋武帝刘裕小名。　[6]"想当年"三句:刘裕生长于京口,曾两次率晋军北伐,收复洛阳、长安等地。金戈:用金属制成的长枪。铁马:披着铁甲的战马。这里指代精锐的部队。　[7]元嘉草草:元嘉系刘裕子刘义隆年号。草草:轻率。言刘义隆好大喜功,仓促北伐,以致惨败。北魏主拓跋焘抓住机会,以骑兵集团南下,兵抵长江北岸而返。　[8]封狼居胥:狼居胥在内蒙古西北部。追击匈奴单于至此封山而还。汉武帝元狩四年(前119),汉骠骑将军霍去病远征匈奴,歼敌七万余,积土为坛于狼居胥山上,祭天(曰封)祭地(曰禅),以此庆祝胜利。南朝宋文帝刘义隆命王玄谟北伐,玄谟陈说北伐的策略,文帝说:"闻王玄谟陈说,使人有封狼居胥意。"词中用"元嘉北伐"失利事,以影射南宋"隆兴北伐"。　[9]赢得仓皇北顾:即赢得仓皇与北顾。宋文帝刘义隆命王玄谟率师北伐,为北魏太武帝拓跋焘击败,魏趁机大举南侵,直抵扬州,吓得宋文帝亲自登上建康幕府山向北观望形势。赢得:剩得,落得。　[10]四十三年:作者于宋高宗绍兴三十二年(1162),从北方抗金南归,至宋宁宗开禧元年(1205),任镇江知府登北固亭写这首词时,前后共四十三年。　[11]烽火扬州路:当年扬州以北正烽火弥漫,战事频仍。路:宋朝时的行政区划,扬州属淮南东路。　[12]可堪:表面意为可以忍受得了,实则犹"岂堪""那堪",即怎能忍受得了。堪:忍受。　[13]佛(bì)狸祠:北魏太武帝拓跋焘小名佛狸。公元450年,他曾反击刘宋,两个月的时间里,兵锋南下,五路远征军分道并进,从黄河北岸一路穿插到长江北岸。在长江北岸瓜步山建立行宫,即后来的佛狸祠。神鸦:指在庙里吃祭品的乌鸦。社鼓:祭祀时的鼓声。整句话的意思是,到了南宋时期,当地老百姓只把佛狸祠当作供奉神祇的地方,而不知道它过去曾是一个异族皇帝的行宫。　[14]凭谁问:有谁来问。廉颇:战国时赵国名将。《史记》载,廉颇被免职后跑到魏国,赵王想再用他,派人去看他的身体情况。廉颇吃米饭一斗,肉十斤,被甲上马,以示尚可用。使者因受廉颇仇人郭开贿赂,回来报告赵王说:"廉颇将军虽老,尚善饭,然与臣坐,顷之三遗矢矣。"赵王以为廉颇已老,遂不用。

【浅释】

《永遇乐》抒仰慕英雄之情,老犹报国之志,权臣冒进之忧。

上片缅怀京口前贤,感伤英雄难觅。"千古江山"开篇气势磅礴;"英雄无觅"转接一落千丈。"舞榭"三句道原委:岁月消磨,遗烈不存。"总""觅"相呼,含无尽感伤。"斜阳"三句续写时世消沉,圣迹异ське。写刘裕笔序恰与写孙权相错,由遗迹而功业。"想当年"三句怀想刘裕北伐伟功壮彩,抒无限景仰之情,寓朝中乏人之叹。下片追忆元嘉痛史,影射当前时局。"元嘉草草"三句写元嘉惨败,戒重蹈好大喜功、轻启兵端之覆辙。"四十三年"三句写元嘉惨败带来的无穷恶果,扬州竟成异族南侵的跳板:拓跋焘修宫扬威于前,完颜亮驻军瓜步于后。"可堪回首"借往事暗喻南宋现实,民族耻辱随着时光流逝已渐被人淡忘!末三句以廉颇自况,抒发空怀报国壮志的忠愤。

此词使典用事,贴切自然;借古喻今,密合无缝,被前人评为辛词魁首。

水龙吟·登建康赏心亭[1]

楚天千里清秋,[2]水随天去秋无际。遥岑远目,[3]献愁供恨,[4]玉簪螺髻。[5]落日楼头,断鸿声里,[6]江南游子,[7]把吴钩看了,[8]栏杆拍遍,无人会、登临意。[9]　休说鲈鱼堪脍,尽西风,季鹰归未?[10]求田问舍,怕应羞见,刘郎才气。[11]可惜流年,忧愁风雨,树犹如此![12]倩何人唤取,红巾翠袖,揾英雄泪?[13]

【简注】

[1]建康:今江苏南京。赏心亭:在建康下水门城上,下临秦淮河。　[2]楚天:泛指南方的天空。江南一带古属楚国,故有是称。　[3]遥岑:远方小而高的山。远目:远望。　[4]献愁供恨:即"供献愁恨"之互文,令人一见山水即产生愁、恨之意;或言山也有情感,向人们展示了无限愁恨。　[5]玉簪螺髻:碧玉簪和青螺髻,形容远山的形状。尖形的山如同妇女头上的碧玉簪,圆形的山如同梳在头顶像螺壳似的发髻。　[6]断鸿:离群失侣的孤雁。　[7]江南游子:漂泊江南的人,作者自称。因其自济南流寓江南,故自称江南游子。　[8]吴钩:宝刀名,一种似剑而刃弯的兵器。相传为吴王阖闾时铸造的一对金钩(弯头宝刀),这里泛指佩刀。　[9]会:理解,领悟。　[10]脍(kuài):通"脍",把鱼肉切细。季鹰:西晋人张翰的表字,他为官洛阳时见秋风吹起,想到家乡(吴中)的莼菜羹、鲈鱼脍,便弃官归去。以上三句表明自己不会像张翰那样弃官归隐。　[11]求田问舍:置田买房,说明胸无大志。刘郎才气:许汜无救世之志,只为个人置田买房,刘备批评他求田问舍,言无可采。刘郎:指刘备。以上三句表明自己有救世之志,不愿学许汜只知添置田舍。　[12]流年:流逝的时光。树犹如此:据《世说新语·言语》载,东晋桓温北伐,见昔年所种之柳,粗可十围,叹道:"木犹如此,人何以堪!"这里用以表示岁月虚度,壮志未酬,迫切希望早日收复失地的心情。　[13]倩:请托。红巾翠袖:代指赏心亭上宴席间的歌女。揾(wèn):擦拭。

【浅释】

抒发抗金复国之志、报国无门之悲。行文长于收纵转折,用典贴切达意,是本词特色。

上片即地写景,由近到远,由景及人。开篇两句交代登楼远眺时令、地域和背景,用水天寥廓之景渲染气氛,隐隐流露出无限惆怅的愁怀。"遥岑"三句移情及物,赋予山以生命与灵气,点明失土未复的"愁"与"恨"。"落日"两句以象征性意象构成苍凉、暗淡的有声画面,在"落日""断鸿""楼头"的三重景深里,词人自我形象淡入画面中心。"把吴钩看了"三句以个性细节披露胸臆,表达知音难觅的孤苦和报国无门的悲愤。下片述怀言志一波三折,连用三个典故,表达了丰富复杂的情感内涵。先表耻效张翰归隐,而欲效命疆场;再表耻学许汜谋私,而以国事为重;复借桓温旧事,感叹壮志蹉跎。"倩何人"三句上呼"无人会、登临意",自伤抱负难展,时无知己,得不到任何同情与慰藉,言尽而意未尽。

摸鱼儿[1]

淳熙己亥,自湖北漕移湖南,[2]同官王正之置酒小山亭,[3]为赋。

更能消、几番风雨?[4]匆匆春又归去。惜春长怕花开早,何况落红无数。春且住。见说道、天涯芳草无归路。[5]怨春不语。算只有殷勤,画檐蛛网,尽日惹飞絮。　长门事,准拟佳期又误。[6]蛾眉曾有人妒。[7]千金纵买相如赋,脉脉此情谁诉?[8]君莫舞。君不见、玉环飞燕皆尘土![9]闲愁最苦。[10]休去倚危栏,[11]斜阳正在、烟柳断肠处。

【简注】

[1]摸鱼儿:一名《摸鱼子》,又名《买陂塘》。唐玄宗时教坊曲名,后用为词调。 [2]淳熙己亥:宋孝宗淳熙六年(1179)。湖北:荆湖北路。漕:转运使的省称。辛弃疾从湖北转运副使调任湖南,将从鄂州(今湖北武汉)至潭州(今湖南长沙)主持漕运。 [3]同官:同僚。王正之:淳熙六年接替辛弃疾任湖北转运判官,故称同官。置酒:设酒宴为作者送行。小山亭:在湖北转运使官署内。 [4]消:消受,禁得,禁受得住。 [5]见说:听说。无归路:无边的芳草遮断了春天回来的道路。意谓春天已去,不再回来。 [6]长门事:传说汉武帝时陈皇后失宠,幽居长门宫,以千金请司马相如作《长门赋》以抒悲愁。准拟:约定。 [7]蛾眉:本为飞蛾的触须,借以指美人的眉,词里指美人。 [8]脉脉:形容用眼神表达感情。 [9]玉环:杨贵妃小字玉环。安禄山叛变后,唐玄宗逃往四川,在马嵬坡被迫将杨贵妃赐死。飞燕:汉成帝宠爱赵后,号飞燕。以能歌善舞得宠,后被废自杀。 [10]闲愁:寂寞孤苦的愁思。 [11]危栏:高楼的栏杆,指高楼。

【浅释】

借陈皇后冷宫之怨,表达英雄迟暮的忧愤和国运衰颓的感伤。

上片写春愁——春残花落的忧伤。扣住词眼"春"字,依次写春归(风雨送春),惜春(落红满地),留春(呼春且住),怨春(蛛网难留)。一层层写出一个极为敏感的女性对春光流逝的痛惜之情。词人借阿娇叹息自然残春,暗寓自悯生命残春、哀感国势残春之情。下片写幽怨——蛾眉遭妒的怨恨。"长门事"紧承"画檐蛛网",依次写阿娇获宠希望破灭(佳期又误),希望破灭原因(蛾眉遭妒),破灭后的绝望(此情谁诉),绝望时的诅咒(燕环皆杀),愁恨不可解脱(闲愁最苦),哀叹残生暗淡(斜阳烟柳)。明写阿娇悲凄、怨愤、哀伤,实写自己怀才不遇的痛苦,不可倾诉的愁闷,对奸小谗毁的痛恨,对国势萎靡的哀伤。

此词结构起伏跌宕,通篇出以比兴,风格刚柔相济。人称"肝肠似火,色肖如花"。

【习题】

1.试分析《永遇乐》的情感内涵和艺术结构。
2.试分析《水龙吟》的用典特色和《摸鱼儿》的比兴技巧。
3.结合课文所选三篇作品,谈谈辛词"以文为词"的特点。

第五章

唐宋散文

　　唐代散文主要有骈文和古文两大类。其发展以古文运动为中心,可以分为三个时期。
　　唐初近百年间,奏疏章表虽已多有散体,但骈文仍然占据着文坛的统治地位。陈子昂、李华、萧颖士、独孤及、梁肃、柳冕等相继提倡古文,明确提出本乎道、以五经为源泉、重政教之用的主张,要求建立一种尚简古、切实用的散文,取骈文而代之。四杰和陈子昂的散文代表了初唐文风改革的两个方向,一是散体文章浓厚的儒家精神和近古风格,如陈子昂《修竹篇序》、李华《吊古战场文》、元结《右溪记》等,古文运动的先驱者们,为唐代散文的发展繁荣作出了开拓性贡献。一是骈体文本身的洗心革面,四杰骈体文在辞藻华艳之外,戒绝堆砌芜杂之弊,注入俊逸刚健之气,虽然还没完全脱离六朝文风,但毕竟表现出新的追求和倾向,王勃《滕王阁序》、骆宾王《代徐敬业讨武曌檄》等都是脍炙人口的名篇,代表了庾信以后骈文写作的新成就。以上两种倾向左右了其后的唐代文坛。
　　韩愈最早提出古文的概念,他把上继先秦两汉文体、奇句单行的散文称为"古文",并使之和骈文对立。他要求文章在内容上言之有物,在体制上变骈为散,在语言上新鲜活泼。在唐贞元间,由于韩愈提倡,"古文"发生了广泛影响,弟子甚众,从者云集,到宪宗元和年间,又得柳宗元大力支持,古文业绩更著,影响更大。自贞元至元和二三十年间,古文逐渐压倒了骈文,成为文坛的主要风尚,这就是文学史上所说的"古文运动"。古文运动的基本内容有两点:其一,文道合一,以道为主。道是目的,文是手段;道是内容,文是形式,用道充实文的内容,用文以明道。道的内涵,就是儒家思想核心——仁义。其二,既要学古,又要革新。古道载于古人之文,所以要学先秦两汉古文。学古并非复古,要在继承传统的基础上创新,做到"词必己出""文从字顺""惟陈言之务去"。韩愈、柳宗元在理论和实践上都取得了非凡成就,韩愈主张文道并重,不平则鸣,散文气势雄奇,语言精练,笔力遒劲,条理明畅。柳宗元主张博观约取,以为我用,在山水游记和寓言创作上取得杰出成就。韩、柳犹如并峙双峰,成为唐代散文的杰出代表。这一时期的散文,题材广泛,内容深厚,感情真切,或声讨藩镇割据,或攻讦佛老猖獗,或指斥宦官专权,或抒发不平之鸣,真正发挥了"辞令褒贬""导扬讽喻"的社会功能,极大地丰富了散文的艺术表现技巧,把散文的创作推进到一个全新的阶段。唐代古文运动摧毁了骈文的长期统治,开创了散文的新传统,是我国散文发展的一个转折点,形成了继先秦两汉第一个散文高潮之后的第二个散文高潮。
　　韩、柳之后直至晚唐,是古文运动的余波。古文多为批判现实的小品文,以皮日休、陆龟蒙、罗隐的创作为代表,他们的作品或用譬喻,借物寄讽;或用历史故事,托古刺今,具有较强的讽刺力量。由于古文运动的影响,晚唐还出现了散文化的赋。杜牧《阿房宫赋》骈散相间,明快流畅,可视为宋代欧阳修、苏轼文赋的先声。

散文在唐代古文运动以后渐呈颓势,宋初文坛出现了轻内容、重形式的浮华艰涩文风,柳开、王禹偁、范仲淹、穆修等人,奋起抵抗流俗,他们继承唐代古文运动的观点,强调文章的社会功用,倡导韩、柳的质朴文风。如王禹偁《待漏院记》、范仲淹《岳阳楼记》等,即是这一思想指导下的产物。

宋仁宗庆历年间,在政治革新的潮流鼓荡下,诗文革新运动随之兴起,宋代散文取得了与唐文媲美的杰出成就。欧阳修则是这次诗文运动的倡导者和领袖人物。诗文革新运动是唐代古文运动的继续,运动的主要内容是,反对绮靡的西昆体诗风和奇涩险怪的文风,提倡平易畅达,反映现实生活的新的文学风尚,以使文学充分发挥其社会职能,为巩固封建国家的统治服务。诗文革新运动在范仲淹、欧阳修、苏轼、王安石等人的持续努力之下,取得了全面胜利,诗词和散文都形成了自己的风格,出现了文学创作的繁荣局面,对后代产生了广泛深远的影响。

欧阳修坚持"事信言文"的创作主张,极力提倡平易通达的文风,所作散文语言简练,平易纡徐,圆融轻快,极富情韵,确立了宋文文风的发展方向。在他的提携下,文坛人才辈出,王安石、曾巩、苏洵、苏轼、苏辙都是一时俊彦。他们六人与韩愈、柳宗元一起被称为"唐宋八大家"。他们各树一帜,竞辟新境,共同构筑了宋文发展的繁荣景观。曾巩散文大都是"明道"之作,简古质朴,平正雅重,不事辞采。王安石阐述政治见解与主张,曲折畅达,议论精警,笔力峻健。苏洵文章多为政论和军事论著,长于论辩,文笔雄健,结构缜密。苏辙擅长政论和史论,笔致洒脱,冲和淡泊,神气流荡。苏轼成就最高,博取前代各家散文之长,有孟轲之雄辩,庄周之恣肆,贾谊之精辟,韩愈之滔滔,欧阳之畅达,并得《战国策》之铺张扬厉,形成文思开阔、随物赋形、笔力奔放、收纵自如、变化多姿的散文风格,"嬉笑怒骂,皆成文章",对促进宋代古文主体风格的成熟与定型起了决定性的作用,一举奠定了古文在散文创作中的正宗地位。宋代古文发展成为议论、叙事、抒情三者功能完善的文体,实现了实用文章的全面艺术化,达到了实用价值和审美价值的高度统一。值得注意的是,宋代散文的文体出现了多样化的趋势。欧、苏等人并不绝对摒弃骈文,他们借鉴古文手法,吸收骈文在辞采、声调等方面的长处,以构筑古文的节奏韵律之美,创造出如《秋声赋》《赤壁赋》《墨竹赋》这样的文赋典范。北宋中期道学派散文作家群(周敦颐、张载、程颢、程颐),在理论上强调文以载道,在创作上表现出较高艺术功力。北宋历史学家司马光写出历史巨著《资治通鉴》,它具有史学和文学双重价值。诗话、随笔、日记是宋代文人创造的新体散文,用散体文字记人记事,论文论艺,自由灵活,内容广博。这些新体散文的出现,是宋代文人学养深厚、博雅精通的表现,也是宋代散文繁荣的重要标志。

南宋时,由于金兵入侵,山河沦陷,民族矛盾异常尖锐,散文创作增添了新的内容。宗泽、李纲、胡铨、岳飞、辛弃疾、陈亮、文天祥等爱国志士的文章大都有着同仇敌忾、重整山河的共同主题,或记叙艰苦卓绝的抗元经历,或彰扬忠贞不渝的民族英雄,或抒发深沉悲凉的亡国之痛,皆表现了崇高的民族气节。此外,李清照《金石录后序》、刘子翚《试梁道士笔》等也由生活琐事联系时世,反映出国破家亡的痛惜,烙有鲜明的时代印记。诗文革新运动的成功使散文更切合实用,南宋大量出现的笔记杂文便是一个明证,如洪迈《容斋随笔》、王明清《挥麈录》便是笔记杂文的佳作。理学派散文以朱熹、吕祖谦、张栻为代表。朱熹的古文长于说理,有很深造诣。

滕王阁序[1]

王 勃

> 王勃(650—676),字子安,绛州龙门(今山西河津)人,与杨炯、卢照邻、骆宾王并称"初唐四杰"。在文学上主张崇尚实用,诗文俱佳。诗多为五言律诗和绝句,主要描写个人生活,多抒离别怀乡之情,亦有少数抒发政治抱负、表达不满之作,气象浑厚,音律谐畅,清新流畅,质朴自然,开初唐新风,被目为"四杰之冠"。其文(包括赋和序、表、碑、颂等)多结合个人际遇,抒发情感,表白心志。主要文学成就是骈文,对仗精工,自然谐美,气象高华,神韵灵动。诗文集原有30卷,现仅存《王子安集》16卷,存诗80多首,文章90多篇。

　　豫章故郡,洪都新府。[2]星分翼轸,地接衡庐。[3]襟三江而带五湖,[4]控蛮荆而引瓯越。[5]物华天宝,龙光射牛斗之墟。[6]人杰地灵,徐孺下陈蕃之榻。[7]雄州雾列,俊采星驰。[8]台隍枕夷夏之交,[9]宾主尽东南之美。[10]都督阎公之雅望,棨戟遥临;[11]宇文新州之懿范,襜帷暂驻。[12]十旬休假,胜友如云;[13]千里逢迎,高朋满座。腾蛟起凤,孟学士之词宗;[14]紫电青霜,王将军之武库。[15]家君作宰,路出名区。[16]童子何知?躬逢胜饯。[17]

　　时维九月,序属三秋。[18]潦水尽而寒潭清,[19]烟光凝而暮山紫。[20]俨骖騑于上路,访风景于崇阿。[21]临帝子之长洲,得天人之旧馆。[22]层台耸翠,上出重霄;[23]飞阁流丹,下临无地。[24]鹤汀凫渚,穷岛屿之萦回;[25]桂殿兰宫,列冈峦之体势。[26]披绣闼,俯雕甍,[27]山原旷其盈视,川泽纡其骇瞩。[28]闾阎扑地,钟鸣鼎食之家;[29]舸舰迷津,青雀黄龙之舳。[30]云销雨霁,彩彻区明。[31]落霞与孤鹜齐飞,秋水共长天一色。渔舟唱晚,响穷彭蠡之滨;[32]雁阵惊寒,声断衡阳之浦。[33]

　　遥襟甫畅,逸兴遄飞。[34]爽籁发而清风生,纤歌凝而白云遏。[35]睢园绿竹,气凌彭泽之樽;[36]邺水朱华,光照临川之笔。[37]四美具,二难并。[38]穷睇眄于中天,极娱游于暇日。[39]天高地迥,觉宇宙之无穷;[40]兴尽悲来,识盈虚之有数。[41]望长安于日下,指吴会于云间。[42]地势极而南溟深,天柱高而北辰远。[43]关山难越,谁悲失路之人;[44]萍水相逢,尽是他乡之客。[45]怀帝阍而不见,奉宣室以何年?[46]

　　嗟乎!时运不齐,命途多舛。[47]冯唐易老,李广难封。[48]屈贾谊于长沙,非无圣主;[49]窜梁鸿于海曲,岂乏明时?[50]所赖君子安贫,达人知命。[51]老当益壮,宁移白首之心;[52]穷且益坚,不坠青云之志。[53]酌贪泉而觉爽,处涸辙而犹欢。[54]北海虽赊,扶摇可接;[55]东隅已逝,桑榆非晚。[56]孟尝高洁,空怀报国之情;[57]阮籍猖狂,岂效穷途之哭![58]

　　勃,三尺微命,一介书生。[59]无路请缨,等终军之弱冠;[60]有怀投笔,慕宗悫之长风。[61]舍簪笏于百龄,奉晨昏于万里。[62]非谢家之宝树,接孟氏之芳邻。[63]他日趋庭,叨陪鲤对;[64]今晨捧袂,喜托龙门。[65]杨意不逢,抚凌云而自惜;[66]钟期既遇,奏流水以何惭?[67]呜呼!胜地不常,盛筵难再。兰亭已矣,梓泽丘墟。[68]临别赠言,幸承恩于伟饯;[69]登高作赋,是所望于群公!敢竭鄙诚,恭疏短引。[70]一言均赋,四韵俱成。[71]请洒潘江,各倾陆海云尔。[72]

滕王高阁临江渚,佩玉鸣鸾罢歌舞。[73]
画栋朝飞南浦云,珠帘暮卷西山雨。
闲云潭影日悠悠,物换星移几度秋。
阁中帝子今何在?槛外长江空自流!

【简注】

[1]上元二年(675)王勃前往交趾(今越南河内西北)看望父亲(其父时任交趾县令),路过南昌时所作。[2]豫章:滕王阁在今江西南昌。南昌:为汉豫章郡治,故说"故郡"。洪都:汉豫章郡,唐改为洪州,设都督府,故说"新都"。[3]星分:古人把天上的星宿与地面州郡相对应,认为天上某一星域相当于地面某一地区,称其地为某星的分野,也叫星分。翼、轸(zhěn):为楚地分野。豫章古代既属楚地,又属吴地,故云星分为翼轸。衡:衡山,此代指衡州(治所在今湖南衡阳)。庐:庐山,此代指江州(治所在今江西九江)。[4]襟三江:以三江为衣襟。襟:衣襟,衣领,以……为襟。三江:太湖的支流松江、娄江、东江,泛指长江中下游的江河。带五湖:以五湖为衣带。带:以……为带。五湖:太湖的别名。太湖古分为五派,故称五湖。一说指太湖、鄱阳湖、青草湖、丹阳湖、洞庭湖。此处借为南方大湖的总称。[5]控:控扼。蛮荆:古楚地,今湖北、湖南一带。引:连接。瓯越:古越地,即今浙江南部地区。古东越王建都于东瓯(今浙江永嘉),境内有瓯江。[6]物华天宝:地上的宝物焕发为天上的宝气。物华:万物的精华;天宝:天然的宝物。指各种珍美的宝物。龙光:指宝剑的光辉。牛斗:星宿名。吴越扬州当牛斗二星的分野,与翼轸二星相邻。墟:域,所在之处。《晋书·张华传》载,晋武帝时,牛斗之间常有紫气照射,张华问雷焕是何祥瑞,答曰乃宝剑之精。后雷于豫章丰城掘得龙泉、太阿二剑,入水中化为双龙。[7]杰:俊杰,豪杰。灵:灵秀。徐孺:即徐孺子,南昌人,品行高洁,为豫章太守陈蕃所重,特置一榻供徐卧宿。[8]雄州:大州,指洪州所辖的郡邑。雾列:像云雾般罗列。俊采:指出色的人才。采:同"寀",官员,这里指人才。星驰:像流星奔驰。[9]台隍:代豫章城。台:亭台。隍:护城河。有水为池,无水为隍。枕:靠近,占据,地处。夷:指荆楚一带。夏:指中原一带,即扬州。[10]尽:都是。东南之美:泛指各地的英雄才俊。[11]都督:掌管督察诸州军事的官员,唐代分上、中、下三等。阎伯屿:时任洪州都督。雅望:好的声望。棨(qǐ)戟:外有赤黑色缯作套的木戟,古代大官出行时用。这里代指仪仗。遥临:远道来临。[12]宇文新州:复姓宇文的新州(在今广东境内)刺史,名未详。懿范:美好的风范。襜(chān)帷:车上的帷幕,这里代指车马。暂驻:暂时停留。[13]十旬休假:唐制,十日为一旬,遇旬日则官员休息,称为"旬休"。胜友:才华出众的友人。[14]腾蛟起凤:宛如蛟龙腾跃、凤凰起舞,形容人很有文采。孟学士:在座的有文才的客人,名不详。学士:朝廷掌管文学著述的官员。词宗:文坛宗主。[15]紫电青霜:宝剑名。相传孙吴皇帝孙权旧有宝剑名紫电,汉高祖刘邦斩白蛇,剑刃常若霜雪。武库:指王将军的胸怀韬略。王将军:在座武将,名未详。[16]家君作宰:王勃之父担任交趾县的县令。宰:县令。[17]童子:王勃对自己的谦称。躬逢胜饯:有幸参加盛大的宴会。[18]维:乃。序:时序。三秋:即季秋,九月。[19]潦(liǎo)水:雨后的积水。[20]烟光:山上的烟霭。[21]俨(yǎn):通"严",整齐的样子。骖騑(cān fēi):驾在服马(中间两匹)两侧的马。后泛指驾车之马。上路:大路,通衢。崇阿(chóng ē):高丘,高山。[22]帝子、天人:都指滕王李元婴。天人:赞滕王有天人之姿。旧馆:指滕王阁。[23]层台:即层层的楼台。翠:指翠绿色的琉璃瓦。[24]飞阁流丹:飞檐涂饰红漆。飞阁:即架空的阁道。流:形容彩画鲜艳欲滴。丹:丹漆,泛指彩绘。临:从高处往下探望。[25]鹤汀(hè tīng):有鹤栖居的水中小洲。凫渚(fú zhǔ):野鸭栖息的水中小块陆地。萦回:曲折迂回。即冈峦之体势:依着山冈的形式(而高低起伏)。[26]"桂殿"句:桂和兰建筑的宫殿,排列成冈峦起伏的姿态。桂、兰:两种名贵的树,形容宫殿的华丽、讲究。[27]绣闼(xiù tà):装饰华丽的门。雕甍(diāo méng):雕镂文采的殿亭屋脊。[28]旷:远,辽阔。纡:迂回曲折。盈视:极目远望,满眼都是。骇瞩:见而惊异。[29]闾(lǘ)阎:里门,这里代指房屋。扑:满。钟鸣鼎食:古代贵族鸣钟列鼎而食,所以用钟鸣鼎食指代名门望族。[30]舸(gě):大船。青雀黄龙:船名,船的形状或雕花图案如同神话传说中的神鸟青雀、神兽黄龙。舳(zhú):船尾把舵处,这里代指船只。津:即渡口。[31]销:通"消",消散。霁:雨后放晴。彩:日光。彻:通贯。彩彻:阳光普照。区

明:天空明朗。　　[32]响穷:响遍。穷:穷尽,引申为"直到"。彭蠡:古代大泽,即今鄱阳湖。　　[33]衡阳:今属湖南省,境内有回雁峰,相传秋雁到此就不再南飞,待春而返。断:止。浦:水边、岸边。　　[34]遥襟:旷远的襟怀。甫:刚刚,初始,才。甫畅:开始舒展。逸兴:兴致横溢。遄:迅速、顿时。飞:勃发。　　[35]爽籁:清脆的排箫音乐。籁:管子参差不齐的排箫。白云遏:形容音响优美,能驻行云。遏:阻止,引申为"停止"。　　[36]睢园:西汉梁孝王刘武在睢阳(河南商丘南)所筑的苑园,多竹,曾在园中聚集文人饮酒赋诗。彭泽:县名,在今江西湖口东。陶渊明曾官彭泽县令,世称陶彭泽。樽:酒器。陶渊明《归去来兮辞》有"有酒盈樽"之句。　　[37]邺水:指邺都(今河北临漳),三曹常在此雅集作诗。朱华:芙蓉,指才华。临川:郡名,治所在今江西抚州。句中"临川"指谢灵运,谢曾任临川内史,故称。　　[38]四美:指良辰、美景、赏心、乐事。二难:指贤主、嘉宾难得。　　[39]穷睇眄(dì miǎn):极目而望。穷:尽情,极尽。睇眄:斜视,顾盼。极娱:尽兴。暇日:闲暇之日。　　[40]迥:迥远,遥远。　　[41]识盈虚之有数:知道万事万物的消长兴衰是有定数的。盈虚:盈盛与虚衰,兴盛与衰败。数:定数,命运。　　[42]"望长安"两句:远望长安在夕阳下,遥看吴越在云海间。望长安:即望君王。吴会:吴县和会稽,指江苏、浙江一带。　　[43]南溟:南方的大海。天柱:传说中昆仑山高耸入天的铜柱。北辰:北极星,比喻国君。　　[44]关山:险关和高山。悲:同情,可怜。失路:仕途不遇。　　[45]萍水相逢:浮萍随水漂泊,聚散不定。比喻向来不认识的人偶然相遇。　　[46]帝阍(hūn):天帝的守门人。借指天帝的宫门。奉宣室:代指入朝做官。奉:侍奉。宣室:汉未央宫正殿,为皇帝召见大臣议事之处。贾谊迁谪长沙四年后,汉文帝复召他回长安,于宣室中问鬼神之事。　　[47]齐:整齐,平坦。命途:命运。舛(chuǎn):不幸,坎坷。　　[48]冯唐易老:冯唐在汉文帝、汉景帝时不被重用,汉武帝时被举荐,已是九十多岁。李广难封:李广,汉武帝时名将,多次与匈奴作战,军功卓著,却始终未获封爵。　　[49]屈贾谊于长沙:贾谊在汉文帝时被贬为长沙王太傅。圣主:指汉文帝,泛指圣明的君主。　　[50]窜梁鸿:东汉梁鸿作《五噫歌》讽刺朝廷,因此得罪汉章帝,避居齐鲁、吴中。明时:指汉章帝时代,泛指圣明的时代。　　[51]安贫:安于贫贱的处境。达人知命:事理通达的人能够乐天安命。　　[52]老当益壮:年纪虽大,但志气更旺盛,干劲更足。　　[53]"穷且"句:境遇虽然穷困,应当格外坚韧,不能抛弃高远的志向。坠:坠落,引申为"放弃"。　　[54]贪泉:在广州附近的石门,传说饮此水会贪得无厌,廉官吴隐之赴广州刺史任,饮贪泉之水,操守反而更加坚定。处涸辙:干涸的车辙,比喻困厄的处境。　　[55]北海虽赊,扶摇可接:语意本《庄子·逍遥游》。赊(shē):遥远。扶摇:旋风。接:靠近,到达。　　[56]东隅:日出处,表示早晨,引申为"早年"。桑榆:日落处,表示傍晚,引申为"晚年"。　　[57]孟尝:东汉隐士,以廉洁奉公著称,后因病隐居。桓帝时,虽有人屡次荐举,终不见用。　　[58]阮籍:晋代名士,不满世事,佯装狂放,常驾车出游,路不通时就痛哭而返。　　[59]三尺微命:自谦之语,喻身份低微。三尺:衣带下垂的长度,指幼小。微命:即"一命",周朝官阶制度是从一命到九命,一命是最低级的官职。一介:一个。　　[60]请缨:指西汉终军出使南越请缨以羁南越王事。等:相同,用作动词。弱冠:古人二十岁行冠礼,表示成年,称"弱冠"。　　[61]投笔:指东汉班超投笔从戎通西域事。宗悫:据《宋书·宗悫传》载,宗悫年少时向叔父自述志向,云"愿乘长风破万里浪"。　　[62]簪笏:冠簪、手版,官吏用物,这里代指官职地位。百龄:百年,犹"一生"。奉晨昏:侍奉父母。　　[63]谢家之宝树:谢玄用芝兰玉树比喻好子弟。接孟氏之芳邻:据孟轲之母为教育儿子而三迁择邻,最后定居于学宫附近。接:通"结",结交。　　[64]鲤:孔鲤,孔子之子。趋庭:受父亲教诲。　　[65]捧袂:举起双袖,表示恭敬的姿势。托龙门:即登龙门,《后汉书·李膺传》:"膺以声名自高,士有被其容接者,名为登龙门。"　　[66]杨意:汉武帝时狗监杨得意,他曾向汉武帝推荐司马相如。凌云:华美的辞赋,汉武帝读了司马相如《大人赋》"飘飘然有凌云之气"。　　[67]钟期:伯牙鼓琴的知音钟子期。流水:高雅的乐曲。《列子·汤问》:"伯牙善鼓琴,钟子期善听。"　　[68]不常:难以再次遇到。兰亭:在浙江绍兴市。晋穆帝永和九年(353)三月三日上巳节,王羲之与群贤宴集于此,行修禊礼,祓除不祥。梓泽:即石崇金谷园,故址在今河南洛阳西北。丘墟:荒芜废弃之地。　　[69]赠言:赠送言词以互相勉励,在此指本文。　　[70]恭疏短引:恭敬地写出短小的引言。　　[71]一言:指分韵所得的字。赋:铺陈。四韵:八句四韵诗,指下面《滕王阁诗》。　　[72]洒潘江、倾陆海:钟嵘《诗品》说陆机才如海,潘岳才如江。这里形容各宾客的文采。云尔:句尾语助词,表示说完了。　　[73]江渚(zhǔ):佩玉鸣鸾:舞女身上的装饰,代指舞女。佩玉:古代系于衣带用作装饰的玉。鸣銮(luán):即鸣銮,銮声似鸾鸟之鸣,因称。

【浅释】

《滕王阁序》重在抒发不遇之愤和凌云之志。

文章由"引子""望远""感怀""尾声"四个部分组成。"引子"紧扣游览胜地下笔,写洪州地理优越、物产珍异、人才荟萃和宴会隆重盛大、主宾尊贵。境界阔大,气象峥嵘。"望远"简要交代宴会时地后,依次写周围景物(近景)、山原江流(中景)、秋水长天(远景)、渔舟雁阵(延伸),表现滕王阁超拔绝世的气势,造成悠远无穷的意境。"感怀"部分略叙宴会歌、饮、文、人之妙盛况。"穷睇眄"两句由逸游的豪兴陡转入苍凉的感怀,写"时运不济,命途多舛",列举不遇前贤作比以自怨自叹,最终展露身处微贱困厄而仍思有所作为的襟抱。婉转曲折,跌宕起伏。"尾声"归结志向旅程,写承恩作序。序后所附诗歌,重抒人生短暂、盛衰无常感慨。诗意淡远,余情不尽。

此文规模崇丽,豪迈俊爽,气象清新,文笔流畅,堪称美文。

【习题】

1. 如何理解作者既悲愤不遇又不甘沉沦的复杂情感?
2. 试分析本文描写山容水态、楼台壮观的艺术手法。
3. 试分析对仗工整、用典贴切、自然流畅的语言特色。

韩愈散文二篇

韩愈

> 韩愈(768—824),字退之,河内河阳(今河南孟州)人。郡望为昌黎,常自称"昌黎韩愈"。累官至吏部侍郎。韩愈推尊儒学,力排佛老,反对六朝以来骈偶文风,与柳宗元共同倡导古文运动,为"唐宋八大家"之首。其文众体兼擅,笔力遒劲,气势奔放;文随事异,工于变化;力去陈言,戛戛独造,无论议论说理,写人叙事,言志抒情,都能产生强烈的艺术效果和广泛深远的社会影响,苏轼称他"文起八代之衰"。韩愈诗歌上的探索创新,主要表现为融散文技巧于诗歌,力求出奇制胜,追求奇险拗劲,形成深险怪癖的诗风。今有《昌黎先生集》传世。

张中丞传后叙[1]

元和二年四月十三日夜,[2]愈与吴郡张籍阅家中旧书,[3]得李翰所为《张巡传》。[4]翰以文章自名,[5]为此传颇详密。然尚恨有阙者:[6]不为许远立传,[7]又不载雷万春事首尾。[8]

远虽材若不及巡,[9]开门纳巡,[10]位本在巡上,授之柄而处其下,[11]无所疑忌,竟与巡俱守死,成功名。城陷而虏,与巡死先后异耳。[12]两家子弟材智下,不能通知二父志,[13]以为巡死而远就虏,疑畏死而辞服于贼。[14]远诚畏死,[15]何苦守尺寸之地,[16]食其所爱之肉,[17]以与贼抗而不降乎?当其围守时,外无蚍蜉蚁子之援,[18]所欲忠者,国与主耳,而贼语以国亡主灭。[19]远见救援不至,而贼来益众,必以其言为信;外无待而犹死守,[20]人相食且尽,虽愚人亦能数日而知死处矣。[21]远之不畏死亦明矣！乌有城坏其徒俱死,[22]独蒙愧耻求活？虽至愚者不忍为,呜呼！而谓远之贤而为之邪？

说者又谓远与巡分城而守,[23]城之陷,自远所分始。[24]以此诟远,[25]此又与儿童之见无异。人之将死,其藏腑必有先受其病者;[26]引绳而绝之,其绝必有处。[27]观者见其然,从而尤之,其亦不达于理矣![28]小人之好议论,不乐成人之美,[29]如是哉！如巡、远之所成就,如此卓卓,[30]犹不得免,其他则又何说！

当二公之初守也,宁能知人之卒不救,弃城而逆遁？[31]苟此不能守,虽避之他处何益？及其无救而且穷也,[32]将其创残饿羸之余,[33]虽欲去,必不达。二公之贤,其讲之精矣![34]守一城,捍天下,[35]以千百就尽之卒,战百万日滋之师,[36]蔽遮江淮,[37]沮遏其势,[38]天下之不亡,其谁之功也！当是时,弃城而图存者,不可一二数;[39]擅强兵坐而观者,相环也。[40]不追议此,而责二公以死守,亦见其自比于逆乱,[41]设淫辞而助之攻也。[42]

愈尝从事于汴徐二府,[43]屡道于两府间,[44]亲祭于其所谓双庙者。[45]其老人往往说巡、远时事云：南霁云之乞救于贺兰也,[46]贺兰嫉巡、远之声威功绩出己上,不肯出师救;爱霁云之勇且壮,不听其语,强留之,具食与乐,[47]延霁云坐。[48]霁云慷慨语曰："云来时,睢阳之人,不食月余日矣！云虽欲独食,义不忍;虽食,且不下咽！"因拔所佩刀,断一指,血淋漓,以示贺兰。一座大惊,皆感激为云泣下。云知贺兰终无为云出师意,即驰去;将出城,抽矢射佛寺浮图,[49]矢着其上砖半箭,曰："吾归破贼,必灭贺兰！此矢所以志也。[50]"愈贞元中过泗州,船上人犹指以相语。城陷,贼以刃胁降巡,[51]巡不屈,即牵去,将斩之;又降霁云,云未应。巡呼云曰："南八,[52]男儿死耳,不可为不义屈！"云笑曰：[53]"欲将以有为也;[54]公有言,云敢不死！[55]"即不屈。

张籍曰："有于嵩者,少依于巡;及巡起事,[56]嵩常在围中。[57]籍大历中于和州乌江县见嵩,[58]嵩时年六十余矣。以巡初尝得临涣县尉,[59]好学无所不读。籍时尚小,粗问巡、远事,不能细也。云：巡长七尺余,须髯若神。[60]尝见嵩读《汉书》,谓嵩曰：'何为久读此？'嵩曰：'未熟也。'巡曰：'吾于书读不过三遍,终身不忘也。'因诵嵩所读书,尽卷不错一字。[61]嵩惊,以为巡偶熟此卷,因乱抽他帙以试,[62]无不尽然。嵩又取架上诸书试以问巡,巡应口诵无疑。嵩从巡久,亦不见巡常读书也。为文章,操纸笔立书,未尝起草。初守睢阳时,士卒仅万人,[63]城中居人户,亦且数万,巡因一见问姓名,其后无不识者。巡怒,须髯辄张。[64]及城陷,贼缚巡等数十人坐,且将戮。巡起旋,[65]其众见巡起,或起或泣。巡曰：'汝勿怖！死,命也。'众泣不能仰视。巡就戮时,颜色不乱,阳阳如平常。[66]远宽厚长者,貌如其心;[67]与巡同年生,月日后于巡,呼巡为兄,死时年四十九。"嵩贞元初死于亳宋间。[68]或传嵩有田在亳宋间,武人夺而有之,嵩将诣州讼理,[69]为所杀。嵩无子。张籍云。

【简注】

[1]张中丞：即张巡(709—757),邓州南阳(今河南南阳)人。唐玄宗开元末进士,天宝中曾任真源(今河南鹿邑)县令。玄宗天宝十四年(755),安禄山叛变,张巡在雍丘一带起兵抗击,后与许远同守睢阳(今河南商丘)孤城,被困经年,兵尽粮绝,援兵不至,于肃宗至德二年(757)十月陷落,与部将36人同时殉难。中丞：朝廷加封张巡的官衔。《张中丞传》即《张巡传》,唐李翰撰,今佚。《张中丞传后叙》是对《张中丞传》的补充。　　[2]元和：唐宪宗年号(806—820)。　　[3]张籍：字文昌,原籍吴郡(今江苏苏州),故称"吴郡张籍"。他是中唐著名诗人,韩愈的朋友。　　[4]李翰：赵州赞皇(今河北赞皇)人,张巡的友人。安史之乱时,曾随同张巡一道在睢阳,亲见战守事迹。张巡死后,有人诬其降贼,因撰《张巡传》上肃宗,并有《进张中丞传表》(见《全唐文》卷四三〇)。　　[5]自名：自负,自许。　　[6]阙：缺陷,不足。　　[7]许远：字令威,杭州盐官(今浙江海宁)

人。安史之乱时任睢阳太守。睢阳城陷,被掳洛阳,至偃师被害。　　[8]雷万春:张巡部下勇将。(按这里当是"南霁云"三字之误,如此,方与后文相应。)　　[9]"远虽"句:许远的才能虽然好像比不上张巡。　　[10]开门纳巡:打开城门接纳张巡。许远为睢阳太守时被叛军包围,他向张巡告急,张巡率军入睢阳城。纳:接纳。　　[11]"位本"二句:大意是说许远的职位(太守)本在张巡(县令)上,却把指挥权交给了张巡,自己安心处在张巡之下。　　[12]与巡死先后异耳:许远和张巡同时殉难,只是时间有先后不同罢了。　　[13]"两家"二句:指张巡、许远两家的子弟才智低劣,不能知道他们父亲的大志。安史之乱平定后,大历年间,张巡之子张去疾曾上书唐代宗,说张巡的惨死是由于许远的出卖。其实张巡死时,去疾尚幼,以上所说,都是传闻不实之辞。通知:彻底了解。　　[14]辞服:向敌人供认屈服。辞:口供。　　[15]远诚畏死:许远如果怕死。诚:果真,假如。　　[16]尺寸之地:指睢阳孤城。　　[17]食其所爱之肉:睢阳被围粮尽,连鼠雀都吃光了,张巡杀死他的爱妾,许远杀了他的奴仆,给兵士吃。　　[18]蚍蜉(pí fú):大蚂蚁。蚁子:小蚂蚁。这里都是比喻微不足道的救援。　　[19]"而贼"句:叛军就可能拿"国亡主灭"为词来招降张、许。安史之乱时,长安、洛阳陷落,玄宗逃往西蜀,国势确实极为危殆。　　[20]外无待:外面没有援兵可以依靠。睢阳被围时,贺兰进明等人皆拥兵观望,不来相救。　　[21]"虽愚人"句:即使是愚人也会计算日期知道自己的死所。这里指早有城破身死的思想准备。数:计算。　　[22]乌有:何有,哪有。其徒:自己的部下。　　[23]说者:发议论的人。分城而守:当时张守东北,许守西南。　　[24]"城之陷"二句:睢阳陷落,是先从许远的防区打开缺口的。　　[25]诟(gòu):辱骂,诽谤。　　[26]藏腑:同"脏腑"。病:害。　　[27]"引绳"二句:是说拉绳将它弄断,一定有个断口的地方。　　[28]"观者"三句:大意说观者看到了人死和绳断的现象,因而就归咎于受病的脏腑和绳的断口处,恐怕也是太不通情达理的了。尤:埋怨,责怪。　　[29]不乐成人之美:见《论语·颜渊》:"子曰:'君子成人之美,不成人之恶,小人反是。'"　　[30]卓卓:卓越出众。　　[31]"宁能"二句:怎么能知道他人最终不来救援,从而预先弃城逃走呢？宁:岂。卒:最终。逆:事先。遁:逃跑。当时军中原有弃城without走的议论,为张、许所拒。　　[32]且穷:将要穷尽,找不到出路。　　[33]将:带领。创残:受伤残疾。羸(léi):瘦弱。余:指残余的士卒。　　[34]"二公"二句:张、许二位的功绩,前人已经有十分精当的评价了。　　[35]捍天下:捍卫天下,即保卫唐王朝的意思。　　[36]日滋:一天天增多。　　[37]蔽遮江淮:像屏障那样保卫江淮。江淮是供应唐朝朝廷钱粮的重要后方,由于张、许坚守睢阳经年,江淮没有陷入敌手。　　[38]沮(jǔ)遏其势:阻挡遏止敌人的凶焰。　　[39]不可一二数:犹言不在少数。　　[40]擅强兵:拥有强大军队。擅:掌握,拥有。相环:环绕着它。"擅强兵"两句:指拥有强大的军队坐山观虎斗的人周围都是。　　[41]自比于逆乱:把自己放在与逆乱之人同等的地位。比:比并。逆乱:指安史叛军。　　[42]设淫辞:捏造荒谬的言辞。助之攻:帮助叛军攻击张、许。　　[43]"愈尝"句:韩愈曾先后在汴州、徐州任推官之职。从事:任职。唐时称幕僚为从事。　　[44]道:来往,经过。　　[45]双庙:张、许死后,后人在睢阳立庙祭两人,称为双庙。　　[46]南霁云:魏州顿丘(今河南清丰县西南)人,出身低微,为人操舟,后为张巡部将。张巡曾派他突围出去求援兵。贺兰:复姓,指贺兰进明,时为御史大夫、河南节度使,驻节于临淮一带。　　[47]具食与乐:准备了酒食与音乐。　　[48]延:引,请。　　[49]浮图:佛塔。　　[50]此矢所以志也:这支箭就用来作为标记。志:标记。　　[51]胁降巡:胁迫张巡投降。　　[52]南八:南霁云排行第八,故称。　　[53]"云笑曰"句:南霁云是笑张巡没有懂得他在敌人逼降面前"未应"的用意。　　[54]有为:有所作为。南霁云当时可能还想找机会打击叛军。　　[55]云敢不死:我南霁云岂敢不死。敢:岂敢。　　[56]起事:指起兵抗击叛军。　　[57]常在围中:曾在围城(睢阳)之中。常:通"尝",曾经。　　[58]和州乌江县:今安徽和县东北有乌江浦。　　[59]"以巡"句:因为随着张巡守睢阳的关系,于嵩后来做了临涣县(今安徽宿州市西北)尉。县尉:负责治安工作的官吏。以:因。　　[60]须髯(rán):胡子的总称。髯:指两颊上的胡子。　　[61]尽卷:读完一卷。　　[62]帙(zhì):书套,这里指套中的书。　　[63]仅:这里是将近、几乎、差不多达到的意思。　　[64]辄:乃,就。　　[65]旋:小便。　　[66]阳阳:若无其事,神态安详貌。　　[67]貌如其心:表里如一。　　[68]亳(bó):亳州,今安徽亳县。宋:宋州,今河南商丘,州治所在睢阳。　　[69]诣(yì):到。讼理:诉讼,告状。

【浅释】

"后叙"生动地描绘了张巡的坚强不屈,许远的宽厚谦逊,南霁云的壮勇忠贞,歌颂了他们宁死不屈的爱国主义精神,批驳了对张巡、许远的攻击和非议。

首段是小序。交代文章的动笔时间(元和二年春)和写作缘由("阅旧书""恨有阙")。次段是辩诬。首先正面说明许远的品德(容人、重人、信人),接着从举动、情势、常理三个角度批驳所谓许远"畏死"投敌,后面阐明张巡、许远坚守睢阳"守一城,捍天下"之"贤"和"功"。三段补阙。通过南霁云断指明志、射塔矢志、就义全志三件事,突出表现其为国忠贞、待友仗义、谋事机智、行动勇敢、爱憎分明的思想性格特点。末段补充佚闻。借张籍叙述张巡、许远的轶事:张巡性好读书、记忆惊人、视死如归;许远表里如一,心地宽厚。

本文写作特色有三:写人形象鲜明,个性突出;叙事持之有据,叙议结合;语言精练生动,气盛言宜。

送 穷 文

元和六年正月乙丑晦,[1]主人使奴星结柳作车,[2]缚草为船,载糗舆粮;[3]牛系轭下,引帆上樯。三揖穷鬼而告之曰:"闻子行有日矣,鄙人不敢问所涂,窃具船与车,备载糗粮,日吉时良,利行四方,子饭一盂,子啜一觞,携朋挚俦,去故就新,驾尘彍风,[4]与电争光,子无底滞之尤,[5]我有资送之恩,子等有意于行乎?"

屏息潜听,[6]如闻音声,若啸若啼,砉歘嚘嘤,[7]毛发尽竖,竦肩缩颈,疑有而无,久乃可明。若有言者曰:"吾与子居,四十年余;子在孩提,吾不子愚,[8]子学子耕,求官与名,惟子是从,不变于初。门神户灵,我叱我呵,[9]包羞诡随,[10]志不在他。子迁南荒,热烁湿蒸,[11]我非其乡,百鬼欺陵。太学四年,朝齑暮盐,[12]惟我保汝,人皆嫌汝。自初及终,未始背汝,心无异谋,口绝行语,于何听闻,云我当去?是必夫子信谗,有间于予也。[13]我鬼非人,安用车船,鼻齆臭香,[14]糗粮可捐。单独一身,谁为朋俦,子苟备知,可数已不?[15]子能尽言,可谓圣智,情状既露,敢不回避。"

主人应之曰:"子以吾为真不知也耶!子之朋俦,非六非四,[16]在十去五,满七除二,各有主张,[17]私立名字,挟手覆羹,[18]转喉触讳,[19]凡所以使吾面目可憎、语言无味者,皆子之志也。——其名曰智穷:矫矫亢亢,[20]恶圆喜方,羞为奸欺,[21]不忍害伤;其次名曰学穷:傲数与名,[22]摘抉杳微,[23]高挹群言,[24]执神之机;[25]又其次曰文穷:不专一能,怪怪奇奇,不可时施,只以自嬉;又其次曰命穷:影与形殊,[26]面丑心妍,[27]利居众后,责在人先;又其次曰交穷:磨肌戛骨,吐出心肝,企足以待,置我仇冤。[28]凡此五鬼,为吾五患,饥我寒我,兴讹造讪,能使我迷,人莫能间,朝悔其行,暮已复然,蝇营狗苟,驱去复还。"

言未毕,五鬼相与张眼吐舌,跳踉偃仆,[29]抵掌顿脚,失笑相顾。徐谓主人曰:"子知我名,凡我所为,驱我令去,小黠大痴。人生一世,其久几何?吾立子名,百世不磨。小人君子,其心不同,惟乖于时,乃与天通。携持琬琰,[30]易一羊皮,饫于肥甘,[31]慕彼糠糜,[32]天下知子,谁过于予?虽遭斥逐,不忍子疏。谓予不信,请质《诗》《书》。"

主人于是垂头丧气,上手称谢,[33]烧车与船,延之上座。

【简注】

[1]晦:阴历每月最后一天。古人于正月晦日有备稀粥、扔破衣以"除贫"的习俗。 [2]奴星:名为"星"的奴仆。结柳:用柳枝编制。 [3]糗:炒米。粮:干粮。 [4]驾尘:指牛车奔驰扬起尘土;彍(guō)风:风鼓船帆,顺势而行。 [5]底滞:停滞。尤:抱怨。 [6]潜听:偷偷地听。 [7]砉(huò):皮骨相离的声音。歘

(hū):突然。嘤嘤(yōu yīng):低而若断若续的声音。　[8]子愚:嫌你愚蠢。　[9]我叱我呵:斥责我咒骂我。　[10]包羞诡随:容忍羞辱而紧紧追随。　[11]热烁:烈日炙烤。湿蒸:湿气熏蒸。　[12]齑(jī):切碎的腌菜。盐:以盐下饭。　[13]间:离间。　[14]齅:同"嗅"。　[15]已不:同"已否"。　[16]非六非四:指五个穷鬼,五穷,即"智穷、学穷、文穷、命穷、交穷",以下意思皆同。　[17]主张:主管的事务。　[18]捩手覆羹:扭转人手,打翻羹汤,比喻惹祸。　[19]转喉触讳:开口说话,就触及忌讳。　[20]矫矫:勇武的样子。兀兀:高傲。　[21]羞为奸欺:把奸诈、欺骗看成可羞耻的事情。　[22]傲数与名:轻视技艺与声名制度。　[23]摘抉:摘取。杳微:深奥的道理。　[24]高揖:辞让。群言:辞让诸子百家之言。　[25]执神之机:掌握关键的道理。　[26]影与形殊:影子是否斜,身体是正直的。　[27]妍:美好。　[28]置:安置、放置。我雠冤:把我当做是仇人。　[29]跳踉:跳动、跳起。偃仆:倒下。　[30]琬琰:琬圭及琰圭,泛指美玉,比喻君子的德性。　[31]饫:饱食。　[32]糠糜:用谷糠中的坚硬粒子煮成的粥,比喻粗恶的食物。　[33]上手:举手。

【浅释】

　　这篇寓庄于谐的妙文,借与穷鬼对答来发牢骚——抑郁不得志的愤慨。

　　文章围绕"穷"字铺衍。开头是"送穷"。主人决定依俗将穷鬼们送走,时间、人物、举措、祷词一一具备,显得煞有介事,以作下文蓄势。中间是"论穷"。五鬼与主人对答,相互驳难。穷鬼回顾四十年来与主人相伴的经历,力陈自己对主人忠心耿耿,责怪主人听信谗言欲驱之去。主人则认为"五鬼"为"五患",使之饥,使之寒,使之迷……他历数"五穷",正话反说,借题发挥,标举自己超乎流俗之上的人品、学品和文品,发泄难容当世、屡遭坎坷的不平之气。五鬼又劝喻:百世英名胜过眼前的富贵显赫,君子不合时宜而把握玄妙真理,用不着羡慕那些志得意满的小人。五鬼表示"虽遭斥逐,不忍子疏",将忠心耿耿地跟着主人。最后,主人莫可奈何,便以"延穷"收场。

　　笔调诙诡、言辞激越、气韵铿锵是本文特色。

【习题】

1. 联系实例,谈谈《张中丞传后叙》辩诬一段的论说技巧。
2. 前人评价韩愈"穷文之变",这在《后叙》一文中有何体现?
3. 《送穷文》具有赋体文章特征,请结合实例加以说明。

柳宗元散文二篇

柳宗元

> 柳宗元(773—819),字子厚,唐河东(今山西永济)人。"唐宋八大家"之一,与韩愈同为一代古文大家,世称"韩柳"。柳宗元主张尊统重道,厚今薄古,其散文以政论、寓言和山水游记最有成就。说理之作,文风峭拔,笔锋犀利,论证精确,以谨严胜;寓言小品,讽刺时政,短小警策,理深旨远,形象传神;山水游记,物我交融,多所寄托,精工入微,清新秀美。《永州八记》为其山水游记代表作,在山水描写中渗透着痛苦感受、抑郁情怀和孤高个性,对中国山水散文的发展有不没之功。柳诗风格劲峭,尤其是山水诗、古风写得刚劲。今有《柳河东集》传世。

小石潭记

从小丘西行百二十步,隔篁竹,闻水声,如鸣佩环,[1]心乐之。伐竹取道,下见小潭,水尤清冽。[2]全石以为底,[3]近岸卷石底以出,[4]为坻为屿,为嵁为岩。[5]青树翠蔓,蒙络摇缀,参差披拂。[6]

潭中鱼可百许头,皆若空游无所依。[7]日光下澈,影布石上,[8]佁然不动,俶尔远逝,[9]往来翕忽,[10]似与游者相乐。

潭西南而望,[11]斗折蛇行,明灭可见。[12]其岸势犬牙差互,[13]不可知其源。

坐潭上,四面竹树环合,寂寥无人,凄神寒骨,悄怆幽邃。[14]以其境过清,不可久居,乃记之而去。

同游者:吴武陵、龚古、余弟宗玄。[15]隶而从者:崔氏二小生,[16]曰恕己,曰奉壹。

【简注】

[1]佩、环:都是玉质装饰品。鸣:发出声响。 [2]水尤清冽(liè):潭水格外清凉,清澈。 [3]全石以为底:即"以全石为底",(潭)以整块石头为底。 [4]卷石底以出:石底有部分翻卷过来,露出水面。卷:弯曲。 [5]坻(chí):水中高地。屿:小岛。嵁(kān):不平的岩石。岩:高出水面较大而高耸的石头。[6]蒙络摇缀,参差(cēn cī)披拂:覆盖缠绕摇动下垂,参差不齐随风飘动。 [7]空游无所依:在空中游动什么依托也没有。 [8]日光下澈,影布石上:阳光直照到水底,鱼的影子映在水底的石上。下:向下照射。布:照映,分布。澈:透过。 [9]佁(yǐ)然不动,俶(chù)尔远逝:(鱼影)静止呆呆地一动不动,忽然向远处游去了。佁然:痴呆不动的样子。俶尔:忽然。 [10]往来翕(xī)忽:来来往往轻快敏捷。翕忽:轻快敏捷的样子。[11]潭西南而望:向潭水的西南方向望去。西南:向西南(名词作状语)。 [12]斗折蛇行,明灭可见:(溪水)像北斗星那样曲折,像蛇那样蜿蜒前行,时隐时现,忽明忽暗。斗:像北斗星一样曲折。蛇行:像蛇一样蜿蜒前行。 [13]岸势犬牙差(cī)互:池岸形状像狗牙一样参差不齐。势:形势。差:交错。 [14]凄神寒骨,悄怆(qiǎo chuàng)幽邃:感到心神凄凉,寒气透骨,幽静深远,弥漫着忧伤的气息。悄怆:静悄得使人感到忧伤。凄、寒:(使动用法)使……感到凄凉(寒冷)。 [15]吴武陵:唐宪宗元和初进士,因罪贬官永州,与作者友善。龚古:作者朋友。宗玄:作者的堂弟。[16]隶而从者:跟着同去的。隶:附属,随从。从:跟随,动词。小生:年轻人。

【浅释】

《小石潭记》描绘奇峭幽冷之景,寄托悲愤郁积之情。

"清"字为内在意脉,"其境过清"是其文眼,按寻潭—观潭—记潭的顺次布局。寻潭行踪由"行""闻""乐""伐"贯串,由小丘而竹林,由竹林而石潭。文章重点写观潭,先观潭身,写水("清冽"),写石("卷、出"化静为动),正面概写"境清";接观潭边,写树("青""翠"见林密),写蔓("摇缀、披拂"以动显静),烘托映衬"境清";再观潭中,写鱼(数目、静态、动态),侧写"水清",虚写"境清";又观潭源,写溪(由近及远,静写溪身,动写泉流),进一步渲染"境清"。接以"凄神寒骨,悄怆幽邃",高度概括潭境氛围,含蓄流露观潭之情。记潭笔墨简略,"其境过清"总结点睛。文末交代同游,言之凿凿,使人深信不疑。

本文体现"八记"共性特征:景物渗透情感,山水形神毕现,构图富于匠心,文笔清新秀美。

愚溪诗序[1]

灌水之阳,有溪焉,东流入于潇水。[2]或曰:冉氏尝居也,故姓是溪为冉溪。或曰:可以染也,名之以其能,故谓之染溪。予以愚触罪,谪潇水上。爱是溪,入二三里,得其尤绝者家焉。[3]古有愚公谷,[4]今予家是溪而名莫能定,土之居者犹龂龂然,不可以不更也,故更之为愚溪。[5]

愚溪之上买小丘,为愚丘。自愚丘东北行六十步,得泉焉,又买居之,[6]为愚泉。愚泉凡六穴,皆出山下平地,盖上出也,[7]合流屈曲而南,[8]为愚沟,遂负土累石,[9]塞其隘,[10]为愚池。愚池之东为愚堂,其南为愚亭。池之中为愚岛,嘉木异石错置,[11]皆山水之奇者,以予故,咸以愚辱焉。

夫水,智者乐也。[12]今是溪独见辱见于愚,何哉?盖其流甚下,不可以溉灌。又峻急多坻石,[13]大舟不可入也。幽邃浅狭,蛟龙不屑,[14]不能兴云雨,无以利世,而适类于予,[15]然则虽辱而愚之,可也。宁武子"邦无道则愚",智而为愚者也。[16]颜子"终日不违如愚",睿而为愚者也。[17]皆不得为真愚。今予遭有道,而违于理,悖于事,[18]故凡为愚者,莫我若也,[19]夫然,则天下莫能争是溪,予得专而名焉。

溪虽莫利于世,而善鉴万类,[20]清莹秀澈,锵鸣金石,[21]能使愚者喜笑眷慕,[22]乐而不能去也。予虽不合于俗,亦颇以文墨自慰,漱涤万物,牢笼百态,[23]而无所避之。以愚辞,歌愚溪,则茫然而不违,昏然而同归。超鸿蒙,[24]混希夷,[25]寂寥而莫我知也。于是作《八愚诗》,纪于溪石上。

【简注】

[1]愚溪:现在湖南永州零陵区西南近郊的一条小溪。作者曾作有《八愚诗》,本文是《八愚诗》的序,诗已亡佚。 [2]灌水:潇水的支流,源出于广西灌阳西南。潇水:湘江的支流。灌水、潇水都在当时的永州境内。 [3]得其尤绝者家焉:找到一个风景特别好的地方,定居在那里。家:安家。 [4]愚公谷:在现在山东淄博北面。 [5]龂(yín)龂然:争辩的样子。更:更改。 [6]买居之:买下来以为已有。居:占有、拥有。 [7]上出:指泉向上冒。 [8]合流屈曲而南:泉水汇合后弯弯曲曲地向南流去。 [9]负土累石:指运土堆石。负:背。累:堆积。[10]塞其隘:堵住水沟狭窄的地方。 [11]错置:交错布置,以求变化。 [12]夫水,智者乐也:水,是聪明智慧的人所喜爱的。语出《论语·雍也》:"知(智)者乐水,仁者乐山。"乐:爱好、喜爱。 [13]坻(chí)石:水中高起的石头。 [14]邃(suì):深远。不屑:因轻视而不肯做或不愿做。 [15]适:恰好。 [16]宁武子"邦无道则愚":语出《论语·公冶长》"宁武子邦有道则知,邦无道则愚。其知可及也,其愚不可及也。"宁武子,名俞,谥武,春秋时卫国大夫。 [17]颜子"终日不违如愚":语出《论语·为政》"吾与回言,终日不违如愚。退而省其私,亦足以发。回也不愚。"颜子,指颜回。违,指提出不同意见。睿(ruì):明智、通达。 [18]悖(bèi):违反。 [19]莫我若也:没有谁比得上我的。 [20]善鉴万类:善于照彻万物。鉴:照。万类:万物。 [21]锵(qiāng)鸣金石:这里是说水流发出金石般悦耳的声音。锵:金玉碰击的声音。[22]眷慕:眷恋、爱慕。 [23]漱涤(dí):洗涤。牢笼:包罗。[24]超鸿蒙:指超越天地尘世。鸿蒙,指宇宙形成以前的混沌状态。语出《庄子·在宥(yòu)》:"云将东游,过扶摇之枝,而适遭鸿蒙。" [25]混希夷:指与自然混同,物我不分。希夷:虚寂玄妙的境界。语出《老子》:"视之不见名曰夷,听之不闻名曰希,搏之不得名曰微。此三者,不可致诘,故混而为一。"这是道家所指的一种形神俱忘、空虚无我的境界。

【浅释】

《愚溪诗序》借山水倾诉胸中的抑郁不平。

通篇以"愚"字贯穿始终。前两段侧重于"叙",叙中抒发感情。首段叙述"愚"溪得名。

溪原有名：冉溪、染溪。而后更之，"愚""谪""爱""家"，这一串具有前后因果联系的词语点明了更名缘由。次段叙述"愚"溪八景：愚溪而外愚丘、愚泉、愚沟、愚池、愚堂、愚亭、愚岛，段末点明八景称"愚"乃因人故。后三段侧重于"议"，议中发表感慨。三段申言溪人俱"愚"。溪愚（无以利世）：不能灌溉，不能行舟，不能藏龙；人愚（无以用世）："违于理"，"悖于事"。此段结语"予得专而名焉"和首段照应。末段陈说"愚"辞而歌溪。先分说，由贬溪转入赞溪，水色水质水声俱佳；由自贬转入自赞，文墨造诣精深广博；后合说，人、溪化而为一，感觉超尘拔俗、形神俱忘，末句切"诗序"二字。

文章结构严谨妥帖，行文曲折多变，语言简洁生动。

【习题】

1. 试分析《小石潭记》以实写虚、因动言静的描写技巧和表达效果。
2. 《愚溪诗序》将牢骚不平隐含在写景叙事之中，谈谈这样写的长处。
3. 重读《永州八记》其他篇章，试分析柳宗元山水游记的特点。

阿 房 宫 赋[1]

杜 牧

> 杜牧（803—约852），字牧之，号樊川居士，京兆万年（今陕西西安）人，晚唐著名诗人、散文家。其诗不同元白，古体诗受杜甫、韩愈影响，题材广阔，笔力峭健；近体诗文词清丽，情韵跌宕。总体风格风流华美而又神韵疏朗，气势豪宕而又精致婉约。七言绝句成就最高，与李商隐并称"小李杜"。其文不同韩柳，为文主张以"意"为主，以"气"为辅，以生动的艺术形式表现思想内容。论说文纵横辩驳，气势豪壮；传志文叙事多样，描摹生动；公牍文注重细节，感情真挚。总体上注重立意，追求气势，感情充沛，旁征博引，笔法密实，笔调冷峻。有《樊川文集》存世。

六王毕，四海一，[2]蜀山兀，阿房出。[3]覆压三百余里，隔离天日。[4]骊山北构而西折，直走咸阳。[5]二川溶溶，流入宫墙。[6]五步一楼，十步一阁；廊腰缦回，檐牙高啄；[7]各抱地势，钩心斗角。[8]盘盘焉，囷囷焉，蜂房水涡，[9]矗不知乎几千万落。[10]长桥卧波，未云何龙？[11]复道行空，不霁何虹？[12]高低冥迷，不知西东。[13]歌台暖响，春光融融；[14]舞殿冷袖，风雨凄凄。[15]一日之内，一宫之间，而气候不齐。

妃嫔媵嫱，王子皇孙，[16]辞楼下殿，辇来于秦，[17]朝歌夜弦，为秦宫人。[18]明星荧荧，开妆镜也；[19]绿云扰扰，梳晓鬟也；[20]渭流涨腻，弃脂水也；[21]烟斜雾横，焚椒兰也。[22]雷霆乍惊，宫车过也；[23]辘辘远听，杳不知其所之也。[24]一肌一容，尽态极妍，[25]缦立远视，而望幸焉。[26]有不得见者，三十六年。[27]

燕赵之收藏，[28]韩魏之经营，齐楚之精英，几世几年，剽掠其人，[29]倚叠如山。[30]一旦不能有，输来其间。鼎铛玉石，金块珠砾，[31]弃掷逦迤，[32]秦人视之，亦不甚惜。

嗟乎！一人之心，千万人之心也。[33]秦爱纷奢，人亦念其家。[34]奈何取之尽锱铢，用之如泥沙？[35]使负栋之柱，[36]多于南亩之农夫；[37]架梁之椽，多于机上之工女；[38]钉头磷磷，多于在庾之粟粒；[39]瓦缝参差，多于周身之帛缕；[40]直栏横槛，多于九土之城郭；[41]管弦呕哑，多于市人之言语。[42]使天下之人，不敢言而敢怒。独夫之心，日益骄固。[43]戍卒叫，函谷举，[44]楚人一炬，可怜焦土！[45]

呜呼！灭六国者，六国也，非秦也。族秦者，秦也，非天下也。[46]嗟乎！使六国各爱其人，则足以拒秦；[47]使秦复爱六国之人，则递三世，可至万世而为君，[48]谁得而族灭也？秦人不暇自哀，[49]而后人哀之；后人哀之而不鉴之，亦使后人而复哀后人也。[50]

【简注】

[1]本文写于唐敬宗宝历元年(825)，作者时年23岁。当时敬宗即位，年仅16岁，却昏愦失德，荒淫无度，闹得朝野疑惧，无不怀有危机感，于是作者写下此文。阿房(ē páng)宫：公元前212年，秦始皇征用民夫70多万动工兴建，至秦灭亡时尚未全部完工。前206年，项羽进入咸阳将其焚毁，大火三月不灭。 [2]六王毕：六国灭亡了。六王：韩、赵、魏、楚、燕、齐六国的国王，即指六国。毕：完结，指灭亡。四海：犹言四海之内，指全中国。一：统一。 [3]蜀山：四川的山。兀(wù)：山高而上平，这里指树木被砍尽，因而呈现出光秃秃的样子。出：出现，建造出来。 [4]覆压：覆盖。此处指层层叠叠。三百余里：三百多里地。隔离天日：遮蔽了天日。 [5]骊(lí)山：在今陕西西安东南。这里用作状语，从骊山。北构：向北建筑，"北"用作状语。西折：往西转弯，"西"用作状语。走：趋向，通往。咸阳：秦国都城，在今陕西咸阳东。 [6]二川溶溶：二川，指渭水和樊川。溶溶：河水缓流的样子。 [7]廊腰缦回：走廊宽而曲折。廊腰：连接高大建筑物的回廊，犹如人之腰部，所以称"廊腰"。缦回：如绸带般萦回。缦：没有花纹的丝绸，这里指绸带，用作状语。回：曲折。檐牙高啄：(突起的)屋檐活像飞鸟凌空啄物。檐牙：屋檐突起，犹如牙齿。高啄：像鸟嘴往高处啄着。 [8]各抱地势：各随地形。指楼阁各依地势的高低倾斜而建筑。钩心斗角：指宫室结构的参差错落，精巧工致。钩心：指各种建筑物都向中心区攒聚。斗角：指屋角互相对峙。 [9]盘盘：盘结交错的样子。囷囷(qūn)：曲折回旋的样子。蜂房水涡：(建筑群)像密集的蜂房，像旋转的水涡。 [10]矗：高高耸立的样子。落：本来指人聚居的地方，在句中作"座"讲。 [11]卧波：卧于波，躺在水波上。云、龙：都用作动词，起云、出现龙。 [12]复道：在楼阁之间架木筑成的通道。因上下都有通道，叫复道。行空：行于空，在空中行走。霁(jì)：雨过天晴。虹：用作动词，出虹。 [13]冥迷：幽深迷离，分辨不清。 [14]暖响：由于响亮的歌声而充满暖意。融融：和畅的样子。 [15]冷袖：由于舞袖飘拂而充满寒意。 [16]妃嫔(fēi pín)媵嫱(yìng qiáng)：统指六国王侯的宫妃。她们各有等级，妃的等级比嫔、嫱高，媵是陪嫁的侍女。王子皇孙：指六国王侯的女儿、孙女。 [17]辇(niǎn)：帝王或皇后坐的车。这里用作动词，乘辇车。 [18]弦：名词用作动词，弄丝弦，奏乐。为：成为。 [19]明星荧荧，开妆镜也：(光如)明星闪亮，是(宫人)打开梳妆的镜子。荧荧：明亮的样子。下文紧连的四句，句式相同。 [20]绿云：形容宫妃们的头发黑润而稠密。扰扰：纷乱的样子。鬟(huán)：古代妇女的环形发髻。 [21]涨腻：涨起了一层油腻。 [22]椒(jiāo)兰：两种香料植物，焚烧以熏衣物。 [23]乍：突然，副词。惊：震动，这里是震响的意思。 [24]辘辘：车行的声音。远听：愈听愈远。杳：无影无声，形容声音的遥远。 [25]尽、极：都是无以复加的意思。妍：美丽。态：姿态，这里和"妍"对偶，因而可以解作娇媚。 [26]缦立：久立。缦，通"慢"。幸：封建时代皇帝到某处，叫"幸"。妃、嫔受皇帝宠爱，叫"得幸"。 [27]三十六年：秦始皇在位共三十六年。按秦始皇二十六年(前221)统一中国，到三十七年(前209)死，做了十二年皇帝，这里说三十六年，是举其在位年数，形容时间长。 [28]收藏：指收藏的金玉珍宝等。下文的"经营""精英"也指金玉珠宝等物。 [29]剽(piāo)掠其人：从人民那里抢来。剽：抢劫，掠夺。人：民。唐避唐太宗李世民讳，改民为人。下文"人亦念其家""六国各爱其人""秦复爱六国之人"的"人"，与此相同。 [30]倚叠：积累。 [31]鼎铛(chēng)玉石，金块珠砾：把宝鼎看作铁锅，把美玉看作石头，把黄金看作土块，把珍珠看作石子。铛：平底的浅锅。 [32]逦迤(lǐ yǐ)：连续不断。这里有"连接着""到处都是"的意思。 [33]心：心意，意愿。 [34]纷奢：繁华奢侈。纷：纷多，指财物方面说。

108

[35]奈何:怎么,为什么。锱铢(zī zhū):古代重量名,一锱等于六铢,一铢约等于后来的一两的二十四分之一。锱、铢连用,极言其细微。 [36]负栋之柱:承担栋梁的柱子。 [37]南亩:泛指田地。 [38]架梁之椽(chuán):架在梁上的椽子。机:织布机。工女:女工。 [39]磷磷:水中石头突立的样子。这里形容突出的钉头。庾(yǔ):露天的谷仓。 [40]瓦缝:瓦楞。参差(cēn cī):长短不齐。周身:遍身。帛缕:衣服的丝缕。 [41]栏、槛:都是栏杆。九土:九州,等于说全国。 [42]管弦:泛指音乐。呕哑:形容声音嘈杂。 [43]独夫:失去人心而极端孤立的统治者。这里指秦始皇。骄固:骄傲顽固。 [44]戍卒叫:指陈胜、吴广起义。函谷举:刘邦于公元前206年率军先入咸阳,推翻秦朝统治,并派兵守函谷关。举:被攻占。 [45]楚人:指项羽。炬:火把。焦土:化为一片焦土。 [46]族:动词,灭族,杀死合族的人。天下:指天下的人民。 [47]使:假使。足以:足够用来,完全可以。 [48]递:传递,这里指王位顺着次序传下去。万世:《史记·秦始皇本纪》载秦始皇统一六国后,下诏曰:"朕为始皇帝,后世以计数,二世,三世至于万世,传之无穷。"然而秦朝仅传二世便亡。 [49]不暇:来不及。 [50]哀:哀叹。

【浅释】

此赋借阿房宫兴毁史实,揭示秦朝败亡教训,劝诫敬宗以史为鉴。

文章因宫而起,缘宫而发,整体结构为赋"宫"—议"宫"。主体部分是对"宫"的描写,由宫殿雄丽,写到宫女命运,写到宫藏结局。开篇一组精短排偶力敌千钧、涵盖全文。接下来以华美的文辞、丰富的比喻、极度夸张地写出了阿房宫的规模之大,歌舞之盛,美人之多,珍宝之丰,靡费之巨,多角度痛揭秦始皇挥霍民脂民膏、野蛮摧残女性、肆意糟蹋宝物的罪恶。"嗟乎"一叹从描写转入议论,指出"秦爱纷奢"不恤民力自然会导致灭亡的命运,"戍卒叫"四句证实秦亡之速,极富讽刺意味。"呜呼"再叹将议论推向深入,连用两组双重判断句亮出秦乃自取灭亡的观点,"嗟乎"三叹引出两组假设句加以简洁雄辩的论证。结尾四句暗寓讽谏之意,一"鉴"点醒全篇。

这篇文章体物咏怀、借古讽今,道紧简练,劲气逼人。

【习题】

1.《阿房宫赋》所表达的思想观点是否具有现实意义,谈谈你的看法。
2.本文成功地运用了铺叙描写抒情议论相结合的方法,请试做分析。
3.本文辞采华茂,音韵流美,请结合具体文句加以分析。

岳阳楼记[1]

范仲淹

范仲淹(989—1052),字希文,苏州吴县(今江苏苏州)人,北宋政治家、军事家、文学家,谥号"文正",世称范文正公。作为北宋诗文革新的先驱,在诗、文、词、赋方面都颇有成就,诗歌反拨西昆的巧靡,摒弃工细纤小,表现出意境高远、自然清新、恬淡质朴、醇和雅静的特色。散文以奏疏等政论文为数最多,论文剀切,文笔流畅,长短不拘;记叙抒情文章多数文辞简洁、舒卷自如,且富有个性特色。律赋拓展了表现内容,技巧运用精熟,并提出"体势"说,对律赋学有重要贡献。词作不丰,在题材上拓宽了当时宋词的内容,表现出宏深阔远的艺术境界,是北宋豪放词派的先导。

庆历四年春,[2]滕子京谪守巴陵郡。[3]越明年,[4]政通人和,[5]百废具兴,[6]乃重修岳阳楼,增其旧制,[7]刻唐贤今人诗赋于其上。[8]属予作文以记之。[9]

予观夫巴陵胜状,[10]在洞庭一湖。衔远山,吞长江,[11]浩浩汤汤,横无际涯;[12]朝晖夕阴,气象万千。[13]此则岳阳楼之大观也,[14]前人之述备矣。[15]然则北通巫峡,南极潇湘,[16]迁客骚人,多会于此,[17]览物之情,得无异乎?[18]

若夫淫雨霏霏,连月不开,[19]阴风怒号,浊浪排空;[20]日星隐曜,山岳潜形;[21]商旅不行,樯倾楫摧;[22]薄暮冥冥,虎啸猿啼。[23]登斯楼也,[24]则有去国怀乡,忧谗畏讥,[25]满目萧然,感极而悲者矣![26]

至若春和景明,波澜不惊,[27]上下天光,一碧万顷;[28]沙鸥翔集,锦鳞游泳,[29]岸芷汀兰,郁郁青青。[30]而或长烟一空,皓月千里,[31]浮光跃金,静影沉璧,[32]渔歌互答,此乐何极![33]登斯楼也,则有心旷神怡,宠辱偕忘,[34]把酒临风,其喜洋洋者矣。[35]

嗟夫![36]予尝求古仁人之心,[37]或异二者之为,[38]何哉?不以物喜,不以己悲。[39]居庙堂之高则忧其民,[40]处江湖之远则忧其君。[41]是进亦忧,退亦忧。[42]然则何时而乐耶?其必曰:"先天下之忧而忧,后天下之乐而乐"![43]噫!微斯人,吾谁与归?[44]

时六年九月十五日。

【简注】

[1]本文选自《范文正公集》。岳阳楼在湖南岳阳,就是旧县城西门城楼,楼高三层,下临洞庭湖,气势雄伟,始建于唐朝。与武汉黄鹤楼、南昌滕王阁并称"江南三大名楼"。 [2]庆历四年:1044年。庆历:宋仁宗赵祯的年号(1041—1048)。本文句末中的"时六年",指庆历六年(1046),点明作文的时间。 [3]滕子京:名宗谅,字子京,范仲淹的朋友。谪:封建王朝官吏降职或远调。守:指做太守。巴陵:即岳州,治所在今湖南岳阳。 [4]越明年:到了第二年,就是庆历五年(1045)。越:经过。 [5]政通人和:政事通顺,百姓和乐。 [6]百废具兴:各种荒废的事业都兴办起来了。百:不是确指,形容其多。废:这里指荒废的事业。具:通"俱",全,皆。兴:复兴。 [7]乃:于是,就。增:扩大。旧制:原有的建筑规模。 [8]唐贤今人:唐代和当代名人。贤,形容词作名词用。 [9]属(zhǔ):通"嘱",嘱托,嘱咐。予:我。作文:写文章。以:连词,用来。记:记述。 [10]夫:指示代词,相当于"那"。胜状:胜景,美好景色。 [11]衔(xián):衔接。吞:吞纳。 [12]浩浩汤汤(shāng):水势浩大的样子。横无际涯:宽阔无边。横:广远。际涯:边际。(际、涯的区别):际专指陆地边界,涯专指水的边界)。 [13]朝晖夕阴,气象万千:或早或晚阴晴多变化,一天里气象变化多端。朝:在早晨,名词做状语。晖:日光。 [14]此:这。则:就。大观:雄伟壮丽的景象。 [15]前人之述备矣:前人的记述很详尽了。前人之述,指上面说的"唐贤今人诗赋"。备:详尽,完备。 [16]然则:(既然)这样那么,那么。北:名词用作状语,向北。南极潇湘:南面直达潇水、湘水。潇水是湘水的支流。湘水流入洞庭湖。南:向南。极:尽,到……尽头。 [17]迁客:谪迁的人,指降职远调的人。骚人:诗人。战国时屈原作《离骚》,因此后人也称诗人为骚人。会:聚会。 [18]览:看,观赏。得无……乎:莫非……吧,大概……吧。异:不同。 [19]若夫:用在一段话的开头引起论述的词。下文的"至若"用在又一段话的开头引起另一层论述。"若夫"近似"像那"。"至若"近似"至于""又如"。淫(yín)雨:连绵不断的雨。霏霏(fēi):雨(或雪)繁密的样子。淫:过多。开:(天气)放晴。 [20]阴:阴冷。号(háo):呼啸。浊:浑浊。排空:冲向天空。 [21]日星隐曜(yào):太阳和星星隐藏起光辉。曜:光辉,光芒。山岳潜形:山岳隐没了形体。岳:高大的山。潜:潜藏。形:形迹。行:走,此指前行。 [22]樯倾楫摧:桅杆倒下,船桨折断。樯:桅杆。楫:桨。倾:倒下。 [23]薄暮冥冥:傍晚天色昏暗。薄:迫近。冥冥:昏暗的样子。 [24]斯:这,在这里指岳阳楼。 [25]则:就。有:产生……(的情感)。去国怀乡,忧谗畏讥:离开京都,怀念家乡,担心(人家)说坏话,惧怕(人家)批评指责。 [26]萧然:萧条的样子。感:感慨。极:到极点。 [27]春和:春风和

煦。景:日光。明:明媚。波澜不惊:波澜平静,没有惊涛骇浪。惊:起伏。这里有"起""动"的意思。　[28]上下天光,一碧万顷:上下天色湖光相接,一片碧绿,广阔无际。万顷,极言其广。　[29]沙鸥:沙洲上的鸥鸟。翔集:时而飞翔,时而停歇。集:栖止,鸟停息在树上。锦鳞:指美丽的鱼。鳞:代指鱼。游:指水面浮行。泳:指水中潜行。　[30]岸芷汀兰:岸上的香草与小洲上的兰花(此句为互文)。芷:香草的一种。汀:水边平地。郁郁:形容草木茂盛。　[31]而或:有时。长:大片。一:全。空:消散。皓月千里:皎洁的月光照耀千里。　[32]浮光跃金:湖水波动时,浮在水面上的月光闪耀起金光。有些版本作"浮光耀金"。静影沉璧:湖水平静时,明月映入水中,好似沉下一块玉璧。璧:圆形正中有孔的玉。　[33]渔歌互答:渔人唱着歌互相应答。互答:一唱一和。何极:哪里有尽头。　[34]心旷神怡:心情开朗,精神愉快。旷:开阔。怡:愉快。宠辱偕忘:荣耀和屈辱都忘了。偕:一起。一作"皆"。宠:荣耀。　[35]把酒临风:端酒当着风,就是在清风吹拂中端起酒来喝。洋洋:高兴得意的样子。　[36]嗟夫:唉。嗟夫为两个词,皆为语气词。　[37]尝:曾经。求:探求。古仁人:古时品德高尚的人。心:思想感情。　[38]或异二者之为:或许不同于(以上)两种心情。二者:这里指前两段的"悲"与"喜"。　[39]不以物喜,不以己悲:不因为外物好坏和自己得失而或喜或悲(此句为互文)。以:因为。　[40]居庙堂之高:处在高高的庙堂上,意为在朝中做官。庙:宗庙。堂:殿堂。庙堂:指朝廷。下文的"进",即指"居庙堂之高"。　[41]处江湖之远:处在偏远的江湖间,意思是不在朝廷上做官。　[42]是:这样。进:在朝廷做官。退:不在朝廷做官。　[43]其:指"古仁人"。必:一定。先:在……之前。后:在……之后。　[44]微斯人,吾谁与归:(如果)没有这种人,我同谁一道呢？微:没有。斯人:这样的人。谁与归:就是"与谁归"。归,归依,同道。

【浅释】

《岳阳楼记》抒发不计穷通、报国忧民的志向和追求。

文章以"异"字为线索,总体布局为:叙事—写景—议论。叙事部分概写楼的重修背景和作记缘由。"巴陵胜状"一句由叙事过渡到写景,从空间和时间角度着笔,展现"湖"超越时空的雄浑气象,揭示"楼"临湖而立的壮阔视野。"然则"一转,说明斯楼特定地理环境,点出迁客骚人多会于此,引出"险景悲情"和"美景乐情"的描述。文中"异"字是由楼到论的关键字眼。写景部分将景物明暗、气氛险夷、状态动静、情感悲喜对比起来叙写,坐实了"异"字。"嗟夫"一叹转入议论,"或异"一转翻空出奇,以此"异"否定彼"异",用古仁人的忧乐观否定迁客骚人的悲喜观。"先天下之忧而忧,后天下之乐而乐"为全文结穴、核心所在。后以慨叹煞尾,表明浩然胸襟。

此文立意超卓,精警深刻,叙议相融,骈散兼行,情高文美,令人感喟。

【习题】

1. 谈谈你对"先天下之忧而忧,后天下之乐而乐"两句名言的理解。
2. 试谈谈本文避开楼而写湖的立意和构思的妙处。
3. 本文写景状物用骈体,抒情议论用散体,请谈谈这样用笔的作用。

欧阳修散文二篇

欧阳修

> 欧阳修(1007—1072),字永叔,号醉翁,又号六一居士,庐陵(今江西吉安)人。欧阳修是当时文坛的领袖,诗赋似李白飘逸,论道似韩愈雄辩,叙事似司马迁精确,"修文一出,天下响慕"。他继承韩愈崇古重道的精神,以"明道""致用"为追求,摈弃韩文之奇崛险怪而取其文从字顺,主张平易自然,反对浮华奇涩,由是产生了广泛的影响,有力地推动了诗文革新运动的发展。其散文叙事委婉迂徐,质朴深切;抒情气势流畅,情文并茂;议论笔带忧愤,声韵铿锵。诗歌平淡疏畅,清新秀丽。词作风流蕴藉,清疏峻洁,堪为一代宗师。有《欧阳文忠公集》《六一词》传世。

醉 翁 亭 记[1]

环滁皆山也。[2]其西南诸峰,林壑尤美,[3]望之蔚然而深秀者,琅琊也。[4]山行六七里,渐闻水声潺潺而泻出于两峰之间者,酿泉也。[5]峰回路转,[6]有亭翼然临于泉上者,[7]醉翁亭也。作亭者谁?山之僧智仙也。名之者谁?太守自谓也。[8]太守与客来饮于此,饮少辄醉,[9]而年又最高,故自号曰醉翁也。醉翁之意不在酒,在乎山水之间也。[10]山水之乐,得之心而寓之酒也。[11]

若夫日出而林霏开,[12]云归而岩穴暝,[13]晦明变化者,[14]山间之朝暮也。野芳发而幽香,[15]佳木秀而繁阴,[16]风霜高洁,[17]水落而石出者,山间之四时也。朝而往,暮而归,四时之景不同,而乐亦无穷也。

至于负者歌于途,[18]行者休于树,[19]前者呼,后者应,伛偻提携,[20]往来而不绝者,滁人游也。临溪而渔,溪深而鱼肥,[21]酿泉为酒,泉香而酒洌,[22]山肴野蔌,[23]杂然而前陈者,[24]太守宴也。宴酣之乐,非丝非竹,[25]射者中,[26]弈者胜,[27]觥筹交错,[28]起坐而喧哗者,众宾欢也。苍颜白发,颓然乎其间者,[29]太守醉也。

已而夕阳在山,[30]人影散乱。太守归而宾客从也。树林阴翳,[31]鸣声上下,[32]游人去而禽鸟乐也。然而禽鸟知山林之乐,而不知人之乐;人知从太守游而乐,而不知太守之乐其乐也。[33]醉能同其乐,醒能述以文者,[34]太守也。太守谓谁?庐陵欧阳修也。[35]

【简注】

[1]宋仁宗庆历五年(1045),欧阳修被贬为滁州太守,滁州地僻事简,又值年岁丰稔,作者为政以宽,遂放情山水之间,本文为次年所作。 [2]环滁:环绕着滁州城。滁:滁州,今安徽省滁州市琅琊区。 [3]壑:山谷。 [4]蔚然:草木茂盛的样子。深秀:又幽深又秀丽。琅琊:山名,位于滁州古城西南约5公里,现安徽滁州的西南郊。 [5]潺潺:流水声。酿泉:泉的名字。因水清可以酿酒,故名。 [6]峰回路转:山势回环,路也跟着拐弯。回:回环,曲折环绕。 [7]翼然:像鸟张开翅膀一样。 [8]自谓:自称,用自己的别号来命名。 [9]辄:就。 [10]意:情趣。 [11]得:领会。寓:寄托。 [12]林霏:树林中的雾气。开:消散,散开。 [13]归:聚拢。暝:昏暗。 [14]晦明:指天气阴晴明暗。 [15]芳:香花。发:开放。

［16］秀：茂盛，繁茂。繁阴：一片浓密的树荫。　　［17］风霜高洁：就是风高霜洁。天气高爽，霜色洁白。　　［18］至于：连词，于句首，表示两段的过渡，提起另事。负者：背着东西的人。　　［19］休于树：在树下休息。　　［20］伛偻：腰弯背曲的样子，这里指老年人。提携：指搀扶着走的小孩子。　　［21］渔：捕鱼。　　［22］酿泉：一座泉水的名字，原名玻璃泉，在琅邪山醉翁亭下。洌：水（酒）清。　　［23］山肴：野味。野蔌：野菜。蔌：菜蔬。　　［24］杂然：众多而杂乱的样子。前陈：在面前摆着。陈：摆放，陈列。　　［25］宴酣之乐：宴会喝酒的乐趣。酣：尽兴地喝酒。非丝非竹：不在于琴弦管箫。丝：弦乐器。竹：管乐器。　　［26］射：这里指投壶，宴饮时的一种游戏，把箭向壶里投，投中多的为胜，负者照规定的杯数喝酒。　　［27］弈：下棋，指下围棋。　　［28］觥（gōng）筹交错：酒杯和酒筹交互错杂，形容喝酒尽欢的样子。觥：酒杯。筹：酒筹，用来计算饮酒数量的筹子。　　［29］苍颜：脸色苍老。颓然：原意是精神不振的样子，这里形容醉态。　　［30］已而：不久。　　［31］阴翳（yì）：形容枝叶茂密成阴。翳：遮盖，遮蔽。　　［32］鸣声上下：意思是鸟到处鸣叫。上下：指高处和低处的树林。　　［33］乐其乐：乐他所乐的事情，意思是以游人的快乐为快乐。前"乐"为意动用法，以……为乐。　　［34］"醉能"两句：醉了能够同大家一起欢乐，醒来能够用文章记述这乐事的人。　　［35］太守谓谁：太守是谁。谓：为，是。庐陵：庐陵郡（今江西吉安），欧阳修先世为庐陵大族。

【浅释】

此记抒发热爱自然的情怀、以顺处逆的心境。

前半部分重点写亭。写亭采用史家笔法，从方位写起，突兀简练，由山而峰，由峰而泉，由泉而亭。写亭一笔带过，灵动神飞。接用两个短句自问自答，道出亭的来历、得名，又借解释"醉翁"引出"山水之乐"。后半部分重点写游，抒写"山水之乐"。先写山中朝暮与四季景物的变幻，言简意深，片语传神。"朝而往"四句直接抒发被美景陶醉之情。进而由景物转移到人事，分写亭外人之"游"乐（忙里偷闲，无拘无束），亭内人之"宴"乐（闲中取乐，尽情肆意），此层紧扣"与民同乐"来写，以醉翁"颓然其间"的醉态作结。顺势写日暮醉归，运用层递之法，以禽鸟之乐比照游人之乐，再以游人之乐映衬太守之乐。结尾道出述文者姓名，解开前设悬念，留下无穷余意。

全篇以"醉"中之"乐"贯穿，"醉"眼观物，重神而不重形，妙在虚处生情。

秋声赋[1]

欧阳子方夜读书，闻有声自西南来者，悚然而听之，[2]曰："异哉！"

初淅沥以萧飒，[3]忽奔腾而砰湃，[4]如波涛夜惊，风雨骤至。其触于物也，鏦鏦铮铮，[5]金铁皆鸣；又如赴敌之兵，衔枚疾走，[6]不闻号令，但闻人马之行声。余谓童子："此何声也？汝出视之。"童子曰："星月皎洁，明河在天，[7]四无人声，声在树间。"

余曰："噫嘻，悲哉！此秋声也，胡为而来哉？盖夫秋之为状也：其色惨淡，[8]烟霏云敛；[9]其容清明，天高日晶；[10]其气栗冽，[11]砭人肌骨；[12]其意萧条，山川寂寥。故其为声也，凄凄切切，呼号愤发。[13]丰草绿缛而争茂，[14]佳木葱茏而可悦；[15]草拂之而色变，木遭之而叶脱；其所以摧败零落者，乃其一气之余烈。[16]

夫秋，刑官也，[17]于时为阴；[18]又兵象也，[19]于行用金；[20]是谓天地之义气，[21]常以肃杀而心。[22]天之于物，春生秋实。故其在乐也，商声主西方之音，[23]夷则为七月之律。[24]商，伤也，物既老而悲伤；夷，戮也，物过盛而当杀。[25]

嗟乎！草木无情，有时飘零。人为动物，惟物之灵。[26]百忧感其心，万事劳其形，有动乎中,必摇其精。[27]而况思其力之所不及,忧其智之所不能,宜其渥然丹者为槁木,[28]黟然黑者为星星。[29]奈何以非金石之质,欲与草木而争荣?念谁为之戕贼,亦何恨乎秋声![30]"

童子莫对,垂头而睡。但闻四壁虫声唧唧,如助余之叹息。

【简注】

[1]本文写于宋仁宗嘉祐四年(1059),作者时年53岁,虽身居高位,但处于不知如何作为的苦闷时期,故对秋天的季节感受特别敏感,于是写成此赋。 [2]悚(sǒng)然:惊恐不安的样子。 [3]淅沥以萧飒:雨声夹杂着风声。以:而。 [4]砰湃(pēng pài):波涛汹涌声。这里也是形容风声。 [5]鏦鏦(cōng)铮铮:金属撞击声。 [6]衔枚:古代秘密行军时,常令士兵口里横衔一根筷子一样的小棍,以免喧哗。 [7]明河:明亮的天河,即银河。 [8]惨淡:阴暗无色。 [9]烟霏云敛:烟气弥漫,云雾聚集。霏:烟飞貌。敛:聚。 [10]日晶:阳光灿烂。 [11]栗冽:寒冷。 [12]砭(biān):古代用来治病的石针,这里是刺的意思。 [13]愤发:奋发,形容风势强劲。 [14]缛(rù):繁茂,稠密。 [15]葱茏:草木青绿茂盛。 [16]一气:秋气。余烈:余威。 [17]刑官:周朝设官,以天地四时为名,掌管刑法和狱讼的为秋官,审决死罪人犯也在秋天。 [18]于时为阴:古以阴阳配合四时,春夏为阳,秋冬为阴。 [19]兵象:战争的征象。古代征伐,多在秋天,故云。 [20]于行用金:古人以五行(金、木、水、火、土)分配四时,秋天属金。 [21]义气:正义之气,刚正之气。 [22]肃杀:形容秋冬天气寒冷,草木凋落。心:意志。 [23]商声主西方之音:古时将乐声分为宫、商、角、徵、羽五声,与五行相配,商属金;与四时相配,商属秋;与四方相配,商为西。 [24]夷则:古代以十二乐律分配十二月,七月为夷则。 [25]商,伤也:"商"与"伤"音同,故有这种附会。夷,戮也:"夷"与"戮"同义,故用"夷则"附会。过盛:过了繁盛期。杀:削减。 [26]惟物之灵:是万物中最有灵性的。 [27]有动乎中,必摇其精:心有所感,必然会影响其精神。 [28]渥(wò)丹:浓郁润泽的朱红色,比喻年青。槁木:枯木,这里形容衰老。 [29]黟(yī):黑色,这里形容黑发。星星:喻白色,形容头发花白。 [30]"亦何恨"句:意谓人的衰颓是被忧思折磨的结果,不必怨恨秋声悲凉。

【浅释】

《秋声赋》借天地有声之秋写人生无声之秋,寓警悟意。

文章起笔突兀,写夜读、闻声、悚听、惊叹。自然引出状秋声,由此及彼的一串比喻将秋声化为生动可感的形象。主仆对话是过渡和转折,"此秋声也"转入描秋状,扣住"色""容""气""意"四字,运用排比句渲染秋之萧条冷落,从侧面烘托秋声。继以两组对句写草木剧变情状,凸显秋天肃杀之气的威力。下面紧承"余烈"论秋心,以刑官、兵象、音乐写秋以肃杀为心,并附会出盛极必衰、老至必伤的结论,为揭示题旨做了铺垫。"嗟乎"而下抒秋情,由议论秋声转而议论人世。通过物与人对比,言人之非分欲求、无端焦虑的自我摧残远胜自然规律的作用,以致无时非秋,衰老无形加速。结句自警警人:加强内省,毋恨秋声。末段是尾声,遥呼开头,余音袅袅。

该赋对比映衬的手法、化虚为实的描写、骈散相间的语言足可称道。

【习题】

1. 试结合《醉翁亭记》和《秋声赋》谈谈欧阳修的人生态度。
2. 试分析《秋声赋》多方面描写秋声的艺术手法和效果。
3. 试分析《醉翁亭记》的结构艺术和语言特色。

苏轼散文二篇

苏 轼

前赤壁赋[1]

　　壬戌之秋,[2]七月既望,[3]苏子与客泛舟游于赤壁之下。清风徐来,[4]水波不兴。[5]举酒属客,[6]诵明月之诗,[7]歌窈窕之章。[8]少焉,[9]月出于东山之上,徘徊于斗牛之间。[10]白露横江,[11]水光接天。纵一苇之所如,凌万顷之茫然。[12]浩浩乎如冯虚御风,[13]而不知其所止;飘飘乎如遗世独立,[14]羽化而登仙。[15]

　　于是饮酒乐甚,扣舷而歌之。[16]歌曰:"桂棹兮兰桨,[17]击空明兮溯流光。[18]渺渺兮予怀,[19]望美人兮天一方。[20]"客有吹洞箫者,倚歌而和之。[21]其声呜呜然,如怨如慕,[22]如泣如诉;余音袅袅,[23]不绝如缕。[24]舞幽壑之潜蛟,[25]泣孤舟之嫠妇。[26]

　　苏子愀然,[27]正襟危坐,[28]而问客曰:"何为其然也?[29]"客曰:"'月明星稀,乌鹊南飞。[30]'此非曹孟德之诗乎?西望夏口,[31]东望武昌,[32]山川相缪,[33]郁乎苍苍,[34]此非孟德之困于周郎者乎?[35]方其破荆州,下江陵,顺流而东也,[36]舳舻千里,[37]旌旗蔽空,酾酒临江,[38]横槊赋诗,[39]固一世之雄也,而今安在哉?况吾与子渔樵于江渚之上,侣鱼虾而友麋鹿,[40]驾一叶之扁舟,[41]举匏樽以相属。[42]寄蜉蝣于天地,[43]渺沧海之一粟。[44]哀吾生之须臾,[45]羡长江之无穷。挟飞仙以遨游,抱明月而长终。[46]知不可乎骤得,[47]托遗响于悲风。[48]"

　　苏子曰:"客亦知夫水与月乎?逝者如斯,[49]而未尝往也;盈虚者如彼,[50]而卒莫消长也。[51]盖将自其变者而观之,则天地曾不能以一瞬;[52]自其不变者而观之,则物与我皆无尽也,而又何羡乎?且夫天地之间,物各有主,苟非吾之所有,虽一毫而莫取。惟江上之清风,与山间之明月,耳得之而为声,目遇之而成色,取之无禁,用之不竭。是造物者之无尽藏也,[53]而吾与子之所共适。[54]"

　　客喜而笑,洗盏更酌。[55]肴核既尽,[56]杯盘狼藉。[57]相与枕藉乎舟中,[58]不知东方之既白。[59]

【简注】

　　[1]本文作于宋神宗元丰五年(1082)。苏轼曾于七月十六日、十月十五日两游长江边的赤鼻矶,写下前后《赤壁赋》,此为前篇。赤壁:实为黄州赤鼻矶,并不是三国时期赤壁之战的旧址,当地人因音近亦称之为赤壁。　[2]壬戌(rén xū):宋神宗元丰五年,岁次壬戌。古代以干支纪年,该年为壬戌年。　[3]既望:望日的后一日。望:月满为望,农历每月十五日为"望日",十六日为"既望"。　[4]徐:舒缓地。　[5]兴:起,作。[6]属(zhǔ):通"嘱",倾注,引申为劝酒。　[7]明月之诗:指《诗经·陈风·月出》,详见下注。　[8]窈窕(yǎo tiǎo)之章:《月出》诗首章为:"月出皎兮,佼人僚兮,舒窈纠兮,劳心悄兮。"窈纠:同"窈窕"。　[9]少焉:一会儿。　[10]斗牛:星座名,即斗宿(南斗)、牛宿。　[11]白露:白茫茫的水气。横江:笼罩江面。[12]"纵一苇"两句:任凭小船在宽广的江面上飘荡。纵:任凭。一苇:比喻极小的船。如:往。凌:越过。万顷:极为宽阔的江面。茫然:浩荡渺茫之状。　[13]冯(píng)虚御风:腾空驾风而遨游。冯虚:凭空,凌空。冯:通"凭"。虚:太空。御:驾御。　[14]遗世:超脱尘世。　[15]羽化:道教把成仙叫作"羽化",认为成仙后能够飞升。登仙:登上仙境。　[16]扣舷(xián):敲打着船边,指打节拍。　[17]桂棹(zhào)兰桨:用兰、

115

桂香木制成的船桨。　[18]空明:空灵清澈的江水。溯:同"溯",逆流而上。流光:在水波上闪动的月光。[19]渺渺:悠远的样子。　[20]美人:比喻内心思慕的人,或英明君王、美好理想。　[21]倚歌而和(hè)之:按照歌曲的声调节拍唱和。　[22]怨:哀怨。慕:眷恋。　[23]余音:尾声。袅袅(niǎo):形容声音婉转悠长。　[24]缕:细丝。　[25]幽壑:深谷,这里指深渊。此句意谓:潜藏在深渊里的蛟龙为之起舞。[26]嫠(lí)妇:寡妇。　[27]愀(qiǎo)然:忧愁凄怆的样子。　[28]正襟危坐:整理衣襟端坐,以表态度严肃。　[29]何为其然也:箫声为什么会这么悲凉呢?　[30]"月明"两句:引曹操《短歌行》中诗句。[31]夏口:故城在今湖北武汉。　[32]武昌:今湖北鄂州。　[33]缪(liáo):通"缭",盘绕。　[34]郁:茂盛的样子。　[35]孟德之困于周郎:指汉献帝建安十三年(208),吴将周瑜在赤壁之战中击溃曹操号称80万大军。周郎:周瑜24岁为中郎将,吴中皆呼为周郎。　[36]"方其"三句:指建安十三年刘琮率众向曹操投降,曹军不战而占领荆州、江陵。方:当。荆州:辖南阳、江夏、长沙等八郡,今湖南、湖北一带。江陵:当时的荆州首府,今湖北江陵。　[37]舳舻(zhú lú):战船前后相接,这里指战船。　[38]酾(shī)酒:滤酒,这里指斟酒。　[39]横槊(shuò):横执长矛。　[40]侣鱼虾:与鱼虾作伴侣。侣:以……为友,这里为意动用法。友麋鹿:以麋鹿为朋友。麋(mí):鹿的一种。　[41]扁(piān)舟:小舟。　[42]匏樽(páo zūn):酒葫芦。匏:葫芦的一种,可做酒器。　[43]寄:寓托。蜉蝣(fú yóu):一种朝生暮死的昆虫。此句比喻人生之短暂。[44]渺:小。沧海:大海。粟:小米。此句比喻人类在天地之间极为渺小。　[45]须臾:片刻,形容生命之短。　[46]长终:至于永远。　[47]骤:突然,骤然。　[48]遗响:余音,指箫声。悲风:秋风。　[49]逝者如斯:流逝的像这江水。逝:往。斯:此,指水。　[50]盈虚者如彼:指像月亮一样有圆缺。　[51]卒:最终。消长:增减。　[52]曾:竟然。一瞬:一眨眼的工夫。　[53]是:这。造物者:天地自然。无尽藏(zàng):无穷无尽的宝藏。　[54]适:享用。《释典》谓目以色为食,耳以声为食,鼻以香为食,口以味为食,身以触为食,意以法为食。清风明月,耳得成声,目遇成色。故曰"共食"。　[55]更酌:再次饮酒。　[56]肴核(yáo hé):荤菜和果品。既:已经。　[57]狼藉:纵横凌乱。　[58]枕藉(jiè):相互枕着睡觉。　[59]既白:天亮。

【浅释】

复杂矛盾的内心世界,自我超脱的生活态度,是本文表达的重点。

开篇交代时地、人物、事件。下面勾画游地的优美景色(江静月明,天阔风清)与游人的欢快心情(忘怀世俗,恍若飞仙),出神入化的描写为下文展开作好铺垫。"饮酒乐甚"两句是"乐"的高潮,又是乐极而悲的转折。歌词内容本就隐含淡淡哀愁;而箫的伴奏更添"悲"的效果,"怨""慕""泣""诉""缕"将悲凉箫声具象化,渲染了人的悲情。"苏子愀然"引出主客问答。客子寄愁于箫的解释,传达出兴亡倏忽、人生无常的生命悲剧意识。苏子驳难以江水、清风、明月为喻,阐发变与不变的哲理:物我无尽,物各有主,人要随缘自适,旷达乐观。一反一正即作者内心矛盾的反映。结尾交代夜泛结果照应开头,深化流连光景寻求寄托的含意。

此赋是抒情诗、哲理诗,画意诗情理趣兼备,行文舒卷自如,声调和谐优美。

超 然 台 记[1]

凡物皆有可观。苟有可观,皆有可乐,非必怪奇伟丽者也。铺糟啜醨皆可以醉;[2]果蔬草木,皆可以饱。推此类也,吾安往而不乐?

夫所为求福而辞祸者,以福可喜而祸可悲也。人之所欲无穷,而物之可以足吾欲者有尽,美恶之辨战乎中,而去取之择交乎前。则可乐者常少,而可悲者常多。是谓求祸而辞福。夫求祸而辞福,岂人之情也哉?物有以盖之矣。[3]彼游于物之内,而不游于物之外。物非有大小也,自其内而观之,未有不高且大者也。彼挟其高大以临我,则我常眩乱反复,[4]如隙中之观斗,又焉知胜负之所在。是以美恶横生,而忧乐出焉,可不大哀乎!

余自钱塘移守胶西,[5]释舟楫之安,而服车马之劳;去雕墙之美,[6]而蔽采椽之居;[7]背湖山之观,而适桑麻之野。[8]始至之日,岁比不登,[9]盗贼满野,狱讼充斥;而斋厨索然,[10]日食杞菊。人固疑余之不乐也。处之期年,[11]而貌加丰,发之白者,日以反黑。予既乐其风俗之淳,而其吏民亦安予之拙也。于是治其园圃,洁其庭宇,伐安丘、高密之木,[12]以修补破败,为苟全之计。[13]

而园之北,因城以为台者旧矣,稍葺而新之。[14]时相与登览,放意肆志焉。[15]南望马耳、常山,[16]出没隐见,若近若远,庶几有隐君子乎![17]而其东则庐山,秦人卢敖之所从遁也。[18]西望穆陵,隐然如城郭,[19]师尚父、齐桓公之遗烈,[20]犹有存者。北俯潍水,[21]慨然太息,思淮阴之功,而吊其不终。[22]台高而安,深而明,夏凉而冬温。雨雪之朝,风月之夕,予未尝不在,客未尝不从。撷园蔬,取池鱼,酿秫酒,[23]瀹脱粟而食之,[24]曰:"乐哉游乎!"

方是时,[25]予弟子由,适在济南,闻而赋之,且名其台曰"超然",以见余之无所往而不乐者,盖游于物之外也。[26]

【简注】

[1]本文作于宋神宗熙宁九年(1076),时苏轼任密州知州,修复了一座残破的楼台,其弟苏辙为之起名"超然"。苏轼便写了这篇《超然台记》,以表明超然物外、无往而不乐的思想。 [2]铺糟啜醨:参见司马迁《屈原列传》注[76]。 [3]有以:可以用来。盖:掩盖,蒙蔽。 [4]眩:眼花缭乱。 [5]钱塘:县名,为杭州府治所在地。胶西:山东胶河以西的密州,治所在诸城。 [6]雕墙:用彩画装饰的墙壁。 [7]蔽采椽(chuán)之居:住着粗疏简陋的房屋。蔽:藏身。 [8]背:远离。桑麻之野:《汉书》载,鲁国"颇有桑麻之业"。密州属古鲁地,故用以指代密州。 [9]岁比不登:连年收成不好。比:连续,常常;登:丰收。 [10]索然:空无一物。 [11]期(jī)年:满一年。 [12]安丘、高密:都是县名,属山东。 [13]苟全:大致完备。一说指临时性的修整计划。 [14]葺(qì):原指用茅草覆盖房子,后泛指修理房屋。 [15]肆:原意放肆,引申为放开。 [16]马耳:在山东诸城西南五十里,峰形如马耳。常山:在诸城西南二十里。传说秦汉时代很多高士隐居于此。 [17]庶几:表希望或推测。 [18]卢敖:战国时燕人,后被秦始皇任为博士,使入东海求仙人不得,逃至卢山隐居。卢山本名故山,因卢敖得名。遁:隐遁。 [19]穆陵:关名,故址在山东临朐县东南大岘山上。隐然:突起的样子。 [20]师尚父:即姜尚,被封太师尚父,后人简称为师尚父或尚父。齐桓公:名小白,春秋五霸之一。遗烈:流风余韵。 [21]潍水:在山东安丘。秦末,韩信击齐,楚将龙且率兵20万救齐,韩信决沙袋,河水猛涨,龙且兵溃。 [22]淮阴:即汉代淮阴侯韩信,后为吕后所杀。 [23]秫(shú):黏高粱,可以做烧酒。 [24]瀹(yuè)脱粟:煮粗糙的粟米。瀹:煮。 [25]方:正。 [26]盖:大概。

【浅释】

《超然台记》主要是发挥超然物外、随遇而安的思想。

本文被视为"一字立骨"的典范,"乐"字贯穿全文。先亮观点:"凡物皆有可观"(大前提)—"有可观则有可乐"(小前提)—到哪里都会快乐(结论)。作者等荣辱、同忧乐的随缘自适的人生态度,已从这简洁的推导中表现出来。接论"游于物内"不可得"乐",因为主观上"欲无穷"而客观上"物有尽",这对矛盾永远无法解决。人之所以被物蒙蔽,就在于不知超然物外,而是"游于物内"。再证超然物外方可得"乐",以移守胶西生活经历为据。外在境遇变得很差,但身体状况益佳,安朴守拙,悠然自得,修整旧台,放意肆志感受到旁人感受不到的快乐。最后写"游于物外"无往不乐,交代台名由来,再点文章主旨。可谓以"乐"开篇,段段扣"乐",以"乐"收煞。

文章写景生动,说理透辟,体现了苏文洒脱自如、纵横不羁的特点。

【习题】

1. 试评价《前赤壁赋》《超然台记》所表现的人生态度。
2. 试比较《前赤壁赋》与《秋声赋》的艺术特征。
3. 联系实际,谈谈"游于物内"的弊害和超然物外的好处。

墨 竹 赋

苏 辙

> 苏辙(1039—1112),字子由,自号颖滨遗老,眉州眉山(今四川眉山)人,北宋著名散文家,为"唐宋八大家"之一。苏辙生平学问深受其父兄影响,以儒学为主,倾慕孟子,遍观百家。苏辙成就主要在诗歌、散文方面。其诗早期多写生活琐事,后期注重反映现实,淳朴无华,文采稍逊。他擅长政论和史论,在政论中纵谈天下大事,善于引古鉴今,文势汪洋,笔力雄健,说理清晰有力。史论范围广泛,每有独见。其他散文碑诔沉静简洁,情感深沉;文赋细腻逼真,富于诗意。散文总体风格是渊博富厚,从容淡定,内敛含蓄,秀杰深醇。有《栾城集》传世。

　　与可以墨为竹,[1]视之良竹也。

　　客见而惊焉,曰:"今夫受命于天,赋形于地,涵濡雨露,[2]振荡风气,春而萌芽,夏而解驰,[3]散柯布叶,逮冬而遂。[4]性刚洁而疏直,姿婵娟以闲媚,涉寒暑之徂变,[5]傲冰雪之凌厉;均一气于草木,嗟壤同而性异;信物生之自然,虽造化其能使?今子研青松之煤,[6]运脱兔之毫,[7]睥睨墙堵,[8]振洒缯绡,[9]须臾而成;郁乎萧骚,[10]曲直横斜,秾纤庳高,[11]窃造物之潜思,赋生意于崇朝。[12]子岂诚有道者邪?"

　　与可听然而笑曰,[13]"夫予之所好者道也,放乎竹矣!始予隐乎崇山之阳,庐乎修竹之林。视听漠然,无概乎予心。[14]朝与竹乎为游,莫与竹乎为朋,[15]饮食乎竹间,偃息乎竹阴。[16]观竹之变也多矣。若夫风止雨霁,山空日出,猗猗其长,[17]森乎满谷,叶如翠羽,筠如苍玉。[18]澹乎自持,凄兮欲滴,蝉鸣鸟噪,人响寂历,[19]忽依风而长啸,眇掩冉以终日。[20]笋含箨而将坠,[21]根得土而横逸。绝涧谷而蔓延,散子孙乎千亿。至若丛薄之余,[22]斤斧所施,山石荦埆,[23]荆棘生之。蹇将抽而莫达,[24]纷既折而犹持。[25]气虽伤而益壮,身已病而增奇。凄风号怒乎隙穴,飞雪凝冱乎陂池。[26]悲众木之无赖,虽百围而莫支。犹复苍然于既寒之后,凛乎无可怜之姿,追松柏以自偶,窃仁人之所为,此则竹之所以为竹也。始也,余见而悦之;今也,悦之而不自知也;忽乎忘笔之在手,与纸之在前,勃然而兴,而修竹森然,虽天造之无朕,[27]亦何以异于兹焉?"客曰:"盖予闻之:庖丁,解牛者也,而养生者取之;[28]轮扁,斫轮者也,[29]而读书者与之。[30]万物一理也,其所从为之者异尔,况夫夫子之托于斯竹也,而予以为有道者,则非耶?"与可曰:"唯唯!"

【简注】

[1]与可:文同(1018—1079),字与可,号笑笑居士、笑笑先生,人称石室先生等。以学名世,擅诗文书画,以善画竹著称,是北宋著名画家。深为文彦博、司马光等人赞许,和苏轼、苏辙是表兄弟。 [2]涵濡:指滋润,沉浸。 [3]解箨:这里指竹笋脱箨,开始长成竹子。 [4]逮冬而遂:及冬而长成。 [5]徂变:指往来变化。徂:即逝去。 [6]青松之煤:因为墨是由松烟制造的,所以如此说。 [7]脱兔之毫:指兔毫制成的毛笔。脱兔:原形容逃兔行动迅捷,此连上"运"字,表示挥洒兔毫快捷。 [8]睥睨墙堵:形容漫不经心看着作画的墙壁。睥睨:眼睛斜着看,形容高傲的样子。 [9]振洒缯绡:形容在绢帛上尽情挥洒作画的样子。缯绡:泛指绢帛之类。 [10]郁乎:指植物纷繁茂盛貌。萧骚:形容风吹竹叶相磨戛声。 [11]秋纤:犹大小粗细。庳(bēi):指低矮,与"高"相对。 [12]生意:指生命力。崇朝:指从天亮到早饭前的一段时间,喻指时间短。 [13]听然:指微笑的样子。 [14]概:系念,关切。 [15]莫:同"暮"。 [16]偃息:表示睡觉休息。 [17]猗猗其长:秀丽茂盛的样子。 [18]筠:指竹子的青皮。 [19]寂历:形容凋零疏落,这里指孤寂、落寞。 [20]眇:同"渺",远,高。一说仔细看。掩冉:形容偃倒的样子。一说状竹掩映柔美的样子。 [21]箨:指竹笋外层一片一片的皮,即笋壳。 [22]丛薄:指草木丛生的地方。 [23]荦埆(luòquè):形容怪石嶙峋的样子。 [24]蹇:指艰难。 [25]"纷既"一句:形容竹之顽强,虽欲倒却顽强支撑着。 [26]凝沍(hù):指冻结、凝结。陂池:指池塘。 [27]无朕:没有迹象或先兆,这里形容天地造物之自然。 [28]"庖丁"三句:指《庄子·养生主》中庖丁解牛的故事。意谓文惠君见庖丁解牛,刀法娴熟,技艺高超,问怎么达到这种境界的?庖丁讲了自己由见全牛到"未尝见全牛",到"以神遇,而不以目视,官知止而神欲行,依乎天理"的过程。 [29]"轮扁"三句:指《庄子·天道》中轮扁斫轮的故事。大意说:齐桓公在堂上读书,轮扁说他读的是古人的糟粕,并以自己的削轮技艺作比,说明真正精妙的技巧只能心领神会,无法用言语表达。 [30]与之:赞同他。

【浅释】

《墨竹赋》赋赞美文同墨竹精妙,探讨艺术臻于至善的奥秘。

开头两句直言与可墨竹与真竹无异。下面设主客问答,赋予陈述以生活气息。客见墨竹而惊讶,足见文首所言非虚。更妙的是文章托客之言,赞美与可墨竹居然巧夺天工、乱真传神,不解与可画竹何能一挥而就、神乎其技。于是,与可自己解释势在必然。与可讲自己为画竹,与竹长相厮守,形影不离,对竹的生长过程、繁衍状态、美丽风姿、坚韧个性等都了然在胸。这段文字写神图貌,栩栩如生。与可接着坦言与竹为友、心追手摹的三重境界:起初欣赏爱悦,继而悦之忘我,最后物我两忘,如是,真竹风神意态遂生于笔下。文章复借客人之口,引用庖丁解牛、轮扁斫轮两则典故,将功夫在画外的道理上升到理论高度,并将画竹之道推广为修身养性、读书治学的哲理。

此赋妙在论画而不止于论画,"万物一理",信能给人良多启发。

【习题】

1. 谈谈你从文与可画竹的经历中所得到的人生启示。
2. 本文意在说理,却采用了叙事形式,谈谈这样写的好处。
3. 阅读苏轼《文与可画筼筜谷偃竹记》,试与本文做些比较。

第六章 金元明清诗文

金代最杰出的诗人是元好问,其"丧乱诗"朴实无华,凄淡悲凉,堪称一代诗史。三十首《论诗绝句》只具慧眼,品评精到,富于理趣。

元代词衰曲盛,出现了足以与唐诗宋词相媲美的元曲。元曲包括杂剧和散曲两种样式,散曲又称"乐府""清曲""词余",是一种配合当时流行曲调的抒情诗体,有小令和套曲之分,小令是单支曲子,套曲是两支以上同一宫调的曲子连缀而成。散曲具有浓郁的市民通俗色彩,它的出现给诗坛注入了一股清新气息。元散曲有本色和文采两种创作倾向,本色派抒情真率简洁,曲词浅白浑朴;文采派抒情婉转细腻,曲词绮丽典雅。前期重要散曲作家有关汉卿、马致远、白朴等。关汉卿是本色派代表,曲子多以深刻细腻的笔触写男女情爱和离愁别恨,感情浓烈,语言泼辣。马致远是文采派代表,第一个把愤世嫉俗之情写入散曲中,清新凝练,意境隽永。白朴抒情写景的小令尤为出色。后期散曲重要作家有张可久、乔吉、张养浩、睢景臣等。张可久多咏自然景色,亦写闺情闺怨,风格典雅清丽。乔吉大多以啸傲山水、寄情声色诗酒为题材,雅俗兼备。张养浩的怀古之作显白流畅,格调高远。睢景臣作品不多,《高祖还乡》以诙谐的语言嘲弄帝王,令人发噱。其他散曲作家还有贯云石、徐再思、刘时中等。元代诗词创作比较衰落,著名诗人有刘因、赵孟頫、王冕。刘因和赵孟頫诗作流露出较多的故国之思,感情深沉。王冕诗作反映现实,流露社会不满,诗风朴质自然。著名词人前期有遗民作家张炎,后期则有虞集、张翥、萨都剌等。萨都剌怀古词作气象雄浑,显示出豪放风格。

明初诗文宗古倾向严重,缺少大家气度。诗人以"吴中四杰"(高启、杨基、张羽、徐贲)为代表,高启诗为明代诗歌"冠冕",被推为"海内诗宗"。他才华卓荦,诸体皆备,诗风豪健,《登金陵雨花台望大江》有磅礴气势,部分作品对民生疾苦有所反映。散文有宋濂、刘基、王祎、方孝孺四大家。宋濂为文多体现"以道为文"的观念,部分传记较有价值。刘基散文富于现实意义,讽刺小品指斥时弊,入骨三分。永乐年间,文坛开始流行专事歌功颂德、粉饰太平的"台阁体",遭到以李东阳为代表的"茶陵派"的挑战抨击。明中诗文出现四大流派。复古派的代表人物是"前七子"中的李梦阳、何景明和"后七子"中的李攀龙、王世贞等,他们倡言"文必秦汉,诗必盛唐"。复古运动由李梦阳创其原则,何景明加以修正,李攀龙示其实例,王世贞完成复古运动的体系。李梦阳乐府古诗有不少富有现实意义的作品,寄寓了力求改革的政治理想。王世贞诗歌取材赡博,纵心触象,高华宏丽,回旋自然。其时一批画家兼诗人如沈周、文徵明、唐寅、祝允明等,不事雕琢,任性挥洒,诗作亦颇可观。唐宋派推崇唐宋散文,对抗拟古风气,代表人物是王慎中(首开反复古风气)、唐顺之(创立"本色论")、茅坤(编选《唐宋八大家文钞》)和归有光(树立创作样板)。归有光以笔墨平淡而感情深挚的作品卓然独立,成为明代散文家中佼佼者。万历年间公安派与竟陵派崛起,公安派以袁宏道、袁宗道、袁中道为代表,提出"独抒性灵,不拘格套"的口号,求"变"、求"真"、求"新"。诗作畅抒胸怀,感情浓厚,清新洒脱,轻逸自然;散文直面人生,袒露自我,个性鲜明,不事雕琢。竟陵派以钟惺、谭元春为代表,标举"幽情单绪""孤行静寄",追求"孤"和"静"境界,以纠公安派轻率浅露之弊,却远离现实,将创作引上奇僻险怪、孤峭幽寒一路。与谭元春同时的徐弘祖所著《徐霞客游记》为"千古奇书",兼具地理与文学价值。受公安、竟陵两派影响的诗文作家以张岱最为著名,其山水小品短小隽永,为晚明小品绝唱。明末复社、几社作家张溥、陈子龙、夏允彝等爱国诗文创作活跃。陈子龙的诗歌创作为明代诗歌"殿军"。作品写兴亡之感,家国之痛,黍离之悲溢满于字里行间。明亡前后,夏完淳、张煌言、瞿式耜等与陈子龙一起写出了慷慨激昂的时代强音。明散曲发展了元散曲中的隐逸思想,多表现闲适情趣,代表作家为陈铎、冯惟敏。明中叶以后,民间出现了大量的俗曲、歌谣,民歌有"我明一绝"之称。

清代诗歌在理论总结上成果突出,如沈德潜"格调"说、翁方纲"肌理"说、王士禛的"神韵"说、袁枚的"性灵"说,诸说杂出,左右诗坛。清代诗文创作有三大亮点:顾炎武的诗、纳兰性德的词和桐城派的散文。清前期诗文创作富于时代精神,多写家国之感,兴亡之恨。代表作家有:"国初三老"顾炎武、黄宗羲、王夫之,"岭南三大家"屈大均、陈恭尹、梁佩兰,"散文三大家"侯方域、魏禧、汪琬,"江左三大家"吴伟业、钱谦益、龚鼎孳。对明王朝的忠诚,强烈的反清意识,坚贞的民族气节,是顾炎武诗歌抒情重心,悲壮激越,雄深沉毅,有风霜之气。康雍年间诗人王士禛、词人朱彝尊("浙西词派")并称"南朱北王",卓然成家,王士禛擅长七言近体,涵情绵邈,神韵悠然;朱彝尊词风接近张炎,空灵清疏。陈维崧("阳羡词派")词波澜壮阔,气魄雄伟。纳兰性德词风接近李煜,缠绵婉约,哀感顽艳,悼亡词历来为人称道。沈复《浮生六记》叙日常琐事,平淡无奇,情真意切,灵秀冲淡,是清代散文名作。清中后期诗文成就较著。袁枚追步明公安派,主张诗写"性情",开乾嘉诗文新格局。黄景仁诗歌抒发穷愁悲凉的身世之感,哀愁感伤,人称"哀猿叫月,独雁啼霜"。张惠言、周济("常州词派")强调意内言外,倡导比兴寄托和"深美闳约"之风,对近代词坛影响甚巨。方苞、刘大櫆、姚鼐被称为"桐城三祖"。方苞为桐城派奠基人(提出"义法"说),刘大櫆为中坚(提出"神气"说),姚鼐为集大成者(提出"意气"说),方苞的《狱中杂记》和姚鼐《登泰山记》"义""法"兼得,代表该派最高水准。桐城派别支"阳湖派""湖湘派"延续桐城派传统,流波余韵直至新文化运动。与桐城派散文从内容到形式都形成对比的是袁枚、郑燮的散文,袁文不拘一格,情真词切,清新畅达;郑文自出机杼,幽默诙谐,亲切自然。骈文名家有汪中、洪亮吉、蒋士铨等。汪中骈文取材现实,情出肺腑,沉博绝丽,《哀盐船文》被誉为骈文绝作。

晚清诗文重要作家有龚自珍、黄遵宪、梁启超、秋瑾、柳亚子。龚自珍打破清中叶以来诗文沉寂的局面,诗文创作带有民族色彩和浪漫气息,首开近代文学风气;黄遵宪自觉地创作"新诗体",诗歌豪迈奔放、博大宏深,有"诗界哥伦布"之誉;梁启超的时评议论纵横、平易畅达,首创"报章体";秋瑾的诗作抒发革命和爱国激情,朴实自如、朗丽高亢;柳亚子的诗歌鼓吹反清革命,激昂豪宕,凝重稳健,为"南社"革命诗歌的代表。

摸鱼儿·雁丘词

元好问

> 元好问(1190—1257),字裕之,号遗山,太原秀容(今山西忻州)人,金代著名诗人、史学家。其诗、文、词、曲,各体皆工。诗作成就最高,题材多样,内容丰富,真实感人,"丧乱诗"以雄健笔力写深哀巨痛,以理性思考体察历史教训,情感悲凉而骨力苍劲。词以苏辛为典范,兼豪放婉约诸种风格,为金代词坛第一人。"爱情词"歌唱赞美感天动地、轰轰烈烈的忠贞爱情。散曲传世不多,用俗为雅,变故作新,具有开创性。《论诗绝句》对魏晋以来的诗歌做了系统批评,在文学批评史上享有很高地位。著有《元遗山先生全集》《遗山乐府》《续夷坚志》。

泰和五年乙丑岁,赴试并州,[1]道逢捕雁者云:"今旦获一雁,杀之矣。其脱网者悲鸣不能去,竟自投于地而死。"予因买得之,葬之汾水之上,垒石为识,[2]号曰"雁丘"。[3]时同行者多为赋诗,予亦有《雁丘词》。旧所作无宫商,[4]今改定之。

问世间、情为何物?[5]直教生死相许![6]天南地北双飞客,[7]老翅几回寒暑。[8]欢乐趣,离别苦,就中更有痴儿女。[9]君应有语,渺万里层云,千山暮雪,只影向谁去?[10]

横汾路,[11]寂寞当年箫鼓,[12]荒烟依旧平楚。[13]招魂楚些何嗟及,[14]山鬼暗啼风雨。[15]天也妒,未信与、莺儿燕子俱黄土。[16]千秋万古,为留待骚人,[17]狂歌痛饮,来访雁丘处。

【简注】

[1]泰和五年:即金章宗泰和五年(1205)。并州:为古州名。相传禹治洪水,划分域内为九州。山西太原古称并州。 [2]汾水:即汾河,在山西省中部,为黄河第二大支流。识(zhì):标志。 [3]雁丘:在今山西阳曲西汾水旁。 [4]无宫商:未配曲调,不协音律。 [5]世间:人世间、世界上。 [6]直教:竟使。许:随从。 [7]天南地北:比喻距离很远。双飞客:大雁双宿双飞,秋去春来,故云。 [8]老翅:鸟类及昆虫的翼,通常用来飞行。寒暑:冬、夏两个季节,泛指岁月。 [9]"就中"句:这雁群中更有痴迷于爱情的。就中:于此,在这里面。 [10]君:指殉情的大雁。"只影"句:形影孤单为谁奔波呢? [11]横汾路:汾河岸,当年汉武帝巡幸处,帝王游幸欢乐的地方。 [12]箫鼓:用排箫与建鼓合奏,一般也用作仪仗音乐,有时乐工可坐在鼓车中演奏。 [13]平楚:平林,平野上的树林。远望树梢齐平,故称平楚。楚:即丛莽。 [14]"招魂"二句:我欲为死雁招魂又有何用,雁魂也在风雨中啼哭。招魂楚些(suò):《楚辞·招魂》句尾皆有"些"字,所以称"楚些"。后以"楚些"为楚辞或招魂的代称。何嗟及:悲叹无济于事。 [15]山鬼:《楚辞·九歌》中有《山鬼》篇,描写山鬼久候情人不至的怅惘,此指雁魂。风雨:《诗经·郑风》的篇名。该诗共三章,首章二句为:"风雨凄凄,鸡鸣喈喈。" [16]"天也"二句:不信殉情的雁子与普通莺燕一样都寂灭无闻变为黄土,它将声名远播,使天地忌妒。 [17]骚人:指文人墨客。

【浅释】

本文是恋歌、悲歌,也是赞歌,借咏殉情大雁,讴歌人间至情。

开篇一问一叹凸显至情力量的奇伟和境界的崇高,为全词总纲。主体部分从生相依写到死相守。"天南"两句,按时空角度追叙大雁相依为命、相濡以沫的生活历程;"欢乐"三句,从聚散角度歌赞大雁聚欢离苦、难以割舍的一往深情,为大雁殉情层层铺垫。"君应"四句悬想大雁心情,"万里""千山"写余途遥远,"层云""暮雪"状前景艰难,揭示殉情选择的深层原因。过片转入写景,昔日繁华与今日荒凉虚实叠映,烘托殉情凄苦,映衬至情永恒。"招魂"两句拟写大雁殉情令鬼神感泣,以寄托对殉情大雁的无尽哀思。以下从反面着笔,以苍天妒美,反衬生死相许之至情无与伦比的圣洁和珍贵,以莺燕尘埋,反衬殉情大雁之精神永无止境的影响和魅力。结尾延伸历史时空,升华主题。

此词以雁拟人,缘情言理,清丽淳朴,温婉蕴藉。

【习题】

1. 这首词表达了元好问的爱情观,结合社会现实谈谈你的感想。
2. 谈谈本词以雁拟人的艺术构思所能达到的审美效果。
3. 回顾你所学过的中国古代爱情诗词,试与此词作点比较。

沉醉东风·别情

关汉卿

> 关汉卿(生卒年不详),大都(今北京)人。为人倜傥风流,博学能文,滑稽多智。他以毕生精力从事戏剧创作,是元杂剧的奠基者和元前期剧坛的领袖,名列"元曲四大家"之首。编有杂剧67部,现存18部,其中《窦娥冤》《救风尘》《望江亭》《拜月亭》《鲁斋郎》《单刀会》《调风月》等是其代表作。关汉卿生活的时代,政治黑暗腐败,社会动荡不安,阶级矛盾和民族矛盾十分突出,他的剧作揭露封建统治的黑暗腐败,表现人民的苦难和抗争,具有强烈的战斗精神和理想主义色彩,人物形象鲜明,情节曲折生动,语言本色当行。另存散曲数十篇,多写离愁别恨,蕴藉风流,豪放泼辣。

咫尺的天南地北,[1]霎时间月缺花飞。[2]手执着饯行杯,眼阁着别离泪。[3]刚道得声"保重将息",[4]痛煞煞教人舍不得。[5]"好去者,[6]望前程万里!"

忧则忧鸾孤凤单,[7]愁则愁月缺花残,为则为俏冤家,[8]害则害谁曾惯,[9]瘦则瘦不似今番,[10]恨则恨孤帏绣衾寒,怕则怕黄昏到晚。

【简注】

[1]咫(zhǐ)尺:形容距离近,此处借指情人的亲近。　[2]月缺花飞:比喻情人的分离。　[3]阁:同"搁",放置,这里指含着。　[4]将息:调养身体。　[5]痛煞煞:非常悲痛。煞煞:表示极甚的词。　[6]好去者:好好地去吧。者:语助词。　[7]鸾孤凤单:比喻情人的离别。　[8]冤家:旧时对所爱的人的昵称。　[9]害:病害,打扰、烦扰,引申为劳苦或委屈的意思。谁曾惯:谁曾习惯,即不曾习惯之意。　[10]不似今番:不曾像现在这样(瘦)。

【浅释】

这是关汉卿描写男女爱情的名作,刻画了一个情深意笃的妇女形象。

两首小令内容各有侧重,上首侧重于外,写饯别时的依恋,极写"舍不得"情人离去;下首侧重于内,写别离后的相思,极写"谁曾惯"一己孤苦。写法上也各有千秋,上首以场景描写为主,辅以抒情;下首以内心独白为主,寓含叙事。上首以饯别情事发展为序,由"将别"而"饯别"而"祝别";下首以感情潮汐演进为序,由"忧愁"而"幽怨"而"惧恨"。上首有动态、表情、言语的客观描写,使人看到完整送别画面;下首只有静态的肖像勾勒,赤裸裸的心理呈示,令人恍若听到心声怦响。上首句法以对偶为主,如阵雨一阵紧似一阵;下首以排比为主,如潮水一浪高过一浪。上首传神细腻,缠绵悱恻;下首摇曳多姿,脉脉含情。两首内外相映,珠联璧合。

二曲的好处在于情感浓烈率真,构思精当巧妙,用语谐俗活泼。

【习题】

1. 《别情》两支曲子实为一体,试分析其整体艺术构思的特点。
2. 谈谈第一首开头两句、第二首结尾两句的妙处。
3. 回顾柳永的《雨霖铃》,试比较关、柳爱情作品的不同风格。

双调·寿阳曲·潇湘八景[1]

马致远

> 马致远(1250—约1321),号东篱,大都(今北京)人,元代杂剧、散曲作家。曾任江浙行省务官,晚年退隐山林,诗酒自娱。有杂剧15种,以《汉宫秋》最为著名。马致远扩大了曲的题材领域,提高了曲的艺术意境,在散曲发展史上功居首位,有"曲状元"称号。他的散曲多叹世讽世之作,抒发怀才不遇、愤世嫉俗之情;亦有描画景色、歌咏恋情的作品。部分作品流露出隐居乐道、超然物外的消极情绪。马致远散曲技巧高超,融诗词意境入散曲,清雅而不失真,风格豪放清逸,语言流畅而有文采,现存散曲120余首,今人辑为《东篱乐府》。

平沙落雁

南传信,北寄书,半栖近岸花汀树。[2]似鸳鸯失群迷伴侣,两三行海门斜去。[3]

山市晴岚[4]

花村外,草店西,晚霞明雨收天霁。[5]四围山一竿残照里,[6]锦屏风又添铺翠。[7]

远浦帆归[8]

夕阳下,酒旆闲,[9]两三航未曾着岸。[10]落花水香茅舍晚,[11]断桥头卖鱼人散。

潇湘夜雨[12]

渔灯暗,[13]客梦回,[14]一声声滴人心碎。[15]孤舟五更家万里,是离人几行情泪。

烟寺晚钟[16]

寒烟细,古寺清,近黄昏礼佛人静。[17]顺西风晚钟三四声,怎生教老僧禅定?[18]

渔村夕照

鸣榔罢,[19]闪暮光,绿杨堤数声渔唱。挂柴门几家闲晒网,都撮在捕鱼图上。[20]

江天暮雪

天将暮,雪乱舞,半梅花半飘柳絮。[21]江上晚来堪画处,钓鱼人一蓑归去。[22]

洞庭秋月

芦花谢,客乍别,[23]泛蟾光小舟一叶。[24]豫章城故人来也,[25]结末了洞庭秋月。[26]

【简注】

[1]曲牌又名"落梅风"。据《梦溪笔谈》等书记载,宋代画家宋迪,以潇湘风景写平远山水八幅,时人称为潇湘八景,或称八景。这八景是:平沙落雁、远浦帆归、山市晴岚、江天暮雪、洞庭秋月、潇湘夜雨、烟寺晚钟、渔村夕照。马致远所描写的八景的名称与之完全相同,由此可知,他描写的八景也是潇湘八景。 [2]汀:水边平地,小洲。 [3]海门斜去:化用唐李涉《润州听暮角》"海门斜去两三行"。 [4]山市:山区小市镇。晴岚:雨过天晴,山间散发的水汽。 [5]天霁(jì):雨过天晴。 [6]一竿残照:太阳西下,离山只有一竿子高。 [7]屏风:指像屏风一样的山峦。 [8]浦:水边。 [9]酒旆(pèi):酒店的旗帜,酒家悬于门前以招徕顾客。闲:安静。指风息了,酒旆不再招展、飘舞。 [10]两三航:两三只船。航:船。着岸:靠岸。 [11]落花水香:缤纷的落花,染得水面一片芳香。 [12]潇湘:原指湘水与潇水在零陵的汇合处,后用以指湖南。 [13]渔灯:渔船上的灯火。词中往往用"渔火"。张继《枫桥夜泊》"月落乌啼霜满天,江枫渔火对愁眠。" [14]客梦回:游子的梦醒了。回,醒来。 [15]"一声声"句:这是说雨声唤起离人的无穷烦恼。温庭筠《更漏子》:"梧桐树,三更雨,不道离情正苦。一叶叶,一声声,空阶滴到明。" [16]烟寺:烟雾笼罩的寺庙。 [17]礼佛:即拜佛。 [18]禅定:坐禅时专心于一境,冥想妙理。 [19]鸣榔:敲击船舷使作声,用以惊鱼,使入网中。 [20]撮:聚合,聚拢。 [21]"半梅花"句:这是以梅花和柳絮来形容白雪。语出东晋女诗人谢道韫赏雪之句"未若柳絮因风起"和李煜《清平乐》句"砌下落梅如雪乱,拂了一身还满"。 [22]"钓鱼人"句:综合柳宗元《江雪》"孤舟蓑笠翁,独钓寒江雪"及张志和《渔父》"青箬笠,绿蓑衣,斜风细雨不须归"诗意而成。 [23]乍别:忽然分别。 [24]蟾光:即月光,这是因为中国古代文化中常用蟾蜍来代表月亮。 [25]豫章城:即南昌古城。 [26]结末:结束,结果。

【浅释】

《潇湘八景》以"有我之境"抒胸中逸气,寄寓对尘世的不满和对山林的向往。

作家善于取景、布景,八幅画面将潇湘地区水中、岸上景物收揽净尽。八景地点涉及堤岸、花汀、江流、湖面、山市、渔村、渔家、古寺;时分和天气以薄暮为主,同时又注意到月夜、雨夜、雪天的不同妙处;景物色彩秾丽,配搭和谐,夕照、晚霞、群山、寒烟、绿杨、归帆、孤舟、渔火、茅舍、渔网、秋月、冬雪各呈异色;画面融入了大自然和特定地域的声响,雁鸣声、夜雨声、鸣榔声、渔歌声、叫卖声、礼佛声和晚钟声各有情韵;活动在潇湘八景的不仅有渔人,还有垂钓者、漂泊者、友人、僧人、信众乃至大雁。八幅画面如同水墨画,着意表现自然美,笔墨无多,随意点染,光色相杂,形声兼具,动静相生,疏旷清淡,意境悠远,分之各自独立,合则融为一体。

此曲写照传神,富于情韵,景物与情思巧妙结合,有唐人小令的风致。

【习题】

1. 以《潇湘八景》为例,谈谈马致远散曲的审美情趣。
2. 以《潇湘八景》为例,谈谈马致远散曲的艺术风格。
3. 结合具体作品,谈谈本曲所寄托的孤凄情感和归隐意愿。

登金陵雨花台望大江[1]

高 启

> 高启(1336—1373),字季迪,长洲(今江苏苏州)人,元末明初著名诗人,在文学史上与刘基、宋濂并称"明初诗文三大家"。为人孤高耿介,不羡功名利禄。工诗能文,善学古人,各体兼优,尤长于诗。最大成就是在以演义、小说、戏曲为主流文化的不利环境下,挑起发展诗歌的重担,并改变了元末以来缛丽不实的诗风,推动了诗歌的继续向前发展。其诗多述志感怀、游山玩景以及酬答友人,也有微露讽刺之什。七言歌行沉雄奔放,律诗清新超拔,七律尤多佳作,浑涵典切,高华俊逸,接近盛唐。词内容平泛,情调低沉,逊于诗作。有诗集《缶鸣集》、词集《扣舷集》和文集《凫藻集》传世。

大江来从万山中,山势尽与江流东。[2]
钟山如龙独西上,[3]欲破巨浪乘长风。[4]
江山相雄不相让,形胜争夸天下壮。
秦皇空此瘗黄金,佳气葱葱至今王。[5]
我怀郁塞何由开,酒酣走上城南台;[6]
坐觉苍茫万古意,[7]远自荒烟落日之中来!
石头城下涛声怒,[8]武骑千群谁敢渡?[9]
黄旗入洛竟何祥,[10]铁锁横江未为固。[11]
前三国,后六朝,草生宫阙何萧萧。[12]
英雄乘时务割据,几度战血流寒潮。[13]
我生幸逢圣人起南国,祸乱初平事休息。[14]
从今四海永为家,[15]不用长江限南北。

【简注】

[1]金陵:今江苏南京。雨花台:在南京市南聚宝山上。相传梁武帝时,云光法师在此讲经,落花如雨,故名,这里地势高,可俯瞰长江,远眺钟山。 [2]"山势"句:山的走势和江的流向都是由西向东的。 [3]钟山:即紫金山。 [4]"欲破"句:化用《南史·宗悫传》"愿乘长风破万里"语。这里形容只有钟山的走向是由东向西,好像欲与江流抗衡。 [5]"秦皇"二句:据说"秦并天下,望气者言,江东有天子气","秦皇因埋金玉杂宝以压之",故名金陵。瘗(yì),埋藏。佳气:山川灵秀的美好气象。葱葱:茂盛貌,此处指气象旺盛。王:通"旺",旺盛。 [6]郁塞:忧郁窒塞。城南台:即雨花台。 [7]坐觉:自然而觉。坐,自,自然。 [8]石头城:古城名,故址在今南京清凉山,以形势险要著称。 [9]"武骑"句:六朝时,当贺若弼、韩擒虎率领数十万雄师渡江的时候,佞臣孔范却对陈后主说"长江天堑,古来限隔,虏军岂能飞渡?"陈后主笑以为然,遂不设防,结果做了隋军的俘虏。 [10]"黄旗"句:黄旗入洛:三国时吴王孙皓听术士说自己有天子气象,于是就率家人宫女西上入洛阳以顺天命。途中遇大雪,士兵怨怒,才不得不返回。此处说"黄旗入洛"其实是吴被晋灭的先兆,所以说"竟何祥"。 [11]"铁锁"句:三国时吴军为阻止晋兵进攻,曾在长江上设置铁锥铁锁,最后为晋军所破,孙皓只好出城投降。 [12]三国:魏、蜀、吴,这里仅指吴。六朝:吴、东晋、宋、齐、梁、陈均建都金陵,史称六朝,这里指南朝。萧萧:冷落,凄清。 [13]英雄:指六朝的开国君主。务割据:专力于割据称雄。务,致力,从事。 [14]圣人:指明太祖朱元璋。事休息:指明初实行减轻赋税,恢复生产,使人民得到休养生息。事:从事。 [15]四海永为家:用刘禹锡《西塞山怀古》"从今四海为家日"句,指全国统一。

【浅释】

此诗表达了对国家一统、天下太平的向往。

诗以写景开头,以豪放、雄健的笔调描绘钟山虎踞龙盘、大江奔流向东的雄伟壮丽,颇有李白之风。"江山"四句由观景转向怀古,由江山转向人事,以秦王埋金无补于事,说明得天下在德不在险。以下十二句进一步回顾三国、六朝兴废的历史:两位君主坐拥长江天险,而遗下笑柄,孙皓"铁锁横江",最终出城归降;陈后主"武骑千群",最终被隋俘虏。历史多次证明:凡是企图凭恃长江天堑固守割据局面的,都未能够逃脱覆亡的命运。面对"荒烟落日",一幕幕割据、战乱的历史悲剧挟带着"苍茫万古意",在居安思危的诗人脑海里翻腾迭现。结尾四句由怀古转向颂今,肯定朱元璋平息战乱、"四海为家"的功绩,表达了对新的王朝长治久安、与民休息的热情期待。

这首诗写景与抒情融为一体,缅古与思今自然交织,沉郁慷慨,气势峥嵘,舒卷自如,音韵铿锵。

【习题】

1.结合具体诗句,谈谈本诗写景的特色。
2.这首诗被称为"盛世之声",试分析它抒发的情感。
3.本诗怀古引用了若干典故,谈谈它在用典上的特点。

点绛唇·春日风雨有感[1]

陈子龙

> 陈子龙(1608—1647),字卧子,号大樽,南直隶松江华亭(今上海松江)人。明末几社领袖、重要诗人和作家。清兵攻陷南京后,陈子龙曾组织义兵抗清,因事泄被捕,终乘间投水而死。文学主张与明"前后七子"相近,诗歌宗法汉魏六朝盛唐。早期诗作辞彩浓郁,尤好拟古乐府,模拟痕迹较重,内容比较贫弱。明亡后的作品,多抒发兴亡之感、家国之痛和黍离之悲。风格悲壮苍凉,清丽沉雄。陈子龙的词,史称"开三百年来词学中兴之世"。其词具有北宋风格,以婉约为宗,写野草闲花、风晨雨夕,善于描绘,以清丽见长,在缠绵婉转中寄托了爱国深情。

满眼韶华,[2]东风惯是吹红去。[3]几番烟雾,[4]只有花难护。

梦里相思,故国王孙路。[5]春无主!杜鹃啼处,泪洒胭脂雨。[6]

【简注】

[1]此词原题为《点绛唇·春闺》。春日风雨:当时所处的环境、节候和气氛。有感:感慨和情怀。 [2]韶华:美好时光,多指春光。 [3]惯:照例。红:指花。 [4]"几番"句:指清兵入关后的一系列事变。烟雾:这里形容春雨潇潇,烟雾茫茫。 [5]王孙路:指归路。王孙:古代泛指宦属子弟。杜甫《哀王孙》诗"可怜王孙泣路隅"。 [6]"春无"三句:叹复国不易。杜鹃:用杜鹃啼血典故,鹃啼凄厉,能动旅人归思。又传其啼至哀,能至血出。

【浅释】

此词借感伤暮春花残,寄托亡国哀痛,喟叹复国不易。

上片以风雨落红,寓明朝倾覆。起首两句先扬后抑,用自然的变化折射时代的变化。"满眼韶华"赞美春光美好,热爱故国山河之情融入其里。"东风"句猛然顿跌,风催花落,春意阑珊,"惯是"言自然规律无法抗逆,江山易主之意隐约其中。"几番烟雾"两句紧承上意,风雨频侵,春花难护,隐括清兵南下情形,暗示明朝大势已去,悲惋一己无力回天。然而,词人的故国情怀不可消磨,下片借梦断鹃啼,哭国家将亡。"王孙"路上芳草萋萋的梦中景象,寄寓着反清复明的朦胧希望。"春无主"突然一转,直是摧肝裂肺。"春无主"即"春易主"!清醒地意识到这一点,词人难免悲痛欲绝,乃如杜鹃啼血,泪倾如雨。泪化"胭脂雨"的想象,蕴含了深沉的民族感情。

全词巧妙用比兴,惜花之情与亡国之痛水乳交融,字字血泪交迸,风格缠绵婉丽。

【习题】

1.试分析这首词在抒情结构上的特点。

2.谈谈本词运用比兴手法抒情的艺术效果。

3.阅读陈子龙诗《秋日杂感》,看抒情风格与此词有何不同。

顾炎武诗二首

顾炎武

> 顾炎武(1613—1682),昆山(今江苏昆山)人,明末清初思想家、文学家。学识广博,著作宏富,与黄宗羲、王夫之并称为明末清初"三大儒"。顾炎武研究经学,反对空谈,注重确实凭据,辨别源流,审核名实,开清代朴学风气。文学成就主要以诗见称,正视现实,反映现实。对明王朝的忠诚,强烈的反清意识,坚贞的民族气节,是其诗歌基本的思想感情,现实性和政治性十分强烈,带有明显的史诗特色,形成沉郁苍凉、刚健古朴的艺术风格。散文贯彻"经世致用"的写作原则,关怀社会人生,语言简洁凝练,文风朴实无华。

京　口[1]

东胡北翟战争还,[2] 天府神州百二关。[3]
末代弃江因靖卤,[4] 当年开土是中山。[5]
云浮鹳鹤春空远,[6] 水拥蛟龙夜月闲。[7]
相对新亭无限泪,[8] 几时重得破愁颜。

【简注】

[1]此诗为顾炎武1864年重游京口时作。　[2]东胡北翟:泛指我国北方地区古代少数民族。东胡:中国东北部的古老游牧民族。北翟:即北狄。翟:同"狄"。　[3]百二关:语出《史记》"持戟百万,秦得百二",意谓即使诸侯用百万的兵力合力来攻,秦国只要用二万兵员,就足以固守。"百二"就是百分之二。后世用"百二关"来形容可以据险扼守的军事要地。　[4]弃江因靖卤:弘光朝受封为靖虏伯的郑鸿逵奉命镇守京口,于军中大排筵宴,致使清兵夜晚乘雾渡江,长江一线就此失守。　[5]开土是中山:明代开国元勋中山王徐达率兵攻取京口,应天府形势遂固。有明一代之兴亡,俱系于京口弹丸之地。　[6]鹳鹤:形似鹤,嘴长而直,顶不红,常活动于水旁,夜宿高树。　[7]蛟龙:古代传说中指兴风作浪、能发洪水的龙。　[8]新亭泪:表示痛心国难而无可奈何的心情。司马睿建立了东晋王朝后,一些贵族及大臣每当天气晴朗时到建康城外的新亭饮酒,武城侯周凯发感慨引发大家都哭了起来,史称"新亭对泣"。

【浅释】

此诗批评南明诸臣之无能,表达亡国悲痛。

前四句回顾历史。首联上句着眼于时间,"战争还"概括漫长的侵略与反侵略战争史;下句着眼于空间,"百二关"形容万里山河的险峻和易守难攻。两句诗境界开阔,节奏明快。颔联转写发生在京口的两个历史事件:中山开土和靖卤弃江。"末代"对"当年",代表了一个王朝的兴亡历史。"弃江"对"开土",贪生怕死与艰难创业形成鲜明对照,强烈爱憎感情蕴含其中。后四句转写现实。颈联"云浮"对"水拥","春空"对"夜月",分别构成祖国大自然的两幅完整画面,富有诗的意境。"浮""远""拥""闲"四个字,点活了整个自然景物,祖国大地呈现一派盎然生意,令人深深怀想。尾联转入悲愁之中,借用"新亭对泣"之典,表达此时此地同样触景生情的感慨,点明主题。

全诗深厚沉郁,笔力雄建,境界开阔,深得杜诗之神髓。

精 卫[1]

万事有不平,尔何空自苦。长将一寸身,衔木到终古?[2]
我愿平东海,身沉心不改。大海无平期,我心无绝时![3]
呜呼!君不见西山衔木众鸟多,鹊来燕去自成窠。[4]

【简注】

[1]精卫:古代神话中所记载的一种鸟。 [2]"万事"四句:对精卫的发问。尔:指精卫。终古:永远。 [3]"我愿"四句:精卫回答之语。 [4]"呜呼"三句:讽刺当时托名遗民,而实为自己利禄打算的人。鹊、燕:比喻无远见、大志,只关心个人利害的人。窠(kē):鸟巢。

【浅释】

这首杂言古诗,以"精卫"自比表示了诗人舍身报国、不屈清朝的决心。

全诗采用主客对话体式,自然形成三个层次。首先,客以规劝口吻,说精卫不通世情(不平在在皆有,反抗无力回天)、自不量力(微躯力量弱小,填海希望渺茫),劝它不要徒然自找苦吃。接着,精卫响亮回应:实现平海宏愿,牺牲在所不惜;理想若未实现,奋斗绝不停止。精卫答语体现了勇于担当的襟怀和矢志不渝的信念,这是对精卫精神的讴歌,又是诗人心灵的直接宣泄,诗中精卫正是顾炎武及其所代表的民族义士们的化身。最后,又是一段旁白,鹊、燕等众鸟趋于私利,甘于平庸,自营巢窠,卑鄙无耻。鹊、燕蝇营狗苟的丑恶行径反面衬托了精卫忘我无私、以命相搏的崇高伟大,表达了诗人对复明大业的执着,对丧节之辈的不满,对身单势孤的无奈。

本诗巧妙化用神话,采用戏剧结构,对比褒贬鲜明,语言简洁明快。

【习题】

1.《京口》寄托了怎样的深刻寓意?谈谈自己对这种寓意的理解和认识。
2.《京口》颈联描绘美好河山,意境悠远澄静,谈谈这样写的用意何在。
3.试分析《京口》《精卫》使典用事和对照手法的特点和艺术效果。

纳兰性德词二首

纳兰性德

> 纳兰性德(1655—1685),字容若,满洲正黄旗人,大学士明珠之子。纳兰性德极富文学天才,深涉经学,擅长书法,精于书画鉴赏,诗文俱佳,而尤以词作著称,与陈维崧、朱彝尊并称"清初三大家"。纳兰词与词人天性孤傲、淡泊名利、厌恶官场的处世态度相关,多写离情别绪和人生哀愁,追忆昔日恋情,伤悼亡妻卢氏,感怀自身命运,词风接近李煜,主张发乎性情,反对临摹仿效,"以自然之眼观物,以自然之舌言情",作品直抒胸臆,婉约清新,哀思深婉,情调消沉,以"缠绵婉约""哀感顽艳"著称。著有《通志堂集》《纳兰词》《饮水词》。

金缕曲·亡妇忌日有感[1]

此恨何时已?[2]滴空阶,寒更雨歇,葬花天气。[3]三载悠悠魂梦杳,[4]是梦久应醒矣!料也觉、人间无味。不及夜台尘土隔,[5]冷清清、一片埋愁地。钗钿约,竟抛弃![6]

重泉若有双鱼寄,[7]好知他、年来苦乐,与谁相倚?[8]我自终宵成转侧,忍听湘弦重理?[9]待结个、他生知己,[10]还怕两人俱薄命,再缘悭,剩月零风里。[11]清泪尽,纸灰起。[12]

【简注】

[1]金缕曲:这首词作于康熙十九年五月三十日,是作者悼念前妻卢氏的作品。亡妇:即卢氏,两广总督、兵部尚书卢兴祖之女,康熙十三年嫁词人,十六年卒,仅与作者共同生活三年,因难产而亡。忌日:就是人死那天的日子。　[2]恨:遗憾。已:结束、完了。　[3]寒更:寒夜打更声,这里指夜深。葬花天气:指春末落花时节,大致是农历五月,这里既表时令,又暗喻妻子之亡如花之凋谢。　[4]三载:三年,从康熙十六年卢氏去世到康熙十九年,恰好三年。悠悠:久远的样子。杳:渺茫。　[5]夜台:坟墓,墓穴。　[6]钗钿约:指爱人间的盟誓。钗钿:妇女的首饰,钗由两股合成,钿是用金翠珠宝制成花朵形。约:约言,盟誓。　[7]重泉:地下,死者之居,犹言黄泉、九泉,指生死两隔。双鱼:书信的代称。　[8]年来:几年里。相倚:互相依靠。　[9]终宵成转侧:通宵不寐。转侧:形容卧不安席,辗转反侧的样子。湘弦重理:再弹琴瑟,指续弦再娶。一说湘弦:即湘灵鼓瑟之弦。指纳兰不忍再弹奏那哀怨凄婉的琴弦(亡妻遗物)。　[10]他生:来生,下辈子。　[11]缘悭(qiān):缺乏缘纷。剩月零风:比喻夫妻不能偕老而伤感悲苦。剩月:残月。零风:寒风。　[12]纸灰:指烧纸钱的灰。旧时迷信,凿纸为钱,祭祀时烧化给死者。

【浅释】

《金缕曲》写尽"愁恨"——失爱之痛、相思之苦。

本词依据情感意识流动铺写。开篇突兀发问,见愁恨无处寄托,绵绵无尽。接以空阶、寒更、冷雨、暮春意象,渲染悼亡的哀寂氛围,烘托词人的苍凉心境。"三载"回应"何时",引出辗转恍惚情思:"梦"(妻子梦中远游)一转,"醒"(应该早醒来归)又转,"觉"(人间不及夜台)再转。词句起伏折叠,尽显柔肠百转。上片以六字感叹歇拍,似抱怨无理,却正见至情。下片又生痴情幻想:阴间阳世若能书信往还,也好了解妻子苦乐,慰藉黄泉寂寞。转而由人及己,写孤独愁怨无法排解,睹物思人更是无限伤情。于是,萌生与妻来世再结良缘的幻念,又恐他生再遭命运摧残,重陷残月凄风苦境。"他生"之盼、"缘悭"之忧,九曲回肠,语痴入骨。末尾六字以衰飒之景结凄怆之情。

纳兰词真情毕露,痴人、痴语、痴情,哀伤婉丽,缠绵凄绝。

沁园春

丁巳重阳前三日,梦亡妇淡妆素服,执手哽咽。语多不能复记,但临别有云:"衔恨愿为天上月,年年犹得向郎圆。"妇素未工诗,不知何以得此也。觉后感赋。[1]

瞬息浮生,薄命如斯,低徊怎忘。记绣榻闲时,并吹红雨;[2]雕阑曲处,同倚斜阳。梦好难留,诗残莫续,赢得更深哭一场。遗容在,只灵飙一转,未许端详。[3]

重寻碧落茫茫。[4]料短发、朝来定有霜、便人间天上,尘缘未断;[5]春花秋叶,触绪还伤。[6]欲结绸缪,翻惊摇落,减尽荀衣昨日香。[7]真无奈,把声声檐雨,谱出回肠。[8]

【简注】

[1]丁巳年即康熙十六年(1677),也就是卢氏逝世这一年。妻子逝世不久,纳兰时时思念,幻想能与其再续前缘。这一年重阳节前三天(上距卢氏之卒仅94天),纳兰竟真的在梦中与亡妻相会,两人相对哽咽,说了许多思念之语,临别之时,妻子赠诗"衔恨愿为天上月,年年犹得向郎圆"与词人。 [2]红雨:代指落花,并吹红雨,一起看风飘红雨。 [3]遗容:此指梦中看到音容宛在。灵飙:灵风,代指梦中见到亡妇的形影。未许端详,不能仔细看。 [4]碧落:指天上,此指无法寻求的另一个世界。 [5]霜:指出现白发,时性德年仅24岁,短发有"霜"是料想之词。 [6]秋叶:一本作"秋月"。 [7]绸缪(chóu móu):犹言缠绵,指深厚的情意。摇落:凋零之意,此处指梦境破灭。欲结绸缪:即序言中亡妇诗中所表示的"衔恨愿为天上月,年年犹得向郎圆"。翻惊摇落:指梦境突然幻灭。荀衣:荀令君至人家,坐处三日香,后以荀衣、荀香喻人风流倜傥,或喻惆怅之情。 [8]声声檐雨,谱出回肠:唐明皇入蜀夜雨闻铃,思念杨妃,因作《雨霖铃》。

【浅释】

这首词是以记梦的形式所写的悼亡之作。

上片以低婉叹息起笔,"瞬息"极言"浮生"短暂,后接"如斯"强化"命薄"程度,寄寓痛惜之情。"低徊怎忘"以反问语气出之,强调永志不忘,引出对往昔夫妻恩爱情景的追忆:"并吹红雨""同倚斜阳",见志趣相同,情投意合。"梦好难留,诗残莫续"双关,既言明梦中情事不再,又暗含伉俪往事成空。深宵痛哭,凸显凄情难禁。亡妇音容形影稍纵即逝,词人徒留一腔怅惘。下片接写苦苦追寻亡妻踪影,即令早生华发也在所不计,阴阳限隔也斩不断这段美好情缘。"春花"两句反呼"记绣榻"四句,言四时风物触目伤怀。"欲结绸缪"三句上呼"梦好难留"三句,抒发追寻不得的沉痛心情。结尾"声声檐雨"呼应"更深哭一场",暗用玄宗夜雨闻铃之典,将感伤情怀推向极致。

全篇屈曲跌宕,一波三折,低回深婉,悱恻缠绵,哀怨之情撼人心魄。

【习题】

1. 试分析《金缕曲》《沁园春》所抒发的人间至情。
2. 分析《金缕曲》《沁园春》在艺术构思和表现手法的不同特点。
3. 重读苏轼悼亡词《江城子》、贺铸悼亡词《鹧鸪天》,与纳兰词进行比较。

徐文长传[1]

袁宏道

> 袁宏道(1568—1610),字中郎,号石公,公安县(今湖北公安)人。明代著名文学家,与兄宗道、弟中道并称"三袁",开创了文学创作中的"公安派",在"三袁"中成就最高。袁宏道受李贽影响很深,重视戏曲小说,有很多进步的文学见解,反对前后七子的复古拟古文风,认为时有变化、文有古今,文学应随时代的变化而变化。他极力主张"独抒性灵,不拘格套",充分表现作者的个性。其小品文成就最为突出,自由抒写,清新活泼,率真自然,情调闲适。山水游记行文信笔直书,意到笔随;写景独具慧眼,物我交融;语言清新流利,舒徐自如。有《袁中郎集》传世。

余一夕坐陶太史楼，[2]随意抽架上书，得《阙编》诗一帙，[3]恶楮毛书，[4]烟煤败墨，[5]微有字形。稍就灯间读之，读未数首，不觉惊跃，急呼周望："《阙编》何人作者，今邪？古邪？"周望曰："此余乡徐文长先生书也。"两人跃起，灯影下读复叫，叫复读，僮仆睡者皆惊起。盖不佞生三十年，[6]而始知海内有文长先生。噫，是何相识之晚也！因以所闻于越人士者，[7]略为次第，[8]为《徐文长传》。

徐渭，字文长，为山阴诸生，[9]声名藉甚。[10]薛公蕙校越时，[11]奇其才，有国士之目。[12]然数奇，[13]屡试辄蹶。[14]中丞胡公宗宪闻之，[15]客诸幕。[16]文长每见，则葛衣乌巾，[17]纵谈天下事，胡公大喜。是时公督数边兵，[18]威震东南，介胄之士，[19]膝语蛇行，[20]不敢举头，而文长以部下一诸生傲之，议者方之刘真长、杜少陵云。[21]会得白鹿，[22]属文长作表。[23]表上，永陵喜。[24]公以是益奇之，一切疏记，[25]皆出其手。

文长自负才略，好奇计，谈兵多中，视一世士无可当意者，然竟不偶。[26]文长既已不得志于有司，[27]遂乃放浪曲蘖，[28]恣情山水，走齐、鲁、燕、赵之地，穷览朔漠。[29]其所见山奔海立，沙起云行，风鸣树偃，幽谷大都，人物鱼鸟，一切可惊可愕之状，一一皆达之于诗。其胸中又有勃然不可磨灭之气，英雄失路托足无门之悲。故其为诗，如嗔如笑，[30]如水鸣峡，如种出土，如寡妇之夜哭，羁人之寒起；[31]虽其体格时有卑者，然匠心独出，有王者气，[32]非彼巾帼而事人者所敢望也。[33]文有卓识，气沉而法严，不以摹拟损才，不以议论伤格，韩、曾之流亚也。[34]文长既雅不与时调合，[35]当时所谓骚坛主盟者，[36]文长皆叱而奴之，故其名不出于越。悲夫！喜作书，笔意奔放如其诗，苍劲中姿媚跃出，欧阳公所谓"妖韶女老，自有余态"者也。[37]间以其余，[38]旁溢为花鸟，皆超逸有致。

卒以疑杀其继室，[39]下狱论死。张太史元汴力解，[40]乃得出。晚年愤益深，[41]佯狂益甚，[42]显者至门，或拒不纳。时携钱至酒肆，呼下隶与饮。[43]或自持斧击破其头，血流被面，头骨皆折，揉之有声。或以利锥锥其两耳，深入寸馀，竟不得死。周望言晚岁诗文益奇，[44]无刻本，集藏于家。余同年有官越者，[45]托以钞录，今未至。余所见者，《徐文长集》《阙编》二种而已。然文长竟以不得志于时，抱愤而卒。

石公曰：[46]"先生数奇不已，遂为狂疾；狂疾不已，遂为囹圄。[47]古今文人牢骚困苦，未有若先生者也。虽然，胡公间世豪杰，[48]永陵英主，幕中礼数异等，是胡公知有先生矣；表上，人主悦，是人主知有先生矣，独身未贵耳。先生诗文崛起，一扫近代芜秽之习，[49]百世而下，自有定论，胡为不遇哉？"梅客生尝寄余书曰：[50]"文长吾老友，病奇于人，人奇于诗。"余谓文长无之而不奇者也。无之而不奇，斯无之而不奇也，悲夫！

【简注】

[1]徐文长(1521—1593)，本名徐渭，初字文清，改字文长，号天池山人、青藤道人，山阴(今浙江绍兴)人，明朝晚期杰出的文学家、艺术家，列为中国古代十大名画家之一。　[2]一夕：指万历二十五年(1597)三月作者游绍兴时的一天晚上。陶太史：陶望龄，字周望，号石篑，绍兴人。万历十七年(1589)会试第一，廷试第三，初授翰林院编修，官至国子监祭酒。明代史馆事多以翰林任之，故称翰林为太史。　[3]帙(zhì)：书册。　[4]恶楮(chǔ)毛书：纸质低劣，刻工粗糙。楮：落叶乔木，树皮可造纸。　[5]烟煤败墨：形容印书的墨质不好。　[6]不佞：自谦词，意同"不才""小可"之类。　[7]越：古国名，地域大致相当于现在浙江东部。　[8]次第：编排。　[9]诸生：明代经过省内各级考试，录取入府、州、县学者，称生员。生员有增生、附生、廪生、例生等名目，统称诸生。　[10]声名藉甚：名声很大。藉甚：盛大，很多。　[11]薛公蕙：薛蕙，字君采，亳州(今安徽亳州)人。正德九年(1514)进士，授刑部主事，嘉靖中为给事中。曾任绍兴府乡试官，所以称"校越"。　[12]国士之目：把他视为国士。国士：国中才能出众的人。　[13]数奇(jī)：命运坎坷，遭遇不

顺。　［14］辄蹶(jué)：总是失败。　［15］中丞胡公宗宪：胡宗宪，字汝贞，绩溪(今属安徽)人。嘉靖进士，任浙江巡抚(明清称巡抚为中丞)，总督军务，以平倭功，加右都御史、太子太保。因投靠严嵩，严嵩倒台后，他也下狱死。　［16］客诸幕：作为幕宾。"客"用作动词，谓"使做幕客"。　［17］葛衣乌巾：身着布衣，头戴黑巾。此为平民装束。　［18］督数边兵：胡宗宪总督南直隶、浙、闽军务。边兵：边防军。　［19］介胄之士：披甲戴盔之士，指将官们。　［20］膝语蛇行：跪着说话，爬着走路，形容极其恭敬惶恐。　［21］刘真长：晋朝刘惔，字真长，著名清谈家，曾为简文帝幕中上宾。杜少陵：杜甫，在蜀时曾作剑南节度使严武的幕僚。　［22］会得白鹿：《徐文长自著畸谱》："三十八岁，孟春之三日，幕再招，时获白鹿二，……令草两表以献。"　［23］表：一种臣下呈于君主的文体，一般用来陈述衷情，颂贺谢圣。　［24］永陵：明世宗嘉靖皇帝的陵墓，此用来代指嘉靖皇帝本人。　［25］疏记：两种文体。疏：即臣下给皇帝的奏疏。记：书牍、札子。　［26］不偶：不遇。　［27］有司：主管部门的官员。　［28］曲蘖(niè)：酒母，代指酒。　［29］朔漠：北方沙漠地带。　［30］嗔：生气。　［31］羁人：旅客。　［32］王者气：称雄文坛的气派。　［33］巾帼事人：像妇人似的跟随顺从于人。帼：妇女的头巾，用巾帼代指妇女。　［34］韩曾：唐朝的韩愈、宋朝的曾巩。流亚：匹配的人物。　［35］雅：平素，向来。时调：指当时盛行于文坛的拟古风气。　［36］骚坛：文坛。主盟者：指嘉靖时后七子的代表人物王世贞、李攀龙等。　［37］"欧阳公"句：欧阳修《水谷夜行寄子美圣俞》有句云："譬如妖韶女，老自有余态。"妖韶：美艳。　［38］间：有时。余：余力。　［39］卒以疑：最终由于疑心。继室：续娶的妻子。　［40］张太史元汴：张元汴，字子荩，山阴人。隆庆五年(1571)廷试第一，授翰林修撰，故称太史。　［41］晚年愤益深：胡宗宪被处死后，徐渭更加愤激。　［42］佯狂：装疯。　［43］下隶：衙门差役。　［44］周望：陶望龄字。　［45］同年：同科考中的人，互称同年。　［46］石公：作者的号。　［47］囹圄(líng yǔ)：监狱。这里指身陷囹圄。　［48］间世：间隔几世。古称三十年为一世。形容不常有的。　［49］芜秽：杂乱、烦冗。　［50］梅客生：梅国桢，字客生。万历进士，官兵部右侍郎。

【浅释】

　　此传写徐渭"雅不与时调合"的悲愤人生，感慨淋漓，文如其人。

　　"奇"为全文主线，写其才能奇异、性情奇怪、遭际奇特。首段为序，交代立传缘由。通过阅读者惊讶忘情的情态，反衬作品奇特尖新，其人才能奇异。相识恨晚，引出下文。中间数段叙写传主生平，以"入—出—卒"为序。"入"总写才能、性情、遭际，"声名藉甚"与"屡试辄蹶"对比见"数奇"；笑傲纵谈与"膝语蛇行"对比见性奇；薛君采奇其才，胡宗宪重其笔，嘉靖帝喜其表，足见才卓。"出"重点写才能奇异，其诗意境奇伟、匠心独出；其文蕴有卓识、气沉法严；其书笔意奔放、苍劲妩媚；其画超逸有致。诗文书画均如其人，狂放纵情，不同流俗。"卒"重点写遭遇不偶：下狱论死—佯狂自戕—抱愤而卒。结尾为议，感慨传主因奇(出众)而奇(倒霉)。"悲夫"一叹，余情邈邈。

　　全文将惺惺相惜之情入乎笔墨，文笔疏荡，形神兼备。

【习题】

1. 本文从哪几个方面塑造徐文长狂放不羁的形象？
2. 作者在铺叙徐文长文学艺术成就时比喻奇特，笔墨精悍，试做分析。
3. "无之而不奇，斯无之而不奇也，悲夫"，表达了怎样的思想感情？

西湖七月半[1]

张 岱

> 张岱(1597—1679),字宗子,一字石公,号陶庵,明末山阴(今浙江绍兴)人,晚明散文大家,晚明小品文创作的集大成者。晚年亲历易代之变,披发隐居浙江剡溪,专心著述。小品内容取材广泛(名山佳水、民风习俗、人物论赞、器技杂识),多追忆往昔繁华,寄托家国之痛和沧桑之感,也有不少作品标榜封建士大夫闲暇优雅、清高拔俗的生活情调。艺术上兼取公安、竟陵之长而自成一格,擅长人物传记,风景描写亦佳,结构精巧,笔力高致,细腻生动,饶有诗意。著有纪传体明史《石匮书》,另有《陶庵梦忆》《琅嬛文集》《西湖梦寻》等多部文集,《陶庵梦忆》是他的代表作。

西湖七月半,一无可看,止可看看七月半之人。[2]看七月半之人,以五类看之。[3]其一,楼船箫鼓,[4]峨冠盛筵,[5]灯火优傒,[6]声光相乱,[7]名为看月而实不见月者,看之。[8]其一,亦船亦楼,名娃闺秀,[9]携及童娈,[10]笑啼杂之,环坐露台,左右盼望,[11]身在月下而实不看月者,看之。其一,亦船亦声歌,名妓闲僧,浅斟低唱,[12]弱管轻丝,[13]竹肉相发,[14]亦在月下,亦看月而欲人看其看月者,看之。其一,不舟不车,不衫不帻,[15]酒醉饭饱,呼群三五,[16]跻入人丛,[17]昭庆、断桥,[18]嚣呼嘈杂,[19]装假醉,唱无腔曲,[20]月亦看,看月者亦看,不看月者亦看,而实无一看者,看之。其一,小船轻幌,[21]净几暖炉,茶铛旋煮,[22]素瓷静递,[23]好友佳人,邀月同坐,或匿影树下,[24]或逃嚣里湖,[25]看月而人不见其看月之态,亦不作意看月者,[26]看之。

杭人游湖,[27]巳出酉归,[28]避月如仇。是夕好名,[29]逐队争出,多犒门军酒钱。[30]轿夫擎燎,[31]列俟岸上。[32]一入舟,速舟子急放断桥,[33]赶入胜会。以故二鼓以前,[34]人声鼓吹,[35]如沸如撼,[36]如魇如呓,[37]如聋如哑。[38]大船小船一齐凑岸,一无所见,止见篙击篙,[39]舟触舟,肩摩肩,[40]面看面而已。少刻兴尽,官府席散,皂隶喝道去。[41]轿夫叫船上人,怖以关门,[42]灯笼火把如列星,[43]一一簇拥而去。岸上人亦逐队赶门,渐稀渐薄,[44]顷刻散尽矣。

吾辈始舣舟近岸,[45]断桥石磴始凉,席其上,[46]呼客纵饮。[47]此时,月如镜新磨,[48]山复整妆,湖复颒面,[49]向之浅斟低唱者出,[50]匿影树下者亦出。吾辈往通声气,[51]拉与同坐。韵友来,[52]名妓至,杯箸安,[53]竹肉发。月色苍凉,东方将白,客方散去。吾辈纵舟酣睡于十里荷花之中,[54]香气拍人,[55]清梦甚惬。[56]

【简注】

[1]本文选自《陶庵梦忆》卷七。西湖:即今杭州西湖。七月半:农历七月十五,又称中元节。 [2]"止可看"句:谓只可看那些来看七月半景致的人。止:同"只",仅。 [3]以五类看之:把看七月半景致的人分作五类来看。 [4]楼船:指考究的有楼的大船。箫鼓:指吹打音乐。 [5]峨冠:头戴高冠,指士大夫。盛筵:摆着丰盛的酒筵。 [6]优傒(xī):优伶、歌妓和仆役。 [7]声光相乱:乐声与灯光相错杂。乱:交错。 [8]看之:谓要看这一类人。下四类叙述末尾的"看之"同。 [9]名娃:著名美女。闺秀:有才德的女子。

[10]童娈(luán):美貌的侍僮。 [11]露台:船上露天的平台。盼望:都是看的意思。 [12]浅斟:慢慢地喝酒。低唱:轻声地吟哦。 [13]弱管轻丝:谓轻柔的管弦音乐。箫笛低吹,琴瑟轻弹。 [14]竹肉相发:丝竹声与歌声相伴和。竹肉:指管乐和歌喉。 [15]"不舟"二句:不坐船,不乘车;不穿长衫,不戴头巾,形容衣冠不整,不修边幅。帻(zé):头巾。 [16]呼群三五:呼唤朋友,三五成群。 [17]跻(jī):通"挤",挤入。 [18]昭庆:寺名,在西湖东北角岸上。断桥:西湖白堤的桥名。原名宝佑桥,到唐代称为断桥。 [19]噪(jiào):呼叫,大嚷大叫。 [20]无腔曲:不成腔调的歌曲,形容唱得乱七八糟。 [21]轻幌(huǎng):细薄的帷幔。 [22]茶铛(chēng):温茶、酒的器具(三足小锅)。旋(xuán):随时,立刻;屡屡,频繁。 [23]素瓷静递:洁白雅净的瓷杯无声地传递。 [24]匿(nì)影:藏身。 [25]逃嚣:躲避喧闹。里湖:西湖金沙堤与苏堤东蒲桥相接,北对岳王庙,其南面称里湖。 [26]作意:故意,刻意,做出某种姿态。 [27]杭人:杭州人。 [28]巳(sì):巳时,约为上午九时至十一时。酉:酉时,约为下午五时至七时。 [29]是夕好名:七月十五这天夜晚,人们喜欢这个名目。犹言赶时髦、凑热闹。 [30]犒(kào):用酒食或财物慰劳、奖赏。门军:守城门的军士。 [31]擎(qíng):举着。燎(liáo):火把。 [32]列俟(sì):排着队等候。 [33]速:催促。舟子:船夫。放:划向。 [34]二鼓:二更,第二次打鼓报更,约为晚上九时至十一时。 [35]鼓吹:指鼓、钲、箫、笳等打击乐器、管弦乐器奏出的乐曲。 [36]如沸如撼:像水沸腾,像物体震撼,形容喧嚷。 [37]魇(yǎn):梦中惊叫。呓:说梦话。这句指喧嚷中种种怪声。 [38]如聋如哑:各种声音相互遮盖,听的人听不见,犹如聋人;说的人说不清,犹如哑巴。 [39]篙:用竹竿或杉木做成的撑船的工具。 [40]摩:碰,触。 [41]皂隶:衙门的差役。喝道:官员出行,衙役在前边喝令行人让道。 [42]怖以关门:用关城门恐吓游人。 [43]列星:分布在天空的星星。 [44]渐稀渐薄:逐渐减少。 [45]舣(yǐ):通"移",移动船使船停靠岸。 [46]磴(dèng):石头台阶。席其上:在石磴上摆设酒筵。 [47]纵饮:尽情喝。 [48]镜新磨:刚磨制成的镜子。古代以铜为镜,磨制而成。 [49]山复整妆:青山好像重新梳妆打扮过一般。湖复颒(huì)面:形容湖面重新明丽起来。颒面:洗脸。 [50]向:方才,先前。 [51]往通声气:过去打招呼。 [52]韵友:风雅的朋友,诗友。 [53]箸(zhù):筷子。安:放好。 [54]纵舟:听任船儿自行飘荡。纵:任凭。十里荷花:西湖以荷花著称,语出柳永《望海潮》。 [55]拍:扑。亦作"拘",包围,拥裹。 [56]惬(qiè):畅快,适意。

【浅释】

这篇游记小品追忆明末杭州风习,寄寓清雅情怀和故国之思。

文章构思新奇,别出心裁,不涉墨于景,只着色于人。开篇奇语突发,"一无可看","止可看人"!接着递次出现五个镜头:假冒风雅的达官贵人摆谱寻欢、无意风雅的娇娃闺秀啼笑作态、故作风雅的名妓闲僧浅斟低唱、不懂风雅的市井之徒乱撞起哄、深谙风雅的文人骚客静处品茗,写"人"用"看"字展开,从"看"中写出"评",暗寓褒贬。下面写"避月如仇"者的游湖情状:逐队争出—入舟急放—船挤声喧—簇拥而去,出游的急切动态、湖中的嘈杂声浪、归去的忙迫狼狈,写得历历如绘。嘲讽俗人一味"好名",全然不解其中幽雅情趣。最后写爱月如友者的高雅情趣:喜赏清月,共饮美酒,静听歌吹,醉卧花间。此之雅与彼("避月如仇")之俗形成鲜明比照,令人咀嚼寻味。

此文能代表晚明小品的风格——洒脱、清新,在烟火气中写出山林气。

【习题】

1. 试总结本文第一段概括描述五类人的基本手法。
2. 本文第二、第三段分别描写了两种不同的场面,试做比较分析。
3. 张岱的语言雅俗结合,颇见功底,试结合本文作点分析。

马伶传[1]

侯方域

> 侯方域(1618—1655),字朝宗,号雪苑,河南商丘人。明末清初著名诗文作家,与方以智、陈贞慧、冒襄并称"四公子",与魏禧、汪琬并称"清初三大家"。诗歌或忧时悯乱,或怀念故国,或描写隐遁,真实地记载生活思想历程,多侧面地反映社会现实,长于用典,善于兴寄,雄浑悲壮,清丽悱恻。散文弘扬唐宋古文传统,融传奇笔法于古文写作,开一代文风。作品有人物传记,有论文书信,前者形象生动,情节曲折,均有唐代传奇笔法,具有短篇小说特点;后者或痛斥权贵,或直抒怀抱,流畅恣肆,清新奇峭。著有《壮悔堂文集》《四忆堂诗集》。

　　金陵为明之留都,[2] 社稷百官皆在;[3] 而又当太平盛时,[4] 人易为乐,其士女之问桃叶渡游雨花台者,[5] 趾相错也。[6] 梨园以技鸣者,[7] 无虑数十辈,[8] 而其最著者二:曰兴化部,曰华林部。
　　一日,新安贾合两部为大会,[9] 遍征金陵之贵客文人,[10] 与夫妖姬静女,[11] 莫不毕集。[12] 列兴化于东肆,[13],华林于西肆,两肆皆奏《鸣凤》,[14] 所谓椒山先生者。[15] 迨半奏,[16] 引商刻羽,[17] 抗坠疾徐[18],并称善也。当两相国论河套,[19] 而西肆之为严嵩相国者曰李伶,[20] 东肆则马伶。坐客乃西顾而叹,[21] 或大呼命酒,[22] 或移座更近之,首不复东。[23] 未几更进,[24] 则东肆不复能终曲。询其故,盖马伶耻出李伶下,已易衣遁矣。[25] 马伶者,金陵之善歌者也。既去,[26] 而兴化部又不肯辄以易之,[27] 乃竟辍其技不奏,[28] 而华林部独著。
　　去后且三年而马伶归,[29] 遍告其故侣,[30] 请于新安贾曰:"今日幸为开宴,[31] 招前日宾客,愿与华林部更奏《鸣凤》,[32] 奉一日欢。"[33] 既奏,已而论河套,[34] 马伶复为严嵩相国以出,李伶忽失声,[35] 匍匐前称弟子。[36] 兴化部是日遂凌出华林部远甚。[37] 其夜,华林部过马伶:[38]"子,[39] 天下之善技也,然无以易李伶。[40] 李伶之为严相国至矣,[41] 子又安从授之而掩其上哉?"[42] 马伶曰:"固然,[43] 天下无以易李伶;李伶即又不肯授我。[44] 我闻今相国昆山顾秉谦者,[45] 严相国俦也。[46] 我走京师,[47] 求为其门卒三年,[48] 日侍昆山相国于朝房,[49] 察其举止,聆其语言,[50] 久乃得之。此吾之所为师也。"华林部相与罗拜而去。[51]
　　马伶,名锦,字云将,其先西域人,[52] 当时犹称马回回云。
　　侯方域曰:异哉,马伶之自得师也。夫其以李伶为绝技,无所干求,[53] 乃走事昆山,[54] 见昆山犹之见分宜也。[55] 以分宜教分宜,[56] 安得不工哉?[57] 呜乎!耻其技之不若,[58] 而去数千里为卒三年,倘三年犹不得,即犹不归耳。[59] 其志如此,技之工又须问耶?

【简注】

　　[1]崇祯十二年(1639),侯方域游历南方,后来居留南京。这篇人物小传,是他寓居南京时写就。文章采录了南京当时的传说,以张扬马伶其人其事,并将矛头指向顾秉谦,旁敲侧击,来讥讽阮大铖。马伶:姓马的演员。伶:古时称演戏、歌舞、作乐的人。　[2]金陵:南京市旧名。梨园部:戏班。《新唐书·礼乐志》记

载,唐玄宗"选坐部伎子弟三百,教于梨园,号梨园弟子",后世称戏剧团体为梨园。部:行业的组织。明之留都:明代开国时建都金陵,成祖朱棣迁都北京,以金陵为留都,改名南京,也设置一套朝廷机构。　[3]社稷:古代帝王、诸侯所祭的土神和谷神。后来用作国家之代称,这里仍用本来的含义。　[4]盛时:国家兴隆的时期。　[5]问:探访。桃叶渡:南京名胜之一,是秦淮河的古渡口,相传东晋王献之送其妾桃叶在此渡江,因而得名。雨花台:在南京中华门外,三国时称石子岗,又称聚宝山。相传梁武帝时,元光法师在此讲经,落花如雨,故名。　[6]趾相错:脚印相交错,形容游人之多。　[7]以技鸣:因技艺高而出名。　[8]无虑:大概,约计。辈:人。　[9]新安:今安徽歙(shè)县。贾(gǔ):商人。　[10]征:召集。　[11]妖姬:艳丽女人。静女:语出《诗经·邶风·静女》:"静女其姝。"指少女。　[12]毕集:都来了。　[13]肆:店铺,这里指戏场。　[14]《鸣凤》:指明代传奇《鸣凤》,传为王世贞门人所作,演夏言、杨继盛诸人与权相严嵩斗争故事。　[15]椒山先生:杨继盛,字仲芳,号椒山,容城(今属河北省)人,官至南京兵部右侍郎,因弹劾严嵩被害。　[16]迨(dài):等到。半奏:演到中间。　[17]引商刻羽:演奏音乐。商、羽,古五音名。宋玉《对楚王问》:"引商刻羽,杂以流徵,国中属而和者,不过数人而已。是其曲弥高,其和弥寡。"　[18]抗坠疾徐:声音高低快慢。《礼记·乐记》:"歌者上如抗,下如队(坠)。"孙希旦集解引方氏悫说:"抗,言声之发扬;队,言声之重浊。"　[19]两相国论河套:指《鸣凤记》第六出《两相争朝》,情节是宰相夏言和严嵩争论收复河套事。河套:地名,黄河流经今内蒙古西南部,形曲如套子,中间一带称作河套。在明代,河套为鞑靼(dá dá)族所聚居,经常内扰,杨继盛、夏言诸人主张收复,严嵩反对,所以发生廷争。　[20]严嵩:字惟中,分宜(今属江西)人,弘治年间中进士,得到明世宗信任。他弄权纳贿,结党营私,陷害忠良,是著名的奸臣。　[21]西顾:往西看,指为华林部李伶的演出所吸引。叹:赞叹,赞赏。　[22]命酒:叫人拿酒来。　[23]首不复东:头不再往东看,意为不愿再兴化部马伶演出。　[24]未几:没有多久。更进:继续往下演出。　[25]"盖马伶"两句:原因是马伶耻于居李伶之下,卸装逃走。易衣:这里指卸装。　[26]既去:已离开。既:表示行动完成。　[27]辄以易之:随便换人。辄:犹"即"。《汉书·吾丘寿王传》:"盗贼不辄伏辜,免脱者众。"可引申为随便。　[28]辍(chuò):停止。　[29]且三年:将近三年。　[30]故侣:旧日伴侣,指同班艺人。　[31]幸:冀也,希望。　[32]更奏:再次献演。　[33]奉:敬献。　[34]已而:不久。　[35]失声:控制不住,不觉出声。　[36]"李伶"二句:李伶顿然惊愕,不禁出声,伏地称弟子。匍匐(pú fú):伏在地上。　[37]凌出:高出,凌驾于对方之上。　[38]华林部:指华林部伶人。过:拜访。　[39]子:你,对对方的尊称。　[40]易:轻视。《左传·襄公四年》:"贵货易土。"引申为胜过。　[41]为:此是扮演的意思。至矣:像极、妙极。　[42]安从授之:从哪里学到。掩其上:盖过他。掩:盖过。　[43]固然:确实。　[44]即:通"则"。　[45]昆山:县名,在江苏省。顾秉谦:明熹宗天启年间(1621—1627)为首辅,是阉党中人。　[46]俦:同类人。　[47]走:跑到。　[48]门卒:门下的差役。　[49]朝房:百官上朝前休息的地方。　[50]"察其"二句:观察其行动,聆听其言语。聆:听。　[51]罗拜:数人环列行礼。　[52]西域:古代地理名称,指今新疆及中亚一部分地方。　[53]无所求:没有办法得到。　[54]走事昆山:到顾秉谦处去做侍从。事:侍奉。昆山,古人习惯以籍贯指代人,这里即指顾秉谦。下句"分宜",即指严嵩,严嵩为分宜人。　[55]见昆山句:见到顾秉谦就好像见到了严嵩。　[56]以分宜教分宜:意即以生活中的"严嵩"为榜样来学演严嵩。　[57]工:精。　[58]"耻其"句:耻于自己的演技不如人家。不若,不如。　[59]尔:同"耳",表决然语气。

【浅释】

　　本传以马伶先败后胜经历,形象说明艺术成功之道,婉转讥讽朝中权奸。

　　首段概括介绍社会风习和人物所属,为后文张本。下文笔墨集中于结果截然相反的两场演出对垒上,均用侧笔虚写,场面虽同,角度各异,详略不同,交相辉映,比照强烈。首次对台描写,先是不分轩轾,以作铺垫蓄势;而后借看客移座,弃东向西,渲染马伶惨败,以致含羞遁去。二次对台描写,先写马伶复出,顿生悬念;继而借李伶失声,甘拜下风,烘托马伶今非昔比、演技高超;再写华林夜访探秘,马伶答叙传经,揭开雪耻取胜的原因。文章选材集中,简繁得当,略去马伶其他行事,单写两次登台竞演和独特学艺经过,而后补叙马伶名字、身世,如此用笔,人物对艺术的执着追求和刻苦钻研精神得以凸显。结尾一番太史公式议论,交代立传之因,言浅旨丰。

此传布局新巧,情节曲折,笔法多姿,具有唐代传奇特点。

【习题】

1. 试分析本文情节结构安排的基本特点。
2. 以本文为例,试谈艺术真实性和生活真实性的关系。
3. 谈谈你从这则伶人刻苦学艺的故事中所受到的启发。

登 泰 山 记

姚 鼐

> 姚鼐(1731—1815),字姬传,一字梦谷,安徽桐城人,桐城派代表人物。官至刑部郎中、记名御史,历主江宁、扬州等地书院,凡四十年,并曾参与编修《四库全书》。主张文章必须以"考据""词章"为手段,以阐扬儒家的"义理",并以阳刚、阴柔区别文章的风格。提倡从模拟古文的"格律声色"入手,进而模拟其"神理气味"。所作多为书序、碑传之属,大抵以程朱理学为依归。散文简洁精练,温润清新,纡徐明润,雍容和易,富有文采,形象性强,在桐城派诸家中最富情韵,偏于"阴柔"之美。诗有清拔淡远之致,尤工近体,但为文名所掩。所著有《惜抱轩全集》,并选有《古文辞类纂》《五七言今体诗钞》。

泰山之阳,汶水西流;[1]其阴,济水东流。[2]阳谷皆入汶,阴谷皆入济,[3]当其南北分者,古长城也。[4]最高日观峰,在长城南十五里。[5]

余以乾隆三十九年十二月,[6]至京师乘风雪,历齐河、长清,穿泰山西北谷,[7]越长城之限,至于泰安。[8]是月丁未,与知府朱孝纯子颍由南麓登。[9]四十五里,道皆砌石为磴,其级七千有余。泰山正南面有三谷,中谷绕泰安城下,郦道元所谓环水也。[10]余始循以入,道少半,越中岭,[11]复循西谷,遂至其巅。古时登山,循东谷入,道有天门。[12]东谷者,古谓之天门溪水,余所不至也。今所经中岭及山巅崖限当道者,[13]世皆谓之天门云。道中迷雾冰滑,磴几不可登。及既上,苍山负雪,明烛天南,[14]望晚日照城郭,汶水、徂徕如画,[15]而半山居雾若带然。[16]

戊申晦五鼓,与子颍坐日观亭待日出。[17]大风扬积雪击面。亭东自足下皆云漫。稍见云中白若樗蒲数十立者,[18]山也。极天,云一线异色,须臾成五采,[19]日上,正赤如丹,[20]下有红光,动摇承之。或曰:此东海也。[21]回视日观以西峰,或得日,或否,[22]绛皓驳色,而皆若偻。[23]

亭西有岱祠,又有碧霞元君祠。[24]皇帝行宫在碧霞元君祠东。[25]是日,观道中石刻,自唐显庆以来,其远古刻尽漫失。[26]僻不当道者,皆不及往。

山多石,少土,石苍黑色,多平方,少圜。[27]少杂树,多松,生石罅,皆平顶。[28]冰雪,无瀑水,无鸟兽音迹。至日观,数里内无树,而雪与人膝齐。

桐城姚鼐记。

【简注】

[1]阳:山南为阳。汶水:今称大汶河,源于山东莱芜东北之原山,向西南流经泰安东,汇入东平湖。 [2]其:代词,它,指泰山。济水:源于河南济源西之王屋山,流经山东。清代末年,济水河道为黄河所占。 [3]阳谷:指山南面谷中的水。谷:两山之间的流水道,现通称山涧。 [4]古长城:指战国时齐国所筑的长城,西起平阴,经泰山北冈,东至诸城入海,古时齐鲁两国以此为界。 [5]日观峰:在山顶东岩,为泰山观日出之处。 [6]乾隆三十九年:即1774年。 [7]乘:趁,这里有"冒着"的意思。 [8]限:门槛,这里指像一道门槛的城墙。泰安:即今山东泰安,在泰山南面,清朝为泰安府治所。 [9]丁未:丁未日(十二月二十八日)。朱孝纯:字子颖,号海愚,山东历城人,当时是泰安府的知府,姚鼐挚友。 [10]郦道元:字善长,北魏范阳(今河北涿州)人,著有《水经注》。环水:即中溪,俗称梳洗河,流出泰山,傍泰安城东面南流。 [11]循以入:顺着(中谷)进去。道少半:路不到一半。中岭:即黄岘岭,又名中溪山,中溪发源于此。 [12]天门:泰山峰名。泰山有南天门、东天门、西天门。 [13]崖限:挡在路上的像门限一样的山崖。 [14]苍山负雪,明烛天南:青山上覆盖着白雪,(雪)光照亮了南面的天空。负:背。烛:动词,照。 [15]徂徕(cú lái):山名,在泰安东南四十里。 [16]居雾:停留的雾。居:停留。 [17]戊申晦:戊申这一天是月底。晦:农历每月最后一天。五鼓:五更。日观亭:亭名,在日观峰。 [18]樗蒱(chū pú):又作"樗蒲",古代的一种赌博游戏,这里指博戏用的"五木"。五木两头尖,中间广平,有上黑下白、全黑、全白等,立起来很像山峰。 [19]极天:天边。云一线异色:一缕云颜色很特别。采:通"彩"。 [20]正赤如丹:纯红如同朱砂。丹:朱砂。 [21]东海:泛指东面的海。这里是想象,实际在泰山顶上看不见东海。 [22]或得日,或否:有的被日光照着,有的没有照着。 [23]绛皓驳色:或红或白,颜色错杂。绛:大红。皓:白色。驳:杂。若偻:像脊背弯曲的样子。引申为鞠躬、致敬的样子。日观峰西面诸峰都比日观峰低,所以这样说。偻:驼背。 [24]岱祠:一名岱庙,祭祀东岳大帝的庙宇。碧霞元君祠:祭祀东岳大帝女儿碧霞元君的庙。也叫娘娘庙。 [25]行宫:指乾隆去泰山住过的房宇。行宫,皇帝出巡时的住所。 [26]显庆:唐高宗李治的年号(656—661)。漫失:石碑经过风雨剥蚀,字迹模糊不清。漫:磨灭。 [27]圜:同"圆"。 [28]石罅(xià):石缝。

【浅释】

本文描绘泰山风雪初霁的壮丽景色,抒发赞美祖国河山的情怀。

文章以"登"为线索,紧紧扣住"雪"下笔。首段提纲挈领,点泰山地理环境,由面到线(古长城),复由线到点(日观峰),为登峰观日伏笔。写"登"以时为序。先写旅程,列述由北京而泰安的时间、行踪和情状,渲染心情之"急";次写登攀,简叙游伴、起点、里程、石阶和路线,突出上山之"难"(山路长曲,石级多陡,雾迷磴滑);后写极顶,概描苍山负雪、晚日城郭、半山居雾三幅画面,展示风光之"美"。苍山夕照之后写沧海日出,以长天大海为背景,以观西众峰为陪衬,次第展示云色奇幻、赤焰如丹、西峰驳色的不同景色,烘托出日出的伟美壮观和日照的神奇效果。动静俱观,气势磅礴。后面两段点染泰山人文景观和冬景特点。言简意丰,引人神往。

此记布局精严,善布景,善摹景,气势恢宏,笔调苍古,雅洁简劲。

【习题】

1.请以本文为例,说说桐城派散文崇尚雅洁的特点。
2.本文动词的使用精妙传神,请结合实例试做分析。
3.本文有几处使用比喻和拟人手法各具特点,请试作说明。

病 梅 馆 记

龚自珍

> 龚自珍(1792—1841),字璱人,浙江仁和(今浙江杭州)人。出身于世代官宦学者家庭。清代思想家、诗人、文学家和改良主义的先驱者,开创了近代文学的新篇章。曾任内阁中书、宗人府主事和礼部主事等官职。学问渊博,涉及金石、目录,泛及诗文、地理、经史百家。诗文主张"更法""改图",揭露清统治者的腐朽,洋溢着爱国热情,被柳亚子誉为"三百年来第一流"。诗歌饱含社会历史内容,发抒感慨,纵横议论,不受格律的束缚,自由运用,冲口而出,自然清丽,沉着老练。散文多抒发其对社会、政治问题的见解,辞文旨远,纵横奇诡,不拘一格,短小精悍,锋芒逼人。著有《定庵文集》。

江宁之龙蟠,[1]苏州之邓尉,[2]杭州之西溪,[3]皆产梅。

或曰:梅以曲为美,直则无姿;以欹为美,正则无景;[4]梅以疏为美,密则无态,固也。[5]此文人画士,心知其意,未可明诏大号,以绳天下之梅也。[6]又不可以使天下之民,斫直、删密、锄正,以夭梅、病梅为业以求钱也。[7]梅之欹、之疏、之曲,又非蠢蠢求钱之民,能以其智力为也。[8]有以文人画士孤癖之隐,[9]明告鬻梅者:斫其正,养其旁条;删其密,夭其稚枝;[10]锄其直,遏其生气,以求重价,[11]而江、浙之梅皆病。文人画士之祸之烈至此哉!

予购三百盆,皆病者,无一完者。既泣之三日,[12]乃誓疗之,纵之,顺之,[13]毁其盆,悉埋于地,解其棕缚,[14]以五年为期,必复之全之。[15]予本非文人画士,甘受诟厉,[16]辟病梅之馆以贮之。

呜呼!安得使予多暇日,[17]又多闲田,以广贮江宁、杭州、苏州之病梅,穷予生之光阴以疗梅也哉![18]

【简注】

[1]江宁:旧江宁府所在地,在今江苏南京。龙蟠:即今南京清凉山下之龙蟠里。 [2]邓尉:山名,在今江苏苏州西南。 [3]西溪:水名,在今浙江杭州灵隐寺西北。 [4]或:有人。欹(qī):横斜不正。景:同"影"。 [5]固也:本来如此,历来这样。固:本来。 [6]明诏大号:本指圣明的诏书和君主的号令,这里是公开宣告大声号召的意思。绳:木匠取直用的墨线,此作"约束""衡量"讲。 [7]斫:砍削。夭梅病梅:摧折梅,把它弄成病态。夭:使……摧折(使……弯曲)。病:使……成为病态。 [8]蠢蠢:无知的样子。智力:智慧和力量。 [9]孤癖:特殊的嗜好。隐:隐衷,偏见,隐藏心中特别的嗜好。 [10]旁条:旁逸斜出的枝条。稚枝:嫩枝。 [11]直:笔直的枝干。遏(è):遏制,阻碍。重价:高价 [12]泣:为……哭泣。 [13]纵:放纵。顺:使……顺其自然。 [14]悉:全。棕缚:棕绳的束缚。 [15]以……为:把……当做。复:使……恢复。全:使……得以保全。 [16]诟厉:讥评,辱骂。厉:病。 [17]安得:怎么能够。暇:空闲。 [18]穷:用尽,穷尽。

【浅释】

这篇寓言小品托物喻人,揭露清朝统治者残酷摧残人才的罪行,表达惜才、爱才、护才的思想感情。

文章以"梅"为线，由梅而病梅，由病梅而疗梅。开头点出三个著名的产梅胜地，由"梅"引出"病梅"，用语干净利落，起笔直接明快。紧接着以夹叙夹议的方式谈病梅的由来：即病态审美标准宣扬者的鼓吹，病态审美标准炮制者的始祸，病态审美标准实践者的残害。"江、浙之梅皆病"与文章首句遥相呼应，言明残梅的祸患已波及天下之梅，后果已严重到不可收拾的地步。"疗梅"一段奇文，用意在于通过似真又幻的文字表达自己的社会理想。"辟病梅之馆以贮之"，流露出作者对梅的厚爱，再一次完整地点题。最后一段由决心疗梅转而慨叹，感叹充满了对现实的不满和无奈，结尾给文章抹上了苍凉的色调。

　　本文构思巧妙，借物托讽，寓意深刻，情感浓烈，深具思想震撼力和艺术感染力。

【习题】

1. 阅读龚自珍《己亥杂诗》，结合本文谈谈龚自珍的人才理想。
2. 本文借题发挥，以梅喻人，借物议政，谈谈这样写的好处。
3. 试比较刘基《卖柑者言》和龚自珍《病梅馆记》的写作特色。

第七章
唐宋明清小说

中国古代小说的萌芽晚于诗歌和散文,其起源和发展分为四个阶段。

先秦、两汉是中国小说的萌芽期。这一时期的神话传说、寓言故事和野史杂传,都孕育着小说艺术因素,为小说文体的形成准备了条件。先秦诸子散文中一些虚构的寓言故事已经带有小说的意味。《史记》以人为经、以事为纬的写法,为小说文体的形成提供了艺术经验。刘向《说苑》、赵晔《吴越春秋》和袁康《越绝书》介于历史和小说之间,开史传小说端倪。

魏晋南北朝是中国小说的童年期。出现了"志怪""志人"小说,干宝《搜神记》是志怪小说中写作最早、成就最高的一部,记述神仙方术、鬼魅妖怪、殊方异物、佛法灵异等,描写细致生动,人物刻画注意个性,初具小说的格局。刘义庆《世说新语》是最早的志人小说集,主要记录魏晋名士的逸闻轶事和玄虚清谈,形象地反映了当时的社会风貌。魏晋南北朝小说均为"丛残小语""初陈梗概",非"有意为小说"。

唐宋是中国小说的成熟期。唐传奇(唐代流行的文言小说)的出现标志着我国文言小说发展到了成熟的阶段。作者大多以"记""传"名篇,以史家笔法,传奇闻异事,寓社会理想,"叙述宛转,文辞华艳"。初唐、盛唐是由六朝志怪到唐传奇成熟过渡阶段,主要作品有王度《古镜记》、无名氏《补江总白猿传》、张鷟《游仙窟》等。中唐是传奇发展的兴盛期,白行简《李娃传》、元稹《莺莺传》和蒋防《霍小玉传》三大传奇完全摆脱了志怪之事,以生动的笔墨、丰富的情感着力表现人世间的男女之情。唐传奇在晚唐出现由盛而衰的局面,主要收获为描写豪侠之士及其侠义行为的作品,如袁郊《红线》、裴铏《聂隐娘》、杜光庭《虬髯客传》等。唐传奇以其严谨宏伟的结构布局、丰满典型的人物形象、曲折委婉的故事情节、清新畅达的辞采语言,在中国古代小说史上独树一帜。它的出现是我国小说史上的一个飞跃,小说成为文人自觉的文学创作。

小说发展到宋代,发生了根本变化,文言小说之外出现了话本小说。话本是民间"说话"艺人口头演述所依据的书面底本。话本分小说、讲史、说经和合生四家,小说话本大都取材于当时民间故事传说,以爱情(如《碾玉观音》《闹樊楼多情周胜仙》)、公案(如《错斩崔宁》《宋四公大闹禁魂张》)两类作品为最多,成就最高。小说话本结构精巧,文字通畅、描写细致,情节生动曲折,对话、细节传神。讲史话本多出自元代,如《三国志平话》《大宋宣和遗事》等。宋元话本是我国古典短篇小说的高峰,标志着白话短篇小说的成熟,它的出现使中国小说史由以文言短篇小说为主流逐渐转为以白话小说为主流,揭开了明清通俗小说繁荣的序幕,奠定了明清白话小说丰收的基础,同时也开启了明清时期小说批评的大门。宋代文言小说成就不如唐代,《太平广记》的编辑是宋人对文言小说的最大贡献。金元文言短篇不及宋代,元好问《续夷坚志》、陶宗仪《南村辍耕录》等尚为颇具影响的小说集。

明清是中国小说的繁荣期。拟话本是明代兴起的短篇小说的一种创作形式,它是由文人模拟宋元话本而创作的案头小说,它不再是说话艺人说唱的底本,而是专供人们阅读欣赏的文学作品,与话本相比,拟话本题材更加广泛,情节更加曲折,描写更加细腻。名篇如《玉堂春落难寻夫》《杜十娘怒沉百宝箱》等。拟话本的出现标志着宋元以来的讲唱文学已逐渐脱离了口头创作阶段进而发展成为作家的书面文学。名著有冯梦龙"三言"(《喻世明言》《警世通言》《醒世恒言》)和凌濛初"二拍"(《初刻拍案惊奇》《二刻拍案惊奇》),警世劝俗为"三言""二拍"主旨。"三言"以极不平常的事件,说明高度的伦理道德;"二拍"刻意追求奇异巧合,创作主体意识强烈。明代文言短篇的创作没有中断,如瞿佑《剪灯新话》、李祯《剪灯余话》、邵景詹《觅灯因话》以及张潮编辑《虞初新志》都是著名小说集。

明代白话小说最突出的成就是"四大奇书"的诞生。罗贯中的历史演义《三国演义》集中叙写魏蜀吴三国之间的军事、政治、外交斗争,再现乱世动荡现实,揭示东汉败亡根由,歌颂明君贤相理想,表达人民智慧和愿望。施耐庵的英雄传奇《水浒传》描写了梁山起义军生成、发展、壮大和失败的整个过程,挖掘了起义的社会根源——政治的极端黑暗和腐败,总结出中国农民起义的重要特征——官逼民反,逼上梁山。吴承恩的神魔小说《西游记》借取经路上唐僧师徒克服八十一难,反映了古代人民反抗压迫、战胜自然的愿望,作者以玩世不恭的态度,嘲弄揶揄了当时的世态,讽刺当时黑暗的社会现实。兰陵笑笑生的世情小说《金瓶梅》以古喻今,借古讽今,以宋代土豪恶霸西门庆发迹、纵欲、暴亡为中心,展示出经济的暴富、政治的陡贵必然诱发道德的沦丧,以及这道德沦丧后所必随的身家败亡。"四大奇书"各自开创了一个长篇小说的创作领域,清晰地展示了我长篇小说艺术发展的历程,即写作方式由集体编著变为个人独创,题材选择由历史遗事转到现实人生,关注重点由征战兴亡移向家常琐事,形象塑造由豪侠怪杰换成平凡百姓,结构模式由线性流动改为网状交叉,文学语言由半文半白进到口语方言。

清代乾隆年间,《儒林外史》和《红楼梦》两部长篇巨著问世。《儒林外史》通过对儒林中人生活和心灵的描绘剖析,勾画出各种类型的追求功名、利欲熏心、自私虚伪的群丑形象,对封建科举制度下知识分子的命运进行了深刻的思考和探索。是书的出现标志着我国古代讽刺小说发展的新阶段。《红楼梦》以贾宝玉、林黛玉、薛宝钗之间的爱情婚姻悲剧为中心,展示了以贾府为代表的四大家族由盛而衰、封建制度必然灭亡的历史趋势。它是一部社会小说、一部爱情小说,也是一部诗意小说,堪称一部中国传统文化的百科全书,无论其思想性和艺术性,都是中国小说史和文学史上的巅峰。清代文言短篇小说高度繁荣,蒲松龄《聊斋志异》通过花妖狐魅的动人故事,表达婚恋自由的愿望和追求,揭露封建统治的黑暗和罪恶,抨击科举制度的腐朽和弊端。"用传奇法,而以志怪",形成该小说独特的艺术风格。除了《儒林外史》《红楼梦》《聊斋志异》"三大高峰"外,还有笔记小说《池北偶谈》(王士禛)、《新齐谐》(袁枚)、《阅微草堂笔记》(纪昀)和武侠小说《三侠五义》(石玉昆)等。晚清长篇小说当在千种以上,最著名的是李如珍《镜花缘》以及李伯元《官场现形记》、吴沃尧《二十年目睹之怪现状》、刘鹗《老残游记》、曾朴《孽海花》四大谴责小说。

中国古代小说发展的历史大体是:宋代以前,是文言短篇小说单线发展;宋元时代,文言、白话两种短篇小说双线发展;明代开始,文言、白话、长篇、短篇多线发展,呈现出多姿多彩的状态。

虬髯客传[1]

杜光庭

> 杜光庭(850—933),字宾圣,处州缙云(今属浙江)人。唐末五代时期的著名道士,著名的哲学家、思想家、道教集大成者。早年参加科举,落第后入道天台山,从此致力于道经的搜集和编撰工作,曾对道教的哲学理论、思想源流、修道方法、斋醮科仪、神仙信仰等做过比较系统而全面的阐述。他又是著名的文学家,性喜读书,好为辞章,在他所整理的道经中有一部分神仙传记集和宣扬道门灵验的志怪作品,尤喜编撰神话故事阐扬道教,较为世人瞩目的是《神仙感遇传》和《录异记》。其传奇小说《虬髯客传》在文学史上有很高的地位,曾得到鲁迅先生的高度肯定。

隋炀帝之幸江都也,命司空杨素守西京。[2]素骄贵,又以时乱,天下之权重望崇者,莫我若也,[3]奢贵自奉,礼异人臣。每公卿入言,宾客上谒,未尝不踞床而见,[4]令美人捧出,侍婢罗列,颇僭于上。[5]末年愈甚,无复知所负荷,[6]有扶危持颠之心。[7]

一日,卫公李靖以布衣上谒,[8]献奇策。素亦踞见。公前揖曰:"天下方乱,英雄竞起。公为帝室重臣,须以收罗豪杰为心,不宜踞见宾客。"素敛容而起,[9]谢公,与语,大悦,收其策而退。

当公之骋辩也,[10]一妓有殊色,执红拂,[11]立于前,独目公。公既去,而执拂者临轩指吏曰:"问去者处士第几?[12]住何处?"公具以对。妓诵而去。

公归逆旅。[13]其夜五更初,忽闻叩门而声低者,公起问焉,乃紫衣戴帽人,杖揭一囊。公问:"谁?"曰:"妾,杨家之红拂妓也。"公遽延入。脱衣去帽,乃十八九佳丽人也。素面画衣而拜。[14]公惊答拜。曰:"妾侍杨司空久,阅天下之人多矣,无如公者。丝萝非独生,[15]愿托乔木,[16]故来奔耳。"公曰:"杨司空权重京师,如何?"曰:"彼尸居余气,[17]不足畏也。诸妓知其无成,去者众矣。彼亦不甚逐也。计之详矣,幸无疑焉。"问其姓,曰:"张。"问其伯仲之次,[18]曰:"最长。"观其肌肤、仪状、言词、气性,[19]真天人也。公不自意获之,愈喜愈惧,瞬息万虑不安。而窥户者无停履。[20]数日,亦闻追访之声,意亦非峻。[21]乃雄服乘马,[22]排闼而去,[23]将归太原。[24]

行次灵石旅舍。[25]既设床,炉中烹肉且熟,张氏以发长委地,立梳床前。公方刷马。忽有一人,中形,[26]赤髯如虬,乘蹇驴而来。[27]投革囊于炉前,取枕欹卧,看张梳头。公怒甚,未决,[28]犹亲刷马。张熟视其面,一手握发,一手映身摇示公,[29]令勿怒。急急梳头毕,敛衽前问其姓。[30]卧客答曰:"姓张。"对曰:"妾亦姓张,合是妹。"遽拜之。问第几。曰:"第三。"因问妹第几,曰:"最长。"遂喜曰:"今夕多幸逢一妹。"张氏遥呼:"李郎且来见三兄!"公骤拜之。遂环坐。曰:"煮者何肉?"曰:"羊肉,计已熟矣。"客曰:"饥。"公出市胡饼。[31]客抽腰间匕首,切肉共食。食竟,余肉乱切送驴前食之,甚速。客曰:"观李郎之行,贫士也。何以致斯异人?[32]"曰:"靖虽贫,亦有心者焉。他人见问,故不言。兄之问,则不隐耳。"具言其由。曰:"然则将何之?"曰:"将避地太原。"曰:"然吾故非君所致也。"曰:"有酒乎?"曰:[33]"主人西,[34]则酒肆也。"公取酒一斗。既巡,[35]客曰:"吾有少下酒物,李郎能同之乎?"曰:"不敢。"

于是开革囊，取出一人头并心肝。却头囊中，[36]以匕首切心肝，共食之。曰："此人天下负心者，衔之十年，[37]今始获之。吾憾释矣。"又曰："观李郎仪形器宇，[38]真丈夫也。亦闻太原有异人乎？"靖曰："尝识一人，愚谓之真人也。[39]其余，将帅而已。"曰："何姓？"曰："靖之同姓。"曰："年几？"曰："仅二十。"曰："今何为？"曰："州将之子。[40]"曰："似矣。亦须见之。李郎能致吾一见乎？"曰："靖之友刘文静者，[41]与之狎。因文静见之可也。然兄何为？"曰："望气者言太原有奇气，[42]使访之。李郎明发，何日到太原？"靖计之日。曰："达之明日，日方曙，候我于汾阳桥。[43]"言讫，乘驴而去，其行若飞，回顾已失。公与张氏且惊且喜，久之，曰："烈士不欺人，[44]固无畏。"促鞭而行。

及期，入太原。果复相见。大喜，偕诣刘氏。诈谓文静曰："有善相者思见郎君，[45]请迎之。"文静素奇其人，[46]一旦闻有客善相，遽致使迎之。使回而至，[47]不衫不履，[48]裼裘而来，[49]神气扬扬，貌与常异。虬髯默然居末坐，见之心死。饮数杯，招靖曰："真天子也！"公以告刘，刘益喜，自负。既出，而虬髯曰："吾得十八九矣。然须道兄见之。李郎宜与一妹复入京。某日午时，访我于马行东酒楼。[50]下有此驴及瘦驴，即我与道兄俱在其上矣。到即登焉。"又别而去。公与张氏复应之。

及期访焉，宛见二乘。[51]揽衣登楼，虬髯与一道士方对饮，见公惊喜，召坐，围饮十数巡，曰："楼下柜中有钱十万。择一深隐处驻一妹。某日复会我于汾阳桥。"如期至，即道士与虬髯已到矣。俱谒文静，时方弈棋，[52]揖而话心焉。文静飞书迎文皇看棋。[53]道士对弈，虬髯与公傍侍焉。俄而文皇到来，精采惊人，长揖而坐。神气清朗，满坐风生，顾盼炜如也。[54]道士一见惨然，下棋子曰："此局全输矣！于此失却局哉！救无路矣！复奚言！"罢弈而请去。既出，谓虬髯曰："此世界非公世界，[55]他方可也。勉之，勿以为念。"因共入京。虬髯曰："计李郎之程，某日到。到之明日，可与一妹同诣某坊曲小宅相访。[56]李郎相从一妹，[57]悬然如磬。[58]欲令新妇祗谒，[59]兼议从容，[60]无前却也。[61]"言毕，吁嗟而去。

公策马而归。即到京，遂与张氏同往。乃一小版门子，[62]叩之，有应者，拜曰："三郎令候李郎、一娘子久矣。"延入重门，门愈壮。婢四十人，罗列庭前。奴二十人，引公入东厅。厅之陈设，穷极珍异，箱中妆奁冠镜首饰之盛，非人间之物。巾栉妆饰毕，[63]请更衣，衣又珍异。既毕，传云："三郎来！"乃虬髯纱帽裼裘而来，亦有龙虎之状，[64]欢然相见。催其妻出拜，盖亦天人耳。遂延中堂，[65]陈设盘筵之盛，虽王公家不侔也。四人对馔讫，陈女乐二十人，[66]列奏于前，若从天降，非人间之曲。食毕，行酒。家人自堂东舁出二十床，各以锦绣帕覆之。既陈，尽去其帕，乃文簿钥匙耳。虬髯曰："此尽宝货泉贝之数，[67]吾之所有，悉以充赠。何者？欲于此世界求事，当或龙战三二十载，[68]建少功业。今既有主，住亦何为？太原李氏，真英主也！三五年内，即当太平。李郎以奇特之才，辅清平之主，竭心尽善，必极人臣。[69]一妹以天人之姿，蕴不世之艺，[70]从夫之贵，以盛轩裳。[71]非一妹不能识李郎，非李郎不能荣一妹。起陆之贵，[72]际会如期，[73]虎啸风生，龙吟云萃，固非偶然也。[74]持余之赠，以佐真主，赞功业也，勉之哉！此后十年，当东南数千里外有异事，是吾得事之秋也。一妹与李郎可沥酒东南相贺。"因命家童列拜，曰："李郎、一妹，是汝主也。"言讫，与其妻从一奴，乘马而去。数步，遂不复见。公据其宅，乃为豪家，得以助文皇缔构之资，[75]遂匡天下。[76]

贞观十年，公以左仆射平章事，[77]适南蛮入奏曰：[78]"有海船千艘，甲兵十万，入扶余国，[79]杀其主自立。国已定矣。"公心知虬髯得事也。归告张氏，具衣拜贺，[80]沥酒东南祝拜之。

乃知真人之兴也，非英雄所冀，[81]况非英雄者乎！人臣之谬思乱者，乃螳臂之拒走轮耳。[82]我皇家垂福万叶，[83]岂虚然哉！或曰："卫公之兵法，半乃虬髯所传耳。"

【简注】

[1]虬髯(qiú rán):满脸卷曲的胡须。 [2]"隋炀帝之幸江都也"二句:隋炀帝杨广在位期间(605—618),曾三次巡幸江都(今江苏扬州),此处应指第一次,为大业元年(605),因次年杨素死。但此时李世民才七岁,与后文"年二十"不符合。可见这是小说家信笔之言。 [3]"天下之权重望崇者"二句:意谓杨素自认为天下掌握大权、有重望的人,没有谁比得上自己。 [4]踞床:两脚岔开坐在椅子上,表示傲慢的态度。 [5]僭(jiàn):超过本分。 [6]负荷:指担任的责任。 [7]有扶危持颠之心:承上句"无复",指再没有拯救艰危局势的用心。 [8]李靖:字药师,三原人,辅佐唐高祖平定天下,唐太宗时累积战功,官至尚书右仆射,封卫国公。 [9]敛容:指面容转为严肃。 [10]驰辩:指议论时滔滔不绝的样子。 [11]拂:拂尘。 [12]处士:没有做官的读书人。此处指李靖。 [13]逆旅:即旅馆。 [14]素面:指脸上不施脂粉。画衣:即花衣。 [15]丝萝:即兔丝、女萝,是两种蔓生草本,必须依附木本始能生长。此处红拂用于自比。 [16]愿托乔木:意谓愿意托身(嫁)李靖。 [17]尸居余气:意谓比死人只多一口气,即垂死的人。 [18]伯仲之次:指在兄弟姊妹间的排行。 [19]仪状:指仪表、仪态。气性:指脾气、性情。 [20]无停履:指脚步不停。 [21]意亦非峻:指没有严厉追索。 [22]雄服:男装。 [23]排闼(tà):推开门。 [24]太原:隋郡名,治所在今山西太原。 [25]灵石:地名,在今山西。 [26]中形:指中等身材。 [27]蹇(jiǎn)驴:即跛脚驴子,但一般用作驴子的别称。 [28]决:决裂。未决:还没有发作。 [29]映:蔽。此句谓红拂一双手放在背后(不让虬髯客看见),向李靖打手势示意。 [30]敛衽(rèn):指整理衣襟,以表示敬意。后来指称妇女下拜。 [31]胡饼:即烧饼。 [32]致斯异人:意谓得到这样的美妇人。 [33]此处仍为客曰。 [34]此处的主人指客店主人。此指客店。 [35]既巡:指斟过一遍酒。 [36]却头囊中:指把头放回皮袋里。 [37]衔之:恨他。 [38]仪形:即仪表。器宇:指胸襟、气度。 [39]真人:指真命天子。 [40]州将之子:指唐太宗李世民。其父李渊当时为太原留守,故云。 [41]刘文静:字肇仁,武功(今陕西武功县)人。隋末为晋阳(今山西太原)令。李渊起兵,文静参预机密,有军功。后因心怀怨望,被杀。 [42]望气者:指通过观望云气以窥测王气所在的术士。 [43]汾阳桥:在太原城东汾河上。 [44]烈士:指豪侠之士。 [45]郎君:指李世民。 [46]文静素奇其人:《新唐书·刘文静传》记载文静见李世民,谓裴寂曰:"唐公子,非常人也,豁达神武,汉高帝、魏太祖之徒与!殆天启之也。"素:向来。 [47]使回而至:指使者回时李世民也到了。 [48]不衫不履:指服装不整齐。表现出洒脱不拘的态度。 [49]裼(xī)裘:指披着裘衣,毛皮露在外面。 [50]马行:西京(大兴城)街道名。 [51]宛见:宛然可见。有形貌可见者叫宛。 [52]时方弈棋:指刘文静正与道士下棋。 [53]文皇:指唐太宗。 [54]炜(wěi)如:指光彩照人的样子。 [55]此世界:指中国。 [56]坊曲:指里巷。 [57]李郎相从一妹:意谓李靖有张女从相成家。 [58]悬然如磬:意谓家里贫穷,如悬空器,一无所有。 [59]新妇:虬髯客对其妻的自称。祇谒:即拜见。 [60]从容:指生活上妥善安排。 [61]无前却:指不要推辞。却:即退。 [62]小版门子:即小板门。 [63]巾栉(zhì):指包头巾,梳头发。 [64]龙虎之状:形容状貌不凡。 [65]延:引进。 [66]女乐:即歌舞女。 [67]泉贝:指货币。 [68]龙战:指群雄割据、争夺天下的战争。 [69]极人臣:指做最高级的官。 [70]不世之艺:指非常的才艺。 [71]轩:车乘。 [72]起陆:指乘机而起,争夺天下。 [73]际会如期:意谓君臣的遇合,如有成约在先。 [74]"虎啸风生"三句:用来比喻说明君臣遇合、声气相求的关系不是偶然的。 [75]缔构:创业。 [76]匡:统一,平定。 [77]平章事:参预朝政。 [78]南蛮:古代对南方少数民族的称呼。 [79]扶余国:古国名,辖地在今辽宁、吉林省一带,唐以前被高句丽所灭。 [80]具衣:指穿着礼服。 [81]"真人之兴也"二句:意谓真命天子的出现,乃受命于天,不是所谓英雄能妄想得到的。 [82]螳臂之拒走轮:比喻自不量力,终归失败。走轮:转动的车轮。 [83]万叶:即万世。

【浅释】

本篇通过"风尘三侠"的描画,反映了乱世中人渴望贤能治国、天下太平的理想。

小说以三次"选择"——佳人择偶、雄才择友、贤臣择主,作为情节演变的基本构件,以真幻两副笔墨状写人物,生动地刻画出极具特色的三位主人公:李靖、红拂、虬髯客。"三侠"的共同特征是皆具卓"识",李靖识时,红拂识人,虬髯客识势。"三侠"形象描写又各有侧重,李靖重在"才"(雄才大略、沉着英俊),红拂重在"智"(聪明俏丽,机敏伶俐),虬髯客重在"义"(豪迈慷慨、颇知进退)。作为描写重点的虬髯客,小说花了不少笔墨,窥人妇室,见其率性不羁;心肝下酒,见其疾恶如仇;尽赠家产,见其豪爽慷慨;远遁东南,见其明智卓异……如此这般,一个心雄万夫的豪侠形象就呼之欲出了。

《虬髯客传》篇幅短小,但情节演进峰回路转;用语清简,但人物形象形神毕现,堪称晚唐豪侠小说翘楚。

【习题】

1. 小说除了表达治世理想之外,又宣扬了宿命论思想,试做分析。
2. 试从"识""智""美"三个角度,分析小说中的红拂形象。
3. 谈谈这篇小说在结构组织和人物塑造上的特色。

三国演义[1](节选)

罗贯中

> 罗贯中(1330—1400),名本,别号湖海散人,山西并州(今山西太原)人,元末明初著名的小说家、戏剧家,中国章回体小说的鼻祖。其小说推崇"忠""义",主张用"王道""仁政"治理天下。《三国演义》是中国文学史上第一部长篇小说,也是历史小说典范,采用线性辫状结构,集中叙写魏蜀吴三国之间的军事、政治、外交等种种斗争和一些人物活动,再现乱世现实,表达人民愿望。人物塑造采用"七分实事,三分虚构"的方法,作品"文不甚深,言不甚俗",语言简洁明快而生动,将历史和文学自然结合,既有现实的描绘,又充满了浪漫主义的传奇色彩,被国外誉为"一部真正具有丰富人民性的杰作"。

却说周瑜送了玄德,回至寨中,鲁肃入问曰:"公既诱玄德至此,为何又不下手?"瑜曰:"关云长,世之虎将也,与玄德行坐相随,吾若下手,他必来害我。"肃愕然。忽报曹操遣使送书至。瑜唤入。使者呈上书看时,封面上判云:"汉大丞相付周都督开拆。"瑜大怒,更不开看,将书扯碎,掷于地下,喝斩来使。肃曰:"两国相争,不斩来使。"瑜曰:"斩使以示威!"遂斩使者,将首级付从人持回。随令甘宁为先锋,韩当为左翼,蒋钦为右翼。瑜自部领诸将接应。来日四更造饭,五更开船,鸣鼓呐喊而进。[2]却说曹操知周瑜毁书斩使,大怒,便唤蔡瑁、张允等一班荆州降将为前部,操自为后军,催督战船,到三江口。早见东吴船只,蔽江而来。为首一员大将,坐在船头上大呼曰:"吾乃甘宁也!谁敢来与我决战?"蔡瑁令弟蔡埙前进。两船将近,甘宁拈弓搭箭,望蔡埙射来,应弦而倒。[3]宁驱船大进,万弩齐发。曹军不能抵当。右边蒋钦,左边韩当,直冲入曹军队中。曹军大半是青、徐之兵,素不习水战,大江面上,战船一摆,早立脚不住。甘宁等三路战船,纵横水面。周瑜又催船助战。曹军中箭着炮者,不计其数,从巳时直杀到未时。周瑜虽得利,只恐寡不敌众,遂下令鸣金,收住船只。曹军败回。操登旱寨,再整军士,唤蔡瑁、张允责之曰:"东吴兵少,反为所败,是汝等不用心耳!"蔡瑁曰:

"荆州水军,久不操练;青、徐之军,又素不习水战。故尔致败。今当先立水寨,令青、徐军在中,荆州军在外,每日教习精熟,方可用之。"操曰:"汝既为水军都督,可以便宜从事,[4]何必禀我!"于是张、蔡二人,自去训练水军。沿江一带分二十四座水门,以大船居于外为城郭,小船居于内,可通往来,至晚点上灯火,照得天心水面通红。旱寨三百余里,烟火不绝。

却说周瑜得胜回寨,犒赏三军,一面差人到吴侯处报捷。当夜瑜登高观望,只见西边火光接天。左右告曰:"此皆北军灯火之光也。"瑜亦心惊。次日,瑜欲亲往探看曹军水寨,乃命收拾楼船一只,带着鼓乐,随行健将数员,各带强弓硬弩,一齐上船迤逦前进。[5]至操寨边,瑜命下了矴石,[6]楼船上鼓乐齐奏。瑜暗窥他水寨,大惊曰:"此深得水军之妙也!"[7]问:"水军都督是谁?"左右曰:"蔡瑁、张允。"瑜思曰:"二人久居江东,谙习水战,[8]吾必设计先除此二人,然后可以破曹。"正窥看间,早有曹军飞报曹操,说:"周瑜偷看吾寨。"操命纵船擒捉。瑜见水寨中旗号动,急教收起矴石,两边四下一齐轮转橹棹,望江面上如飞而去。比及曹寨中船出时,周瑜的楼船已离了十数里远,追之不及,回报曹操。

操问众将曰:"昨日输了一阵,挫动锐气;今又被他深窥吾寨。吾当作何计破之?"言未毕,忽帐下一人出曰:"某自幼与周郎同窗交契,[9]愿凭三寸不烂之舌,往江东说此人来降。"[10]曹操大喜,视之,乃九江人,姓蒋,名干,字子翼,现为帐下幕宾。操问曰:"子翼与周公瑾相厚乎?"[11]干曰:"丞相放心。干到江左,必要成功。"操问:"要将何物去?"[12]干曰:"只消一童随往,二仆驾舟,其余不用。"操甚喜,置酒与蒋干送行。干葛巾布袍,驾一只小舟,径到周瑜寨中,[13]命传报:"故人蒋干相访。"周瑜正在帐中议事,闻干至,笑谓诸将曰:"说客至矣!"遂与众将附耳低言,如此如此。众皆应命而去。

瑜整衣冠,引从者数百,皆锦衣花帽,前后簇拥而出。蒋干引一青衣小童,昂然而来。[14]瑜拜迎之。干曰:"公瑾别来无恙!"[15]瑜曰:"子翼良苦:[16]远涉江湖,为曹氏作说客耶?"干愕然曰:"吾久别足下,特来叙旧,奈何疑我作说客也?"瑜笑曰:"吾虽不及师旷之聪,[17]闻弦歌而知雅意。"干曰:"足下待故人如此,便请告退。"瑜笑而挽其臂曰:"吾但恐兄为曹氏作说客耳。既无此心,何速去也?"遂同入帐。叙礼毕,坐定,即传令悉召江左英杰与子翼相见。

须臾,文官武将,各穿锦衣;帐下偏裨将校,[18]都披银铠:分两行而入。瑜都教相见毕,就列于两傍而坐。大张筵席,奏军中得胜之乐,轮换行酒。[19]瑜告众官曰:"此吾同窗契友也。虽从江北到此,却不是曹家说客。——公等勿疑。"遂解佩剑付太史慈曰:"公可佩我剑作监酒:[20]今日宴饮,但叙朋友交情;如有提起曹操与东吴军旅之事者,即斩之!"太史慈应诺,按剑坐于席上。蒋干惊愕,不敢多言。周瑜曰:"吾自领军以来,滴酒不饮;今日见了故人,又无疑忌,当饮一醉。"说罢,大笑畅饮。座上觥筹交错。饮至半酣,瑜携干手,同步出帐外。左右军士,皆全装惯带,持戈执戟而立。瑜曰:"吾之军士,颇雄壮否?"干曰:"真熊虎之士也!"瑜又引干到帐后一望,粮草堆如山积。瑜曰:"吾之粮草,颇足备否?"干曰:"兵精粮足,名不虚传。"瑜佯醉大笑曰:[21]"想周瑜与子翼同学业时,不曾望有今日。"干曰:"以吾兄高才,实不为过。"瑜执干手曰:"大丈夫处世,遇知己之主,外托君臣之义,内结骨肉之恩,言必行,计必从,祸福共之。假使苏秦、张仪、陆贾、郦生复出,[22]口似悬河,舌如利刃,安能动我心哉!"言罢大笑。蒋干面如土色。瑜复携干入帐,会诸将再饮;因指诸将曰:"此皆江东之英杰。今日此会,可名群英会。"饮至天晚,点上灯烛,瑜自起舞剑作歌。歌曰:"丈夫处世兮立功名;立功名兮慰平生。慰平生兮吾将醉;吾将醉兮发狂吟!"歌罢,满座欢笑。

至夜深,干辞曰:"不胜酒力矣。"瑜命撤席,诸将辞出。瑜曰:"久不与子翼同榻,[23]今宵抵足而眠。"[24]于是佯作大醉之状,携干入帐共寝。瑜和衣卧倒,呕吐狼藉。[25]蒋干如何睡得着？伏枕听时，军中鼓打二更，起视残灯尚明。看周瑜时，鼻息如雷。干见帐内桌上，堆着一卷文书，乃起床偷视之，却都是往来书信。内有一封，上写"蔡瑁张允谨封。"干大惊，暗读之。书略曰："某等降曹，非图仕禄，迫于势耳。今已赚北军困于寨中，但得其便，即将操贼之首，献于麾下。[26]早晚人到，便有关报。幸勿见疑。先此敬覆。"

干思曰："原来蔡瑁、张允结连东吴！"遂将书暗藏于衣内。再欲检看他书时，床上周瑜翻身，干急灭灯就寝。瑜口内含糊曰："子翼，我数日之内，教你看操贼之首！"干勉强应之。瑜又曰："子翼，且住！……教你看操贼之首！……"及干问之，瑜又睡着。干伏于床上，将近四更，只听得有人入帐唤曰："都督醒否？"周瑜梦中做忽觉之状，[27]故问那人曰："床上睡着何人？"答曰："都督请子翼同寝，何故忘却？"瑜懊悔曰："吾平日未尝饮醉；昨日醉后失事，不知可曾说甚言语？"那人曰："江北有人到此。"瑜喝："低声！"便唤："子翼。"蒋干只妆睡着。瑜潜出帐，[28]干窃听之，只闻有人在外曰："张、蔡二都督道：急切不得下手，……"后面言语颇低，听不真实。少顷，瑜入帐，又唤："子翼。"蒋干只是不应，蒙头假睡。瑜亦解衣就寝。干寻思："周瑜是个精细人，天明寻书不见，必然害我。"睡至五更，干起唤周瑜；瑜却睡着。干戴上巾帻，[29]潜步出帐，唤了小童，径出辕门。军士问："先生那里去？"干曰："吾在此恐误都督事，权且告别。"军士亦不阻当。

干下船，飞棹回见曹操。操问："子翼干事若何？"干曰："周瑜雅量高致，非言词所能动也。"操怒曰："事又不济，反为所笑！"干曰："虽不能说周瑜，却与丞相打听得一件事。乞退左右。"[30]干取出书信，将上项事逐一说与曹操。操大怒曰："二贼如此无礼耶！"即便唤蔡瑁、张允到帐下。操曰："我欲使汝二人进兵。"瑁曰："军尚未曾练熟，不可轻进。"操怒曰："军若练熟，吾首级献于周郎矣！"蔡、张二人不知其意，惊慌不能回答。操喝武士推出斩之。须臾，献头帐下，操方省悟曰：[31]"吾中计矣！"后人有诗叹曰："曹操奸雄不可当，一时诡计中周郎。蔡张卖主求生计，谁料今朝剑下亡！"众将见杀了张、蔡二人，入问其故。操虽心知中计，却不肯认错，乃谓众将曰："二人怠慢军法，吾故斩之。"众皆嗟呀不已。操于众将内选毛玠、于禁为水军都督，以代蔡、张二人之职。

细作探知，报过江东。周瑜大喜曰："吾所患者，此二人耳。今既剿除，吾无忧矣。"肃曰："都督用兵如此，何愁曹贼不破乎！"瑜曰："吾料诸将不知此计，独有诸葛亮识见胜我，想此谋亦不能瞒也。子敬试以言挑之，看他知也不知，便当回报。"正是：还将反间成功事，去试从旁冷眼人。未知肃去问孔明还是如何，且看下文分解。

【简注】

[1]本文选自《三国演义》第四十五回"三江口曹操折兵　群英会蒋干中计"。　[2]鸣鼓：击鼓。击鼓是古代作战时的进军信号。　[3]应弦而倒：意为被箭射中而倒下。弦：弓弦，这里代替箭。　[4]便宜：指方便，便利。　[5]迤逦（yǐ lǐ）：曲折连绵。这里形容船只在水中行进的样子。　[6]矴（dìng）石：亦作"碇石"，指稳定船身的石块或系船的石礅。　[7]深得水军之妙：很懂得（训练、指挥）水军的奥妙。　[8]谙习：熟悉，熟练。　[9]同窗：同学。　[10]说（shuì）：意为劝别人听自己的意见。　[11]相厚：（交情）深厚。　[12]将：携带的意思。　[13]径：走近路。　[14]昂然：抬着头，一种自信和得意的样子。　[15]无恙：没有毛病。犹如现代"身体好吗"之类的问候语。　[16]良苦：很辛苦。良：很，甚至。　[17]师旷：字子野，山西洪洞人，春秋时著名乐师。他生而无目，故自称盲臣、瞑臣。为晋大夫，尤精音乐，善弹琴，辨音力极强。以"师旷之聪"闻名于后世。　[18]偏裨（pí）：偏将，裨将，古代的副职军官。　[19]行酒：依次斟酒，敬酒。　[20]监酒：在席间主持酒政者。　[21]佯：假装。　[22]苏秦、张仪：战国时期纵横家。陆贾（约前240—前170）：西汉政治家、文学家、思想家，其先为楚人。刘邦起事时，陆贾常居刘邦左右，名为"有口辩士"，常出使

诸侯。郦生:郦食其(lì yì jī),陈留高阳乡,少年时就嗜好饮酒,常混迹于酒肆中,自称为高阳酒徒。伶牙俐齿,能言善辩。 [23]同榻(tà):同床(而卧)。榻:床。 [24]抵足而眠:同枕而睡的意思。抵足:足相碰。 [25]狼藉:纵横散乱的样子。 [26]麾(huī)下:主帅的旌旗之下,是古时对将帅的尊称。麾:指挥军队的旗帜。 [27]忽觉之状:忽然醒来的样子。 [28]潜:偷偷地。 [29]巾帻(zé):汉以来士大夫盛行以幅巾裹发,称巾帻。 [30]乞退左右:请求让身边的人退下,回避。 [31]省悟:觉悟到。

【浅释】

《三国演义》之"蒋干盗书"通过魏吴之间复杂的政治、军事斗争,赞美周瑜卓越的军事才干。

本文虽是节选,但结构完整,有开端、发展、高潮和结局。主线突出,"计"是叙事线索,情节推进依次为:定计背景—周瑜用计—蒋曹中计。小说开端分成毁书斩使、初战告捷、夜窥曹营等几个层次。欲除蔡张见周瑜审势精细、远见卓识。将计就计系发展和高潮,分成同窗会面、周瑜佯醉、蒋干盗书几个层次。这是一幕喜剧,一个大智若愚,一个似智实愚。周瑜先发制人,使蒋干难动游说之舌;佯醉遗书,把蒋干逼入预设圈套;假戏真唱,促蒋干尽快滚出吴营。周瑜直把蒋干玩弄于股掌之上,尽显机警沉稳、精明干练。蔡张被斩结局之后加细作探知尾声,交代反间计成功,与开端相呼应,体现了对赤壁之战的战略意义。

在情节发展过程中,足智多谋、智勇双全的周瑜,盲目自信、颟顸愚蠢的蒋干,急躁草率、刚愎自用的曹操跃然纸上。

【习题】

1. 结合本文描述,试分析蒋干、曹操中计的必然性。
2. 试分析蒋干和周瑜这两个人物形象塑造的特点。
3. 《三国演义》"文不甚深、言不甚俗",请结合本文谈谈你的看法。

水 浒 传[1](节选)

施耐庵

施耐庵(生卒年不详),元末明初小说家,钱塘(今浙江杭州)人。他在民间传说话本和戏剧的基础上,进行了创造性的劳动,完成了中国文学史上第一部描写农民起义的巨著、英雄传奇典范《水浒传》。小说采用单线连环式结构,通过对宋江起义的描写,反映了我国封建时代农民起义发生、发展以及最后失败的整个过程,挖掘了起义的社会根源——政治的极端黑暗和腐败,深刻地揭示了起义的重要特征——官逼民反,逼上梁山。小说将英雄人物的传奇性和现实性、超常性与平凡性结合起来刻画性格,不仅表现出典型的民族特征,而且开始了由类型化典型向性格化典型的转变。

武松在路上行了几日,来到阳谷县地面。此去离县治还远。当日晌午时分,走得肚中饥渴,望见前面有一个酒店,挑着一面招旗在门前,上头写着五个字道:"三碗不过冈"。

武松入到里面坐下,把哨棒倚了,叫道:"主人家,快把酒来吃。"只见店主人把三只碗,一双箸,一碟熟菜,放在武松面前,满满筛一碗酒来。武松拿起碗一饮而尽,叫道:"这酒好生有气力!主人家,有饱肚的,买些吃酒。"酒家道:"只有熟牛肉。"武松道:"好的切二三斤来吃酒。"店家去里面切出二斤熟牛肉,做一大盘子,将来放在武松面前;随即再筛一碗酒。武松吃了道:"好酒!"又筛下一碗。恰好吃了三碗酒,再也不来筛。武松敲着桌子,叫道:"主人家,怎的不来筛酒?"酒家道:"客官,要肉便添来。"武松道:"我也要酒,也再切些肉来。"酒家道:"肉便切来添与客官吃,酒却不添了。"武松道:"却又作怪!"便问主人家道:"你如何不肯卖酒与我吃?"酒家道:"客官,你须见我门前招旗上面明明写道:'三碗不过冈'。"武松道:"怎地唤作'三碗不过冈'?"酒家道:"俺家的酒虽是村酒,却比老酒的滋味;但凡客人,来我店中吃了三碗的,便醉了,过不得前面的山冈去:因此唤作'三碗不过冈'。若是过往客人到此,只吃三碗,更不再问。"武松笑道:"原来恁地;我却吃了三碗,如何不醉?"酒家道:"我这酒,叫做'透瓶香';又唤作'出门倒':初入口时,醇醲好吃,少刻时便倒。"武松道:"休要胡说!没地不还你钱![2]再筛三碗来我吃!"

酒家见武松全然不动,又筛三碗。武松吃道:"端的好酒!主人家,我吃一碗还你一碗酒钱,只顾筛来。"酒家道:"客官,休只管要饮。这酒端的要醉倒人,没药医!"武松道:"休得胡鸟说!便是你使蒙汗药在里面,我也有鼻子!"店家被他发话不过,一连又筛了三碗。武松道:"肉便再把二斤来吃。"酒家又切了二斤熟牛肉,再筛了三碗酒。武松吃得口滑,只顾要吃;去身边取出些碎银子,叫道:"主人家,你且来看我银子!还你酒肉钱够么?"酒家看了道:"有余,还有些贴钱与你。"[3]武松道:"不要你贴钱,只将酒来筛。"酒家道:"客官,你要吃酒时,还有五六碗酒哩!只怕你吃不得了。"武松道:"就有五六碗,多时你尽数筛将来。"酒家道:"你这条长汉,倘或醉倒了时,怎扶得你住!"武松答道:"要你扶的不算好汉!"酒家那里肯将酒来筛?武松焦躁道:"我又不白吃你的!休要引老爷性发,通教你屋里粉碎!把你这鸟店子倒翻转来!"酒家道:"这厮醉了,休惹他。"再筛了六碗酒与武松吃了。前后共吃了十八碗,绰了哨棒,立起身来道:"我却又不曾醉!"走出门前来,笑道:"却不说'三碗不过冈'?"手提哨棒便走。

酒家赶出来叫道:"客官,那里去?"武松立住了,问道:"叫我做什么?我又不少你酒钱,唤我怎地?"酒家叫道:"我是好意。你且回来我家看抄白官司榜文。"武松道:"什么榜文?"酒家道:"如今前面景阳冈上有只吊睛白额大虫,晚了出来伤人,坏了三二十条大汉性命。官司如今杖限猎户擒捉,发落冈子路口都有榜文;可教往来客人结伙成队,于巳、午、未三个时辰过冈;其余寅、卯、申、酉、戌、亥六个时辰不许过冈。更兼单身客人,务要等伴结伙而过。这早晚正是未末申初时分,我见你走都不问人,枉送了自家性命。不如就我此间歇了,等明日慢慢凑得三二十人,一齐好过冈子。"武松听了笑道:"我是清河县人氏,这条景阳冈上少也走过了一二十遭,几时见说有大虫!你休说这般鸟话来吓我!便有大虫,我也不怕!"酒家道:"我是好意救你;你不信时,进来看官司榜文。"[4]武松道:"你鸟做声!便真个有虎,老爷也不怕!你留我在家里歇,莫不半夜三更,要谋我财,害我性命,却把鸟大虫唬吓我?"酒家道:"你看么!我是一片好心,反做恶意,倒落得你恁地!你不信我时,请尊便自行!"那酒店里主人摇着头,自进店里去了。

这武松提了哨棒,大着步,自过景阳冈来。约行了四五里路,来到冈子下,见一大树,刮去了皮,一片白,上写两行字。武松也颇识几字,抬头看时,上面写道:"近因景阳冈大虫伤人,但有过往客商可于巳、午、未三个时辰结伙成队过冈,请勿自误。"武松看了,笑道:"这是酒家诡诈,惊吓那等客人,便去那厮家里歇宿。我却怕什么鸟!"横拖着哨棒,便上冈子来。

那时已有申牌时分,这轮红日厌厌地相傍下山。武松乘着酒兴,只管走上冈子来。走不到半里多路,见一个败落的山神庙。行到庙前,见这庙门上贴着一张印信榜文。武松住了脚读时,上面写道:

阳谷县示:为景阳冈上新有一只大虫伤害人命,见今杖限各乡里正并猎户人等行捕未获。如有过往客商人等,可于巳、午、未三个时辰结伴过冈;其余时分,及单身客人,不许过冈,恐被伤害性命。各宜知悉。

武松读了印信榜文,方知端的有虎;欲待转身再回酒店里来,寻思道:"我回去时须吃他耻笑,不是好汉,难以转去。"存想了一回,说道:"怕什么鸟!且只顾上去看怎地!"武松正走,看看酒涌上来,便把毡笠儿掀在脊梁上,将哨棒绾在肋下,一步步上那冈子来;回头看这日色时,渐渐地坠下去了。此时正是十月间天气,日短夜长,容易得晚。武松自言自说道:"那得什么大虫!人自怕了,不敢上山。"武松走了一直,酒力发作,焦热起来,一只手提着哨棒,一只手把胸膛前袒开,踉踉跄跄,直奔过乱树林来。见一块光挞挞大青石,把那哨棒倚在一边,放翻身体,却待要睡,只见发起一阵狂风。那一阵风过了,只听得乱树背后扑地一声响,跳出一只吊睛白额大虫来。武松见了,叫声"阿呀",从青石上翻将下来,便拿那条哨棒在手里,闪在青石边。那大虫又饥又渴,把两只爪在地上略按一按,和身望上一扑,从半空里撺将下来。武松被那一惊,酒都做冷汗出了。说时迟,那时快;武松见大虫扑来,只一闪,闪在大虫背后。那大虫背后看人最难,便把前爪搭在地下,把腰胯一掀,掀将起来。武松只一闪,闪在一边。大虫见掀他不着,吼一声,却似半天里起个霹雳,振得那山冈也动,把这铁棒也似虎尾倒竖起来只一剪。武松却又闪在一边。原来那大虫拿人只是一扑,一掀,一剪;三般捉不着时,气性先自没了一半。那大虫又剪不着,再吼了一声,一兜兜将回来。武松见那大虫复翻身回来,双手轮起哨棒,尽平生气力,只一棒,从半空劈将下来。只听得一声响,簌簌地,将那树连枝带叶劈脸打将下来。定睛看时,一棒劈不着大虫,原来打急了,正打在枯树上,把那条哨棒折做两截,只拿得一半在手里。那大虫咆哮,性发起来,翻身又只一扑,扑将来。武松又只一跳,却退了十步远。那大虫恰好把两只前爪搭在武松面前。武松将半截棒丢在一边,两只手就势把大虫顶花皮胳膊地揪住,[5]一按按将下来。那只大虫急要挣扎,被武松尽力气捺定,那里肯放半点儿松宽?武松把只脚望大虫面门上、眼睛里只顾乱踢。那大虫咆哮起来,把身底下爬起两堆黄泥做了一个土坑。武松把大虫嘴直按下黄泥坑里去。那大虫吃武松奈何得没些气力。武松把左手紧紧地揪住顶花皮,偷出右手来,提起铁锤般大小拳头,尽平生之力只顾打。打到五七十拳,那大虫眼里、口里、鼻子里、耳朵里,都迸出鲜血来,更动弹不得,只剩口里兀自气喘。武松放了手,来松树边寻那打折的哨棒,拿在手里;只怕大虫不死,把棒橛又打了一回。眼见气都没了,方才丢了棒,寻思道:"我就地拖得这死大虫下冈子去?……"就血泊里双手来提时,那里提得动?原来使尽了气力,手脚都酥软了。

武松再来青石上坐了半歇,寻思道:"天色看看黑了,倘或又跳出一只大虫来时,却怎地斗得他过?且挣扎下冈子去,明早却来理会。"就石头边寻了毡笠儿,转过乱树林边,一步步捱下冈子来。走不到半里多路,只见枯草中又钻出两只大虫来。武松道:"阿呀!我今番罢了!"只见那两只大虫在黑影里直立起来。武松定睛看时,却是两个人,把虎皮缝作衣裳,紧紧绷在身上,手里各拿着一条五股叉,见了武松,吃一惊道:"你……你……你……吃了㲲㹡心?[6]豹子胆?狮子腿?胆倒包着身躯!如何敢独自一个,昏黑将夜,又没器械,走过冈子来!你……你……你……是人?是鬼?"武松道:"你两个是什么人?"那个人道:"我们是本处猎户。"武松道:"你们上岭上来做什么?"两个猎户失惊道:"你兀自不知哩!如今景阳冈上有一只极大的大虫,夜夜出来伤人!只我们猎户也折了七八个,过往客人不计其数,都被这畜生吃了!本县知县着落当乡里正和我们猎户人等捕捉。那业畜势大难近,谁敢向前!我们为它,正不知吃了多少限棒,只捉它不得!今夜又该我们两个捕猎,和十数个乡夫在此,上上下下放了窝弓药箭等它。[7]正在这里埋伏,却见你大刺刺地从冈子上走将下来,我两个吃了一惊。你却正是什人?曾见大虫么?"武松道:"我是清河县人氏,姓武,排行第二。却才冈子上乱树林边,正撞见那大虫,被我一顿拳脚打死了。"两个猎户听得,痴呆了,说道:"怕没这话?"武松道:"你不信时,只看我身上兀自有血迹。"两个道:"怎地打来?"武松把那打大虫的本事再说了一遍。两个猎户听了,又喜又惊,叫拢那十个乡夫来。只见这十个乡夫都拿着钢叉、踏弩、刀、枪,随即拢来。武松问道:"他们众人如何不随你两个上山?"猎户道:"便是那畜生利害,他们如何敢上来!"一伙十数个人都在面前。两个猎户叫武松把打大虫的事说向众人。众人都不肯信。武松道:"你众人不信时,我和你去看便了。"众人身边都有火刀、火石,随即发出火来,点起五七个火把。众人都跟着武松一同再上冈子来,看见那大虫做一堆儿死在那里。众人见了大喜,先叫一个去报知本县里正并该管上户。这里五七个乡夫自把大虫缚了,抬下冈子来。到得岭下,早有七八十人都哄将起来;先把死大虫抬在前面,将一乘兜轿抬了武松,投本处一个上户家来。那上户里正在庄前迎接。把这大虫扛到草厅上。却有本乡上户,本乡猎户,三二十人,都来相探武松。众人问道:"壮士高姓大名?贵乡何处?"武松道:"小人是此间邻郡清河县人氏。姓武,名松,排行第二。因从沧州回乡来,昨晚在冈子那边酒店吃得大醉了,上冈子来,正撞见这畜生。"把那打虎的身手、拳脚细说了一遍。众上户道:"真乃英雄好汉!"众猎户先把野味将来与武松把杯。武松因打大虫困乏了,要睡。大户便叫庄客打并客房,且教武松歇息。到天明,上户先使人去县里报知,一面合具虎床,安排端正,迎送县里去。

　　天明,武松起来,洗漱罢,众多上户牵一腔羊,挑一担酒,都在厅前伺候。武松穿了衣裳,整顿巾帻,出到前面,与众人相见。众上户把盏,说道:"被这畜生正不知害了多少人性命,连累猎户吃了几顿限棒!今日幸得壮士来到,除了这个大害!第一,乡中人民有福;第二,客旅通行。实出壮士之赐!"武松谢道:"非小子之能,托赖众长上福荫。"众人都来作贺。吃了一早晨酒食,抬出大虫,放在虎床上。众乡村上户都把缎匹花红来挂与武松。武松有些行李包裹,寄在庄上。一齐都出庄门前来。早有阳谷县知县相公使人来接武松。都相见了,叫四个庄客将乘凉轿来抬了武松,把那大虫扛在前面,也挂着花红缎匹,迎到阳谷县里来。

　　那阳谷县人民听得说一个壮士打死了景阳冈上大虫,迎喝了来,尽皆出来看,哄动了那个县治。武松在轿上看时,只见亚肩叠背,[8]闹闹攘攘,屯街塞巷,都来看迎大虫。到县前衙门口,知县已在厅上专等,武松下了轿。扛着大虫,都到厅前,放在甬道上。知县看了武松这般模样,又见了这个老大锦毛大虫,心中自忖道:"不是这个汉,怎地打得这个虎!"便唤武松上厅来。武松去厅前声了喏。知县问道:"你那打虎的壮士,你却说怎生打了这个大虫?"武松就厅前将打虎的本事说了一遍。厅上厅下众多人等都惊得呆了。知县就厅上赐了几杯酒,将出上户凑的赏赐钱一千贯给与武松。武松禀道:"小人托赖相公的福荫,偶然侥幸打死了这个大虫,非小人之能,如何敢受赏赐?小人闻知这众猎户因这个大虫受了相公的责罚,何不就把这一千贯给散与众人去用?"知县道:"既是如此,任从壮士。"

　　武松就把这赏钱在厅上散与众人——猎户。知县见他忠厚仁德,有心要抬举他,便道:"虽你原是清河县人氏,与我这阳谷县只在咫尺。我今日就参你在本县做个都头,如何?"武松跪谢道:"若蒙恩相抬举,小人终身受赐。"知县随即唤押司立了文案,当日便参武松做了步兵都头。众上户都来与武松作庆贺喜，连连吃了三五日酒。武松自心中想道："我本要回清河县去看望哥哥，谁想倒来做了阳谷县都头！"自此上官见爱，乡里闻名。

【简注】

[1]本文选自《水浒传》第二十三回"横海郡柴进留宾　景阳冈武松打虎"。　[2]没地：难道，莫非。　[3]贴钱：找补的零钱。　[4]榜文：榜上的名文，或告示。　[5]胳膊：这里是一下、一把的意思。　[6]忽律(hū lǜ)：指鳄鱼。　[7]窝弓：猎人捉猛兽用的重要武器。一种伏弩，埋在草丛或浮土中间，踏着机关的就要中箭。　[8]亚肩叠背：身子挤着身子的意思。亚，同"压"。

【浅释】

《水浒传》之"武松打虎"通过人虎相搏，刻画武松的思想性格和英雄气概。

故事叙写以时为序：喝酒（铺垫）—打虎（高潮）—下山（余波）。"喝酒"闲笔不限，对人、虎双方预做介绍和渲染，武松英武豪爽而又焦躁粗鲁的个性出焉。"打虎"紧锣密鼓，写得惊心动魄，有声有色。武松上山的心理描写极富生活实感，为维护好汉名声遂铤而走险。人虎相搏过程的描绘严整有法：先写虎攻人避，虎一扑、一掀、一剪，人一连三闪；次写相持拼搏，人哨棒折断，虎性起咆哮；再写奋力打虎，人拳打足踢，虎渐无气力。整个过程从人虎两面着笔，有条不紊。作者精选一系列动词，细写人虎相搏的一招一式，生动精彩，惊心动魄，大虫凶猛正反衬武松智勇。"下山"叙述从容，猎户失惊、上户款待、百姓争睹、知县抬举、武松分赏逐一道来，壮举的大快人心、壮士的侠义本色尽显。

小说的形象塑造既大胆夸张，又不悖常情。

【习题】

1. 归纳打虎英雄武松的个性特征，试与鲁达、李逵等做比较。
2. 谈谈本节小说人物形象塑造的理想化色彩。
3. 本文的情节安排看似平铺直叙，实则波澜迭生，试举例分析。

西　游　记[1]（节选）

吴承恩

吴承恩（约1500—约1582），字汝忠，号射阳居士，淮安山阳（今江苏淮安）人。少时"以文鸣于淮"，喜好奇闻逸事，爱读野言稗史，熟谙唐人传奇，深受民间文学和传奇滋养。一生诗文词创作数量不少，去世后大部分亡佚，尚有《射阳先生存稿》《花草新编》《禹鼎记》等诗词文集传世。代表作《西游记》是中国文学史上第一部最为有名、成就最高的神魔小说，它采用彗星状结构，以喜剧的手法揭露黑暗现实，又以喜剧的手法揶揄当时世态。小说善用幻想描绘出绚丽多彩的神话天地，编织曲折离奇的情节场面，且将幻想同幽默、诙谐相结合，将讽刺同浪漫主义相结合，形成了独特的浪漫主义风格。

感盘古开辟,三皇治世,五帝定伦,世界之间,遂分为四大部洲:曰东胜神洲、曰西牛贺洲、曰南赡部洲、曰北俱芦洲。这部书单表东胜神洲。海外有一国土,名曰傲来国。国近大海,海中有一座名山,唤为花果山。此山乃十洲之祖脉,三岛之来龙,自开清浊而立,鸿蒙判后而成。真个好山!有词赋为证。赋曰:

势镇汪洋,威宁瑶海。势镇汪洋,潮涌银山鱼入穴;威宁瑶海,波翻雪浪蜃离渊。水火方隅高积土,东海之处耸崇巅。丹崖怪石,削壁奇峰。丹崖上,彩凤双鸣;削壁前,麒麟独卧。峰头时听锦鸡鸣,石窟每观龙出入。林中有寿鹿仙狐,树上有灵禽玄鹤。瑶草奇花不谢,青松翠柏长春。仙桃常结果,修竹每留云。一条涧壑藤萝密,四面原堤草色新。正是百川会处擎天柱,万劫无移大地根。

那座山正当顶上,有一块仙石。其石有三丈六尺五寸高,有二丈四尺围圆。[2]三丈六尺五寸高,按周天三百六十五度;二丈四尺围圆,按政历二十四气。上有九窍八孔,按九宫八卦。四面更无树木遮阴,左右倒有芝兰相衬。盖自开辟以来,每受天真地秀,日精月华,感之既久,遂有灵通之意。[3]内育仙胞,一日迸裂,产一石卵,似圆球样大。因见风,化作一个石猴。五官俱备,四肢皆全。便就学爬学走,拜了四方。目运两道金光,射冲斗府。惊动高天上圣大慈仁者玉皇大天尊玄穹高上帝,驾座金阙云宫灵霄宝殿,聚集仙卿,见有金光焰焰,即命千里眼、顺风耳开南天门观看。二将果奉旨出门外,看的真,听的明。须臾回报道:"臣奉旨观听金光之处,乃东胜神洲海东傲来小国之界,有一座花果山,山上有一仙石,石产一卵,见风化一石猴,在那里拜四方,眼运金光,射冲斗府。如今服饵水食,金光将潜息矣。"玉帝垂赐恩慈曰:"下方之物,乃天地精华所生,不足为异。"

那猴在山中,却会行走跳跃,食草木,饮涧泉,采山花,觅树果;与狼虫为伴,虎豹为群,獐鹿为友,猕猿为亲;夜宿石崖之下,朝游峰洞之中。真是"山中无甲子,寒尽不知年"。[4]一朝天气炎热,与群猴避暑,都在松阴之下顽耍。你看他一个个:

跳树攀枝,采花觅果;抛弹子,邸么儿;[5]跑沙窝,砌宝塔,赶蜻蜓,扑蚱蜢,参老天,拜菩萨,扯葛藤,编草帓;捉虱子,咬又掐;理毛衣,剔指甲;挨的挨,擦的擦;推的推,压的压;扯的扯,拉的拉。青松林下任他顽,绿水涧边随洗濯。

一群猴子耍了一会,却去那山涧中洗澡。见那股涧水奔流,真个似滚瓜涌溅。古云:"禽有禽言,兽有兽语。"众猴都道:"这股水不知是那里的水。我们今日赶闲无事,顺涧边往上溜头寻看源流,耍子去耶!"喊一声,都拖男挈女,唤弟呼兄,一齐跑来,顺涧爬山,直至源流之处,乃是一股瀑布飞泉。但见那:

一派白虹起,千寻雪浪飞。

海风吹不断,江月照还依。

冷气分青嶂,余流润翠微。

潺湲名瀑布,真似挂帘帷。

众猴拍手称扬道:"好水!好水!原来此处远通山脚之下,直接大海之波。"又道:"那一个有本事的,钻进去寻个源头出来,不伤身体者,我等即拜他为王。"连呼了三声,忽见丛杂中跳出一个石猴,应声高叫道:"我进去!我进去!"好猴!也是他:

今日芳名显,时来大运通。

有缘居此地,天遣入仙宫。

你看他瞑目蹲身,将身一纵,径跳入瀑布泉中,忽睁睛抬头观看,那里边却无水无波,明明朗朗的一架桥梁。他住了身,定了神,仔细再看,原来是座铁板桥。桥下之水,冲贯于石窍

之间,倒挂流出去,遮闭了桥门。却又欠身上桥头,再走再看,却似有人家住处一般,真个好所在。但见那:

翠藓堆蓝,白云浮玉,光摇片片烟霞。虚窗静室,滑凳板生花。乳窟龙珠倚挂,萦回满地奇葩。锅灶傍崖存火迹,樽罍靠案见肴渣。石座石床真可爱,石盆石碗更堪夸。又见那一竿两竿修竹,三点五点梅花。几树青松常带雨,浑然像个人家。

看罢多时,跳过桥中间,左右观看,只见正当中有一石碣。碣上有一行楷书大字,镌着"花果山福地,水帘洞洞天"。石猿喜不自胜,急抽身往外便走,复瞑目蹲身,跳出水外,打了两个呵呵道:"大造化!大造化!"众猴把他围住,问道:"里面怎么样?水有多深?"石猴道:"没水!没水!原来是一座铁板桥。桥那边是一座天造地设的家当。"众猴道:"怎见得是个家当?"石猴笑道:"这股水乃是桥下冲贯石窍,倒挂下来遮闭门户的。桥边有花有树,乃是一座石房。房内有石锅、石灶、石碗、石盆、石床、石凳。中间一块石碣上,镌着'花果山福地,水帘洞洞天'。真个是我们安身之处。里面且是宽阔,容得千百口老小。我们都进去住,也省得受老天之气。这里边:

刮风有处躲,下雨好存身。

霜雪全无惧,雷声永不闻。

烟霞常照耀,祥瑞每蒸熏。

松竹年年秀,奇花日日新。

众猴听得,个个欢喜。都道:"你还先走,带我们进去,进去!"石猴却又瞑目蹲身,往里一跳,叫道:"都随我进来!进来!"那些猴有胆大的,都跳进去了;胆小的,一个个伸头缩颈,抓耳挠腮,大声叫喊,缠一会,也都进去了。跳过桥头,一个个抢盆夺碗,占灶争床,搬过来,移过去,正是猴性顽劣,再无一个宁时,只搬得力倦神疲方止。石猿端坐上面道:"列位呵,'人而无信,不知其可。'你们才说有本事进得来,出得去,不伤身体者,就拜他为王。我如今进来又出去,出去又进来,寻了这一个洞天与列位安眠稳睡,各享成家之福,何不拜我为王?"众猴听说,即拱伏无违。一个个序齿排班,[6]朝上礼拜,都称"千岁大王"。自此,石猿高登王位,将"石"字儿隐了,遂称美猴王。有诗为证,诗曰:

三阳交泰产群生,仙石胞含日月精。

借卵化猴完大道,假他名姓配丹成。

内观不识因无相,外合明知作有形。

历代人人皆属此,称王称圣任纵横。

美猴王领一群猿猴、猕猴、马猴等,分派了君臣佐使,朝游花果山,暮宿水帘洞,合契同情,不入飞鸟之丛,不从走兽之类,独自为王,不胜欢乐。是以:

春采百花为饮食,夏寻诸果作生涯。

秋收芋栗延时节,冬觅黄精度岁华。

美猴王享乐天真,何期有三五百载。一日,与群猴喜宴之间,忽然忧恼,堕下泪来。众猴慌忙罗拜道:"大王何为烦恼?"猴王道:"我虽在欢喜之时,却有一点儿远虑,故此烦恼。"众猴又笑道:"大王好不知足!我等日日欢会,在仙山福地,古洞神洲,不伏麒麟辖,不伏凤凰管,又不伏人间王位所拘束,自由自在,乃无量之福,为何远虑而忧也?"猴王道:"今日虽不归人王法律,不惧禽兽威严,将来年老血衰,暗中有阎王老子管着,一旦身亡,可不枉生世之中,不得久注天人之内?"众猴闻此言,一个个掩面悲啼,俱以无常为虑。[7]

只见那班部中,忽跳出一个通背猿猴,厉声高叫道:"大王若是这般远虑,真所谓道心开发也!如今五虫之内,[8]惟有三等名色,不伏阎王老子所管。"猴王道:"你知那三等人?"猿猴道:"乃是佛与仙与神圣三者,躲过轮回,[9]不生不灭,与天地山川齐寿。"猴王道:"此三者居于何所?"猿猴道:"他只在阎浮世界之中,[10]古洞仙山之内。"猴王闻之,满心欢喜,道:"我明日就辞汝等下山,云游海角,远涉天涯,务必访此三者,学一个不老长生,常躲过阎君之难。"噫!这句话,顿教跳出轮回网,致使齐天大圣成。众猴鼓掌称扬,都道:"善哉!善哉!我等明日越岭登山,广寻些果品,大设筵宴送大王也。"

次日,众猴果去采仙桃,摘异果,刨山药,劚黄精,芝兰香蕙,瑶草奇花,般般件件,整整齐齐,摆开石凳石桌,排列仙酒仙肴。但见那:

金丸珠弹,红绽黄肥:金丸珠弹腊樱桃,色真甘美;红绽黄肥熟梅子,味果香酸。鲜龙眼,肉甜皮薄;火荔枝,核小囊红。林檎碧实连枝献,枇杷缃苞带叶擎。兔头梨子鸡心枣,消渴除烦更解醒。香桃烂杏,美甘甘似玉液琼浆;脆李杨梅,酸荫荫如脂酥膏酪。红囊黑子熟西瓜,四瓣黄皮大柿子。石榴裂破,丹砂粒现火晶珠;芋栗剖开,坚硬肉团金玛瑙。胡桃银杏可传茶,椰子葡萄能做酒。榛松榧柰满盘盛,橘蔗柑橙盈案摆。熟煨山药,烂煮黄精。捣碎茯苓并薏苡,石锅微火漫炊羹。人间纵有珍羞味,怎比山猴乐更宁?

群猴尊美猴王上坐,各依齿肩排于下边,一个个轮流上前奉酒奉花,奉果,痛饮了一日。次日,美猴王早起,教:"小的们,替我折些枯松,编作筏子,取个竹竿作篙,收拾些果品之类,我将去也。"果独自登筏,尽力撑开,飘飘荡荡,径向大海波中,趁天风,来渡南赡部洲地界。这一去,正是那:

天产仙猴道行隆,离山驾筏趁天风。

飘洋过海寻仙道,立志潜心建大功。

有分有缘休俗愿,无忧无虑会元龙。[11]

料应必遇知音者,说破源流万法通。

也是他运至时来,自登木筏之后,连日东南风紧,将他送到西北岸前,乃是南赡部洲地界。持篙试水,偶得浅水,弃了筏子,跳上岸来,只见海边有人捕鱼、打雁、挖蛤、淘盐。他走近前,弄个把戏,妆个㜺虎,[12]吓得那些人丢筐弃网,四散奔跑。将那跑不动的拿住一个,剥了他的衣裳,也学人穿在身上,摇摇摆摆,穿州过府,在市廛中,学人礼,学人话。朝餐夜宿,一心里访问佛仙神圣之道,觅个长生不老之方。见世人都是为名为利之徒,更无一个为身命者。正是那:

争名夺利几时休?早起迟眠不自由!

骑着驴骡思骏马,官居宰相望王侯。

只愁衣食耽劳碌,何怕阎君就取勾?

继子荫孙图富贵,更无一个肯回头!

猴王参访仙道,无缘得遇。在于南赡部洲,串长城,游小县,不觉八九年余。忽行至西洋大海,他想着海外必有神仙。独自个依前作筏,又飘过西海,直至西牛贺洲地界。登岸遍访多时,忽见一座高山秀丽,林麓幽深。他也不怕狼虫,不惧虎豹,登山顶上观看。果是好山:

千峰排戟,万仞开屏。日映岚光轻锁翠,雨收黛色冷含青。瘦藤缠老树,古渡界幽程。奇花瑞草,修竹乔松;修竹乔松,万载常青欺福地;奇花瑞草,四时不谢赛蓬瀛。[13]幽鸟啼声近,源泉响溜清。重重谷壑芝兰绕,处处巉崖苔藓生。起伏峦头龙脉好,必有高人隐姓名。

正观看间,忽闻得林深之处,有人言语,急忙趋步,穿入林中,侧耳而听,原来是歌唱之声。歌曰:

观棋柯烂,伐木丁丁,云边谷口徐行。卖薪沽酒,狂笑自陶情。苍径秋高,对月枕松根,一觉天明。认旧林,登崖过岭,持斧断枯藤。收来成一担,行歌市上,易米三升。更无些子争竞,时价平平。不会机谋巧算,没荣辱,恬淡延生。相逢处,非仙即道,静坐讲《黄庭》。[14]

美猴王听得此言,满心欢喜道:"神仙原来藏在这里!"即忙跳入里面,仔细再看,乃是一个樵子,在那里举斧砍柴。但看他打扮非常:

头上戴箬笠,乃是新笋初脱之箨;身上穿布衣,乃是木绵拈就之纱;腰间系环绦,乃是老蚕口吐之丝;足下踏草履,乃是枯莎槎就之爽。[15]手执衡钢斧,担挽火麻绳;扳松劈枯树,争似此樵能!

猴王近前叫道:"老神仙!弟子起手。"[16]那樵汉慌忙丢了斧,转身答礼道:"不当人![17]不当人!我拙汉衣食不全,怎敢当'神仙'二字?"猴王道:"你不是神仙,如何说出神仙的话来?"樵夫道:"我说甚么神仙话?"猴王道:"我才来至林边,只听的你说:'相逢处非仙即道,静坐讲《黄庭》。'《黄庭》乃道德真言,非神仙而何?"樵夫笑道:"实不瞒你说,这个词名做《满庭芳》,乃一神仙教我的。那神仙与我舍下相邻,他见我家事劳苦,日常烦恼,教我遇烦恼时,即把这词儿念念,一则散心,二则解困。我才有些不足处思虑,故此念念。不期被你听了。"猴王道:"你家既与神仙相邻,何不从他修行?学得个不老之方,却不是好?"樵夫道:"我一生命苦:自幼蒙父母养育至八九岁,才知人事,不幸父丧,母亲居孀。再无兄弟姊妹,只我一人,没奈何,早晚侍奉。如今母老,一发不敢抛离。却又田园荒芜,衣食不足,只得斫两束柴薪,挑向市廛之间,货几文钱,籴几升米,自炊自造,安排些茶饭,供养老母,所以不能修行。"

猴王道:"据你说起来,乃是一个行孝的君子,向后必有好处。但望你指与我那神仙住处,却好拜访去也。"樵夫道:"不远,不远。此山叫做灵台方寸山。[18]山中有座斜月三星洞。那洞中有一个神仙,称名须菩提祖师。[19]那祖师出去的徒弟,也不计其数,见今还有三四十人从他修行。你顺那条小路儿,向南行七八里远近,即是他家了。"猴王用手扯住樵夫道:"老兄,你便同我去去。若还得了好处,决不忘你指引之恩。"樵夫道:"你这汉子,甚不通变。我方才这般与你说了,你还不省?假若我与你去了,却不误了我的生意,老母何人奉养?我要斫柴,你自去,自去!"

猴王听说,只得相辞。出深林,找上路径,过一山坡,约有七八里远,果然望见一座洞府。挺身观看,真好去处!但见:

烟霞散彩,日月摇光。千株老柏,万节修篁:千株老柏,带雨半空青冉冉;万节修篁,含烟一壑色苍苍。门外奇花布锦,桥边瑶草喷香。石崖突兀青苔润,悬壁高张翠藓长。时闻仙鹤唳,每见凤凰翔。仙鹤唳时,声振九皋霄汉远;[20]凤凰翔起,翎毛五色彩云光。玄猿白鹿随隐见,金狮玉象任行藏。细观灵福地,真个赛天堂!

又见那洞门紧闭,静悄悄杳无人迹。忽回头,见崖头立一石碑,约有三丈余高,八尺余阔,上有一行十个大字,乃是"灵台方寸山,斜月三星洞"。美猴王十分欢喜道:"此间人果是朴实。果有此山此洞。"看勾多时,不敢敲门。且去跳上松枝梢头,摘松子吃了顽耍。

少顷间,只听得呀的一声,洞门开处,里面走出一个仙童,真个丰姿英伟,像貌清奇,比寻常俗子不同。但见他:

髽髻双丝绾,[21]宽袍两袖风。

貌和身自别,心与相俱空。

物外长年客,山中永寿童。

一尘全不染,甲子任翻腾。

那童子出得门来，高叫道："什么人在此搔扰？"猴王扑的跳下树来，上前躬身道："仙童，我是个访道学仙之弟子，更不敢在此搔扰。"仙童笑道："你是个访道的么？"猴王道："是。"童子道："我家师父，正才下榻，登坛讲道，还未说出原由，就教我出来开门。说：'外面有个修行的来了，可去接待接待。'想必就是你了？"猴王笑道："是我，是我。"童子道："你跟我进来。"

这猴王整衣端肃，随童子径入洞天深处观看：一层层深阁琼楼，一进进珠宫贝阙，说不尽那静室幽居，直至瑶台之下。见那菩提祖师端坐在台上，两边有三十个小仙侍立台下。果然是：

大觉金仙没垢姿，西方妙相祖菩提。

不生不灭三三行，全气全神万万慈。

空寂自然随变化，真如本性任为之。

与天同寿庄严体，历劫明心大法师。

美猴王一见，倒身下拜，磕头不计其数，口中只道："师父，师父！我弟子志心朝礼，志心朝礼！"祖师道："你是那方人氏？且说个乡贯姓名明白，再拜。"猴王道："弟子乃东胜神洲傲来国花果山水帘洞人氏。"祖师喝令："赶出去！他本是个撒诈捣虚之徒，那里修甚么道果！"猴王慌忙磕头不住道："弟子是老实之言，决无虚诈。"祖师道："你既老实，怎么说东胜神洲？那去处到我这里，隔两重大海，一座南赡部洲，如何就得到此？"猴王叩头道："弟子飘洋过海，登界游方，有十数个年头，方才访到此处。"

祖师道："既是逐渐行来的也罢。你姓甚么？"猴王又道："我无性。人若骂我，我也不恼；若打我，我也不嗔，只是陪个礼儿就罢了。一生无性。"祖师道："不是这个性。你父母原来姓甚么？"猴王道："我也无父母。"祖师道："既无父母，想是树上生的？"猴王道："我虽不是树上生，却是石里长的。我只记得花果山上有一块仙石，其年石破，我便生也。"祖师闻言暗喜，道："这等说，却是个天地生成的。你起来走走我看。"猴王纵身跳起，拐呀拐的走了两遍。祖师笑道："你身躯虽是鄙陋，却像个食松果的猢狲。我与你就身上取个姓氏，意思教你姓'猢'。猢字去了个兽傍，乃是个古月。古者，老也；月者，阴也。老阴不能化育，教你姓'狲'倒好。狲字去了兽傍，乃是个子系。子者，儿男也；系者，婴细也。正合婴儿之本论。教你姓'孙'罢。"猴王听说，满心欢喜，朝上叩头道："好，好，好！今日方知姓也。万望师父慈悲！既然有姓，再乞赐个名字，却好呼唤。"祖师道："我门中有十二个字，分派起名，到你乃第十辈之小徒矣。"猴王道："那十二个字？"祖师道："乃广、大、智、慧、真、如、性、海、颖、悟、圆、觉十二字。排到你，正当'悟'字。与你起个法名叫做'孙悟空'，好么？"猴王笑道："好，好，好！自今就叫做孙悟空也！"正是：鸿蒙初辟原无姓，打破顽空须悟空。

【简注】

[1]本文选自《西游记》第一回"灵根育孕源流出　心性修持大道生"。　[2]围圆：文中指仙石的周长，围一圈的长度。　[3]灵通：文中指仙石有了灵气，通了人性。　[4]甲子：古代用甲乙丙丁等十个天干和子丑寅卯等十二个地支相配，以六十为一周，来纪年月日。这里即指历日。　[5]跅(wá)么儿：一种玩弄碎瓦砾或小石子等的儿童游戏，有的地方称为"抓子儿"。　[6]序齿：按年龄为次序。齿：指年龄。　[7]无常：佛教语，指世间的一切事物，都处在生、灭、变化之中，迁流不停，顷刻不止。这里是死亡的意思。　[8]五虫：古人对动物的分类，称作五虫，人类叫倮虫，兽类叫毛虫，禽类叫羽虫，鱼类叫鳞虫，昆虫类叫介虫。　[9]轮回：佛教以为众生辗转在天、人、阿修罗、鬼、畜生、地狱六道中，生死不已，像车轮旋转，永不停息，叫轮回。　[10]阎浮世界：阎浮是梵语"赡部"的异译，原意即指南赡部州。这里泛指人类世界。　[11]元龙：就是元阳。道教对"得道"的别称。　[12]妆个婴(qiā)虎：作出一种吓人的怪样子。　[13]蓬瀛：蓬莱山和瀛洲，神话传说中的仙境。　[14]《黄庭》：道教的经典，有《黄庭内景经》和《黄庭外景经》六种。　[15]爽：草鞋上

的绞绳。　　[16]起手：出家人的敬礼。　　[17]不当人：这和后文的"不当人子"，都作罪过解释。是用于对尊长不敬或亵渎神圣时的谴责语。　　[18]灵台、方寸：都是"心"的别称。下文的"斜月三星"是"心"字的形状："斜月"像"心"字的一钩，"三星"像"心"字的三点。　　[19]须菩提：佛的十大弟子之一。这里是糅合佛、道的一个人物。第二回"悟彻菩提"之"菩提"是觉悟的意思。　　[20]九皋霄汉：九皋：水泽深远。霄：九霄，天空极高处；汉：银河。　　[21]髽髻：抓髻，一般是妇女的发型，道士也沿用来挽结他们的长发。

【浅释】

　　孙悟空是《西游记》的灵魂。前七回通过大闹三界的描述，将其挑战权威的气概、饱经磨难的意志、酷爱自由的个性和乐观自信的态度表现得淋漓尽致。

　　第一回"悟空出世"初步展示了他的思想性格。化石为猴，惊动天庭，出生不同凡响；勇探洞天，被尊为王，胆量超群轶伦；辞别猴众，求仙访道，追求与众不同；拜谒祖师，喜得法名，态度虔诚之至。小说围绕一个"美"字做文章，孙悟空美在何处？美在活泼可爱，美在敢作敢为，美在求真向善。小说不仅循着情节的发展直接表现其"美"，而且善于通过神奇瑰丽的景物描写来烘托其"美"，通过短小精悍的篇中诗歌来赞赏其"美"。孙悟空形象是根据作者的政治理想、美学理想来创造的，融合了女娲补天、夸父逐日、精卫填海的救世精神、奋斗精神和复仇精神。

　　悟空自我完善、自我实现的强烈欲望在这一回初见端倪，后面大闹三界显"超凡"、西天取经以"入圣"都与此有关。

【习题】

1．试分析《西游记》第一回在整部小说中的地位和作用。
2．重读《西游记》前七回，对孙悟空形象作尽可能全面的分析。
3．《西游记》的文学语言非常优美，结合本回文字加以说明。

金　瓶　梅[1]（节选）

兰陵笑笑生

　　《金瓶梅》是我国第一部以家庭日常生活为素材、写世态人情的长篇小说。小说采用对比式结构，以土豪恶霸西门庆发迹、纵欲、暴亡为中心，曲尽人间丑态：唯官是奉，唯势是趋，唯利是图，唯色是逐，展示出经济暴富、政治陡贵必然诱发道德沦丧，以及这道德沦丧后所必随的身家败亡。惩淫与讽政的统一，构成了这部小说之"奇"。作者兰陵笑笑生为"嘉靖间大名士手笔"，但其真实身份已为历史谜团。作为中国文学史上第一位独立创作长篇小说的作家，在小说创作上达到了前所未有的高度，《金瓶梅》以市井人物与世俗风情为描写中心，开启了文人直接取材于现实社会生活而创作长篇小说的先河。

　　风拥狂澜浪正颠，孤舟斜泊抱愁眠。
　　离鸿叫彻寒云外，驿鼓清分旅梦边。

诗思有添池草绿,河船无约晚潮升。

凭虚细数谁知己,惟有故人月在天。

此一首诗,单题寒北以车马为常,江南以舟楫为便。南人乘舟,北人乘马,盖可信也。话说江南扬州广陵城内,有一苗员外,名唤苗天秀。家有万贯资财,颇好诗礼。年四十岁,身边无子,止有一女,尚未出嫁。其妻李氏,身染痼疾在床,家事尽托与宠妾刁氏,名唤刁七儿。原是扬州大马头娼妓出身,[2]天秀用银三百两娶来家,纳为侧室,宠嬖无比。忽一日,有一老僧在门首化缘,自称是东京报恩寺僧,因为堂中缺少一尊镀金铜罗汉,故云游在此,访善纪录。天秀闻之不吝,即施银五十两与那僧人。僧人道:"不消许多,一半足以完备此像。"天秀道:"吾师休嫌少,除完佛像,余剩可作斋供。"那僧人问讯致谢,临行向天秀说道:"员外左眼眶下有一道白气,乃是死气,主不出此年,当有大灾殃。你有如此善缘与我,贫僧焉可不预先说与你知?今后随有甚事,切勿出境。戒之,戒之!"言毕,作辞天秀而去。

那消半月,天秀偶游后园,见其家人苗青,——平日是个浪子,正与刁氏在亭侧相倚私语,不意天秀猝至,躲避不及。看见不由分说,将苗青痛打一顿,誓欲逐之。苗青恐惧,转央亲邻,再三劝留得免,终是切恨在心。不期有天秀表兄黄美,原是扬州人氏,乃举人出身,在东京开封府做通判,亦是博学广识之人也。一日,差人寄一封书来扬州与天秀,要请天秀上东京,一则游玩,二者为谋其前程。苗天秀得书不胜欢喜,因向其妻妾说道:"东京乃辇毂之地,[3]景物繁华所萃,吾心久欲游览,无由得便。今不期表兄书来相招,实有以大慰平生之意。"其妻李氏便说:"前日僧人相你面上有灾厄,嘱付不可出门。且此去京都甚远,况你家私沉重,抛下幼女病妻在家,未审此去前程如何,不如勿往为善。"天秀不听,反加怒叱,说道:"大丈夫生于天地之间,桑弧蓬矢,不能遨游天下,观国之光,徒老死牖下无益矣。[4]况吾胸中有物,囊有余资,何愁功名之不到手?此去表兄必有美事于我,切勿多言!"于是吩咐家人苗青,收拾行李衣装,多打点两箱金银,载一船货物,带了个安童并苗青,来上东京,取功名如拾芥,得美职犹唾手。嘱咐妻妾守家,择日起行。

正值秋末冬初之时,从扬州码头上船,行了数日,到徐州洪。但见一派水光,十分阴恶:

万里长洪水似倾,东流海岛若雷鸣。

滔滔雪浪令人怕,客旅逢之谁不惊?

前过地名陕湾,苗员外看见天晚,命舟人泊住船只。也是天数将尽,合当有事,不料搭的船只,却是贼船。两个艄子皆是不善之徒:一个姓陈,名唤陈三;一个姓翁,乃是翁八。常言道:不着家人弄不得家鬼。这苗青深恨家主苗天秀,日前被责之仇,一向要报无由,口中不言,心内暗道:"不如我如此如此,这般这般,与两个艄子做一路,拿得将家主害了性命,推在水内,尽分其财物。我这一回去,再把病妇谋死。这分家私连刁氏,都是我情受的。"[5]正是:花枝叶下犹藏刺,人心怎保不怀毒。这苗青由是与两个艄子密密商量,说道:"我家主皮箱中还有一千两金银,二千两缎匹,衣服之类极广。汝二人若能谋之,愿将此物均分。"陈三、翁八笑道:"汝若不言,我等不瞒你说,亦有此意久矣。"是夜天气阴黑,苗天秀与安童在中舱睡,苗青在橹后。将近三鼓时分,那苗青故意连叫有贼。苗天秀从梦中惊醒,便探头出舱外观看,被陈三手持利刀,一下刺中脖下,推在洪波荡里。那安童正要走时,乞翁八一闷棍打落于水中。三人一面在船舱内打开箱笼,取出一应财帛金银,并其缎货衣服,点数均分。二艄便说:"我等若留此货物,必然有犯。你是他手下家人,载此货物到于市店上发卖,没人相疑。"因此二艄尽把皮箱中一千两金银,并苗员外衣服之类分讫,依前撑船回去了。这苗青另搭了船只,载至临清码头上,钞关上过了,[6]装到清河县城外官店内卸下。见了扬州故旧商家,只说:

"家主在后船便来也。"这个苗青在店发卖货物不题。

常言：人便如此如此，天理未然未然。可怜苗员外平昔良善，一旦遭其仆人之害，不得好死。虽则是不纳忠言之劝，其亦大数难逃。不想安童被艄子一棍打昏，虽落水中，幸得不死，浮没芦港，得岸上来，在于堤边号泣连声。看看天色微明之时，忽有上流一只渔船撑将下来。船上坐着个老翁，头顶箬笠，身披短蓑。只听得岸边芦荻深处有啼哭，移船过来看时，却是一个十七八岁小厮，满身是水。问其始末情由，却是扬州苗员外家安童在洪上被劫之事。这渔翁带下船，撑回家中，取衣服与他换了，给以饮食。因问他："你要回去乎？却同我在此过活？"安童哭道："主人遭难，不见下落，如何回得家去？愿随公公在此。"渔翁道："也罢，你且随我在此，等我慢慢替你访此贼人是谁，再作理会。"安童拜谢公公，遂在此翁家过其日月。

一日，也是合当有事。年除岁末，渔翁忽带安童正出河口卖鱼，正撞见陈三、翁八在船上饮酒，穿着他主人衣服，上岸来买鱼。安童认得，即密与渔翁说道："主人之冤当雪矣。"渔翁道："如何不具状官司处告理？"当下安童将情具告到巡河周守备府内。守备见没赃证，不接状子。又告到提刑院，夏提刑见是强盗劫杀人命等事，把状批行了。从正月十四日，差缉捕公人，押安童下来拿人。前至新河口，把陈三、翁八获住到案，责问了口词。二艄见安童在傍执证，也没得动刑，一一招承了。[7]供称："下手之时，还有他家人苗青同谋，杀其家主，分赃而去。"这里把三人监下，又差人访拿苗青，拿到一起定罪。因节间放假，提刑官吏一连两日没来衙门中问事。早有衙门首透信儿的人，悄悄把这件事儿报与苗青。

苗青慌了，把店门一锁了，暗暗躲在经纪乐三家。这乐三就在狮子街石桥西首，韩道国家隔壁，门面一间，到底三层房儿居住。他浑家乐三嫂，与王六儿所交极厚，常过王六儿这边来做伴儿坐。王六儿无事，也常往他家行走，彼此打的热闹。这乐三见苗青面带忧容，问其所以，说道："不打紧，间壁韩家，就是提刑西门老爹的外室，又是他家伙计，和俺家交往的甚好，凡事百依百随。若要保得你无事，破多少东西，教俺家过去和他家说说。"这苗青听了，连忙就下跪，说道："但得除割了我身上没事，恩有重报，不敢有忘。"于是写了说帖，[8]封下五十两银子，两套妆花缎子衣服。乐三教他老婆拿过去，如此这般对王六儿说。王六儿喜欢的要不的，把衣服银子并说帖都收下，单等西门庆，不见来。

到十七日日西时分，只见玳安夹着毡包，骑着头口，从街心里来。王六儿在门首，叫下来问道："你往那里去来？"玳安道："我跟了爹走了个远差，往东平府送礼去来。"王六儿道："你爹如今在那里，来了不曾？"玳安道："爹和贲四先往家去了。"王六儿便叫进去，和他如此这般说话，拿帖儿与他瞧。玳安道："韩大婶，管他这事！休要把事轻看了。如今衙门里监着那两个船家，供着只要他哩。拿过几两银子来，也不够打发脚下人的哩。我不管别的账，韩大婶和他说，只与我二十两银子罢。等我请将俺爹来，随你老人家与俺爹说就是了。"王六儿笑道："怪油嘴儿，要饭吃，休要恶了火头。事成了，你的事甚么打紧？宁可我们不要，也少不了你的。"玳安道："韩大婶，不是这等说。常言：君子不羞当面。先断过，后商量。"王六儿当下预备几样菜，留玳安吃酒。玳安道："吃的红头红脸，怕家去爹问，却怎的回爹？"王六儿道："怕怎的？你就说在我这里来。"于是玳安只吃了一瓯子就走了。王六儿道："你到好歹累你说，我这里等着哩。"

玳安一直上了头口来家，交进毡包，等的西门庆房中睡了一觉出来，在厢房中坐的。这玳安慢慢走到跟前，附耳说："小的回来，韩大婶叫住小的，要请爹快些过去，有句要紧话和爹说。"西门庆说："甚么话？——我知道了。"说时，正值刘学官来借银子。打发刘学官去了，西门庆骑马，带着眼纱小帽，便叫玳安、琴童两个跟随，来到王六儿家。下马进去，到明间客位坐下。王六儿出来拜见了。那日，韩道国因来前边铺子里，该上宿，没来家。老婆买了许多东西，叫老冯厨下整治，等候西门庆。一面丫鬟锦儿拿茶上来，妇人递了茶。西门庆吩咐琴童把马送到对门房子里去，把大门关上。妇人且不敢就题此事，先只说："爹家中连日摆酒辛苦。我闻得说哥儿定了亲事，你老人家喜呀！"西门庆道："只因舍亲吴大嫂那里说起，和乔家做了这门亲事。他家也只这一个女孩儿，论起来也还不般配，胡乱亲上做亲罢了。"王六儿道："就是和他做亲也好，只是爹如今居着恁大官，会在一处，不好意思的。"西门庆道："说甚么哩！"说了一回，老婆道："只怕爹寒冷，往房里坐去罢。"一面让至房中，一面安着一张椅儿，笼着火盆，西门庆坐下。妇人慢慢先把苗青揭帖拿与西门庆看，说："他央了间壁经纪乐三娘子过来对我说。这苗青是他店里客人，如此这般，被两个船家拽扯，只望除豁了他这名字，免提他。[9]他备了些礼儿在此谢我。好歹望老爹怎的将就他罢。"西门庆看了帖子，因问："他拿了那礼物谢你？"王六儿向箱中取出五十两银子来与西门庆瞧，说道："明日事成，还许两套衣裳。"西门庆看了，笑道："这些东西儿，平白你要他做甚么？你不知道，这苗青乃扬州苗员外家人，因为在船上与两个船家商议，杀害家主，搠在河里，图财谋命。[10]如今现打捞不着尸首。又当官两个船家招寻他，原跟来的一个小厮安童，又当官三口执证着要他。这一拿过去，稳定是个凌迟罪名。[11]那两个都是真犯斩罪。两个船家现供他有二千两银货在身上。拿这些银子来做甚么？还不快送与他去！"这王六儿一面到厨下，使了丫头锦儿，把乐三娘子儿叫了来，将原礼交付与他，如此这般对他说了去。

那苗青不听便罢，听他说了，犹如一桶水顶门上直灌到脚底下。正是：惊骇六叶连肝胆，唬坏三魂七魄心。即请乐三一处商议道："宁可把二千货银都使了，只要救得性命家去。"乐三道："如今老爹上边既发此言，一些半些恒属打不动两位官府，[12]须得凑一千货物与他。其余节级、原解缉捕，再得一半，才得够用。"[13]苗青道："况我货物未卖，那讨银子来？"因使过乐三嫂来，和王六儿说："老爹就要货物，发一千两银子货与老爹。如不要，伏望老爹再宽限两三日，等我倒下价钱，将货物卖了，亲往老爹宅里进礼去。"王六儿拿礼帖复到房里与西门庆瞧。西门庆道："既是恁般，我吩咐原解且宽限他几日拿他，教他即便进礼来。"当下乐三娘子得此口词，回报苗青，苗青满心欢喜。

西门庆见间壁有人，也不敢久坐，吃了几钟酒，与老婆坐了回房，见马来接，就起身家去了。次日到衙门早发放，也不提问这件事。吩咐缉捕："你休捉这苗青。"就托经纪乐三，连夜替他会了人，搠掇货物出去。[14]那消三日，都发尽了，共卖了一千七百两银子。把原与王六儿的不动，另加上五十两银子，四套上色衣服。

且说十九日，苗青打点一千两银子，装在四个酒坛内，又宰一口猪。约掌灯已后时分，抬送到西门庆门首。手下人都是知道的。玳安、平安、书童、琴童四个家人，与了十两银子才罢。玳安在王六儿这边，梯已又要十两银子。须臾西门庆出来，卷棚内坐的，也不掌灯，月色朦胧才上来，抬至当面。苗青穿青衣，望西门庆只顾磕着头，说道："小人蒙老爹超拔之恩，粉身碎骨，死生难报。"西门庆道："你这件事情，我也还没好审问哩。那两个船家甚是攀你。你若出官，也有老大一个罪名。既是人说，我饶了你一死。此礼我若不受你的，你也不放心。我还把一半送你掌刑夏老爹，同做分上。你不可久住，即便星夜回去。"因问："你在扬州那里？"苗青磕头道："小的在扬州城内住。"西门庆吩咐后边拿了茶来，那苗青在松树下立着吃了，磕头告辞回去。又叫回来问："下边原解的，你都与他说了不曾说？"苗青道："小的外边已说停当了。"西门庆吩咐："既是说了，你即回家。"那苗青出门，走到乐三家收拾行李，还剩一百五十两银子。苗青拿出五十两来，并余下几匹缎子，谢了乐三夫妇。五更替他雇长行牲口,起身往扬州去了。正是:忙忙如丧家之狗,急急似漏网之鱼。

不说苗青逃出性命不题。单表西门庆、夏提刑从衙门中散了出来,并马而行。走到大街口上,夏提刑要作辞分路,西门庆在马上举着马鞭儿说道:"长官不弃,降到舍下一叙。"把夏提刑邀到家来。门首同下马,进到厅上叙礼,请入卷棚内宽了衣服,左右拿茶上来吃了。书童、玳安走上,安放桌席摆设。夏提刑道:"不当闲来打搅长官。"西门庆道:"岂有此理。"须臾,两个小厮用方盒拿了小菜,就在摆下各样鸡、蹄、鹅、鸭、鲜鱼,下饭就是十六碗。吃了饭,收了家伙去,就是吃酒的各样菜蔬出来。小金把钟儿,银台盘儿,金镶象牙箸儿。饮酒中间,西门庆慢慢提起苗青的事来:"这厮昨日央及了个士夫,再三来对学生说,又馈送了些礼在此。学生不敢自专,今日请长官来,与长官计议。"于是,把礼帖递与夏提刑。夏提刑看了,便道:"任凭长官尊意裁处。"西门庆道:"依着学生,明日只把那个贼人、真赃送过去罢,也不消要这苗青。那个原告小厮安童,便收领在外,[15]待有了苗天秀尸首,归结未迟。礼还送到长官处。"夏提刑道:"长官这些意就不是了。长官见得极是,此是长官费心一场,何得见让于我? 决然使不得。"彼此推辞了半日,西门庆不得已,还把礼物两家平分了,装了五百两在食盒内。夏提刑下席来作揖谢道:"既是长官见爱,我学生再辞,显的迂阔了。盛情感激不尽,实为多愧。"又领了几杯酒,方才告辞起身。这里西门庆随即就差玳安拿了盒,还当酒抬送到夏提刑家。夏提刑亲在门上收了,拿回帖,又赏了玳安二两银子,两名排军四钱,俱不在话下。

常言道:火到猪头烂,钱到公事办。且说西门庆、夏提刑已是会定了。次日到衙门里升厅,那提控、节级并缉捕、观察,都被乐三替苗青上下打点停当了。摆设下刑具,监中提出陈三、翁八审问情由,只是供称:"跟伊家人苗青同谋。"西门庆大怒,喝令左右:"与我用起刑来! 你两个贼人,专一积年在江河中,假以舟楫装载为名,实是劫帮凿漏,邀截客旅,图财致命。现有这个小厮供称,是你等持刀戮死苗天秀波中,又将棍打伤他落水。现有他主人衣服存证,你如何抵赖别人!"因把安童提上来,问道:"是谁刺死你主人,推在水中?"安童道:"某日夜至三更时分,先是苗青叫有贼,小的主人出舱观看,被陈三一刀戮死,推下水去。小的便被翁八一棍打落水中,才得逃出性命。苗青并不知下落。"西门庆道:"据这小厮所言,就是实话,汝等如何展转得过?"于是每人两夹棍,三十榔头,打的胫骨皆碎,杀猪也似叫动。他一千两赃货已追出大半,余者花费无存。

这里提刑连日做了文书,歇过赃货,申详东平府。府尹胡师文又与西门庆相交,照依原行文书,叠成案卷,将陈三、翁八问成强盗杀人斩罪。只把安童保领在外听候。——有日安童走到东京,投到开封府黄通判衙内,具诉:"苗青夺了主人家事,使钱提刑,除了他名字出来。主人冤仇,何时得报?"黄通判听了,连夜修书,并他诉状封在一处,与他盘费,就着他往巡按山东察院里投下。这一来:管教苗青之祸,从头上起;西门庆往时做过事,今朝没兴一齐来。有诗为证:

善恶从来毕有因,吉凶祸福并肩行。

平生不作亏心事,夜半敲门不吃惊。

毕竟未知后来何如,且听下回分解。

【简注】

[1]本文节选自《金瓶梅》第四十七回"王六儿说事图财　西门庆受赃枉法"。　[2]大马头:地处扬州运河大堤东侧的邵伯条石街。　[3]辇毂(niǎn gǔ):皇帝的车舆,代指京城。　[4]桑弧蓬矢:古代男子出生,射人用桑木做的弓,蓬草做的箭,射天地四方,表示有远大志向的意思。牖(yǒu)下:是指户牖间之前,窗下。

[5]情受:承受,继承。 [6]钞关:明代征收内地关税的税关之一。 [7]执证:对证。招承:招供承认。 [8]说帖:便柬;便帖。 [9]拽(zhuài):拉,牵引,拽住。除豁:免除。 [10]撺(cuān):抛掷。 [11]凌迟:是一种古代刑罚。"凌迟"俗称"千刀万剐",是我国封建社会死刑中最残酷的刑罚之一。 [12]恒属:方言,横竖,反正。 [13]节级:低级军佐的总称。原解:捉拿犯人归案的差役。 [14]撺掇(cuān duo):张罗,安排。 [15]收领:指拘禁,下文"保领"亦是此意。

【浅释】

《金瓶梅》主人公西门庆集官僚、恶霸、富商于一体,是一个兽性与人性相混杂,又是相统一的人物。政治上的凶残性,经济上的疯狂性,生活上的糜烂性,是这个形象的三大特征。节选部分写西门庆当了提刑官后就开始受赃枉法、草菅人命。

选文前半部分写案情经过:苗青贪色,主仆结怨;伙同船家,杀害家主;安童遇贼,具状告官;强盗被抓,供出苗青。后半部分写行贿纳贿,苗青通过乐三牵线,央托王六儿说情。西门庆贪赃枉法手段极为老到,他对案情及苗青劫财数目一清二楚,看了王六儿递上的揭帖,嫌苗青出手小气,故意推脱;苗青答应加码,西门庆这才承诺摆平,并令经纪帮苗青出货回钱。西门纳贿过后叮嘱苗青夜逃扬州(远离是非之地),继而邀夏提刑到家坐地分赃(建立攻守同盟),次日升堂滥施重刑,将苗青同伙问成死罪(灭口成就铁案),使主犯苗青逍遥法外。

善用白描手法叙事、个性化语言写人为小说特色。

【习题】

1. 如何理解《金瓶梅》写酒色财气,意在"惩淫"?
2. 《金瓶梅》全书采用对比式结构的用意何在?
3. 结合《金瓶梅》第四十七回谈谈小说的语言特点。

红 玉

蒲松龄

> 蒲松龄(1640—1715),字留仙,号柳泉,世称聊斋先生,山东淄川(今山东淄博)人。蒲松龄能诗文,善俚曲,是清代杰出的小说家。代表作《聊斋志异》从官场、科场、情场三个角度写怪现状,抒发"孤愤"。妙在"用传奇法,而以志怪",用描写委曲、叙次井然的唐代传奇手法,写神仙异鬼、花妖狐魅的六朝志怪题材,借谈狐说鬼,讽喻当时社会现实,寄托作者的理想、爱憎和愤懑之情,"写鬼写妖高人一等,刺贪刺虐入骨三分",以深刻的思想和精练生动的文字成为我国文言短篇小说的精品,被誉为中国古代短篇文言小说的巅峰之作。还著有《聊斋诗文集》《聊斋俚曲集》《农桑经》等。

广平冯翁,有一子,字相如,父子俱诸生。翁年近六旬,性方鲠,而家屡空。数年间,媪与子妇又相继逝,井臼自操之。[1]一夜,相如坐月下,忽见东邻女自墙上来窥。视之,美;近之,微笑;招以手,不来,亦不去。固请之,乃梯而过。遂共寝处。问其姓名,曰:"妾邻女红玉也。"生大爱悦,与订永好;女诺之。夜夜往来,约半年许。翁夜起,闻子舍笑语,窥之,见女;怒,唤生出,骂曰:"畜产所为何事!如此落寞,[2]尚不刻苦,乃学浮荡耶?人知之,丧汝德,人不知,亦促汝寿!"生跪自投,[3]泣言知悔。翁叱女曰:"女子不守闺戒,既自玷,而又以玷人!倘事一发,当不仅贻寒舍羞!"骂已,愤然归寝。女流涕曰:"亲庭罪责,良足愧辱!我二人缘分尽矣!"生曰:"父在,不得自专。卿如有情,尚当含垢为好。"女言辞决绝,生乃洒涕。女止之,曰:"妾与君无媒妁之言,父母之命,逾墙钻隙,[4]何能白首?此处有一佳耦,可聘也。"生告以贫。女曰:"来宵相俟,妾为君谋之。"次夜,女果至,出白金四十两赠生。曰:"去此六十里,有吴村卫氏女,年十八矣,高其价,故未售也。[5]君重赂之,必合谐允。"言已别去。

　　生乘间语父,欲往相之,而隐馈金不敢告。翁自度无资,以是故止之。生又婉言:"试可乃已。"翁领之。生遂假仆马,诣卫氏。卫故田舍翁,生呼出引与闲语。卫知生望族,[6]又见仪采轩豁,[7]心许之,而虑其靳于资。生听其词意吞吐,会其旨,倾囊陈几上。卫乃喜,浼邻生居间,[8]书红笺而盟焉。生入拜媪。居室偪侧,[9]女依母自幛。微睨之,虽荆布之饰,[10]而神情光艳,心窃喜。卫借舍款婿,便言:"公子无须亲迎。待少作衣妆,即合舁送去。"生与订期而归。诡告翁,言:"卫爱清门,[11]不责资。"翁亦喜。至日,卫果送女至。女勤俭,有顺德,[12]琴瑟甚笃。[13]逾二年,举一男,名福儿。会清明,抱子登墓,遇邑绅宋氏。——宋官御史,坐行赇,免,居林下,[14]大煽威虐。——是日,亦上墓归,见女艳之,问村人,知为生配。料冯贫士,诱以重赂,冀可摇。使家人风示之。[15]生骤闻,怒形于色。既思势不敌,敛怒为笑,归告翁。翁大怒,奔出,对其家人,指天画地,诟骂万端。家人鼠窜而去。宋氏亦怒,竟遣数人入生家,殴翁及子,汹若沸鼎。女闻之,弃儿于床,披发号救。群篡舁之,哄然便去。父子伤残,吟呻在地,儿呱呱啼室中。邻人共怜之,扶之榻上。经日,生杖而能起;翁忿不食,呕血,寻毙。生大哭,抱子兴词,[16]上至督抚,讼几遍,卒不得直。[17]后闻妇不屈死,益悲。冤塞胸吭,无路可伸。每思要路刺杀宋,[18]而虑其扈从繁,儿又罔托。日夜哀思,双睫为之不交。忽一丈夫吊诸其室,虬髯阔颔,曾与无素。[19]挽坐,欲问邦族。客遽曰:"君有杀父之仇、夺妻之恨,而忘报乎?"生疑为宋人之侦,姑伪应之。客怒,眦欲裂,遽出,曰:"仆以君人也,今乃知不足齿之伦!"生察其异,跪而挽之,曰:"诚恐宋人饵我。[20]今实布腹心:仆之卧薪尝胆者,固有日矣。但怜此襁中物,恐坠宗祧。君义士,能为我杵臼否?[21]"客曰:"此妇人女子之事,非所能。君所欲托诸人者,请自任之;所欲自任者,愿得而代庖焉。"生闻,崩角在地,[22]客不顾而出。生追问姓字,曰:"不济,不任受怨;济,亦不任受德。"遂去。生惧祸及,抱子亡去。至夜,宋家一门俱寝,有人越重垣入,杀御史父子三人,及一媳一婢。宋家具状告官。官大骇。宋执谓相如,于是遣役捕生,生遁,不知所之,于是情益真。宋仆同官役诸处冥搜,夜至南山,闻儿啼,迹得之,系缧而行。[23]儿啼愈嗔,群夺儿抛弃之。生冤愤欲绝。见邑令,问:"何杀人?"生曰:"冤哉!某以夜死,我以昼出,且抱呱呱者,何能逾垣杀人?"令曰:"不杀人,何逃乎?"生词穷,不能置辩。乃收诸狱。生泣曰:"我死,无足惜,孤儿何罪?"令曰:"汝杀人子多矣,杀汝子,何怨!"生既褫革,[24]屡受梏惨,[25]卒无词。令是夜方卧,闻有物击床,震震有声,大惧而号。举家惊起,集而烛之,一短刀,铦利如霜,[26]剁床入木者寸余,牢不可拔。令睹之,魂魄丧失。荷戈遍索,竟无踪迹。心窃馁。又以宋人死,无可畏惧,乃详诸宪,[27]代生解免,竟释生。

　　生归,瓮无升斗,孤影对四壁。幸邻人怜馈食饮,苟且自度。念大仇已报,则鞭然喜;思惨酷之祸,几于灭门,则泪潜潜堕;及思半生贫彻骨,宗支不续,则无人处大哭失声,不复能自禁。如此半年,捕禁益懈。乃哀邑令,求判还卫氏之骨。既葬而归,悲怛欲死,辗转空床,竟无生路。忽有款门者,凝神寂听,闻一人在门外,哝哝与小儿语。[28]生急起窥觇,似一女子。扉初启,便问:"大冤昭雪,可幸无恙!"其声稔熟,而仓卒不能追忆。烛之,则红玉也。挽一小儿,嬉笑胯下。生不暇问,抱女鸣哭,女亦惨然。既而推儿曰:"汝忘尔父耶?"儿牵女衣,目灼灼视生。细审之,福儿也。大惊,泣问:"儿那得来?"女曰:"实告君,昔言邻女者,妄也,妾实狐。适宵行,见儿啼谷中,抱养于秦。闻大难既息,故携来与君团聚耳。"生挥涕拜谢,儿在女怀,如依其母,竟不复能识父矣。天未明,女即遽起,问之,答曰:"奴欲去。"生裸跪床头,涕不能仰。女笑曰:"妾诳君耳!今家道新创,非夙兴夜寐不可。"乃剪莽拥篲,[29]类男子操作。生忧贫乏不自给。女曰:"但请下帷读,[30]勿问盈歉,或当不至饿死。"遂出金治织具,租田数十亩,雇佣耕作。荷镵诛茅,牵萝补屋,[31]日以为常。里党闻妇贤,益乐资助之。约半年,人烟腾茂,类素封家。[32]生曰:"灰烬之余,卿白手再造矣。然一事未就安妥,如何?"诘之,答曰:"试期已迫,巾服尚未复也。[33]"女笑曰:"妾前以四金寄广文,[34]已复名在案。若待君言,误之已久。"生益神之。是科遂领乡荐。时年三十六,腴田连阡,夏屋渠渠矣。[35]女袅娜如随风欲飘去,而操作过农家妇。虽严冬自苦,而手腻如脂。自言二十八岁,人视之,常若二十许人。

异史氏曰:"其子贤,其父德,故其报之也侠。非特人侠,狐亦侠也。遇亦奇矣!然官宰悠悠,[36]竖人毛发,刀震震入木,何惜不略移床上半尺许哉?使苏子美读之,必浮白曰:'惜乎击之不中!'"[37]

【简注】

[1]井臼:这里是家事的代词。古时一般人家从井中汲水,用臼舂米。　[2]落寞:寂寞冷淡。这里指由于穷苦而被人瞧不起,没有人和他往来。　[3]自投:自己承认错误。　[4]逾墙钻隙:在封建社会男女间的恋爱被视为不合法,只能暗地进行,从墙壁缝中互相窥看,跳墙来往。　[5]未售:未许配人家。　[6]望族:有声望的高贵人家。　[7]轩豁:形容态度开朗。　[8]居间:做中间人、介绍人。　[9]偪(bī)侧:迫近,窄狭。　[10]荆布:"金钗布裙"的省词。　[11]清门:通常指寒素的人家,这里指清白世家、书香门第。　[12]顺德:指妻子的服从丈夫。　[13]琴瑟:古代对夫妻的象征词。　[14]林下:古人指田为"林",林下犹说田间、乡间。　[15]风示:暗示、委婉曲折地示意。　[16]兴词:告状。　[17]直:申冤,胜诉。　[18]要(yāo)路:在路上拦截。　[19]无素:没有交情,从无来往。　[20]钻(tiǎn):套骗,钩取。　[21]杵臼:公孙杵臼,春秋时晋人,赵朔的门客,晋景公三年和程婴合谋,藏匿赵氏孤儿赵武,自己献出了生命。此指冯相如意欲请侠客为他代养小儿。　[22]崩角:用额角碰地,磕响头。　[23]系缧:用绳子捆绑。　[24]褫革:科举时代,秀才有一定式样的制服。秀才犯了罪,必须先请学官革掉秀才的功名,不准再穿戴秀才的"衣顶",叫"褫革"。　[25]梏惨:酷刑。梏:犯人手上戴的刑具。　[26]铦(xiān)利:锋利。　[27]详诸宪:向上级呈报。宪:对上级的尊称。　[28]哝哝:形容声音模糊不清。　[29]剪莽拥篲:指辛苦劳动。莽:草。篲:扫帚。　[30]下帷:放下帷幕,表示与外间隔绝的意思。　[31]荷镵诛茅,牵萝补屋:形容在困难的环境里力图兴作。荷镵诛茅:掮着锄头把草挖掉。牵萝补屋:用藤萝把茅屋的漏洞补起来。　[32]素封:并不由于做官而来的殷实、富有。　[33]巾服:这里指秀才的头巾和制服。秀才被褫革后,就失却参加乡试的资格。必须证明无罪,申请恢复秀才功名,穿戴起秀才的头巾和制服,然后才可以参加乡试。　[34]广文:明、清时对教官的通称。　[35]夏屋渠渠:形容高大房子的深广。夏屋:高大的房子。　[36]悠悠:这里是荒谬糊涂的意思。　[37]苏子美:宋代文学家苏舜钦,字子美。传说苏舜钦读《汉书·张良传》"良与客狙击秦皇帝"这一段时,抚掌痛恨说:"惜乎击之不中!"这里因为没有杀掉县官,所以引用这个故事作比。

【浅释】

这个作品鞭挞社会邪恶黑暗,歌颂侠骨柔肠,既有批判意义,又富理想色彩。

故事以冯生爱情的悲欢和命运的起落为主体,真正的主角却是狐女红玉。"自荐枕席"是"起","赠金娶妇"是"承","宋氏夺美"是"转",往下"侠客复仇""冯生下狱""侠客示警"几经转折,"乾坤再造"是"合"。文章的重点段落是侠客为冯生手刃仇人,红玉为冯生重整家业,前者烘托映衬后者。红玉集"美""侠""贤"于一身,袅娜欲飘,手腻如脂,辱而无怨,其美也;赠金娶妇而不妒,豪门示警而无惧,抱养人子而靡图,其侠也;勤作如健男,兴家类素封,相夫尽机心,其贤也。红玉的"侠"与"贤"源于患难相助的无私之爱。《红玉》故事"情义"多于"情爱",在红玉(包括侠客)身上寄寓了除暴安良的善良愿望。

小说结撰故事表现出非凡工力,前后勾连,丝丝入扣,波澜迭生。

【习题】

1. 细读小说末尾"异史氏曰"一段,试分析《红玉》批判性和歌颂性的思想内容。
2. 试分析狐女红玉形象,并谈谈这个虚构形象的现实生活基础。
3. 谈谈本小说情节结构的艺术性。

儒 林 外 史[1](节选)

吴敬梓

> 吴敬梓(1701—1754),字敏轩,安徽全椒人,清代小说家。青年时代生活豪纵,后因坠入贫困而移居江宁。特殊的人生机遇,使其看透世态炎凉、政治黑暗、社会腐败,憎恶士子们醉心科举制艺、热衷功名利禄的习尚。根据切身体验创作的《儒林外史》,小说"戚而能谐,婉而多讽",对科举制度的弊害和儒林中人的奴性,作了无情的揭露和深刻的批判,体现出民主主义的思想色彩,成为我国古典讽刺小说杰作,它不仅直接影响了近代谴责小说,而且对现代讽刺文学也有深刻的启发。作家一生还创作了大量的诗歌、散文和史学研究著作,有《文木山房诗文集》传世。

马二先生上船,一直来到断河头,问文瀚楼的书坊,——乃是文海楼一家——到那里去住。住了几日,没有甚么文章选,腰里带了几个钱,要到西湖上走走。

这西湖乃是天下第一个真山真水的景致!且不说那灵隐的幽深,天竺的清雅,只这出了钱塘门,过圣因寺,上了苏堤,中间是金沙港,转过去就望见雷峰塔,到了净慈寺,有十多里路,真乃五步一楼,十步一阁,一处是金粉楼台,一处是竹篱茅舍,一处是桃柳争妍,一处是桑麻遍野。那些卖酒的青帘高扬,卖茶的红炭满炉,士女游人,络绎不绝,真不数"三十六家花酒店,七十二座管弦楼"。

马二先生独自一个,带了几个钱,步出钱塘门,在茶亭里吃了几碗茶,到西湖沿上牌楼跟前坐下。见那一船一船乡下妇女来烧香的,都梳着挑鬟头,[2]也有穿蓝的,也有穿青绿衣裳的,年纪小的都穿些红绸单裙子。也有模样生的好些的,都是一个大团白脸,两个大高颧骨,也有许多疤、麻、疥、癞的。一顿饭时,就来了有五六船。那些女人后面都跟着自己的汉子,捐着一把伞,手里拿着一个衣包,上了岸,散往各庙里去了。马二先生看了一遍,不在意里,起来又走了里把多路。望着湖沿上接连着几个酒店,挂着透肥的羊肉,柜台上盘子里盛着滚热的蹄子、海参、糟鸭、鲜鱼,锅里煮着馄饨,蒸笼上蒸着极大的馒头。马二先生没有钱买了吃,喉咙里咽唾沫,只得走进一个面店,十六个钱吃了一碗面。肚里不饱,又走到间壁一个茶室吃了一碗茶,买了两个钱处片嚼嚼,[3]倒觉得有些滋味。吃完了出来,看见西湖沿上柳阴下系着两只船,那船上女客在那里换衣裳:一个脱去元色外套,换了一件水田披风;[4]一个脱去天青外套,换了一件玉色绣的八团衣服;[5]一个中年的脱去宝蓝缎衫,换了一件天青缎二色金的绣衫。[6]那些跟从的女客,十几个人也都换了衣裳。这三位女客,一位跟前一个丫鬟,手持黑纱团香扇替他遮着日头,缓步上岸;那头上珍珠的白光,直射多远,裙上环珮,叮叮当当的响。马二先生低着头走了过去,不曾仰视。往前走过了六桥,转个湾,便像些村乡地方,又有人家的棺材厝基。[7]中间走了一二里多路,走也走不清,甚是可厌。马二先生欲待回家,遇着一走路的,问道:"前面可还有好顽的所在?"那人道:"转过去便是净慈、雷峰,怎么不好顽?"马二先生又往前走。走到半里路,见一座楼台盖在水中间,隔着一道板桥,马二先生从桥上走过去,门口也是个茶室,吃了一碗茶。里面的门锁着,马二先生要进去看,管门的问他要了一个钱,开了门,放进去。里面是三间大楼,楼上供的是仁宗皇帝的御书,马二先生吓了一跳,慌忙整一整头巾,理一理宝蓝直裰,[8]在靴桶内拿出一把扇子来当了笏板,[9]恭恭敬敬,朝着楼上扬尘舞蹈,拜了五拜。拜毕起来,定一定神,照旧在茶桌子上坐下。傍边有个花园,卖茶的人说是布政司房里的人在此请客,[10]不好进去。那厨房却在外面,那热汤汤的燕窝、海参,一碗碗在跟前捧过去,马二先生又羡慕了一番。出来过了雷峰,远远望见高高下下,许多房子,盖着琉璃瓦,曲曲折折,无数的朱红栏杆。马二先生走到跟前,看见一个极高的山门,一个直匾,金字,上写着"敕赐净慈禅寺"。山门傍边一个小门,马二先生走了进去,一个大宽展的院落,地下都是水磨的砖,才进二道山门,两边廊上都是几十层极高的阶级。那些富贵人家的女客,成群逐队,里里外外,来往不绝,都穿的是锦绣衣服,风吹起来,身上的香一阵阵的扑人鼻子。马二先生身子又长,戴一顶高方巾,[11]一幅乌黑的脸,腆着个肚子,穿着一双厚底破靴,横着身子乱跑,只管在人窝子里撞。女人也不看他,他也不看女人。前前后后跑了一交,又出来坐在那茶亭内——上面一个横匾,金书"南屏"两字,——吃了一碗茶。柜上摆着许多碟子:橘饼、芝麻糖、粽子、烧饼、处片、黑枣、煮栗子。马二先生每样买了几个钱的,不论好歹,吃了一饱。马二先生也倦了,直着脚跑进清波门,到了下处关门睡了。因为走多了路,在下处睡了一天。

第三日起来,要到城隍山走走。城隍山就是吴山,就在城中,马二先生走不多远,已到了山脚下。望着几十层阶级,走了上去,横过来又是几十层阶级,马二先生一气走上,不觉气喘。看见一个大庙门前卖茶,吃了一碗。进去见是吴相国伍公之庙,[12]马二先生作了个揖,逐细的把匾联看了一遍,又走上去,就像没有路的一般,左边一个门,门上钉着一个匾,匾上"片石居"三个字,里面也像是个花园,有些楼阁。马二先生步了进去,看见窗棂关着,马二先生在门外望里张了一张,见几个人围着一张桌子,摆着一座香炉,众人围着,像是请仙的意思。[13]马二先生想道:"这是他们请仙判断功名大事,我也进去问一问。"站了一会,望见那人磕头起来,傍边人道:"请了一个才女来了。"马二先生听了暗笑。又一会,一个问道:"可是李清照?"又一个问道:"可是苏若兰?"[14]又一个拍手道:"原来是朱淑贞!"[15]马二先生道:"这些甚么人?料想不是管功名的了,我不如去罢。"又转过两个弯,上了几层阶级,只见平坦的一条大街,左边靠着山,一路有几个庙宇;右边一路,一间一间的房子,都有两进。屋后一进,窗子大开着,空空阔阔,一眼隐隐望得见钱塘江。那房子也有卖酒的,也有卖耍货的,也有卖饺儿的,也有卖面的,也有卖茶的,也有测字算命的。庙门口都摆的是茶桌子。这一条街,单是卖茶就有三十多处,十分热闹。

马二先生正走着,见茶铺子里一个油头粉面的女人招呼他吃茶。马二先生别转头来就走,到间壁一个茶室泡了一碗茶,看见有卖的蓑衣饼,叫打了十二个钱的饼吃了,略觉有些意思。走上去,一个大庙,甚是巍峨,便是城隍庙。他便一直走进去,瞻仰了一番。过了城隍庙,又是一个弯,又是一条小街,街上酒楼、面店都有,还有几个簇新的书店。店里贴着报单,上写:"处州马纯上先生精选《三科程墨持运》于此发卖。"[16]马二先生见了欢喜,走进书店坐坐,取过一本来看,问个价钱,又问:"这书可还行?"书店人道:"墨卷只行得一时,那里比得古书?"马二先生起身出来,因略歇了一歇脚,就又往上走。过这一条街,上面无房子了,是极高的个山冈,一步步去走到山冈上,左边望着钱塘江,明明白白。那日江上无风,水平如镜,过江的船,船上有轿子,都看得明白。再走上些,右边又看得见西湖,雷峰一带、湖心亭都望见,那西湖里打鱼船,一个一个如小鸭子浮在水面。马二先生心旷神怡,只管走了上去,又看见一个大庙门前摆着茶桌子卖茶,马二先生两脚酸了,且坐吃茶。吃着,两边一望,一边是江,一边是湖,又有那山色一转围着,又遥见隔江的山,高高低低,忽隐忽现。马二先生叹道:"真乃'载华岳而不重,振河海而不洩,万物载焉'!"[17]吃了两碗茶,肚里正饿,思量要回去路上吃饭,恰好一个乡里人捧着许多烫面薄饼来卖,又有一篮子煮熟的牛肉,马二先生大喜,买了几十文饼和牛肉,就在茶桌子上尽兴一吃。吃得饱了,自思趁着饱再上去。

走上一箭多路,只见左边一条小径,莽棒蔓草,两边拥塞。马二先生照着这条路走去,见那玲珑怪石,千奇万状。钻进一个石罅,见石壁上多少名人题咏,马二先生也不看他。过了一个小石桥,照着那极窄的石磴走上去,又是一座大庙,又有一座石桥,甚不好走。马二先生攀藤附葛,走过桥去。见是个小小的祠宇,上有匾额,写着"丁仙之祠"。[18]马二先生走进去,见中间塑一个仙人,左边一个仙鹤,右边竖着一座二十个字的碑。马二先生见有签筒,思量:"我困在此处,何不求个签,问问吉凶?"正要上前展拜,只听得背后一人道:"若要发财,何不问我?"马二先生回头一看,见祠门口立着一个人,身长八尺,头戴方巾,身穿茧绸直裰,左手自理着腰里丝绦,右手拄着龙头拐杖,一部大白须直垂过脐,飘飘有神仙之表。

••••••••••••

话说马二先生在丁仙祠正要跪下求签,后面一人叫一声"马二先生",马二先生回头一看,那人像个神仙,慌忙上前施礼道:"学生不知先生到此,有失迎接。但与先生素昧平生,何以便知学生姓马?"那人道:"'天下何人不识君?'先生既遇着老夫,不必求签了,且同到敝寓谈谈。"马二先生道:"尊寓在那里?"那人指道:"就在此处不远。"当下携了马二先生的手,走出丁仙祠,却是一条平坦大路,一块石头也没有,未及一刻功夫,已到了伍相国庙门口。马二先生心里疑惑:"原来有这近路!我方才走错了。"又疑惑,"恐是神仙缩地腾云之法也不可知。"[19]来到庙门口,那人道:"这便是敝寓,请进去坐。"

那知这伍相国殿后有极大的地方,又有花园,园里有五间大楼,四面窗子望江望湖。那人就住在这楼上,邀马二先生上楼,施礼坐下。那人四个长随,齐齐整整,都穿着绸缎衣服,每人脚下一双新靴,上来小心献茶。那人吩咐备饭,一齐应诺下去了。马二先生举眼一看,楼中间接着一张匹纸,上写冰盘大的二十八个大字,一首绝句诗道:

南渡年来此地游,而今不比旧风流。
湖光山色浑无赖,挥手清吟过十洲。

后面一行写"天台洪憨仙题"。马二先生看过《纲鉴》,[20]知道南渡是宋高宗的事,屈指一算,已是三百多年,而今还在,一定是个神仙无疑。因问道:"这佳作是老先生的?"那仙人道:"憨仙便是贱号。偶尔遣兴之作,颇不足观。先生若爱看诗句,前时在此,有同抚台、藩台及诸位当事在湖上唱和的一卷诗取来请教。"便拿出一个手卷来。马二先生放开一看,都是各当事的亲笔,一递一首,都是七言律诗,咏的西湖上的景,图书新鲜,着实赞了一回,收递过去。捧上饭来,一大盘稀烂的羊肉,一盘糟鸭,一大碗火腿虾圆杂脍,又是一碗清汤,虽是便饭,却也这般热闹。马二先生腹中尚饱,因不好辜负了仙人的意思,又尽力的吃了一餐,撤下家伙去。

  洪憨仙道:"先生久享大名,书坊敦请不歇,今日因甚闲暇到这祠里来求签?"马二先生道:"不瞒老先生说,晚学今年在嘉兴选了一部文章,送了几十金,却为一个朋友的事垫用去了。[21]如今来到此处,虽住在书坊里,却没有甚么文章选。寓处盘费已尽,心里纳闷,出来闲走走,要在这仙祠里求个签,问问可有发财机会。谁想遇着老先生,已经说破晚生心事,这签也不必求了。"洪憨仙道:"发财也不难,但大财须缓一步,目今权且发个小财,好么?"马二先生道:"只要发财,那论大小!只不知老先生是甚么道理?"[22]洪憨仙沉吟了一会,说道:"也罢,我如今将些须物件送与先生,你拿到下处去试一试。如果有效验,再来问我取讨;如不相干,别作商议。"因走进房内,床头边摸出一个包子来打开,里面有几块黑煤,递与马二先生道:"你将这东西拿到下处,烧起一炉火来,取个罐子把他顿在上面,看成些甚么东西,再来和我说。"

  马二先生接着,别了憨仙,回到下处。晚间果然烧起一炉火来,把罐子顿上,那火支支的响了一阵,取罐倾了出来,竟是一锭细丝纹银。[23]马二先生喜出望外,一连倾了六七罐,倒出六七锭大纹银。马二先生疑惑不知可用得,当夜睡了。次日清早,上街到钱店里去看,钱店都说是十足纹银,随即换了几千钱,拿回下处来,马二先生把钱收了,赶到洪憨仙下处来谢。憨仙已迎出门来道:"昨晚之事如何?"马二先生道:"果是仙家妙用!"如此这般,告诉憨仙倾出多少纹银,憨仙道:"早哩!我这里还有些,先生再拿去试试。"又取出一个包子来,比前有三四倍,送与马二先生。又留着吃过饭,别了回来。马二先生一连在下处住了六七日,每日烧炉倾银子,把那些黑煤都倾完了,上戥子一秤,足有八九十两重。马二先生欢喜无限,一包一包收在那里。

  一日,憨仙来请说话。马二先生走来。憨仙道:"先生,你是处州,我是台州,相近,原要算桑里。[24]今日有个客来拜我,我和你要认作中表弟兄,将来自有一番交际,断不可误。"马二先生道:"请问这位尊客是谁?"憨仙道:"便是这城里胡尚书家三公子,名缜,字密之。尚书公遗下宦囊不少,这位公子却有钱癖,思量多多益善,要学我这'烧银'之法;眼下可以拿出万金来,以为炉火药物之费。但此事须一居间之人,先生大名他是知道的,况在书坊操选,是有踪迹可寻的人,他更可以放心。如今相会过,订了此事,到七七四十九日之后,成了'银母',凡一切铜锡之物,点着即成黄金,岂止数十百万。我是用他不着,那时告别还山,先生得这'银母',家道自此也可小康了。"马二先生见他这般神术,有甚么不信,坐在下处,等了胡三公子来。三公子同憨仙施礼,便请问马二先生:"贵乡贵姓?"憨仙道:"这是舍弟,各书坊所贴处州马纯上先生选《三科墨程》的便是。"胡三公子改容相接,施礼坐下。三公子举眼一看,见憨仙人物轩昂,行李华丽,四个长随轮流献茶,又有选家马先生是至戚,欢喜放心之极。坐了一会,去了。

  次日,憨仙同马二先生坐轿子回拜胡府,马二先生又送了一部新选的墨卷,三公子留着谈了半日,回到下处。顷刻,胡家管家来下请帖,两副:一副写洪太爷,一副写马老爷。帖子上是，"明日湖亭一厄小集，[25]候教！胡缜拜订。"持帖人说道："家老爷拜上太爷，席设在西湖花港御书楼旁园子里，请太爷和马老爷明日早些。"憨仙收下帖子。次日，两人坐轿来到花港，园门大开，胡三公子先在那里等候。两席酒，一本戏，吃了一日，马二先生坐在席上，想起前日独自一个看着别人吃酒席，今日恰好人请我也在这里。当下极丰盛的酒撰点心，马二先生用了一饱，胡三公子约定三五日再请到家写立合同，央马二先生居间，然后打扫家里花园，以为丹室。[26]先兑出一万银子，托憨仙修制药物，请到丹室内住下。三人说定，到晚席散，马二先生坐轿竟回文瀚楼。

一连四天，不见憨仙有人来请，便走去看他。一进了门，见那几个长随不胜慌张，问其所以，憨仙病倒了，症候甚重，医生说脉息不好，已是不肯下药。马二先生大惊，急上楼进房内去看。已是奄奄一息，头也抬不起来。马二先生心好，就在这里相伴，晚间也不回去，挨过两日多，那憨仙寿数已尽，断气身亡。那四个人慌了手脚，寓处掳一掳，只得四五件绸缎衣服还当得几两银子，其余一无所有，几个箱子都是空的。这几个人也并非长随，是一个儿子，两个侄儿，一个女婿，这时都说出来，马二先生听在肚里，替他着急。此时棺材也不够买。马二先生有良心，赶着下处去取了十两银子来，与他们料理，儿子守着哭泣，侄子上街买棺材，女婿无事，同马二先生到间壁茶馆里谈谈。

马二先生道："你令岳是个活神仙，今年活了三百多岁，怎么忽然又死起来？"女婿道："笑话！他老人家今年只得六十六岁，那里有甚么三百岁！想着他老人家，也就是个不守本分，惯弄玄虚，寻了钱又混用掉了，而今落得这一个收场。不瞒老先生说，我们都是买卖人，丢着生意，同他做这虚头事。他而今直脚去了，累我们讨饭回乡，那里说起！"马二先生道："他老人家床头间有那一包一包的'黑煤'，烧起炉来，一倾就是纹银。"女婿道："那里是甚么'黑煤'！那就是银子，用煤煤黑了的！一下了炉，银子本色就现出来了。那原是个做出来哄人的，用完了那些，就没的用了。"马二先生道："还有一说：他若不是神仙，怎的在丁仙祠初见我的时候，并不曾认得我，就知我姓马？"女婿道："你又差了，他那日在片石居扶乩出来，看见你坐在书店看书，书店问你尊姓，你说我就是书面上马甚么，他听了知道的。世间那里来的神仙！"马二先生恍然大悟："他原来结交我是要借我骗胡三公子，幸得胡家时运高，不得上算。"[27]又想道："他亏负了我甚么？我到底该感激他。"当下回来，候着他装殓，算还庙里房钱，叫脚子抬到清波门外厝着。马二先生备个牲醴纸钱，送到厝所，看着用砖砌好了。剩的银子，那四个人做盘程，谢别去了。

【简注】

　　[1]本文选自《儒林外史》第十四回"蘧公孙书房送良友　马秀才山洞遇神仙"、第十五回"葬神仙马秀才送丧　思父母匡童生尽孝"。　　[2]挑鬓头：以骨针支两鬓使两边隆起的发式。这种式样是当时认为很土的。　　[3]处片：浙江处州（今浙江丽水一带）出产的笋干。　　[4]水田披风：用各色锦块拼合折缝成的女外衣，是明、清流行过一长时期的妇女时装。　　[5]玉色：最浅最嫩的蓝色。　　[6]二色金：用深浅二色金线绣的绣品名称。　　[7]厝基：将棺木放在空地上，暂用砖头或土四面封起来，等待日后下葬，叫"厝"；这种堆子叫"厝基"。　　[8]直裰：僧道穿的大领长袍。　　[9]靴桶：就是靴筒。从前读书人多穿官靴，统长如现在的长筒胶靴。笏板：古代臣子上朝拿的手板。有象牙的，也有竹、木的，长二尺六寸，宽约二寸，上窄下宽。　　[10]布政司：明洪武九年（1376）改行中书省为承宣布政使司。　　[11]方巾：明朝书生日常戴的帽子。　　[12]吴相国伍公：伍子胥，名员，春秋时楚国人，其父、兄为楚平王所杀，他逃至吴国，助吴王筑城练兵，发愤图强。后被谮自杀。　　[13]请仙：旧时一种迷信活动。扶乩求仙，以卜休咎。　　[14]苏若兰：名蕙，字若兰，东晋时代陕西人，后成为秦州刺史窦滔的妻子，曾作《璇玑图》。　　[15]朱淑贞：南宋女词人。　　[16]程

墨:作为范本阅读的八股文选集。　　[17]"载华岳"句:语出《中庸》,意为承载华山而不觉得重,容纳河海而不见滴水泄漏,万物都承载于大地之上。华岳:华山。振:此处为"收容"之意。洩:同"泄"。　　[18]丁仙:丁野鹤,元代钱塘人,曾在吴山紫阳庵为道士,传说他后来骑鹤仙去。后人为之建祠。　　[19]缩地:传说费长房从壶公入山学仙,未成辞归。能医重病,鞭笞百鬼,驱使社公。一日之间,人见其在千里之外者数处,因称其有缩地术。　　[20]《纲鉴》:明、清人采用朱熹《通鉴纲目》而编历代史,称《纲鉴》。　　[21]为一个朋友的事垫用去:见本回将选书的所得银子为遽公孙赎枕箱事。　　[22]道理:这里当办法讲。　　[23]纹银:银锭的一种俗称,因为早期的纹银银锭中心有螺旋纹路。　　[24]桑里:桑梓,乡里的别称。　　[25]一卮小集:只备了一杯酒,作简单的聚会,是请客人的客气话。　　[26]丹室:道家打坐或炼丹炼金的房间。　　[27]不得上算:没有中了计,即没有上当。

【浅释】

《儒林外史》是对儒林命运的历史反思,主旨是批判功名富贵思想流毒。

小说重点塑造了醉心功名的"奴才"、招摇撞骗的"名士"和鱼肉百姓的"渣滓"。马二是八股科举考试的虔诚信徒,念念不忘举业,至死都执迷不悟。这个形象颇具典型性,他专门从事墨选维持生计,除却高头讲章一无所知。"逛西湖"和"遇神仙"两大部分,将主人公置于美景之中和财富面前来刻画。马二对西湖风光"全无会心",心里系念的是食色功名,看进香乡妇细辨妍媸,盯女客换衣目迷五色;望酒店肴馔大咽馋涎,睹官府请客好生美慕;遇几人扶乩欲问功名,入丁仙祠内欲卜吉凶,见仁宗御书俨乎朝臣。后半则集中写其发财心切,见说发财有术迫不及待,逐日烧炉倾银欢喜无限。

本文开头夸说西湖名胜之多和美,意在以之反衬八股迷精神世界的庸腐枯朽。小说通过马二先生的喜剧形象,揭示出了悲剧性的社会本质。

【习题】

1.谈谈本选文以审美客体之"美"反衬审美主体之"腐"的艺术效果。
2.马二与周进、范进同为醉心功名的"奴才",试分析它们的共性特征。
3.以本文为例,谈谈《儒林外史》"戚而能谐,婉而多讽"的讽刺艺术。

红　楼　梦[1]（节选）

曹雪芹、高鹗

曹雪芹(约1715—1763),名沾,号雪芹,满洲正白旗人,清代文学家。出身烜赫贵族世家,文艺修养丰厚,创作准备充分;经历家族盛衰之变,深味世态炎凉,思想意识进步,在贫困落魄中坚持《红楼梦》创作,但未成全书抱憾而卒。高鹗(约1738—1815),字兰墅,清代文学家,酷爱《红楼梦》,续写后40回,使杰作完整无缺,得以广泛流传。《红楼梦》借写"离合悲欢"(爱情悲剧)、"兴衰际遇"(家族悲剧),揭露了封建统治的凶残和腐朽,展示了新旧势力的斗争和趋向,表达了带有民主色彩的朦胧理想。艺术结构宏伟、完整、严密,人物性格真实、丰富、复杂,小说语言洗练、流畅、自然,是中国古典小说的辉煌顶峰。

话说黛玉到潇湘馆门口,紫鹃说了一句话,更动了心,一时吐出血来,几乎晕倒。亏了紫鹃还同着秋纹,两个人搀扶着黛玉到屋里来。那时秋纹去后,紫鹃、雪雁守着,见他渐渐苏醒过来,问紫鹃道:"你们守着哭什么?"紫鹃见他说话明白,倒放了心了,因说:"姑娘刚才打老太太那边回来,身上觉着不大好,唬的我们没了主意,所以哭了。"黛玉笑道:"我那里就能够死呢。"这一句话没完,又喘成一处。

原来黛玉因今日听得宝玉、宝钗的事情,这本是他数年的心病,一时急怒,所以迷惑了本性。及至回来吐了这一口血,心中却渐渐的明白过来,把头里的事一字也不记得。这会子见紫鹃哭了,方模糊想起傻大姐的话来,此时反不伤心,惟求速死,以完此债。这里紫鹃、雪雁只得守着,想要告诉人去,怕又像上回招的凤姐儿说他们失惊打怪。那知秋纹回去神色慌张,正值贾母睡起中觉来,看见这般光景,便问:"怎么了?"秋纹吓的连忙把刚才的事回了一遍。贾母大惊,说:"这还了得!"连忙着人叫了王夫人、凤姐过来,告诉了他婆媳两个。凤姐道:"我都嘱咐了,这是什么人走了风呢?这不更是一件难事了吗!"贾母道:"且别管那些,先瞧瞧去是怎么样了。"说着,便起身带着王夫人、凤姐等过来看视。见黛玉颜色如雪,并无一点血色,神气昏沉,气息微细。半日又咳嗽了一阵,丫头递了痰盂,吐出都是痰中带血的。大家都慌了。只见黛玉微微睁眼,看见贾母在他旁边,便喘吁吁的说道:"老太太!你白疼了我了!"

贾母一闻此言,十分难受,便道:"好孩子,你养着罢!不怕的!"黛玉微微一笑,把眼又闭上了。外面丫头进来回凤姐道:"大夫来了。"于是大家略避。王大夫同着贾琏进来,诊了脉,说道:"尚不妨事。这是郁气伤肝,肝不藏血,所以神气不定。如今要用敛阴止血的药,方可望好。"王大夫说完,同着贾琏出去开方取药去了。

 …………

且说黛玉虽然服药,这病日重一日。紫鹃等在旁苦劝,说道:"事情到了这个分儿,不得不说了。姑娘的心事,我们也都知道。至于意外之事,是再没有的。姑娘不信,只拿宝玉的身子说起,这样大病,怎么做得亲呢?姑娘别听瞎话,自己安心保重才好。"黛玉微笑一笑,也不答言,又咳嗽数声,吐出好些血来。紫鹃等看去,只有一息奄奄,明知劝不过来,惟有守着流泪,天天三四趟去告诉贾母。鸳鸯测度贾母近日比前疼黛玉的心差了些,所以不常去回。况贾母这几日的心都在宝钗、宝玉身上,不见黛玉的信儿,也不大提起,只请太医调治罢了。

黛玉向来病着,自贾母起,直到姊妹们的下人,常来问候。今见贾府中上下人等都不过来,连一个问的人都没有,睁开眼,只有紫鹃一人。自料万无生理,因扎挣着向紫鹃说道:"妹妹!你是我最知心的!虽是老太太派你伏侍我,这几年,我拿你就当作我的亲妹妹——"说到这里,气又接不上来。紫鹃听了,一阵心酸,早哭得说不出话来。

迟了半日,黛玉又一面喘一面说道:"紫鹃妹妹,我躺着不受用,你扶起我来靠着坐坐才好。"紫鹃道:"姑娘的身上不大好,起来又要抖搂着了。"[2]黛玉听了,闭上眼不言语了。一时,又要起来。紫鹃没法,只得同雪雁把他扶起,两边用软枕靠住,自己却倚在旁边。黛玉那里坐得住,下身自觉硌的疼,狠命的撑着,叫过雪雁来道:"我的诗本子……"说着,又喘。

雪雁料是要他前日所理的诗稿,因找来送到黛玉跟前。黛玉点点头儿,又抬眼看那箱子。雪雁不解,只是发怔。黛玉气的两眼直瞪,又咳嗽起来,又吐了一口血。雪雁连忙回身取了水来,黛玉漱了,吐在盂内。紫鹃用绢子给他拭了嘴。黛玉便拿那绢子指着箱子,又喘成一处,说不上来,闭了眼。紫鹃道:"姑娘歪歪儿罢。"黛玉又摇摇头儿。

紫鹃料是要绢子,便叫雪雁开箱,拿出一块白绫绢子来。黛玉瞧了,撂在一边,使劲说道:"有字的!"紫鹃这才明白过来要那块题诗的旧帕,只得叫雪雁拿出来递给黛玉。紫鹃劝道:"姑娘歇歇罢,何苦又劳神?等好了再瞧罢。"只见黛玉接到手里也不瞧,扎挣着伸出那只手来,狠命的撕那绢子,却是只有打颤的分儿,那里撕得动。紫鹃早已知他是恨宝玉,却也不敢说破,只说:"姑娘何苦自己又生气!"黛玉微微的点头,便掖在袖里,叫雪雁点灯。

雪雁答应,连忙点上灯来。黛玉瞧瞧,又闭了眼坐着,喘了一会子,又道:"笼上火盆。"紫鹃打量他冷。因说道:"姑娘躺下,多盖一件罢。那炭气只怕耽不住。"黛玉又摇头儿。雪雁只得笼上,搁在地下火盆架上。黛玉点头,意思叫挪到炕上来。雪雁只得端上来,出去拿那张火盆炕桌。

那黛玉却又把身子欠起,紫鹃只得两只手来扶着他。黛玉这才将方才的绢子拿在手中,瞅着那火,点点头儿,往上一撂。紫鹃唬了一跳,欲要抢时,两只手却不敢动。雪雁又出去拿火盆桌子,此时那绢子已经烧着了。紫鹃劝道:"姑娘!这是怎么说呢。"

黛玉只作不闻,回手又把那诗稿拿起来,瞧了瞧,又撂下了。紫鹃怕他也要烧,连忙将身倚住黛玉,腾出手来拿时,黛玉又早拾起,撂在火上。此时紫鹃却够不着,干急。雪雁正拿进桌子来,看见黛玉一撂,不知何物,赶忙抢时,那纸沾火就着,如何能够少待,早已烘烘的着了。雪雁也顾不得烧手,从火里抓起来撂在地下乱踩,却已烧得所余无几了。

那黛玉把眼一闭,往后一仰,几乎不曾把紫鹃压倒。紫鹃连忙叫雪雁上来将黛玉扶着放倒,心里突突的乱跳。欲要叫人时,天又晚了;欲不叫人时,自己同着雪雁和鹦哥等几个小丫头,又怕一时有什么原故。好容易熬了一夜。到了次日早起,觉黛玉又缓过一点儿来。饭后,忽然又嗽又吐,又紧起来。

紫鹃看着不好了,连忙将雪雁等都叫进来看守,自己却来回贾母。那知到了贾母上房,静悄悄的,只有两三个老妈妈和几个做粗活的丫头在那里看屋子呢。紫鹃因问道:"老太太呢?"那些人都说:"不知道。"紫鹃听这话诧异,遂到宝玉屋里去看,竟也无人。遂问屋里的丫头,也说不知。

紫鹃已知八九,"但这些人怎么竟这样狠毒冷淡!"又想到黛玉这几天竟连一个人问的也没有,越想越悲,索性激起一腔闷气来,一扭身,便出来了。自己想了一想,"今日倒要看看宝玉是何形状!看他见了我怎么样过的去!那一年我说了一句谎话,他就急病了,今日竟公然做出这件事来!可知天下男子之心真真是冰寒雪冷,令人切齿的!"一面走,一面想,早已来到怡红院。只见院门虚掩,里面却又寂静的很。紫鹃忽然想到:"他要娶亲,自然是有新屋子的,但不知他这新屋子在何处?"

正在那里徘徊瞻顾,看见墨雨飞跑,紫鹃便叫住他。墨雨过来笑嘻嘻的道:"姐姐在这里做什么?"紫鹃道:"我听见宝二爷娶亲,我要来看看热闹儿。谁知不在这里,也不知是几儿。"墨雨悄悄的道:"我这话,只告诉姐姐,你可别告诉雪雁。他们上头吩咐了,连你们都不叫知道呢。就是今日夜里娶,那里是在这里?老爷派琏二爷另收拾了房子了。"说着又问:"姐姐有什么事么?"紫鹃道:"没什么事,你去罢。"墨雨仍旧飞跑去了。

紫鹃自己也发了一回呆,忽然想起黛玉来,这时候还不知是死是活。因两泪汪汪,咬着牙,发狠道:"宝玉,我看他明儿死了,你算是躲的过,不见了!你过了你那如心如意的事儿,拿什么脸来见我!"一面哭,一面走,呜呜咽咽的,自回去了。还未到潇湘馆,只见两个小丫头在门里往外探头探脑的,一眼看见紫鹃,那一个便嚷道:"那不是紫鹃姐姐来了吗!"紫鹃知道不好了,连忙摆手儿不叫嚷,赶忙进去看时,只见黛玉肝火上炎,两颧红赤。紫鹃觉得不妥,叫了黛玉的奶妈王奶奶来。一看,他便大哭起来。

这紫鹃因王奶妈有些年纪,可以仗个胆儿,谁知竟是个没主意的人,反倒把紫鹃弄得心里七上八下。忽然想起一个人来，便命小丫头急忙去请。你道是谁，原来紫鹃想起李宫裁是个孀居，今日宝玉结亲，他自然回避；况且园中诸事向系李纨料理，所以打发人去请他。

李纨正在那里给贾兰改诗，冒冒失失的见一个丫头进来回说："大奶奶，只怕林姑娘不好了！那里都哭呢。"李纨听了，吓了一大跳，也不及问了，连忙站起身来便走，素云、碧月跟着，一头走着，一头落泪，想着："姐妹在一处一场，更兼他那容貌才情，真是寡二少双，惟有青女、素娥可以仿佛一二，竟这样小小的年纪，就作了北邙乡女！"[3] 偏偏凤姐想出一条偷梁换柱之计，自己也不好过潇湘馆来，竟未能少尽姊妹之情。真真可怜可叹！"一头想着，已走到潇湘馆的门口。里面却又寂然无声，李纨倒着起忙来："想来必是已死，都哭过了，那衣衾未知装裹妥当了没有？"连忙三步两步走进屋子来。里间门口一个小丫头已经看见，便说："大奶奶来了！"紫鹃忙往外走，和李纨走了个对面。李纨忙问："怎么样？"紫鹃欲说话时，惟有喉中哽咽的分儿，却一字说不出。那眼泪一似断线珍珠一般，只将一只手回过去指着黛玉。

李纨看了紫鹃这般光景，更觉心酸，也不再问，连忙走过来。看时，那黛玉已不能言。李纨轻轻叫了两声，黛玉却还微微的开眼，似有知识之状，但只眼皮嘴唇微有动意，口内尚有出入之息，却要一句话、一点泪也没有了。

李纨回身，见紫鹃不在跟前，便问雪雁。雪雁道："他在外头屋里呢。"李纨连忙出来，只见紫鹃在外间空床上躺着，颜色青黄，闭了眼，只管流泪，那鼻涕眼泪把一个砌花锦边的褥子已湿了碗大的一片。李纨连忙唤他，那紫鹃才慢慢的睁开眼，欠起身来。李纨道："傻丫头，这是什么时候，且只顾哭你的！林姑娘的衣衾，还不拿出来给他换上，还等多早晚呢？难道他个女孩儿家，你还叫他赤身露体，精着来，光着去吗！"紫鹃听了这句话，一发止不住痛哭起来。李纨一面也哭，一面着急，一面拭泪，一面拍着紫鹃的肩膀说："好孩子！你把我的心都哭乱了！快着收拾他的东西罢，再迟一会子就了不得了！"

正闹着，外边一个人慌慌张张跑进来，倒把李纨唬了一跳，看时，却是平儿。跑进来，看见这样，只是呆磕磕的发怔。李纨道："你这会子不在那边，做什么来了？"说着，林之孝家的也进来了。平儿道："奶奶不放心，叫来瞧瞧。既有大奶奶在这里，我们奶奶就只顾那一头儿了。"李纨点点头儿。平儿道："我也见见林姑娘。"说着，一面往里走，一面早已流下泪来。

这里李纨因和林之孝家的道："你来的正好，快出去瞧瞧去。告诉管事的预备林姑娘的后事。妥当了，叫他来回我，不用到那边去。"林之孝家的答应了，还站着。李纨道："还有什么话呢？"林之孝家的道："刚才二奶奶和老太太商量了，那边用紫鹃姑娘使唤使唤呢。"李纨还未答言，只见紫鹃道："林奶奶，你先请罢！等着人死了，我们自然是出去的，那里用这么——"说到这里，却又不好说了，因又改说道："况且我们在这里守着病人，身上也不洁净。林姑娘还有气儿呢，不时的叫我。"李纨在旁解说道："当真的，林姑娘和这丫头也是前世的缘法儿！倒是雪雁是他南边带来的，他倒不理会；惟有紫鹃，我看他两个一时也离不开。"

林之孝家的头里听了紫鹃的话，未免不受用，被李纨这番一说，却也没的说，又见紫鹃哭得泪人一般，只好瞅着他微微的笑，因又说道："紫鹃姑娘这些闲话倒不要紧，只是你却说得，我可怎么回老太太呢？况且这话是告诉得二奶奶的吗？"正说着，平儿擦着眼泪出来道："告诉二奶奶什么事？"林之孝家的将方才的话说了一遍。平儿低了一回头，说："这么着罢，就叫雪姑娘去罢。"李纨道："他使得吗？"平儿走到李纨耳边说了几句，李纨点点头儿道："既是这么着，就叫雪雁过去也是一样的。"林之孝家的因问平儿道："雪姑娘使得吗？"平儿道："使得，都是一样。"林家的道："那么着，姑娘就快叫雪姑娘跟了我去。我先去回了老太太和二奶奶。这可是大奶奶和姑娘的主意，回来姑娘再各自回二奶奶去。"李纨道："是了，你这么大年纪，连这么点子事还不耽呢!"林家的笑道:"不是不耽:头一宗,老太太和二奶奶办事,我们都不能很明白;再者,又有大奶奶和平姑娘呢。"

说着,平儿已叫了雪雁出来。原来雪雁因这几日黛玉嫌他小孩子家懂得什么,便也把心冷淡了;况且听是老太太和二奶奶叫,也不敢不去。连忙收拾了头,平儿叫他换了新鲜衣服,跟着林家的去了。随后平儿又和李纨说了几句话。李纨又嘱咐平儿打那么催着林之孝家的叫他男人快办了来。[4]

平儿答应着出来,转了个弯子,看见林家的带着雪雁在前头走呢,赶忙叫住道:"我带了他去罢。你先告诉林大爷办林姑娘的东西去罢。奶奶那里我替回就是了。"那林家的答应着去了。这里平儿带了雪雁到了新房子里回明了,自去办事。

却说雪雁看见这般光景,想起他家姑娘,也未免伤心,只是在贾母、凤姐跟前不敢露出。因又想道:"也不知用我作什么?我且瞧瞧。宝玉一日家和我们姑娘好的蜜里调油,这时候总不见面了,也不知是真病假病。只怕是怕我们姑娘恼,假说丢了玉,装出傻子样儿来,叫那一位寒了心,他好娶宝姑娘的意思。我索性看看他,看他见了我傻不傻。难道今儿还装傻么?"一面想着,已溜到里间屋子门口,偷偷儿的瞧。

这时宝玉虽因失玉昏愦,但只听见娶了黛玉为妻,真乃是从古至今、天上人间第一件畅心满意的事了,那身子顿觉健旺起来,只不过不似从前那般灵透,所以凤姐的妙计,百发百中,巴不得即见黛玉。盼到今日完姻,真乐得手舞足蹈,虽有几句傻话,却与病时光景大相悬绝了。雪雁看了,又是生气,又是伤心,他那里晓得宝玉的心事,便各自走开。

....

却说宝玉成家的那一日,黛玉白日已昏晕过去,却心头口中一丝微气不断,把个李纨和紫鹃哭的死去活来。到了晚间,黛玉去又缓过来了,微微睁开眼,似有要水要汤的光景。此时雪雁已去,只有紫鹃和李纨在旁。紫鹃便端了一盏桂圆汤和的梨汁,用小银匙灌了两三匙。黛玉闭着眼,静养了一会子,觉得心里似明似暗。此时李纨见黛玉略缓,明知是回光反照的光景,却料着还有一半天耐头,自己回到稻香村料理了一回事情。

这里黛玉睁开眼一看,只有紫鹃和奶妈并几个小丫头在那里,便一手攥了紫鹃的手,使着劲说道:"我是不中用的人了!你伏侍我几年,我原指望咱们两个总在一处,不想我……"说着,又喘了一会子,闭了眼歇着。紫鹃见他攥着不肯松手,自己也不敢挪动,看他的光景比早半天好些,只当还可以回转,听了这话,又寒了半截。半天,黛玉又说道:"妹妹!我这里并没亲人,我的身子是干净的,你好歹叫他们送我回去!"说到这里,又闭了眼不言语了。那手却渐渐紧了,喘成一处,只是出气大,入气小,已经促疾的很了。

紫鹃忙了,连忙叫人请李纨,可巧探春来了。紫鹃见了,忙悄悄的说道:"三姑娘!瞧瞧林姑娘罢!"说着,泪如雨下。探春过来,摸了摸黛玉的手,已经凉了,连目光也都散了。探春、紫鹃正哭着叫人端水来给黛玉擦洗,李纨赶忙进来了。三个人才见了,不及说话。刚擦着,猛听黛玉直声叫道:"宝玉!宝玉!你好……"说到"好"字,便浑身冷汗,不作声了。紫鹃等急忙扶住,那汗愈出,身子便渐渐的冷了。探春、李纨叫人乱着拢头穿衣,只见黛玉两眼一翻,呜呼!

香魂一缕随风散,愁绪三更入梦遥!

当时黛玉气绝,正是宝玉娶宝钗的这个时辰,紫鹃等都大哭起来。李纨、探春想他素日的可疼,今日更加可怜,也便伤心痛哭。因潇湘馆离新房子甚远,所以那边并没听见。一时大家痛哭了一阵,只听得远远一阵音乐之声,侧耳一听,却又没了。探春、李纨走出院外再听时,惟有竹梢风动,月影移墙,好不凄凉冷淡。

【简注】

　　[1]本文选自《红楼梦》第九十七回"林黛玉焚稿断痴情　薛宝钗出闺成大礼"和第九十八回"苦绛珠魂归离恨天　病神瑛泪洒相思地"。　　[2]抖搂:打开,掀动,又有"抖晾""抖落"的意思。这里指掀开衣被时会着凉感冒。　　[3]北邙乡女:北邙,在洛阳北郊,是古代贵族、官僚的葬地;后来也用作一般葬地的代称。这里说黛玉作了死葬异乡的女子了。　　[4]那么:这里作"那边"讲。

【浅释】

　　黛玉之死,是《红楼梦》全书悲剧的最高潮,写出了黛玉"魂归离恨天"的悲哀。

　　大体情节为:抑郁暴病—焚绢毁诗—泪枯夭亡。抑郁暴病交代黛玉暴病原因(宝钗出阁),描写发病情状(吐血咳喘)及病时心态(惟求速死)。焚稿断情一段头绪最多,依次写黛玉焚绢毁诗,紫鹃讶闻内幕,李纨得讯探望,平儿违拟凤旨,雪雁应差伤情。黛玉内心既有面对死亡的平静,又有行将告别人世之前对世情的敏感。在极度伤心绝望中,她焚绢毁诗——一生"情"的结晶和"才"的结晶,理想、希望顷刻化为一缕青烟。泪枯夭亡主要写黛玉弥留之际的两番话语,叮嘱紫鹃、直呼宝玉反映了黛玉孤高的人品和矛盾的心理。此段文字充满哭声,冷月脉脉,香魂飘逝。结尾采用虚实映衬、哀乐对比的手法,突出了黛玉夭亡的深刻悲剧性。

　　环境气氛的渲染,结构布局的严谨,人物刻画的巧妙,是节选文字的绝妙之处。

【习题】

　　1.结合小说所反映的社会背景,谈谈宝黛爱情悲剧的实质。

　　2.阅读《题帕诗》《葬花词》《秋窗风雨夕》等,分析林黛玉的思想性格。

　　3.小说花大量笔墨写紫鹃等人在黛玉临终前后的反应,这起到什么表现效果?

第八章
元明清戏剧

中国戏曲的起源可以追溯到远古原始歌舞,其成熟则经历了漫长的孕育过程。

汉唐为逐渐孕育期。汉代出现了以竞技为主、具有表演成分的"角抵戏"(表演者头戴牛角,互相抵触),其中《东海黄公》最为著名,此剧情节虽然简单,表演也失之粗糙,但突破了古代倡优即兴随意的逗乐与讽刺,把戏曲表演的几个因素初步融合起来,为戏曲的形成奠定了初步基础。南北朝时期民间出现了歌舞与表演相结合的"歌舞戏"(如《踏摇娘》《兰陵王》等),具有了更为浓郁的表演成分。唐代出现了由先秦时期的优伶表演发展而来、以滑稽表演为特点的"参军戏"("参军戏"有两个角色:被嘲弄者叫"参军",戏弄者叫"苍鹘"),它是以科(动作)白(说白)为主的讽刺喜剧。晚唐五代参军戏发展到由多人参加演出,情节也渐趋复杂,已向戏剧的形成迈出了关键性的一步,即以故事情节为主,由演员装扮成某种角色,用歌唱或说白以及表情动作,根据规定情景进行表演,基本上形成戏曲的格局,对后世戏剧有深远的影响。

宋金为初具雏形期。宋杂剧虽然仍以滑稽调笑为主,但调笑内容、对象大大扩展,加进不少尖锐的讽刺内容,角色已发展为五个,各种戏剧要素基本齐备。宋杂剧在不断向前发展过程中,逐渐产生了具有丰富曲折的情节、故事性强、可供连续多天演出的剧本(如《目连救母》),标志着戏剧已经逐渐走向成熟和独立发展的道路。宋室南渡以后,在金人统治的广大北方地区,尤其是在燕京(今北京市)一带,聚集了一部分未随宋王朝南迁的瓦舍勾栏演员,逐渐形成了北方派的杂剧——金院本,它是宋杂剧过渡到元杂剧的重要形式,与宋杂剧既有继承关系又有所发展,金院本促进了北方戏剧艺术的发展。此时期又产生了以北方曲调说唱故事的诸宫调(集合若干不同宫调的不同曲子说唱一个故事,可长可短,唱白相间,乐器伴奏)。南方则出现了以南方民间小曲作为唱腔的温州杂剧(即"南戏"),它在宋杂剧的基础上融合南方民间小曲、说唱等艺术因素形成,以体制庞大、曲词通俗质朴为其特点,粗具戏曲的基本艺术特征,剧目多表现民间故事。

元代为成熟繁盛期。元杂剧在宋杂剧、金院本的基础上,吸收当时各种技艺特别是诸宫调的若干因素发展而成,元杂剧的兴起和繁荣,标志着我国戏剧艺术已达到成熟阶段。元杂剧作家众多,作品丰富。代表作家前期有关汉卿、王实甫、杨显之、马致远、白朴、纪君祥、高文秀等;后期有郑光祖、乔吉、宫天挺、秦简夫等。关汉卿、马致远、白朴、郑光祖被称为"元曲四大家"。一大批韵散结合、结构完整的文学剧本纷纷出现。关汉卿《窦娥冤》是元代杂剧中最有代表性、最震撼人心的悲剧,成功地塑造了窦娥这一光辉艺术形象,表达了人民怨愤反抗的情绪。王实甫《西厢记》出色地表现了崔莺莺、张生曲折复杂的爱情故事，揭露了封建礼教对青年自由幸福的摧残。马致远《汉宫秋》将人物命运与政治斗争、民族关系和民族斗争交织在一起，揭示了帝王妃子爱情悲剧的实质。白朴《梧桐雨》以李隆基、杨玉环爱情为主线反映了安史之乱这一重大历史事件及唐王朝由盛至衰的过程，批判了唐玄宗的骄奢淫逸。纪君祥《赵氏孤儿》彰扬了韩厥、公孙杵臼、程婴等人为正义而自我牺牲，向邪恶势力进行不屈不挠的斗争复仇精神。康进之《李逵负荆》歌颂以宋江为首的梁山义军纪律严明、上下平等、同心同德，并以解除人民苦难为宗旨。杨显之《潇湘雨》批判了在封建社会中普遍存在的富贵易妻的负心行为，对崔通肮脏的内心、卑劣的行径和狠毒的性格进行了深入细致的描绘。尚仲贤《柳毅传书》和李好古《张生煮海》是两部充满奇异瑰丽浪漫主义色彩的神话剧，被誉为元代神话戏中的"双璧"。郑光祖《倩女离魂》塑造了一位大胆追求爱情的倩女形象，歌颂了舍生忘死、始终不渝、热烈追求自由自主婚姻的精神。无名氏《陈州粜米》成功地塑造包拯形象，剧中对包拯的内心矛盾和复杂的思想活动进行了细致的描绘。元杂剧的高度繁荣，大概延续了一个世纪左右。随着杂剧重心的南移，杂剧也由它的鼎盛时期逐渐走向衰落。元末剧作家高明，采用南戏的形式创作了《琵琶记》，该剧被推崇为"南曲传奇之祖"。元代南戏名作《荆钗记》《白兔记》《拜月亭》《杀狗记》被后人称为"四大南戏"，也叫"四大传奇"，简称"荆、刘、拜、杀"，在明清时期传演甚广，影响深远。这五剧为南戏发展为明代传奇，奠定了坚实基础。

明清为再度发展期。这一时期的主要戏曲样式为传奇和杂剧，主要成就在传奇。明杂剧成就最高者当推徐渭《四声猿》(《渔阳弄》《雌木兰》《女状元》《玉禅师》)。魏良辅对昆山腔加以改革后，使昆山腔具有了流丽婉折的音乐风格，促成了南戏向传奇的转化。明中叶以后，传奇代替杂剧成为戏曲舞台上的主角。传奇是一种文学体制更加规范化、音乐体制更加格律化的剧种。其剧本文学体制庞大，曲词典雅，名篇佳作不胜枚举；表演上则日趋成熟，多用昆曲演唱(明传奇有弋阳、海盐、余姚、昆山四大声腔)。梁辰鱼《浣纱记》、李开先《宝剑记》和王世贞门人《鸣凤记》被称为"明中期三大传奇"。明万历年间，传奇创作达到了高峰，出现了以沈璟为首的主张"守律"的吴江派和以汤显祖为首的崇尚"才情"的临川派，"沈汤之争"的结果促进了明代传奇的发展。明代最重要的戏剧成果是汤显祖的"临川四梦"(《紫钗记》《牡丹亭》《南柯记》《邯郸记》)，其中《牡丹亭》通过"情"与"理"的强烈对立和冲突，歌颂了主人公为情而死、为情复生的"至情"精神，剧本语言优美，被誉为"曲中绝唱"。揭露明季黑暗、探讨明代覆灭原因，婉曲抒发故国之思、抒写兴亡之感，表现家国飘零的失落和惆怅等，是清初剧作的主流。李玉《清忠谱》传奇歌颂了明末东林党人与市民群众反抗封建暴政的斗争。孔尚任《桃花扇》"借离合之情，写兴亡之感"，通过侯方域与李香君的悲欢离合，描写了南明从建立到覆亡的全过程，表达了对兴亡的深切感慨和思考。洪昇《长生殿》将唐玄宗、杨贵妃爱情遭遇与"安史之乱"的发生发展结合起来，寓"乐极哀来，垂戒来世"之意。《桃花扇》和《长生殿》代表了清代传奇的最高成就。方成培《雷峰塔》写人妖或人仙恋爱故事，这出悲剧演绎的爱情体现了市民的思想意识道德观念，悲剧冲突有着强烈的时代色彩。自清代前期起，戏曲舞台发生了极大的变化，主要表现为戏曲的民间化和通俗化。

明清时期戏曲批评获得了较大发展，一些戏曲理论家开始注重对戏曲创作艺术规律加以探讨和总结，出现了许多戏曲论著，如王骥德《曲律》、吕天成《曲品》、沈璟《唱曲当知》《正吴编》、李渔《闲情偶记》等，《闲情偶记》系统论述了戏剧文学特点及戏曲表演艺术，具有重要的文学价值。

窦娥冤·诉冤[1]

关汉卿

（外扮监斩官上，[2]云）下官监斩官是也。[3]今日处决犯人，着做公的把住巷口，休放往来人闲走。[4]（净扮公人，鼓三通，锣三下科）（刽子磨旗，[5]提刀，押正旦带枷上）（刽子云）行动些，行动些，[6]监斩官去法场上多时了。（正旦唱）

【正宫】【端正好】没来由犯王法，不提防遭刑宪，叫声屈动地惊天！顷刻间游魂先赴森罗殿，[7]怎不将天地也生埋怨？[8]

【滚绣球】有日月朝暮悬，有鬼神掌著生死权。天地也只合把清浊分辨，可怎生糊突了盗跖颜渊。[9]为善的受贫穷更命短，造恶的享富贵又寿延。天地也，做得个怕硬欺软，却元来也这般顺水推船。地也，你不分好歹何为地？天也，你错勘贤愚枉做天！[10]哎，只落得两泪涟涟。

（刽子云）快行动些，误了时辰也。（正旦唱）

【倘秀才】则被这枷纽的我左侧右偏，人拥的我前合后偃，[11]我窦娥向哥哥行有句言。[12]（刽子云）你有甚么话说？（正旦唱）前街里去心怀恨，后街里去死无冤，休推辞路远。

（刽子云）你如今到法场上面，有甚么亲眷要见的，可教他过来，见你一面也好。（正旦唱）

【叨叨令】可怜我孤身只影无亲眷，则落的吞声忍气空嗟怨。（刽子云）难道你爷娘家也没的？（正旦云）止有个爹爹，十三年前上朝取应去了，[13]至今杳无音信。（唱）早已是十年多不睹爹爹面。（刽子云）你适才要我往后街里去，是什么主意？（正旦唱）怕则怕前街里被我婆婆见。（刽子云）你的性命也顾不得，怕他见怎的？（正旦云）俺婆婆若见我披枷带锁赴法场餐刀去呵，[14]（唱）枉将他气杀也么哥，[15]枉将他气杀也么哥。告哥哥，临危好与人行方便！

（卜儿哭上科，[16]云）天哪，兀的不是我媳妇儿！[17]（刽子云）婆子靠后。（正旦云）既是俺婆婆来了，叫他来，待我嘱付他几句话咱。（刽子云）那婆子，近前来，你媳妇要嘱咐你话哩。（卜儿云）孩儿，痛杀我也！（正旦云）婆婆，那张驴儿把毒药放在羊肚儿汤里，实指望药死了你，要霸占我为妻。不想婆婆让与他老子吃，倒把他老子药死了。我怕连累婆婆，屈招了药死公公，今日赴法场典刑。婆婆，此后遇着冬时年节，月一十五，有瀽不了的浆水饭，[18]瀽半碗儿与我吃；烧不了的纸钱，与窦娥烧一陌儿。[19]则是看你死的孩儿面上！[20]（唱）

【快活三】念窦娥葫芦提当罪愆，[21]念窦娥身首不完全，念窦娥从前已往干家缘；[22]婆婆也，你只看窦娥少爷无娘面。

【鲍老儿】念窦娥伏侍婆婆这几年，遇时节将碗凉浆奠；你去那受刑法尸骸上烈些纸钱，只当把你亡化的孩儿荐。[23]（卜儿哭科，云）孩儿放心，这个老身都记得。天哪，兀的不痛杀我也！（正旦唱）婆婆也，再也不要啼啼哭哭，烦烦恼恼，怨气冲天。这都是我做窦娥的没时没运，不明不暗，负屈衔冤。

（刽子做喝科，云）兀那婆子靠后，时辰到了也。（正旦跪科）（刽子开枷科）（正旦云）窦娥告监斩大人，有一事肯依窦娥，便死而无怨。（监斩官云）你有甚么事？你说。（正旦云）要一领净席，等我窦娥站立；又要丈二白练，挂在旗枪上；[24]若是我窦娥委实冤枉，刀过处头落，一腔热血休半点儿沾在地下,都飞在白练上者。(监斩官云)这个就依你,打甚么不紧。[25](刽子做取席站科,[26]又取白练挂旗上科)(正旦唱)

【耍孩儿】不是我窦娥罚下这等无头愿,[27]委实的冤情不浅;若没些儿灵圣与世人传,也不见得湛湛青天。[28]我不要半星热血红尘洒,[29]都只在八尺旗枪素练悬。等他四下里皆瞧见,这就是咱苌弘化碧,[30]望帝啼鹃。[31]

(刽子云)你还有甚的说话,此时不对监斩大人说,几时说那?(正旦再跪科,云)大人,如今是三伏天道,[32]若窦娥委实冤枉,身死之后,天降三尺瑞雪,遮掩了窦娥尸首。(监斩官云)这等三伏天道,你便有冲天的怨气,也召不得一片雪来,[33]可不胡说!(正旦唱)

【二煞】[34]你道是暑气暄,[35]不是那下雪天;岂不闻飞霜六月因邹衍?[36]若果有一腔怨气喷如火,定要感的六出冰花滚似绵,[37]免着我尸骸现;要甚么素车白马,[38]断送出古陌荒阡![39]

(正旦再跪科,云)大人,我窦娥死的委实冤枉,从今以后,着这楚州亢旱三年打嘴!那有这等说话!(正旦唱)

【一煞】你道是天公不可期,人心不可怜,不知皇天也肯从人愿。做甚么三年不见甘霖降?也只为东海曾经孝妇冤。[41]如今轮到你山阳县。[42]这都是官吏每无心正法,[43]使百姓有口难言。(刽子做磨旗科,云)怎么这一会儿天色阴了也。(内做风科,刽子云)好冷风也!(正旦唱)

【煞尾】浮云为我阴,悲风为我旋,三桩儿誓愿明题遍。(做哭科,云)婆婆也,直等待雪飞六月,亢旱三年呵,(唱)那其间才把你个屈死的冤魂这窦娥显。

(刽子做开刀,正旦倒科)(监斩官惊云)呀,真个下雪了,有这等异事!(刽子云)我也道平日杀人,满地都是鲜血,这个窦娥的血,都飞到那丈二白练上,并无半点落地,委实奇怪。(监斩官云)这死罪必有冤枉,早两桩儿应验了,不知亢旱三年的说话,准也不准?且看后来如何。左右,也不必等待雪晴,便与我抬他尸首,还了那蔡婆婆去罢。(众应科,抬尸下)

【简注】

[1]剧情:窦端云自小因为父亲窦天章无钱还债,被送到蔡家当童养媳,改名窦娥。婚后不到两年,窦娥丈夫去世,遂与蔡婆相依为命。蔡婆向赛卢医讨债未果,差点被赛勒死,恰好获张驴儿父子所救。张驴儿趁机搬进蔡家,威迫婆媳与他们父子成亲,窦娥严词拒绝。张驴儿在蔡婆要吃的羊肚汤里下毒,企图毒死蔡婆霸占窦娥,不料其父误吃中毒身亡。张驴儿诬告窦娥下毒杀人。太守桃杌严刑逼供,窦娥不忍婆婆连同受罪,便含冤招认被判斩刑。临刑前窦娥为表明自己冤屈,指天立誓,死后血溅白练,六月飞雪,亢旱三年,结果全部应验。三年后,窦娥冤魂向已经担任廉访使的父亲控诉,案情得以重审,将赛卢医发配充军,昏官桃杌革职,张驴儿斩首,窦娥冤情得以昭彰。本文选自《窦娥冤》第三折。 [2]外:即"外末"的省称,老年男子的角色。下文"净""旦""卜儿"皆为戏剧角色。净:俗称"花脸""花面",扮演性格刚烈或粗暴的男子。旦:扮演女性人物。正旦:扮演年轻的女主角。卜儿:扮演老妇人的角色。 [3]下官:从前做官的人对自己的谦称。 [4]着:命令。做公的:公人,指衙门里的差役。 [5]磨旗:挥动旗子开路。磨:疑"麾"字之误,麾即"挥"。 [6]行动些:催促之词,即走快些。 [7]森罗殿:即迷信传说中的阎王殿,阴间阎王审案的公堂。 [8]生:甚、深。 [9]糊突:同"糊涂",这里是混淆的意思。盗跖(zhí):春秋时奴隶起义的领袖,历代封建统治者诬其为大盗。颜渊:孔子的学生,是古代贤人的典型。这里以此二人分别作坏人和好人的代称。 [10]错勘:错误地判断。 [11]纽:通"扭",这里是"拘束"的意思。前合后偃(yǎn):跌跌撞撞,前倾后倒,站立不稳。 [12]哥哥行(háng):哥哥那里。哥哥:对一般男子的客气称呼。行:宋元语言里指示方位的词,一般用在人称或自称名词的后面。如"我行""他行"等,这样用的"行",意思大致相当于"这边""那边",或者

"这里""那里"。　[13]取应:朝廷开科取士,士子应选参加科举考试。　[14]餐刀:挨刀被杀。　[15]也么哥:语助词,无义,表示感叹的语气词,也写作"也波哥""也末哥"。这两句照例重叠,并在句尾加"也么哥"三字,这是曲子的定格。　[16]科:为元杂剧中标示舞台动作的术语。如"哭科""笑科"就是演员表演哭和笑的动作。　[17]兀的:助词,表示严肃、惊异或感叹的语气。　[18]冬时年节,月一十五:冬至和过年,初一和十五。　㿸(jiǎn):此句的"㿸"当是吃的意思,下句的"㿸"是泼、倒的意思,指祭时浇奠酒浆。　[19]一陌(mò)儿:一叠。陌,量词,用于祭祀所烧的纸钱,相当于"叠"。　[20]则是:只当是。　[21]葫芦提:当时的口语,糊里糊涂,不明不白。罪愆(qiān):罪过。　[22]干家缘:操持家务。家缘:家计、家业,这里指家务。　[23]烈:烧。荐:祭,超度亡灵。　[24]旗枪:装有枪头的旗杆。　[25]打甚么不紧:即有什么要紧。　[26]站:这里指让窦娥站着。　[27]罚:这里是发的意思。无头愿:拿头来相拼的誓愿。　[28]湛湛:清明。　[29]红尘洒:洒在地上。红尘:土地。　[30]苌弘(cháng hóng)化碧:传说周朝大夫苌弘受诬被杀,他的血被蜀人藏起来,三年后化成一块碧玉。碧:青绿色的美玉。　[31]望帝啼鹃:望帝是古代神话中蜀王杜宇的称号,相传他因水灾被其相鳖灵逼迫,逊位后隐居山中。死后魂魄化为杜鹃鸟,日夜悲啼,直到嘴出血。剧中引用这个曲故,其意是杜宇被迫让位的冤屈和窦娥相似。　[32]三伏:按照我国古代的"干支纪日法"确定,每年夏至以后第三个庚日为初伏,第四个庚日为中伏,立秋后第一个庚日为末伏,合起来称为三伏,是一年中最热的时候。　[33]召:呼唤。　[34]煞:曲牌名,用在套曲结尾的部分。单独用时称为"煞";连续使用时多依其在套曲中的位置取名,位于倒二者称"二煞",倒第三者称为"三煞",以此类推。　[35]暄:炎热。　[36]飞霜六月因邹衍:战国名士邹衍对魏王十分忠诚,却被诬陷入狱。他仰天大哭,天也为之感动,五月竟下起霜来。后人常用"六月飞雪"来表示冤狱。　[37]六出冰花:指雪花,因雪的结晶体有六角,所以说"六出"。　[38]素车白马:送葬的白色车马。　[39]断送:即送葬。古陌荒阡:荒凉的野外。　[40]楚州:今江苏淮南地区,古属楚州。亢(kàng)旱:大旱。亢:极。　[41]东海曾经孝妇冤:汉代传说,东海寡妇周青,对婆婆十分孝顺。后来婆婆因故上吊而死,周青被冤判问斩。周青临刑前发誓,若是有罪,被杀后血往下流,若是冤枉,则血逆流而上,染红长竿。行刑后,果然血染长竿。天之感,使东海大旱三年,直到周青的冤案昭雪后才下雨。　[42]山阳县:今江苏淮安,为古楚州治所。　[43]依法制裁、办理。

【浅释】

本折为全剧高潮,集中表现窦娥的反抗精神。

剧情围绕"冤""怨"二字逐层展开。首层写赴斩途中,喊冤。[端正好]"冤""怨"并提,将人物情感和矛盾冲突推向高潮;[滚绣球]责天斥地,对天地的否定即是对统治阶级的彻底绝望和无情抨击。次层写婆媳哭别,明冤。[倘秀才][叨叨令]两曲表现窦娥的善良孝顺,反衬贪官的伤天害理。念白向婆婆诉原委、明冤情,怨愤官府草菅人命。[快活三][鲍老儿]如泣如诉的临终嘱托,哀怨低回的身世之叹,渲染了浓重的悲剧气氛,为下文怨情总爆发蓄足气势。末层写三桩誓愿,证冤。血溅白练、六月飞雪、亢旱三年,一愿更比一愿奇,表现了窦娥刚强不屈、死犹抗争的精神,反映了人民伸张正义、惩治邪恶的愿望。结尾誓愿开始应验,阴风怒号,寓意窦娥冤深似海,感天动地。

三部分一脉贯穿,有张有弛,疏密相间,戏味十足。

【习题】

1.细读窦娥的念白和唱词,试分析窦娥形象。
2.试分析《诉冤》这折戏的结构手法极其艺术效果。
3.以《诉冤》为例,简评关汉卿本色自然的语言特点。

赵氏孤儿·救孤[1]

纪君祥

> 纪君祥,大都(今北京)人,生平无考,生活在元代前期。共有杂剧《驴皮记》《曹伯明错勘赃》《李元真松阴记》(又名《松阴梦》)《赵氏孤儿大报仇》(又名《赵氏孤儿》)《韩湘子三度韩退之》《信安王断复贩茶船》等六种。代表作《赵氏孤儿》是一部悲壮动人的历史剧,剧本开创了元杂剧不用正末、正旦扮演剧中的主要人物的先例,剧中矛盾尖锐激烈,语言雄健质朴,朱权在《太和正音谱》里用"雪里梅花"四个字来概括纪君祥的创作。《赵氏孤儿》在戏剧发展史上影响很大,历来有不少剧种改编上演,它也是最早流传到欧洲的中国剧本,在欧洲曾发生过相当热烈的影响。

（屠岸贾领卒子上,云）兀的不走了赵氏孤儿也！某已曾张挂榜文,[2] 限三日之内,不将孤儿出首,即将普国内小儿,但是半岁以下、一月以上,都拘刷到我帅府中,[3] 尽行诛戮。令人,门首觑者,若有首告之人,[4] 报复某家知道。（程婴上,云）自家程婴是也。昨日将我的孩儿送与公孙杵臼去了,我今日到屠岸贾跟前首告去来。令人,报复去,道有了赵氏孤儿也。（卒子云）你则在这里,等我报复去。（报科,云）报的元帅得知,有人来报,赵氏孤儿有了也。（屠岸贾云）在那里？（卒子云）现在门首哩。（屠岸贾云）着他过来。（卒子云）着过来。（做见科,屠岸贾云）兀那厮,[5] 你是何人？（程婴云）小人是个草泽医士程婴。[6]（屠岸贾云）赵氏孤儿今在何处？（程婴云）在吕吕太平庄上公孙杵臼家藏着哩。[7]（屠岸贾云）你怎生知道来？（程婴云）小人与公孙杵臼曾有一面之交。我去探望他,谁想卧房中锦绷绣褥上,躺着一个小孩儿。我想,公孙杵臼年纪七十,从来没儿没女,这个是那里来的？我说道:"这小的莫非是赵氏孤儿么？"只见他登时变色,不能答应。以此知孤儿在公孙杵臼家里。（屠岸贾云）咄！你这匹夫！你怎瞒的过我？你和公孙杵臼往日无仇,近日无冤,你因何告他藏着赵氏孤儿？你敢是知情么？说的是,万事全休；说的不是,令人,磨的剑快,先杀了这个匹夫者！（程婴云）告元帅,暂息雷霆之怒,略罢虎狼之威。听小人诉说一遍咱。我小人与公孙杵臼原无仇隙,只因元帅传下榜文,要将普国内小儿拘刷到帅府,尽行杀坏。我一来为救普国内小儿之命；二来小人四旬有五,近生一子,尚未满月。元帅军令,不敢不献出来,可不小人也绝后了？我想,有了赵氏孤儿,便不损坏一国生灵,连小人的孩儿也得无事,所以出首。（诗云）告大人暂停嗔怒,这便是首告缘故；虽然救普国生灵,其实怕程家绝户。（屠岸贾笑科,云）哦,是了。公孙杵臼原与赵盾一殿之臣,可知有这事来。令人,则今日点就本部下人马,同程婴到太平庄上,拿公孙杵臼走一遭去。（同下）（正末公孙杵臼上,[8] 云）老夫公孙杵臼是也。想昨日与程婴商议,救赵氏孤儿一事,今日他到屠岸贾府中首告去了。这早晚屠岸贾这厮必然来也呵。（唱）

【双调·新水令】我则见荡征尘飞过小溪桥,多管是损忠良贼徒来到。齐臻臻摆着士卒,[9] 明晃晃列着枪刀。眼见的我死在今朝,更避甚痛笞掠。[10]

（屠岸贾同程婴领卒子上,云）来到这吕吕太平庄上也。令人,与我围了太平庄者。程婴,那里是公孙杵臼宅院？（程婴云）则这个便是。（屠岸贾云）拿过那老匹夫来！公孙杵臼,你知罪么？（正末云）我不知罪。（屠岸贾云）我知你个老匹夫和赵盾是一殿之臣。你怎敢掩藏着赵氏孤儿?(正末云)老元帅,我有熊心豹胆?怎敢掩藏着赵氏孤儿!(屠岸贾云)不打不招。令人,与我拣大棒子着实打者!(卒子做打科)(正末唱)

【驻马听】想着我罢职辞朝,曾与赵盾名为刎颈交。(云)这事是谁见来?(屠岸贾云)现有程婴首告着你哩。(正末唱)是那个昧情出告?原来这程婴舌是斩身刀。(云)你杀了赵家满门良贱三百余口,则剩下这孩儿,你又要伤他性命。(唱)你正是狂风偏纵扑天雕,严霜故打枯根草。不争把孤儿又杀坏了,可着他三百口冤仇甚人来报?

(屠岸贾云)老匹夫!你把孤儿藏在那里?快招出来,免受刑法!(正末云)我有甚么孤儿藏在那里?谁见来?(屠岸贾云)你不招?令人,与我踩下去,着实打者!(做打科,屠岸贾云)这老匹夫赖肉顽皮,[11]不肯招承,可恼,可恼!程婴,这原是你出首的,就着替我行杖者元帅,小人是个草泽医士,撮药尚然腕弱,怎生行的杖?(屠岸贾云)程婴,你不行杖,敢怕指攀出你么?[13](程婴云)元帅,小人行杖便了。(做拿杖子科,屠岸贾云)程婴,我见你把棍子拣了又拣,只拣着那细棍子,敢怕打的他疼了,要指攀下你来?(程婴云)我就拿大棍子打者。(屠岸贾云)住者。你头里只拣着那细棍子打,如今你却拿起大棍子来,三两下打死了呵,你就做的个死无招对。(程婴云)着我拿细棍子又不是,拿大棍子又不是,好着我两下做人难也!(屠岸贾云)程婴,你只拿着那中等棍子打。公孙杵臼老匹夫,你可知道行杖的就是程婴么?(程婴行杖科,云)快招了者!(三科了)(正末云)哎哟,打了这一日,不似这几棍子打的我疼。是谁打我来?(屠岸贾云)是程婴打你来。(正末云)程婴,你剗的打我那元帅,打的这老头儿兀的不胡说哩。(正末唱)

【雁儿落】是那一个实丕丕将着粗棍敲?[15]打的来痛杀杀精皮掉。我和你狠程婴有甚的仇?却教我老公孙受这般虐!

(程婴云)快招了者。(正末云)我招,我招!(唱)

【得胜令】打的我无缝可能逃,有口屈成招。莫不是那孤儿他知道,故意的把咱家指定了。(程婴做慌科)(正末唱)我委实的难熬,尚兀自强着牙根儿闹。暗地里偷瞧,只见他早吓的腿脡儿摇。

(程婴云)你快招罢,省得打杀你。(正末云)有,有,有。(唱)

【水仙子】俺二人商议要救这小儿曹。(屠岸贾云)可知道指攀下来也。你说二人,一个是你了,那一个是谁?你实说将出来,我饶你的性命。(正末云)你要我说那一个?我说,我说。(唱)哎,一句话来到我舌尖上却咽了。(屠岸贾云)程婴,这桩事敢有你么?(程婴云)兀那老头儿,你休妄指平人。(正末云)程婴,你慌怎么?(唱)我怎生把你程婴道,似这般有上梢无下梢。[16](屠岸贾云)你头里说两个,你怎生这一会儿可说无了?(正末唱)只被你打的来不知一个颠倒。(屠岸贾云)你还不说,我就打死你个老匹夫!(正末唱)遮莫便打的我皮都绽,[17]肉尽销,休想我有半字儿攀着。

(卒子抱徕儿上科,[18]云)元帅爷贺喜,土洞中搜出个赵氏孤儿来了也。(屠岸贾笑科,云)将那小的拿近前来,我亲自下手,剁做三段。兀那老匹夫,你道无有赵氏孤儿,这个是谁?(正末唱)

【川拨棹】你当日演神獒,[19]把忠臣来扑咬。逼的他走死荒郊,刎死钢刀,缢死裙腰。将三百口全家老小,尽行诛剿,并没那半个儿剩落,还不厌你心苗。

(屠岸贾云)我见了这孤儿,就不由我不恼也!(正末唱)

【七弟兄】我只见他左瞧、右瞧,怒咆哮。火不腾改变了狰狞貌,按狮蛮拽扎起锦征袍,[20]把龙泉扯离出沙鱼鞘。[21]

（屠岸贾怒云）我拔出这剑来，一剑，两剑，三剑。（程婴做惊疼科，屠岸贾云）把这一个小业种剁了三剑，兀的不称了我平生所愿也!（正末唱）

【梅花酒】呀!见孩儿卧血泊。那一个哭哭号号，这一个怨怨焦焦，连我也战战摇摇。直恁般歹做作，[22]只除是没天道!呀，想孩儿离褥草，[23]到今日恰十朝。刀下处怎耽饶?空生长枉劬劳，[24]还说甚要防老!

【收江南】呀!兀的不是家富小儿骄。（程婴做掩泪科）（正末唱）见程婴心似热油浇，泪珠儿不敢对人抛。背地里搵了，没来由割舍的亲生骨肉吃三刀。

（云）屠岸贾那贼!你试觑者。上有天哩，怎肯饶过的你?我死打甚么不紧!（唱）

【鸳鸯煞】我七旬死后偏何老，[25]这孩儿一岁死后偏何小。俺两个一处身亡，落的个万代名标。[26]我嘱咐你个后死的程婴，休别了横亡的赵朔。[27]畅道是光阴过去的疾，[28]冤仇报复的早。将那厮万剐千刀，切莫要轻轻的素放了。[29]

（正末撞科，云）我撞阶基，觅个死处。（下）（卒子报科，云）公孙杵臼撞阶基身死了也。（屠岸贾笑科）那老匹夫既然撞死，可也罢了。（又笑科，云）程婴，这一桩里多亏了你。若不是你呵，如何杀的赵氏孤儿?（程婴云）元帅，小人原与赵氏无仇，一来救普国内众生，二来小人跟前也有个孩儿，未曾满月，若不搜的那赵氏孤儿出来，我这孩儿也无活的人也。（屠岸贾云）程婴，你是我心腹之人，不如只在我家中做个门客，抬举你那孩儿成人长大。在你跟前习文，送在我跟前演武。我也年近五旬，尚无子嗣，就将你的孩儿与我做个义儿。我借大年纪了，后来我的官位，也等你的孩儿讨个应袭。[30]你意下如何?（程婴云）多谢元帅抬举。（屠岸贾诗云）则为朝纲中独显赵盾，[31]不由我心中生忿。如今削除了这点萌芽，方才是永无后衅。[32]（同下）

【简注】

[1]剧情:故事叙述晋灵公武将屠岸贾仅仅因为自己与忠臣赵盾不和，并嫉妒身为驸马的赵盾之子赵朔，借口赵盾有谋害先君之嫌而借晋国公室之力将赵盾全家300余口尽皆诛杀，仅剩遗孤被程婴救出。屠岸贾下令将全国一月至半岁的婴儿全部杀尽，以绝后患。程婴遂与老臣公孙杵臼上演"偷天换日"之计，以牺牲公孙杵臼及程婴之子为代价，成功保住赵氏最后血脉。20年后，孤儿赵武长成，程婴绘图告之国仇家恨，武终报前仇。作品描写了忠正与奸邪的矛盾冲突，揭露了权奸的凶残本质，歌颂了为维护正义舍己为人的高贵品质，气势悲壮，感人肺腑。本文选自《赵氏孤儿》第三折。　[2]榜文:告示。　[3]拘刷:谓全部收禁、收缴或扣留。　[4]首告:告发别人的犯罪行为。　[5]兀那厮:指对人轻视的称呼。　[6]草泽医士:相当于江湖郎中。草泽:指荒野之地。　[7]吕吕:小小。吕:"膂"古字，意为脊梁骨，这里用法同"项脊轩"之"项脊"。太平庄:公孙杵臼住处。　[8]末:男角。元杂剧中的正末是剧中的男性主角。　[9]齐臻臻:整齐貌。　[10]笞掠:拷打。　[11]赖肉顽皮:指品行不端、无赖狡诈。　[12]行杖:执行杖刑，即挥舞棍棒殴打。　[13]指攀:招供时攀扯牵连别人。　[14]剗（chǎn）的:怎的，怎地。　[15]实丕丕:实实在在。　[16]有上梢无下梢:喻做事有始无终。　[17]遮莫:随它，任由，即使，无妨的意思。　[18]俫儿:元杂剧中之小孩角色。　[19]神獒:猛犬。　[20]狮蛮:古代武官腰带钩上饰有狮子、蛮王的形象，因以指武官腰带。　[21]龙泉:古代宝剑名。　[22]做作:是指故意做出某种不自然的表情架势和腔调。　[23]褥（rù）草:睡觉时垫在身体下面的东西。此处犹言"褥褓"。　[24]劬劳:劳苦、苦累的意思，特指父母抚养儿女的劳累。　[25]偏何:为什么。　[26]标:写明。名标:即名字写进史册。　[27]横亡:横死，遭横祸而死。　[28]畅道是:真是，正是。　[29]素放:白白放过，随便释放。　[30]应袭:承袭，沿袭。　[31]朝纲:指朝廷的法纪。　[32]后衅:后患。

【浅释】

第三折灭孤和救孤两股势力正面交锋，为本剧高潮。

程婴首告公孙藏孤,是开端。程婴从容进言,应对得体,终于骗得奸贼信任。屠贼带人进庄灭孤,是发展高潮。屠岸贾令程婴杖责公孙,以甄别首告真伪,察其是否同谋,步步进逼,多方刁难。程婴进退维谷,深陷矛盾漩涡之中,为了救孤大义,不得不执杖屈打忠良。公孙在肉体上遭受残酷刑罚,程婴在精神上忍受惨烈煎熬,两位忠良若无清醒理智和坚强毅力势必难以过关。公孙受刑不过开始恍惚失言,救孤之计险些流产;孤儿替身(程婴亲子)被搜将出来,立即被屠贼三剑砍为四段。在严峻考验面前,程婴坚毅沉着,强忍极度悲痛,不露丝毫破绽。公孙撞阶以死存孤,是结局。一个舍子,一个舍命,忠义之士为"救孤"付出沉重代价,其慷慨赴义、自我牺牲精神令百代景仰。

这段戏善作惊人之笔,波澜迭起,惊心动魄,确为写高潮的经典。

【习题】

1. 试分析《赵氏孤儿》第三折所展示的矛盾冲突。
2. 以本折为例,谈谈程婴外柔内刚的悲剧形象。
3.《赵氏孤儿》被古人誉为"雪里梅花",谈谈你对此评的理解。

西厢记·送别[1]

王实甫

> 王实甫(1260—1336),字德信,大都(今北京)人,元代杂剧作家。早年曾经为官,宦途坎坷,晚年弃官归隐,出入于勾栏瓦舍,吟风弄月,纵游园林,并开始戏剧创作。一生共创作了14部杂剧,今仅存《西厢记》《破窑记》《丽春园》等十三种。《西厢记》是王实甫的代表作,在戏剧结构、矛盾冲突、人物塑造等方面,都取得了很高的艺术成就,无论是思想性,还是艺术性都达到了元杂剧的高峰,被称为杂剧之冠。还有少量散曲流传:有小令1首,套曲3种(其中有一残套),小令《别情》较有特色,词采旖旎,情思委婉,与《西厢记》的曲词风格相近。

(夫人、长老上云)[2]今日送张生赴京,十里长亭安排下筵席。[3]我和长老先行,不见张生、小姐来到。

(旦末红同上)(旦云)今日送张生上朝取应,[4]早是离人伤感,况值那暮秋天气,好烦恼人也呵!悲欢聚散一杯酒,南北东西万里程。

【正宫】【端正好】碧云天,黄花地,西风紧,北雁南飞。晓来谁染霜林醉?[5]总是离人泪。

【滚绣球】恨相见得迟,怨归去得疾。柳丝长玉骢难系,[6]恨不倩疏林挂住斜晖。马儿迍迍的行,[7]车儿快快的随,却告了相思回避,破题儿又早别离。[8]听得道一声"去也",松了金钏;[9]遥望见十里长亭,减了玉肌。[10]此恨谁知!

(红云)姐姐,今日怎么不打扮?(旦云)你那知我的心里呵!

【叨叨令】见安排着车儿、马儿,不由人熬熬煎煎的气;有甚么心情花儿、靥儿,打扮得娇娇滴滴的媚;[11]准备着被儿、枕儿,则索昏昏沉沉的睡;[12]从今后衫儿、袖儿,都揾做重重叠叠的泪。兀的不闷杀人也么哥，[13]兀的不闷杀人也么哥！久已后书儿、信儿，索与我帧帧惶惶的寄。[14]

（做到见夫人科）（夫人云）张生和长老坐，小姐这壁坐，红娘将酒来。张生，你向前来，是自家亲眷，不要回避。俺今日将莺莺与你，到京师休辱末了俺孩儿，挣揣一个状元回来者。[15]（末云）小生托夫人余荫，[16]凭着胸中之才，视官如拾芥耳。[17]（洁云）[18]夫人主见不差，张生不是落后的人。（把酒了，坐）（旦长吁科）

【脱布衫】下西风黄叶纷飞，染寒烟衰草萋迷。[19]酒席上斜签着坐的，蹙愁眉死临侵地。[20]

【小梁州】我见他阁泪汪汪不敢垂，[21]恐怕人知；猛然见了把头低，长吁气，推整素罗衣。[22]

【幺篇】[23]虽然久后成佳配，奈时间怎不悲啼。[24]意似痴，心如醉，昨宵今日，清减了小腰围。

（夫人云）小姐把盏者。（红递酒，旦把盏长吁科云）请吃酒！

【上小楼】合欢未已，离愁相继。想着俺前暮私情，昨夜成亲，今日别离。我谂知这几日相思滋味，[25]却原来此别离情更增十倍。

【幺篇】年少呵轻远别，情薄呵易弃掷。全不想腿儿相挨，脸儿相偎，手儿相携。你与俺崔相国做女婿，妻荣夫贵，[26]但得一个并头莲，煞强如状元及第。[27]

（夫人云）红娘把盏者。（红把酒科）（旦唱）

【满庭芳】供食太急，须臾对面；顷刻别离。若不是酒席间子母每当回避，有心待与他举案齐眉。[28]虽然是厮守得一时半刻，也合着俺夫妻每共桌而食。[29]眼底空留意，寻思起就里，险化做望夫石。[30]

（红云）姐姐不曾吃早饭，饮一口儿汤水。（旦云）红娘，甚么汤水咽得下！

【快活三】将来的酒共食，尝着似土和泥。假若便是土和泥，也有些土气息、泥滋味。

【朝天子】暖溶溶玉醅，白泠泠似水，[31]多半是相思泪。眼面前茶饭怕不待要吃，[32]恨塞满愁肠胃。蜗角虚名，蝇头微利，[33]拆鸳鸯在两下里。一个这壁，一个那壁，一递一声长吁气。

（夫人云）辆起车儿，[34]俺先回去，小姐随后和红娘来。（下）（末辞洁科）（洁云）此一行别无话儿，贫僧准备买登科录看，[35]做亲的茶饭少不得贫僧。先生在意，鞍马上保重者。从今经忏无心礼，专听春雷第一声。[36]（下）（旦唱）

【四边静】霎时间杯盘狼籍，车儿投东，马儿向西，两意徘徊，落日山横翠。知他今宵宿在那里？在梦也难寻觅。

（旦云）张生，此一行得官不得官，疾便回来。（末云）小生这一去，白夺一个状元。[37]正是：青霄有路终须到，金榜无名誓不归。[38]（旦云）君行别无所赠，口占一绝，为君送行：[39]弃掷今何在，当时且自亲。还将旧来意，怜取眼前人。（末云）小姐之意差矣，张珙更敢怜谁？谨赓一绝，以剖寸心：[40]人生长远别，孰与最关亲？不遇知音者，谁怜长叹人？[41]（旦唱）

【耍孩儿】淋漓襟袖啼红泪，比司马青衫更湿。[42]伯劳东去燕西飞，[43]未登程先问归期。虽然眼底人千里，且尽生前酒一杯。未饮心先醉，眼中流血，心内成灰。

【五煞】到京师服水土，趁程途节饮食，顺时自保揣身体。[44]荒村雨露宜眠早，野店风霜要起迟。鞍马秋风里，最难调护，最要扶持。[45]

【四煞】这忧愁诉与谁？相思只自知，老天不管人憔悴。泪添九曲黄河溢，恨压三峰华岳低。[46]到晚来闷把西楼倚，见了些夕阳古道，衰柳长堤。

【三煞】笑吟吟一处来，哭啼啼独自归。归家若到罗帏里，昨宵个绣衾香暖留春住，[47]今夜个翠被生寒有梦知。留恋你别无意，见据鞍上马，阁不住泪眼愁眉。

（末云）有甚言语，嘱咐小生咱？（旦唱）

【二煞】你休忧文齐福不齐，[48]我则怕你停妻再娶妻。休要一春鱼雁无消息，我这里青鸾有信频须寄，[49]你却休金榜无名誓不归。此一节君须记：若见了那异乡花草，再休似此处栖迟。[50]

（末云）再谁似小姐，小生又生此念？（旦唱）

【一煞】青山隔送行，疏林不做美，淡烟暮霭相遮蔽。夕阳古道无人语，禾黍秋风听马嘶。我为甚么懒上车儿内？来时甚急，去后何迟！

（红云）夫人去好一会，姐姐，咱家去！（旦唱）

【收尾】四围山色中，一鞭残照里。遍人间烦恼填胸臆，量这些大小车儿如何载得起？[51]

（旦红下）（末云）仆童，赶早行一程儿，早寻个宿处。泪随流水急，愁逐野云飞。（下）

【简注】

[1]剧情：唐贞元中，书生张珙（张生）游于蒲州，寄宿普救寺。适崔相国夫人携女莺莺扶相国灵柩回家乡安葬，途经普救寺，也借宿于此。一日，张生游佛殿与莺莺相遇，两人一见倾心。时蒲州孙飞虎起兵作乱，包围了普救寺，欲夺莺莺为压寨夫人。老夫人在危急之中许下诺言，谁能破贼解围得娶莺莺为妻。张生请镇守潼关的好友白马将军杜确率兵前来相救，解了普救寺之围。不料老夫人出尔反尔，只许张生与莺莺以兄妹相称。张生害了相思病，莺莺侍女红娘暗中帮助传递书简，安排两人私下幽会。事发后老夫人拷问红娘，受到红娘反责。夫人出于无奈，只得答崔张婚事，但又以崔家三代不招白衣婿为由逼张生赴京应试。后张生应试及第，终与莺莺成亲。本文选自《西厢记》第四本第三折。　　[2]长老：指普救寺的法本。[3]筵（yán）席：原指宴饮时所设的座位，后泛指酒席。　　[4]取应：参加科举考试。　　[5]霜林醉：枫林经霜而红，如同人酒醉脸红。　　[6]玉骢（cōng）：毛色青白相杂的马，今名菊花青。　　[7]迍迍（zhūn）：慢慢，行动迟缓的样子。　　[8]"却告"两句：意谓才结束相思，又开始别离。破题儿：古时诗赋的起首几句为破题，此处喻开端、起始、第一次。　　[9]松了金钏（chuàn）：形容因忧愁而肌肤消瘦。金钏：金子做的镯子。　　[10]减了玉肌：言分离之苦，使人瞬间消瘦。　　[11]靥（yè）儿：靥钿，古代妇女面颊上的装饰物。靥：嘴边的酒窝。[12]则索：只得，只好如此。　　[13]兀的不：怎不，表反问语气。　　[14]凄凄惶惶：赶紧的意思。　　[15]挣揣：争取、夺得的意思。　　[16]余荫：原指树林枝叶广大的底阴。比喻前辈惠及子孙的恩泽。　　[17]视官如拾芥：比喻求取功名非常容易。芥：小草。　　[18]洁：洁郎。元代时期称呼僧人为洁郎，此指普救寺的长老法本。　　[19]萋迷：迷茫。　　[20]斜签：侧身半坐，封建时代晚辈在长辈面前不能实坐。签：插。蹙（cù）：皱（眉头），收缩。死临侵地：形容发痴发呆，无精打采的样子。　　[21]阁泪：含着眼泪，忍住眼泪。阁，通"搁"。[22]推整素罗衣：意谓着装整理衣裳。推：借口，这里有假装的意思。　　[23]幺篇：按原曲调重复唱一遍。这里指重复[小梁州]曲。下文"幺篇"与此相同。　　[24]奈时间：无奈眼前这个时候。时间：目前，眼下。[25]谂（shěn）知：知道，了解，劝告，思念。　　[26]妻荣夫贵：此处反用"夫荣妻贵"之意，意谓张生作相国女婿因妻而贵，当以夫妻恩情为重，世俗功名为轻。　　[27]并头莲：并开的莲花，比喻两情相守，今称为"并蒂莲"。煞强如：远远胜过。及第：科举时代考试中选，特指考进士，明清两代只用于殿试前三名。　　[28]举案齐眉：此处指恩爱夫妻。案：有脚的托盘。东汉梁鸿之妻，为丈夫端上食物时，把托盘高举与眉齐，后世常用以比喻夫妻相敬如宾。　　[29]厮守：相守，相聚。也合着：也该教。　　[30]眼底空留意：只能以目传情。就里：内情，底细。望夫石：民间传说，有一位丈夫出门远行，妻子整日站立在山上，盼着丈夫归来。因等待时间久长，她便化成了石头。　　[31]暖溶溶：形容酒温热而多的样子。溶溶：多的样子。玉醅（pēi）：美酒的意思。醅：指未经过滤的酒。泠泠（líng）：清澈的样子。　　[32]怕不待：难道不，岂不。　　[33]蜗角虚名、蝇头微利：形容微不足道的虚名小利。蜗角：蜗牛的触角，比喻微小之地。典出《庄子·则阳》。　　[34]辆：动词，驾好，套好（车子）。　　[35]登科录：科举考试后登载录取进士姓名的名册。　　[36]经忏：指佛经。忏：为人忏悔所诵的经文。礼：念诵。春雷第一声：比喻中状元的捷报。进士试于春天二月举行，故称中第消息为春雷第一声。　　[37]白夺：势必夺得，轻而易举地取得。　　[38]"青霄"两句：此为当时成语。青霄：蓝天高空，

喻科举中第。　[39]口占一绝:随口做成一首绝句诗。　[40]赓:(gēng):继续,连续。寸心:指心中,心里;小小心意,小意思。　[41]知音者:指崔莺莺。长叹人:张生自指。　[42]红泪:指女子流泪的意思。语出《拾遗记》,魏文帝时有个少女薛灵芸被选入宫,泣别父母,用玉壶装着她的眼泪,壶就现出红色,不久泪凝如血。后人就称女子悲啼的眼泪为红泪。比司马青衫更湿:形容心情比被贬谪江州的白居易与沦落的琵琶女更伤心。　[43]伯劳东去燕西飞:比喻两人分离,此句化用古乐府"东风伯劳西飞燕"。伯劳:鸟的名称。　[44]趁途程:赶路程。顺时保揣:适应季节变化,注意保重身体。　[45]调护:调养护理。　[46]"泪添"两句:黄河因添离泪而满溢出来,华山因离恨所压而低。此处用来形容离泪之多与离恨之深。华岳三峰:华山三峰,指的是莲花峰、毛女峰、松桧峰。　[47]罗帏:罗帐。绣衾:绣被。　[48]文齐福不齐:谓文章足以登第而命运不济,考试不中。为当时成语。　[49]一春鱼雁无消息:谓一去没有消息。青鸾:古代传说中能报信的青鸟,传说青鸾是西王母驾临前的信使。此代指传送信息的信者。　[50]异乡花草:喻他乡美貌女子。栖迟:停留,眷恋,沉醉的意思。　[51]胸臆:心,心里;指心里的话或想法。大小:指大大小小的烦恼。

【浅释】

此折历来被誉为写离愁别恨的绝唱。

作品以秋境衬离情,将分赴长亭、长亭离筵、长亭叙别三个场景融为一体。前三曲为第一层,描写途中的离愁别绪。[端正好]寓情于景,烘托浓重的离愁。[滚绣球]以"恨"为眼,展露惜别的缠绵。[叨叨令]直抒胸臆,透出复杂的隐情,笔探肺腑,词蕴浓情。中八曲为第二层,描写席间的忧伤怨恨。[脱布衫][小梁州]一副笔墨描写两人,外在情态、心底微澜毕现。[上小楼][满庭芳]表现莺莺珍视爱情,鄙薄功名,反抗情绪由隐而显。[快活三][朝天子]写莺莺对封建礼教和科举功名的怨恨,叛逆性格逐渐升华。后八曲为第三层,描写话别的缱绻深情。莺莺万感交集、依恋、痛苦、怨恨、爱怜、忧虑,种种复杂情感郁积于心。最后两曲刻画莺莺怅望情景,景随人远,情随恨长,含意无穷。

心灵摹写细腻,情景妙合无垠,曲词华美生动,斯为艺术魅力所在。

【习题】

1.请结合《送别》,谈谈你对《西厢记》反封建主题的认识。
2.试分析《送别》中女主人公崔莺莺的艺术形象。
3.试分析本文所运用的情景交融的艺术手法。

牡丹亭·惊梦[1]

汤显祖

汤显祖(1550—1616),字义仍,号若士,又号清远道人,江西临川(今江西抚州)人,明代戏曲作家。不仅精于古代诗词,而且能通天文地理、医药卜筮诸书。汤显祖的主要创作成就在戏曲方面,在文学思想上与公安派反复古思潮相呼应,提出创作首先要"立意"的主张,把思想内容放在首位,将"情"与"理"放在对立地位上,伸张情的价值而反对以理格情。剧作现存主要有五种,代表作是《牡丹亭》(又名《还魂记》),它和《邯郸记》《南柯记》《紫钗记》合称"玉茗堂四梦",又名"临川四梦"。《牡丹亭》文辞以典丽著称,问世后盛行一时,使许多人为之倾倒。有诗文、戏曲集《汤显祖集》传世。

【绕地游】(旦上)梦回莺啭,乱煞年光遍。[2]人立小庭深院。(贴)炷尽沉烟,[3]抛残绣线,恁今春关情似去年?　[乌夜啼](旦)晓来望断梅关,[4]宿妆残,[5](贴)你侧著宜春髻子恰凭阑。[6](旦)剪不断,理还乱,闷无端。(贴)已吩咐催花莺燕借春看。(旦)春香,可曾叫人扫除花径?(贴)吩咐了。(旦)取镜台衣服来。(贴取镜台衣服上)云髻罢梳还对镜,[7]罗衣欲换更添香。[8]镜台衣服在此。

【步步娇】(旦)袅晴丝吹来闲庭院,[9]摇漾春如线。停半晌、整花钿。[10]没揣菱花,[11]偷人半面,迤逗的彩云偏。[12](行介)步香闺怎便把全身现!(贴)今日穿插的好。[13]

【醉扶归】(旦)你道翠生生出落的裙衫儿茜,[14]艳晶晶花簪八宝填,[15]可知我常一生儿爱好是天然。[16]恰三春好处无人见,[17]不提防沉鱼落雁鸟惊喧,[18]则怕的羞花闭月花愁颤。

(贴)早茶时了,请行。(行介)你看:画廊金粉半零星,池馆苍苔一片青。踏草怕泥新绣袜,[19]惜花疼煞小金铃。[20](旦)不到园林,怎知春色如许!

【皂罗袍】原来姹紫嫣红开遍,[21]似这般都付与断井颓垣。[22]良辰美景奈何天,赏心乐事谁家院!恁般景致,我老爷和奶奶,再不提起。(合)朝飞暮卷,[23]云霞翠轩;[24]雨丝风片,烟波画船!锦屏人忒看的这韶光贱![25]

(贴)是花都放了,那牡丹还早。

【好姐姐】(旦)遍青山啼红了杜鹃,[26]荼蘼外烟丝醉软。[27]春香呵,牡丹虽好,他春归怎占的先!(贴)成对儿莺燕呵。(合)闲凝眄,[28]生生燕语明如剪,[29]呖呖莺歌溜的圆。[30]

(旦)去罢。(贴)这园子委是观之不足也。(旦)提他怎的!(行介)

【隔尾】观之不足由他缱,[31]便赏遍十二亭台是枉然。倒不如兴尽回家闲过遣。[32]

(作到介)(贴)"开我西阁门,展我东阁床。瓶插映山紫,[33]炉添沉水香。"小姐,你歇息片时,俺瞧老夫人去也。(下)(旦叹介)"默地游春转,小试宜春面。"春呵,得和你两留连,春去如何遣?咳,恁般天气,好困人也。春香那里?(作左右瞧介)(又低首沉吟介)天呵,春色恼人,信有之乎!常观诗词乐府,古之女子,因春感情,遇秋成恨,诚不谬矣。吾今年已二八,未逢折桂之夫;忽慕春情,怎得蟾宫之客?昔日韩夫人得遇于郎,[34]张生偶逢崔氏,[35]曾有《题红记》《崔徽传》二书。[36]此佳人才子,前以密约偷期,后皆得成秦晋。[37](长叹介)吾生于宦族,长在名门,年已及笄,[38]不得早成佳配,诚为虚度青春,光阴如过隙耳。(泪介)可惜妾身颜色如花,岂料命如一叶乎!

【山坡羊】没乱里春情难遣,[39]蓦地里怀人幽怨。则为俺生小婵娟,拣名门一例、一例里神仙眷。甚良缘,把青春抛的远!俺的睡情谁见?则索因循腼腆。[40]想幽梦谁边,和春光暗流转?迁延,这衷怀那处言!淹煎,泼残生,[41]除问天!

身子困乏了,且自隐几而眠。(睡介)(梦生介)(生持柳枝上)"莺逢日暖歌声滑,人遇风晴笑口开。一径落花随水入,今朝阮肇到天台。[42]"小生顺路儿跟著杜小姐回来,怎生不见?(回看介)呀,小姐,小姐!(旦作惊起相见介)(生)小姐,小生那一处不寻访小姐来,却在这里!(旦作斜视不语介)(生)恰好花园内,折取垂柳半枝。姐姐,你既淹通书史,可作诗以赏此柳枝乎?(旦作惊喜欲言又止介)(背云)这生素昧平生,何因到此?(生笑介)小姐,咱爱杀你哩!

【山桃红】则为你如花美眷,似水流年,是答儿闲寻遍。[43]在幽闺自怜。小姐,和你那答儿讲话去。(旦作含笑不行)(生作牵衣介)(旦低问)那边去?(生)转过这芍药栏前,紧靠著湖山石边。(旦低问)秀才,去怎的?(生低答)和你把领扣松,衣带宽,袖梢儿揾著牙儿苫也,则待你忍耐温存一晌眠。(旦作羞)(生前抱)(旦推介)(合)是那处曾相见,相看俨然,早难道这好处相逢无一言?[44]

（生强抱旦下）（末扮花神束发冠，红衣插花上）"催花御史惜花天，[45]检点春工又一年。蘸客伤心红雨下，[46]勾人悬梦彩云边。"吾乃掌管南安府后花园花神是也。因杜知府小姐丽娘，与柳梦梅秀才，后日有姻缘之分。杜小姐游春感伤，致使柳秀才入梦。咱花神专掌惜玉怜香，竟来保护他，要他云雨十分欢幸也。

【鲍老催】（末）单则是混阳蒸变，看他似虫儿般蠢动把风情搧。[47]一般儿娇凝翠绽魂儿颤。这是景上缘，想内成，因中见。[48]呀，淫邪展污了花台殿。[49]咱待拈片落花儿惊醒她。（向鬼门丢花介[50]）她梦酣春透了怎留连？拈花闪碎的红如片。秀才才到的半梦儿，梦毕之时，好送杜小姐仍归香阁。吾神去也。（下）

【山桃红】（生、旦携手上）（生）这一霎天留人便，草藉花眠。小姐可好？（旦低头介）（生）则把云鬟点，红松翠偏。小姐休忘了呵，见了你紧偎，慢厮连，恨不得肉儿般团成片也，逗的个日下胭脂雨上鲜。（旦）秀才，你可去呵？（合）是那处曾相见，相看俨然，早难道这好处相逢无一言？

（生）姐姐，你身子乏了，将息，将息。（送旦依前作睡介）（轻拍旦介）姐姐，俺去了。（作回顾介）姐姐，你好十分将息，我再来瞧你那。"行来春色三分雨，睡去巫山一片云。"（下）（旦作惊醒，低叫介）秀才，秀才，你去了也？（又作痴睡介）（老旦上）"夫婿坐黄堂，娇娃立绣窗。怪他裙钗上，花鸟绣双双。"孩儿，孩儿，你为甚瞌睡在此？（旦作醒，叫秀才介）咳也。（老旦）孩儿怎的来？（旦作惊起介）奶奶到此！（老旦）我儿，何不做些针指，或观玩书史，舒展情怀？因何昼寝于此？（旦）孩儿适花园中闲玩，忽值春喧恼人，故此回房。无可消遣，不觉困倦少息。有失迎接，望母亲恕儿之罪。（老旦）这后花园中冷静，少去闲行。（旦）领母亲严命。（老旦）孩儿，学堂看书去。（旦）先生不在，且自消停。（老旦叹介）女孩家长成，自有许多情态，且自由他。正是："宛转随儿女，辛勤做老娘。"（下）（旦长叹介）（看老旦下介）哎也，天哪，今日杜丽娘有些侥幸也。偶到后花园中，百花开遍，睹景伤情。没兴而回，昼眠香阁。忽见一生，年可弱冠，[51]丰姿俊妍。于园中折得柳丝一枝，笑对奴家说："姐姐既淹通书史，何不将柳枝题赏一篇？"那时待要应他一声，心中自忖，素昧平生，不知名姓，何得轻与交言。正如此想间，只见那生向前说了几句伤心话儿，将奴搂抱去牡丹亭畔，芍药阑边，共成云雨之欢。两情和合，真个是千般爱惜，万种温存。欢毕之时，又送我睡眠，几声"将息"。正待自送那生出门，忽值母亲来到，唤醒将来。我一身冷汗，乃是南柯一梦。[52]忙身参礼母亲，又被母亲絮了许多闲话。奴家口虽无言答应，心内思想梦中之事，何曾放怀。行坐不宁，自觉如有所失。娘呵，你教我学堂看书去，知他看那一种书消闷也。（作掩泪介）

【绵搭絮】（旦）雨香云片，[53]才到梦儿边。无奈高堂，唤醒纱窗睡不便，泼新鲜冷汗粘煎，闪的俺心悠步亸，[54]意软鬟偏。不争多费尽神情，[55]坐起谁忺？[56]则待去眠。

（贴上）"晚妆销粉印，春润费香篝。[57]"小姐，熏了被窝睡罢。

【尾声】（旦）因春心游赏倦，也不索香熏绣被眠。天呵，有心情那梦儿还去不远。

春望逍遥出画堂，（张说）　闲梅遮柳不胜芳。（罗隐）
可知刘阮逢人处？（许浑）　回首东风一断肠。（韦庄）

【简注】

[1]剧情：南安太守杜宝之女杜丽娘才貌端妍，一日走出书斋去后花园寻春，归来昏睡中梦见一书生持半枝垂柳前来求爱，两人在牡丹亭畔幽会。她从此愁闷消瘦，一病不起，弥留之际要求母亲把她葬在花园梅树下，嘱咐春香将其自画像藏进太湖石底，死后家人遵从遗愿安葬并修建"梅花庵观"。三年后，贫寒书生柳

梦梅赴京应试,借宿梅花庵观中,在太湖石下拾得杜丽娘画像,发现杜丽娘就是他往常梦中见到的佳人。杜丽娘魂游后园,和柳梦梅再度幽会。柳梦梅掘墓开棺,杜丽娘起死回生,两人结为夫妻,前往临安。柳梦梅在临安应试后,受杜丽娘之托,送家信传报还魂喜讯,结果被杜宝囚禁。纠纷闹到皇帝面前,杜丽娘和柳梦梅才正式缔结良缘。本文选自《牡丹亭》第十出。　[2]乱煞年光遍:缭乱的春光到处都是。　[3]炷:燃烧。沉烟:沉香木所制的烟,熏用的香料。　[4]梅关:即大庾岭,宋代在这里设有梅关。位于本故事发生地南安府之南。　[5]宿妆:隔夜的残妆。　[6]宜春髻子:相传旧时逢立春日,妇女剪彩绸为燕子形,上贴"宜春"二字,戴在发髻上。　[7]云髻:发髻卷曲如云。　[8]更添香:再熏些香料。　[9]晴丝:游丝,飞丝,也即下文所说的烟丝。虫类所吐的丝缕,常在空中飘游。　[10]花钿:古代妇女鬓发两边插戴的花朵形首饰。　[11]没揣:料想不到。菱花:镜子,古时用铜磨光制镜,背面所铸花纹一般为菱花,因此称菱花镜,或用菱花作镜子的代称。　[12]迤逗:引惹,挑逗。彩云:妇女发髻的美称。　[13]穿插:穿戴。穿是对衣服而言,插是对首饰而言。　[14]翠生生:极言色彩鲜艳。出落:显现,衬托。茜(qiàn):茜红色。　[15]艳晶晶:光彩灿烂夺目。花簪八宝填:嵌饰着各种珍宝的髻子。填:镶嵌。　[16]爱好:爱美。天然:天性使然。　[17]三春好处:比喻自己的青春美貌。三春:旧称农历正月为孟春,二月为仲春,三月为季春,合称"三春"。　[18]沉鱼落雁:小说戏曲中常用来形容女子的美貌。意为鱼、雁见到其美色均自愧不如,或沉到水底,或自空落下。下文"羞花闭月"意同。　[19]泥:玷污,用作动词。　[20]"惜花"句:化用《开元天宝遗事》宁王于后园密缀金铃惊鸟护花事。为惜花常掣铃,连小金铃都被弄得痛极了,这是夸张的说法。　[21]姹紫嫣红:指各色娇艳绚丽的鲜花。　[22]断井颓垣:枯竭的井,倒塌的墙。这里指破败冷落的庭院。　[23]朝飞暮卷:化用唐王勃《滕王阁诗》"画栋朝飞南浦云,珠帘暮卷西山雨"诗意,形容亭台楼阁高旷壮丽。　[24]翠轩:华丽的楼台亭阁。　[25]锦屏人:被阻隔在闺房画屏中的人,即深闺中的女子。忒(tuī):太,过于。韶光:春光。　[26]啼红了杜鹃:开遍了红色的杜鹃花,用杜鹃啼血的传说。　[27]荼蘼:蔷薇科落叶灌木,晚春时开白花。醉软:形容花晕游丝柔曲飘忽。　[28]凝眄(miǎn):斜眼注视。　[29]生生:叫声清脆。　[30]呖呖:清脆流利。　[31]缱:缠绵,留恋。　[32]过遣:过话,打发日子。　[33]映山紫:杜鹃花的一种。　[34]韩夫人得遇于郎:唐人传奇故事,唐僖宗时,宫女韩氏以红叶题诗,从御沟中流出,被于佑拾到。于佑也以红叶题诗,投入沟水的上流,寄给韩氏,后来两人结为夫妇。　[35]张生偶逢崔氏:即张生和崔莺莺的爱情故事。　[36]《题红记》:汤显祖的友人王骥德曾以红叶题诗故事为题材写成《题红记》。《崔徽传》:妓女和裴敬中相爱,分别之后不再相见,崔徽请画工画了一幅像,托人带给裴敬中说:"崔徽一旦不及卷中人,徽且为郎死矣。"这里《崔徽传》疑是《莺莺传》笔误。　[37]得成秦晋:得成夫妇。春秋时代,秦晋两国世代联姻,后世称联姻为"秦晋"。　[38]及笄:古代女子15岁开始以笄(簪)束发,叫"及笄"。意指女子已成年,到了婚配的年龄。　[39]没乱里:形容心绪很乱。　[40]索:要,须。腼腆:害羞。　[41]淹煎:受熬煎,遭折磨。泼残生:苦命儿。泼:表示厌恶。　[42]阮肇到天台:见到爱人。传说晋代刘晨和阮肇入天台山采药,迷了路,后遇着两位仙女,双双配偶成亲。　[43]是答儿:到处。是:凡。下文"那答儿",即那边。　[44]早难道:难道,语气较"难道"强。　[45]催花御史:传说,唐穆宗爱花,当宫中花开时,用帐幕张挂在栏槛上替花挡风,并专设惜花御史掌管这事。　[46]蘸:指红雨(落花)粘在人身上。　[47]"单则是"两句:形容幽会。　[48]景上缘,想内成,因中见:指佛家的观点,柳杜两人的爱情不过是幻影(景)上的姻缘,它在意念里形成,在特定的机遇中呈现(见),是虚幻的、短暂的、易逝的。　[49]展污:玷污,弄脏。　[50]鬼门:戏台上演员上下场的门。　[51]弱冠:古代男子20岁行冠礼,从此头上戴冠,标志已成年。　[52]南柯一梦:唐人传奇故事:淳于棼梦见自己被大槐安国国王招为驸马,做南柯太守,历尽种种富贵荣华,人世浮沉。醒来才发现槐安国不过是大槐树下的一个蚁穴,而南柯郡则是南面树枝下的另一个蚁穴。南柯,后来被用作梦的代称。　[53]雨香云片:云雨,指梦中的幽会。　[54]心悠步亸(duǒ):心里发虚,脚步歪斜,是内心惊慌的表现。亸:偏斜,下垂。　[55]不争多:差不多,几乎。　[56]忺(xiān):安适,惬意。　[57]香篝:即熏笼,用来熏香或烘干衣服。

【浅释】

　　《牡丹亭》写了一场"生死恋","情"是剧本的全部纲领。

全剧共五十五出，写杜丽娘因情而梦，因梦而死，死而复生，终成眷属的过程。《惊梦》是全剧最重要的一出，它由两套曲子组成：前者为游园，后者为惊梦，二者是一个整体，无"游园"则无从言"惊梦"，无"惊梦"则便无须"游园"。游园生情—因情感梦—因梦而惊，这是杜丽娘由深闺走进春天过程中感情起落发展的"三部曲"。园中游春，叹"良辰美景、赏心乐事"，青春意识被彻底唤醒。游园归来，悲"颜色如花，命如一叶"，对爱情已生强烈渴望。梦里幽会，"千般爱惜，万种温存"，爱情冲动几近惊世骇俗。惊觉之后，"心悠步軃，意软鬟偏"，仍不甘"如花美眷"理想的破灭。为剧本以后的情节发展做了铺垫。

《惊梦》明写春景，暗寓春情，含蓄委婉，水乳交融。十二支曲词情韵浓烈、美艳如花，令人读之心动神摇。

【习题】

1. 有人认为《牡丹亭》的所有情节都围绕《惊梦》而存在，你怎么看？
2. 《惊梦》对人物微妙的心理活动描写相当细腻，请试做分析。
3. 《惊梦》曲词语言华美，抒情色彩极浓，请结合作品加以说明。

长生殿·惊变[1]

洪昇

> 洪昇(1645—1704)，字昉思，号稗畦，浙江钱塘(今浙江杭州)人，清代戏曲作家。著有诗集《稗畦集》《稗畦续集》《啸月楼集》等，多是纪游、赠人和感怀之作。散曲透露出潇洒恬淡的情怀，造辞遣句，清新秀逸。洪昇致力于戏剧创作，在《长生殿》之前写过不少剧本，现仅存杂剧《四婵娟》。代表作《长生殿》以李隆基和杨玉环的故事作为情节线索，广泛地展开了对当时社会、政治的描绘，借李杨爱情写兴亡之感，寓"乐极哀来，垂戒来世"之意。该剧作在艺术表现上达到了清代戏曲创作的最高水平。

（丑上）"玉楼天半起笙歌，风送宫嫔笑语和。月殿影开闻夜漏，水晶帘卷近秋河。"咱家高力士，[2]奉万岁爷之命，着咱在御花园中安排小宴。要与贵妃娘娘同来游赏，只得在此伺候。（生、旦乘辇，[3]老旦、贴随后，二内侍引，行上）

【北中吕粉蝶儿】天淡云闲，列长空数行新雁。御园中秋色斓斑：柳添黄，苹减绿，红莲脱瓣。一抹雕阑，[4]喷清香桂花初绽。

（到介）（丑）请万岁爷娘娘下辇。（生、旦下辇介）（丑同内侍暗下）（生）妃子，朕与你散步一回者。（旦）陛下请。（生携旦手介）（旦）

【南泣颜回】携手向花间，暂把幽怀同散。凉生亭下，风荷映水翩翻。爱桐阴静悄，碧沉沉并绕回廊看。恋香巢秋燕依人，睡银塘鸳鸯蘸眼。[5]

（生）高力士，将酒过来，朕与娘娘小饮数杯。（丑）宴已排在亭上，请万岁爷娘娘上宴。（旦作把盏，生止住介）妃子坐了。

【北石榴花】不劳你玉纤纤高捧礼仪烦，子待借小饮对眉山。[6]俺与你浅斟低唱互更番，三杯两盏,遣兴消闲。妃子,今日虽是小宴,倒也清雅。回避了御厨中,回避了御厨中烹龙炰凤堆盘案,[7]咿咿哑哑乐声催趱。[8]只几味脆生生,只几味脆生生蔬和果清肴馔,[9]雅称你仙肌玉骨美人餐。[10]

妃子,朕与你清游小饮,那些梨园旧曲,[11]都不耐烦听他。记得那年在沉香亭上赏牡丹,召翰林李白草《清平调》三章,令李龟年度成新谱,[12]其词甚佳。不知妃子还记得么?(旦)妾还记得。(生)妃子可为朕歌之,朕当亲倚玉笛以和。(旦)领旨。(老旦进玉笛,生吹介)(旦按板介)

【南泣颜回】[13]花繁,秾艳想容颜。云想衣裳光璨,新妆谁似,可怜飞燕娇懒。名花国色,笑微微常得君王看。向春风解释春愁,沉香亭同倚阑干。

(生)妙哉,李白锦心,妃子绣口,[14]真双绝矣。宫娥,取巨觥来,朕与妃子对饮。(老旦、贴送酒介)(生)

【北斗鹌鹑】畅好是喜孜孜驻拍停歌,[15]喜孜孜驻拍停歌,笑吟吟传杯送盏。妃子干一杯,(作照干介)不须他絮烦烦射覆藏钩,[16]闹纷纷弹丝弄板。(又作照杯介)妃子,再干一杯。(旦)妾不能饮了。(生)宫娥每,跪劝。(老旦、贴)领旨。(跪旦介)娘娘,请上这一杯。(旦勉饮介)(老旦、贴作连劝介)(生)我这里无语持觥仔细看,早只见花一朵上腮间。[17](旦作醉介)妾真醉矣。(生)一会价软咍咍柳亸花欹,[18]软咍咍柳亸花欹,困腾腾莺娇燕懒。

妃子醉了,宫娥每,扶娘娘上辇进宫去者。(老旦、贴)领旨。(作扶旦起介)(旦作醉态呼介)万岁!(老旦、贴扶旦行)(旦作醉态介)

【南扑灯蛾】态恹恹轻云软四肢,[19]影蒙蒙空花乱双眼,娇怯怯柳腰扶难起,困沉沉强抬娇腕,软设设金莲倒褪,[20]乱松松香肩亸云鬟,美甘甘思寻凤枕,步迟迟倩宫娥搀入绣帏间。

(老旦、贴扶旦下)(丑同内侍暗上)(内击鼓介)(生惊介)何处鼓声骤发?(副净急上)渔阳鼙鼓动地来,惊破霓裳羽衣曲。(问丑介)万岁爷在那里?(丑)在御花园内。(副净)军情紧急,不免径入。(进见介)陛下,不好了。安禄山起兵造反,杀过潼关,不日就到长安了。(生大惊介)守关将士何在?(副净)哥舒翰兵败,[21]已降贼了。(生)

【北上小楼】呀,你道失机的哥舒翰……称兵的安禄山,赤紧的离了渔阳,[22]陷了东京,[23]破了潼关。唬得人胆战心摇,唬得人胆战心摇,肠慌腹热,魂飞魄散,早惊破月明花粲。[24]

卿有何策,可退贼兵?(副净)当日臣曾再三启奏,禄山必反,陛下不听,今日果应臣言。事起仓卒,怎生抵敌?不若权时幸蜀,[25]以待天下勤王。[26](生)依卿所奏。快传旨,诸王百官,即时随驾幸蜀便了。(副净)领旨。(急下)(生)高力士,快些整备军马。传旨令右龙武将军陈元礼,统领羽林军士三千扈驾前行。[27](丑)领旨。(下)(内侍)请万岁爷回宫。(生转行叹介)唉,正尔欢娱,不想忽有此变,怎生是了也!

【南扑灯蛾】稳稳的宫庭宴安,扰扰的边廷造反。冬冬的鼙鼓喧,腾腾的烽火爂,[28]的溜扑碌臣民儿逃散,[29]黑漫漫乾坤覆翻,碜磕磕社稷摧残,[30]碜磕磕社稷摧残。当不得萧萧飒飒西风送晚,黯黯的一轮落日冷长安。

(向内问介)宫娥每,杨娘娘可曾安寝?(老旦、贴内应介)已睡熟了。(生)不要惊他,且待明早五鼓同行。(泣介)天那,寡人不幸,遭此播迁,累他玉貌花容,驱驰道路。好不痛心也!

【南尾声】在深宫兀自娇慵惯,怎样支吾蜀道难我那妃子啊,愁杀你玉软花柔,要将途路趱。

宫殿参差落照间,(卢纶)　　渔阳烽火照函关。(吴融)

遏云声绝悲风起,[32](胡曾)　　何处黄云是陇山。[33](武元衡)

【简注】

　　[1]剧情:唐玄宗宠幸贵妃杨玉环,终日游乐,将其堂兄杨国忠封为右相,其三个姐妹都封为夫人。但后来唐玄宗又宠幸其妹妹虢国夫人,私召梅妃,引起杨玉环不快,最终两人和好,于七夕之夜在长生殿对着牛郎织女星密誓永不分离。由于唐玄宗终日和杨玉环游乐,不理政事,宠信杨国忠和安禄山,导致安禄山造反,唐玄宗和随行官员逃离长安,在陕西兴平县马嵬坡军士哗变,强烈要求处死罪魁杨国忠和杨玉环,唐玄宗不得已让杨玉环上吊自尽。杨玉环死后深切痛悔,受到神仙的原谅。郭子仪带兵击溃安禄山,唐玄宗回到长安后,日夜思念杨玉环,闻铃肠断,见月伤心,对着杨玉环的雕像痛哭。派方士去海外寻找蓬莱仙山,最终感动了天孙织女,使两人在月宫中最终团圆。本文选自《长生殿》第二十四出。　　[2]高力士:唐玄宗宠信的太监。高力士上场诗是唐顾况《宫词》。　　[3]乘辇:坐车。辇:人推的轿车,供皇帝在宫廷内用。　　[4]一抹:一片。　　[5]银塘:水色银白的池塘。蘸眼:耀眼,引人注目。和"照眼"的词意相近,但语气更强。　　[6]子侍借倩小饮对眉山:子侍:只待,只要。眉山:眉毛。与前句玉手高捧,暗合"举案齐眉"的典故。　　[7]烹龙炰(páo)凤:指制作名贵的菜肴。烹、炰:指烧煮食物。龙、凤:借指名贵菜肴。　　[8]催趱(zǎn):催促。　　[9]清肴馔:清淡精美的食物。生生:形容脆的程度。　　[10]雅称:非常合适。雅:甚。　　[11]梨园:唐玄宗在宫廷内专门训练俗乐乐工的机构。　　[12]李龟年:唐玄宗时著名宫廷音乐家。　　[13]南泣颜回:这支曲子的内容是根据李白《清平乐》改写的。　　[14]锦心、绣口:形容文思优美和歌唱动听。　　[15]畅好是:正好是。　　[16]射覆藏钩:射覆,类似猜(射)字谜的一种酒令;藏钩:猜东西藏在谁那儿的一种游戏。　　[17]花一朵上腮间:比喻喝酒后脸色转红。　　[18]一会价:一会儿。软哈哈(hāi):软绵绵。亸(duǒ):垂下。柳、花和下句莺、燕都用来比喻杨贵妃醉态。　　[19]态恹恹(yān):娇软无力的样子。　　[20]软设设:无力的样子。　　[21]哥舒翰:唐开元年间名将,因破吐蕃有功,封平西郡王。后为安禄山所败,投降后被杀。　　[22]赤紧的:加紧地。渔阳:唐郡名。　　[23]东京:指今洛阳。　　[24]粲:鲜明,美好。　　[25]幸蜀:指到蜀地避难。幸:皇帝亲临叫"幸"。　　[26]勤王:朝廷有难,起兵救援。　　[27]扈驾:随驾,跟随车驾,保护皇帝。　　[28]黡(yān):黑色。　　[29]的溜扑碌:慌乱的样子。　　[30]磣(cǎn)磕磕(kē):或作"磣可可",磣:悲惨、悲痛。磕磕:不表示意义。　　[31]支吾:对付,应付。　　[32]遏云:停住了行云。形容音乐的美妙。　　[33]陇山:在陕西、甘肃一带,词句指玄宗一行由长安往成都,经陇山东麓而南行。

【浅释】

　　《长生殿》以爱情理想在现实中破灭、在超现实中复生为情节模式。

　　传奇共五十五出,"惊变"是上下两部的分水岭,全剧剧情发展的转折点。前半出写花园宴乐,按花间游赏、亭中小宴、贵妃醉酒的顺序展开,极力描写玄宗对贵妃言语温存,百般照拂,体贴备至;又写他对杨贵妃的歌声、醉态倍加赞赏,把两情欢洽(一个殷勤劝酒,一个歌舞相酬)的浓情蜜意表现出来。后半出剧情突转,写临乱决策,按骤闻鼙鼓、打算入蜀、担忧贵妃的顺序展开,极力写玄宗的惊恐和无措,而在国势危殆、仓皇辞京之前,最担心的却是花容玉貌不堪避难途中的颠簸磨折,可见玄宗爱贵妃无以复加。前半出突出一个"醉"字,贵妃"醉"于酒,玄宗"醉"于色;后半出突出一个"忧"字,"忧"命运播迁,"忧"佳人不幸,形成鲜明的前后对照。

　　"突转"戏剧手法的运用形成强烈对照,收到了震撼人心的艺术效果。

【习题】

　　1.联系本剧前后内容,谈谈"惊变"一出在全剧中的作用。
　　2.作者为什么把安禄山反叛消息传来安排在李杨宴饮游乐之时?
　　3."惊变"的曲词写景抒情甚为成功,试分析其特色。

桃花扇·却奁[1]

孔尚任

> 孔尚任(1648—1718),字聘之,又字季重,号东塘、岸堂,别署云亭山人,山东曲阜人,孔子后裔。清初诗人、戏曲作家。擅长诗文,诗歌抒情意味较浓,有《石门山集》《湖海集》《长留集》《享金簿》《人瑞录》等,近人汇为《孔尚任诗文集》存世。受命南下治河期间,实地凭吊南明遗址,广泛接触明末遗老,获得了丰富的创作素材,加深了对南明兴亡的感慨,经过长达十年的惨淡经营,三易其稿,"借离合之情,写兴亡之感"的剧本《桃花扇》在1699年脱稿问世,一时声彻遐迩,饮誉海内,与稍出其前的洪昇名剧《长生殿》先后竞辉,并世耀彩,成为当时轰动剧坛的双璧。

癸未三月。[2]

(杂扮保儿掇马桶上)[3]龟尿龟尿,[4]撒出小龟;鳖血鳖血,变成小鳖。龟尿鳖血,看不分别;鳖血龟尿,说不清白。看不分别,混了亲爹;说不清白,混了亲伯。(笑介)胡闹,胡闹!昨日香姐上头,[5]乱了半夜;今日早起,又要刷马桶,倒溺壶,忙个不了。那些孤老、表子,[6]还不知搂到几时哩。(刷马桶介)

【夜行船】(末)人宿平康深柳巷,惊好梦门外花郎。[7]绣户未开,帘钩才响,春阻十层纱帐。下官杨文骢,早来与侯兄道喜。[8]你看院门深闭,侍婢无声,想是高眠未起。(唤介)保儿,你到新人窗外,说我早来道喜。(杂)昨夜睡迟了,今日未必起来哩。老爷请回,明日再来罢。(末笑介)胡说!快快去问。(小旦内问介)[9]保儿,来的是那一个?(杂)是杨老爷道喜来了。(小旦忙上)倚枕春宵短,敲门好事多。(见介)多谢老爷,成了孩儿一世姻缘。(末)好说。(问介)新人起来不曾?(小旦)昨晚睡迟,都还未起哩。(让坐介)老爷请坐,待我去催他。(末)不必,不必。(小旦下)

【步步娇】(末)儿女浓情如花酿,美满无他想,黑甜共一乡。[10]可也亏了俺帮衬,珠翠辉煌,罗绮飘荡,件件助新妆,悬出风流榜。

(小旦上)好笑!好笑!两个在那里交扣丁香,并照菱花。[11]梳洗才完,穿戴未毕。请老爷同到洞房,唤他出来,好饮扶头卯酒。[12](末)惊却好梦,得罪不浅。(同下)(生、旦艳妆上)

【沈醉东风】(生、旦)这云情接着雨况,[13]刚搔了心窝奇痒,谁搅起睡鸳鸯?被翻红浪,喜匆匆满怀欢畅。枕上余香,帕上余香,消魂滋味,才从梦里尝。

(末、小旦上)(末)果然起来了,恭喜!恭喜!(一揖,坐介)(末)昨晚催妆拙句,可还说的入情么?[14](生揖介)多谢!(笑介)妙是妙极了,只有一件。(末)那一件?(生)香君虽小,还该藏之金屋。[15](看袖介)小生衫袖,如何着得下?(俱笑介)(末)夜来定情,必有佳作。(生)草草塞责,不敢请教。(末)诗在那里?(旦)诗在扇头。[16](旦向袖中取出扇介)(末接看介)是一柄白纱宫扇。(嗅介)香的有趣。(吟诗介)妙,妙!只有香君不愧此诗。(付旦介)还收好了。(旦收扇介)

【园林好】(末)正芬芳桃香李香,都题在宫纱扇上;怕遇着狂风吹荡,须紧紧袖中藏,须紧紧袖中藏。

（末看旦介）你看香君上头之后，更觉艳丽了。（向生介）世兄有福，消此尤物。[17]（生）香君天姿国色，今日插了几朵珠翠，穿了一套绮罗，十分花貌，又添二分，果然可爱。（小旦）这都亏了杨老爷帮衬哩！

【江儿水】送到缠头锦，百宝箱，珠围翠绕流苏帐，[18]银烛笼纱通宵亮，金杯劝酒合席唱。今日又早早来看，恰似亲生自养，赔了妆奁，又早敲门来望。

（旦）俺看杨老爷，虽是马督抚至亲，却也拮据作客，[19]为何轻掷金钱，来填烟花之窟？[20]在奴家受之有愧，[21]在老爷施之无名；今日问个明白，以便图报。（生）香君问得有理，小弟与杨兄萍水相交，[22]昨日承情太厚，也觉不安。（末）既蒙问及，小弟只得实告了。这些妆奁酒席，约费二百余金，皆出怀宁之手。[23]（生）那个怀宁？（末）曾做过光禄的阮圆海。（生）是那皖人阮大铖么？（末）正是。（生）他为何这样周旋？（末）不过欲纳交足下之意。[24]

【五供养】（末）羡你风流雅望，东洛才名，西汉文章。[25]逢迎随处有，争看坐车郎。[26]秦淮妙处，暂寻个佳人相傍，[27]也要些鸳鸯被，芙蓉妆。你道是谁的？是那南邻大阮，[28]嫁衣全忙。

（生）阮圆老原是敝年伯，[29]小弟鄙其为人，绝之已久。他今日无故用情，令人不解。（末）圆老有一段苦衷，欲见白于足下。[30]（生）请教。（末）圆老当日曾游赵梦白之门，原是吾辈。[31]后来结交魏党，只为救护东林。[32]不料魏党一败，东林反与之水火。[33]近日复社诸生，倡论攻击，大肆殴辱，岂非操同室之戈乎？[34]圆老故交虽多，因其形迹可疑，亦无人代为分辩。[35]每日向天大哭，说道："同类相残，伤心惨目，非河南侯君，不能救我。"所以今日谆谆纳交。[36]（生）原来如此。俺看圆海情辞迫切，亦觉可怜。就便真是魏党，悔过来归，亦不可绝之太甚，况罪有可原乎？定生、次尾，皆我至交，[37]明日相见，即为分解。[38]（末）果然如此，吾党之幸也。（旦怒介）官人是何说话，[39]阮大铖趋附权奸，廉耻丧尽；妇人女子，无不唾骂。他人攻之，官人救之，官人自处于何等也？

【川拨棹】不思想，把话儿轻易讲。要与他消释灾殃，要与他消释灾殃，也提防旁人短长。[40]官人之意，不过因他助俺妆奁，便要徇私废公，那知道这几件钗钏衣裙，原放不到我香君眼里。（拔簪脱衣介）脱裙衫，穷不妨；布荆人，[41]名自香。

（末）阿呀！香君气性，忒也刚烈。[42]（小旦）把好好东西，都丢一地，可惜！可惜！（拾介）（生）好！好！好！这等见识，我倒不如，真乃侯生畏友也。[43]（向末介）老兄休怪，弟非不领教，但恐为女子所笑耳。

【前腔】（生）平康巷，他能将名节讲；偏是咱学校朝堂，[44]偏是咱学校朝堂，混贤奸不问青黄。那些社友，平日重俺侯生者，也只为这点义气；我若依附奸邪，那时群起来攻，自救不暇，焉能救人乎？节和名，非泛常；重和轻，须审详。[45]

（末）圆老一段好意，也还不可激烈。（生）我虽至愚，亦不肯从井救人。[46]（末）既然如此，小弟告辞了。（生）这些箱笼，原是阮家之物，香君不用，留之无益，还求取去罢。（末）正是"多情反被无情恼，乘兴而来兴尽还。[47]"（下）（旦恼介）（生看旦介）俺看香君天姿国色，摘了几朵珠翠，脱去一套绮罗，十分容貌，又添十分，更觉可爱。（小旦）虽如此说，舍了许多东西，倒底可惜。

【尾声】金珠到手轻轻放，惯成了娇痴模样，辜负俺辛勤做老娘。

（生）些须东西，[48]何足挂念，小生照样赔来。（小旦）这等才好。

（小旦）花钱粉钞费商量，[49]（旦）裙布钗荆也不妨；

（生）只有湘君能解佩，[50]（旦）风标不学世时妆。[51]

【简注】

[1]剧情:明朝末年,复社文人侯方域侨寓金陵,与秦淮名妓李香君结为风尘知己。阉党余孽阮大铖企图拉拢侯方域以改变处境,通过罢职县令杨龙友赠送妆奁,因遭香君拒绝,阮怀恨在心,他设下圈套陷害侯方域,致使侯李劳燕分飞。时值闯王攻陷京师,清兵趁机入关,侯方域乱中投奔史可法襄赞军机。马士英、阮大铖之流拥立福王,把持南明朝政,继而逼迫香君改嫁。香君毅然毁容守楼,血溅诗扇,并当众骂筵,浩气凛然。侯方域闻讯匆匆赶赴南京,不料香君已被选入宫,他则落入阮大铖之手。清兵渡河,扬州失陷,史可法殉国。逃出牢狱的侯方域政治抱负彻底破灭,归隐栖霞。李香君在苏昆生的陪同下,苦苦寻觅心中的侯郎,而这对恋人最终失去了重逢的机会。本文选自《桃花扇》第七出。却奁:拒绝接受别人的妆奁。 [2]癸未:指明崇祯十六年(1643)。 [3]杂:杂角,泛指生旦净丑等主要角色之外的一般"群众演员",京剧中称为"龙套"。保儿:妓院里的佣人。 [4]"龟尿"数句:是保儿的上场引子,内容低级庸俗。 [5]上头:旧时女子出嫁,因要改变发型并加笄,故称。妓女第一次接客也称上头。 [6]孤老:妓女对长期固定的嫖客的称呼。表子:妓女。表,通"婊"。 [7]平康:唐代长安里名,为妓女聚居之处,后多泛指妓院。花郎:指卖花人。 [8]杨文骢:即杨龙友,贵州贵阳人。善画,弘光朝任常、镇二府巡抚,后随唐王抗清,兵败被杀。侯兄:侯方域,河南商丘人,明末复社文人。 [9]小旦:戏曲中角色名。此指李香君的假母李贞丽,李贞丽是明末南京名妓。 [10]黑甜共一乡:指夜间两人熟睡在一起。俗以熟睡为"黑甜乡"。 [11]交扣丁香:相互扣纽扣。丁香:即打成丁香结的纽扣。菱花:指代背面镂铸有菱花图案的铜镜。 [12]扶头卯酒:早晨卯时(五点至七点)前为清醒头脑、振奋精神所饮的酒。 [13]"云情"句:指男女欢合时的情景。典出宋玉《高唐赋序》,楚襄王梦与神女相会,神女自称"旦为朝云,暮为行雨"。 [14]催妆拙句:指催妆诗。古代风俗,新婚之夜,赋诗催促新娘梳妆。此指第六出《眠香》中杨龙友在侯、李新婚之夜送的贺诗:"生小倾城是李香,怀中婀娜袖中藏。缘何十二巫峰女,梦里偏来见楚王。" [15]金屋:指精致华丽的房屋。典出汉武帝"金屋藏娇"的故事。 [16]诗在扇头:指第六出《眠香》中侯方域题在扇子上的定情诗:"夹道朱楼一径斜,王孙初御富平车。青溪尽是辛夷树,不及东风桃李花。" [17]世兄:有世交的平辈人的互称。尤物:本指特出的人物,一般用以称绝色美人。 [18]缠头锦:缠头是客人给妓女的赏赐,多用锦。这里指杨文骢给李香君送来的妆奁。流苏帐:以流苏为垂饰的帐子。流苏:彩色丝线或羽毛所作的垂饰。 [19]马督抚:即马士英,当时任凤阳督抚。弘光朝独揽朝政,以贪邪著称,后清兵攻陷南京时被杀。拮据:手头不宽裕。 [20]烟花之窟:指妓院。烟花:宋元以来妓女的通称。 [21]奴家:早期白话中青年女子自称。 [22]萍水相交:以浮萍在水面漂流,比喻偶然相遇、交情短浅的朋友。 [23]怀宁:即阮大铖,号圆海,安徽怀宁人。明末著名传奇作家,但因人品低劣,为人所不齿。先是东林党人,后投靠魏忠贤,任光禄寺卿。明亡后与马士英拥立福王,任兵部尚书,南京沦陷后降清,从攻仙霞岭而死。 [24]纳交:以财物礼品相结交。 [25]东洛才名:古时东都洛阳以出才子而著名。如左思写成《三都赋》,人们争相传抄,致使洛阳纸贵。西汉文章:西汉文章出了许多名家名作。如司马迁、司马相如、扬雄等人,以文章辞赋名世。这两句是赞扬侯方域的文学才名。 [26]坐车郎:相传潘岳貌美,每坐车出游,妇女争相看他,并掷果盈车。此借指侯方域。 [27]秦淮:指秦淮河流经南京城内的一段,为南京繁华地带,也是妓女集中的地方。 [28]南邻大阮:晋代有南北阮,南阮指阮籍、阮咸叔侄,他们并有文名,世称大小阮。大阮指阮籍,此指代阮大铖。 [29]年伯:父亲的同年(科举时代称同榜登科的人为"同年"),称年伯。阮大铖与侯方域的父亲侯恂都是万历四十四年(1616)中的进士,因而侯方域称阮为年伯。 [30]见白:解释明白。 [31]赵梦白:即赵南星,明末高邑人,东林党的领袖人物之一。熹宗时官吏部尚书,为魏忠贤所忌,贬到代州而死。 [32]魏党:指魏忠贤阉党。东林:即东林党。 [33]水火:表示彼此不相容。 [34]复社:明天启年间成立的代表中小地主利益的政治、文化团体。张溥为其领袖。操同室之戈:比喻内部互相倾轧。 [35]分辨:辩解,争论。 [36]谆谆:殷勤。 [37]定生、次尾:陈贞慧(字定生)、吴应箕(字次尾)及侯方域都是复社的重要成员。 [38]分解:分辨排解。 [39]官人:古代妻子对丈夫的敬称。 [40]短长:评论,谈论。 [41]布荆:布裙荆钗,指平民妇女装束。 [42]忒:太,过于。刚烈:刚强、贞烈。形容女子刚强而有气节。 [43]畏友:方正刚直、敢于当面批评规劝人的朋友。因令人敬畏,故称畏友。 [44]学校朝堂:此指读书做官的人。 [45]泛常:寻常。审详:仔细分辨。 [46]从井救人:跳下深井救人,不能救起别人,反而害了自己。这里指不顾自己的名节

去救助别人。　　[47]"多情"两句:前句借用苏轼《蝶恋花》词句。多情:指阮大铖想结交侯方域。无情:指李香君却奁。后句语出《晋书·王徽之传》。王徽之,字子猷,雪夜乘船去拜访好友戴安道,到了戴家后却不入门而折回,并说:"乘兴而来,兴尽而返,何必见戴。"　　[48]些须:少许,一点点。　　[49]花钱粉钞:即花粉钱,指妓女的化妆品开支。此指置办妆奁之资。　　[50]湘君:与"香君"谐音。解佩:指香君却奁。屈原《九歌·湘君》篇:"遗余佩兮澧浦。"佩:衣带上的佩饰,此借指阮大铖为香君置办的妆奁。　　[51]风标:风度品格。时世妆:世俗的时髦打扮。

【浅释】

"却奁"为《桃花扇》家国兴亡悲歌的前奏。

此折戏以"晨访"开端。说客杨文骢来访,明为贺喜,实为侦探侯方域情绪,以便借机说项。香君早起严妆,妆奁被派上用场,杨文骢极力夸赞其天姿国色锦上添花,醉翁之意不在酒,自然过渡到下文。"却奁"是发展和高潮。李贞丽对杨助妆奁的奉承,引发香君对妆奁来历的探问,香君心思细密可见。杨顺势道出实情并为阮大铖辩解,侯方域已被迷魂汤灌醉,同意为阮解除心病,香君却识破阴谋,怒斥侯方域徇私废公,并当即拔簪脱衣,表现出富贵不能淫的节操和刚烈的个性。"告退"是本折结局。香君深明大义、疾恶如仇,令侯方域自愧不如,无比敬畏;令杨文骢游说惨败,怏怏告退。剧本以杨文骢的世故、侯方域的动摇、李贞丽的惜财,来反衬香君鲜明的政治态度、坚定的人格操守和刚烈的气节风骨。

以逆转结构情节,以对比刻画人物,是本文高处。

【习题】

1. 试比较李香君和侯方域在"却奁"事件的表现,分析两者性格。
2. 试分析"却奁"中李香君形象塑造的艺术手法。
3. 谈谈本折戏文情节结构安排的技巧和艺术效果。

第九章
现当代诗歌

自"五四"以后,中国现代诗歌走了一条反叛传统、取法异域、借鉴民歌的道路。

白话新诗创作成为"五四"新文学运动的前锋,最早的果实是胡适《尝试集》,它是中国第一部白话新诗集,也是第一部个人新诗集。同时写新诗的还有刘半农、沈尹默、俞平伯、康白情等,他们的新诗格调大多与胡适接近。1921年,创造社主将郭沫若的《女神》出版,它完全摆脱传统格律诗的束缚,创造了自由体新诗形式,将"诗体解放"推向极致,是中国现代新诗的奠基之作。1922年,湖畔诗人(冯雪峰、潘漠华、应修人、汪静之)出版诗歌合集《湖畔》、汪静之个人诗集《蕙的风》等,他们以抒情短诗为主,表现了对爱情的憧憬和对自然的向往。稍后于湖畔诗人出现的抒情诗人冯至,著有诗集《昨日之歌》,这些半格律体抒情诗,将内心的激情外化为客观的形象,形成别是一家的幽婉风格。1923年,冰心以《春水》《繁星》、宗白华以《流云小诗》登上诗坛,这些哲理小诗包容的对象非常广阔,从外部客观世界的描绘转向内心感受、感觉的表现,自由诗体的句法与章法趋于简约化,对丰富新诗艺术表现力作出了不小的贡献。最有创作实绩的当推20世纪20年代后期风靡文坛的新月派,主要成员有闻一多、徐志摩、朱湘等。他们以提倡格律诗而独树一帜,对新诗的格律化进行了认真的探索。闻一多《诗的格律》关于诗歌音乐美、绘画美、建筑美的理论,成为新月派诗人共同追求的艺术境界。《红烛》《死水》及徐志摩、朱湘的诗歌传诵一时。1925年,李金发诗集《微雨》出版,标志着象征派诗歌由萌芽走向诞生,随后涌现出王独清、穆木天、冯乃超、胡也频等一群年轻的象征派诗人。他们以法国象征主义诗歌为模式,不再热衷于向大众启蒙,而醉心于自我独语,实践"纯诗"的理念,奉行唯美主义原则,探求新诗的意象美,丰富了新诗的表现手法。

20世纪30年代是新诗的繁荣期。中国诗歌会(殷夫为前驱、蒲风为代表)是"左联"领导下的一个群众性诗歌团体,主要成员有蒲风、穆木天、杨骚等,内容上注重诗歌的现实性("捉住现实"),艺术上提倡诗歌的大众化("大众歌调")。殷夫《孩儿塔》、蒲风《茫茫夜》、杨骚《乡曲》为代表作。后期新月派主要诗人有陈梦家、方玮德、卞之琳等,他们讲究诗的"醇正"与"纯粹",主张本质的纯正、技巧的周密和格律的谨严,主张纯粹的自我表现和为艺术而艺术。现代派是由后期新月派、象征派演变而成的,主要诗人有戴望舒、卞之琳、施蛰存、何其芳、李广田等。作品在内容上表现自我情绪与感觉,抒写典型"现代情绪"即"都市怀乡病";在手法上反对即兴创作和直接抒情,运用隐喻、象征、通感等手法实现情绪的意象化,具有朦胧美。戴望舒《雨巷》一出,诗坛为之惊异,认为"替新诗的音节开了一个新纪元"。现代派中"汉园三诗人"(卞之琳、何其芳、李广田)创作重视感觉,注重意象,借暗示来表现情绪,结集出版

《汉园集》。这一时期的重要诗人还有艾青、田间、臧克家等。艾青《大堰河——我的保姆》、田间《给战斗者》、臧克家《难民》都是传诵一时的名作。

20世纪40年代,国统区诗歌以自由体为主流,突出的现象是政治讽刺诗盛行。七月诗派是影响最大的抒情诗派,艾青、田间为该派旗帜,主要成员为阿垅、绿原、鲁藜、冀汸、曾卓、牛汉、邹荻帆、彭燕郊等。强烈的革命激情,鲜明的政治倾向,重体验的现实主义是其基本特征;诗歌体式的无拘无束,语言运用的鲜活质朴,美学风格的阳刚劲健是其艺术优长。艾青《雪落在中国的土地上》、胡风《为祖国而歌》、阿垅《纤夫》、牛汉《鄂尔多斯草原》、鲁藜《泥土》等是七月诗派代表作。九叶诗派是抗战后期和解放战争时期一个具有现代主义倾向的诗歌流派。成员为辛笛、杭约赫、穆旦、陈敬容、郑敏、唐祈、唐湜、杜运燮、袁可嘉。他们强调反映现实与挖掘内心的统一,诗作视野开阔,具有强烈的时代感、历史感和现实精神;在艺术上最大限度地张扬意象艺术,注重营造新颖奇特的意象和境界,写出不少耐人品味的作品。穆旦是其中最杰出的代表,他把新诗的审美品质提高到了新的维度,被视为中国现代"新诗的终点"。此时期写政治讽刺诗影响最大的是袁水拍和臧克家。袁水拍的讽刺诗集《马凡陀山歌》是国统区诗歌中在民族化、群众化方面的成功尝试。解放区诗歌突出的现象是叙事诗繁荣,李季、阮章竞分别写出采用民歌格调的叙事长诗《王贵与李香香》和《漳河水》。

当代诗歌以1976年为界,分为前后期,基本流向是:服务政治—回归自我—多样探索。20世纪50—60年代中期,占主流地位的是歌唱新生活、高扬政治热情和理想的再现式的抒情诗。主要诗人有擅长写政治抒情诗的郭小川(《致青年公民》)、贺敬之(《放声歌唱》),以描写边疆生活为特色的闻捷(《天山牧歌》)、田间(《马头琴歌》,写工业建设的李季(《玉门诗抄》)、梁上泉《高原牧笛》),写农村生活变革的张志民(《村民》),写军旅生活的李瑛(《花的原野》)。长篇叙事诗取得了颇丰成果,如乔林《白兰花》、郭小川《将军三部曲》、李季《杨高传》、闻捷《复仇的火焰》、田间《赶车传》和集体创作的彝族(撒尼)民间叙事长诗《阿诗玛》。

十年"文革"时期,已被剥夺创作权利的诗人如郭小川、公刘、穆旦、绿原、牛汉、曾卓等坚持秘密创作,食指和"白洋淀诗群"(芒克、岳重、多多)的地下创作秘密传抄,70年代中期丙辰清明前前后后的天安门诗歌运动,是新时期诗歌创作的前奏。

20世纪70—80年代,诗歌创作进入一个新的发展时期,不同题材、体裁、风格、流派的诗作大量涌现,呈现出多元化的选择。朦胧诗人舒婷、顾城、江河、杨炼等饮誉诗坛,他们的诗歌体现了强烈的个人独立意识和对现实人生质疑、反思、批判的倾向,崇尚典雅,运用象征,体现了不同于传统新诗的审美追求和审美特征,代表了80年代初中期诗歌的整体水平。艾青、曾卓、白桦、公刘、邵燕祥、流沙河等一批老诗人重返诗坛,写作"归来的歌"。李瑛、雷抒雁等实力派诗人也纷纷写出脍炙人口的佳作。80年代中期以后,出现了海子、骆一禾、西川、韩东、于坚、王家新、翟永明、伊蕾等"新生代"诗人,他们创作的整体特色是坚持平民主义的审美态度,反英雄,反崇高,恪守"零度情感"写作,"从朦胧回到现实"。20世纪90年代以后,当代新诗创作渐渐走向衰落,旧体诗创作在民间流行。

当代港澳台地区的诗歌创作呈现出杂花生树的景象,诗人众多,流派林立。其中最引人注目的是乡愁诗,重要的诗人有纪弦、余光中、洛夫、痖弦等。

凤凰涅槃[1]（节选）

郭沫若

> 郭沫若(1892—1978)，原名郭开贞，四川乐山人，中国现代著名学者、文学家、社会活动家。曾与成仿吾、郁达夫等组织"创造社"，积极从事新文学运动。诗歌创作深受惠特曼影响，代表作《女神》摆脱了中国传统诗歌的束缚，以鲜明突出的时代精神、强烈奔放的主观色彩和新颖自由的艺术形式，开创了新一代诗风。历史剧作取得突出成就，《棠棣之花》《屈原》《虎符》《高渐离》《孔雀胆》《南冠草》等将史、诗、戏融为一体，底蕴丰厚，诗意浓郁，独步中国现代剧坛。此外写了《十批判书》《青铜时代》等史论和大量杂文、随笔、小品，《小品六章》和《丁冬草》是他小品文的代表作。

凤凰更生歌

鸡鸣

  昕潮涨了，
  昕潮涨了，
  死了的光明更生了。

  春潮涨了，
  春潮涨了，
  死了的宇宙更生了。

  生潮涨了，
  生潮涨了，
  死了的凤凰更生了。

凤凰和鸣

  我们更生了，
  我们更生了。
  一切的一，更生了。
  一的一切，更生了。
  我们便是他，他们便是我。
  我中也有你，你中也有我。
  我便是你，
  你便是我。
  火便是凰。

凤便是火。
翱翔！翱翔！
欢唱！欢唱！

我们新鲜，我们净朗，
我们华美，我们芬芳，
一切的一，芬芳。
一的一切，芬芳。
芬芳便是你，芬芳便是我。
芬芳便是他，芬芳便是火。
火便是你。
火便是我。
火便是他。
火便是火。
翱翔！翱翔！
欢唱！欢唱！

我们热诚，我们挚爱。
我们欢乐，我们和谐。
一切的一，和谐。
一的一切，和谐。
和谐便是你，和谐便是我。
和谐便是他，和谐便是火。
火便是你。
火便是我。
火便是他。
火便是火。
翱翔！翱翔！
欢唱！欢唱！

我们生动，我们自由。
我们雄浑，我们悠久。
一切的一，悠久。
一的一切，悠久。
悠久便是你，悠久便是我。
悠久便是他，悠久便是火。
火便是你。
火便是我。
火便是他。
火便是火。

翱翔！翱翔！
欢唱！欢唱！

我们欢唱，我们翱翔。
我们翱翔，我们欢唱。
一切的一，常在欢唱。
一的一切，常在欢唱。
是你在欢唱？是我在欢唱？
是他在欢唱？是火在欢唱？
欢唱在欢唱！
欢唱在欢唱！
只有欢唱！
只有欢唱！
欢唱！
　欢唱！
　　欢唱！

1920年1月20日初稿
1928年1月3日改删

【简注】

[1]凤凰：天方国（即阿拉伯）古有神鸟名叫"菲尼克司"，满500岁以后集香木自焚，再从死灰中更生，不再死。此鸟即是中国所说的凤凰。

【浅释】

《凤凰涅槃》是希望之歌，以凤凰涅槃象征中国的再生。

"凤凰更生歌"是全诗的第三大层次和高潮，是祖国新生的畅想曲。诗人以高昂的热情、烈火般的诗句，痛快淋漓地歌唱。更生歌由报晓的雄鸡领唱，意味着长夜已经过去，光明即在前头，广阔的地平线上已经看到新世纪的曙色。接下来三节描绘了更生后大和谐、大欢乐的崭新世界：它"新鲜""净朗""华美""芬芳"（外在美），它"热诚""挚爱""欢乐""和谐"（内在美），它"生动""自由""雄浑""悠久"（永恒美）。末尾一节将凤凰新生后的欢乐升腾到最高点，给人以洪亮的歌声振荡寰宇的感觉。这里的某些词语还有些空泛，但是它们构成的多维立体画面，表现了诗人对自由理想的热烈追求，对祖国新生的衷心渴望。

作品汪洋恣肆、气势磅礴，体现出与狂飙突进的时代精神相适应的浪漫主义气息。

【习题】

1. 试分析《凤凰更生歌》的象征意蕴和思想内涵。
2. 试分析《凤凰更生歌》艺术表现上的特色。
3. 阅读《凤凰涅槃》，结合时代背景谈谈其创作意义。

新月派诗二首

发　现

闻一多

> 闻一多(1899—1946),本名闻家骅,湖北浠水人,现代著名的爱国诗人、学者和民主战士。闻一多在新诗道路上进行了有价值的探索,1928年与徐志摩等人创办《新月》杂志,先后著有诗集《红烛》《死水》和论著《诗的格律》。《红烛》《死水》表现出不同的艺术风格,但爱国主义激情一以贯之,诗作表现出极强的民族意识和民族气质。《诗的格律》倡言新格律诗,提出"三美"原则,是新诗形式理论的重要建树。闻一多的成就并不限于新诗创作和提倡新格律诗理论,在《诗经》《楚辞》《庄子》、唐诗以及神话等领域的研究中都取得了突破性成果。

我来了,我喊一声,迸着血泪,
"这不是我的中华,不对,不对!"
我来了,因为我听见你叫我;
鞭着时间的罡风,[1]擎一把火,
我来了,不知道是一场空喜。
我会见的是噩梦,哪里是你?
那是恐怖,是噩梦挂着悬崖,
那不是你,那不是我的心爱!
我追问青天,逼迫八面的风,
我问,拳头擂着大地的赤胸,
总问不出消息,我哭着叫你,
呕出一颗心来,——你在我心里!

【简注】

[1]罡(gāng)风:是中国人对高空气流的一种想象性的说法,道家称天空极高处的风为"罡风",现在有时用来指强烈的风。

【浅释】

《发现》表达了诗人自美返国后理想与绝望相扭结的痛苦心灵体验。

全诗是几近崩溃和疯狂的语言的连缀。开篇突兀而起,主观想象(祖国如花)与客观存在(满目疮痍)的巨大反差使诗人惊愕绝望、血泪交迸。下面紧扣"这不是我的中华",比喻、通感双管齐下,观照、情感融为一体,既精练概括了惨不忍睹的黑暗现实,又形象描述了直面真相的痛苦感觉:"噩梦"——混沌污浊的现状、难以挣脱的恐怖;"悬崖"——危在旦夕的国运、难以逾越的绝望,"噩梦挂着悬崖"——由现实激起的恐怖和绝望使人痛不欲生!祖国怎么变成这样?心爱的中华在哪里?诗人怀着屈原式的悲愤上下求索,"问天"、"逼风"、"擂地"显示了求索的焦灼、急切和坚韧。"总问不出消息"顿跌蓄势,结尾绝地升华,发现理想的祖国原来深藏在中华赤子的心里!

此诗情感浓烈,直抒胸臆;峰回路转,词警意丰。

雪花的快乐

徐志摩

> 徐志摩(1896—1931),中国现代新月派重要诗人,浙江海宁人。曾留学欧美,先后在北京、上海等地大学任教。著有诗集《志摩的诗》《翡冷翠的一夜》《猛虎集》等。徐志摩早期诗歌有不少思想健康、格调明朗之作,蕴含爱祖国、反封建的积极因素;后期诗歌更多地流露出消极和厌世的情调。其诗作以爱情诗为中心题材,也有一些风景诗和贴近社会生活的诗;感情缠绵,富于想象;意象新颖美妙,章法严谨而多变;意境清新,风格飘逸,文笔清丽,极富音韵美。另外,徐志摩还有散文集《落叶》、《巴黎的鳞爪》、小说集《轮盘》等。

假如我是一朵雪花,
翩翩的在半空里潇洒,
　我一定认清我的方向——
　　飞飏,飞飏,飞飏,——
这地面上有我的方向。

不去那冷寞的幽谷,
不去那凄清的山麓,
　也不上荒街去惆怅——
　　飞飏,飞飏,飞飏,——
你看,我有我的方向!

在半空里娟娟的飞舞,
认明了那清幽的住处,
　等着她来花园里探望——
　　飞飏,飞飏,飞飏,——
啊,她身上有朱砂梅的清香!

那时我凭借我的身轻,
盈盈的,沾住了她的衣襟,
　贴近她柔波似的心胸——
　　消溶,消溶,消溶——
溶入了她柔波似的心胸!

【浅释】

徐志摩前期抒情短诗,色调明朗乐观,洋溢着争取个性解放的积极向上情绪,表现了他对爱情、美好事物和理想生活的热烈追求。

这首诗通篇以雪花自况,将理想激情与自然景象交融互渗,描绘了雪花飘逸轻灵、富于个性的生动形象,创造了雪花纷飞、神奇美妙、轻盈流动的意境,委婉含蓄地抒发了诗人对理想和爱情充满信心的欢快情绪。第一节写雪花的漂泊,二、三节写雪花的选择,第四节写雪花的快乐,节与节之间的意思衔接连贯,显示了时空的延续和推移,极富层次感,雪花形象呈现出自上而下、回旋飞舞的动态。

每节诗结构一致,大体整齐,一、二、五行齐头,三、四行缩进一格,均齐中又显变化,平添错落有致的动感。诗歌韵脚灵活自然,一、二句连韵,后三句换韵,巧妙地构成与雪花飘飞回旋相和谐的韵律,回环往复,流畅铿锵。另外,多用重言叠句、善采口语入诗,也是本诗特色。

【习题】

1. 有人说,《发现》是"爱与恨的结晶",你怎么看?
2. 试分析《雪花的快乐》中的"雪花"形象及其"快乐"的内涵。
3. 试比较闻一多、徐志摩诗歌创作的不同艺术风格。

现代派诗二首

寻 梦 者

戴望舒

> 戴望舒(1905—1950),原名戴梦鸥,浙江杭州人。中国现代派重要诗人,有"雨巷诗人"之称。早年就读于上海震旦大学,并开始从事新诗创作,曾留学法国、西班牙。他将西方象征主义诗艺与中国古典诗歌传统有机结合起来,创作出"铺张而不虚伪,华美而有法度"的现代新诗,开一代诗风。前期诗作清丽哀婉,多着重于对自己感伤情怀的抒发;后期诗作现实感加强,开始关注处于激烈变动中的时代和国家,风格一变为激昂沉郁。戴望舒在新诗的创作和译介方面都做出了重要贡献,除了诗集《望舒草》《我的记忆》等外,还有译作、散文传世。

梦会开出花来的,
梦会开出娇妍的花来的:
去求无价的珍宝吧。

在青色的大海里,
在青色的大海的底里,

深藏着金色的贝一枚。

你去攀九年的冰山吧,
你去航九年的旱海吧,
然后你逢到那金色的贝。

它有天上的云雨声,
它有海上的风涛声,
它会使你的心沉醉。

把它在海水里养九年,
把它在天水里养九年,
然后,它在一个暗夜里开绽了。

当你鬓发斑斑了的时候,
当你眼睛矇眬了的时候,
金色的贝吐出桃色的珠。

把桃色的珠放在你怀里,
把桃色的珠放在你枕边,
于是一个梦静静地升上来了。

你的梦开出花来了,
你的梦开出娇妍的花来了,
在你已衰老了的时候。

【浅释】

　　《寻梦者》是奋斗者心灵的历史,"梦"是美好理想的象征。

　　诗作以"寻梦"为抒情线索。第一节写寻梦的信念,为下文铺垫。二至六节写寻梦的历程,依次写金贝的所在、寻贝的艰辛、金贝的奇妙、金贝的养护、金贝的吐珠。金贝深藏于海底,可见寻梦的不易。"九年""冰山""旱海"写出寻梦岁月的漫长和寻梦路途的险远。金贝有着丰美的蕴含,能使人欢乐沉醉,令人执着追求。"海水""天水"各养"九年",说明寻到金贝仍须付出长久的艰辛和磨难,即使金贝终于吐珠,也远非寻梦的终点。末两节写寻梦的结局,梦开出娇妍花朵之日,正是寻梦者衰老之时。结尾遥呼开头,将情感波澜推向更高层次,昭示人们:任何美好理想的实现,必须付出人终生追求的艰苦代价。

　　本诗采用圆圈式结构、传统诗歌意象、日常说话语调,含蓄地表达复杂化、精微化的现代人的感受,富于民族色彩。

断章[1]

卞之琳

> 卞之琳(1910—2000),生于江苏海门汤家镇,祖籍江苏溧水,曾用笔名季陵,诗人、文学评论家、翻译家。20世纪30年代出现于诗坛,曾经受过新月派的影响,但更醉心于法国象征派,并且善于从中国古典诗词中汲取营养,形成自己独特的风格。其诗精巧玲珑,联想丰富,跳跃性强,尤其注意理智化、戏剧化和哲理化,善于从日常生活中发现诗的内容并挖掘出常人意料不到的深刻内涵,诗意大多偏于晦涩深曲,冷僻奇兀,耐人寻味。著有诗集《三秋草》《鱼目集》《数行集》等。作为翻译家,他为英语诗歌汉译和莎士比亚戏剧翻译事业做出了杰出贡献。

你站在桥上看风景,
看风景的人在楼上看你。

明月装饰了你的窗子,
你装饰了别人的梦。

【简注】

[1]这首短诗,诗人回忆说,它得之于诗人1935年在日本京都将近半年客居中偶得的一闪念。原拟足成一首完整的诗,但又感到意已写尽,无须多说,可以独立成章,故名《断章》。

【浅释】

这是一首哲理诗,以象征性画面涵容人生哲理。

诗的结构非常简单,两节各展示一幅画面,似断似连,可并可分。在第一节中,互不关联的意象被"看"字组合为一体,意谓"你"既是风景的观赏者(审美主体),又是风景的组成部分(审美客体)。在第二节中,一虚一实两个场景被"装饰"联系到一起,意谓"你"既是甲场景的主导者("明月"的主体),享受着自然的恩赐;又是乙场景的从属者("别人"的客体),装点着别人的梦境。在朴素而隽永的图画里,诗人传达了智性思考所得:一切皆相对,一切皆相关,人生处处存在"相对状态",时时可能发生主客置换。

与主客换位的思想内涵相吻合,《断章》的语言组织采用主宾位移手法,主语和宾语、主体意象与客体意象的互换,不仅使上下句首尾相连,加强了诗歌语言的密度,且产生了音义回旋的美感效应,增强了诗画意境的审美效果。

【习题】

1. 试分析戴望舒《寻梦者》中的寻梦者形象。
2. 试分析卞之琳《断章》所阐发的人生哲理。
3. 重读《雨巷》,结合《寻梦者》《乐园鸟》谈谈戴望舒诗歌的结构艺术。

七月派诗二首

手 推 车

艾 青

> 艾青(1910—1996),原名蒋海澄,浙江金华人,中国现代七月派先驱诗人,艾青一生诗歌创作有两次高峰:抗战时期(以"太阳组诗"和"北方组诗"为代表)和"复出"以后(以《归来的歌》《光的赞歌》为代表)。其诗较多地把个人悲欢融合到时代的悲欢里,反映民族和人民的苦难与命运,反映现实的生活和斗争,比较鲜明地传出时代的呼唤和人民的心声。充沛浓烈的感情,深沉忧郁的情调,准确鲜明的意象,自由不羁的体式,朴实无华的语言,粗犷奔放的风格,是艾青诗歌的独具风采。还著有《诗论》,强调创作的使命感、民族性、多样性和散文美。

在黄河流过的地域
在无数的枯干了的河底
手推车
以唯一的轮子
发出使阴暗的天穹痉挛的尖音
穿过寒冷与静寂
从这一个山脚
到那一个山脚
彻响着
北国人民的悲哀

在冰雪凝冻的日子
在贫穷的小村与小村之间
手推车
以单独的轮子
刻画在灰黄土层上的深深的辙迹
穿过广阔与荒漠
从这一条路
到那一条路
交织着
北国人民的悲哀

【浅释】

《手推车》是关于北方农村的写景,诗歌所寄寓的深广忧愤,远远超出了传达悲哀思绪的媒介"手推车"本身。

这首诗在艺术表现上很单纯，主体意象"手推车"被置于特定的时空——冰冷凝冻的季节里、旷阔死寂的荒漠上，以两节复沓的形式贯穿始终。第一节主要诉诸读者的听觉，重点写"尖音"，极力渲染环境的冷寂，让车轮的尖叫声充塞整个空间，造成一种凄厉悲苦的气氛和情调。第二节主要诉诸读者的视觉，重点写"辙迹"，极力描绘环境的荒阔，让漫长而深深的辙印交织整个画面。全诗构成方式如同一副对联，内容上互补，形式上对称。

艾青很注意在诗中运用绘画技巧。一是藏露有方，舍弃了全景式、写实式的人生场景描绘，笔墨浓缩到小小物象手推车上，让人从极有限的一"点"去想象整个的"面"。二是著笔成绘，所有的意象都带有一种触目的质感，给人一种雕塑的立体的感觉。

泥　土

鲁　藜

> 鲁藜(1914—1999)，原名许度地，福建厦门人，中国现代七月派诗人。童年时随父母侨居越南，1932年回国开始发表文学作品。1934年到上海参与左翼文学活动。1938年入延安抗大学习，发表震撼诗坛的《延安组诗》，被誉为"传遍世界的福音"。1955年因受"胡风集团"事件株连蒙冤入狱26年。鲁藜虽然个性温和如水，内心却炽热似火，永远秉持着一颗不停燃烧的心灵。擅长写作长短诗(包括叙事诗)、哲理诗。诗作格调清新明丽，兼有浸润着现实主义和象征主义相交融的诗情韵味，自成一家。著有诗集《醒来的时候》《锻炼》《时间的歌》《星的歌》《鲁藜诗选》等。

老是把自己当作珍珠，
就时时有被埋没的痛苦。

把自己当作泥土吧，
让众人把你踩成一条道路。

【浅释】

这首精粹的短诗，谈的是为人处世哲理。

作品采用否定与肯定对比的结构方式，鲜明地表达了自己的生活思考。"珍珠"和"泥土"两个意象各有两重意蕴：如何认识自我？如何显示自我？自视甚高、自命不凡者，把自己当成"珍珠"，自我膨胀导致孤芳自赏，肆意炫耀。自视客观、抱平常心者，把自己视为"泥土"，实事求是使人本分低调，不事张扬。两种相反的自我评价和做人态度，带来不同的人生结局。"珍珠"们以自我为中心，不可能放下身段屈己奉献，势必陷入无限懊恼，最终一事无成。"泥土"们毫无被埋没的心理负担，自认卑微，默默奉献，在成就他人的同时也实现了自己的人生价值(由泥土变成"道路")。上节重在告诫，下节重在劝勉，两节其实一意，即只有正确估价自己，处世保持低调，乐于奉献社会，才会成就人生。

本诗巧用象征性对比，语言平朴简练，说理平易亲切。

【习题】

1.《手推车》的艺术结构精致谨严,请结合作品做具体分析。

2.阅读艾青《雪落在中国的土地上》、胡风《为祖国而歌》、阿垅《纤夫》,总结归纳七月派诗歌的抒情特征。

3.请谈谈你对《泥土》所阐发的人生哲理的理解。

九叶派诗二首

春

穆 旦

> 穆旦(1918—1977),原名查良铮,浙江海宁人,中国现代九叶派代表诗人,被誉为中国现代"新诗的终点"。抗日战争爆发后,在香港《大公报》副刊和昆明《文聚》上发表大量诗作,成为有名的青年诗人。1939年开始系统接触西方现代派诗歌、文论,创作发生转变,并走向成熟。1940年代出版了《探险者》《穆旦诗集》《旗》三部诗集,作品将西欧现代主义和中国诗歌传统结合起来,富于象征寓意和心灵思辨,有着强烈的抒情气质,深沉的哲理内涵,浓厚的现代气息。1950年代起,穆旦开始从事外国诗歌的翻译,翻译普希金、雪莱、拜伦、布莱克、济慈等诗集十余种。

绿色的火焰在草上摇曳,
他渴求着拥抱你,花朵。
反抗着土地,花朵伸出来,
当暖风吹来烦恼,或者欢乐。
如果你是醒了,推开窗子,
看这满园的欲望多么美丽。

蓝天下,为永远的谜蛊惑着的
是我们二十岁的紧闭的肉体,
一如那泥土做成的鸟的歌,
你们被点燃,卷曲又卷曲,却无处归依。
呵,光,影,声,色,都已经赤裸,
痛苦着,等待伸入新的组合。

1942年2月

【浅释】

《春》艺术地表达了诗人所深味的青春骚动带来的欢欣和痛苦。

上节写春天的景致,重心在写对春天的感觉。通过充满强烈动感的形象(草的疯长、花的绽放),展示了春天的蓬勃生机(窗外),也暗示青春的蓬勃气息(窗内)。"烦恼""欢乐"概括了因美丽春景所诱发的欣喜、躁动、困惑意绪。下节着力表现的是生命的春天:写青年人生命的勃发与阻遏。由花草"欲望"的恣意勃发写到青春"欲望"的无端缠缚,成熟的肉体想释放欲望而不得不"紧闭",浪漫的情思要轻盈飞翔却为沉重感所牵制,美好的青春伴随着"被点燃""却无处归依"的无奈、焦虑和迷惘。诗中的"光,影,声,色"皆是"欲望"的符号,洋溢着青春激情的生命渴望创造,渴望成熟,渴望收获,渴望在心灵的悸动和痛苦的挣扎中完成自我的裂变、整合与升华。

此诗手法新颖别致,语言充满张力,抒情气质强烈。

金黄的稻束

郑 敏

> 郑敏(1920—),女,生于北京,福建闽侯人,九叶派重要的女诗人。1942年开始发表诗作,与她深入研究过的奥地利诗人里尔克一样,偏重内在的感受和宁静的观照,力图将现实与历史的体验同西方诗歌的现代意识交织在一起,总是从日常事物引发对宇宙与生命的思索,并将其凝定于静态而又灵动的意境里,每一个画面都仿佛是一幅静物写生,而在雕塑般的意象中凝结着诗人澄明的智慧与静默的哲思。著有诗集《寻觅集》《早晨,我在雨里采花》及诗合集《九叶集》,论文集《英美诗歌戏剧研究》,译作《美国当代诗选》等。

金黄的稻束站在
割过的秋天的田里,
我想起无数个疲倦的母亲,
黄昏的路上我看见那皱了的美丽的脸,
收获日的满月在
高耸的树巅上
暮色里,远山
围着我们的心边
没有一个雕像能比这更静默。
肩荷着那伟大的疲倦,你们
在这伸向远远的一片
秋天的田里低首沉思
静默。静默。历史也不过是
脚下一条流去的小河
而你们,站在那儿
将成了人类的一个思想

【浅释】

本诗通过描绘秋日黄昏的稻束形象,赞美了劳作的艰辛与伟大。

首句出现实体意象"金黄的稻束","站"赋予它静默意味;次句点明收获的季节和地点。接下来两句描写虚拟意象"疲倦的母亲"——劳动者的典型代表,"皱"暗示劳作的艰辛,"美丽"流露丰收的喜悦。"我想起""我看见"将有因果联系的虚实意象重叠起来。接着以"满月""树巅""远山"等构成苍茫寥廓的背景,映衬稻束那无与伦比的"静默",这远甚于雕像的"静默",凝结着创造的坚韧、奉献的坦然和收获的圆满。"肩荷"上呼"站","伟大的疲倦"上呼"疲倦","疲倦"以"伟大"修饰,表达了对辛勤耕耘的崇敬和劳作价值的赞美。接下来几句进而写稻束在"静默"中"低首沉思":时间长河无法湮没朴素的"思想"——任何"收获"都来自不知"疲倦"的劳动。

全诗宁静、饱满、透明,语言优美且富有雕塑质感。

【习题】

1. 穆旦《春》上下两节在抒情上存在着对应关系,请试做分析。
2. 阅读穆旦《诗八首》归纳其思想内容和语言特色。
3. 谈谈郑敏《金黄的稻束》中稻束形象的象征意义。

朦胧派诗二首

双 桅 船

舒 婷

> 舒婷(1952—),原名龚佩瑜,福建泉州人。当代诗人,20世纪80年代初朦胧派代表作家。她的诗歌呈现出对个体价值和独立人格的肯定与尊重,表达了对理想的追求,对传统的反思和对人的价值的呼唤。在艺术上自觉融入了现代主义的技巧,如象征、隐喻、意象的组合和跳跃等,情感丰富温婉,诗思缜密流畅,意象明丽隽美,笔调纯净忧伤,充盈着强烈的自我色彩和理想色彩,具有细腻而沉静、哀婉而坚强的抒情风格。著有诗集《双桅船》《会唱歌的鸢尾花》、散文集《心烟》等多种。

雾打湿了我的双翼,
可风却不容我再迟疑。
岸啊,心爱的岸,
昨天刚刚和你告别,
今天你又在这里。
明天我们将在,
另一个纬度相遇。

是一场风暴,一盏灯,
把我们联系在一起。
是一场风暴,另一盏灯,
使我们再分东西。

不怕天涯海角,
岂在朝朝夕夕。
你在我的航程上,
我在你的视线里。

【浅释】

全诗以双桅船自述的语气,通过船与岸相合相离的自然属性,表达了对爱人之间聚散关系的理解。

第一节写对岸的依恋和离合的频繁。开始两句"雾""风"展示了双桅船存在的空间,"雾"打湿了双翼,意谓船因为雾障在"迟疑"着,然而"风"却在催促它起航。第三句"岸"附语气词并加定语重复,凸出"船"渴望依偎"岸"的怀抱。"告别""相遇",描写聚散身不由己,"昨天""今天""明天"点明聚散节奏飞快。第二节写对聚少离多的感伤的超越。"风暴""灯"既是船岸"连系"(相遇)的原因,又是船岸"再分"(告别)的动力。双桅船命定了属于大海和风暴,它必须乘风破浪完成自己的使命。然而,不论航程多么遥远,不论别期多么漫长,远大的理想和深挚的情爱必将穿越时空的障碍。

此诗以忧郁、细腻、温柔的母性笔调,赋予人间悲欢离合这一古老文学主题以全新的内涵。

眨　眼

顾　城

> 顾城(1956—1993),原籍上海,中国朦胧派的重要代表,被称为"童话诗人"。1977在《今天》发表诗作后在诗歌界引起强烈反响和巨大争论。1988年赴新西兰,讲授中国古典文学。后隐居新西兰激流岛,过自给自足的生活。1993年10月8日在其新西兰寓所因婚变杀死妻子谢烨后自杀。著作主要有《黑眼睛》《顾城诗集》《顾城童话寓言诗选》《城》等,部分作品被译为英、德、法等多国文字。

在那错误的年代里,我产生了这样的"错觉"。

　　我坚信,
　　我目不转睛。

　　彩虹,
　　在喷泉中游动,
　　温柔地顾盼行人,
　　我一眨眼——
　　就变成了一团蛇影。

　　时钟,
　　在教堂里栖息,

沉静地嗑着时辰，
我一眨眼——
就变成了一口深井。

红花，
在银幕上绽开，
兴奋地迎接春风，
我一眨眼——
就变成了一片血腥。

为了坚信，
我双目圆睁。

【浅释】

顾城的诗，童心外溢，想象奇特，看似平淡天真，实则晶莹剔透。

《眨眼》写特定时代中人的心理错觉，表现时代的荒诞带给天真心灵的戕害。诗前小序点明心理"错觉"产生的社会根源。诗歌首尾写主观心态，中间写客观现实。诗人"坚信"美好的事物不会很快消失，故此"目不转睛"地观照，"目不转睛"体现了观照的专注。然而，执着信念被无情现实击得粉碎，在"眨眼"的瞬间，温柔飘逸的"彩虹"蜕变为阴森可怕的"蛇影"，运转不息的"时钟"蜕变为死寂莫测的"深井"，迎风绽开的"红花"蜕变为惨不忍睹的"血腥"。蜕变的频率之高、跨度之大、速度之快，全然出人意料。面对美好事物接二连三、怵目惊心的蜕变，诗人无比错愕，"为了坚信"强调坚守信念，"双眼圆睁"呼应"目不转睛"，流露出不满、质疑和愤慨。

这首诗情绪表达真实明朗，艺术结构紧凑整一，有别于顾城其他诗作。

【习题】

1. 试分析舒婷《双桅船》《致橡树》对生活和爱情的理解。
2. 试分析顾城《眨眼》中的理性思考和意象变化的象征内涵。
3. 搜读顾城《一代人》《远和近》《回归》，归纳顾城诗歌抒情特征。

第十章
现当代散文

现代散文发轫于"五四"前后的白话文运动。它的发展总起来说呈现"龙"头"蛇"尾、一水三分（散文、杂文、报告文学）、由"雅"趋"俗"的迹象。

20世纪20年代散文创作甚有实绩，名家、名篇数不胜数，如鲁迅的怀旧散文《朝花夕拾》和散文诗《野草》、朱自清的写景抒情散文《桨声灯影里的秦淮河》《荷塘月色》、冰心的抒情叙事散文《往事》《寄小读者》、郁达夫的自传性散文《鸡肋集》《奇零集》等。作家们都形成了各自风格，如鲁迅深沉冷峻，朱自清漂亮缜密，冰心清丽典雅，郁达夫率真奔放。同期散文家还有叶圣陶、俞平伯、徐志摩、许地山、王统照、郑振铎、钱钟书、叶灵凤、柯灵、梁遇春等。杂文创作队伍阵容也不小，鲁迅、陈独秀、李大钊、钱玄同、刘半农等，都是激扬文字的大手笔。陈独秀是"杂感录"这一文体的开创者，而鲁迅是杂感创作成就最高者，他匕首、投枪般的文字开创了以议论时政为主的现代杂文。瞿秋白《饿乡纪程》把报告文学这一崭新文学样式带进了现代散文园地。

20世纪30年代，纯散文创作果实累累，杂文创作进入繁荣期，报告文学走向成熟。纯散文各门类均有佳作，抒情散文如何其芳《画梦录》、缪崇群《晞露集》、丽尼《黄昏之献》、陆蠡《竹刀》、沈从文《湘行散记》、茅盾《故乡杂记》《雷雨前》，叙事散文如李广田《画廊集》《银狐集》、萧红《商市街》《桥》，游记散文如郁达夫《屐痕处处》、朱自清《欧游杂记》、巴金《海行杂记》，议论散文如梁遇春《春醪集》、丰子恺《缘缘堂随笔》，其他如夏丏尊《平屋杂文》、叶圣陶《未厌居习作》、吴组缃《饭余集》、吴伯箫《羽书》等，可谓琳琅满目。此时期杂文主要写手有瞿秋白、徐懋庸、唐弢、茅盾、聂绀弩等。鲁迅创作重心由小说转向杂文，其杂文内容丰富，思想深刻，是诗和政论的结合。其他杂文作家均形成独特个性：瞿秋白深刻透辟，锐利幽默；聂绀弩恣肆酣畅，才情横溢；唐弢尖锐泼辣，激愤犀利；徐懋庸从容自如，拙直质朴；巴人视野开阔，迂曲深刻；柯灵简洁明快，辛辣有力。鲁迅后期杂文和左翼作家的杂文，在当时紧跟政治，起到了积极的战斗作用，并为后世的杂文创作提供了优秀范例。报告文学成熟的标志有二：一是编了两个集子，即《上海事变与报告文学》（阿英编）、《中国的一日》（茅盾主编）；二是出了四个名篇，即《包身工》（夏衍）、《一九三六年春在太原》（宋之的）、《中国的西北角》（范长江）、《呼吸》（曹白）。名作还有邹韬奋《萍踪寄语》《萍踪忆语》、萧乾《流民图》《平绥琐记》。黄钢、沙汀、周立波等也有报告文学力作问世。

20世纪40年代，抒情、议论散文成就远不及叙事散文，小品文走向衰落，报告文学空前繁荣，杂文逐渐唱了主角。何其芳《星火集》、李广田《灌木集》、茅盾《白杨礼赞》《风景谈》、巴金《梦与醉》《龙·虎·狗》、萧红《回忆鲁迅先生》、梁实秋《雅舍小品》、冯至《山水》、张爱玲《更衣记》《流言》、沈从文《湘西》、钱钟书《写在人生边上》、王了一《龙虫并雕斋琐语》等,是这个时期散文的精品。但总体说来,纯文学意义的散文不如前两个时期繁荣。报告文学的主要成就体现在写人、记事两个方面,分属两大题材:反映前线战事进展与描述后方社会情状。骆宾基《救护车里的血》《在夜的交通线上》等报道了上海救亡运动;以群《台儿庄战场散记》、长江《台儿庄血战经过》等报道了台儿庄战役;丘东平《我们在那里打了败仗》、黄钢《开麦拉之前的汪精卫》等记叙了日寇暴行和国民党消极抗战造成的惨状;萧乾《血肉筑成的滇缅路》报道了滇西二十万同胞筑路经过。孤岛报告文学有梅益等编辑的《上海一日》。解放区涌现出刘白羽、华山、周而复等一大批涉笔报告文学的作家,名篇有丁玲《彭德怀速写》、沙汀《我所见之H将军》、周立波《王震将军记》、陈荒煤《陈赓将军印象记》、白朗《一面光荣的旗帜》、周而复《诺尔曼·白求恩断片》等。孤岛杂文创作比较活跃。"野草"派杂文名篇有夏衍《论肚子问题》《野草》、聂绀弩《我若为王》《血书》、宋云彬《替陶渊明说话》、孟超《历史的窗纸》、秦似《斩棘集》《剪灯碎语》。"鲁迅风"派杂文作家主要有王任叔(巴人)、周木斋、唐弢、柯灵、许广平等。该派出版了《边鼓集》和《横眉集》两本杂文合集。解放区杂文的重要作品有王实味《野百合花》、丁玲《三八节有感》等。

20世纪50—70年代中期,散文的审美风范为单纯、集中、鲜明、和谐。50年代,叙事散文生机蓬勃,围绕经济建设和抗美援朝而兴起高潮。歌颂经济建设和人民理想情操的名作主要有李若冰《柴达木手记》、柳青《皇甫村三年》、杨朔《香山红叶》、碧野《天山景物记》和何为《第二次考试》等。魏巍的通讯报告《谁是最可爱的人》等引起全国轰动,巴金、刘白羽、菡子也纷纷写出反映抗美援朝的佳作。"干预生活"的作品算是异类,刘宾雁的报告文学《在桥梁工地上》《本报内部消息》引人注目。60年代,抒情散文繁荣兴旺,出现了杨朔、刘白羽和秦牧"散文三大家"。杨朔诗意隽永的《茶花赋》《雪浪花》、刘白羽激情奔放的《长江三日》、秦牧理趣兼容的《古战场春晓》《社稷坛抒情》等成为人们仿效的范本。冰心《樱花赞》、吴伯箫《记一辆纺车》、方纪《挥手之间》等抒情散文和邓拓的《燕山夜话》等杂文,也有很大反响。70年代中后期,徐迟《哥德巴赫猜想》成为我国报告文学的新突破和新开拓。随后好作品连续不断,如黄钢《亚洲大陆的新崛起》、黄宗英《大雁情》、刘宾雁《人妖之间》、钱钢《唐山大地震》、杨黎光《没有家园的灵魂》、陈冠柏《黑色的七月》、涵逸《中国的小皇帝》等,都好评如潮。新时期散文创作空前繁荣,抒情散文继续兴盛,如《十月的长安街》(袁鹰)、《怀念萧珊》(巴金)、《小米的回忆》(曹靖华)、《痛悼傅雷》(楼适夷)。此外,出现了文化散文、学者散文、女性散文、网络散文、校园散文等多种散文样态。优秀散文家不可胜数,如张中行、季羡林、杨绛、金克木、孙犁、宗璞、周国平、余秋雨、张承志、高洪波、赵丽宏、史铁生、贾平凹、王英琦、刘亮程、周涛。《文化苦旅》《负暄琐话》《我与地坛》等成为人们争读的对象。

台港澳地区散文题材多样,立意深刻。梁实秋、柏杨、李敖、余光中、张晓风、三毛、席慕蓉等人的散文作品都在内地形成过热潮。

野草题辞[1]

鲁 迅

> 鲁迅(1881—1936),原名周树人,字豫才,浙江绍兴人。中国现代伟大的文学家、思想家、革命家,中国现代文学的奠基人。鲁迅一生在文学创作、文学批评、思想研究、文学史研究、翻译、美术理论引进、基础科学介绍和古籍校勘与研究等多个领域具有重大贡献。1918年后,陆续创作出版了小说集《呐喊》《彷徨》《故事新编》,散文诗集《野草》,散文集《朝花夕拾》,杂文集《热风集》《华盖集》等。鲁迅小说完成了中国古典小说艺术到现代小说艺术的根本转变。鲁迅杂文是对中国议论性散文的创造性发展,杂文因之跻身文学殿堂。此外编著《汉文学史纲要》《中国小说史略》等。

当我沉默着的时候,我觉得充实;我将开口,同时感到空虚。[2]

过去的生命已经死亡。我对于这死亡有大欢喜,[3]因为我借此知道它曾经存活。死亡的生命已经朽腐。我对于这朽腐有大欢喜,因为我借此知道它还非空虚。

生命的泥委弃在地面上,不生乔木,只生野草,这是我的罪过。

野草,根本不深,花叶不美,然而吸取露,吸取水,吸取陈死人的血和肉,[4]各各夺取它的生存。当生存时,还是将遭践踏,将遭删刈,直至死亡而朽腐。

但我坦然,欣然。我将大笑,我将歌唱。

我自爱我的野草,但我憎恶这以野草作装饰的地面。[5]

地火在地下运行,奔突;熔岩一旦喷出,将烧尽一切野草,以及乔木,于是并且无可朽腐。

但我坦然,欣然。我将大笑,我将歌唱。

天地有如此静穆,我不能大笑而且歌唱。天地即不如此静穆,我或者也将不能。我以这一丛野草,在明与暗,生与死,过去与未来之际,献于友与仇,人与兽,爱者与不爱者之前作证。

为我自己,为友与仇,人与兽,爱者与不爱者,我希望这野草的朽腐,火速到来。要不然,我先未曾生存,这实在比死亡与朽腐更其不幸。

去罢,野草,连着我的题辞!

一九二七年四月二十六日

鲁迅记于广州之白云楼上[6]

【简注】

[1]《野草》:鲁迅1927年出版的散文诗集,是中国现代散文诗走向成熟的第一个里程碑。 [2]一九二七年九月二十三日,作者在广州作的《怎么写》(后收入《三闲集》)一文中,曾描绘过他的这种心情:"我靠了石栏远眺,听得自己的心音,四远还仿佛有无量悲哀,苦恼,零落,死灭,都杂入这寂静中,使它变成药酒,加色,加味,加香。这时,我曾经想要写,但是不能写,无从写。这也就是我所谓'当我沉默着的时候,我觉得充实,我将开口,同时感到空虚。'" [3]大欢喜:佛家语,指达到目的而感到极度满足的一种境界。 [4]陈死人:指死去很久的人。见《古诗十九首·驱车上东门》:"驱车上东门,遥望郭北墓。……下有陈死人,杳杳即长暮。……" [5]地面:比喻黑暗的旧社会。作者曾说,《野草》中的作品"大半是废弛的地狱边沿的惨白色小花"。(《〈野草〉英文译本序》) [6]白云楼:在广州东堤白云路。据《鲁迅日记》,一九二七年三月二十九日,作者由中山大学"移居白云路白云楼二十六号二楼"。

【浅释】

题辞简介了《野草》的基本内容和创作情绪。

开笔披露写作背景、心境。"沉默"(即思考)时觉得感愤充溢心胸,因而"觉得充实";但因世道血腥不知如何言说,故又"感到空虚"。中间数段说明作品内涵价值。它展示了生命"存活"的痕迹,在告别过去迈向未来之际,因过去并非"空虚"而欣慰。喻诗集为"野草",自谦中不乏自信。作者"自爱",因其吸取了中外文学遗产和"五四"时代精神,凝结了自身生命历程;作者"欣然",因其若遭到践踏、删刈、死亡厄运,将证明它具有刺痛黑暗的战斗价值。作者不愿《野草》成为粉饰太平的存在物,而期待着它在地火奔突的"涅槃"中获得新生。那时作者将"大笑"和"歌唱"。然而,现实残酷,任何愤怒、反抗的声音都无法痛快表达,难免憋屈、遗憾。末尾几段交代《野草》的创作目的,即证实自己生活过,抗争过。

独语体式和含蓄笔法是题辞特色。

【习题】

1. 试分析散文诗《野草》书名的深刻寓意。
2. 结合题辞中出现的若干意象,谈谈其象征内涵。
3. 试分析《野草题辞》在语言表达上的特色。

冬　天

朱自清

> 朱自清(1898—1948),现代著名散文家、诗人、学者、民主战士。原籍浙江绍兴,生于江苏东海,后随祖父、父亲定居扬州。幼年受中国传统文化的熏陶,受五四浪潮的影响走上文学道路,1923年发表长诗《毁灭》。1926年任清华大学教授,转而从事散文创作,成为名噪一时的散文作家。著有散文集《背影》《欧游杂记》《伦敦杂记》等,代表作为《荷塘月色》《背影》《桨声灯影里的秦淮河》。朱自清散文从清秀隽永到质朴腴厚再到激进深邃,以朴素缜密、清隽沉郁、语言洗练、文笔清丽著称,显示出独特的艺术风格和审美旨趣。另有文艺论著《诗言志辨》《论雅俗共赏》等传世。

说起冬天,忽然想到豆腐。是一"小洋锅"(铝锅)白煮豆腐,热腾腾的。水滚着,像好些鱼眼睛,一小块一小块豆腐养在里面,嫩而滑,仿佛反穿的白狐大衣。锅在"洋炉子"(煤油不打气炉)上,和炉子都熏得乌黑乌黑,越显出豆腐的白。这是晚上,屋子老了,虽点着"洋灯",也还是阴暗。围着桌子坐的是父亲跟我们哥儿三个。"洋炉子"太高了,父亲得常常站起来,微微地仰着脸,觑着眼睛,从氤氲的热气里伸进筷子,[1]夹起豆腐,一一地放在我们的酱油碟里。我们有时也自己动手,但炉子实在太高了,总还是坐享其成的多。这并不是吃饭,只是玩儿。父亲说晚上冷,吃了大家暖和些。我们都喜欢这种白水豆腐;一上桌就眼巴巴望着那锅,等着那热气,等着热气里从父亲筷子上掉下来的豆腐。

又是冬天,记得是阴历十一月十六晚上。跟S君P君在西湖里坐小划子,S君刚到杭州教书,事先来信说:"我们要游西湖,不管它是冬天。"那晚月色真好;现在想起来还像照在身上。本来前一晚是"月当头";也许十一月的月亮真有些特别罢。那时九点多了,湖上似乎只有我们一只划子。有点风,月光照着软软的水波;当间那一溜儿反光,像新砑的银子。湖上的山只剩了淡淡的影子。山下偶尔有一两星灯火。S君口占两句诗道:"数星灯火认渔村,淡墨轻描远黛痕。"我们都不大说话,只有均匀的桨声。我渐渐地快睡着了。P君"喂"了一下,才抬起眼皮,看见他在微笑。船夫问要不要上净寺去,是阿弥陀佛生日,那边蛮热闹的。到了寺里,殿上灯烛辉煌,满是佛婆婆念佛的声音,好像醒了一场梦。这已是十多年前的事了,S君还常常通着信,P君听说转变了好几次,前年是在一个特税局里收特税了,以后便没有消息。

在台州过了一个冬天,一家四口子。台州是个山城,可以说在一个大谷里。只有一条二里长的大街。别的路上白天简直不大见人,晚上一片漆黑。偶尔人家窗户里透出一点灯光,还有走路的拿着的火把,但那是少极了。我们住在山脚下。有的是山上松林里的风声,跟天上一只两只的鸟影。夏末到那里,春初便走,却好像老在过着冬天似的;可是即便真冬天也并不冷。我们住在楼上,书房临着大路,路上有人说话,可以清清楚楚地听见。但因为走路的人太少了,间或有点说话的声音,听起来还只当远风送来的,想不到就在窗外。我们是外路人,除上学校去之外,常只在家里坐着。妻也惯了那寂寞,只和我们爷儿们守着。外边虽老是冬天,家里却老是春天。有一回我上街去,回来的时候,楼下厨房的大方窗开着,并排地挨着她们母子三人,三张脸都带着天真微笑的向着我。似乎台州空空的,只有我们四人;天地空空的,也只有我们四人。那时是民国十年,妻刚从家里出来,满自在。现在她死了快四年了,我却还老记着她那微笑的影子。

无论怎么冷,大风大雪,想到这些,我心上总是温暖的。

1933 年 2 月

【简注】

[1]氤氲(yīn yūn):烟气、烟云弥漫的样子;气或光混合动荡的样子。

【浅释】

朱自清散文分社会生活、个人家庭、风光景物三类,本文属第二类。题为"冬天",意不在绘冬天之景致,而在念冬日之人情。

文章采用先总后分的结构方式、蒙太奇组接方式,依次描画出父子围炉吃豆腐、朋友泛舟游西湖、全家相守在台州三幅恬淡温情的画面,表现了人与人之间真挚的情怀——长者的疼爱、朋友的关切和亲人的眷念。三个场景,都是白描式的简单勾勒,寥寥几笔,意味全出。画面中的景色与人物深浅有致,远近相间,动静结合,虚实掩映,营造出"冬天里的春天"的意境和氛围。在对温馨往事的追忆和人间温情的赞美中,又隐含着时光不再、物是人非的淡淡感伤。结句是全文文眼,也是内在线索,关锁前述三段,披露文章意旨,干净蕴藉,令人回味。

作者善于在平凡的生活中发现诗意,能够在平淡的日子中寻得感动,出之以暖人心灵的细节,朴素洁净的文字,由是分外感人。

【习题】

1. 文章并没有像同类散文那样写冬景,以"冬天"为题是否合适?
2. 文章中三个生活场景的描写各有特色,请结合作品做具体分析。
3. 作者是通过什么方法把散珠式的生活镜头凝结为一个艺术整体的?

钱

梁实秋

> 梁实秋(1903—1987),原名梁治华,字实秋,原籍浙江杭州,生于北京。现代文学批评家、作家、翻译家。著有散文集《雅舍小品》《槐园梦忆》等,译著有《莎士比亚全集》,编著有《英国文学史》。梁实秋的散文师承周作人的冲淡,追慕林语堂的幽默,融文人散文与学者散文于一体,追求"绚烂之极归于平淡"的境界及文调雅洁与感情渗入的有机统一,总体风格是简洁典雅。作品摹写世态人情,寄寓人生感悟,说古道今,谈人论物,幽默诙谐中含蕴委婉讽刺,讽刺揶揄中透出温厚旨趣。行文穿插中外掌故、俚语、趣闻,知识密度极大,东鳞西爪,信手拈来,疾徐有致,情韵悠长。

　　钱这个东西,不可说,不可说。一说起阿堵物,[1]就显着俗。其实钱本身是有用的东西,无所谓俗。或形如契刀,或外圆而孔方,[2]样子都不难看。若是带有斑斑绿锈,就更古朴可爱。稍晚的"交子""钞引"以至于近代的纸币,[3]也无不力求精美雅观,何俗之有?钱财的进出取舍之间诚然大有道理,不过贪者自贪,廉者自廉,关键在于人,与钱本身无涉。像和峤那样爱钱如命只可说是钱癖,[4]不能斥之曰俗;像石崇那样的挥金似土,只可说是奢汰,[5]不能算得上雅。俗也好,雅也好,事在人为,钱无雅俗可辨。

　　有人喜集邮,有人喜集火柴盒,也有人喜集戏报子,[6]也有人喜集鼻烟壶;[7]也有人喜集砚、集墨、集字画古董,甚至集眼镜、集围裙、集三角裤。各有所好,没有什么道理可讲。但是古今中外几乎人人都喜欢收集的却是通货。[8]钱不嫌多,愈多愈好。庄子曰:"钱财不积,则贪者忧。"[9]岂止贪者忧?不贪的人也一样的想积财。

　　人在小的时候都玩过扑满,[10]这玩意儿历史悠久,《西京杂记》:[11]"扑满者,以土为器,以蓄钱,有入窍而无出窍,满则扑之。"北平叫卖小贩,有喊:"小盆儿小罐儿"的,担子上就有大大小小的扑满,全是陶土烧成的,形状不雅,一碰就碎。虽然里面容不下多少钱,可是孩子们从小就明白储蓄的道理了。外国也有近似扑满的东西,不过通常不是颠扑得碎的,是用钥匙可以打开的,多半作猪形,名之为"猪银行"。不晓得为什么选择猪形,也许是取其大肚能容吧?

　　我们的平民大部分是穷苦的,靠天吃饭,就怕干旱水涝,所以养成一种饥荒心理,"常将有日思无日,莫待无时思有时。"储蓄的美德普遍存在于社会各阶层。我从前认识一位小学教员,别看她月薪只有三十余元,她省吃俭用,省俭到午餐常是一碗清汤挂面洒上几滴香油,二十年下来,她拥有两栋小房。(谁忍心说她是不劳而获的资产阶级?)我也知道一位人力车夫,劳其筋骨,为人作马牛,苦熬了半辈子,携带一笔小小的资财,回籍买田娶妻生子作了一个自耕的小地主。这些可敬的人,他们的钱是一文一文积攒起来的。[12]而且他们常是量入为储,每有收入,不拘多寡,先扣一成两成作为储蓄,然后再安排支出。就这样,他们爬上了社会的阶梯。

　　"人无横财不富,马非青草不肥。"话虽如此,横财逼人而来,不是人人唾手可得,也不是全然可以泰然接受的。"腰缠十万贯,骑鹤上扬州",[13]只是一厢情愿的想法,暴发之后,势难持久,君不见:显宦孙子做了乞丐,巨商的儿子做了龟奴?[14]及身而验的现世报,[15]更是所在多有。钱财这个东西,真是难以捉摸,聚散无常。所以谚云:"积财千万,不如薄技在身。"

钱多了就有麻烦,不知放在哪里好。枕头底下没有多少空间,破鞋窠里面也塞不进多少。眼看着财源滚滚,求田问舍怕招物议,[16]多财善贾又怕风波,[17]无可奈何,只好送进银行。我在杂志上看到过一段趣谈:印第安人酋长某,[18]平素聚敛不少,有一天背了一大口袋钞票存入银行,定期一年,期满之日他要求全部提出,行员把钞票一叠一叠的堆在柜台上,有如山积。酋长看了一下,徐曰:[19]"请再续存一年。"行员惊异,既要续存何必提出?酋长说:"不先提出,我怎么知道我的钱是否安然无恙的保存在这里?"这当然是笑话,不过我们从前也有金山银山之说,却是千真万确的。我们从前金融执牛耳的大部分是山西人,[20]票庄掌柜的几乎一律是老西儿。[21]据说他们家里就有金山银山。赚了金银运回老家,溶为液体,泼在内室地上,积年累月一勺勺的泼上去,就成了一座座亮晶晶的金山银山。要用钱的时候凿上一块就行,不虞盗贼光顾。[22]没亲眼见过金山银山的人,至少总见过冥衣铺用纸糊成的金童玉女金山银山吧?[23]从前好像还没有近代恶性通货膨胀的怪事,然而如何维护既得的资财,也已经是颇费心机了。如今有些大户把钱弄到外国去,因为那里的银行有政府担保,没有倒闭之虞,而且还为存户保密,真是服务周到极了。

善居积的陶朱公,[24]人人羡慕,但是看他变姓名游江湖,其心里恐怕有几分像是挟巨资逃往国外作寓公,[25]离乡背井的,多少有一点不自在。所以一个人尽管贪财,不可无餍。[26]无冻馁之忧,[27]有安全之感,能罢手时且罢手,大可不必"人为财死"而后已,陶朱公还算是聪明的。

钱,要花出去,才发生作用。穷人手头不裕,为了住顾不得衣,为了衣顾不得食,为了食谈不到娱乐,有时候几个孩子同时需要买新鞋,会把父母急得冒冷汗!贫婆到了这个地步,[28]一个钱也不能妄用,只有牛衣对泣的份。[29]小康之家用钱大有伸缩余地,最高明的是不求生活水准之全面提高,而在几点上稍稍突破,自得其乐。有人爱买书,有人爱买衣裳,有人爱度周末,各随所好。把钱集中用在一点上,便可以比较容易适度满足自己的欲望。至于豪富之家,挥金如土,未必是福,穷奢极侈,乐极生悲,如果我们举例说明,则近似幸灾乐祸,不提也罢。纪元前五世纪雅典的泰蒙,[30]享尽了人间的荣华富贵,也吃尽了世态炎凉的苦头,他最了解金钱的性质,他认识了金钱的本来面目,钱是人类的公娼!与其像泰蒙那样疯狂而死,不如早些疏散资财,做些有益之事,清清白白,赤裸裸来去无牵挂。[31]

【简注】

[1]阿堵物:即钱。"阿堵"为六朝时口语"这个"之意。时人王夷甫因雅癖而从不言"钱",其妻故将铜钱堆绕床前,夷甫晨起,呼婢"举却阿堵物"(搬走这个东西),仍不言钱。　[2]契刀:王莽铸于居摄二年(7)。环如大钱,身形如刀,环面铸阳文"契刀"二字,刀上有"契刀五百"四字,每枚值五铢钱五百,二十枚可兑黄金一斤。外圆孔方:旧时铜钱的形制,故钱又别称"孔方兄"。　[3]交子:我国最早由政府(宋仁宗天圣元年)正式发行的纸币,也被认为是世界上最早使用的纸币。钞引:宋代茶、盐、矾等物的生产运销由政府管制,政府发给特许商人支领和运销这类产品的证券,名茶引、盐引、矾引,统称"钞引"。　[4]和峤:西晋人,家富性吝,人称"钱癖"。　[5]石崇:西晋人,家豪富,极奢侈。奢汰:奢侈无度。　[6]戏报子:戏剧海报的旧称。　[7]鼻烟壶:装鼻烟末的器具,形制精巧。鼻烟:一种不需点燃,由鼻孔吸入的烟草制品,呈粉末状。　[8]通货:流通货币的简称。　[9]"庄子曰"句:见《庄子·徐无鬼》。　[10]扑满:为我国古代人储钱的一种盛具,类似于现代人使用的储蓄罐。　[11]《西京杂记》:中国古代笔记小说集,其中的"西京"指的是西汉的首都长安。　[12]一文:古代钱币单位。　[13]"腰缠"二句:南朝梁代殷芸所著《小说》中语,形容贪婪或梦想。

[14]龟奴:旧时在妓院里做杂务的男子。　[15]及身:在世时。验:应验。现世报:佛教用语,指作善恶之事在今生即得报应。　[16]物议:众人的批评。　[17]善贾:善做买卖。　[18]酋长:部落首领。　[19]徐:慢慢地。　[20]执牛耳:古代诸侯订立盟约,要割牛耳歃血,由主盟国的代表拿着盛牛耳朵的盘子。故称主盟国为执牛耳。后泛指在某一方面居最有权威的地位。　[21]票庄:钱庄。老西儿:对山西人的称呼。　[22]虞:担忧。　[23]冥衣铺:出售死人丧葬衣物的店铺。　[24]陶朱公:春秋时越国大夫范蠡,范蠡佐越王勾践灭吴后,弃官经商致巨富,因居于陶,称朱公,故名陶朱公。　[25]寓公:指闲居在客地的官僚等。　[26]餍(yàn):满足。　[27]冻馁:受冻挨饿。　[28]贫窭:贫寒。　[29]牛衣对泣:西汉王章贫困时,卧牛衣中与妻子相对而泣。牛衣:给牛御寒的覆盖物,用草或麻编成。　[30]雅典的泰蒙:莎士比亚悲剧《雅典的泰蒙》的主人公,富商泰蒙慷慨好客,后钱财耗尽,亲友纷纷离去。　[31]"赤裸裸"句:语出《红楼梦》第二十二回。牵挂:拖累。

【浅释】

本文闲谈对钱财的看法和应取的态度。

谈"钱"自然以"钱"为线,大体布局是:钱的雅俗—钱的积聚—钱的使用。起笔探直使曲,先言不可说而后竟说,由钱形制精美雅观、古人贪吝挥霍各异,说明钱无雅俗之分。主体部分采用总分式铺陈,先总写积财乃人之常情,下面分述平民的积财之道和富人的积财之忧。人们自小就知积攒,平民大都靠省吃俭用、拼命苦干积攒钱财,以防备无时,图改变命运,这段叙述展示了普遍的民族心理。下面转而写横财靠不住(并不能带来人生幸福),财多累自身(保护既得钱财颇费心机),贪财当有度(能维持基本生存足矣),这段叙述刻画了古今世态人情。钱的使用分三类谈:贫困之家分毫不能妄用,小康之家可济业余爱好,豪富之家最好疏财积德。文章末尾借泰蒙之口揭示了钱的本质。

梁文表面散漫,实有内在肌理,表达则平中含博、俗中见雅、淡中有趣。

【习题】

1.作者为什么说"钱无雅俗可辨"?你对此有何看法?
2.作者认为人对金钱应该持有怎样的正确态度?联系当今社会现实谈谈你的看法。
3.梁实秋、林语堂散文行文均有幽默风态,请结合《读书的艺术》与《钱》做比较分析。

巷

柯 灵

柯灵(1909—2000),原名高季琳,原籍浙江绍兴,生于广州,中国电影理论家、剧作家、散文家、评论家。柯灵散文创作始终与时代共脉搏,其作品是广阔的生活、历史与心灵的写意长卷,或记写现实的真人真事,或陈述历史的风烟故实,或描绘秀丽的江南山水,或勾画故乡美好的风物。著有散文、杂文集《望春草》《晦明》《遥夜集》《香雪海》《长相思》等。他的散文写作不随波逐流,不见风使舵,有胆有识,独抒己见。无论感时记事,还是怀人状物、写景抒情,皆感情深挚,深入开掘,结构精致,文笔精美,提倡雕琢而略无痕迹,刻意求工而又显天然,风格明爽而恬淡,古雅而闲静。

巷，是城市建筑艺术中一篇飘逸恬静的散文，一幅古雅冲淡的图画。

这种巷，常在江南的小城市中，有如古代的少女，躲在僻静的深闺，轻易不肯抛头露面。你要在这种城市里住久了，和它真正成了莫逆，你才有机会看见她，接触到她优娴贞静的风度。它不是乡村的陋巷，湫隘破败，泥泞坎坷，杂草丛生，两旁还排列着错落的粪缸。它也不是上海的里弄，鳞次栉比的人家，拥挤得喘不过气；小贩憧憧来往，黝黯的小门边不时走出一些趿着拖鞋的女子，头发乱似临风飞舞的秋蓬，眼睛里网满红丝，脸上残留着隔夜的脂粉，懒洋洋地走到老虎灶上去提水。也不像北地的胡同，满目尘土，风起处刮着弥天的黄沙。

这种小巷，隔绝了市廛的红尘，却又不是乡村风味。它又深又长，一个人耐心静静走去，要老半天才走完。它又这么曲折，你望着前面，好像已经堵塞了，可是走了过去，一转弯，依然是巷陌深深，而且更加幽静。那里常是悄悄的，寂寂的，不论什么时候，你向巷中踅去，都如宁静的黄昏，可以清晰地听到自己的足音。不高不矮的围墙挡在两边，斑斑驳驳的苔痕，墙上挂着一串串的藤萝，像古朴的屏风，墙里常是人家的后园，修竹森森，天籁细细；春来还常有几枝娇艳的桃花杏花，娉娉婷婷，从墙头摇曳红袖，向行人招手。走过几家墙门，都是紧紧地关着，不见一个人影，因为那都是人家的后门。偶然躺着一只狗，但是绝不会对你猖猖地狂吠。

小巷的动人处就是它无比的悠闲，只要你到巷里踯躅一会，心情就会如巷尾的古井，那是一种和平的静穆，而不是阴森和肃杀。它闹中取静，别有天地，仍是人间。它可能是一条现代的乌衣巷，家家有自己的一本哀乐帐，一部兴衰史，可是重门叠户，讳莫如深，夕阳影里，野草闲花，燕子低飞，寻觅旧家。只是一片澄明如水的气氛，净化一切，使人忘忧。

你是否觉得工作太劳累了？我劝你工余之暇，常到小巷里走走，那是最好的将息，会使你消除疲劳，紧张的心弦得到调整。你如果有时情绪烦躁，心情悒郁，我劝你到小巷里负手行吟一阵，你一定会豁然开朗，怡然自得，物我两忘。你有爱人吗？我建议不要带了她去什么名园胜境，还是利用晨昏时节，到深巷中散散步。在那里，你们俩可以随意谈天，心贴得更近，在街上那种贪婪的睨视，恶意的斜觑，巷里是没有的；偶然呀的一声，墙门口显现出一个人影，又往往是深居简出的姑娘，看见你们，会娇羞地返身回避了。

巷，是人海汹汹中一道避风塘，给人带来安全感；是城市喧嚣扰攘中的一带洞天幽境，胜似皇家的阁道，便于平常百姓徘徊徜徉。

爱逐臭争利，锱铢必较的，请到长街闹市去；爱轻嘴薄舌，争是论非的，请到茶馆酒楼去；爱锣鼓钲镗，管弦嗷嘈的，请到歌台剧院去；爱宁静淡泊，沉思默想的，深深的小巷在欢迎你！

【浅释】

《巷》展示了小巷的幽静之美和恬淡之美，表达了对现实中纷乱丑恶的逃避，对理想中幽静纯朴的追求。

文章入笔就是对巷的诗意化概括：如"飘逸恬静的散文""古雅冲淡的图画"。概括之后通过多侧面的比较来刻画小巷的与众不同。先点明这种小巷所处的地域——江南，小城；继而以古代深闺少女作比，写小巷的"僻静"。文章分别把它和乡村的陋巷、上海的里弄、北地的胡同加以比较。因了深长和曲折，小巷才非常"幽静"。后半又写到小巷的"悠闲"，这种悠闲与幽静是紧密相关的。轻松，平和，自在，这就是小巷给人的好处。这一段带了一种商量的口吻,写得自然亲切。小巷是如此幽静,如此恬淡,如同一道"避风塘"和一带"洞天幽境"。文章以一组排比句收尾,流露出对那些不能淡泊名利、不爱宁静独处之辈的鄙视。

本文结构细密而完美,语言带着江南的柔性和唯美的韵味。

【习题】

1. 《巷》写于20世纪30年代初,请结合时代背景谈谈本文的意义。
2. 搜读柯灵《野渡》《雨》《望春》等,谈谈柯灵前期散文的艺术风格。
3. 搜读费振中《青石小街》,试从结构、语言上与本文做一些比较。

阴

杨 绛

> 杨绛(1911—2016),本名杨季康,江苏无锡人,中国女作家、文学翻译家和外国文学研究家。1935年—1938年留学英法,回国后曾在上海震旦大学、清华大学任教。1949年后,在中国社会科学院文学研究所、外国文学研究所工作。通晓英语、法语、西班牙语,擅长于小说、剧本、散文创作和翻译外国文学名著。主要文学成就有小说《洗澡》《倒影集》,剧本《称心如意》《弄真成假》,散文集《干校六记》《我们仨》,论集《春泥集》《关于小说》,译著《堂吉诃德》《小癞子》等。杨绛作品体现出洞悉世事的深刻、固持操守的良知和悲天悯人的情怀,其散文平淡从容、干净明晰而又意味无穷。

一棵浓密的树,站在太阳里,像一个深沉的人:面上耀着光,像一脸的高兴,风一吹,叶子一浮动,真像个轻快的笑脸;可是叶子下面,一层暗一层,深沉沉地郁成了宁静,像在沉思,带些忧郁,带些恬适。松柏的阴最深最密,不过没有梧桐树胡桃树的阴广大,荫蔽得多少地亩。因为那干儿高,树枝奇怪的盘折着,针叶紧聚在一起,阴不宽,而且叫人觉得严肃。疏疏的杨柳,筛下个疏疏的影子,阴很浅,像闲适中的清愁。几茎小草,映着太阳,草上的光和漏下地的光闪耀着,地下是错杂的影子,光和阴之间,郁着一团绿意,像在低头凝思。

一根木头,一块石头,在太阳里也撒下个影子。影子和石头木头之间,也有一片阴,可是太小,太简单了,只看见影子,觉不到那阴。墙阴大些,屋阴深些,不像树阴清幽灵动,却也有它的沉静,像一口废井、一潭死水般的静,只是没有层叠变化的意味,除非在夜色中,或者清晓黄昏,地还罩在夜的大阴里,那时候,墙阴屋角,若有若无的怀着些不透的秘密。可是那不单是墙阴屋阴了,那是墙阴屋阴又罩上了夜的阴。

山阴又宽坦了,有不平的起伏,杂乱的树木。光从山后过来,掮过树木石头和起伏的地面,立刻又幻出浓浓淡淡多少层次的光和影,随着阳光转动,在变换形状,变动位置。山的阴是这般复杂,却又这般坦荡,只是阴不浓密,不紧聚,很散漫的。

烟有影子,云有影子。烟的影子太稀薄,没阴。大晴天,几团云浮过,立刻印下几块黑影,来不及有阴,云又过去了。整片的浓云,蒙住了太阳,够点染一天半天的阴,够笼罩整片的地,整片的海。于是天好像给塞没了。晦霾中,草像凄恻,树像落寞,山锁着幽郁,海压着愤恨,城市都没在烟尘里,回不过气的样儿,沉闷得叫人发狂,却又不让发狂,重重的镇住在沉闷里,像那棵树,落寞的裹在一层皮壳里,像那草,乏弱得没有了自己,只觉得凄恻。不过浓阴不能持久,立刻会变成狂风大雨。持久的阴,却是漠漠轻阴。阴得这般透明,好像谁望空撒了一匹轻纱,轻薄得荡飏在风里,虽然撩拨不开,却又飘忽得捉摸不住。恰似初解愁闷的少年心情。愁在哪里?并不能找出个影儿。缺少着什么?自己也不分明。蒙在那淡淡的阴里,不是愁闷,不是快activ,清茶似的苦中带些甜味。风一吹,都吹散了。吹散了么?太阳并没出来,还是罩在轻阴里。

夜,有人说是个黑影。可是地的圆影,在月亮上,或是在云上,或是远远的投射在别的星球上。夜,是跟着那影子的一团大黑阴。黑阴的四周,渗进了光,幻出半透明的朝暮。在白天,光和影包裹着每件东西。靠那影子,都悄悄的怀着一团阴。在日夜交接的微光里,一切阴模糊了,渗入了夜的阴,加上一层神秘。渐渐儿,树阴、草阴、墙阴、屋阴、山的阴、云的阴,都无从分辨了,夜消融了所有的阴,像树木都烂成了泥,像河流归入了大海。

【浅释】

本文揭示了有光必有阴、阴阳相对立而存在的人生哲理,表达了对于光明的追求与向往。

全篇以"阴"为线索,从草木之阴写到墙屋之阴,写到山脉之阴,写到云烟之阴,写到黑夜之阴,基本顺序是由下而上,由实而虚。写木头石头的阴、墙阴屋阴、山阴,作者不借助形容,不依托比喻,只用白描手法,对事物的特征加以简洁洗练的描述,使人宛如临境亲睹。写云烟之阴篇幅最大,重点写浓阴和轻阴,由浓阴的不能"持久"带出能够"持久"的轻阴。最后一段,笔触进入了更广阔的空间,将"夜"视为地球本身遮住太阳而造成的"一团大黑阴",其作用如收网,前面散写的"阴"被一总兜住,从而结为严密的整体。

文章既吸收了现代派的一些表现手法,如强调明暗的对比,对意象的运用等,又采用了中国传统的白描、化静为动、融情入景等手法,将有影无形的"空灵物"真切、细腻、传神地写了出来。

【习题】

1. 细读《阴》,谈谈自己从这篇散文中得到的思想启迪。
2. 谈谈本文结构组织的技巧和表现手法的独特之处。
3. 结合选文中的具体语句,谈谈杨绛散文的语言特色。

黄　昏

何其芳

> 何其芳(1912—1977)，原名何永芳，重庆万州人，现代著名诗人、评论家。大学期间在《现代》等杂志上发表诗歌和散文。1936年与卞之琳、李广田出版诗歌合集《汉园集》。何其芳对于艺术形式的完美表现出执着的探求，情调感伤，色彩冷艳，表达精致，形式完整、韵律严格、节奏谐美，着意表现诗的形象和意境，具有细腻和华丽的特色，代表作为《预言》《夜歌》等。散文潜融着中国古代诗词忧郁缠绵的气韵和精美雅致的风格，作品隽妙幽深，意象繁富，词采华美，富于深厚的文化底蕴，具有很高的审美价值，代表作为《画梦录》，该作品或1936年香港《大公报》文艺金奖。

马蹄声，孤独又忧郁地自远至近，洒落在沉默的街上如白色的小花朵。我立住。一乘古旧的黑色马车，空无乘人，纡徐地从我身侧走过。疑惑是载着黄昏，沿途散下它阴暗的影子，遂又自近至远地消失了。

街上愈荒凉。暮色下垂而合闭，柔和地，如从银灰的归翅间坠落一些慵倦于我心上。我傲然，耸耸肩，脚下发出凄异的长叹。

一列整饬的宫墙漫长地立着。不少次，我以目光叩问它，它以叩问回答我：

——黄昏的猎人，你寻找着什么？

狂奔的猛兽寻找着壮士的刀，美丽的飞鸟寻找着牢笼，青春不羁之心寻找着毒色的眼睛。我呢？

我曾有一些带伤感之黄色的欢乐，如同三月的夜晚的微风飘进我梦里，又飘去了。我醒来，看见第一颗亮着纯洁的爱情的朝露无声地坠地。我又曾有一些寂寞的光阴，在幽暗的窗子底下，在长夜的炉火边，我紧闭着门而它们仍然遁逸了。我能忘掉忧郁如忘掉欢乐一样容易吗？

小山巅的亭子因暝色天空的低垂而更圆，而更高高地耸出林木的葱茏间，从它我得到仰望的惆怅。在渺远的昔日，当我身侧尚有一个亲切的幽静的伴步者，徘徊在这山麓下，曾不经意地约言：选一个有阳光的清晨登上那山巅去。但随后又不经意地废弃了。这沉默的街，自从再没有那温柔的脚步，遂日更荒凉，而我，竟惆怅又怨抑地，让那亭子永远秘藏着未曾发掘的快乐，不敢独自去攀登我甜蜜的想象所萦系的道路了。

【浅释】

《黄昏》用纤巧精致的语言，优美新奇的比喻，创造出富有诗意的气氛，形成惆怅怨抑的情调，表达了作者黄昏独步时的愁思哀绪。

全文由漫步荒街倍感凄异、面对宫墙叩问反思、仰望山亭倾诉怅惘三个叙事抒情团块构成，由抒情主人公的动态"我立住"（置于前所闻和后所见之间，极富表现力）、"我耸肩"（见孤独无奈的神情和继续前行的情状）、"我叩问"（实是作者对人生、对青春的思考）、"我仰望"（挑明黄昏独步时孤独而忧郁的真正原因）来连接。古旧的马车，沉寂的街巷，整饬的宫墙，山巅的圆亭,葱茏的树林,阴暗的影子,晦暗的天空,银灰的归翅……构成了情调苍凉的艺术空间,语句飘忽不定,意象影影绰绰,含蓄地暗示出现实与幻想的情感冲突和寻觅不到出路的痛苦心境,如同一首朦胧诗。

本文是作者幻想时期和苦闷时期分界的标志,所表现的忧愁,乃时代的忧愁、历史的忧愁。

【习题】

1. 本文中的"失恋"可以从更高层面上理解,请试做分析。
2. 以《黄昏》为例,谈谈何其芳独语体散文的基本特征。
3. 结合实例,谈谈本文句式组织和形容词使用的特点。

听听那冷雨

余光中

> 余光中(1928—2018),祖籍福建永春,生于南京。当代诗人和散文家。余光中"右手写诗,左手写散文"。诗歌创作兼容中西,努力创新,对于中国古典诗歌的许多意象予以现代方式的处理,诗作有厚重的历史文化内涵,渗透着华夏文化情感。重要诗集有《舟子的悲剧》《莲的联想》《白玉苦瓜》等,《乡愁》《白玉苦瓜》是抒发爱国恋乡之情的名篇。其散文有着浓郁的诗歌色彩,情感流露诗化,充满诗的情趣和意境,擅长运用密集型聚合的叠音、新颖的词汇和意象、多姿多变的语言节奏,综合运用多重辞格,语言独具特色,富有魅力,著有《听听那冷雨》《左手的缪思》等。

惊蛰一过,[1]春寒加剧。先是料料峭峭,继而雨季开始,时而淋淋漓漓,时而淅淅沥沥,天潮潮地湿湿,即使在梦里,也似乎有把伞撑着。而就凭一把伞,躲过一阵潇潇的冷雨,也躲不过整个雨季。连思想也都是潮润润的。每天回家,曲折穿过金门街到厦门街迷宫式的长巷短巷,雨里风里,走入霏霏令人更想入非非。[2]想这样子的台北凄凄切切完全是黑白片的味道,想整个中国整部中国的历史无非是一张黑白片子,片头到片尾,一直是这样下着雨的。这种感觉,不知道是不是从安东尼奥尼那里来的。[3]不过那一块土地是久违了,二十五年,四分之一的世纪,即使有雨,也隔着千山万山,千伞万伞。二十五年,一切都断了,只有气候,只有气象报告还牵连在一起,大寒流从那块土地上弥天卷来,这种酷冷吾与古大陆分担。不能扑进她怀里,被她的裙边扫一扫也算是安慰孺慕之情吧。[4]

这样想时,严寒里竟有一点温暖的感觉了。这样想时,他希望这些狭长的巷子永远延伸下去,他的思路也可以延伸下去,不是金门街到厦门街,而是金门到厦门。他是厦门人,至少是广义的厦门人,二十年来,不住在厦门,住在厦门街,算是嘲弄吧,也算是安慰。不过说到广义,他同样也是广义的江南人,常州人,南京人,川娃儿,五陵少年。[5]杏花春雨江南,[6]那是他的少年时代了。再过半个月就是清明。安东尼奥尼的镜头摇过去,摇过去又摇过来。残山剩水犹如是,皇天后土犹如是。[7]纭纭黔首、纷纷黎民从北到南犹如是。[8]那里面是中国吗?那里面当然还是中国永远是中国。只是杏花春雨已不再,牧童遥指已不再,剑门细雨渭城轻尘也都已不再。然则他日思夜梦的那片土地,究竟在哪里呢?

在报纸的头条标题里吗?还是香港的谣言里?还是傅聪的黑键白键马思聪的跳弓拨弦?[9]还是安东尼奥尼的镜底勒马洲的望中?[10]还是呢,故宫博物院的壁头和玻璃柜内,京戏的锣鼓声中太白和东坡的韵里?

杏花。春雨。江南。六个方块字,或许那片土就在那里面。而无论赤县也好神州也好中国也好,变来变去,只要仓颉的灵感不灭,[11]美丽的中文不老,那形象,那磁石一般的向心力当必然长在。因为一个方块字是一个天地。太初有字,于是汉族的心灵、祖先的回忆和希望便有了寄托。譬如凭空写一个"雨"字,点点滴滴,滂滂沱沱,淅淅沥沥,一切云情雨意,就宛然其中了。视觉上的这种美感,岂是什么 rain 也好 pluie 也好所能满足?[12]翻开一部《辞源》或《辞海》,金木水火土,各成世界,而一入"雨"部,古神州的天颜千变万化,便悉在望中,美丽的霜雪云霞,骇人的雷电霹雹,展露的无非是神的好脾气与坏脾气,气象台百读不厌门外汉百思不解的百科全书。

听听,那冷雨。看看,那冷雨。嗅嗅闻闻,那冷雨,舔舔吧,那冷雨。雨在他的伞上,这城市百万人的伞上雨衣上屋上天线上,雨下在基隆港在防波堤海峡的船上,[13]清明这季雨。雨是女性,应该最富于感性。雨气空濛而迷幻,细细嗅嗅,清清爽爽新新,有一点点薄荷的香味,浓的时候,竟发出草和树沐发后特有的淡淡土腥气,也许那竟是蚯蚓的蜗牛的腥气吧,毕竟是惊蛰了啊。也许地上的地下的生命,也许古中国层层叠叠的记忆皆蠢蠢而蠕,也许是植物的潜意识和梦吧,那腥气。

第三次去美国,在高高的丹佛他山居住了两年。美国的西部,多山多沙漠,千里干旱,天,蓝似盎格鲁-萨克逊人的眼睛;[14]地,红如印第安人的肌肤;[15]云,却是罕见的白鸟。落基山簇簇耀目的雪峰上,很少飘云牵雾。一来高,二来干,三来森林线以上,杉柏也止步,中国诗词里"荡胸生层云",或是"商略黄昏雨"的意趣,是落基山上难睹的景象。[16]落基山岭之胜,在石,在雪。那些奇岩怪石,相叠互倚,砌一场惊心动魄的雕塑展览,给太阳和千里的风看。那雪,白得虚虚幻幻,冷得清清醒醒,那股皑皑不绝一仰难尽的气势,压得人呼吸困难,心寒眸酸。不过要领略"白云回望合,青霭入看无"的境界,仍须回中国。台湾湿度很高,最饶云气氤氲雨意迷离的情调。[17]两度夜宿溪头,树香沁鼻,宵寒袭肘,枕着润碧湿翠苍苍交叠的山影和万籁都歇的岑寂,[18]仙人一样睡去。山中一夜饱雨,次晨醒来,在旭日未升的原始幽静中,冲着隔夜的寒气,踏着满地的断柯折枝和仍在流泻的细股雨水,一径探入森林的秘密,曲曲弯弯,步上山去。溪头的山,树密雾浓,蓊郁的水气从谷底冉冉升起,时稠时稀,蒸腾多姿,幻化无定,只能从雾破云开的空处,窥见乍现即隐的一峰半壑,要纵览全貌,几乎是不可能的。至少入山两次,只能在白茫茫里和溪头诸峰玩捉迷藏的游戏。回到台北,世人问起,除了笑而不答心自闲,故作神秘之外,实际的印象,也无非山在虚无之间罢了。云缭烟绕,山隐水迢的中国风景,由来予人宋画的韵味。那天下也许是赵家的天下,那山水却是米家的山水。[19]而究竟,是米氏父子下笔像中国的山水,还是中国的山水上纸像宋画,恐怕是谁也说不清楚了吧?

雨不但可嗅,可观,更可以听。听听那冷雨。听雨,只要不是石破天惊的台风暴雨,在听觉上总是一种美感。大陆上的秋天,无论是疏雨滴梧桐,或是骤雨打荷叶,听去总有一点凄凉、凄清、凄楚,于今在岛上回味,则在凄楚之外,再笼上一层凄迷了,饶你多少豪情侠气,怕也经不起三番五次的风吹雨打。一打少年听雨,红烛昏沉。再打中年听雨,客舟中江阔云低。三打白头听雨在僧庐下。这便是亡宋之痛,一颗敏感心灵的一生:楼上,江上,庙里,用冷冷的雨珠子串成。十年前,他曾在一场摧心折骨的鬼雨中迷失了自己。雨,该是一滴湿漓漓的灵魂,窗外在喊谁。

雨打在树上和瓦上,韵律都清脆可听。尤其是铿铿敲在屋瓦上,那古老的音乐,属于中国。王禹偁在黄冈,[20]破如椽的大竹为屋瓦。据说住在竹楼上面,急雨声如瀑布,密雪声比碎玉,而无论鼓琴,咏诗,下棋,投壶,[21]共鸣的效果都特别好。这样岂不像住在竹筒里面,任何细脆的声响,怕都会加倍夸大,反而令人耳朵过敏吧。

雨天的屋瓦,浮漾湿湿的流光,灰而温柔,迎光则微明,背光则幽黯,对于视觉,是一种低沉的安慰。至于雨敲在鳞鳞千瓣的瓦上,由远而近,轻轻重重轻轻,夹着一股股的细流沿瓦槽与屋檐潺潺泻下,各种敲击音与滑音密织成网,谁的千指百指在按摩耳轮。"下雨了",温柔的灰美人来了,她冰冰的纤手在屋顶拂弄着无数的黑键啊灰键,把响午一下子奏成了黄昏。

在古老的大陆上,千屋万户是如此。二十多年前,初来这岛上,日式的瓦屋亦是如此。先是天黯了下来,城市像罩在一块巨幅的毛玻璃里,阴影在户内延长复加深。然后凉凉的水意弥漫在空间,风自每一个角落里旋起,感觉得到,每一个屋顶上呼吸沉重都覆着灰云。雨来了,最轻的敲打乐敲打这城市。苍茫的屋顶,远远近近,一张张敲过去,古老的琴,那细细密密的节奏,单调里自有一种柔婉与亲切,滴滴点点滴滴,似幻似真,若孩时在摇篮里,一曲耳熟的童谣摇摇欲睡,母亲吟哦鼻音与喉音。或是在江南的泽国水乡,一大筐绿油油的桑叶被啃于千百头蚕,细细琐琐屑屑,口器与口器咀咀嚼嚼。雨来了,雨来的时候瓦这么说,一片瓦说千亿片瓦说,说轻轻地奏吧沉沉地弹,徐徐地叩吧挞挞地打,间间歇歇敲一个雨季,即兴演奏从惊蛰到清明,在零落的坟上冷冷奏挽歌,一片瓦吟千亿片瓦吟。

在日式的古屋里听雨,听四月霏霏不绝的黄梅雨,朝夕不断,旬月绵延,湿黏黏的苔藓从石阶下一直侵到他舌底、心底。到七月,听台风台雨在古屋顶上一夜盲奏,千层海底的热浪沸沸被狂风挟来,掀翻整个太平洋只为向他的矮屋檐重重压下,整个海在他的蜗壳上哗哗泻过。不然便是雷雨夜,白烟一般的纱帐里听羯鼓一通又一通,[22]滔天的暴雨滂滂沛沛扑来,强劲的电琵琶忐忐忑忑忐忐忑忑,弹动屋瓦的惊悸腾腾欲掀起。不然便是斜斜的西北雨斜斜,刷在窗玻璃上,鞭在墙上打在阔大的芭蕉叶上,一阵寒濑泻过,秋意便弥漫日式的庭院了。

在日式的古屋里听雨,春雨绵绵听到秋雨潇潇,从少年听到中年,听听那冷雨。雨是一种单调而耐听的音乐,是室内乐是室外乐,户内听听,户外听听,冷冷,那音乐。雨是一种回忆的音乐,听听那冷雨,回忆江南的雨下得满地是江湖下在桥上和船上,也下在四川的秧田和蛙塘,下肥了嘉陵江下湿布谷咕咕的啼声,雨是潮潮润润的音乐下在渴望的唇上,舔舔那冷雨。

因为雨是最最原始的敲打乐从记忆的彼端敲起。瓦是最最低沉的乐器灰蒙蒙的温柔覆盖着听雨的人,瓦是音乐的雨伞撑起。但不久公寓的时代来临,台北你怎么一下子长高了,瓦的音乐竟成了绝响。千片万片的瓦翩翩,美丽的灰蝴蝶纷纷飞走,飞入历史的记忆。现在雨下下来下在水泥的屋顶和墙上,没有音韵的雨季。树也砍光了,那月桂,那枫树,柳树和擎天的巨椰,雨来的时候不再有丛叶嘈嘈切切,闪动湿湿的绿光迎接。鸟声减了啾啾,蛙声沉了咯咯,秋天的虫吟也减了唧唧。七十年代的台北不需要这些,一个乐队接一个乐队便遣散尽了。要听鸡叫,只有去《诗经》的韵里找。现在只剩下一张黑白片,黑白的默片。

　　正如马车的时代去后，三轮车的时代也去了。曾经在雨夜，三轮车的油布篷挂起，送她回家的途中，篷里的世界小得多可爱，而且躲在警察的辖区以外。雨衣的口袋越大越好，盛得下他的一只手里握一只纤纤的手。台湾的雨季这么长，该有人发明一种宽宽的双人雨衣，一人分穿一只袖子此外的部分就不必分得太苛。而无论工业如何发达，一时似乎还废不了雨伞。只要雨不倾盆，风不横吹，撑一把伞在雨中仍不失古典的韵味。任雨点敲在黑布伞或是透明的塑胶伞上，将骨柄一旋，雨珠向四方喷溅，伞缘便旋成了一圈飞檐。跟女友共一把雨伞，该是一种美丽的合作吧。最好是初恋，有点兴奋，更有点不好意思，若即若离之间，雨不妨下大一点。真正初恋，恐怕是兴奋得不需要伞的，手牵手在雨中狂奔而去，把年轻的长发和肌肤交给漫天的淋淋漓漓，然后向对方的唇上颊上尝凉凉甜甜的雨水。不过那要非常年轻且激情，同时，也只能发生在法国的新潮片里吧。

　　大多数的雨伞想不会为约会张开。上班下班，上学放学，菜市来回的途中。现实的伞，灰色的星期三。握着雨伞，他听那冷雨打在伞上。索性更冷一些就好了，他想。索性把湿湿的灰雨冻成干干爽爽的白雨，六角形的结晶体在无风的空中回回旋旋地降下来，等须眉和肩头白尽时，伸手一拂就落了。二十五年，没有受故乡白雨的祝福，或许发上下一点白霜是一种变相的自我补偿吧。一位英雄，经得起多少次雨季？他的额头是水成岩削成还是火成岩？[23]他的心底究竟有多厚的苔藓？厦门街的雨巷走了二十年与记忆等长，一座无瓦的公寓在巷底等他，一盏灯在楼上的雨窗子里，等他回去，向晚餐后的沉思冥想去整理青苔深深的记忆。

　　前尘隔海。古屋不再。听听那冷雨。

一九七四年春分之夜

【简注】

　　[1]惊蛰(jīng zhé)：是二十四节气中的第三个节气。蛰，指动物冬眠。　[2]霏霏：(雨、雪)纷飞，(烟、云等)很盛。　[3]安东尼奥尼：意大利新现实主义电影导演，也是公认在电影美学上最有影响力的导演之一。1972年，来中国拍摄"文革"时期的纪录片《中国》。　[4]孺慕之情：本意是指幼童爱慕父母之情，后来引申扩大到了为对老师长辈的尊重和爱慕的亲切之感。文中表示游子对祖国的思念之情。孺：幼童。慕：追思。　[5]五陵少年：汉代长安北面有五座帝王陵墓，五陵附近是豪侠少年聚集之地，古时常用"五陵少年"来表示纨绔子弟。　[6]杏花春雨江南：元代诗人虞集《风入松》中的句子。　[7]皇天后土：指天地之间。皇天：古代称天；后土：古代称地。　[8]黔首、黎民：皆指百姓。　[9]傅聪：当代著名钢琴家，翻译家傅雷之子。1959年起为了艺术背井去国。马思聪：当代著名小提琴家、作曲家、音乐教育家。1967年1月经香港赴美国定居。　[10]勒马州：即落马洲，位于香港元朗区东北面，是一个贴近港深边境的地区。[11]仓颉：中国古代传说人物，传说为黄帝的史官，汉字的发明者。　[12]rain：英文"下雨"。pluie：法文"下雨"。　[13]基隆港：位于中国台湾北端，是台湾北部海上门户，重要的海洋渔业基地。　[14]盎格鲁-萨克逊：集合用语，通常用来形容5世纪初到1066年诺曼征服之间，生活于大不列颠东部和南部地区，在语言、种族上相近的民族。　[15]印第安：美洲大陆最古老的居民。　[16]落基山：又译作洛矶山脉，是美洲科迪勒拉山系在北美的主干，由许多小山脉组成，被称为北美洲的"脊骨"。　[17]氤氲：形容烟或云气浓郁弥漫。　[18]万籁：自然界万物发出的响声，一切声音。岑寂：寂静，寂寞，冷清。　[19]米家的山水：宋代著名画家米芾与其子米友仁擅长山水画，作品呈现着一派烟雨蒙蒙的景象，自成一家，故云。　[20]王禹偁(chēng)：宋代文学家，贬官黄州时曾作《黄州新建小竹楼记》。　[21]投壶：是古代士大夫宴饮时做的一种投掷游戏。　[22]羯鼓：由西域传入，流行于我国唐代的一种打击乐器，两面蒙皮，腰部较细的一种鼓。　[23]水成岩：沉积岩，三大岩类的一种，又称为水成岩，是三种组成地球岩石圈的主要岩石之一（另外两种是

岩浆岩和变质岩)。火成岩:称岩浆岩,地质学专业术语,是指岩浆冷却后(地壳里喷出的岩浆,或者被融化的现存岩石),成形的一种岩石。

【浅释】

《听听那冷雨》抒写对祖国大陆故园的思念,对传统文化的缅怀,对现代文明的遗憾。

行文思路为:冷雨触乡愁(1—3节)—温暖的缅想(4—12节)—雨韵的消失(13—16节)。第一部分依次写雨季感觉与愁思,日思夜梦那片土地,苦于故土境况莫明,五个问句将故国之思与文化缅怀结合起来,为下面的怀想追忆作有力铺垫。"杏花。春雨。江南"领起主体第二部分,依次写读雨的感悟、嗅雨的感觉、看雨的情形、听雨的记忆,着重写大陆听雨、瓦屋听雨、孤岛听雨、江南雨季,在数十种雨的意象的诗意描述中,寄寓对故国山川及传统文化的热爱和思念。"因为雨是最最原始的敲打乐"总上转下,第三部分依次写岛上听雨条件消失,故乡白雨无缘聆听,唯有一声无奈叹息。

文章融汇古典现代,兼擅知性感性,艺术上可称道处甚多,撮其要有三:时空交错的意象组织、全方位的描述方式和出神入化的叠字运用。

【习题】

1. 简析文中"雨"这一意象的深刻意蕴。
2. "雨"是全文的线索,作者是从哪些角度来描写雨的?
3. 结合本文实例,归纳本文叠字运用的方式和艺术效果。

春 之 怀 古

张晓风

> 张晓风(1941—),中国台湾当代著名散文家。20世纪60年代中期即以散文创作成名,著有散文集《愁乡石》《再生缘》《晓风散文集》等。她有一双透视庸常琐碎生活的慧眼,从中品出美丽、典雅和温柔。作品富有人道精神,并蕴含怀乡爱国情感,因笃信基督教也流露出浓厚的宗教情绪;文字既洋溢着中国古典文化的芬芳,又带有现代和西方文化的色彩,温情脉脉中有豪气逼人,超脱尘俗里有入世之心,绚丽多姿而魅力无穷。主要剧作《画》《武陵人》《和氏璧》等具有浓郁的"现代"色彩,此外还著有小说集《哭墙》《黑纱》及儿童文学作品《祖母的宝盒》等。

春天必然曾经是这样的:从绿意内敛的山头,一把雪再也掌不住了,噗嗤的一声,将冷脸笑成花面,一首渐渐然的歌便从云端唱到山麓,从山麓唱到低低的荒村,唱入篱落,唱入一只小鸭的黄蹼,唱入溶溶的春泥——软如一床新翻的棉被的春泥。

那样娇,那样敏感,却又那样混沌无涯。一声雷,可以无端地惹哭满天的云,一阵杜鹃啼,可以斗急了一城杜鹃花。一阵风起,每棵树都吟出一则则白茫茫,虚飘飘说也说不清,听也听不清的飞絮,每一丝飞絮都是一株柳的分号。反正,春天就是这样不讲理、不逻辑,而仍可以好得让人心平气和。

春天必然曾经是这样的：满塘叶黯花残的枯梗抵死苦守一截老根，北地里千宅万户的屋梁受尽风欺雪压犹自温柔地抱着一团小小的空虚的燕巢。然后，忽然有一天，桃花把所有的山村水郭都攻陷了，柳树把皇室的御沟和民间的江头都控制住了——春天有如旌旗鲜明的王师，因长期虔诚的企盼祝祷而美丽起来。

而关于春天的名字，必然曾经有这样一段故事：在《诗经》之前，在《尚书》之前，在仓颉造字之前，一只小羊在啮草时猛然感到的多汁，一个孩子在放风筝时猛然感觉到的飞腾，一双患痛风的腿在猛然间感到的舒活，千千万万双素手，在溪畔在塘畔在江畔浣纱的手所猛然感到的水的血脉……当他们惊讶地奔走互告的时候，他们决定将嘴噘成吹口哨的形状，用一种愉快的耳语的声量来为这季节命名——"春"。

鸟又可以开始丈量天空了。有的负责丈量天的蓝度，有的负责丈量天的透明度，有的负责用双翼丈量天的高度和深度。而所有的鸟全不是好的数学家，他们吱吱喳喳地算了又算，核了又核，终于还是不敢宣布统计数字。

至于所有的花，已交给蝴蝶去点数。所有的蕊，交给蜜蜂去编册。所有的树，交给风去纵宠。而风，交给檐前的老风铃去一一记忆、一一垂询。

春天必然曾经是这样，或者，在什么地方，它仍然是这样的吧？穿越烟囱与烟囱的黑森林，我想走访那踯躅在湮远年代中的春天。

【浅释】

本文表达了对山川草木的珍爱情怀，流露出对现代文明的深深厌倦。

写春而曰"怀古"，意即春天只在人们遥远的记忆中。"春天必然曾经是这样的"，这句话是全篇的主题句。下面写记忆中的春天，运笔大体以时为序，待春雪消融、流水淙淙的景致写完，又描绘出一幅雨催花发、风逐絮飘的画面，自然界的一切被作者赋予生命、性情、智慧和行为。她笔下的春天被万物虔诚企盼，它给大地带来万紫千红的景色，给生命带来内在的欢欣。文章又通过飞鸟和蜂蝶来渲染春意的浓郁。末段点明上面所描述的那种春天在工业社会已不复存在，作者想"穿越"历史时空，去"走访"那人类久已不遇的春天，点题中端出了对现代文明的态度，结穴处留下深长的余韵。

层层铺叙的结构，赋物以情的描写，新颖活泼的语言，是《春之怀古》的独具特征。余光中称张晓风"菩萨心肠，魔鬼文章"，妙绝。

【习题】

1．"春天必然曾经是这样的"一句在文中多次反复，具有什么作用？
2．张晓风散文将自然界的变化转化为生动的文字，试谈谈其中的诀窍。
3．重读朱自清的《春》，试比较《春之怀古》与《春》艺术表现的异同。

第十一章
现当代小说

中国现代小说的发展趋向可以归纳为：内容由生活走向政治，形式由歧异走向规范，队伍由分散走向统一。

1918年5月，鲁迅《狂人日记》发表，正式宣告中国现代短篇小说的诞生，《呐喊》《彷徨》标志着中国现代小说的成熟。20年代小说的主要特点是，反封建的题材占着重要地位，出现了底层劳动者形象，体裁多样化：有"问题小说"，如许地山《命命鸟》、王统照《沉思》、冰心《超人》、庐隐《海滨故人》；有"乡土小说"，如王鲁彦《柚子》、彭家煌《怂恿》、许钦文《鼻涕阿二》、骞先艾《水葬》、许杰《惨雾》、台静农《烛焰》、废名《竹林的故事》；有"自叙小说"，如郭沫若《牧羊哀话》、郁达夫《沉沦》；有"人生小说"，如叶圣陶《潘先生在难中》。从1918年到1928年，除了冰心、庐隐之外，陈衡哲、冯沅君、苏雪林、丁玲、谢冰莹和白薇等一批女作家都在小说创作上初露锋芒。

20世纪30年代，小说创作理性归趋明确，农民形象塑造受到重视，各种体裁趋向成熟，现实小说、历史小说、讽刺小说、心理分析小说各领风骚。长篇现实小说取得大面积丰收，如茅盾《子夜》、巴金《家》、老舍《骆驼祥子》、叶圣陶《倪焕之》和王统照《山雨》等是艺术趋向成熟的作品，其他长篇还有蒋光慈《田野的风》、萧军《八月的乡村》、萧红《生死场》、李劼人《死水微澜》、张恨水《啼笑因缘》等。中短篇小说亦走向繁荣，现实小说如柔石《二月》《为奴隶的母亲》、叶紫《丰收》《星》、沈从文《边城》《萧萧》、老舍《月牙儿》、吴组缃《樊家铺》、艾芜《南行记》、丁玲《莎菲女士日记》，历史小说如鲁迅《故事新编》、茅盾《豹子头林冲》《大泽乡》、郭沫若《秦始皇将死》，讽刺小说如张天翼《包氏父子》、老舍《猫城记》、沙汀《在其香居茶馆里》，心理分析小说如施蛰存《梅雨之夕》、刘呐鸥《都市风景线》、穆时英《上海的狐步舞》等，各路佳作，名动一时。

20世纪40年代解放区小说以歌颂光明为主，多为翻身农民形象，注重大众化、民族化，短篇繁荣发达，格调明朗、乐观、昂扬，名作有赵树理《小二黑结婚》《李有才板话》、康濯《我的两家房东》(反映农村生活)，孙犁《芦花荡》《荷花淀》、马烽、西戎《吕梁英雄传》、袁静、孔厥《新儿女英雄传》(反映武装斗争)，丁玲《太阳照在桑干河上》、周立波《暴风骤雨》(反映土改斗争)，柳青《种谷记》、欧阳山《高干大》、草明《原动力》(反映生产斗争)。国统区小说以暴露黑暗为主，多为小市民、小资产阶级知识分子形象，注重创造性、个性化，长篇竞写成潮，格调悲壮冷峻苦涩，名作有茅盾《腐蚀》、巴金《寒夜》、老舍《四世同堂》、钱钟书《围城》、沈从文《长河》、萧红《呼兰河传》、沙汀《淘金记》、路翎《财主底儿女们》、张恨水《八十一梦》。中短篇名作有巴金《第四病室》、冯至《伍子胥》、艾芜《石青嫂子》等。沦陷区(包括孤岛)小说也颇有成

· 237 ·

就，张爱玲《金锁记》《倾城之恋》、苏青《结婚十年》、黄谷柳《虾球传》等都市小说，山丁、王秋莹、师陀等乡土小说，还珠楼主、白羽、王度庐等武侠小说，秦瘦鸥、徐訏等言情小说陆续问世。

"文革"前17年短篇小说创作反映主要的社会矛盾，表现人的复杂内心世界。"山药蛋派"主要作家为赵树理、马烽、西戎、束为，代表作有《登记》《我的第一个上级》《赖大嫂》。"荷花淀派"主要作家有孙犁、刘绍棠、从维熙，代表作有《山地回忆》《青枝绿叶》《七月雨》。重要短篇小说作家还有李准、王汶石、茹志鹃、峻青、王愿坚、玛拉沁夫等。此时期小说主要成就是历史长篇，如杜鹏程《保卫延安》、梁斌《红旗谱》、曲波《林海雪原》、吴强《红日》、罗广斌和杨益言《红岩》、杨沫《青春之歌》、李英儒《野火春风斗古城》、冯德英《苦菜花》、欧阳山《三家巷》，这些描写革命斗争生活的长篇，影响了几代人的成长。姚雪垠《李自成》（第一部）首开当代文学的历史小说创作先河。赵树理《三里湾》、柳青《创业史》、周立波《山乡巨变》、周而复《上海的早晨》、艾芜《百炼成钢》等则是反映现实生活的长篇代表作。

"文革"十年期间，仅有浩然《艳阳天》《金光大道》两部小说一统天下。蒋子龙《机电局长的一天》发表，张扬手抄本《第二次握手》暗中流传，开始显露出新的文学转机的萌芽。

刘心武《班主任》开伤痕文学先声，卢新华《伤痕》、王亚平《神圣的使命》、陈世旭《小镇上的将军》、路遥《人生》、宗璞《弦上的梦》、丛维熙《大墙下的红玉兰》等一大批伤痕小说接踵而出。蒋子龙《乔厂长上任记》是"改革文学"先导，随后张洁《沉重的翅膀》、李国文《花园街五号》、高晓声《陈奂生上城》、柯云路《三千万》、何士光《乡场上》、王润滋《内当家》、张炜《古船》、贾平凹《浮躁》等揭示改革"艰难的起飞"的主题。鲁彦周《天云山传奇》引出一大批反思文学佳作，如古华《芙蓉镇》、茹志鹃《剪辑错了的故事》、高晓声《李顺大造屋》、谌容《人到中年》、王蒙《布礼》、方之《内奸》、李国文《月食》、张贤亮《绿化树》、张弦《被爱情遗忘的角落》、周克芹《许茂和他的女儿们》。韩少功《爸爸爸》给文坛带来了一股"寻根热"，王安忆《小鲍庄》、莫言《透明的红萝卜》、阿城《棋王》、张承志《黑骏马》、汪曾祺《受戒》、张新欣《北京人》，着意挖掘传统文化的影响。20世纪80年代中期以后，马原《冈底斯的诱惑》、残雪《山上的小屋》、洪峰《生命之流》、余华《鲜血梅花》、格非《褐色鸟群》等先锋小说崛起，发起一场小说叙述革命。刘恒《狗日的粮食》、刘震云《一地鸡毛》、池莉《烦恼人生》等新写实主义小说，专注于普通人生和现实生活的原生状态。莫言《红高粱》、苏童《妻妾成群》、叶兆言《状元境》、余华《活着》、王安忆《长恨歌》、陈忠实《白鹿原》、阿来《尘埃落定》等新历史主义小说，将眼光从现实转向历史。在文坛产生广泛影响的长篇还有戴厚英《人啊，人！》、杨绛《洗澡》、李存葆《高山下的花环》、魏巍《东方》、路遥《平凡的世界》、王小波"时代三部曲"（《黄金时代》《白银时代》《青铜时代》）、贾平凹《废都》、莫言《丰乳肥臀》……90年代以后，文学进入市场化、边缘化、多元化阶段。网络的出现带动了文学形式的多极化，韩寒《三重门》、春树《北京娃娃》、郭敬明《幻城》等流行于世。

台港澳地区小说创作成就最大的数台湾，钟理和《原乡人》、林海音《城南旧事》、於梨华《又见棕榈，又见棕榈》、白先勇《台北人》《纽约客》、朱天文《世纪末的华丽》均为台湾当代小说翘楚。高阳的历史小说、古龙的武侠小说、琼瑶的言情小说为最受欢迎的通俗小说。金庸、梁羽生的武侠小说撑起香港文学半壁江山，小说名家还有刘以鬯、亦舒、梁凤仪、李碧华等。鲁茂、周桐、梁淑淇等为澳门优秀小说家。

阿 Q 正 传[1]（节选）

鲁　迅

第一章　这一章算是序

　　我要给阿 Q 做正传,已经不止一两年了。但一面要做,一面又往回想,这足见我不是一个"立言"的人,[2]因为从来不朽之笔,须传不朽之人,于是人以文传,文以人传——究竟谁靠谁传,渐渐的不甚了然起来,而终于归结到传阿 Q,仿佛思想里有鬼似的。

　　然而要做这一篇速朽的文章,才下笔,便感到万分的困难了。第一是文章的名目。孔子曰,"名不正则言不顺"。[3]这原是应该极注意的。传的名目很繁多:列传,自传,内传,[4]外传,别传,家传,小传……而可惜都不合。"列传"么,这一篇并非和许多阔人排在"正史"里;[5]"自传"么,我又并非就是阿 Q。说是"外传","内传"在那里呢? 倘用"内传",阿 Q 又决不是神仙。"别传"呢,阿 Q 实在未曾有大总统上谕宣付国史馆立"本传"[6]——虽说英国正史上并无"博徒列传",而文豪迭更司也做过《博徒别传》这一部书,[7]但文豪则可,在我辈却不可的。其次是"家传",则我既不知与阿 Q 是否同宗,也未曾受他子孙的拜托;或"小传",则阿 Q 又更无别的"大传"了。总而言之,这一篇也便是"本传",但从我的文章着想,因为文体卑下,是"引车卖浆者流"所用的话,[8]所以不敢僭称,便从不入三教九流的小说家所谓"闲话休题言归正传"这一句套话里,[9]取出"正传"两个字来,作为名目,即使与古人所撰《书法正传》的"正传"字面上很相混,[10]也顾不得了。

　　第二,立传的通例,开首大抵该是"某,字某,某地人也",而我并不知道阿 Q 姓什么。有一回,他似乎是姓赵,但第二日便模糊了。那是赵太爷的儿子进了秀才的时候,锣声镗镗的报到村里来,阿 Q 正喝了两碗黄酒,便手舞足蹈的说,这于他也很光采,因为他和赵太爷原来是本家,细细的排起来他还比秀才长三辈呢。其时几个旁听人倒也肃然的有些起敬了。那知道第二天,地保便叫阿 Q 到赵太爷家里去;太爷一见,满脸溅朱,喝道:

　　"阿 Q,你这浑小子! 你说我是你的本家么?"

　　阿 Q 不开口。

　　赵太爷愈看愈生气了,抢进几步说:"你敢胡说! 我怎么会有你这样的本家? 你姓赵么?"

　　阿 Q 不开口,想往后退了;赵太爷跳过去,给了他一个嘴巴。

　　"你怎么会姓赵! ——你那里配姓赵!"

　　阿 Q 并没有抗辩他确凿姓赵,只用手摸着左颊,和地保退出去了;外面又被地保训斥了一番,谢了地保二百文酒钱。知道的人都说阿 Q 太荒唐,自己去招打;他大约未必姓赵,即使真姓赵,有赵太爷在这里,也不该如此胡说的。此后便再没有人提起他的氏族来,所以我终于不知道阿 Q 究竟什么姓。

　　第三,我又不知道阿 Q 的名字是怎么写的。他活着的时候,人都叫他阿 Quei,死了以后,便没有一个人再叫阿 Quei 了,那里还会有"著之竹帛"的事。[11]若论"著之竹帛",这篇文章要算第一次,所以先遇着了这第一个难关。我曾仔细想:阿 Quei,阿桂还是阿贵呢? 倘使他号月亭,或者在八月间做过生日,那一定是阿桂了;而他既没有号——也许有号,只是没有人知道他,——又未尝散过生日征文的帖子:写作阿桂,是武断的。又倘使他有一位老兄或令弟叫阿富,那一定是阿贵了;而他又只是一个人;写作阿贵,也没有佐证的。其余音Quei的偏僻字样,更加凑不上了。先前,我也曾问过赵太爷的儿子茂才先生,[12]谁料博雅如此公,竟也茫然,但据结论说,是因为陈独秀办了《新青年》提倡洋字,[13]所以国粹沦亡,无可查考了。我的最后手段,只有托一个同乡去查阿Q犯事的案卷,八个月之后才有回信,说案卷里并无与阿Quei的声音相近的人。我虽不知道是真没有,还是没有查,然而也再没有别的方法了。生怕注音字母还未通行,只好用了"洋字",照英国流行的拼法写他为阿Quei,略作阿Q。这近于盲从《新青年》,自己也很抱歉,但茂才公尚且不知,我还有什么好办法呢。

  第四,是阿Q的籍贯了。倘他姓赵,则据现在好称郡望的老例,可以照《郡名百家姓》上的注解,[14]说是"陇西天水人也",但可惜这姓是不甚可靠的,因此籍贯也就有些决不定。他虽然多住未庄,然而也常常宿在别处,不能说是未庄人,即使说是"未庄人也",也仍然有乖史法的。

  我所聊以自慰的,是还有一个"阿"字非常正确,绝无附会假借的缺点,颇可以就正于通人。至于其余,却都非浅学所能穿凿,只希望有"历史癖与考据癖"的胡适之先生的门人们,[15]将来或者能够寻出许多新端绪来,但是我这《阿Q正传》到那时却又怕早经消灭了。

  以上可以算是序。

第二章 优胜记略

  阿Q不独是姓名籍贯有些渺茫,连他先前的"行状"也渺茫。[16]因为未庄的人们之于阿Q,只要他帮忙,只拿他玩笑,从来没有留心他的"行状"的。而阿Q自己也不说,独有和别人口角的时候,间或瞪着眼睛道:

  "我们先前——比你阔的多啦!你算是什么东西!"

  阿Q没有家,住在未庄的土谷祠里;[17]也没有固定的职业,只给人家做短工,割麦便割麦,舂米便舂米,撑船便撑船。工作略长久时,他也或住在临时主人的家里,但一完就走了。所以,人们忙碌的时候,也还记起阿Q来,然而记起的是做工,并不是"行状";一闲空,连阿Q都早忘却,更不必说"行状"了。只是有一回,有一个老头子颂扬说:"阿Q真能做!"这时阿Q赤着膊,懒洋洋的瘦伶仃的正在他面前,别人也摸不着这话是真心还是讥笑,然而阿Q很喜欢。

  阿Q又很自尊,所有未庄的居民,全不在他眼神里,甚而至于对于两位"文童"也有以为不值一笑的神情。[18]夫文童者,将来恐怕要变秀才者也;赵太爷钱太爷大受居民的尊敬,除有钱之外,就因为都是文童的爹爹,而阿Q在精神上独不表格外的崇奉,他想:我的儿子会阔得多啦!加以进了几回城,阿Q自然更自负,然而他又很鄙薄城里人,譬如用三尺三寸宽的木板做成的凳子,未庄人叫"长凳",他也叫"长凳",城里人却叫"条凳",他想:这是错的,可笑!油煎大头鱼,未庄都加上半寸长的葱叶,城里却加上切细的葱丝,他想:这也是错的,可笑!然而未庄人真是不见世面的可笑的乡下人呵,他们没有见过城里的煎鱼!

  阿Q"先前阔",见识高,而且"真能做",本来几乎是一个"完人"了,但可惜他体质上还有一些缺点。最恼人的是在他头皮上,颇有几处不知起于何时的癞疮疤。这虽然也在他身上,而看阿Q的意思,倒也似乎以为不足贵的,因为他讳说"癞"以及一切近于"赖"的音,后来推而广之,"光"也讳,"亮"也讳,再后来,连"灯""烛"都讳了。一犯讳,不问有心与无心,阿Q便全疤通红的发起怒来,估量了对手,口讷的他便骂,气力小的他便打;然而不知怎么一回事,总还是阿Q吃亏的时候多。于是他渐渐的变换了方针,大抵改为怒目而视了。

谁知道阿Q采用怒目主义之后,未庄的闲人们便愈喜欢玩笑他。一见面,他们便假作吃惊的说:

"哙,亮起来了。"

阿Q照例的发了怒,他怒目而视了。

"原来有保险灯在这里!"他们并不怕。

阿Q没有法,只得另外想出报复的话来:

"你还不配……"这时候,又仿佛在他头上的是一种高尚的光荣的癞头疮,并非平常的癞头疮了;但上文说过,阿Q是有见识的,他立刻知道和"犯忌"有点抵触,便不再往底下说。

闲人还不完,只撩他,于是终而至于打。阿Q在形式上打败了,被人揪住黄辫子,在壁上碰了四五个响头,闲人这才心满意足的得胜的走了,阿Q站了一刻,心里想,"我总算被儿子打了,现在的世界真不像样……"于是也心满意足的得胜的走了。

阿Q想在心里的,后来每每说出口来,所以凡有和阿Q玩笑的人们,几乎全知道他有这一种精神上的胜利法,此后每逢揪住他黄辫子的时候,人就先一着对他说:

"阿Q,这不是儿子打老子,是人打畜生。自己说:人打畜生!"

阿Q两只手都捏住了自己的辫根,歪着头,说道:

"打虫豸,好不好?我是虫豸——还不放么?"

但虽然是虫豸,闲人也并不放,仍旧在就近什么地方给他碰了五六个响头,这才心满意足的得胜的走了,他以为阿Q这回可遭了瘟。然而不到十秒钟,阿Q也心满意足的得胜的走了,他觉得他是第一个能够自轻自贱的人,除了"自轻自贱"不算外,余下的就是"第一个"。状元不也是"第一个"么?[19]"你算是什么东西"呢!?

阿Q以如是等等妙法克服怨敌之后,便愉快的跑到酒店里喝几碗酒,又和别人调笑一通,口角一通,又得了胜,愉快的回到土谷祠,放倒头睡着了。假使有钱,他便去押牌宝,[20]一堆人蹲在地面上,阿Q即汗流满面的夹在这中间,声音他最响:

"青龙四百!"

"咳~~开~~啦!"桩家揭开盒子盖,也是汗流满面的唱。"天门啦~~角回啦~~!人和穿堂空在那里啦~~!阿Q的铜钱拿过来~~!"

"穿堂一百——一百五十!"

阿Q的钱便在这样的歌吟之下,渐渐的输入别个汗流满面的人物的腰间。他终于只好挤出堆外,站在后面看,替别人着急,一直到散场,然后恋恋的回到土谷祠,第二天,肿着眼睛去工作。

但真所谓"塞翁失马安知非福"罢,[21]阿Q不幸而赢了一回,他倒几乎失败了。

这是未庄赛神的晚上。[22]这晚上照例有一台戏,戏台左近,也照例有许多的赌摊。做戏的锣鼓,在阿Q耳朵里仿佛在十里之外;他只听得桩家的歌唱了。他赢而又赢,铜钱变成角洋,角洋变成大洋,大洋又成了迭。他兴高采烈得非常:

"天门两块!"

他不知道谁和谁为什么打起架来了。骂声打声脚步声,昏头昏脑的一大阵,他才爬起来,赌摊不见了,人们也不见了,身上有几处很似乎有些痛,似乎也挨了几拳几脚似的,几个人诧异的对他看。他如有所失的走进土谷祠,定一定神,知道他的一堆洋钱不见了。赶赛会的赌摊多不是本村人,还到那里去寻根柢呢?

很白很亮的一堆洋钱!而且是他的——现在不见了!说是算被儿子拿去了罢,总还是忽忽不乐;说自己是虫豸罢,也还是忽忽不乐:他这回才有些感到失败的苦痛了。

但他立刻转败为胜了。他擎起右手,用力的在自己脸上连打了两个嘴巴,热刺刺的有些痛;打完之后,便心平气和起来,似乎打的是自己,被打的是别一个自己,不久也就仿佛是自己打了别个一般,——虽然还有些热刺刺,——心满意足的得胜的躺下了。

他睡着了。

第三章　续优胜记略

然而阿Q虽然常优胜,却直待蒙赵太爷打他嘴巴之后,这才出了名。

他付过地保二百文酒钱,愤愤的躺下了,后来想:"现在的世界太不成话,儿子打老子……"于是忽而想到赵太爷的威风,而现在是他的儿子了,便自己也渐渐的得意起来,爬起身,唱着《小孤孀上坟》到酒店去。[23]这时候,他又觉得赵太爷高人一等了。

说也奇怪,从此之后,果然大家也仿佛格外尊敬他。这在阿Q,或者以为因为他是赵太爷的父亲,而其实也不然。未庄通例,倘如阿七打阿八,或者李四打张三,向来本不算一件事。必须与一位名人如赵太爷者相关,这才载上他们的口碑。一上口碑,则打的既有名,被打的也就托庇有了名。至于错在阿Q,那自然是不必说。所以者何?就因为赵太爷是不会错的。但他既然错,为什么大家又仿佛格外尊敬他呢?这可难解,穿凿起来说,或者因为阿Q说是赵太爷的本家,虽然挨了打,大家也还怕有些真,总不如尊敬一些稳当。否则,也如孔庙里的太牢一般,[24]虽然与猪羊一样,同是畜生,但既经圣人下箸,先儒们便不敢妄动了。

阿Q此后倒得意了许多年。

有一年的春天,他醉醺醺的在街上走,在墙根的日光下,看见王胡在那里赤着膊捉虱子,他忽然觉得身上也痒起来了。这王胡,又癞又胡,别人都叫他王癞胡,阿Q却删去了一个癞字,然而非常渺视他。阿Q的意思,以为癞是不足为奇的,只有这一部络腮胡子,实在太新奇,令人看不上眼。他于是并排坐下去了。倘是别的闲人们,阿Q本不敢大意坐下去。但这王胡旁边,他有什么怕呢?老实说:他肯坐下去,简直还是抬举他。

阿Q也脱下破夹袄来,翻检了一回,不知道因为新洗呢还是因为粗心,许多工夫,只捉到三四个。他看那王胡,却是一个又一个,两个又三个,只放在嘴里毕毕剥剥的响。

阿Q最初是失望,后来却不平了:看不上眼的王胡尚且那么多,自己倒反这样少,这是怎样的大失体统的事呵!他很想寻一两个大的,然而竟没有,好容易才捉到一个中的,恨恨的塞在厚嘴唇里,狠命一咬,劈的一声,又不及王胡的响。

他癞疮疤块块通红了,将衣服摔在地上,吐一口唾沫,说:"这毛虫!"

"癞皮狗,你骂谁?"王胡轻蔑的抬起眼来说。

阿Q近来虽然比较的受人尊敬,自己也更高傲些,但和那些打惯的闲人们见面还胆怯,独有这回却非常武勇了。这样满脸胡子的东西,也敢出言无状么?

"谁认便骂谁!"他站起来,两手叉在腰间说。

"你的骨头痒了么?"王胡也站起来,披上衣服说。

阿Q以为他要逃了,抢进去就是一拳。这拳头还未达到身上,已经被他抓住了,只一拉,阿Q跄跄踉踉的跌进去,立刻又被王胡扭住了辫子,要拉到墙上照例去碰头。

"君子动口不动手!"阿Q歪着头说。

王胡似乎不是君子,并不理会,一连给他碰了五下,又用力的一推,至于阿Q跌出六尺多远,这才满足的去了。

在阿Q的记忆上,这大约要算是生平第一件的屈辱,因为王胡以络腮胡子的缺点,向来只被他奚落,从没有奚落他,更不必说动手了。而他现在竟动手,很意外,难道真如市上所说,皇帝已经停了考,[25]不要秀才和举人了,因此赵家减了威风,因此他们也便小觑了他么?

阿Q无可适从的站着。

远远的走来了一个人,他的对头又到了。这也是阿Q最厌恶的一个人,就是钱太爷的大儿子。他先前跑上城里去进洋学堂,不知怎么又跑到东洋去了,半年之后他回到家里来,腿也直了,辫子也不见了,他的母亲大哭了十几场,他的老婆跳了三回井。后来,他的母亲到处说,"这辫子是被坏人灌醉了酒剪去的。本来可以做大官,现在只好等留长再说了。"然而阿Q不肯信,偏称他"假洋鬼子",也叫作"里通外国的人",一见他,一定在肚子里暗暗的咒骂。

阿Q尤其"深恶而痛绝之"的,是他的一条假辫子。辫子而至于假,就是没有了做人的资格;他的老婆不跳第四回井,也不是好女人。

这"假洋鬼子"近来了。

"秃儿。驴……"阿Q历来本只在肚子里骂,没有出过声,这回因为正气忿,因为要报仇,便不由的轻轻的说出来了。

不料这秃儿却拿着一支黄漆的棍子——就是阿Q所谓哭丧棒——大踏步走了过来。[26]阿Q在这刹那,便知道大约要打了,赶紧抽紧筋骨,耸了肩膀等候着,果然,拍的一声,似乎确凿打在自己头上了。

"我说他!"阿Q指着近旁的一个孩子,分辩说。

拍!拍拍!

在阿Q的记忆上,这大约要算是生平第二件的屈辱。幸而拍拍的响了之后,于他倒似乎完结了一件事,反而觉得轻松些,而且"忘却"这一件祖传的宝贝也发生了效力,他慢慢的走,将到酒店门口,早已有些高兴了。

但对面走来了静修庵里的小尼姑。阿Q便在平时,看见伊也一定要唾骂,而况在屈辱之后呢?他于是发生了回忆,又发生了敌忾了。

"我不知道我今天为什么这样晦气,原来就因为见了你!"他想。

他迎上去,大声的吐一口唾沫:

"咳,呸!"

小尼姑全不睬,低了头只是走。阿Q走近伊身旁,突然伸出手去摩着伊新剃的头皮,呆笑着,说:

"秃儿!快回去,和尚等着你……"

"你怎么动手动脚……"尼姑满脸通红的说,一面赶快走。

酒店里的人大笑了。阿Q看见自己的勋业得了赏识,便愈加兴高采烈起来:

"和尚动得,我动不得?"他扭住伊的面颊。

酒店里的人大笑了。阿Q更得意,而且为了满足那些赏鉴家起见,再用力的一拧,才放手。

他这一战,早忘却了王胡,也忘却了假洋鬼子,似乎对于今天的一切"晦气"都报了仇;而且奇怪,又仿佛全身比拍拍的响了之后轻松,飘飘然的似乎要飞去了。

"这断子绝孙的阿Q!"远远地听得小尼姑的带哭的声音。

"哈哈哈!"阿Q十分得意的笑。

"哈哈哈!"酒店里的人也九分得意的笑。

【简注】

[1]本文最初分章发表于北京《晨报副刊》,自1921年12月4日起至1922年2月12日止,每周或隔周刊登一次,署名巴人。 [2]立言:我国古代所谓"三不朽"之一。《左传》襄公二十四年载鲁国大夫叔孙豹的话:"太上有立德,其次有立功,其次有立言,虽久不废,此之谓不朽。" [3]名不正则言不顺:语见《论语·子路》。 [4]内传:小说体传记的一种。作者在1931年3月3日给《阿Q正传》日译者山上正义的校释中说:"昔日道士写仙人的事多以'内传'题名。" [5]正史:封建时代由官方撰修或认可的史书。清代乾隆时规定自《史记》至《明史》历代二十四部纪传体史书为"正史"。"正史"中的"列传"部分,一般都是著名人物的传记。 [6]宣付国史馆立"本传":旧时效忠于统治阶级的重要人物或所谓名人,死后由政府明令褒扬,令文末常有"宣付国史馆立传"的话。 [7]迭更司(1812—1870):通译狄更斯,英国小说家。著有《大卫·科波菲尔》《双城记》等。《博徒别传》原名《劳特奈·斯吞》,英国小说家柯南·道尔(1859—1930)著。《阿Q正传》中说是迭更司作是鲁迅误记。 [8]"引车卖浆者流"所用的话:指白话文。1931年3月3日作者给日本山上正义的校释中说:"'引车卖浆',即拉车卖豆腐浆之谓,系指蔡元培氏之父。那时,蔡元培氏为北京大学校长,亦系主张白话者之一,故亦受到攻击之矢。" [9]不入三教九流的小说家:三教,指儒教、佛教、道教;九流,即九家。《汉书·艺文志》中分古代诸子为十家,并说:"诸子十家,其可观者九家而已。""小说家者流,盖出于稗官。街谈巷语,道听途说者之所造也。……是以君子弗为也。" [10]《书法正传》:一部关于书法的书,清代冯武著,共十卷。这里的"正传"是"正确的传授"的意思。 [11]著之竹帛:语出《吕氏春秋·仲春纪》:"著乎竹帛,传乎后世。"竹,竹简;帛,绢绸。我国古代未发明造纸前曾用来书写文字。 [12]茂才:即秀才。东汉时,因为避光武帝刘秀的名讳,改秀才为茂才;后来有时也沿用作秀才的别称。 [13]陈独秀办了《新青年》提倡洋字:指1918年前后钱玄同等人在《新青年》杂志上开展关于废除汉字、改用罗马字母拼音的讨论一事。1931年3月3日作者在给山上正义的校释中说:"主张使用罗马字母的是钱玄同,这里说是陈独秀,系茂才公之误。" [14]《郡名百家姓》:《百家姓》是以前学塾所用的识字课本之一,宋初人编纂。为便于诵读,将姓氏连缀为四言韵语。《郡名百家姓》则在每一姓上都附注郡(古代地方区域的名称)名,表示某姓望族曾居古代某地,如赵为"天水"、钱为"彭城"之类。 [15]胡适之(1891—1962):即胡适,安徽绩溪人。他在1920年7月所作《〈水浒传〉考证》中自称"有历史癖与考据癖"。 [16]行状:原指封建时代记述死者世系、籍贯、生卒、事迹的文字,一般由其家属撰写。这里泛指经历。 [17]土谷祠:即土地庙。土谷,指土地神和五谷神。 [18]文童:也称"童生",指科举时代习举业而尚未考取秀才的人。 [19]状元:科举时代,经皇帝殿试取中的第一名进士叫状元。 [20]押牌宝:一种赌博。赌局中为主的人叫"桩家";下文的"青龙""天门""穿堂"等都是押牌宝的用语,指押赌注的位置;"四百""一百五十"是押赌注的钱数。 [21]塞翁失马安知非福:塞翁失马故事见《淮南子·人间训》,比喻一时虽然受到损失,反而因此能得到好处。也指坏事在一定条件下可变为好事,反之亦然。 [22]赛神:即迎神赛会,旧时的一种迷信习俗。以鼓乐仪仗和杂戏等迎神出庙,周游街巷,以酬神祈福。 [23]《小孤孀上坟》:当时流行的一出绍兴地方戏。 [24]太牢:按古代祭礼,原指牛、羊、豕三牲,但后来单称牛为太牢。 [25]皇帝已经停了考:光绪三十一年(1905),清政府下令自丙午科起,废止科举考试。 [26]哭丧棒:旧时在为父母送殡时,儿子须手拄"孝杖",以表示悲痛难支。阿Q因厌恶假洋鬼子,所以把他的手杖咒为"哭丧棒"。

【浅释】

《阿Q正传》将悲剧因素和喜剧因素相融合,塑造了阿Q可悲可笑的被扭曲了的性格,解剖了懦弱国民的灵魂。

第一板块概括介绍阿Q的可怜地位和核心性格。"序"交代小说命名缘由,说明阿Q的可怜地位。两章"优胜记略"叙写了阿Q奉行的自暴自弃、自欺自慰、自我麻醉的弱者的哲学的大部分内容：妄自尊大而又自轻自贱，争强好胜而又忍辱屈从，狭隘自私而又盲目趋时，憎恶权势而又趋炎附势，欺软怕硬而又懦弱卑怯，敏感忌讳而又麻木健忘，除了核心性格精神胜利法之外，阿Q还具有农民式的质朴愚蠢，游手之徒的轻薄狡猾和庸碌之辈的诸多通病。这个有严重精神痼疾的不觉悟奴隶的形象像一个"多棱镜"，高度概括地表现出几千年来封建文化背景下的中国国民性格的弱点。

鲁迅小说艺术由选文部分可见一斑：贴近现实的题材，以人为核的结构，杂取合成的形象，简洁传神的白描和婉而多讽的笔法。

【习题】
1. 小说第一章"序"在整部作品中起什么作用？
2. 小说通过阿Q的人生悲剧揭露了怎样的社会现实？
3. 阅读《阿Q正传》后面的章节，全面归纳阿Q形象特征。

子　　夜[1]（节选）

茅　盾

> 茅盾(1896—1981)，原名沈德鸿，字雁冰，浙江嘉兴人，中国现代作家，文学评论家，中国现代长篇小说鼻祖，"社会剖析小说"大家。1928年发表首部小说《蚀》三部曲（《幻灭》《动摇》《追求》），1932年，长篇小说代表作《子夜》和"农村三部曲"（《春蚕》《秋收》《残冬》）、《林家铺子》等中短篇小说问世，标志着他创作的丰收和飞跃。这些小说注重题材和主题的时代性与时事性，以严谨的理性精神分析社会现象。它们以观察深刻、画面广阔、叙事结构宏大见长，全面深刻地揭示了半封建半殖民地旧中国的尖锐而复杂的社会矛盾，构成了那一时期旧中国整个社会面貌的巨幅画卷。

大时钟镗镗地响了九下。这清越而缓慢的金属丝颤动的声音送到了隔房床上吴荪甫的耳朵里了，闭着的眼皮好像轻轻一跳。然而梦的黑潮还是重压在他的神经上。在梦中，他也听得清越的钟声；但那是急促的钟声，那是交易所拍板台上的钟声，那是宣告"开市"的钟声，那是吴荪甫他们"决战"开始的号炮！

是为了这梦里的钟声，所以睡着的吴荪甫眼皮轻轻一跳。公债的"交割期"就在大后天，到昨天为止，吴荪甫他们已把努力搜刮来的"预备资金"扫数开到"前线"，是展开了全线的猛攻了；然而"多头"们的阵脚依然不见多大的动摇！[2]他们现在唯一的盼望是杜竹斋的友军迅速出动。昨晚上，吴荪甫为此跟杜竹斋又磨到深夜。这已是第四次的"对杜外交"！杜竹斋的表示尚不至于叫吴荪甫他们失望。然而毕竟这是险局！

忽然睡梦中的吴荪甫一声狞笑，接着又是皱紧了眉头，咬住了牙关，浑身一跳。猛可地他睁开眼来了，血红的眼球定定地发怔，细汗渐渐布满了额角。梦里的事情太使他心惊。惨黄的太阳在窗前弄影，远远地微风吹来了浑浊的市声。

"幸而是梦！不过是梦罢了！"——吴荪甫匆匆忙忙起身离床，心里反复这么想。然而他在洗脸的时候，又看见梦里那赵伯韬的面孔又跑到脸盆里来了；一脸的奸笑，胜利的笑！无意中在大衣镜前走过的时候一回头，吴荪甫又看见自己的脸上摆明了是一副败相。仆人们在大客厅和大餐室里乱烘烘地换沙发套，拿出地毯去扑打；吴荪甫一眼瞥见，忽然又想到房子已经抵出，如果到期不能清偿押款，那就免不了要乱烘烘地迁让。

他觉得满屋子到处是幸灾乐祸的眼睛对他嘲笑。他觉得坐在"后方"等消息，要比亲临前线十倍二十倍地难熬！他也顾不得昨天是和孙吉人约好了十点钟会面，他就坐汽车出去了。

还是一九三〇年新纪录的速率，汽车在不很闹的马路上飞驶；然而汽车里的吴荪甫却觉得汽车也跟他捣乱，简直不肯快跑。他又蓦地发见，不知道在什么时候连那没精打采的惨黄的太阳也躲过了，现在是蒙蒙细雨，如烟如雾。而这样惨淡的景象又很面熟。不错！也是这么浓雾般的细雨的早上，也是这么一切都消失了鲜明的轮廓，威武的气概，而且也是这么他坐在汽车里向迷茫的前途狂跑。猛可地从尘封的过去中跳出了一个回忆来了：两个月前他和赵伯韬合做"多头"那时正当"决战"的一天早上，也就是这么一种惨淡的雨天呀！然而现在风景不殊，人物已非了！现在他和赵伯韬立在敌对的地位了！而且举足轻重的杜竹斋态度莫测！

吴荪甫独自在车里露着牙齿干笑。他自己问自己：就是赶到交易所去"亲临前线"，究竟中什么用呀？胜败之机应该早决于昨天，前天，大前天；然而昨天，前天，大前天，早已过去，而且都是用尽了最后一滴财力去应付着，去布置的，那么今天这最后五分钟的胜败，似乎也不尽恃人力罢？不错！今天他们还要放出最后的一炮。正好比决战中的总司令连自己的卫队旅都调上前方加入火线，对敌人下最后的进攻。但是命令前敌总指挥就得了，何必亲临前线呀？——吴荪甫皱着眉头狞笑，心里是有一个主意："回家去等候消息！"然而他嘴里总说不出来。他现在连这一点决断都没有了！尽管他焦心自讼：[3]"要镇静！即使失败，也得镇静！"可是事实上他简直镇静不下来了！

就在这样迟疑焦灼中，汽车把吴荪甫载到交易所门前停住了。像做梦似的，吴荪甫挤进了交易所大门，直找经纪人陆匡时的"号头"。[4]似乎尚未开市，满场是喧闹的人声。但吴荪甫仿佛全没看见，全没听到；他的面前只幻出了赵伯韬的面孔，塞满了全空间，上至天，下至地。

比警察的岗亭大不了多少的经纪人号子里，先已满满地塞着一位胖先生，在那里打电话。这正是王和甫。经纪人陆匡时站在那"岗亭"外边和助手谈话。吴荪甫的来到，竟没有惹起任何人注目；直到他站在王和甫身边时，陆匡时这才猛一回头看见了，而王和甫恰好也把电话筒挂上。

"呵，荪甫！正找你呢！来得好！"

王和甫跳起来说，就一把拉住吴荪甫，拖进那"岗亭"，又把他塞在电话机旁边的小角里，好像惟恐人家看见了。吴荪甫苦笑，想说，却又急切间找不到话头。可是王和甫弯着腰，先悄悄地问道：

"没有会过吉人么？——过一会儿，他也要上这里来。竹斋究竟怎样？他主意打定了么？"

"有八分把握。可是他未必肯大大儿干一下。至多是一百万的花头。"

吴荪甫一开口却又是乐观，并且他当真渐渐镇定起来了。王和甫摸着胡子微笑。

"他能够抛出一百万去么？好极了！可是荪甫，我们自己今天却干瘪了；你的丝厂押款，到底弄不成，我和吉人昨天想了多少门路，也没有一处得手。我们今天只能——"

"只能什么？难道前天讲定了的十万块钱也落空么？"

"这个，幸而没有落空！我们今天只能扣住了这点数目做做。"

"那么，一开盘就抛出去罢？你关照了孟翔没有？"

"呀，呀！再不要提起什么孟翔了！昨晚上才知道，这个人竟也靠不住！我们本来为的想用遮眼法，所以凡是抛空，都经过他的手，谁知道他暗地里都去报告赵伯韬了！这不是糟透了么？"

王和甫说这话时，声音细到就像蚊子叫。吴荪甫并没听得完全，可是他全都明白了，他陡的变了脸色，耳朵里一声嗡，眼前黑星乱跳。又是部下倒戈！这比任何打击都厉害些呀！过一会儿，吴荪甫咬牙切齿地挣扎出一句话来道：

"真是人心叵测！——那么，和甫，今天我们抛空，只好叫陆匡时过手了？"

"不！我们另外找到一个经纪人，什么都已经接洽好。一开盘，我们就抛！"

一句话刚完，外边钟声大震，开市了！接着是做交易的雷声轰轰地响动，似乎房子都震摇。王和甫也就跑了出去。吴荪甫却坐着不动。他不能动，他觉得两条腿已经不听他做主，而且耳朵里又是嗡嗡地叫。黑星又在他眼前乱跳。他从来不曾这么脆弱，他真是变了！

猛可地王和甫气急败丧跑回来，搓着手对吴荪甫叫道：

"哎，哎！开盘出来又涨了！涨上半块了！"

"呵——赶快抛出去！扣住了那十万块全都抛出去！"

吴荪甫蹶然跃起大声说，可是蓦地一阵头晕，又加上心口作恶，他两腿一软，就倒了下去，直瞪着一对眼睛，脸色死白。王和甫吓得手指尖冰冷，抢步上前，一手掐住了吴荪甫的人中，一手就揪他的头发。急切间可又没得人来帮忙。正慌做一堆的时候，幸而孙吉人来了，孙吉人还镇静，而且有急智，看见身边有一杯冷水，就向吴荪甫脸上喷一口。吴荪甫的眼珠动了，咕的吐出一堆浓痰。

"赶快抛出去呀——"

吴荪甫睁大了眼睛，还是这一句话。孙吉人和王和甫对看了一眼。孙吉人就拍着吴荪甫的肩膀说：

"放心！荪甫！我们在这里招呼，你回家去罢！这里人多气闷，你住不得了！"

"没有什么！那不过是一时痰上，现在好了！——可是，抛出去么？"

吴荪甫忽地站起来说；他那脸色和眼神的确好多了，额角却是火烧一般红。这不是正气的红，孙吉人看得非常明白，就不管吴荪甫怎样坚持不肯走，硬拉了他出去，送上了汽车。这时候，市场里正轰起了从来不曾有过的"多头"和"空头"的决斗！[5]吴荪甫他们最后的一炮放出去了！一百五十万的裁兵公债一下里抛在市场上了，挂出牌子来是步步跌了！

要是吴荪甫他们的友军杜竹斋赶这当儿加入火线，"空头"们便是全胜了。然而恰在吴荪甫的汽车从交易所门前开走的时候，杜竹斋坐着汽车来了。两边的汽车夫捏喇叭打了个招呼，可是车里的主人都没觉到。竹斋的汽车咕的一声停住，荪甫的汽车飞也似的回公馆去了。

也许就是那交易所里的人声和汗臭使得吴荪甫一时晕厥罢，他在汽车里已经好得多，额角上的邪火也渐渐退去，他能够"理性"地想一想了，但这"理性"的思索却又使他的脸色一点一点转为苍白,他的心重甸甸地定住在胸口,压迫他的呼吸。

蒙蒙的细雨现在也变成了倾盆直泻。风也有点刺骨。到了家从车里出来时,吴荪甫猛然打一个寒噤,浑身汗毛都直竖了。阿萱和林佩珊在大餐间里高声嚷笑着,恰在吴荪甫走过的时候,阿萱冲了出来,手里拿一本什么书,背后是林佩珊追着。吴荪甫皱着眉头,别转脸就走过了。他近来已经没有精神顾到这些小事,并且四小姐的反抗也使他在家庭中的威权无形中缩小,至少是阿萱已经比先前放肆些了。

到书房里坐定后,吴荪甫吩咐当差的第一个命令是"请丁医生",第二个命令是"生客拜访,一概挡驾"!他还有第三个命令正待发出,忽然书桌上一封电报转移了他的注意,于是一摆手叫当差退出,他就看那电报。

这是唐云山从香港打来的电报,三五十个字,没有翻出。吴荪甫拿起电报号码本子翻了七八个字,就把那还没发出的第三个命令简直忘记得精光了。可是猛可地他又想起了另一件事,随手丢开那电报,抓起电话筒来。他踌躇了一下,终于叫着杜竹斋公馆的号头。在问明了竹斋的行踪以后,吴荪甫脸上有点笑容了。万分之一的希望又在他心头扩大而成为百分之十,百分之二十,三十!

而在这再燃旺的希望上又加了一勺油的,是唐云山那电报居然是好消息:他报告了事务顺手,时局有转机,并且他在香港亦已接洽好若干工商界有力份子,益中公司尚可卷土重来;最后,他说即日要回上海。

吴荪甫忍不住独自个哈哈笑了。可不是皇天不负苦心人么!

然而这一团高兴转瞬便又冷却。吴荪甫嘴角上虽则还挂着笑影,但已经是苦笑了。什么香港的工商界有力份子接洽得有了眉目,也许是空心汤圆罢?而且这样的"空心汤圆",唐云山已经来过不止一次了!再者,即使今回的"汤圆"未必仍旧"空心",然而远水救得近火么?这里公债市场上的决战至迟明天要分胜败呀!吴荪甫他们所争者就是"现在";"现在"就是一切,"现在"就是"真实"!

而且即使今回不是"空心汤圆",吴荪甫也不能不怪唐云山太糊涂了。不是屡次有电报给他:弄到了款子就立即电汇来么?现在却依然只是一封空电报!即日要回上海罢?倒好像香港还是十八世纪,通行大元宝,非他自己带来不可似的!人家在火里,他倒在水里呀!

这么想着的吴荪甫,脸上就连那苦笑的影子也没有了。一场空欢喜以后的苦闷比没有过那场欢喜更加厉害。刚翻完那电报的时候他本想打一个电话给孙吉人他们报告这喜讯,现在却没有那股勇气了。他坐在椅子里捧着头,就觉得头里是火烧一般;他站起来踱了几步,却又是一步一个寒噤,背脊上冷水直浇。他坐了又站起,站起了又坐,就好像忽而掉在火堆里,忽而又滚到冰窖。

他只好承认自己是生病了。不错!自从上次他厂里罢工以来,他就得了这怪病,而且常常要发作。而刚才他在交易所里竟至于晕厥!莫非也就是初步的脑充血?老太爷是脑充血去世的!"怎么丁医生还没见来?该死!缓急之际,竟没有一个人可靠!"——吴荪甫无端迁怒到不相干的第三者了!

突然,电话铃响了。唧令令……那声音听去是多么焦急。

吴荪甫全身的肉都跳了起来。他知道这一定是孙吉人他们来报告市场情形;他拿起那听筒的时候,手也抖了;他咬紧了牙关,没有力气似的叫了两声"喂",就屏息静听那生死关头的报告。然而意外地他的眉毛一挺,眼睛里又有些光彩,接着他又居然笑了一笑。

"哦,——涨上了又跌么!——哦!跌进三十三块么?——哎,哎!——可惜!——看去是'多头'的胃口已经软弱么?哈——编遣刚开盘么?——怎么?——打算再抛出二百万?——保证金记账?——我赞成!——刚才云山来了电报,那边有把握。——对了,我们不妨放手干一干!——款子还没汇来,可是我们要放手干一干!——哦,那么老赵也是孤注一掷了,半斤对八两!——哦,可见是韩孟翔真该死呀!没有他去报告了我们的情形,老赵昨天就要胆小!——不错!回头总得给这小子一点颜色看看!——竹斋么?早到了交易所了!——你们没有看见他么?找一找罢!——哦……"

吴荪甫挂上了听筒,脸色突又放沉了。这不是忧闷,这是震怒。韩孟翔那样靠不住,最不该!况且还有刘玉英!这不要脸的,两头做内线!多少大事坏在这种"部下"没良心,不忠实!吴荪甫想起了恨得牙痒痒地。他是向来公道,从没待亏了谁,可是人家都"以怨报德"!不必说姓韩姓刘的了,就是自己的嫡亲妹子四小姐也不谅解,把他当作老虎似的,甚至逃走出去不肯回来!

一阵怒火像乱箭一般直攒心头,吴荪甫全身都发抖了。他铁青着脸,咬紧牙齿在屋子里疾走。近来他的威严破坏到不成个样子了!他必须振作一番!眼前这交易所公债关口一过,他必须重建既往的威权!在社会上,在家庭中,他必须仍旧是一个威严神圣的化身!他一边走,一边想,预许给自己很多的期望,很多的未来计划!专等眼前这公债市场的斗争告一个有利的段落,他就要——开始的!

电话铃猛可地又响了,依然是那么急!

这回吴荪甫为的先就吃过"定心丸",便不像刚才那样慌张,他的手拿起那听筒,坚定而且灵快。他一听那声音,就回叫道:

"你是和甫么?——哦,哦,你说呀!不要紧!你说!"

窗外猛起了狂风,园子里树声怒吼。听着电话的吴荪甫突然变了色,锐声叫道:

"什么!涨了么?——有人乘我们压低了价钱就扒进!——哦!不是老赵,是新户头?是谁,是谁?——呀!是竹斋么?——咳咳!——我们大势已去了呀!……"

拍达!吴荪甫掷听筒在桌子上,退一步,就倒在沙发里,直瞪了眼睛,只是喘气。不料竹斋又是这一手!大事却坏在他手里!那么,昨晚上对他开诚布公那番话,把市场上虚虚实实的内情都告诉了他的那番话,岂不是成了开门揖盗么?——"咳!众叛亲离!我,吴荪甫,有什么地方对不起了人的!"只是这一个意思在吴荪甫心上猛搥。他蓦地一声狞笑,跳起来抢到书桌边,一手拉开了抽屉,抓出一枝手枪来,就把枪口对准了自己胸口。他的脸色黑里透紫,他的眼珠就像要爆出来似的。

窗外是狂风怒吼,斜脚雨打那窗上的玻璃,达达达地。可是那手枪没有放射。吴荪甫长叹一声,身体落在那转轮椅子里,手枪掉在地下。恰好这时候,当差李贵引着丁医生进来了。

吴荪甫蹶然跃起,对丁医生狞笑着叫道:

"刚才险些儿发生一件事,要你费神;可是现在没有了。既然来了,请坐一坐!"

丁医生愕然耸耸肩膀,还没开口,吴荪甫早又转过身去抓起了那电话筒,再打电话。这回是打到他厂里去了。他问明了是屠维岳时,就只厉声吩咐一句:"明天全厂停工!"他再不理睬听筒中那吱吱的声音,一手挂上了,就转脸看着丁医生微微笑着说:

"丁医生,你说避暑是往哪里去好些?我想吹点海风呢!"

"那就是青岛罢!再不然,远一些,就是秦皇岛也行!"

"那么牯岭呢?"

"牯岭也是好的,可没有海风,况且这几天听说红军打吉安,长沙被围,南昌,九江都很吃紧！——"

"哈哈哈，这不要紧！我正想去看看那红军是怎样的三头六臂了不起！光景也不过是匪！一向是大家不注意，纵容了出来的！可是，丁医生，请你坐一会儿，我去吩咐了几句话就来。"

吴荪甫异样地狂笑着，站起身来就走出了那书房，一直跑上楼去。现在知道什么都完了，他倒又镇静起来了；他轻步跑进了自己房里，看见少奶奶倦倚在靠窗的沙发上看一本书。

"佩瑶！赶快叫他们收拾，今天晚上我们就要上轮船出码头。避暑去！"

少奶奶猛一怔，霍地站了起来；她那膝头的书就掉在地上，书中间又飞出一朵干枯了的白玫瑰。这书，这枯花，吴荪甫今回是第三次看见了，但和上两次一样，今回又是万事牵心，滑过了注意。少奶奶红着脸，朝地下瞥了一眼，惘然回答：

"那不是太局促了么？可是，也由你。"

【简注】

[1]本文选自《子夜》第十九章。　[2]多头：是指投资者对股市看好，预计股价将会看涨，于是趁低价时买进股票，待股票上涨至某一价位时再卖出，以获取差额收益。　[3]自讼：孔子提出的自我修养的方法。犹自责。　[4]号头：号码。　[5]空头：是投资者和股票商认为现时股价虽然较高，但对股市前景看坏，预计股价将会下跌，于是把股票卖出，趁高价时卖出的投资者。采用这种先卖出后买进、从中赚取差价的交易方式称为空头。

【浅释】

《子夜》描写民族资本主义的悲剧，全部情节围绕工业资本家吴荪甫为发展民族工业而进行的斗争这条主线展开。

节选部分描写吴荪甫孤注一掷、背水一战的惨败结局。在"吴赵斗法"的全过程中，吴荪甫始终处于弱势，败局已定之际不惜最后一搏，可惜已经山穷水尽，加上部下倒戈、竹斋拆台，一切挣扎毫无意义。此章以时为序，写吴荪甫一日之内焦躁不安的情状：闻钟梦回，心惊肉跳—亲临"前线"，晕倒"岗亭"—返回公馆，喜怒无常（高兴—苦笑—欣然—震怒—绝望—狂笑）。自感大势已去，起初拟自杀了之，后决定连夜潜逃。

小说着意通过场景事件、环境气氛、气候声响等刻画人物内心动态，描写吴荪甫神经质般的病态反应——不祥的预感，无端的联想，对毫无把握的胜利的一丝侥幸，对强大对手赵伯韬的本能恐惧，活脱脱地写出这个铁腕人物的负面性格：外强中干、怨天尤人、毫无决断。

【习题】

1. 试分析《子夜》题目的寓意及小说的思想内容。
2. 简述《子夜》所展示的悲剧及这个悲剧的必然性。
3. 《子夜》心理描写十分出色，试谈本章对吴荪甫的心理描写。

骆驼祥子[1]（节选）

老舍

> 老舍（1899—1966），满族，原名舒庆春，字舍予，北京人，著名小说家、剧作家，中国现代文学史上最杰出的市民表现者、批判者，最杰出的市民诗人。20世纪30年代，先后在济南齐鲁大学、青岛山东大学任教。抗战时期，为中华文艺界抗敌协会主要领导人。著有长篇小说《骆驼祥子》《四世同堂》、中篇小说《月牙儿》、短篇小说《断魂枪》、话剧《茶馆》等。老舍的作品充满着地域文化色彩，被称为"京味"十足的"市井文学"。市民日常生活的全景式的风俗描写，加上富有悲喜剧色彩的情节和响脆晓畅、俗不伤雅的京味语言，使得老舍的小说和戏剧深得读者的欢迎。

因为高兴，胆子也就大起来；自从买了车，祥子跑得更快了。自己的车，当然格外小心，可是他看看自己，再看看自己的车，就觉得有些不是味儿，假若不快跑的话。

他自己，自从到城里来，又长高了一寸多。他自己觉出来，仿佛还得往高里长呢。不错，他的皮肤与模样都更硬棒与固定了一些，而且上唇上已有了小小的胡子；可是他以为还应当再长高一些。当他走到个小屋门或街门而必须大低头才能进去的时候，他虽不说什么，可是心中暗自喜欢，因为他已经是这么高大，而觉得还正在生长，他似乎既是个成人，又是个孩子，非常有趣。

这么大的人，拉上那么美的车，他自己的车，弓子软得颤悠颤悠的，连车把都微微的动弹；车箱是那么亮，垫子是那么白，喇叭是那么响；跑得不快怎能对得起自己呢，怎能对得起那辆车呢？这一点不是虚荣心，而似乎是一种责任，非快跑、飞跑，不足以充分发挥自己的力量与车的优美。那辆车也真是可爱，拉过了半年来的，仿佛处处都有了知觉与感情，祥子的一扭腰，一蹲腿，或一直脊背，它都就马上应合着，给祥子以最顺心的帮助，他与它之间没有一点隔膜别扭的地方。赶到遇上地平人少的地方，祥子可以用一只手拢着把，微微轻响的皮轮像阵利飕的小风似的催着他跑，飞快而平稳。拉到了地点，祥子的衣裤都拧得出汗来，哗哗的，像刚从水盆里捞出来的。他感到疲乏，可是很痛快的，值得骄傲的，一种疲乏，如同骑着名马跑了几十里那样。

假若胆壮不就是大意，祥子在放胆跑的时候可并不大意。不快跑若是对不起人，快跑而碰伤了车便对不起自己。车是他的命，他知道怎样的小心。小心与大胆放在一处，他便越来越能自信，他深信自己与车都是铁作的。

因此，他不但敢放胆的跑，对于什么时候出车也不大去考虑。他觉得用力拉车去挣口饭吃，是天下最有骨气的事；他愿意出去，没人可以拦住他。外面的谣言他不大往心里听，什么西苑又来了兵，什么长辛店又打上了仗，什么西直门外又在拉伕，什么齐化门已经关了半天，他都不大注意。自然，街上铺户已都上了门，而马路上站满了武装警察与保安队，他也不便故意去找不自在，也和别人一样急忙收了车。可是，谣言，他不信。他知道怎样谨慎，特别因为车是自己的，但是他究竟是乡下人，不像城里人那样听见风便是雨。再说，他的身体使他相信，即使不幸赶到"点儿"上，他必定有办法，不至于吃很大的亏；他不是容易欺侮的，那么大的个子,那么宽的肩膀!

战争的消息与谣言几乎每年随着春麦一块儿往起长,麦穗与刺刀可以算作北方人的希望与忧惧的象征。祥子的新车刚交半岁的时候,正是麦子需要春雨的时节。春雨不一定顺着人民的盼望而降落,可是战争不管有没有人盼望总会来到。谣言吧,真事儿吧,祥子似乎忘了他曾经作过庄稼活;他不大关心战争怎样的毁坏田地,也不大注意春雨的有无。他只关心他的车,他的车能产生烙饼与一切吃食,它是块万能的田地,很驯顺的随着他走,一块活地,宝地。因为缺雨,因为战争的消息,粮食都长了价钱;这个,祥子知道。可是他和城里人一样的只会抱怨粮食贵,而一点主意没有;粮食贵,贵吧,谁有法儿教它贱呢?这种态度使他只顾自己的生活,把一切祸患灾难都放在脑后。

设若城里的人对于一切都没办法,他们可会造谣言——有时完全无中生有,有时把一分真事说成十分——以便显出他们并不愚傻与不作事。他们像些小鱼,闲着的时候把嘴放在水皮上,吐出几个完全没用的水泡儿也怪得意。在谣言里,最有意思是关于战争的。别种谣言往往始终是谣言,好像谈鬼说狐那样,不会说着说着就真见了鬼。关于战争的,正是因为根本没有正确消息,谣言反倒能立竿见影。在小节目上也许与真事有很大的出入,可是对于战争本身的有无,十之八九是正确的。"要打仗了!"这句话一经出口,早晚准会打仗;至于谁和谁打,与怎么打,那就一个人一个说法了。祥子并不是不知道这个。不过,干苦工的人们——拉车的也在内——虽然不会欢迎战争,可是碰到了它也不一定就准倒霉。每逢战争一来,最着慌的是阔人们。他们一听见风声不好,赶快就想逃命;钱使他们来得快,也跑得快。他们自己可是不会跑,因为腿脚被钱赘的太沉重。他们得雇许多人作他们的腿,箱子得有人抬,老幼男女得有车拉;在这个时候,专卖手脚的哥儿们的手与脚就一律贵起来:"前门,东车站!""哪儿?""东——车—站!""呕,干脆就给一块四毛钱!不用驳回,兵荒马乱的!"

就是在这个情形下,祥子把车拉出城去。谣言已经有十来天了,东西已都涨了价,可是战事似乎还在老远,一时半会儿不会打到北平来。祥子还照常拉车,并不因为谣言而偷点懒。有一天,拉到了西城,他看出点棱缝来。[2]在护国寺街西口和新街口没有一个招呼"西苑哪?清华呀?"的。在新街口附近他转悠了一会儿。听说车已经都不敢出城,西直门外正在抓车,大车小车骡车洋车一齐抓。他想喝碗茶就往南放车;车口的冷静露出真的危险,他有相当的胆子,但是不便故意的走死路。正在这个接骨眼儿,从南来了两辆车,车上坐着的好像是学生。拉车的一边走,一边儿喊:"有上清华的没有?嗨,清华!"

车口上的几辆车没有人答碴儿,大家有的看着那两辆车淡而不厌的微笑,有的叼着小烟袋坐着,连头也不抬。那两辆车还继续的喊:"都哑吧了?清华!"

"两块钱吧,我去!"一个年轻光头的矮子看别人不出声,开玩笑似的答应了这么一句。

"拉过来!再找一辆!"那两辆车停住了。

年轻光头的楞了一会儿,似乎不知怎样好了。别人还不动。祥子看出来,出城一定有危险,要不然两块钱清华——平常只是二三毛钱的事儿——为什么会没人抢呢?他也不想去。可是那个光头的小伙子似乎打定了主意,要是有人陪他跑一趟的话,他就豁出去了;他一眼看中了祥子:"大个子,你怎样?"

"大个子"三个字把祥子招笑了,这是一种赞美。他心中打开了转儿:凭这样的赞美,似乎也应当捧那身矮胆大的光头一场;再说呢,两块钱是两块钱,这不是天天能遇到的事。危险?难道就那样巧?况且,前两天还有人说天坛住满了兵;他亲眼看见的,那里连个兵毛儿也没有。这么一想,他把车拉过去了。

拉到了西直门,城洞里几乎没有什么行人。祥子的心凉了一些。光头也看出不妙,可是还笑着说:"招呼吧,伙计!是福不是祸,今儿个就是今儿个啦!"[3]祥子知道事情要坏,可是在街面上混了这几年了,不能说了不算,不能耍老娘们脾气!

出了西直门,真是连一辆车也没遇上;祥子低下头去,不敢再看马路的左右。他的心好像直顶他的肋条。到了高亮桥,他向四围打了一眼,并没有一个兵,他又放了点心。两块钱到底是两块钱,他盘算着,没点胆子哪能找到这么俏的事。他平常很不喜欢说话,可是这阵儿他愿意跟光头的矮子说几句,街上清静得真可怕。"抄土道走吧?马路上——"

"那还用说,"矮子猜到他的意思,"自要一上了便道,咱们就算有点底儿了!"

还没拉到便道上,祥子和光头的矮子连车带人都被十来个兵捉了去!

虽然已到妙峰山开庙进香的时节,夜里的寒气可还不是一件单衫所能挡得住的。祥子的身上没有任何累赘,除了一件灰色单军服上身,和一条蓝布军裤,都被汗沤得奇臭——自从还没到他身上的时候已经如此。由这身破军衣,他想起自己原来穿着的白布小褂与那套阴丹士林蓝的夹裤褂;那是多么干净体面!是的,世界上还有许多比阴丹士林蓝更体面的东西,可是祥子知道自己混到那么干净利落已经是怎样的不容易。闻着现在身上的臭汗味,他把以前的挣扎与成功看得分外光荣,比原来的光荣放大了十倍。他越想着过去便越恨那些兵们。他的衣服鞋帽,洋车,甚至于系腰的布带,都被他们抢了去;只留给他青一块紫一块的一身伤,和满脚的疱!不过,衣服,算不了什么;身上的伤,不久就会好的。他的车,几年的血汗挣出来的那辆车,没了!自从一拉到营盘里就不见了!以前的一切辛苦困难都可一眨眼忘掉,可是他忘不了这辆车!

吃苦,他不怕;可是再弄上一辆车不是随便一说就行的事;至少还得几年的工夫!过去的成功全算白饶,他得重打鼓另开张打头儿来!祥子落了泪!他不但恨那些兵,而且恨世上的一切了。凭什么把人欺侮到这个地步呢?凭什么?"凭什么?"他喊了出来。

这一喊——虽然痛快了些——马上使他想起危险来。别的先不去管吧,逃命要紧!

他在哪里呢?他自己也不能正确的回答出。这些日子了,他随着兵们跑,汗从头上一直流到脚后跟。走,得扛着拉着或推着兵们的东西;站住,他得去挑水烧火喂牲口。他一天到晚只知道怎样把最后的力气放在手上脚上,心中成了块空白。到了夜晚,头一挨地他便像死了过去,而永远不再睁眼也并非一定是件坏事。

最初,他似乎记得兵们是往妙峰山一带退却。及至到了后山,他只顾得爬山了,而时时想到不定哪时他会一交跌到山涧里,把骨肉被野鹰们啄尽,不顾得别的。在山中绕了许多天,忽然有一天山路越来越少,当太阳在他背后的时候,他远远的看见了平地。晚饭的号声把出营的兵丁唤回,有几个扛着枪的牵来几匹骆驼。

骆驼!祥子的心一动,忽然的他会思想了,好像迷了路的人忽然找到一个熟识的标记,把一切都极快的想了起来。骆驼不会过山,他一定是来到了平地。在他的知识里,他晓得京西一带,像八里庄、黄村,北辛安,磨石口,五里屯,三家店,都有养骆驼的。难道绕来绕去,绕到磨石口来了吗?这是什么战略——假使这群只会跑路与抢劫的兵们也会有战略——他不晓得。可是他确知道,假如这真是磨石口的话,兵们必是绕不出山去,而想到山下来找个活路。磨石口是个好地方,往东北可以回到西山;往南可以奔长辛店,或丰台;一直出口子往西也是条出路。他为兵们这么盘算,心中也就为自己画出一条道儿来:这到了他逃走的时候了。万一兵们再退回乱山里去,他就是逃出兵的手掌,也还有饿死的危险。要逃,就得乘这个机会。由这里一跑,他相信,一步就能跑回海甸!虽然中间隔着那么多地方,可是他都知道呀;一闭眼,他就有了个地图:这里是磨石口——老天爷,这必须是磨石口!——他往东北拐,过金顶山,礼王坟,就是八大处;从四平台往东奔杏子口,就到了南辛庄。为是有些遮隐,他顶好还顺着山走,从北辛庄,往北,过魏家村;往北,过南河滩;再往北,到红山头,杰王府;静宜园了!找到静宜园,闭着眼他也可以摸到海甸去!他的心要跳出来!这些日子,他的血似乎全流到四肢上去;这一刻,仿佛全归到心上来;心中发热,四肢反倒冷起来;热望使他混身发颤!

一直到半夜,他还合不上眼。希望使他快活,恐惧使他惊惶,他想睡,但睡不着,四肢像散了似的在一些干草上放着。什么响动也没有,只有天上的星伴着自己的心跳。骆驼忽然哀叫了两声,离他不远。他喜欢这个声音,像夜间忽然听到鸡鸣那样使人悲哀,又觉得有些安慰。

远处有了炮声,很远,但清清楚楚的是炮声。他不敢动,可是马上营里乱起来。他闭住了气,机会到了!他准知道,兵们又得退却,而且一定是往山中去。这些日子的经验使他知道,这些兵的打仗方法和困在屋中的蜜蜂一样,只会到处乱撞。有了炮声,兵们一定得跑;那么,他自己也该精神着点了。他慢慢的,闭着气,在地上爬,目的是在找到那几匹骆驼。他明知道骆驼不会帮助他什么,但他和它们既同是俘虏,好像必须有些同情。军营里更乱了,他找到了骆驼——几块土岗似的在黑暗中爬伏着,除了粗大的呼吸,一点动静也没有,似乎天下都很太平。这个,教他壮起点胆子来。他伏在骆驼旁边,像兵丁藏在沙口袋后面那样。极快的他想出个道理来:炮声是由南边来的,即使不是真心作战,至少也是个"此路不通"的警告。那么,这些兵还得逃回山中去。真要是上山,他们不能带着骆驼。这样,骆驼的命运也就是他的命运。他们要是不放弃这几个牲口呢,他也跟着完事;他们忘记了骆驼,他就可以逃走。把耳朵贴在地上,他听着有没有脚步声儿来,心跳得极快。

不知等了多久,始终没人来拉骆驼。他大着胆子坐起来,从骆驼的双峰间望过去,什么也看不见,四外极黑。逃吧!不管是吉是凶,逃!

【简注】

[1]本文选自《骆驼祥子》第二章。 [2]棱缝:〈方〉指迹象。 [3]招呼吧:干吧,闯吧。今儿个就是今儿个:〈方〉今天就是今天。意即到了严重关头,成败都在今天。

【浅释】

《骆驼祥子》通过对人力车夫祥子在吃人的社会制度压榨下,最后被逼向堕落的悲剧命运,对半封建半殖民地的中国社会作出沉痛的控诉。

祥子的一生经历三"起"三"落",命运基本走向为:努力向上—不甘失败—自甘堕落。第二章叙述的是祥子的第一"落"(成为社会动乱的受害者):北平城外军阀混战,大兵到处抓人抓车。祥子去西直门外送客,遭到了兵匪的祸害,连人带车被掳了去,刚买的新车丢了,连命也几乎赔上。大兵们逃散之后,祥子意外地拣了乱军留下的三匹骆驼。选文先写祥子半年来拉着新车跑客的得意、自信和骄傲。接着写战事逼近时,祥子心存侥幸、贪图车费不惜铤而走险。最后写祥子痛失爱车愤愤不平,不幸中万幸牵回几匹骆驼。

小说细腻地勾画了祥子去西直门前后由畏怯到犹豫再到冒险的心理曲线,写出了祥子的要强、虚荣和机灵。小说语言使用地道的京片子,有一股浓烈的京味。

【习题】
1. 简述《骆驼祥子》中骆驼祥子悲剧的性质及根源。
2. 结合实例谈谈这一章如何刻画祥子的心理和思想性格。
3. 老舍的小说运用了许多北京方言,结合本章谈谈这个特色。

家[1]（节选）

巴 金

> 巴金(1904—2006),原名李尧棠,字芾甘,四川成都人,现代小说家、散文家。主要作品有《灭亡》、《激流三部曲》(《家》《春》《秋》)、《爱情三部曲》(《雾》《雨》《电》)、《憩园》、《寒夜》)、《随想录》等。对不合理的社会现实的控诉和讨伐是巴金小说的中心主题,作品不以客观冷静的描写见长,而以激情奔放的叙述撼人心魄,表现出浓烈的主观色彩。与长篇小说风格近似,短篇小说的形象塑造主要通过细腻的抒情手法和热情清丽的语言来完成。探索人生的真谛,永不休止地追求光明,是巴金散文的创作主旨,作品感情充沛,毫无矫饰,语言流畅。

这两天鸣凤很想找到觉慧,跟他谈谈她的事。她时时刻刻等着这个机会。然而近来觉慧弟兄似乎比从前更忙,他们每天早晨绝早就出去上学,下午很迟才回来,在家里吃过饭,马上又出去,往往到九、十点钟才回家,回来就关在房里写文章、读书。她难得见到觉慧一面,即使两人遇见了,也不过是他投一瞥爱怜的眼光过来,温和地看她几眼,或者对她微笑,却难得对她讲几句话。自然这些也是爱的表示。她觉得他的忙碌是正当的,虽然因此对她疏远一点,她也并不怪他。

然而实际上她就只有两天的时间。这么短！她必须跟觉慧谈一次话,把她的痛苦告诉他,看他有什么意见。无论如何她必须同他商量。然而他仿佛完全不知道这一回事情,他并不给她一个这样的机会。花园里没有他的脚迹。只有在吃午饭的时候,她才可以见到他,但是他放下饭碗就匆忙地走了,她待要追上去说话也来不及。晚上他回家很迟。再要找像从前那样的跟他一起谈笑的机会,是不可能的了。

三十日终于到了。鸣凤的事公馆里知道的人并不太多,觉慧一点也不知道,因为:一则,在外面他们的周报社里发生了变故,他用了全副精神去应付这件事,就没有心肠管家里的事情;二则,他在家里时也忙着写文章或者读书,没有机会听别人谈鸣凤的事。

三十日在觉慧看来不过是这个月的最后一日,然而在鸣凤却是她一生的最后一天了,她的命运就要在这一天决定了:或者永远跟他分离,或者永远和他厮守在一起。然而事实上后一个希望却是非常渺茫。她自己也知道。自然她满心希望他来拯救她,让她永远和他厮守在一起;但是在他们两个人的中间横着那一堵不能推倒的墙,使他们不能够接近。这就是身份的不同。她是知道的。她从前在花园里对他说"不,不……我没有那样的命"时,她就已经知道这个了。虽然他答应要娶她,然而老太爷、太太们以及所有公馆里的人全隔在他们两个人的中间,他又有什么办法？在老太爷的命令下现在连太太也没有办法,何况做孙儿的他？

她的命运似乎已经决定,是无可挽回的了。然而她还不能放弃最后的希望,她不能甘心情愿地走到毁灭的路上去,而没有一点留恋。她还想活下去,还想好好地活下去。她要抓住任何的希望。她好像是在欺骗自己,因为她明明知道连一点希望也没有了,而且也不能够有了。

这一天她怀着颤抖的心等着跟觉慧见面。然而觉慧回来的时候已经是晚上九点钟了。她走到他的窗下,听见他的哥哥说话的声音,她觉得胆怯。她在那里徘徊着,不敢进去,但是又不忍走开,因为要是这一晚再错过机会,不管是生与死,她永远不能再看见他了。

好容易挨过了一些时候,屋里起了脚步声,她知道有人走出,便往角落里一躲,果然看见一个黑影从里面闪出来。这是觉民。她看见他走远了,连忙走进房里去。

觉慧正埋着头在电灯光下面写文章,他听见她的脚步声并不抬起头,也不分辨这是谁在走路。他只顾专心写文章。

鸣凤看见他不抬头,便走到桌子旁边胆怯地但也温柔地叫了一声:"三少爷。"

"鸣凤,是你?"他抬起头惊讶地说,对她笑了笑。"什么事?"

"我想看看你……"她说话时两只忧郁的眼睛呆呆地望着他的带笑的脸。她的话没有说完,就被他接下去说:"你是不是怪我这几天不跟你说话?你以为我不理你吗?"他温和地笑道,"不是,你不要起疑心。你看我这几天真忙,又要读书,又要写文章,还有别的事情。"他指着面前一大堆稿件,几份杂志和一叠原稿纸对她说:"你看我忙得跟蚂蚁一样。……再过两天就好了,我就把这些事情都做完了,再过两天。……我答应你,再过两天。"

"再过两天……"她绝望地悲声念着这四个字,好像不懂它们的意义,过后又茫然地问道:"再过两天?……"

"对,"他笑着说,"再过两天,我的事情就做完了。只消等两天。再过两天,我要跟你谈许许多多的事情。"他又埋下头去写字。

"三少爷,我想跟你说两句话。……"她极力忍住眼泪,不要哭出声来。

"鸣凤,你不看见我这样忙?"他短短地说,便抬起头来。看见她的眼里闪着泪光,他马上心软了。他伸手去捏了捏她的手,又站起来,关心地问道:"你受了什么委屈吗?不要难过。"他真想丢开面前的原稿纸,带着她到花园里好好地安慰她。可是他马上又想起明天早晨就要交出去的文章,想起周报社的斗争,便改变了主意说:"你忍耐一下,过两天我们好好地商量,我一定给你帮忙。我明天会找你,现在你让我安安静静地做事情。"他说完,放下她的手,看见她还用期待的眼光在看他,他一阵感情冲动,连自己说不出是为了什么,他忽然捧住她的脸,轻轻地在她的嘴上吻了一下,又对她笑了笑。他回到座位上,又抬起头看了她一眼,然后埋下头,拿起笔继续做他的工作。但是他的心还怦怦地跳动,因为这是他第一次吻她。

鸣凤不说一句话,她痴呆地站在那里。她甚至不知道自己在这时候想些什么,又有什么样的感觉。她轻轻地摩抚她的第一次被他吻了的嘴唇。过了一会儿她又喃喃地念着:"再过两天……"

这时外面起了吹哨声,觉慧又抬起头催促鸣凤:"快去,二少爷来了。"

鸣凤好像从梦中醒过来似的,她的脸色马上变了。她的嘴唇微微动着,但是并没有说出什么。她的非常温柔而略带忧郁的眼光留恋地看了他几眼,忽然她的眼睛一闪,眼泪流了下来,她的口里迸出了一声:"三少爷。"声音异常凄惨。觉慧惊奇地抬起头来看,只看见她的背影在门外消失了。

"女人的心理真古怪,"他叹息地自语道,过后又埋下头写字。

觉民走进房里,第一句话就问:"刚才鸣凤来过吗?"

"嗯,"觉慧过了半晌才简单地答道。他依旧在写字,并不看觉民。

"她一点也不像丫头,又聪明,又漂亮,还认得字。可惜得很!……"觉民自语似地叹息道。

"你说什么?你可惜什么?"觉慧放下笔,吃惊地问。

"你还不晓得?鸣凤就要嫁了。"

"鸣凤要嫁了!哪个说的?我不相信!她这样年轻!"

"爷爷把她送给冯乐山做姨太太了。"

"冯乐山?我不相信!他不是孔教会里的重要分子吗?他六十岁了,还讨小老婆?"

"你忘记了去年他们几个人发表梨园榜,点小旦薛月秋做状元,被高师的方继舜在《学生潮》上面痛骂了一顿?他们那种人什么事都做得出来,横竖他们是本省的绅士、名流。明天就是他接人的日子。我真替鸣凤可惜。她今年才十七岁!"

"我怎么早不晓得?……哦,我明明听见过这样的消息,怎么我一点儿也记不起来?"觉慧大声说,他马上站起来,一直往外面走,一面拼命抓自己的头发,他的全身颤抖得厉害。

"明天!""嫁!""做姨太太!""冯乐山!"这些字像许多根皮鞭接连地打着觉慧的头,他觉得他的头快要破碎了。他走出门去,耳边顿时起了一阵悲惨的叫声。突然他发现在他的面前是一个黑暗的世界。四周真静,好像一切生物全死灭了。在这茫茫天地间他究竟走向什么地方去?"他徘徊着。他抓自己的头发,打自己的胸膛,这都不能够使他的心安静。一个思想开始来折磨他。他恍然明白了。她刚才到他这里来,是抱了垂死的痛苦来向他求救。她因为相信他的爱,又因为爱他,所以跑到他这里来要求他遵守他的诺言,要求他保护她,要求他把她从冯乐山的手里救出来。然而他究竟给了她什么呢?他一点也没有给。帮助,同情,怜悯,他一点也没有给。他甚至不肯听她的哀诉就把她遣走了。如今她是去了,永久地去了。明天晚上在那个老头子的怀抱里,她会哀哀地哭着她的被摧残的青春,同时她还会诅咒那个骗去她的纯洁的少女的爱而又把她送进虎口的人。这个思想太可怕了,他不能够忍受。

去,他必须到她那里去,去为他自己赎罪。

他走到仆婢室的门前,轻轻地推开了门。屋里漆黑。他轻轻地唤了两声"鸣凤",没有人答应。难道她就上床睡了?他不能够进去把她唤起来,因为在那里还睡着几个女佣。他回到屋里,却不能够安静地坐下来,马上又走出去。他又走到仆婢室的门前,把门轻轻地推开,只听见屋里的鼾声。他走进花园,黑暗中在梅林里走了好一阵,他大声唤:"鸣凤",听不见一声回答。他的头几次碰到梅树枝上,脸上出了血,他也不曾感到痛。最后他绝望地走回到自己的房里。他看见屋子开始在他的四周转动起来……

其实这时候他所寻找的她并不在仆婢室,却在花园里面。

鸣凤从觉慧的房里出来,她知道这一次真正是:一点希望也没有了。她并不怨他,她反而更加爱他。而且她相信这时候他依旧像从前那样地爱她。她的嘴唇还热,这是他刚才吻过的;她的手还热,这是他刚才捏过的。这证明了他的爱,然而同时又说明她就要失掉他的爱到那个可怕的老头子那里去了。她永远不能够再看见他了。以后的长久的岁月只是无终局的苦刑。这无爱的人间还有什么值得留恋?她终于下了决心了。

她不回自己的房间,却一直往花园里走去。她一路上摸索着,费了很大的力,才走到她的目的地——湖畔。湖水在黑暗中发光,水面上时时有鱼的喋喋声。[2]她茫然地立在那里,回想着许许多多的往事。他跟她的关系一幕一幕地在她的脑子里重现。她渐渐地可以在黑暗中辨物了。一草一木,在她的眼前朦胧地显露出来,变得非常可爱,而同时她清楚地知道她就要跟这一切分开了。世界是这样静。人们都睡了。然而他们都活着。所有的人都活着，只有她一个人就要死了。过去十七年中她所能够记忆的是打骂，流眼泪，服侍别人，此外便是她现在所要身殉的爱。在生活里她享受的比别人少，而现在在这样轻的年纪，她就要最先离开这个世界了。明天，所有的人都有明天，然而在她的前面却横着一片黑暗，那一片、一片接连着一直到无穷的黑暗，在那里是没有明天的。是的，她的生活里是永远没有明天的。明天，小鸟在树枝上唱歌，朝日的阳光染黄树梢，在水面上散布无数明珠的时候，她已经永远闭上眼睛看不见这一切了。她想，这一切是多么可爱，这个世界是多么可爱。她从不曾伤害过一个人。她跟别的少女一样，也有漂亮的面孔，聪明的心，有血肉的身体。为什么人们单单要蹂躏她，伤害她，不给她一瞥温和的眼光，不给她一颗同情的心，甚至没有人来为她发出一声怜悯的叹息！她顺从地接受了一切灾祸，她毫无怨言。后来她终于得到了安慰，得到了纯洁的、男性的爱，找到了她崇拜的英雄。她满足了。但是他的爱也不能拯救她，反而给她添了一些痛苦的回忆。他的爱曾经允许过她许多美妙的幻梦，然而它现在却把她丢进了黑暗的深渊。她爱生活，她爱一切，可是生活的门面面地关住了她，只给她留下那一条堕落的路。她想到这里，那条路便明显地在她的眼前伸展，她带着恐怖地看了看自己的身子。虽然在黑暗里她看不清楚，然而她知道她的身子是清白的。好像有什么人要来把她的身子投到那条堕落的路上似的，她不禁痛惜地、爱怜地摩抚着它。这时候她下定决心了。她不再迟疑了。她注意地看那平静的水面。她要把身子投在晶莹清澈的湖水里，那里倒是一个很好的寄身的地方，她死了也落得一个清白的身子。她要跳进湖水里去。

  忽然她又站住了。她想她不能够就这样地死去，她至少应该再见他一面，把自己的心事告诉他，他也许还有挽救的办法。她觉得他的接吻还在她的唇上燃烧，他的面颜还在她的眼前荡漾。她太爱他了，她不能够失掉他。在生活中她所得到的就只有他的爱。难道这一点她也没有权利享受？为什么所有的人都还活着，她在这样轻的年纪就应该离开这个世界？这些问题一个一个在她的脑子里盘旋。同时在她的眼前又模糊地现出了一幅乐园的图画，许多跟她同年纪的有钱人家的少女在那里嬉戏，笑谈，享乐。她知道这不是幻象，在那个无穷大的世界中到处都有这样的幸福的女子，到处都有这样的乐园，然而现在她却不得不在这里断送她的年轻的生命。就在这个时候也没有一个人为她流一滴同情的眼泪，或者给她送来一两句安慰的话。她死了，对这个世界，对这个公馆并不是什么损失，人们很快地就忘记了她，好像她不曾存在过一般。"我的生存就是这样地孤寂吗？"她想着，她的心里充满着无处倾诉的哀怨。泪珠又一次迷糊了她的眼睛。她觉得自己没有力量支持了，便坐下去，坐在地上。耳边仿佛有人接连地叫"鸣凤"，她知道这是他的声音，便止了泪注意地听。周围是那样地静寂，一切人间的声音都死灭了。她静静地倾听着，她希望再听见同样的叫声，可是许久，许久，都没有一点儿动静。她完全明白了。他是不能够到她这里来的。永远有一堵墙隔开他们两个人。他是属于另一个环境的。他有他的前途，他有他的事业。她不能够拉住他，她不能够妨碍他，她不能够把他永远拉在她的身边。她应该放弃他。他的存在比她的更重要。她不能让他牺牲他的一切来救她。她应该去了，在他的生活里她应该永久地去了。她这样想着，就定下了最后的决心。她又感到一阵心痛。她紧紧地按住了胸膛。她依旧坐在那里，她用留恋的眼光看着黑暗中的一切。她还在想。她所想的只是他一个人。她想着，脸上时时浮出凄凉的微笑，但是眼睛里还有泪珠。

  最后她懒洋洋地站起来，用极其温柔而凄楚的声音叫了两声："三少爷，觉慧，"便纵身往湖里一跳。

平静的水面被扰乱了,湖里起了大的响声,荡漾在静夜的空气中许久不散。接着水面上又发出了两三声哀叫,这叫声虽然很低,但是它的凄惨的余音已经渗透了整个黑夜。不久,水面在经过剧烈的骚动之后又恢复了平静。只是空气里还弥漫着哀叫的余音,好像整个的花园都在低声哭了。

【简注】

[1]本文选自巴金《家》第二十六章。该章写的是高老太爷的好友冯乐山看上了鸣凤,要娶她做小老婆,老太爷答应了。鸣凤不愿嫁出去遭受蹂躏,于是,在寒冷的夜里投湖自尽。 [2]唼喋(shà zhá):形容鱼或水鸟吃食的声音,也指鱼或水鸟吃食。

【浅释】

"鸣凤投湖"控诉了封建制度和礼教摧残人性、剥夺人生权利的罪恶。

鸣凤聪明、美丽、纯洁、善良,对未来、对爱情充满憧憬,然而封建礼教却把她逼上了绝路。节选部分集中写她生命的最后一个晚上,欲生不能、欲死不忍、不得不死的思想冲突和内心痛苦。美丽的生命在生与死、爱与恨、希望与绝望的感情漩涡中苦苦挣扎,最后悲哀地沉没。鸣凤走向死亡势在必然,夜见觉慧,因为觉慧忙于赶稿,求救的话语终于没有机会说出;觉慧寻人,但几次找不到踪影,永远错失了拯救鸣凤的机会;投湖自尽,成了鸣凤挣脱命运摆布、维护爱情纯洁的无奈而唯一的选择。

小说以诗一般的抒情独白,着力展现了鸣凤心灵深处的层层涟漪:对青春的惋惜,对爱情的幻想,对人生的留恋,对死亡的恐惧,对礼教的怨恨,对现实的绝望……作家的情感潜流与人物的情感波澜相生相伴,水乳交融,语语感人肺腑。

【习题】

1.试分析鸣凤的形象特征及形象意义。
2.谈谈本文心理描写的艺术个性和效果。
3.阅读《家》,深刻理解小说"我控诉"的批判性主题。

围　　城[1]（节选）

钱钟书

钱钟书(1910—1998),江苏无锡人,中国现代作家、文学研究家。学贯东西,深入研读过中国的史学、哲学、文学经典,同时不曾间断过对西方新旧文学、哲学、心理学等的阅览和研究,在中国古典诗词,西方语言文化方面都有所建树,治学特点是贯通中西、古今互见的方法,融汇多种学科知识,探幽入微,钩玄提要,在当代学术界自成一家。著有多部享有声誉的学术著作,如选本《宋诗选注》,文论集《七缀集》《谈艺录》及《管锥编》(五卷)等,享有"文化昆仑"的美誉。在文学上是一个全才,著有散文集《写在人生边上》,短篇小说集《人·兽·鬼》和被誉为"新儒林外史"的长篇小说《围城》等。

鸿渐等是星期三到校的,高松年许他们休息到下星期一才上课。这几天里,辛楣是校长的红人,同事拜访他的最多。鸿渐就少人光顾。这学校草草创办,规模不大;除掉女学生跟少数带家眷的教职员外,全住在一个大园子里。世态炎凉的对照,愈加分明。星期日下午,鸿渐正在预备讲义,孙小姐来了,脸色比路上红活得多。鸿渐要去叫辛楣,孙小姐说她刚从辛楣那儿来,政治系的教授们在开座谈会呢,满屋子的烟,她瞧人多有事,就没有坐下。

　　方鸿渐笑道:"政治家聚在一起,当然是乌烟瘴气。"

　　孙小姐笑了一笑,说:"我今天来谢谢方先生跟赵先生。昨天下午学校会计处把我旅费补送来了。"

　　"这是赵先生替你争取来的。跟我无关。"

　　"不,我知道,"孙小姐温柔而固执着,"这是你提醒赵先生的。你在船上——"孙小姐省悟多说了半句话,涨红脸,那句话也遭到了腰斩。

　　鸿渐猛记得船上的谈话,果然这女孩全听在耳朵里了,看她那样子,自己也窘起来。害羞脸红跟打呵欠或口吃一样,有传染性,情况粘滞,仿佛像穿橡皮鞋走泥淖,踏不下而又拔不出。他支吾开顽笑说:"好了,好了。你回家的旅费有了。还是趁早回家罢,这儿没有意思。"

　　孙小姐小孩子般颦眉撅嘴道:"我真想回家!我天天想家,我给爸爸写信也说我想家。到明年暑假那时候太远了,我想着就心焦。"

　　"第一次出门总是这样的,过几时就好了。你对你们那位系主任谈过没有。"

　　"怕死我了!刘先生要我教一组英文,我真不会教呀!刘先生说四组英文应当各有一个教师,系里连他只有三个先生,非我担任一组不可。我真不知道怎样教法,学生个个比我高大,看上去全凶得很。"

　　"教教就会了。我也从来没教过书。我想程度不会好,你用心准备一下,教起来绰绰有余。"

　　"我教的一组是入学考英文成绩最糟的一组,可是,方先生,你不知道我自己多少糟,我想到这儿来好好用一两年功。有外国人不让她教,到要我去丢脸!"

　　"这儿有什么外国人呀?"

　　"方先生不知道么?历史系主任韩先生的太太,我也没有见过,听范小姐说,瘦得全身是骨头,难看得很。有人说她是白俄,有人说她是奥国归并德国以后流亡出来的犹太人,她丈夫说她是美国人。韩先生要她在外国语文系当教授,刘先生不答应,说她没有资格,英文都不会讲,教德文教俄文现在用不着。韩先生生了气,骂刘先生自己没有资格,不会讲英文,编了几本中学教科书,在外国暑期学校里混了张证书,算什么东西——话真不好听,总算高先生劝开了,韩先生在闹辞职呢。"

　　"怪不得前天校长请客他没有来。咦!你本领真大,你这许多消息,什么地方听来的?"

　　孙小姐笑道:"范小姐告诉我的。这学校像个大家庭,除非你住在校外,什么秘密都保不住,并且口舌多得很。昨天刘先生的妹妹从桂林来了,听说是历史系毕业的。大家都说,刘先生跟韩先生可以讲和了,把一个历史系的助教换一个外文系的教授。"

　　鸿渐掉文道:"妹妹之于夫人,亲疏不同;助教之于教授,尊卑不敌。我做了你们的刘先生,决不肯吃这个亏的。"

　　说着,辛楣进来了,说:"好了,那批人送走了——孙小姐,我不知道你不会就去的。"他说这句话全无用意,可是孙小姐脸红。鸿渐忙把韩太太这些事告诉他,还说:"怎么学校里还有这许多政治暗斗?倒不如进官场爽气。"

辛楣宣扬教义似的说:"有群众生活的地方全有政治。"孙小姐坐一会去了。辛楣道:"我写信给她父亲,声明把保护人的责任移交给你,好不好?"

鸿渐道:"我看这题目已经像教国文的老师所谓'做死'了,没有话可以说了,你换个题目来开顽笑,行不行?"辛楣笑他扯淡。

上课一个多星期,鸿渐跟同住一廊的几个同事渐渐熟了。历史系的陆子潇曾作敦交睦邻的拜访,所以一天下午鸿渐去回看他。陆子潇这人刻意修饰,头发又油又光,深恐为帽子埋没,与之不共戴天,深冬也光着顶。鼻子短而阔,仿佛原有笔直下来的趋势,给人迎鼻孔打了一拳,阻止前进,这鼻子后退不迭,向两傍横溢。因为没结婚,他对自己年龄的态度,不免落后在时代的后面;最初他还肯说外国算法的十足岁数,年复一年,他偷偷买了一本翻译的 Life Begins at Forty,对人家干脆不说年龄,不讲生肖,只说:"小得很呢!还是小弟弟呢!"同时表现小弟弟该有的活泼和顽皮。他讲话时喜欢窃窃私语,仿佛句句是军事机密。当然军事机密他也知道的,他不是有亲戚在行政院,有朋友在外交部么?他亲戚曾经写给他一封信,这左角印"行政院"的大信封上大书着"陆子潇先生",就仿佛行政院都要让他正位居中似的。他写给外交部那位朋友的信,信封虽然不大,而上面开的地址"外交部欧美司"六字,笔酣墨饱,字字端楷,文盲在黑夜里也该一目了然的。这一封来函,一封去信,轮流地在他桌上装点着。大前天早晨,该死的听差收拾房间,不小心打翻墨水瓶,把行政院淹得昏天黑地,陆子潇挽救不及,跳脚痛骂。那位亲戚国而忘家,没来过第二次信;那位朋友外难顾内,一封信也没回过。从此,陆子潇只能写信到行政院去,书桌上两封信都是去信了。今日正是去信外交部的日子。子潇等鸿渐看见了桌上的信封,忙把这信搁在抽屉里,说:"不相干。有一位朋友招我到外交部去,回他封信。"

鸿渐信以为真,不得不做出惜别慰留的神情道:"啊哟!怎么陆先生要高就了!校长肯放你走么?"

子潇连摇头道:"没有的事!做官没有意思,我回信去坚辞的。高校长待人也厚道,好几个电报把我催来,现在你们各位又来了,学校渐渐上规道,我好意思拆他台么?"

鸿渐想起高松年和自己的谈话,叹气道:"校长对你先生,当然另眼相看了。像我们这种——"

子潇说话低得有气无声,仿佛思想在呼吸:"是呀。校长就是有这个毛病,说了话不作准的。我知道了你的事很不平。"机密得好像四壁全挂着偷听的耳朵。

鸿渐没想到自己的事人家早已知道了,脸微红道:"我倒没有什么,不过高先生——我总算学个教训。"

"那里的话!副教授当然有屈一点,可是你的待遇算是副教授里最高的了。"

"什么?副教授里还分等么?"鸿渐大有英国约翰生博士不屑把臭虫和跳虱分等的意思。

"分好几等呢。譬如你们同来,我们同系的顾尔谦就比你低两级。就像系主任罢,我们的系主任韩先生比赵先生高一级,赵先生又比外语系的刘东方高一级。这里面等次多得级很,你先生初回国做事,所以搅不清了。"

鸿渐茅塞顿开,听说自己比顾尔谦高,气平了些,随口问道:"为什么你们的系主任薪水特别高呢?"

"因为他是博士,Ph. D。我没有到过美国,所以没听见过他毕业的那个大学,据说很有名。在纽约,叫什么克莱登大学。"

鸿渐吓得直跳起来,宛如自己的阴私给人揭破,几乎失声叫道:"什么大学?"

"克莱登大学。你知道克莱登大学?"

"我知道。哼,我也是——"鸿渐恨不得把自己舌头咬住,已经漏泄三个字。

子潇听话中有因,像黄泥里的竹笋,尖端微露,便想盘问到底。鸿渐不肯说,他愈起疑心,只恨不能采取特务机关的有效刑罚来逼口供。鸿渐回房,又气又笑。自从唐小姐把文凭的事向他质问以后,他不肯再想起自己跟爱尔兰人那一番交涉,他牢记着要忘掉这事。每逢念头有扯到它的远势,他赶快转移思路,然而身上已经一阵羞愧的微热。适才陆子潇的话倒仿佛一帖药,把心里的鬼胎打下一半。韩学愈撒他的谎,并非跟自己同谋,但有了他,似乎自己的欺骗减轻了罪名。当然新添上一种不快意,可是这种不快意是透风的,见得天日的,不比买文凭的事像谋杀迹灭的尸首,对自己都要遮掩得一丝不露。撒谎骗人该像韩学愈那样才行,要有勇气坚持到底。自己太不成了,撒了谎还要讲良心,真是大傻瓜。假如索性大胆老脸,至少高松年的欺负就可以避免。老实人吃的亏,骗子被揭破的耻辱,这两种相反的痛苦,自己居然一箭双雕地兼备了。鸿渐忽然想,近来连撒谎都不会了。因此恍然大悟,撒谎往往是高兴快乐的流露,也算是一种创造,好比小孩子游戏里的自骗自。一个人身心畅适,精力充溢,会不把顽强的事实放在眼里,觉得有本领跟现状开玩笑。真到忧患穷困的时候,人穷智短,谎话都讲不好的。

这一天,韩学愈特来拜访。通名之后,方鸿渐倒窘起来,同时快意地失望。理想中的韩学愈不知怎样的嚣张浮滑,不料是个沉默寡言的人。他想陆子潇也许记错,孙小姐准是过信流言。木讷朴实是韩学愈的看家本领——不,养家本钱,现代人有两个流行的信仰。第一:女子无貌便是德,所以漂亮的女人准比不上丑女人那样有思想,有品节;第二:男子无口才,就是表示有道德,所以哑巴是天下最诚朴的人。也许上够了演讲和宣传的当,现代人矫枉过正,以为只有不说话的人开口准说真话,害得新官上任,训话时个个都说:"为政不在多言,"恨不能只指嘴,指心,指天,三个手势了事。韩学愈虽非哑巴,天生有点口吃。因为要掩饰自己的口吃,他讲话少、慢,着力,仿佛每个字都有他全部人格作担保。不轻易开口的人总使旁人想他满腹深藏着智慧,正像密封牢锁的箱子,一般人总以为里面结结实实都是宝贝。高松年在昆明第一次见到这人,觉得这人诚恳安详,像个君子,而且未老先秃,可见脑子里的学问多得冒上来,把头发都挤掉了。再一看他开的学历,除掉博士学位以外,还有一条:"著作散见美国《史学杂志》《星期六文学评论》等大刊物中",不由自主地另眼相看。好几个拿了介绍信来见的人,履历上写在外国"讲学"多次。高松年自己在欧洲一个小国里读过书,知道往往自以为讲学,听众以为他在学讲——讲不来外国话借此学学。可是在外国大刊物上发表作品,这非有真才实学不可。便问韩学愈道:"先生的大作可以拿来看看吗?"韩学愈坦然说,杂志全搁在沦陷区老家里,不过这两种刊物中国各大学全该定阅的,就近应当一找就到,除非经过这番逃难,图书馆的旧杂志损失不全了。高松年想不到一个说谎者会这样泰然无事;各大学的书籍七零八落,未必找得着那期杂志,不过里面有韩学愈的文章看来是无可疑的。韩学愈也确向这些刊物投过稿,但高松年没知道他的作品发表在《星期六文学评论》的人事广告栏:"中国青年,受高等教育,愿意帮助研究中国问题的人,取费低廉。"和《史学杂志》的通信栏:"韩学愈君征求二十年前本刊,愿出让者请某处接洽。"最后他听说韩太太是美国人,他简直改容相敬了,能娶外国老婆的非精通西学不可,自己年轻时不是想娶个比国女人没有成功么?这人做得系主任。他当时也没想到这外国老婆是在中国娶的白俄。

跟韩学愈谈话访佛看慢动电影,你想不到简捷的一句话需要那么多的筹备,动员那么复杂的身体机构。时间都给他的话胶着,只好拖泥带水地慢走。韩学愈容颜灰暗,在阴天可以与周围的天色和融无间,隐身不见,是头等保护色。他只有一样显著的东西,喉咙里有一个大核。他讲话时,这喉核忽升忽降,鸿渐看得自己的喉咙都发痒。他不说话咽唾沫时,这核稍隐复现,令鸿渐联想起青蛙吞苍蝇的景象。鸿渐看他说话少而费力多,恨不能把那喉结瓶塞头似的拔出来,好让下面的话松动。韩学愈约鸿渐上他家去吃晚饭,鸿渐谢过他,韩学愈又危坐不说话了,鸿渐只好找话敷衍,便问:"听说嫂夫人是在美国娶的?"

韩学愈点头,伸颈咽口唾沫,唾沫下去,一句话从喉核下浮上:"你先生到过美国没有?"

"没有去过——"索性试探他一下——"可是,我一度想去,曾经跟一个 Dr. Mahoney 通信。"是不是自己神经过敏呢?韩学愈似乎脸色微红,像阴天忽透太阳。

"这个人是个骗子。"韩学愈的声调并不激动,说话也不增多。

"我知道。什么克莱登大学!我险的上了他的当。"鸿渐一面想,这人肯说那爱尔兰人是"骗子",一定知道瞒不了自己了。

"你没有上他的当罢!克莱登是好学校,他是这学校里一个开除的小职员,借着幌子向外国不知道的人骗钱,你真没有上当?唔,那最好。"

"真有克莱登这学校么?我以为全是那爱尔兰人捣的鬼。"鸿渐诧异得站起来。

"很认真严格的学校,虽然知道的人很少——普通学生不容易进。"

"我听陆先生说,你就是这学校毕业的。"

"是的。"

鸿渐满腹疑团,真想问个详细。可是初次见面,不好意思追究,倒像自己不相信他,并且这人说话经济,问不出什么来。最好有机会看看他的文凭,就知道他的克莱登跟自己的克莱登是一是二了。韩学愈回家路上,腿有点软,想陆子潇的报告准得很,这姓方的跟爱尔兰人有过交涉,幸亏他不像自己去过美国,就恨不知道他是否真的没买文凭,也许他在撒谎。

方鸿渐吃韩家的晚饭,甚为满意。韩学愈虽然不说话,款客的动作极周到;韩太太虽然相貌丑,红头发,满脸雀斑,像面饼上苍蝇下的粪,而举止活泼得通了电似的。鸿渐研究出西洋人丑跟中国人不同:中国人丑得像造物者偷工减料的结果,潦草塞责的丑;西洋人丑得像造物者恶意的表现,存心跟脸上五官开玩笑,所以丑得有计划,有作用。韩太太口口声声爱中国,可是又说在中国起居服食,没有在纽约方便。鸿渐总觉得她口音不够地道,自己没到过美国,要赵辛楣在此就听得出了,也许是移民到纽约去的。他到学校以后,从没人对他这样殷勤,几天来的气闷渐渐消散。他想韩学愈的文凭假不假,管它干吗,反正这人跟自己要好就是了。可是,有一件事,韩太太讲纽约的时候,韩学愈对她做个眼色,这眼色没有逃过自己的眼,当时就有一个印象,仿佛偷听到人家背后讲自己的话。这也许是自己多心,别去想它。鸿渐兴高采烈,没回房就去看辛楣:"老赵,我回来了。今天对不住你,抛下你一个人吃饭。"

辛楣因为韩学愈没请自己,独吃了一客又冷又硬的包饭,这吃到的饭在胃里作酸,这没吃到的饭在心里作酸,说:"国际贵宾回来了!饭吃得好呀?是中国菜还是西洋菜?洋太太招待得好不好?"

"他家里老妈子做的中菜。韩太太真丑!这样的老婆在中国也娶得到,何必去外国去觅宝呢!辛楣,今天我恨你没有在——"

"哼,谢谢——今天还有谁呀?只有你!真了不得!韩学愈上自校长,下到同事谁都不理,就敷衍你一个人。是不是洋太太跟你有什么亲戚?"辛楣欣赏自己的幽默,笑个不了。

鸿渐给辛楣那么一说,心里得意,假装不服气道:"副教授就不是人?只有你们大主任大教授配彼此结交？辛楣，讲正经话，今天有你，韩太太的国籍问题可以解决了。你是老美国，听她说话盘问她几句，就水落石出。"

辛楣虽然觉得这句话中听，这不愿意立刻放弃他的不快："你这人真没良心。吃了人家的饭，还要管闲事，探听人家阴私。只要女人可以做太太，管她什么美国人俄国人。难道是了美国人，她女人的成分就加了倍？养孩子的效率会与众不同？"

鸿渐笑道："我是对韩学愈的学籍有兴趣，我总有一个感觉，假使他太太的国籍是假的，那么他的学籍也有问题。"

"我劝你省点事罢。你瞧，谎是撒不得的。自己捣了鬼从此对人家也多疑心——我知道你那一回事是开的玩笑，可是开玩笑开出来多少麻烦！像我们这样规规矩矩，就不会疑神疑鬼。"

鸿渐恼道："说得好漂亮！为什么当初我告诉了你韩学愈薪水比你高一级，你要气得掼纱帽不干呢？"

辛楣道："我并没有那样气量小——，这全是你不好，听了许多闲话来告诉我，否则我耳根清净，好好的不会跟人计较。"

辛楣新学会一种姿态，听话时躺在椅子里，闭了眼睛，只有嘴边烟斗里的烟篆表示他并未睡着。鸿渐看了早不痛快，更经不起这几句话：

"好，好！我以后再跟你讲话，我不是人。"

【简注】

[1]本文选自《围城》第六章，有删节。

【浅释】

《围城》通过描写方鸿渐辗转奔波、到处碰壁的人生经历，揭示了病态社会新儒林的病态灵魂、现代文明的危机和现代人生的困境。

第六章描写方鸿渐初到三闾大学所见到的情形：同事之间钩心斗角，彼此打听，互相防范，一个个虚伪做作，假话连天，欺世盗名。拜访和请吃不过是刺探秘密，摸清对方底细，散布小道消息的手段。节选部分重点写了陆子潇和韩学愈。陆子潇刻意"装嫩"，讳谈年龄，将行政院亲戚回信的信封和自己致信外交部朋友的信封轮流搁在桌子上借以唬人、自抬身价；韩学愈与方鸿渐一样，假文凭得之于爱尔兰骗子之手，将在国外报刊登的谋事、求刊启事当做"著作"开进学历，让白俄妻子冒充美国国籍。方鸿渐对学校的"政治暗斗"愤愤然，但自己对韩学愈的学籍和他老婆的国籍真伪颇感兴趣。

选段语言特色有三：漫画式的人物肖像描绘，喜剧式的言动细节刻画，精微的隐秘心理发掘。

【习题】

1. 简析《围城》书名的含义及小说的复杂意蕴。
2. 谈谈本章怎样描述"三闾大学"的生态环境。
3. 以一两个人物为例，谈谈本章形象塑造的特色。

边　　城(节选)

沈从文

> 沈从文(1902—1988),原名沈岳焕,湖南凤凰人。现代小说家、散文家,京派小说的领衔者,抒情小说的创造者。小说创作趋向浪漫主义,表现作家所向往的人性美和人情美,有着浓浓的地方色彩,淡淡的时代投影。作品深沉朴实,无论展现纷繁复杂的都市人生,还是描画神奇多彩的乡村世界,都饱含着深深的人生忧患与思考,其中以反映湘西下层人民生活的作品最具特色,赢得"湘西生活的歌者"美誉。代表作有《边城》《长河》等。其散文多描绘湘西乡土风景画和生命哲思意识图像,简洁洒脱,朴素隽美,自然中透出情韵,平淡中饱含真诚,代表作为《湘行散记》。

二〇

夜间果然落了大雨,夹以吓人的雷声。电光从屋脊上掠过时,接着就是訇的一个炸雷。翠翠在暗中抖着。祖父也醒了,知道她害怕,且担心她着凉,还起身来把一条布单搭到她身上去。祖父说:"翠翠,打雷不要怕!"

翠翠说:"我不怕。"说了还想说:"爷爷,你在这里我不怕!"

訇的一个大雷,接着是一种超越雨声而上的洪大闷重倾圮声。两人都以为一定是溪岸悬崖崩落了,担心到那只渡船,会早已压在崖石下面去了。

祖孙两人便默默的躺在床上听雨声、雷声。

但无论如何大雨,过不久,翠翠却依然睡着了。醒来时天已大亮,雨不知在何时业已止息,只听到溪两岸山沟里注水入溪的声音。翠翠爬起身来看看,祖父还似乎睡得很好,开了门走出去,门前已变成为一个水沟,一股浊流便从塔后哗哗的流来,从前面悬崖直堕而下。并且各处全是那么一种临时的水道。屋旁菜园地已为山水冲乱了,菜秧被掩在粗砂泥里了。再走过前面去看看溪里一切,才知道溪中也涨了大水,已漫过了码头,水脚快到茶缸边了。下到码头去的那条路,正同一条小河一样,哗哗的泄着黄泥水。过渡的那一条横溪牵定的缆绳,早被水淹了。泊在崖下的渡船,已不见了。

翠翠看看屋前悬崖并不崩坍,当时还不注意渡船的失去。但再过一阵,她上下搜索不到这东西,无意中回头一看,屋后白塔已不见了,一惊非同小可。赶忙向屋后跑去,才知道白塔业已坍倒,大堆砖石极零乱的摊在那儿,翠翠吓慌得不知所措,只锐声叫她的祖父。祖父不起身,也不答应,就赶回家里去,到得床边摇祖父许久,祖父还不做声。原来这个老年人在雷雨将息时已死去了。

翠翠于是大哭起来。

过一阵,有从茶峒过川东跑差事的人,赶早到了溪边,隔溪喊过渡。翠翠正在灶边一面哭着,一面烧水预备为死去的祖父抹澡。

那人以为老船夫一家还不醒,急于过河,喊叫不应,就抛掷小石头过溪,打到屋顶上。翠翠鼻涕眼泪成一片的走出来,跑到溪边高崖前站定。

"喂,不早了！快快把船划过来！"

"船跑了！"

"你爷爷做什么事情去了呢？他管船,有责任！"

"他管船,管了五十年的船,尽过了责任,——他死了啊！"

翠翠一面向隔溪人说着,一面大哭起来。那人知道老船夫死了,得进城去报信,就说:

"真死了吗？不要哭罢,我回城去告他们,要他们弄条船带东西来！"

那人回到茶峒城边时,一见熟人就报告这件新闻,不多久,全茶峒城里外便都知道这个消息了。河街上船总顺顺,派人找了一只空船,带了副白木匣子,即刻向碧溪岨撑去。城中杨马兵却同一个老军人,赶到碧溪岨去,砍了几十根大毛竹,用葛藤编作筏子,作为来往过渡的临时渡船。筏子编好后,撑了那个东西,到翠翠家中那一边岸下,留老兵守竹筏来往渡人,自己跑到翠翠家去看那个死者,眼泪湿莹莹的,摸了一会躺在床上硬僵僵的老友,又赶忙着做些应做的事情。到后帮忙的人来了,从大河船上运来的棺木也来了,住在城中的老道士,还带了许多法宝,一件旧麻布道袍,并提了一只大公鸡,来尽义务办理念经起水招魂绕棺诸事,也从筏上渡过来了。家中人出出进进,翠翠只坐在灶边矮凳上呜呜的哭着。

到了中午,船总顺顺也来了,还跟着一个人扛了一口袋米、一坛酒、一大腿猪肉。见了翠翠就说:

"翠翠,爷爷死去我知道了,老年人是必须死的。劳苦了一辈子,也应当休息了。你不要发愁,一切有我！"

各方面看看,就回去了。到了下午入了殓,一些帮忙的回的回家去了,晚上便只剩下了那老道士、杨马兵、箍桶匠秃头陈四四同顺顺家派来两个年青长年。黄昏以前老道士用红绿纸剪了一些花朵,用黄泥作了一些烛台。天断黑后,棺木前小桌上点起黄色九品蜡,燃了香,棺木周围也点了小蜡烛,老道士披上那件蓝麻布道袍,开始了丧事中绕棺仪式。老道士在前拿着个小小纸幡引路,孝子第二,马兵殿后,绕着那具寂寞棺木慢慢转着圈子。两个长年则站在灶边空处,不成节奏胡乱的打着锣钹。老道士一面闭了眼睛走去,一面且唱且哼,安慰亡灵。提到关于亡魂所到西方极乐世界花香四季时,老马兵就把手托木盘里的杂色纸花,向棺木上高高撒去,象征西方极乐世界情形。

到了半夜,法事办完了,放过爆竹,蜡烛也快熄灭了。翠翠眼泪婆娑的,赶忙又到灶边去烧火,为帮忙的人办宵夜。吃了宵夜,老道士歪到死人床上睡着了。剩下几个人还得照规矩在棺木前守灵过夜。老马兵为大家唱丧堂歌取乐,用个空的量米木升子,当作小鼓,把手剥剥剥剥的一面敲着升底,一面悠悠的唱下去——唱二十四孝中"王祥卧冰"的事情,"黄香扇枕"的事情。

翠翠哭了一整天,也同时忙累了一整天,到这时节已倦极,把头靠在棺前眯着了。两个长年同马兵等既吃了宵夜,喝过两杯酒,精神还虎虎的,便轮流把丧堂歌唱下去。但只一会儿,翠翠又醒了,仿佛梦到什么,惊醒后看到棺木,明白祖父已死,于是又幽幽的啼哭起来。

"翠翠,翠翠,不要哭啦,人死了哭不回来的！"

秃头陈四四接着就说了一个做新嫁娘的人哭泣的笑话,话语中夹杂了三五个粗野字眼儿,因此引起两个年青长年咕咕的笑了许久。黄狗在屋外吠着,翠翠开了大门,到外面去站了一会,耳听到各处是虫声,天上月色极好,大星子嵌进透蓝天空里,非常沉静温柔。翠翠心想:

"这是真事情吗？爷爷当真死了吗？"

老马兵原来跟在她的后边，因为他知道女孩子心门儿窄，说不定一炉火闷在灰里，痕迹不露，见祖父去了，自己一切皆已无望，跳崖悬梁，想跟着祖父一块儿去，也说不定。于是随时留心监视到翠翠。

老马兵见翠翠痴痴的站着，时间过了许久还不回头，就打着咳声叫翠翠说：

"翠翠，露水落了，不冷么？"

"不冷。"

"天气好得很！"

"呀……"一颗大流星使翠翠轻轻的喊了一声。

接着南方又是一颗流星划空而下。对溪有猫头鹰叫。

"翠翠，"老马兵业已同翠翠并排一块儿站定了，很温和的说："你进屋里睡去了吧，不要胡思乱想！老人是入土为安，不要让他挂牵你！"

翠翠默默的回到祖父棺木前，坐在地上又呜咽起来。守在屋中两个长年已睡着了。

那一个马兵便幽幽的说道："不要哭了！不要哭了！你爷爷也难过咧。眼睛哭胀，喉咙哭嘶，有什么好处？听我说，爷爷的心事我全都知道，一切有我；我会把事情安排得好好的，对得起你爷爷。我会安排，什么事都会。我要一个爷爷欢喜、你也欢喜的人来接收这只渡船。不能如我们的意，我老虽老，还能拿镰刀同他们拼命。翠翠，你放心，一切有我！……"

远处不知什么地方鸡叫了，老道士原是个老童生，辛亥后才改业，在那边床上糊糊涂涂的自言自语："天子重英豪，文章教尔曹，万般皆下品，唯有读书高……天亮了吗？早咧！"

二一

大清早，帮忙的人从城里拿了绳索、杠子赶来了。

老船夫的白木小棺材，为六个人抬着，到那个倾圮了的塔后山岨上去埋葬时，船总顺顺、杨马兵、翠翠、老道士、黄狗，都默默的跟在后面。到了预先掘就的方阱边，老道士照规矩先跳下去，把一点朱砂颗粒同白米安置到阱中四隅及中央，又烧了一点纸钱，念了个安魂咒，爬出阱时就要抬棺木的人动手下窆。翠翠哑着喉咙干号，伏在棺木上不起身。经马兵用力把她拉开，方能移动棺木。一会儿，那棺木便下了阱，调整了方向，拉去了绳子，被新土掩盖了。翠翠还坐在地上呜咽。老道士要赶早回城，去替人做斋，过渡走了。船总事务多，把这方面一切托付给老马兵，也赶回城去了。帮忙的到溪边去洗了手，家中各人还有各人的事，且知道这家人的情形，不便再叨扰，也不再惊动主人，过渡回家走了。于是碧溪岨便只剩下三个人，一个是翠翠，一个是老马兵，一个是由船总家派来暂时帮忙照料渡船的秃头陈四四。黄狗因被那秃头打过一石头，怀恨在心，对于那秃头仿佛很不高兴，尽是轻轻的吠着，意思好像说："你来干什么？这里用不着你这个人！"

到了下午，翠翠同老马兵商量，要老马兵回城去，把马托给营里人照料，再回碧溪岨来陪她。老马兵回转碧溪岨时，秃头陈四四被打发回城去了。

翠翠仍然自己同黄狗来弄渡船，让老马兵坐在溪岸高崖上玩，或嘶着个老喉咙唱歌给她听。

过三天后，船总顺顺来商量接翠翠过家里去住，翠翠却想看守祖父的坟山，不愿即刻进城。只请船总过城里衙门去说句话，许杨马兵暂时同她住住，船总顺顺答应了这件事，送了几斤片糖，就走了。

杨马兵是个近六十岁了的人，原本和翠翠的父亲同营当差，说故事的本领比翠翠祖父还高一等,加之为人特别热忱,做事又勤快又干净,因此同翠翠住下来,使翠翠仿佛去了一个祖父,却新得了一个伯父。过渡时有人问及可怜的祖父,黄昏时想起祖父,都使翠翠心酸,觉得十分凄凉。但这分凄凉日子过久一点,也就渐渐淡薄些了。两人每日在黄昏中同晚上,坐在门前溪边高崖上,谈点那个躺在湿土里可怜祖父的旧事,有许多是翠翠先前所不知道的,说来便更加使翠翠心中柔和。又说到翠翠的父亲,那个又要爱情又惜名誉的军人,在当时按照绿营军勇的装束,穿起绿盘云得胜褂,包青绉绸包头,如何使乡下女孩子动心。又说到翠翠的母亲,年纪轻轻时就如何善于唱歌,而且所唱的那些歌在当时又如何流行。

时候变了,一切也自然都不同了,皇帝已被掀下了金銮宝殿,不再坐江山,平常人还消说?!杨马兵想起自己年轻作马夫时,打扮的索索利利,牵了马匹到碧溪岨来对翠翠母亲唱歌,翠翠母亲总不理会,到如今自己却成为这孤雏的唯一靠山,唯一信托人,不由得不苦笑。

两人每个黄昏必谈祖父,以及这一家有关系的问题。后来便说到了老船夫死前的一切,翠翠因此明白了祖父活时所不提到的许多事。二老的唱歌,顺顺大儿子的死,顺顺父子对于祖父的冷淡,中寨人用碾坊作陪嫁妆奁,诱惑傩送二老,二老既记忆着哥哥的死亡,且因得不到翠翠理会,又被逼着接受那座碾坊,意思还在渡船,因此赌气下行。祖父的死因,又如何和翠翠有关……凡是翠翠不明白的事情,如今可全明白了。翠翠把事情弄明白后,哭了一个夜晚。

过了四七,船总顺顺派人来请马兵进城去,商量把翠翠接到他家中去。马兵以为这件事得问翠翠。回来时,把顺顺的意思向翠翠说过后,见翠翠还不肯和祖父的坟墓离开,又为翠翠出主张,以为名分既不定妥,到一个生人家里去也不大方便,还是不如在碧溪岨暂等,等到二老驾船回来时,再看二老意思,说不一定二老要来碧溪岨驾渡船!

办法决定后,老马兵还以为二老不久必可回来的,就依然把马匹托营上人照料,在碧溪岨为翠翠作伴,把一个一个日子过下去。

碧溪岨的白塔,人人都认为和茶峒风水大有关系,塔圮坍了,不重新作一个自然不成。除了城中营管、税局,以及各商号各平民捐了些钱以外,各大寨子也有人拿册子去捐钱。因为这塔的重建并不是给谁一个人的好处,应尽每个人来积德造福,尽每个人有捐钱的机会,因此在新作的渡船上也放了个两头有节的大竹筒,中部锯了一口,尽过渡人自由把钱投进去,竹筒满了,马兵就捎进城中首事人处去,另外又带了个竹筒回来。过渡人一看老船夫不见了,翠翠辫子上扎了白绒,就明白那老的已作完了自己份上的工作,安安静静躺到土坑里给小蛆吃掉了;必一面用同情的眼色瞧着翠翠,一面摸出钱来塞到竹筒中去。"天保佑你,死了的到西方去,活下的永保平安。"翠翠明白那些捐钱人的怜悯与同情意思,心里软软的,酸酸的,忙把身子背过去拉船。

到了冬天,那个圮坍了的白塔,又重新修好了。那个在月下唱歌,使翠翠在睡梦里为歌声把灵魂轻轻浮起的年轻人,还不曾回到茶峒来。

这个人也许永远不回来了,也许明天回来!

一九三三年冬至一九三四年春完成

【浅释】

沈从文"湘西小说"通过描写湘西人原始、自然的生命形式赞美人性美。《边城》由 21 幅人生画、风俗画、风景画连缀而成,是作家在原始风情中寻找诗意人生的文学尝试。

两节选文是小说的结局和尾声,主要通过爷爷去世写邻里之爱。前一节写风狂雨猛、雷声隆隆之夜,爷爷带着内疚和遗憾离开人世。过渡人立马进城报信,船总随即送来棺木、治丧的酒食,杨马兵赶来渡口砍竹做筏,老道士带着法宝赶来念经招魂,一干人晚上做法事、守灵。后一节写祖父安葬,船总、杨马兵、老道士等陪翠翠送葬。船总担心翠翠孤独,几次动议要将她接到家里去住;杨马兵代替祖父守在翠翠身边;为重建白塔人们都热心捐钱。曾因天保出事怨怪爷爷的船总,年轻时向翠翠母亲求爱失败的杨马兵,都不计前嫌,同情孤女,救人危难,充分体现了湘西淳朴的民风和人性的美好。

小说尾声富于诗意而带有感伤色彩。

【习题】
1. 简述沈从文湘西小说创作的三个支点和特色。
2. 小说的结局和尾声如何不动声色地表现边城中人的人性美?
3. 雷雨的骤至、白塔的重建、小说的结句各有什么含意?

梅 雨 之 夕

施蛰存

> 施蛰存(1905—2003),原名施青萍,上海松江人。中国现代"新感觉派"的主要作家、文学翻译家、学者。施蛰存博学多才,在文学创作、古典文学研究、碑帖研究和外国文学翻译等方面均有成绩。1932年主编《现代》,引进西方现代主义思潮,翻译外国文学作品,亲自试验现代感极强的小说与诗歌创作。施蛰存小说分为上海松江旧梦、历史人物畸变和都市男女心理三大块,以弗洛伊德精神分析学说为指针,注重心理分析,着重描写人物的意识流动,刻画城镇市民阶层的生活及其心绪、心态诸种精神活动。著有小说集《梅雨之夕》《善女人行品》《小珍集》,散文集《灯下集》《待旦集》等。

梅雨又淙淙地降下了。

对于雨,我倒并不觉得嫌厌,所嫌厌的是在雨中疾驰的摩托车的轮,它会得溅起泥水猛力地洒上我的衣裤,甚至会连嘴里也拜受了美味。我常常在办公室里,当公事空闲的时候,凝望着窗外淡白的空中的雨丝,对同事们谈起我对于这些自私的车轮的怨苦。下雨天是不必省钱的,你可以坐车,舒服些。他们会这样善意地劝告我。但我并不曾屈就了他们的好心,我不是为了省钱,我喜欢在滴沥的雨声中撑着伞回去。我的寓所离公司是很近的,所以我散工出来,便是电车也不必坐,此外还有一个我所以不喜欢在雨天坐车的理由,那是因为我还不曾有一件雨衣,而普通在雨天的电车里,几乎全是裹着雨衣的先生们,夫人们或小姐们,在这样一间狭窄的车厢里,滚来滚去的人身上全是水,我一定会虽然带着一柄上等的伞,也不免满身淋漓地回到家里。况且尤其是在傍晚时分,街灯初上,沿着人行路用一些暂时安逸的心境去看看都市的雨景,虽然拖泥带水,也不失为一种自己的娱乐。在濛雾中来来往往的车辆人物,全都消失了清晰的轮廓,广阔的路上倒映着许多黄色的灯光,间或有几条警灯的红色和绿色在闪烁着行人的眼睛。雨大的时候,很近的人语声,即使声音很高,也好像在半空中了。

人家时常举出这一端来说我太刻苦了,但他们不知道我会得从这里找出很大的乐趣来,即使偶尔有摩托车的轮溅满泥泞在我身上,我也并不会因此而改了我的习惯。说是习惯,有什么不妥呢,这样的已经有三四年了。有时也偶尔想着总得买一件雨衣来,于是可以在雨天坐车,或者即使步行,也可以免得被泥水溅着了上衣,但到如今这仍然留在心里做一种生活上的希望。

在近来的连日的大雨里,我依然早上撑着伞上公司去,下午撑着伞回家,每天都如此。

昨日下午,公事堆积得很多。到了四点钟,看看外面雨还是很大,便独自留下在公事房里,想索性再办了几桩,一来省得明天要更多地积起来,二来也借此避雨,等它小一些再走。这样地竟逗遛到六点钟,雨早已止了。

走出外面,虽然已是满街灯火,但天色却转清朗了。曳着伞,避着檐滴,缓步过去,从江西路走到四川路桥,竟走了差不多有半点钟光景。邮政局的大钟已是六点二十五分了。未走上桥,天色早已重又冥晦下来,但我并没有介意,因为晓得是傍晚的时分了,刚走到桥头,急雨骤然从乌云中漏下来,潇潇的起着繁响。看下面北四川路上和苏州河两岸行人的纷纷乱窜乱避,只觉得连自己心里也有些着急。他们在着急些什么呢?他们也一定知道这降下来的是雨,对于他们没有生命上的危险,但何以要这样急迫地躲避呢?说是为了恐怕衣裳给淋湿了,但我分明看见手中持着伞的和身上披了雨衣的人也有些脚步踉跄了。我觉得至少这是一种无意识的纷乱。但要是我不曾感觉到雨中闲行的滋味,我也是会得和这些人一样地急突地奔下桥去的。

何必这样的奔逃呢,前路也是在下着雨,张开我的伞来的时候,我这样漫想着。不觉已走过了天潼路口。大街上浩浩荡荡地降着雨,真是一个伟观,除了间或有几辆摩托车,连续地冲破了雨仍旧钻进了雨中地疾驰过去之外,电车和人力车全不看见。我奇怪它们都躲到什么地方去了。至于人,行走着的几乎是没有,但在店铺的檐下或蔽荫下是可以一团一团地看得见,有伞的和无伞的,有雨衣的和无雨衣的,全部聚集着,用嫌厌的眼望着这奈何不得的雨。我不懂他们这些雨具是为了怎样的天气而买的。

至于我,已经走近文监师路了。我并没什么不舒服,我有一柄好的伞,脸上绝不曾给雨水淋湿,脚上虽然觉得有些潮狃狃,[1]但这至多是回家后换一双袜子的事。我且行且看着雨中的北四川路,觉得朦胧的颇有些诗意。但这里所说的"觉得",其实也并不是什么具体的思绪,除了"我该得在这里转弯了"之外,心中一些也不意识着什么。

从人行路上走出去,探头看看街上有没有往来的车辆,刚想穿过街去转入文监师路,但一辆先前并没有看见的电车已停在眼前。我止步了,依然退进到人行路上,在一支电杆边等候着这辆车底开出。在车停的时候,其实我是可以安心地对穿过去的,但我并不曾这样做。我在上海住得很久,我懂得走路的规则,我为什么不在这个可以穿过去的时候走到对街去呢,我没知道。

我数着从头等车里下来的乘客。为什么不数三等车里下来的呢?这里并没有故意的挑选,头等座在车的前部,下来的乘客刚在我面前,所以我可以很看得清楚。第一个,穿着红皮雨衣的俄罗斯人,第二个是中年的日本妇人,她急急地下了车,撑开了手里提着的东洋粗柄雨伞,缩着头鼠窜似地绕过车前,转进文监师路去了。我认识她,她是一家果子店的女店主。第三,第四,是像宁波人似的俄国商人,他们都穿着绿色的橡皮华式雨衣。第五个下来的乘客,也即是末一个了,是一位姑娘。她手里没有伞,身上也没有穿雨衣,好像是在雨停止了之后上电车的,而不幸在到目的地的时候却下着这样的大雨。我猜想她一定是从很远的地方上车的,至少应当在卡德路以上的几站罢。

她走下车来,缩着瘦削的,但并不露骨的双肩,窘迫地走上人行路的时候,我开始注意着她的美丽了。美丽有许多方面,容颜的姣好固然是一重要素,但风仪的温雅,肢体的停匀,甚至谈吐的不俗,至少是不惹厌,这些也有着份儿,而这个雨中的少女,我事后觉得她是全适合这几端的。

她向路底两边看了一看,又走到转角上看着文监师路。我晓得她是急于要招呼一辆人力车。但我看,跟着她的眼光,大路上清寂地没一辆车子徘徊着,而雨还尽量地落下来。她旋即回了转来,躲避在一家木器店的屋檐下,露着烦恼的眼色,并且颦着细淡的修眉。

我也便退进在屋檐下,虽则电车已开出,路上空空地,我照理可以穿过去了,但我何以不即穿过去,走上了归家的路呢?为了对于这少女有什么依恋么?并不,绝没有这种依恋的意识。但这也决不是为了我家里有着等候我回去在灯下一同吃晚饭的妻,当时是连我已有妻的思想都不曾有,面前有着一个美的对象,而又是在一重困难之中,孤寂地只身呆立着望这永远地,永远地垂下来的梅雨,只为了这些缘故,我不自觉地移动了脚步站在她旁边了。

虽然在屋檐下,虽然没有粗重的檐溜滴下来,但每一阵风会得把凉凉的雨丝吹向我们。我有着伞,我可以如中古时期骁勇的武士似地把伞当作盾牌,挡着扑面袭来的雨的箭,但这个少女却身上间歇地被淋得很湿了。薄薄的绸衣,黑色也没有效用了,两支手臂已被画出了它们的圆润。她屡次旋转身去,侧立着,避免这轻薄的雨之侵袭她的前胸。肩臂上受些雨水,让衣裳贴着了肉倒不打紧吗?我曾偶尔这样想。

天晴的时候,马路上多的是兜搭生意的人力车,但现在需要它们的时候,却反而没有了。我想着人力车夫的不善于做生意,或许是因为需要的人太多了,供不应求,所以即使在这样繁盛的街上,也不见一辆车子的踪迹。或许车夫也都在避雨呢,这样大的雨,车夫不该避一避吗?对于人力车之有无,本来用不到关心的我,也忽然寻思起来,我并且还甚至觉得那些人力车夫是可恨的,为什么你们不拖着车子走过来接应这生意呢,这里有一位美丽的姑娘,正窘立在雨中等候着你们的任何一个。

如是想着,人力车终于没有踪迹。天色真的晚了。远处对街的店铺门前有几个短衣的男子已经等得不耐而冒着雨,他们是拼着淋湿一身衣裤的,跨着大步跑去了。我看这位少女的长眉已颦蹙得更紧,眸子莹然,像是心中很着急了。她的忧闷的眼光正与我的互相交换,在她眼里,我懂得我是正受着诧异,为什么你老是站在这里不走呢。你有着伞,并且穿着皮鞋,等什么人么?雨天在街路上等谁呢?眼睛这样锐利地看着我,不是没怀着好意么?从她将钉住着在我身上打量我的眼光移向着阴黑的天空的这个动作上,我肯定地猜测她是在这样想着。

我有着伞呢,而且大得足够容两个人的蔽荫的,我不懂何以这个意识不早就觉醒了我。但现在它觉醒了我将使我做什么呢?我可以用我的伞给她障住这样的淫雨,我可以陪伴她走一段路去找人力车,如果路不多,我可以送她到她的家。如果路很多,又有什么不成呢?我应当跨过这一箭路,去表白我的好意吗?好意,她不会有什么别方面的疑虑吗?或许她会得像刚才我所猜想着的那样误解了我,她便会得拒绝了我。难道她宁愿在这样不止的雨和风中,在冷静的夕暮的街头,独自个立到很迟吗?不啊!雨是不久就会停的,已经这样连续不断地降下了……多久了,我也完全忘记了时间的在这雨水中间流过。我取出时计来,七点三十四分。一小时多了。不至于老是这样地降下来吧,看,排水沟已经来不及宣泄,多量的水已经积聚在它上面,打着旋涡,挣扎不到流下去的路,不久怕会溢上了人行路么?不会的,决不会有这样持久的雨,再停一会,她一定可以走了。即使雨不就停止,人力车是大约总能够来一辆的。她一定会不管多大的代价坐了去的。然则我是应当走了么?应当走了!为什么不?……

这样地又十分钟过去了。我还没有走。雨没有住,车儿也没有影踪。她也依然焦灼地立着。我有一个残忍的好奇心,如她这样的在一重困难中,我要看她终于如何处理她自己。看着她这样窘急,怜悯和旁观的心理在我身中各占了一半。

她又在惊异地看着我。

忽然,我觉得,何以刚才会不觉得呢,我奇怪,她好像在等待我拿我的伞贡献给她,并且送她回去,不,不一定是回去,只是到她所要到的地方去。你有伞,但你不走,你愿意分一半伞荫蔽我,但还在等待什么更适当的时候呢?她的眼光在对我这样说。

我脸红了,但并没有低下头去。

用羞赧来对付一个少女的注目,在结婚以后,我是不常有的。这是自己也随即觉得可怪了。我将用何种理由来辩解我的脸红呢?没有!但随即有一种男子的勇气升上来,我要求报复,这样说或许是较言重了,但至少是要求着克服她的心在我身里急突地催促着。

终归是我移近了这少女,将我的伞分一半荫蔽她。

——小姐,车子恐怕一时不会得有,假如不妨碍,让我来送一送罢。我有着伞。

我想说送她回府,但随即想到她未必是在回家的路上,所以结果是这样两用地说了。当说着这些话的时候,我竭力做得神色泰然,而她一定已看出了这勉强的安静的态度后面藏匿着的我的血脉之急流。

她凝视着我半微笑着。这样好久。她是在估量我这种举止的动机,上海是个坏地方,人与人都用了一种不信任的思想交际着!她也许是正在自己委决不下,雨真的在短时期内不会止么?人力车真的不会来一辆么?要不要借着他的伞姑且走起来呢?也许转一个弯就可以有人力车,也许就让他送到了。那不妨事么?……不妨事。遇见了认识人不会猜疑么?……但天太晚了,雨并不觉得小一些。

于是她对我点了点头,极轻微地。

——谢谢你。朱唇一启,她迸出柔软的苏州音。

转进靠西边的文监师路,在响着雨声的伞下,在一个少女的旁边,我开始诧异我的奇遇。事情会得展开到这个现状吗?她是谁,在我身旁同走,并且让我用伞荫蔽着她,除了和我的妻之外,近几年来我并不曾有过这样的经历。我回转头去,向后面斜看,店铺里有许多人歇下了工作对我,或是我们,看着。隔着雨的骈㴋,[2]我看得见他们的可疑的脸色。我心里吃惊了,这里有着我认识的人吗?或是可有着认识她的人吗?……再回看她,她正低下着头,拣着踏脚地走。我的鼻子刚接近了她的鬓发,一阵香。无论认识我们之中任何一个的人,看见了这样的我们的同行,会怎样想?……我将伞沉下了些,让它遮蔽到我们的眉额。人家除非故意低下身子来,不能看见我们的脸面。这样的举动,她似乎很中意。

我起先是走在她右边,右手执着伞柄,为了要让她多得些荫蔽,手臂便凌空了。我开始觉得手臂酸痛,但并不以为是一种苦楚。我侧眼看她,我恨那个伞柄,它遮隔了我的视线。从侧面看,她并没有从正面看那样的美丽。但我却从此得到了一个新的发现:她很像一个人。谁?我搜寻着,我搜寻着,好像很记得,岂但……几乎每日都在意中的,一个我认识的女子,像现在身旁并行着的这个一样的身材,差不多的面容,但何以现在百思不得了呢?……啊,是了,我奇怪为什么我竟会得想不起来,这是不可能的!我的初恋的那个少女,同学、邻居,她不是很像她吗?这样的从侧面看,我与她离别了好几年了,在我们相聚的最后一日,她还只有十四岁,……一年……二年……七年了呢。我结婚了,我没有再看见她,想来长成得更美丽了……但我并不是没有看见她长大起来,当我脑中浮起她的印象来的时候,她并不还保留着十四岁的少女的姿态。我不时在梦里,睡梦或白日梦,看见她在长大起来,我曾自己构成她是个美丽的二十岁年纪的少女。她有好的声音和姿态,当偶然悲哀的时候,她在我的幻觉里会得是一个妇人,或甚至是一个年轻的母亲。

但她何以这样的像她呢？这个容态,还保留十四岁时候的余影,难道就是她自己么？她为什么不会到上海来呢？是她？天下有这样容貌完全相同的人么？不知她认出了我没有……我应该问问她了。

——小姐是苏州人么？

——是的。

确然是她,罕有的机会啊？她几时到上海来的呢？她的家搬到上海来了吗？还是,哎,我怕,她嫁到上海来了呢？她一定已经忘记我了,否则她不会允许我送她走。……也许我的容貌有了改变,她不能再认识我,年数确是很久了。……但她知道我已经结婚吗？要是没有知道,而现在她认识了我,怎么办呢？我应当告诉她吗？如果这样是需要的,我将怎么措辞呢？……

我偶然向道旁一望,有一个女子倚在一家店里的柜上,用着忧郁的眼光,看着我,或者也许是看着她。我忽然好像发现这是我的妻,她为什么在这里？我奇怪。

我们走在什么地方了。我留心看。小菜场。她恐怕快要到了。我应当不失了这个机会。我要晓得她更多一些,但要不要使我们继续已断的友谊呢,是的,至少也得是友谊？还是仍旧这样地让我在她的意识里只不过是一个不相识的帮助女子的善意的人呢？我开始踌躇了。我应当怎样做才是最适当的。

我似乎还应该知道她正要到哪里去。她未必是归家去吧。家——要是父母的家倒也不妨事的,我可以进去,如像幼小的时候一样。但如果是她自己的家呢？我为什么不问她结婚了不曾呢……或许,连自己的家也不是,而是她的爱人的家呢,我看见一个文雅的青年绅士。我开始后悔了,为什么今天这样高兴,剩下妻在家里焦灼地等候着我,而来管人家的闲事呢。北四川路上。终于会有人力车往来的,即使我不这样地用我的伞伴送她,她也一定早已能雇到车子了。要不是自己觉得不便说出口,我是已经会得剩了她在雨中反身走了。

还是再考验一次罢。

——小姐贵姓？

——刘。

刘吗？一定是假的。她已经认出了我,她一定都知道了关于我的事,她哄我了。她不愿意再认识我了,便是友谊也不想继续了。女人!……她为什么改了姓呢？……也许这是她丈夫的姓？刘……刘什么？

这些思想的独白,并不占有了我多少时候。它们是很迅速地翻舞过我心里,就在与这个好像有魅力的少女同行过一条马路的几分钟之内。我的眼不常离开她,雨到这时已在小下来也没有觉得。眼前好像来来往往的人在多起来了,人力车也恍惚看见了几辆。她为什么不雇车呢？或许快要到达她的目的地了。她会不会因为心里已认识了我,不敢厮认,所以故意延滞着和我同走么?

一阵微风,将她的衣缘吹起,飘荡在身后。她扭过脸去避对面吹来的风,闭着眼睛,有些娇媚。这是很有诗兴的姿态,我记起日本画伯铃木春信的一帧题名叫"夜雨宫诣美人图"的画。[3]提着灯笼,遮着被斜风细雨所撕破的伞,在夜的神社之前走着,衣裳和灯笼都给风吹卷着,侧转脸儿来避风雨的威势,这是颇有些洒脱的感觉的。现在我留心到这方面了,她也有些这样的风度。至于我自己,在旁人眼光里,或许成为她的丈夫或情人了,我很有些得意着这种自譬的假饰。是的,当我觉得她确是幼小时候初恋着的女伴的时候,我是如像真有这回事似地享受着这样的假饰。而从她鬓边颊上被潮润的风吹过来的粉香,我也闻嗅得出是和我妻所有的香味一样的。……我旋即想到古人有"担簦亲送绮罗人"那么一句诗,[4]是很适合于今日的我的奇遇的。铃木画伯的名画又一度浮现上来了。但铃木的所画的美人并不和她有一些相像,倒是我妻的嘴唇却与画里的少女的嘴唇有些仿佛的。我再试一试对于她的凝视,奇怪啊,现在我觉得她并不是我适才所误会着的初恋的女伴了。她是另外一个不相干的少女。眉额,鼻子,颧骨,即使说是有年岁的改换,也绝对地找不出一些踪迹来。而我尤其嫌厌着她的嘴唇,侧看过去,似乎太厚一些了。

我忽然觉得很舒适,呼吸也更通畅了。我若有意若无意地替她撑着伞,徐徐觉得手臂太酸痛之外,没什么感觉。在身旁由我伴送着的这个不相识的少女的形态,好似已经从我的心的樊笼中被释放了出去。我才觉得天已完全夜了,而伞上已听不到些微的雨声。

——谢谢你,不必送了,雨已经停了。

她在我耳朵边这样地嘤响。

我蓦然惊觉,收拢了手中的伞。一缕街灯的光射上了她的脸,显着橙子的颜色。她快要到了吗?可是她不愿意我伴她到目的地,所以趁此雨已停住的时候要辞别我吗?我能不能设法看一看她究竟到什么地方去呢?……

——不要紧,假使没有妨碍,让我送到了罢。

——不敢当呀,我一个人可以走了,不必送罢。时光已是很晏了,[5]真对不起得很呢。

看来是不愿我送的了。但假如还是下着大雨便怎么了呢?……我怨怼着不情的天气,何以不再继续下半小时雨呢,是的,只要再半小时就够了。一瞬间,我从她的对于我的凝视——那是为了要等候我的答话——中看出一种特殊的端庄,我觉得凛然,像雨中的风吹上我的肩膀。我想回答,但她已不再等候我。

——谢谢你,请回转罢,再会。……

她微微地侧面向我说着,跨前一步走了,没有再回转头来。我站在中路,看她的后形,旋即消失在黄昏里。我呆立着,直到一个人力车夫来向我兜揽生意。

在车上的我,好像飞行在一个醒觉之后就要忘记了的梦里。我似乎有一桩事情没有做完,我心里有着一种牵挂。但这并不曾很清晰地意识着。我几次想把手中的伞张起来,可是随即会自己失笑这是无意识的。并没有雨降下来,完全地晴了,而天空中也稀疏地有了几颗星。

下了车,我叩门。

——谁?

这是我在伞底下伴送着走的少女的声音!奇怪,她何以又会在我家里?……门开了。堂中灯火通明,背着灯光立在开着一半的大门边的,倒并不是那个少女。朦胧里,我认出她是那个倚在柜台上用嫉妒的眼光看着我和那个同行的少女的女子。我惝悦地走进门,[6]在灯下,我很奇怪,为什么从我妻的脸色上再也找不出那个女子的幻影来。

妻问我何故归家这样的迟,我说遇到了朋友,在沙利文吃了些小点,因为等雨停止,所以坐得久了。为了要证实我这谎话,夜饭吃得很少。

【简注】

[1]潮忸忸(niǔ):吴语,半干不湿的样子,犹言"潮乎乎"。忸:欲干,半干。 [2]帡幪(píng méng):本指古代帐幕之类的物品,后亦引申为覆盖。 [3]铃木春信:日本江户时代浮世绘画家。 [4]簦(dēng):古代有柄的笠,类似现在的伞。 [5]晏:迟,晚。 [6]惝怳(chǎng huǎng):惆怅,恍惚,心神不安。

【浅释】

这是一篇典型的心理分析小说,具有开山意义。

小说打破传统小说的叙事框架,循着"相遇"—"伴行"—"分手"的顺序,描写一截平淡无奇的生活片段,记录一次转瞬即逝的萍水相逢,极有层次地、立体地展现男主人公卑微欲望萌动最后无声破灭的心灵历程:美丽引起倾慕—倾慕导致怜惜—怜惜伴生爱恋—爱恋萌发遐想—遐想带来迷醉—迷醉而后怅惘。小说运用弗洛伊德的精神分析理论塑造人物,突出以性冲动为主要内容的潜意识在情节中的作用,现代都市已婚男子潜意识中的性心理、性幻觉被细腻生动地勾画出来,它们是那样不可言喻,曲折萦回,恍惚迷离,朦胧隐约……又是那样绝对真实、纤毫毕现。

小说以"梅雨"起笔,人物、事件均被笼罩于这种凄迷而浪漫的氛围之中,清丽素雅、含蓄蕴藉的文字,流淌着丝丝柔情和淡淡哀愁,西方新的创作方法与传统美学情趣融合,遂有了典雅婉约的东方情调。

【习题】

1. 本文写了一个现代人的白日梦,试谈谈这个"白日梦"的内涵。
2. 结合这篇作品,谈谈施蛰存心理分析小说的特点。
3. 试分析作品中都市男人"我"的形象特征。

蛇

刘以鬯

刘以鬯(1918—2018),原名刘同绎,生于上海,祖籍浙江镇海。先后在重庆、上海、香港、吉隆坡从事编辑工作。他是"实验小说"孜孜不倦的探求者,是敢于打破传统规则、锐意创新的小说能手,最具特色的是对西方意识流和心理叙事手法的借鉴,运用"横截面的方法",捕捉"心理的幻变",将人的内在真实如行云流水一般描绘出来。令人惊艳的实验笔法,奇妙灵动的艺术构思,清朗简洁的文学语言,是刘以鬯小说的基本特色。其经典作品有长篇小说《酒徒》、中长篇小说集《对倒》、中短篇小说集《寺内》,其中《酒徒》被誉为香港"诗化意识流小说的开山之作"。

一

许仙右腿有个疤,酒盅般大。有人问他:"生过什么疮?"他摇摇头,不肯将事情讲出。其实,这也不是什么可耻的事情,讲出来,决不会失面子。不讲,因为事情有点古怪。那时候,年纪刚过十一,在草丛间捉蟋蟀,捉到了,放入竹筒。喜悦似浪潮,飞步奔跑,田路横着一条五尺来长的白蛇,纵身跃过,回到家,右腿发红。起先还不觉得什么;后来痛得难忍。郎中为他搽药,浮肿逐渐消失。痊愈时,伤口结了一个疤,酒盅般大。从此,见到粗麻绳或长布带之类的东西,就会吓得魂不附体。

二

清明。扫墓归来的许仙踏着山径走去湖边。西湖是美丽的。清明时节的西湖更美。对湖有乌云压在山峰。群鸟在空中扑扑乱飞。狂风突作,所有的花花草草都在摇摆中显示慌张。清明似乎是不能没有雨的。雨来了。雨点击打湖面,仿佛投菜入油锅,发出刺耳的沙沙声。他渴望见到船,小船居然一摇一摆地划了过来。登船。船在水中摆荡。当他用衣袖拂去身上的雨珠时,"船家!船家!"呼唤声突破雨声的包围。如此清脆。如此动听。岸上有两个女人。许仙斜目偷看,不能不惊诧于对方的妩媚。船老大将船划近岸去。两个女人登船后进入船舱。四目相接。心似鹿撞。垂柳的指尖轻拂舱盖,船在雨的漫漫中划去。于是,简短的谈话开始了。他说:"雨很大。"她说:"雨很大。"舱外是一幅春雨图,图中色彩正在追逐一个意象。风景的色彩原是浓的,一下子给骤雨冲淡了,树木用葱郁歌颂生机。保俶塔忽然不见。[1]于是笑声格格,清脆悦耳。风送雨条。雨条在风中跳舞。船老大的兴致忽然高了,放开嗓子唱几句山歌。有人想到一个问题:"碎月会在三潭下重圆?"白素贞低着头,默然不语。高围墙里的对酌,是第二天的事。第二天,落日的余晖涂金黄于门墙。许仙的靴子仍染昨日之泥。"你来了?"花香自门内冲出。许仙进入大厅,坐在瓷凳上。除了用山泉泡的龙井外,白素贞还亲手斟了一杯酒。烛光投在酒液上,酒液有微笑的倒影。喝下这微笑,视线开始模糊。入金的火,遂有神奇的变与化。荒诞起自酒后,所有的一切都很甜。

三

烛火跳跃。花烛是不能吹熄的。欲望在火头寻找另一个定义。帐内的低语,即使贴耳门缝的丫鬟也听不清楚。那是一种快乐的声音。俏皮的丫鬟知道:一向喜欢西湖景致的白素贞也不愿到西湖去捕捉天堂感了。从窗内透出的香味,未必来自古铜香炉。夜风,正在摇动帘子。墙外传来打更人的锣声,他们还没有睡。

四

许仙开药铺,生病的人就多了起来。邻人们都说白素贞有旺夫运,许仙笑得抿不拢嘴。药铺生意兴隆,值得高兴。而最大的喜悦却来自白素贞的耳语,轻轻一句"我已有了",许仙喜得纵身而起。

五

药铺后边有个院子。院子草木丛杂,且有盆栽。太多的美丽,反而显得凌乱。"这院子,"许仙常常这样想,"应该减少一些花草与树木。"但是,树木与花草偏偏日益深茂。这一天,有人向许仙借医书。医书放在后边的屋子里,必须穿过院子。穿过院子时,一条蛇由院径游入幽深处。许仙眼前出现一阵昏黑,跌倒在地而自己不知。定惊散不一定有效,受了惊吓的许仙还是醒转了。丫鬟扶他入房时,他见到忧容满面的白素贞。"那……那条蛇……"他想讲的是"那条蛇钻入草堆",但是,说了四个字,就没有力气将余下的半句讲出。他在发抖。一个可怕的想象占领思虑机构。那条蛇虽然没有伤害他,却使他感到极大的不安。那条蛇不再出现。对于他,那条蛇却是无所不在的。白素贞为了帮助他消除可怕的印象,吩咐伙计请捉蛇人来。捉蛇人索取一两银子。白素贞给他二两。捉蛇人在院子里捉到几条枯枝,说了一句"院中没有蛇"之后,大摇大摆走到对面酒楼去喝酒了。白素贞叹口气,吩咐伙计再请一个捉蛇人来。那人索取二两银子。白素贞送他三两。捉蛇人的熟练手法并未收到预期的效果。坚说院中无蛇。白素贞劝许仙不要担忧,许仙说:"亲眼见到的,那条蛇游入乱草堆中。"白素贞吩咐伙计把院中的草木全部拔去。院中无蛇。蛇在许仙脑中。白素贞亲自煎了一大碗药茶给他喝下。他眼前有条影不停摇晃。他做了一场梦。梦中,白素贞拿了长剑到昆仑山去盗灵芝草。草是长在仙境的。仙境中有天兵天将。白素贞走到那么遥远的地方去盗草,只为替他医病。他病得半死。没有灵芝草,就会见阎王。白素贞与白鹤比剑。白素贞与黄鹿比剑。不能在比剑时取胜,唯有用眼泪赢得南极仙翁的同情与怜悯。[2]她用仙草救活了许仙。……许仙从梦中醒转,睁开惺忪的眼。见白素贞依旧坐在床边,疑窦顿起,用痰塞的声调问:"你是谁?"

六

病愈后的许仙仍不能克服蟠据内心的恐惧,每一次踏院径而过,总觉得随时的袭击会来自任何一方。白素贞的体贴引起他的怀疑。他不相信世间会有全美的女人。

七

于是有了这样一个阴霾的日子,白素贞在家裹粽;许仙在街上被手持禅杖的和尚拦住去路。和尚自称法海,有一对发光的眼睛。法海和尚说:"白素贞是妖精。"法海和尚说:"白素贞是一条蛇。"法海和尚说:"在深山苦炼一千年的蛇精,不愿做神仙。"法海和尚说:"一千年来,常从清泉的倒影中见到自己而不喜欢自己的身形。"法海和尚说:"妖怪抵受不了红尘的引诱,渴望遍尝酸与甜的滋味。"法海和尚说:"她以千年道行换取人间欢乐。"法海和尚说:"人间的欢乐使她忘记自己是妖精。她不喜欢深山中的清泉与夜风与丛莽。"法海和尚说:"明天是端午节,给她一杯雄黄酒,[3]她会现原形。"……法海和尚向他化缘。

八

桨因鼓声而划。龙舟与龙舟在火伞下争夺骄傲于水上。白素贞不去凑热闹,只怕过分的疲劳影响胎气。许仙是可以走去看看的,却不去。药铺不开门,他比平时更加忙碌。他一向怯懦,有了五毒饼,[4]有了吉祥葫芦,[5]胆子也就壮了起来。大清早,菖蒲与艾子遍插门框,[6]配以符咒,任何毒物都要走避。这一天,他的情绪特别紧张。除了驱毒,还想寻求一个问题的解答。他的妻子,究竟是不是贪图人间欢乐的妖精?他将《钟馗捉鬼图》贴在门扉,以之作为门禁,企图禁锢白素贞于房中。白素贞态度自若,不畏不避。于是,雄黄酒成为唯一有效的镇邪物。相对而坐时许仙斟了一满杯,强要白素贞喝下。白素贞说:"为了孩子,我不能喝。"许仙说:"为了孩子,你必须喝。"白素贞不肯喝。许仙板着脸孔生气。白素贞最怕许仙生气,只好举杯浅尝。许仙干了一杯之后,要她也干。她说:"喝得太多,会醉。"许仙说:"醉了,上床休息。"白素贞昂起脖子,将杯中酒一口喝尽。头很重。眼前的景物开始旋转。"我有点不舒服,"她说,"我要回房休息。"许仙扶她回房。她说:"我在宁静中睡一觉,你到前边去看伙计们打牌。"许仙嗤鼻哼了一声,摇摇摆摆经院子到前边去。过了一个多时辰,摇摇摆摆经院子到后屋来,轻轻推开虚掩着的房门,蹑足走到床边,床上有一条蛇,吓得魂不附体,疾步朝房门走去,门外站着白素贞。"怎么了?""床上有条蛇。"白素贞拔下插在门框上的艾虎蒲剑,大踏步走进去,以为床上当真有蛇,床上只有一条刚才解下的腰带!

九

许仙走去金山寺,找法海和尚。知客僧说:[7]"法海方丈已于上月圆寂。"许仙说:"前日还在街上遇见他。"知客僧说:"你遇到的,一定是另外一个和尚。"

一九七八年八月十一日

【简注】

[1]保俶塔:位于浙江杭州西湖北侧宝石山山顶的一座塔,始建于五代后周年间,为西湖风景区标志之一。 [2]南极仙翁:古代神话传说中的老寿星。 [3]雄黄酒:用研磨成粉末的雄黄(四硫化四砷的俗称)泡制的白酒或黄酒,汉民族传统节日习俗,一般在端午节饮用。 [4]五毒饼:端午节特色食品,即以五种毒虫(蝎子、蛤蟆、蜘蛛、蜈蚣、蛇)花纹为饰的饼。吃五毒饼意味着把"五毒"吃掉,使其不能毒人。 [5]吉祥葫芦:人们常将葫芦挂在门口用来避邪、招福。 [6]菖蒲、艾子:民间端午在门前窗框插挂菖蒲、艾蒿,一来用于避邪(菖蒲叶如剑),二来用于驱虫(艾蒿香浓烈)。有些地方还把艾草、菖蒲扎成"艾虎"(把艾草编织成虎形)、"蒲剑"带在身上、插在发上。 [7]知客僧:寺庙里接待信众的僧人。

【浅释】

《蛇》是刘以鬯"故事新编"系列作品之一,揭示童年可怕记忆导致心理病态、病态心理持续影响整个人生。

小说完全颠覆了旧传说,开辟出一片艺术新天地。人物变异:白素贞由主角变为配角,不再是思凡的蛇妖,而是美丽多情的民女,化阴冷为温暖,化恐怖为柔情,神话色彩已然褪尽。情节简化:以许仙行为、心理为主线,采用片段式结构,依次写心病因由、清明艳遇、良缘美满、错幻惊疑、大街信谗、端午迷幻、访僧不遇,单线发展而有波澜。手法创新:以现代观念和心理分析技巧,探索人的"内在真实",发掘和表现原作的深刻内涵,剖析人物病态的内心世界(无端的恐惧、荒诞的联想、可笑的猜疑、频发的幻觉),自然洒脱而合逻辑。叙事和描写简洁、紧凑、凝练,显示出深厚的语言功底。

艺术风格简约,古韵古调逼真,文学语言俭省,心理分析自如,是本文令人反复咀嚼的魅力所在。

【习题】

1.阅读《白蛇传》,谈谈《蛇》情节结构的创新。
2.试分析《蛇》中白素贞形象的基本特征。
3.结合实例,谈谈本文语言简约俭省的特点。

第十二章
现当代戏剧

中国现代话剧演出发轫于春柳社的尝试。1907年春,春柳社在东京演出《茶花女》第三幕,接着又排演了五幕剧《黑奴吁天录》。

1919年,胡适发表独幕剧《终身大事》,标志着中国现代话剧创作的开端和社会问题写实剧创作的起始。1921年成立于上海的民众戏剧社,将社会问题写实剧演出与创作推向了高潮。一些作家投身话剧创作,其中田汉的成就最为突出,《咖啡店之夜》《获虎之夜》都是本时期话剧力作。洪深《赵阎王》、欧阳予倩《泼妇》、陈大悲《幽兰女士》、丁西林《一只马蜂》、郭沫若《三个叛逆的女性》等,是中国现代戏剧第一批可喜的收获。本时期的话剧,以浪漫主义作品成就为高,现实主义作品有分量者尚少。

20世纪30年代的话剧创作显示出鲜明的现实倾向。剧作家充分注意到表现社会矛盾,显示出鲜明的现实主义风格。田汉写出现代话剧在现实意义上取得成功的第一部作品《名优之死》,写出描写工人斗争的剧中最好的一部剧作《梅雨》及《乱钟》《回春之曲》等。洪深写出五四运动以来的现代戏剧中反映农村生活最有代表性的、典型的社会分析剧"农村三部曲"(《五奎桥》《香稻米》《青龙潭》)。夏衍写出30年代左翼剧作中最具现实意义的作品《上海屋檐下》。曹禺写出在话剧中标志着现实主义最高成就的杰作《雷雨》和《日出》,它们标志着中国现代话剧艺术的成熟和繁荣。李健吾《这不过是春天》、白薇《打出幽灵塔》,也是这一时期公认的力作。抗日战争爆发后,出现了《三江好》《最后一计》《放下你的鞭子》等街头剧,引起了强烈的社会反响,极大地鼓舞了中国民众高涨的抗日情绪。随着抗日救亡运动的兴起,出现了一批借助历史事实宣传爱国思想和抗日救亡情绪的历史剧,如夏衍本和熊佛西本《赛金花》、宋之的《武则天》、陈白尘《石达开的末路》《金田村》等作品。

20世纪40年代是中国话剧的黄金时代。国统区创作全面繁荣,各个题材领域都出现了上乘之作。描写知识分子的剧作,有夏衍《法西斯细菌》《芳草天涯》、田汉《秋声赋》、于伶《长夜行》、吴祖光《少年游》、宋之的《祖国在召唤》、袁骏《万世师表》和陈白尘《岁寒图》。反映现实题材的剧作,有曹禺《北京人》《家》、吴祖光《风雪夜归人》、于伶《夜上海》《花溅泪》、沈浮《重庆二十四小时》《小人物狂想曲》。借古讽今的历史悲剧,有郭沫若的"战国史剧"(《屈原》《棠棣之花》《虎符》《高渐离》《南冠草》),阳翰笙的"太平天国史剧"(《天国春秋》《李秀成之死》)、阿英的"南明史剧"(《碧血花》《海国英雄》)、欧阳予倩《忠王李秀成》《桃花扇》、陈白尘《翼王石达开》、于伶《大明英雄传》,与上述三大史剧系列一起构成了蔚为壮观的历史剧创作图景。直面现实的讽刺喜剧,代表作有老舍《残雾》《面子问题》、曹禺《蜕变》、田汉《丽人行》、丁西林《妙峰山》《三块钱国币》，陈白尘《升官图》《乱世男女》，吴祖光《捉鬼传》《嫦娥奔月》，宋之的《雾重庆》《群猴》等，以上剧作都达到相当的思想深度和艺术高度。民族歌剧在群众性秧歌剧运动的基础上于解放区诞生、发展、成长，如新秧歌剧《兄妹开荒》(延安"鲁艺")，新歌剧《白毛女》(贺敬之、丁毅)、《赤叶河》(阮章竞)、《王秀鸾》(傅铎)；旧戏改革有了良好的开端，如历史剧《逼上梁山》(杨绍萱、齐燕铭)、《三打祝家庄》(李纶、魏晨旭、任桂林)，秦腔剧《血泪仇》(马健翎)，以上剧作代表了解放区戏剧创作的业绩。

"文革"前17年话剧的创作成就比较突出。老舍《龙须沟》、安波《春风吹到诺敏河》、杨履方《布谷鸟又叫了》、胡可《槐树庄》和沈西蒙《霓虹灯下的哨兵》等，从不同侧面表现了社会现实生活，在当时产生了较大影响。老舍《茶馆》、田汉《关汉卿》、曹禺《王昭君》《胆剑篇》、郭沫若《蔡文姬》、吴晗《海瑞罢官》、孟超《李慧娘》等，这些历史剧创作各有创新，成功地塑造了一批人物形象，取得了很高的思想艺术成就。歌剧创作也取得相当成绩，《洪湖赤卫队》《江姐》《红云霞》《红珊瑚》《刘三姐》等一些著名新歌剧相继走上舞台。戏曲创作成就也比较显著，突出的有京剧《将相和》《白蛇传》，越剧《梁山伯与祝英台》，黄梅戏《天仙配》，川剧《柳荫记》，豫剧《花木兰》和昆曲《十五贯》等。"文革"中仅剩《红灯记》《沙家浜》等八个"样板戏"。

进入新时期以后，被禁锢十年之久的戏剧创作蓬勃发展，五类话剧如春花绽放，争奇斗艳。一是《于无声处》(宗福先)、《枫叶红了的时候》(金振家、王景愚)、《丹心谱》(苏叔阳)等"政治批判剧"；二是《曙光》(白桦)、《陈毅出山》(丁一三)、《西安事变》(程士荣)、《陈毅市长》(沙叶新)等"领袖人物剧"；三是《报春花》(崔德志)、《假如我是真的》(沙叶新)、《未来在召唤》(赵梓雄)、《救救她》(赵国庆)等"社会问题剧"；四是《王昭君》(曹禺)、《大风歌》(陈白尘)等"历史剧"；五是《有这样一个小院》(李云龙)、《左邻右舍》(苏叔阳)等"民俗风情剧"。以上剧作尽管题材各不相同，但有共同的艺术追求，均以写实为主，塑造出有血有肉的舞台形象。

进入80年代后，"话剧热"开始降温，话剧创作步入困境。为探索话剧出路，话剧界掀起了一股探索热潮。最早引起社会关注的探索剧是马中骏、贾鸿源、瞿新华的哲理剧《屋外有热流》。其后，探索戏剧遂成为一股潮流。先后产生不少探索性剧本，如孙惠柱、张马力《挂在墙上的老B》，刘树纲《一个死者对生者的访问》《十五桩离婚案的调查剖析》，贾鸿源、马中骏《街上流行红裙子》，王培公《WM(我们)》，陶骏、王哲东《魔方》，马中骏、秦培春《红房间、白房间、黑房间》，刘锦云《狗儿爷涅槃》，陈子度等《桑树坪纪事》，沙叶新《寻找男子汉》，杨利民《黑色的石头》，何冀平《天下第一楼》等。这些探索新潮中的代表性作品，广泛吸取和借鉴国外戏剧的新观念、新手法，试图为民族精神生活的表现寻找新的途径，取得了不可忽视的成绩。

20世纪80年代末至90年代初，新戏曲对抗萧条，开始复苏、繁荣，并引起关注。如魏明伦《四姑娘》《潘金莲》《巴山秀才》(与南国合著)；陈亚先《曹操与杨修》，郭大宇、习志淦《徐九经升官记》，周长赋《秋风辞》等作品，着力开掘戏曲艺术的表现力，促进民族艺术形式与现代思想性的融合。2012年白先勇青春版《牡丹亭》在大陆巡演，刮起一股强烈的"时尚昆曲风"。

毋庸讳言，随着影视文学的发展繁荣，戏剧文学正日渐淡出人们的视野。

关 汉 卿[1]（节选）

田 汉

> 田汉（1898—1968），原名田寿昌，湖南长沙人，作家、批评家、中国现代戏剧的奠基人。1920年代开始戏剧创作和演出活动，写有话剧、歌剧、戏曲、电影剧本100余部。主要有《获虎之夜》《名优之死》《乱钟》《回春之曲》《丽人行》《关汉卿》《文成公主》等。田汉戏剧以强烈的抒情性（不求生活实相的逼真摹写），独特的音乐美（剧中熔铸唱词、声乐、器乐），构思的奇特性（改造生活的偶然性事件），结构的开放式（有流畅自然之美）为基本特色。与聂耳、冼星海、张曙等合作创作了大量歌曲，其中的《毕业歌》《义勇军进行曲》等都曾广泛流传。

元至元十九年（1282）三月末的大都监狱

〔深夜，狱吏设案问供，狱卒狰狞分列，虽在暮春，气象严冷。

〔狱吏翻案卷后，望望管牢房的禁子和禁婆。

狱　吏　这几天关汉卿还安静吗？
禁　子　还好。
狱　吏　谁来看过他？
禁　子　他的家人关忠。
狱　吏　就他吗？
禁　子　还有杨显之、梁进之等人，王实甫也托人送了些吃用的东西。还有一位刘大娘跟她女儿带东西来要见他，没有让她们见。
狱　吏　东西都给了关汉卿吗？
禁　子　照您吩咐的，都给了他。
狱　吏　以后，谁也不让见，也不许人家送东西给他。（望着禁婆）朱帘秀也是一样，知道吗？
禁　子　知道了。
禁　婆　知道了。
狱　吏　有谁来看过朱帘秀？
禁　婆　她的徒弟燕山秀也来过了，何总管也托人送了些东西。
狱　吏　还有呢？
禁　婆　没有了。
狱　吏　从今天起多留点儿神！
禁　婆　是了。
狱　吏　那个赛帘秀呢？还骂吗？
禁　婆　还骂，可是也安静些了。只是眼睛里还出血，给她医吗？
狱　吏　说不定上面要提她，不要死在咱们这里，就把关汉卿开的药给她擦上吧。有人来看她吗？
禁　婆　一个唱戏的矮要俏几乎每隔两天就来看她一次。

狱　吏　唔，以后也不让看了。来，提关汉卿！
狱　卒　提关汉卿！
　　　　〔禁子下，不一时，闻铁链镣铐相击声。关汉卿上。
禁　子　跪下！
　　　　〔关汉卿昂然不跪，禁子拿棒要敲他的腿。
狱　吏　（制止）别难为他。（向关汉卿）关汉卿，你坐下吧。（向狱卒）给他一条小凳。
　　　　〔狱卒给凳，关汉卿坐下。
狱　吏　怎么样？这些日子还好吗？
关汉卿　唔，日月照肝胆，霜雪添须眉，可还死不了。
狱　吏　是啊，真是不愿你死啊，你的文章我不懂，可是你的医道真高明，我娘吃了你的药好多了。她是多年的风湿，真没有想到好得那么快，已经能拄着拐杖自己走道儿了。
关汉卿　走走有好处，老年人可也不能太累。
狱　吏　是是，真是谢谢你。可是，关汉卿，你的案情越扯越大了。说老实的，恐怕很难救你，怎么办呢？
　　　　〔狱卒中也有人交头接耳。
关汉卿　（诧异）"越扯越大"了？
狱　吏　对。大得够瞧的了。你认识一个叫王著的吗？
关汉卿　王著？
狱　吏　对。当益州千户的王著，记得吗？你跟他什么交情？
关汉卿　唔，记起来了，有这么个人，在玉仙楼演《窦娥冤》的时候，他到后台来看过我们。
狱　吏　他看了你们的戏，很受感动，对吗？
关汉卿　他那么说，他很兴奋，还在场子里喊过"与万民除害"。我们就见过他那一次，没有什么交情。
狱　吏　是啊，他后来就当真干起来！祸闯得不小。你有一位老朋友叫叶和甫的吗？
关汉卿　唔，有那么一个人，不是什么老朋友。
狱　吏　他要来跟你谈谈。
关汉卿　我跟他没有什么可谈的。
狱　吏　谈谈吧，对你许有些好处。（向内）叶先生，请吧！
　　　　〔叶和甫从里面走出来，对关汉卿很关切的口气。
叶和甫　哎呀，老朋友，真想不到在这样的地方跟你见面。当初你不听我的话，我害怕总会有这么一天。所以我说，《窦娥冤》最好别写，要写必定是祸多福少。现在怎么样？不幸而言中了吧。
关汉卿　（鄙夷地）你要跟我谈什么，快说吧。
叶和甫　瞧你，还这么急性子，不是应该熬炼得火气小一点儿吗？
关汉卿　（不耐）有话快说吧！
叶和甫　（跟狱吏耳语）……
狱　吏　（对狱卒们）你们都走开。
　　　　〔狱卒们走开。
叶和甫　（低声）好，汉卿，先告诉你一个极可怕的消息，你那位朋友王著跟妖僧高和尚同谋，上个月初十晚上，在上都，把阿合马老大人和郝祯大人都给刺死了！

关汉卿　唔,真的?
叶和甫　千真万确的,现在大元朝上上下下都为这事件发抖。你看这是国家多么大的不幸!
关汉卿　你还想告诉我什么呢?
叶和甫　我就是想告诉你,你不听我的劝告,闯出了多么大的乱子!逆臣王著就因为看过你的戏才起意要杀阿合马老大人的。
关汉卿　(怒)怎见得呢?
叶和甫　许多人听见他在玉仙楼看《窦娥冤》的时候,喊过"为万民除害",后来他在上都伏法的时候又喊:"我王著为万民除害",而且你的戏里居然还有"把滥官污吏都杀了"的词儿——
关汉卿　(按捺住怒火)你觉得"滥官污吏"应不应该杀呢?
叶和甫　这——"滥官污吏"当然应该杀。
关汉卿　我们应不应该"与万民除害"呢?
叶和甫　唔,当然应该。可是王著把刺杀阿合马老大人当作"与万民除害"就不对了。
关汉卿　杀阿合马是否与万民除害,天下自有公论。若说王著看了我的戏才起意要杀阿合马;那么高和尚没有看过我的戏,何以也要杀阿合马呢?
叶和甫　这——
关汉卿　我们写戏的离不开褒贬两个字。拿前朝的人说,我们褒岳飞,贬秦桧。看戏的人万一在什么时候激于义愤杀了像秦桧那样的人,能说是写戏的人教唆的吗?
叶和甫　汉卿,你这话何尝没有一些道理,可是于今正在风头上,皇上和大臣们怎么会听你的?再说,我今晚来看你,倒也不是为了跟你争辩《窦娥冤》的后果如何,(又低声)我是奉了忽辛大人的面谕来跟你商量一件大事的。你的案情虽说是十分严重,可是只要你答应这件事。还是可以减等甚至释放你的。
关汉卿　我跟忽辛没有什么好商量的!
叶和甫　别这么火气大,老朋友,这事你也吃不了什么亏。反正王著已经死了,没有对证,只要你在大臣问你的时候,供出王著刺杀阿合马大人是想除掉捍卫大元朝的忠臣,联合各地金汉愚民图谋不轨。只要你肯这样招供,不只你的案子可以减轻,忽辛大人为了酬劳你,还预备送你中统钞一百万。这不少哇,老朋友。
关汉卿　(怒火难遏)你还有什么说的?
叶和甫　没有别的了。今晚就为的跟你谈这件大事来的。
关汉卿　你过来我跟你商量商量。
叶和甫　你答应了吗?(过去)
关汉卿　我答应了。(他重重的一记耳光,竟把叶和甫打倒在地下)
叶和甫　汉卿,我好好跟你商量,你怎么动起粗来了?
关汉卿　狗东西,你是有眼无珠,认错了人了。我关汉卿是有名的蒸不烂、煮不熟、捶不扁、炒不爆,响铛铛的铜豌豆,你想替忽辛那赃官来收买我?我们中间竟然出了你这样无耻的禽兽,我恨不能吃你的肉!
叶和甫　(狰狞无耻的面目毕露)你不答应,好,那你等着死吧。
关汉卿　死也不跟这无耻的禽兽说话了!狱官,让我回号子去。
狱　吏　那么,(对叶和甫)叶先生,您回去吧!
　　　　〔叶和甫溜下。狱卒再集合。

狱　　吏　关汉卿，你对。你若真照他说的招供了，我们汉人又该倒霉了。姓叶的回去，必然报告忽辛，忽辛必然追你的案子。你是个好人，又承你医好我娘，只恨我官小力微，帮不到你别的忙，给你送个信儿吧：你也就是这一两天的事了。没有别的，有什么要料理的，或是有什么话要告诉人家的，只要没有什么大关碍，我都可以跟你效劳转达。想吃点什么吗？我也可以给你买些。

关汉卿　（兴奋之后，定了定有些乱的心）谢谢你。我什么也不要吃，也没有什么要料理的。看你倒是挺疼你母亲的，这里有一封信，等我的事完了，请转给我母亲吧。千万别吓着她老人家，这也是像窦娥不愿走前街一样的心愿吧！

狱　　吏　（接信收起）好，我一定照你的意思送到，你可以放心。

关汉卿　明天可以让关忠来一趟吗？

狱　　吏　对不起，办不到了。

关汉卿　那也好。

狱　　吏　还有什么要对人家说的话吗？

关汉卿　话很多，此时不知从哪里说起。也不知该对谁说。（忽然想起）能不能让我跟朱帘秀再见一面呢？

狱　　吏　这——也好吧。我可以担戴一下。不过你跟她说有什么用呢？她的情形跟你一样。

关汉卿　这也叫"涸辙之鱼，相濡以沫"吧。你能担戴一下，就请费心。

狱　　吏　（对禁婆）来！提朱帘秀。

禁　　婆　是。

〔禁婆下去不久，领朱帘秀上。她还是窦娥的装扮，罪衣罪裙，铁锁银铐。

朱帘秀　（跪）给老爷叩头。

狱　　吏　起来吧。关汉卿有话跟你谈。给你们半刻。（对禁子）谈完了送他们回号子，留心着点儿！（对狱辛）我们撤了吧。

〔他们下。场上只有关汉卿、朱帘秀两人。

朱帘秀　咱们总算又见面了，汉卿。

关汉卿　（沉重地）恐怕也就是这一面吧。

朱帘秀　（受感染地）是吗？

关汉卿　你还记得那位王千户吗？

朱帘秀　玉仙楼后台见过的那位王著？

关汉卿　就是他。

朱帘秀　我只跟他说过两句话，就觉得他是个挺爽快的人。可没想到他能做出这样感天动地的大事，他真不愧是我们《感天动地窦娥冤》的好看客啊。

关汉卿　你还说得这样带劲儿，他杀了阿合马你知道了？

朱帘秀　知道了。昨天来了个同号子的，是王千户住在大都的婶娘。她告诉我王千户临刑的时候还喊着说："我王著与万民除害，我现在死了，将来一定有人把我的事写上一笔的。"他真了不起！

关汉卿　是啊，就有人把这和我们的戏词儿"与一人分忧，万民除害"附会在一起，说我们教唆王著杀害朝廷大臣，所以我们的案情就加重了。

朱帘秀　可不是"与万民除害"吗？阿合马好狠的心，把我徒弟的眼睛都给挖了。

关汉卿　没想到王著给她报了仇，也给我们报了仇。我真想写他一笔，咳，可惜没有时候了。
朱帘秀　没有时候了？
关汉卿　刚才狱官给我送信来了。一两天之内我就完了，你只怕也跟我一样。他要我们趁早把该料理的事，该嘱咐人家的话告诉他，他可以给我们转达。你有什么要他转达的吗？还有，想吃些什么他也可以代买。（见她紧张）哎呀，四姐，你你你不害怕吗？
朱帘秀　（变色，但力自镇定）不，不害怕。
关汉卿　四姐，真是对不起，为了我的著作，竟然把你连累到这个地步。
朱帘秀　什么话？我不说过你敢写我就敢演吗？说这话的时候，我就打算有今天的。
关汉卿　可是哪知道这一天来得这么快。
朱帘秀　迟早反正一样。我从没像这些日子这样活得有意思，我觉得我越来越跟大伙儿在一块了。不是吗？老百姓恨阿合马，我们也恨阿合马，而且敢于跟他们斗！王著替大伙儿除害，他死了，我们也站在王著这一边，跟坏人一直斗到死。窦娥不正是这样的女人吗，她至死也不向坏人低头。我喜欢这样的女人，我也愿意像她一样地死去。瞧我还穿着窦娥的行头，跟窦娥一样的打扮，回头还要跟窦娥一样的倒下去。我一定也不会轻易倒下去的，汉卿，在倒下去以前我一定像窦娥一样地喊着，不，也许像王著一样地喊着："与万民除害呀！"你看行吗？我现在真不知道是在过日子，还是在台上。我要像在台上一样，对着成千上万的看的人一点也不胆怯。说真的，你刚才告诉我们快要死的消息，我心里还有点乱。这会儿好多了，我会像窦娥那样坚强的，你放心。
关汉卿　你也放心，四姐。我姓关，现在虽算是大都人了，我原籍却是蒲州解良，我也会像我祖宗那样英雄地死去的。"玉可碎而不可改其白，竹可焚而不可毁其节。"这也正是我今天的心胸。
朱帘秀　咳，我最不能瞑目的是玉仙楼那天晚上，我托和卿设法让你连夜逃走，你怎么不走，反而第二天晚上来看戏呢？你那样爱看戏吗？
关汉卿　我怎么能走？我怎么能让你一个人承担那样重的担子？
朱帘秀　我有什么？大不了一个唱杂剧的歌妓，怎么能比得你？你是一代作者，你替我们杂剧开了一条路，歌台舞榭没有你的戏，人家就不高兴。你正应该替大伙儿多写些好东西，多替"有口难言"的百姓们说话，多替负屈衔冤的女子们伸冤，可是，可是于今你也跟我一样，就这么完了，那怎么行？叫他们杀了我吧，千万把你给留下……（她哭了）
关汉卿　四姐，谢谢你的好心。我们的死不就是为了替百姓们说话吗？人家说血写的文字比墨写的要贵重，也许，我们死了，我们的话说得更响亮。可是你不像我，我已经快五十的人了，你还年轻，功夫好，那么早就成了名角儿，你死了人家要埋怨我的。不是伯颜老太太那样疼你，还说要认你做干闺女吗？干嘛不写封信给她，求求她，我想一定有好处的。信可以托何总管转去，准能收到，快点写吧。要不，我给你代笔也成。
朱帘秀　那么你呢？你也求求她吧。
关汉卿　我怎么能求她？
朱帘秀　那为什么我就应该求她呢？她还不是杀人不眨眼的伯颜丞相的老太太吗？她疼我无非我这个女戏子骗了她几滴眼泪。她也不是真懂我们的戏的，她不过让人家说

　　　　　她是多么慈悲。其实呢,伯颜丞相今天在这里屠城,明天在那里杀降,她半点眼泪也没有流过。我就恨这样的女人,我还去求她?死也不求她!
关汉卿　不求她那就得——
朱帘秀　就得死。跟关大爷这样的人一道死,我还有什么不足呢!我修不到跟你生活在一块儿,就让我们俩死在一块儿吧,汉卿!(她紧握着关汉卿的手)
关汉卿　四姐,我觉得我们的心没有比这个时候靠得再紧的了。入狱的时候,我就打算有今天。前天晚上,我写了一个曲子叫《双飞蝶》,想给你看看,他们害怕,不给传递,我也没有勉强。现在我亲自交给你吧。要是你能唱唱该多好。
朱帘秀　给我。(接过去)
关汉卿　写得很乱,你看得清楚吗?
朱帘秀　看得清楚。(她半朗诵,半歌唱地)将碧血、写忠烈,作厉鬼、除逆贼,这血儿啊,化作黄河扬子浪千叠,长与英雄共魂魄!强似写佳人绣户描花叶,学士锦袍趋殿阙,浪子朱窗弄风月,虽留得绮词丽语满江湖,怎及得傲干奇枝斗霜雪?念我汉卿啊,读诗书,破万册,写杂剧,过半百,这些年风云改变山河色,珠帘卷处人愁绝,都只为一曲《窦娥冤》,俺与她双沥长弘血;差胜那孤月自圆缺,孤灯自明灭;坐时节共对半窗云,行时节相应一身铁;各有这气比长虹壮,哪有那泪似寒波咽!提什么黄泉无店宿忠魂,争说道青山有幸埋芳洁。俺与你发不同青心同热;生不同床死同穴;待来年遍地杜鹃红,看风前汉卿四姐双飞蝶。相永好、不言别!(她十分感动)哦,汉卿!(拥抱关汉卿)
　　〔禁子、禁婆上。
禁　子　半刻完了。回去吧。(分开他们)
禁　婆　听你们说得怪可怜的,以后只怕没有见面的时候了。容你们一别吧。
朱帘秀　不。
关汉卿　我们不告别,我们永久在一起的。
禁　婆　那么回号子吧。
　　〔禁子牵着关汉卿,禁婆牵着朱帘秀,铁锁锒铛地各归狱室。

――幕闭――

【简注】

　　[1]剧情:单纯善良的少女朱小兰抗拒恶奴凌辱,被赃官诬陷处斩。关汉卿激于义愤,在歌妓朱帘秀等人的支持下写成悲剧《窦娥冤》。权贵阿合马看出了关汉卿借戏剧鞭笞时政的意图,强令修改剧本,否则不许上演。关汉卿宁折不弯,拒绝修改。朱帘秀深明大义,以自我牺牲的精神承担了演出的责任。演出获得极大成功,气急败坏的阿合马将关汉卿和朱帘秀关进监牢。面对强权镇压,关汉卿宁死不屈。无耻文人叶和甫来劝降,关汉卿严词拒绝并将他打翻在地。在狱吏的帮助下,关汉卿与朱帘秀相见,把写好的《双飞蝶》赠给她,表达了自己的一片衷情。由于百姓为剧作家申冤呐喊,朋友们上呈"万民折",官府不得已释放关汉卿,经过一番周折,关汉卿与朱帘秀同赴杭州。本文选自《关汉卿》第八场"双飞蝶"。

【浅释】

　　《关汉卿》以《窦娥冤》的写作和上演为线索来展开矛盾冲突,塑造了元代戏剧家关汉卿的艺术形象。
　　第八场戏剧场景在狱中,基本情节是狱吏透风(铺垫)、和甫劝降(冲突)、关朱相会(高潮)。狱吏对关汉卿的态度,烘托了关汉卿形象,为剧情发展提供了可能。与叶和甫的交锋,突出了关汉卿憎恶黑暗、蔑视权势,坚贞不屈的斗争精神。狱中相会是这场戏的重点,他们忆往事,见旗帜鲜明的政治立场;论生死,见宁为玉碎的刚烈气节;诵曲词,见肝胆相照的真挚爱情。"双飞蝶"也是全剧的画龙点睛之笔,学问、识见、才情、人品、理想通通表现在字里行间,是气贯长虹的生命壮歌。关汉卿对朱帘秀的爱,对朱小兰的同情以及对阿合马等人的痛恨,构成了关汉卿性格的统一体。

田汉的剧作想象丰富、诗情炽烈,正气凛然,这场戏的舞台对白尤其是《双飞蝶》曲词,充分体现了这一特色。

【习题】
1. 联系第八场前后的剧情,谈谈关汉卿形象的主要特征。
2. 结合本场内容,谈谈《关汉卿》人物塑造的基本方法。
3. 反复吟味《双飞蝶》曲词,以之为例谈谈田汉剧作语言的诗化特色。

茶　　馆[1]（节选）

老　舍

〔一群男女难民在门外央告。

难　民　掌柜的,行行好,可怜可怜吧!
王利发　走吧,我这儿不打发,还没开张!
难　民　可怜可怜吧!我们都是逃难的!
王利发　别耽误工夫!我自己还顾不了自己呢!
〔巡警上。
巡　警　走!滚!快着!
〔难民散去。
王利发　怎样啊?六爷!又打得紧吗?
巡　警　紧!紧得厉害!仗打得不紧,怎能够有这么多难民呢!上面交派下来,你出八十斤大饼,十二点交齐!城里的兵带着干粮,才能出去打仗啊!
王利发　您圣明,我这儿现在光包后面的伙食,不再卖饭,也还没开张,别说八十斤大饼,一斤也交不出啊!
巡　警　你有你的理由,我有我的命令,你瞧着办吧!（要走）
王利发　您等等!我这儿千真万确还没开张,这您知道!开张以后,还得多麻烦您呢!得啦,您买包茶叶喝吧!（递钞票）您多给美言几句,我感恩不尽!
巡　警　（接票子）我给你说说看,行不行可不保准!
〔三五个大兵,军装破烂,都背着枪,闯进门口。
巡　警　老总们,我这儿正查户口呢,这儿还没开张!
大　兵　屌!

巡　警	王掌柜,孝敬老总们点茶钱,请他们到别处喝去吧!
王利发	老总们,实在对不起,还没开张,要不然诸位住在这儿,一定欢迎!（递钞票给巡警）
巡　警	（转递给兵们）得啦,老总们多原谅,他实在没法招待诸位!
大　兵	屌!谁要钞票?要现大洋!
王利发	老总们,让我哪儿找现洋去呢?
大　兵	屌!捧他个小舅子!
巡　警	快!再添点!
王利发	（掏）老总们,我要是还有一块,请把房子烧了!（递钞票）
大　兵	屌!（接钱下,顺手拿走两块新桌布）
巡　警	得,我给你挡住了一场大祸!他们不走呀,你就全完,连一个茶碗也剩不下!
王利发	我永远忘不了您这点好处!
巡　警	可是为这点功劳,你不得另有份意思吗?
王利发	对!您圣明,我糊涂!可是,您搜我吧,真一个铜子儿也没有啦!（掀起褂子,让他搜）您搜!您搜!
巡　警	我干不过你!明天见,明天还不定是风是雨呢!（下）
王利发	您慢走!（看巡警走去,跺脚）他妈的!打仗,打仗!今天打,明天打,老打,打他妈的什么呢?
	〔唐铁嘴进来,还是那么瘦,那么脏,可是穿着绸子夹袍。
唐铁嘴	王掌柜!我来给你道喜!
王利发	（还生着气）哟!唐先生?我可不再白送茶喝!（打量,有了笑容）你混的不错呀!穿上绸子啦!
唐铁嘴	比从前好了一点!我感谢这个年月!
王利发	这个年月还值得感谢!听着有点不搭调!
唐铁嘴	年头越乱,我的生意越好!这年月,谁活着谁死都碰运气,怎能不多算算命、相相面呢?你说对不对?
王利发	Yes,也有这么一说!
唐铁嘴	听说后面改了公寓,租给我一间屋子,好不好?
王利发	唐先生,你那点嗜好,在我这儿恐怕……
唐铁嘴	我已经不吃大烟了!
王利发	真的?你可真要发财了!
唐铁嘴	我改抽"白面"啦。（指墙上的香烟广告）你看,哈德门烟是又长又松,（掏出烟来表演）一顿就空出一大块,正好放"白面儿"。大英帝国的烟,日本的"白面儿",两大强国侍候着我一个人,这点福气还小吗?
王利发	福气不小!不小!可是,我这儿已经住满了人,什么时候有了空房,我准给你留着!
唐铁嘴	你呀,看不起我,怕我给不了房租。
王利发	没有的事!都是久在街面上混的人,谁能看不起谁呢?这是知心话吧?
唐铁嘴	你的嘴呀比我的还花哨!
王利发	我可不光耍嘴皮子,我的心放得正!这十多年了,你白喝过我多少碗茶?你自己算算!你现在混的不错,你想着还我茶钱没有?
唐铁嘴	赶明儿我一总还给你,那一共才有几个钱呢!（搭讪着往外走。）

［街上卖报的喊叫："长辛店大战的新闻，买报瞧，瞧长辛店大战的新闻！"报童向内探头。

报　童　掌柜的，长辛店大战的新闻，来一张瞧瞧？
王利发　有不打仗的新闻没有？
报　童　也许有，您自己找！
王利发　走！不瞧！
报　童　掌柜的，你不瞧也照样打仗！（对唐铁嘴）先生，您照顾照顾？
唐铁嘴　我不像他（指王利发），我最关心国事！（拿了一张报，感到自己的优越，与报童下）
王利发　（自言自语）长辛店！长辛店！离这里不远啦！（喊）三爷，三爷！你倒是抓早儿买点菜去呀，待一会儿准关城门，就什么也买不到啦！嘿！（听后面没人应声，含怒往后跑）

［常四爷提着一串腌萝卜，两只鸡，走进来。

常四爷　王掌柜！
王利发　谁？哟，四爷！您干什么哪？
常四爷　我卖菜呢！自食其力，不含糊！今儿个城外头乱乱哄哄，买不到菜；东抓西抓，抓到这么两只鸡，几斤老腌萝卜。听说你明天开张，也许用的着，特意给你送来了！
王利发　我谢谢您！我这儿正没有辙呢！
常四爷　（四下里看）好啊！好啊！收拾得好啊！大茶馆全关了，就是你有心路，能随机应变地改良！
王利发　别夸奖我啦！我尽力而为，可就怕天下老这么乱七八糟！
常四爷　像我这样的人算是坐不起这样的茶馆喽！

［松二爷走进来，穿的很寒酸，可是还提着鸟笼。

松二爷　王掌柜！听说明天开张，我来道喜！（看见常四爷）哎哟！四爷，可想死我喽！
常四爷　二哥！你好哇？
王利发　都坐下吧！
松二爷　王掌柜，你好？太太好？少爷好？生意好？
王利发　（一劲儿说）好！托福！（提起鸡与咸菜）四爷，多少钱？
常四爷　瞧着给，该给多少给多少！
王利发　对！我给你们弄壶茶来！（提物到后面去）
松二爷　四爷，你，你怎么样啊？
常四爷　卖青菜哪！铁杆庄稼没有啦[2]，还不卖膀子力气吗？二爷，您怎么样啊？
松二爷　怎么样？我想大哭一场！看见我这身衣裳没有？我还像个人吗？
常四爷　二哥，您能写能算，难道找不到点事儿作？
松二爷　嗨，谁愿意瞪着眼挨饿呢！可是，谁要咱们旗人呢！想起来呀，大清国不一定好啊，可是到了民国，我挨了饿！
王利发　（端着一壶茶回来。给常四爷钱）不知道您花了多少，我就给这么点吧！
常四爷　（接钱，没看，揣在怀里）没关系！
王利发　二爷，（指鸟笼）还是黄鸟吧？哨的怎样？
松二爷　嗨，还是黄鸟！我饿着，也不能叫鸟儿饿着！（有了点精神）你看看，看看，（打开罩子）多么体面！一看见它呀，我就舍不得死啦！

王利发　松二爷,不准说死!有那么一天,您还会走一步好运!
常四爷　二哥,走!找个地方喝两盅儿去!一醉解千愁!王掌柜,我可就不让你啦,没有那么多的钱!
王利发　我也分不开身,就不陪了!
　　　　〔常四爷、松二爷正往外走,宋恩子和吴祥子进来。他们俩仍穿灰色大衫,头上可添了洋式呢帽。
松二爷　(看清楚是他们,不由地上前请安。王利发似乎受了感染,也请安)原来是你们二位爷!
宋恩子　这是怎么啦?民国好几年了,怎么还请安?你们不会鞠躬吗?
松二爷　我看见您二位的灰大褂呀,就想起了前清的事儿!不能不请安!
王利发　我也那样!我觉得请安比鞠躬更过瘾!
吴祥子　哈哈哈哈!松二爷,你们的铁杆庄稼不行了,我们的灰色大褂反倒成了铁杆庄稼,哈哈哈这不是常四爷吗?
常四爷　是呀,您的眼力不错!戊戌年我就在这儿说了句"大清国要完",叫您二位给抓了走,坐了一年多的牢!
宋恩子　您的记性可也不错!混的还好吧?
常四爷　托福!从牢里出来,不久就赶上庚子年,扶清灭洋,我当了义和团,跟洋人打了几仗!闹来闹去,大清国到底是亡了,该亡!我是旗人,可是我得说公道话!现在,每天起五更弄一挑子青菜,绕到十点来钟就卖光。凭力气挣饭吃,我的身上更有劲了!什么时候洋人敢再动兵,我姓常的还准备跟他们打打呢!我是旗人,旗人也是中国人哪!您二位怎么样?
吴祥子　瞎混呗!有皇上的时候,我们给皇上效力,有袁大总统的时候,我们给袁大总统效力;现而今,宋恩子,该怎么说啦?
宋恩子　谁给饭吃,咱们给谁效力!
常四爷　要是洋人给饭吃呢?
松二爷　四爷,咱们走吧!
吴祥子　告诉你,常四爷,要我们效力的都仗着洋人撑腰!没有洋枪洋炮,怎能够打起仗来呢?
松二爷　您说的对!嗻!四爷,走吧!
常四爷　再见吧,二位,盼着你们快快升官发财!(同松二爷下)
宋恩子　这小子!
王利发　(倒茶)常四爷老是那么又倔又硬,别计较他!(让茶)二位喝碗吧,刚沏好的。
宋恩子　后面住着的都是什么人?
王利发　多半是大学生,还有几位熟人。我有登记簿子,随时报告给"巡警阁下"。我拿来,二位看看?
吴祥子　我们不看簿子,看人!
王利发　您甭看,准保都是靠得住的人!
宋恩子　你为什么爱租学生们呢?学生不是什么老实家伙呀!
王利发　这年月,作官的今天上任,明天撤职,作买卖的今天开市,明天关门,都不可靠!只有学生有钱,能够按月交房租,没钱的就上不了大学啊!您看,是这么一笔帐不是?

宋恩子	都叫你咂摸透了!你想的对!现在,连我们也欠饷啊!
吴祥子	是呀,所以非天天拿人不可。好得点津贴。
宋恩子	就仗着有错拿,没错放的,拿住人就有津贴!走吧,到后边看看去!
吴祥子	走!
王利发	二位,二位!您放心,准保没错儿!
宋恩子	不看,拿不到人,谁给我们津贴呢?
吴祥子	王掌柜不愿意咱们看,王掌柜必会给咱们想办法!咱们得给王掌柜留面子!对吧?王掌柜!
王利发	我……
宋恩子	我出个不很高明的主意:干脆来个包月,每月一号,按阳历算,你把那点……
吴祥子	那点意思!
宋恩子	对,那点意思送到,你省事,我们也省事!
王利发	那点意思得多少呢?
吴祥子	多年的交情,你看着办!你聪明,还能把那点意思闹成不好意思吗?
李 三	(提着菜筐由后面出来)喝,二位爷!(请安)今儿个又得关城门吧!(没等回答,往外走)
众 人	三爷,先别出去,街上抓夫呢!(往后面走去)
李 三	(还往外走)抓去也好,在哪儿也是当苦力!
	〔刘麻子丢了魂似的跑来,和李三碰了个满怀。
李 三	怎么回事呀?吓掉了魂儿啦!
刘麻子	(喘着)别,别,别出去!我差点叫他们抓了去!
王利发	三爷,等一等吧!
李 三	午饭怎么开呢?
王利发	跟大家说一声,中午咸菜饭,没别的办法!晚上吃那两只鸡!
李 三	好吧!(往回走)
刘麻子	我的妈呀,吓死我啦!
宋恩子	你活着,也不过多买卖几个大姑娘!
刘麻子	有人卖,有人买,我不过在中间帮帮忙,能怪我吗?(把桌上的三个茶杯的茶先后喝净)
吴祥子	我可是告诉你,我们哥儿们从前清起就专办革命党,不大爱管贩卖人口,拐带妇女什么的臭事。可是你要叫我们碰见,我们也不再睁一眼闭一眼!还有,像你这样的人,弄进去,准锁在尿桶上!
刘麻子	二位爷,别那么说呀!我不是也快挨饿了吗?您看,以前,我走八旗老爷们、宫里太监们的门子。这么一革命啊,可苦了我啦!现在,人家总长次长,团长师长,要娶姨太太讲究要唱落子的坤角,[3]戏班里的女名角,一花就三千五千现大洋!我干瞧着,摸不着门!我那点芝麻粒大的生意算得了什么呢?
宋恩子	你呀,非锁在尿桶上,不会说好的!
刘麻子	得啦,今天我孝敬不了二位,改天我必有一份儿人心!
吴祥子	你今天就有买卖,要不然,兵荒马乱的,你不会出来!
刘麻子	没有!没有!

宋恩子　你嘴里半句实话也没有！不对我们说真话，没有你的好处！王掌柜，我们出去绕绕；下月一号，按阳历算，别忘了！

王利发　我忘了姓什么，也忘不了您二位这回事！

吴祥子　一言为定啦！（同宋恩子下）

王利发　刘爷，茶喝够了吧？该出去活动活动！

刘麻子　你忙你的，我在这儿等两个朋友。

王利发　咱们可把话说开了，从今以后，你不能再在这儿作你的生意，这儿现在改了良，文明啦！

〔康顺子提着个小包，带着康大力，往里边探头。

康大力　是这里吗？

康顺子　地方对呀，怎么改了样儿？（进来，细看，看见了刘麻子）大力，进来，是这儿！

康大力　找对啦？妈！

康顺子　没错儿！有他在这儿，不会错！

王利发　您找谁？

康顺子　（不语，直奔刘麻子去）刘麻子，你还认识我吗？（要打，但是伸不出手去，一劲地颤抖）你，你，你个……（要骂，也感到困难）

刘麻子　你这个娘儿们，无缘无故地跟我捣什么乱呢？

康顺子　（挣扎）无缘无故？你，你看看我是谁？一个男子汉，干什么吃不了饭，偏干伤天害理的事！呸！呸！

王利发　这位大嫂，有话好好说！

康顺子　你是掌柜的？你忘了吗？十几年前，有个娶媳妇的太监？

王利发　您，您就是庞太监的那个……

康顺子　都是他（指刘麻子）作的好事，我今天跟他算算帐！（又要打，仍未成功）

刘麻子　（躲）你敢，你敢！我好男不跟女斗！（随说随往后退）我，我找大嫂来帮我说说理！（撒腿往后面跑）

王利发　（对康顺子）大嫂，你坐下，有话慢慢说！庞太监呢？

康顺子　（坐下喘气）死啦。叫他的侄子们给饿死的。一改民国呀，他还有钱，可没了势力，所以侄子们敢欺负他。他一死，他的侄子们把我们轰出来了，连一床被子都没给我们！

王利发　这，这是……？

康顺子　我的儿子！

王利发　您的……？

康顺子　也是买来的，给太监当儿子。

康大力　妈！你爸爸当初就在这儿卖了你的？

康顺子　对了，乖！就是这儿，一进这儿的门，我就晕过去了，我永远忘不了这个地方！

康大力　我可不记得我爸爸在哪里卖了我的！

康顺子　那时侯，你不是才一岁吗？妈妈把你养大了的，你跟妈妈一条心，对不对？乖！

康大力　那个老东西，掐你，拧你，咬你，还用烟签子扎我！他们人多，咱们打不过他们！要不是你，妈，我准叫他们给打死了！

康顺子　对！他们人多，咱们又太老实！你看，看见刘麻子，我想咬他几口，可是，可是，连

　　　　一个嘴巴也没打上,我伸不出手去!
康大力　妈,等我长大了,我帮助你打!我不知道亲妈妈是谁,你就是我的亲妈妈!妈妈!亲妈妈!
康顺子　好!好!咱们永远在一块儿,我去挣钱,你去念书!(稍楞了一会儿)掌柜的,当初我在这儿叫人买了去,咱们总算有缘,你能不能帮帮忙,给我找点事作?我饿死不要紧,可不能饿死这个无依无靠的好孩子!
　　　　〔王淑芬出来,立在后边听着。
王利发　你会干什么呢?
康顺子　洗洗涮涮、缝缝补补、作家常饭,都会!我是乡下人,我能吃苦,只要不再作太监的老婆,什么苦处都是甜的!
王利发　要多少钱呢?
康顺子　有三顿饭吃,有个地方睡觉,够大力上学的,就行!
王利发　好吧,我慢慢给你打听着!你看,十多年前那回事,我到今天还没忘,想起来心里就不痛快!
康顺子　可是,现在我们母子上哪儿去呢?
王利发　回乡下找你的老父亲去!
康顺子　他?他是死是活,我不知道。就是活着,我也不能去找他!他对不起女儿,女儿也不必再叫他爸爸!
王利发　马上就找事,可不大容易!
王淑芬　(过来)她能洗能作,又不多要钱,我留下她了!
王利发　你?
王淑芬　难道我不是内掌柜的?难道我跟李三爷就该累死?
康顺子　掌柜的,试试我!看我不行,您说话,我走!
王淑芬　大嫂,跟我来!
康顺子　当初我是在这儿卖出去的,现在就拿这儿当作娘家吧!大力,来吧!
康大力　掌柜的,你要不打我呀,我会帮助妈妈干活儿!(同王淑芬、康顺子下)
　　　　…………

【简注】

　　[1]剧情:清朝即将灭亡,北京裕泰茶馆却风光依旧。年轻精明的掌柜王利发,各方照顾,左右逢源。然而在"繁荣"背后隐藏着整个社会令人窒息的衰亡:洋货充斥市场、农村破产、太监买老婆、爱国者遭逮捕。到民国初年,连年不断的内战使百姓深受苦难,北京城大茶馆都关了门,唯有王掌柜改良经营,把茶馆后院辟成租给大学生的公寓,正厅里摆上留声机。尽管如此,社会动乱仍波及茶馆:逃难百姓堵在门口,大兵抢夺掌柜的钱,侦缉队员不时前来敲诈。又过三十年,已是风烛残年的王掌柜,仍在拼命支撑着茶馆。日本投降了,但人民又陷入了内战灾难。吉普车横冲直撞,爱国人士惨遭镇压,流氓特务要霸占王掌柜苦心经营了一辈子的茶馆。王利发终于绝望。本文选自《茶馆》第二幕。　　[2]铁杆庄稼:清代的旗人不得工作,只许当兵、当差。旗人当兵是代代世袭的,不论天灾人祸都能按时得收益,而且粮饷待遇高于汉人的绿营部队,又不像绿营部队那样经常需要出去打仗,所以旗兵的月饷被称为"铁杆庄稼"。　　[3]落子:又名评剧。坤角:旧时称戏剧女演员。

【浅释】

《茶馆》以诅咒旧社会、歌颂新时代为基本主题。剧本通过王利发、秦仲义、常四爷三个人物的悲惨结局,形象地说明了旧世界的黑暗冷酷和必然灭亡。

此剧没有贯穿始终的戏剧冲突,没有扣人心弦的戏剧悬念,它用鲜明的主题红线贯串起若干时代剪影,而数个时代剪影又由众多人物速写组成,这样写,突破了时空局限,"小茶馆"得以容纳"大社会",同时增强了真实性,更接近生活的本来面目。第二幕反映的是辛亥革命后军阀混战时期的社会现实,由"李三抱怨""夫妻闻炮""难民求乞""巡警派粮""兵痞勒索""唐王斗嘴""常松道喜""密探敲诈""人贩逃侠""康顺谋生""逃兵买妇""刘麻被抓"等构成,社会动荡不安,黑暗势力猖獗,民生每况愈下,由这些茶馆"镜头"艺术地反映出来。

本剧对白简洁明快,幽默诙谐,"京味"十足,富于个性。

【习题】

1.《茶馆》的戏剧结构迥异于曹禺的《雷雨》,试谈谈各自的优长。
2.有人认为《茶馆》最可贵之点是写出了中国人民的民族性格,你如何看?
3.以唐铁嘴、吴祥子、宋恩子与王利发的对话为例,谈谈老舍戏剧语言特色。

雷 雨[1](节选)

曹 禺

曹禺(1910—1996),原名万家宝,祖籍湖北潜江,中国现代杰出的戏剧家。他一生共写过8部剧本,著名作品有《雷雨》《日出》《北京人》等。《雷雨》和《日出》写的都是命运悲剧,人们在"雷雨"的莫名恐怖和"日出"的朦胧空茫中找不到任何出路,前者是戏剧的"锁闭式"结构的杰出范例,后者则采用散文诗体的戏剧布局。《北京人》已无《雷雨》中那种时有呈现的宿命的色彩,让剧中年轻一代冲破黑暗奔向光明。其他名剧还有他唯一涉及农村阶级斗争的剧作《原野》及根据巴金同名小说创作改编《家》等。此外,著有散文集《迎春集》及《曹禺论创作》等。

〔四凤又跪下。

四 凤 (哀求)妈,您,您是怎么?我的心已经定了。不管他是富,是穷,不管他是谁,我是他的了。我心里第一个许了他,我看见的只有他,妈,我现在到了这一步:他到哪儿我也到哪儿;他是什么,我也跟他是什么。妈,您难道不明白,我——

鲁 妈 (挥手令她不要向下说,苦痛地)孩子。

周 萍 (不得已)鲁奶奶,您心里要是一定不放她,我们只好不顺从您,自己走了。凤!

四 凤 (摇头)不,(还望着鲁妈)妈!

鲁 妈 (沉重的悲伤,低声)啊!天知道谁犯了罪,谁造的这种孽!——他们都是可怜的孩子,不知道自己做的是什么。天哪,如果要罚,也罚在我一个人身上。我一个人有罪,我先走错了一步。(伤心地)如今我明白了,我明白了,事情已经做了的,不必再怨这不公平的天,人犯了一次罪过,第二次也就自地跟着来。——(摸着四凤的头)他们是我的干净孩子,他们应当好好地活着,享着福。冤孽是在我心里头,苦也应当我一个人尝。他们快活,谁晓得就是罪过?他们年青,他们自己并没有成心做了什么错。(立起,望着天)今天晚上,是我让他们一块儿走的。这罪过我知道,可是罪过我现在替他们犯了。所有的罪孽都是我一个人惹的,我的儿女们都是好孩子,心地干净的。那么,天,真有了什么,也就让我一个人担待吧。(回过头)凤儿,——

四　凤　(不安地)妈,您心里难过,——我不明白您说的什么。
鲁　妈　(回转头。和蔼地)没有什么。(微笑)你起来,凤儿,你们一块儿走吧。
四　凤　(立起,感动地,抱着她的母亲)妈!
周　萍　去!(看表)不早了,只有二十五分钟,叫他们把汽车开出来,走吧。
鲁　妈　(沉静地)不,你们这次走,是在黑地里走,不要惊动旁人。
　　　　〔周萍与四凤望着鲁侍萍。
鲁　妈　(向四凤,哀婉地)过来,我的孩子,让我好好地亲一亲。(四凤过来抱母;鲁妈向萍)你也来,让我也看你一下。(萍至前,低头,鲁望他,擦眼泪)好,你们走吧!我要你们两个在走以前,答应我一件事。
周　萍　您说吧。
鲁　妈　你们不答应,我还是不要四凤走的。
四　凤　妈,您说吧,我答应。
鲁　妈　(看他们两人)你们这次走,最好越走越远,不要回头。今天离开,你们无论生死,就永远也不许见我。
四　凤　(难过)妈,不——
周　萍　(使眼色,低声)她现在很难过,才说这样的话,过后,她就会好了的。
四　凤　嗯,好,——妈,那我们走吧。
　　　　〔四凤忽然跑回跪下,向鲁妈连连叩头,四凤落泪,鲁妈竭力忍着。
鲁　妈　(挥手)走吧!
周　萍　我们从饭厅出去吧,饭厅里还放着我几件东西。
　　　　〔三人——周萍,四凤,鲁妈——走到饭厅门口。饭厅门开,蘩漪走出,三人俱惊视。
四　凤　(失声)太太!
周蘩漪　(沉稳地)咦,你们到哪儿去?外面还打着雷呢!
周　萍　(向蘩漪)怎么,你一个人在外面偷听!
周蘩漪　嗯,不只我,还有人呢。(向饭厅走)出来呀,你!
　　　　〔周冲由饭厅上,畏缩地。
四　凤　(惊愕)二少爷!
周　冲　(不安地)四凤!
周　萍　(不高兴,向弟)弟弟,你怎么这样不懂事?
周　冲　(莫明其妙)妈叫我来的,我不知道你们这是干什么。
周蘩漪　(冷冷地)现在你就明白了。
周　萍　(焦躁,向蘩漪)你这是干什么?
周蘩漪　(嘲弄地)我叫你弟弟来给你们送行。

周　萍　（气愤）你真卑——

周　冲　哥哥！

周　萍　（向周冲）我对不起！——（突向蘩漪）不过世界上没有像你这样的母亲！

周　冲　（迷惑地）妈，这是怎么回事？

周蘩漪　你看哪！（向四凤）四凤，你预备上哪儿去？

四　凤　（嗫嚅）我……我……

周　萍　不要说一句瞎话。告诉他们，挺起胸来告诉他们，说我们预备一块儿走。

周　冲　（明白）什么，四凤？你预备跟他一块儿走？

四　凤　嗯，二少爷，我，我是——

周　冲　（半质问地）你为什么早不告诉我？

四　凤　我不是不告诉你；我跟你说过，叫你不要找我，因为我——我已经不是个——

周　萍　（向四凤）不，你告诉他们！（指蘩漪）告诉他们，说你就要嫁我！

周　冲　（略惊）四凤，你——

周蘩漪　（向冲）现在你明白了！

　　　　［周冲低头。

周　萍　（突向蘩漪，刻毒地）你真没有一点心肝！你以为你的儿子会替——会破坏么？（冲弟弟）你说，你现在有什么意思，你说，你预备对我怎么样？说！哥哥都会原谅你。

　　　　［冲望蘩漪，又望四凤，自己低头。

周蘩漪　冲儿，说呀！（半响，急促）冲儿，你为什么不说话呀？你为什么不问？你为什么不抓着你哥哥说话呀？（众人都看冲，冲不语）冲儿，你说呀，怎么，难道你是个死人？哑巴？是个糊涂孩子？你难道见着自己心上喜欢的人叫人抢去，一点儿都不动气么？

周　冲　（抬头，羊羔似的）不，妈！（又望四凤，低头）只要四凤愿意，我没有一句话可说。

周　萍　（走到冲面前，拉着他的手）哦，我的好弟弟，我的明白弟弟！

周　冲　（疑惑地，思考地）不，不，我忽然发现……我觉得……我好像并不是真爱四凤；（渺渺茫茫地）以前——我，我大概是胡闹！

周　萍　（感激地）不过，弟弟——

周　冲　（望着萍热烈的神色，退缩地）不，你把她带走吧，只要你好好地待她！

周蘩漪　（失望）哦，你呀！（忽然气愤）你不是我的儿子；你不像我，你——你简直是条死猪！

周　冲　（受侮地）妈！

周　萍　（惊）你是怎么回事！

周蘩漪　（昏乱地）你真没有点男子气！我要是你，我就打了她，烧了她，杀了她。你是糊涂虫，没有一点生气。你还是父亲养的，你父亲的小绵羊。我看错了你——你不是我的，你不是我的儿子。

周　萍　（不平地）你是冲弟弟的母亲么？你这样说话。

周蘩漪　（大声地）萍，你说，你说出来！我不怕，你告诉他，我现在已经不是他的母亲！

周　冲　（难过地）妈，你怎么？

周蘩漪　（丢弃一切拘束）我叫他来，我早已忘了我自己（向冲，半疯狂地）你不要把我当做你的母亲，（高声）你的母亲早死了！早叫你父亲压死了，闷死了！现在我不是你的母亲，她是见着周萍又活了的女人。（不顾一切地）她也是要一个男人真爱她，要真真活着的女人！
周　冲　（心痛地）哦，妈。
周　萍　（眼色向冲）她病了。（向蘩漪）你跟我上楼去吧！你大概是该歇一歇。
周蘩漪　胡说！我没有病，我没有病，我神经上没有一点病。你们不要以为我说胡话。（揩眼泪，哀痛地）我忍了多少年了，我在这个死地方，监狱似的周公馆，陪着一个阎王十八年了，我的心并没有死；你的父亲只叫我生了冲儿，然而我的心，我这个人还是我的。（指萍）就只有他才要了我整个的人，可是他现在不要我，又不要我了。
周　冲　（痛极）妈，我最爱的妈，您这是怎么回事？
周　萍　你先不要管她，她在发疯！
周蘩漪　（激烈地）不要学你的父亲。没有疯！——我没有疯！我要你说，我要你告诉他们——这是我最后的一口气！
周　萍　（狠狠地）你叫我说什么？我看你上楼睡去吧。
周蘩漪　（冷笑）你不要装！你告诉他们，我并不是你的后母。
　　　　〔大家俱惊，略顿。
周　冲　（无可奈何地）妈！
周蘩漪　（执拗地）告诉他们，告诉四凤，告诉她！
四　凤　（忍不住）妈呀！（投入鲁妈怀）
周　萍　（望着弟弟，转向蘩漪）你这是何苦！过去的事你何必说呢？叫弟弟一生不快活。
周蘩漪　（失了母性，喊着）我没有孩子，我没有丈夫，我没有家，我什么都没有，我只要你说：我——我是你的。
周　萍　（苦恼）哦，弟弟！你看弟弟可怜的样子，你要是有一点母亲的心——
周蘩漪　（报复地）你现在也学会你的父亲了，你这虚伪的东西！你记着，是你才欺骗了你的弟弟，是你欺骗我，是你才欺骗了你的父亲！
周　萍　（愤怒）你胡说，我没有，我没有欺骗他！父亲是个好人，父亲一生是有道德的。（蘩漪冷笑）——（向四凤）不要理她，她疯了，我们走吧。
周蘩漪　不用走了，大门锁了。你父亲就下来，我派人叫他来的。
鲁　妈　哦，太太！
周　萍　你这是干什么？
周蘩漪　（冷冷地）我要你父亲见见他将来的好媳妇。（喊）朴园，朴园！……
周　冲　妈，您不要！
周　萍　（走到蘩漪面前）疯子，你敢再喊！
　　　　〔蘩漪跑到书房门口大喊：朴园！朴园！
鲁　妈　（慌）四凤，我们出去。
周蘩漪　不，他来了！
　　　　〔朴园由书房进，大家不动，静寂。
周朴园　（在门口）你叫什么？你还不上楼去睡？
周蘩漪　（倨傲地）我请你见见你的好亲戚。
周朴园　（见鲁妈，四凤在一起，惊）啊，你！——你们这是做什么？
周蘩漪　（拉四凤向朴园）这是你的媳妇，你见见。（指着朴园向四凤）叫他爸爸！（指着鲁妈向朴园）你也认识认识这位老太太。

鲁　妈　太太！
周蘩漪　萍，过来！当着你的父亲，过来，给这个妈叩头。
周　萍　（难堪）爸爸，我，我——
周朴园　（明白地）怎么——（向鲁妈）侍萍，你到底还是回来了。
周蘩漪　（惊）什么？
鲁　妈　（慌）不，不，您弄错了。
周朴园　侍萍，我想你也会回来的。
鲁　妈　不，不！（低头）啊！天！
周蘩漪　（惊愕地）侍萍？什么，她是侍萍？
周朴园　（烦厌地）你不必再故意问我。她就是萍儿的母亲，三十年前死了的。
周蘩漪　天哪！
　　　　[停顿。四凤苦闷地叫了一声，看着她的母亲，鲁妈苦痛地低着头。周萍迷惑地望着父亲同鲁妈。这时蘩漪渐渐移到周冲身边，现在她突然发现一个更悲惨的命运，逐渐地使她同情萍，她觉出自己方才的疯狂，这使她逐渐地恢复原来平常母亲的情感。她不自主地愧恨地望着自己的冲儿。
周朴园　（沉痛地）萍儿，你过来。你的生母并没有死，她还在世上。
周　萍　（半狂地）不是她！爸，您告诉我，不是她！
周朴园　（严厉地）混账！萍儿，不许胡说。她没有什么好身世，也是你的母亲。
周　萍　（痛苦万分）哦，爸！
周朴园　（郑重地）不要以为你跟四凤同母，觉得脸上不好看，你就忘了人伦天性。
四　凤　（向母）哦，妈！（痛苦地）
周朴园　（沉重地）萍儿，你原谅我。我一生就做错了这一件事。我万没有想到她今天还在，今天找到这儿。我想这只能说是天意。（向鲁妈叹口气）我老了，刚才我叫你走，我很后悔，我预备寄给你两万块钱。现在你既然来了，我想萍儿是个孝顺孩子，他会好好地侍奉你。我对不起你的地方，他会补上的。
周　萍　（向鲁妈）您——您是我的——
鲁　妈　（不自主地）萍——（回头抽咽）
周朴园　跪下，萍儿！不要以为自己是在做梦，这是你的生母。
四　凤　（昏乱地）妈，这不会是真的。
鲁　妈　（不语，抽咽）
周蘩漪　（悔恨地）萍，我，我万想不到是——是这样，萍——
周　萍　（怪笑，向周朴园）父亲！（怪笑，向鲁妈）母亲！（看四凤，指她）你——
四　凤　（与萍相视怪笑，忽然忍不住）啊，天！
　　　　[四凤由中门跑下。萍扑在沙发上，鲁妈死气沉沉地立着。
周蘩漪　（急喊）四凤！四凤！（转向冲）冲儿，她的样子不大对，你赶快出去看她。
　　　　[冲由中门下，喊四凤。
周朴园　（至萍前）萍儿，这是怎么回事？
周　萍　（突然）爸，你不该生我！
　　　　[周萍由饭厅跑下。
　　　　[远处听见周冲狂呼："四凤！"突然寂静无声。

周蘩漪　我的孩子,我的冲儿!
　　　　(同时喊)
鲁　妈　四凤,你怎么啦!
　　　　［二人同由中门跑出。
周朴园　(急走至窗前拉开窗幕,颤声)怎么?怎么?
　　　　［仆由中门跑上。
仆　人　(喘)老爷!
周朴园　快说,怎么啦?
仆　人　(急不成声)四凤……死了……
周朴园　(急)二少爷呢?
仆　人　也……也死了。
周朴园　(颤声)不,不,怎……么?
仆　人　四凤碰着那条走电的电线。二少爷不知道,赶紧拉了一把,两个人一块儿中电死了。
周朴园　(几晕)这不会。这,这,——这不能够,不能够!
　　　　［朴园与仆人跑下。
　　　　［周萍由饭厅出,颜色惨白,但是神气是沉静的。他走到那张放着周朴园的手枪的桌前,抽开抽屉,取出手枪,慢慢走进右边书房。
　　　　［外面人声嘈乱,哭声、叫声、吵声,混成一片。
　　　　［鲁妈由中门上,脸更呆滞,如石像。老仆人跟在后面,拿着电筒。
　　　　［鲁妈一声不响,立在台中。
老　仆　(安慰地)老太太,您别发呆! 这不成,您得哭,您得好好哭一场。
鲁　妈　(无神地)我哭不出来!
老　仆　这是天意,没有法子。——可是您自己得哭。
鲁　妈　我哭,我哭。(呆立)
　　　　［中门大开,许多仆人围着蘩漪,蘩漪不知是在哭在笑。
仆　人　(在外面)进去吧,太太,别看哪。
周蘩漪　(为人拥至中门,倚门怪笑)冲儿,你这么张着嘴?你的样子怎么直对我笑?——冲儿,你这个糊涂孩子。
　　　　［周朴园由中门进。
周朴园　蘩漪,进来! 我的手发木,你也别看了。
老　仆　太太,进来吧。人已经叫电火烧焦了,没有法子办了。
　　　　［周蘩漪由中门进。
周蘩漪　(干哭)冲儿,我的好孩子。刚才还是好好的,你怎么会死,你怎么会死得这样惨?
　　　　(呆立)
周朴园　你要静一静。(擦眼泪)
周蘩漪　(狂笑)冲儿,你该死,该死! 你有了这样的母亲,你该死!
　　　　［外面仆人与鲁大海打架声。
周朴园　这是谁? 谁在这时候打架?
　　　　［老仆人下问,立时另一仆人上。

周朴园　外面是怎么回事？
仆　人　今天早上那个鲁大海，他这时又来了，跟我们打架。
周朴园　叫他进来！
仆　人　把门的要下他的枪，他连踢带打地伤了我们好几个，他又带着枪跑了。
周朴园　跑了？
仆　人　是，老爷。
周朴园　（忽然）追他去，跟我追他去。
仆　人　是，老爷。
　　　　〔仆人一齐下。屋中只有朴园，鲁妈，蘩漪三人。
周朴园　（哀伤地）我丢了一个儿子，不能再丢第二个了。（三人都坐下来）
鲁　妈　他恨你！他不会回来的。
周朴园　（寂静，自己觉得奇怪）年青的，反而走到我们前头了，现在就剩下我们这些老——（忽然）萍儿呢？大少爷呢？萍儿，萍儿！（无人应）来人呀！来人！（无人应）你们跟我找呀，我的大儿子呢？
　　　　〔书房枪声，屋内死一般的静默。
周蘩漪　（忽然）啊！（跑进书房）
　　　　〔朴园呆立不动。
周蘩漪　（狂喊跑出）他……他……
周朴园　他……他……
　　　　〔朴园与蘩漪一同跑下，进书房。
　　　　〔鲁妈立起，向书房颤踬了两步，至台中，渐向下倒，跪在地上。

【简注】

[1] 剧情：大矿主周朴园曾经诱骗使女侍萍生下了两个孩子，后来为了和一个门第高贵的小姐结婚，迫使侍萍跳河，侍萍生死不明。三十年后，周朴园的后妻蘩漪与大少爷周萍发生了暧昧关系，但是周萍真正爱的却是使女鲁四凤。鲁妈（当年的侍萍，今嫁鲁贵）这时恰好为找女儿四凤无意中来到周家，令周朴园惊愕异常。鲁妈不忍女儿走自己悲惨的老路，要四凤对天盟誓，与周家断绝往来。周萍与四凤藕断丝连，恳求鲁妈让他俩远走他乡，鲁妈明白内情后如五雷轰顶。蘩漪死缠周萍不放，当众揭开了她与周萍的关系。周朴园出于无奈说出鲁妈的真相，要周萍当面认母。雷雨交加，深受刺激的四凤冲向茫茫黑夜，触电惨死。悲伤绝望的周萍也开枪自杀……本文选自《雷雨》第四幕。

【浅释】

《雷雨》以家庭悲剧题材反映深刻的社会问题，思考人生的命运。

该剧在结构上以"现在的戏剧"为主干，以"过去的戏剧"为穿插，推动剧情迅速向高潮发展。"戏核"是公馆里的小姨太太跟公馆少女佣人在争夺一个男子——周萍，四种巧合花样翻新，波澜起伏。第四幕是全剧的高潮，矛盾冲突达到顶点，随着周萍决定连夜去矿山，诸多矛盾趋向激化，所有问题必须解决，一切隐秘势必揭开（错综复杂的人物关系和兄妹乱伦、母子通奸的残酷事实），结果剧中所有人物阻挡不了所要阻挡的，逃脱不了想要逃脱的，追求不到所要追求的，结局只能是死的死、疯的疯、倒的倒，周家和鲁家两个家庭"灰飞烟灭"……悲剧的有意无意地制造者周朴园反过来成了悲剧的痛苦而清醒的承受者。作品所表现的既是命运悲剧，又是性格悲剧。

这个剧本的悲剧意识、表现方式、结构安排明显地受到西方戏剧的影响。

【习题】
1. 剧作家说在《雷雨》里,宇宙像"残酷的井""黑暗的坑",你怎样理解?
2. 《雷雨》以家庭生活为背景,透过周朴园的精神生活和情感生活,揭示了什么?
3. 分析剧本结构的特点,谈谈它对《俄狄浦斯王》《玩偶之家》等剧结构艺术的借鉴。

风雪夜归人[1]（节选）

吴祖光

> 吴祖光(1917—2003),又名吴召石、吴韶,原籍江苏常州,现代著名剧作家、导演。1937年以东北义勇军抗日为题材,写出了第一个剧本《凤凰城》,此后主要精力用于剧本创作,近50年里共创作、改编各类剧本40余部。《正气歌》《风雪夜归人》《林冲夜奔》《牛郎织女》《少年游》等,是他的代表性作品。其他剧作还有京剧剧本《三关宴》《红娘子》,讽刺剧本《捉鬼传》《嫦娥奔月》,话剧《闯江湖》。吴祖光的剧作具有诗化浪漫主义美学风格,蕴含诗意,富于幽默感;结构不求繁复,情节跌宕有致;语言自然流畅,且具北京特色。此外著有散文集《艺术的花朵》。

〔忽然一阵快活的脚步声跑上楼来。

兰　儿　（在楼梯上就喊）四奶奶,四奶奶!来客喽。
〔兰儿跑进来,像一阵风。看见屋里还有人,愣住了。

王新贵　兰姑娘听戏来?
〔兰儿望着玉春,不知所措。

王新贵　（看出其中蹊跷）我到前头去了。
〔王新贵向外走,一掀帘子。

王新贵　（说不出的表情）老三!（把帘子大掀开）
〔莲生正站在门口,走也不是,不走也不是。

玉　春　（站起来）魏老板来了,请进来坐。

王新贵　噢,莲生来教戏的。（走了出去）
〔莲生进来。
〔兰儿如释重负,伸了伸舌头。

兰　儿　四奶奶,我还要听戏去。
〔玉春拉住兰儿的手,送她向外走。

玉　春　听一会儿就回来。

兰　儿　（笑）不。（挣脱了手,跑出去）
〔莲生又开始发窘,站着不动。

玉　春　（对莲生一笑）坐下吧。

〔莲生一声不响，矜持地在八仙桌旁边的瓷凳上坐好。

〔玉春也对面坐下。

〔静静地让红烛的光在屋里跳跃。

玉　春　说话呀。

魏莲生　（四面张望，嗫嚅半天）这个小楼真好。

玉　春　怎么好？

魏莲生　……前头的锣鼓家伙声音，到这儿一点儿都听不见了。

玉　春　你是说这儿清静？

魏莲生　（点点头）是。

玉　春　你知道这儿为什么清静？

魏莲生　（摇摇头）不知道。

玉　春　（指窗外）就是那边儿的那堵假山石，把声音全挡住了。

魏莲生　对了，一走过那堵假山石，前头的锣鼓声音就听不见了。（再也找不出话来说，就住了口）

〔玉春望着他，目不转睛。

魏莲生　（被看得不安起来）……那假山石真做得好。

玉　春　好又怎么样呢？

〔莲生说不出来，又愣住了。

〔玉春笑起来。

魏莲生　四奶奶笑我？

玉　春　不是啊，我想我们俩这多没意思，好像我找你来，就为着谈谈这块假山石似的……

〔莲生也笑了。

玉　春　你也觉着可笑是不是？嘿！让我问你，兰儿怎么带你来的？

魏莲生　我在寿堂里刚行完了礼，就看见兰姑娘站在窗户外头。

玉　春　她怎么跟你说？

魏莲生　她冲后面儿一努嘴，就走，我就跟着走，就到这儿来了。

玉　春　我是问你她跟你说什么话来着？

魏莲生　她什么也没说。

玉　春　那你真聪明。

〔莲生闹了个彻耳根子通红。

玉　春　（顽皮地）哟！你脸红了。

〔莲生实在坐不住，站了起来。

玉　春　怎么？生气了？唉，别价，别价，别跟我计较吧，我又是喝多了酒，昨天的酒还没清醒，今儿个又喝了不少，我说的话，你只听一半儿就够了，那一半儿你就……（举起手来向窗外一悠）哟！（眼睛也向窗外看去）你看那颗大星星！（一把抓住莲生的手）

〔莲生不由得一惊。

玉　春　你跟我来看看那颗大星星。（拉着莲生走到窗前站住）你说这海棠花儿讨厌不讨厌？它都想开到屋里来了。

魏莲生　我说不讨厌。

玉　春　那你就给我摘一枝下来。

　　　　〔莲生探身出去摘下一枝开了的海棠花。

玉　春　给我。（把那花拿过来，别在自己头上）咱们还是讲那颗星星好不好？

魏莲生　好。

玉　春　（手指着）你看见了没有？那颗顶大的。

魏莲生　看见了。

玉　春　它就快落下来了。

魏莲生　你怎么知道的？

玉　春　你别打岔，听我说呀！天上有这么两颗大星星，天还没有黑，这一颗星就上了天，在天上轻轻儿地走，由天这边儿，走到天那边儿，走到西边儿就下了山。它刚一下山，那一颗星就从那边儿出来了。一个由东边出来，一个打西儿下去，两颗星挂在一个天上，可是一千年过去了！一万年过去了！自从盘古开天地，它们从来也没有见过面。

魏莲生　为什么呢？

玉　春　谁知道它们为什么，我说也许是它们在赌气，因为它们实在是应该见面的，可是老是那个走了，这个才来，这个刚来，那个又走了。

　　　　〔莲生听了出神。

玉　春　（望着莲生）你想什么？

魏莲生　……我想它们是命苦。老天爷给安排好了的。

玉　春　什么叫命苦？什么老天爷？我就不这么想。

魏莲生　（略感惭愧）那你说呢？

玉　春　我就老想着：有一天它们真见着了，那多好，那它们该怎么样呢？

　　　　〔见莲生不响，推推他）问你呀！

魏莲生　（胆子大起来，靠近玉春些）那它们准就再也不愿意分开了。

玉　春　可也不一定。我就说在一块儿有在一块儿的好处，分开也有分开的好处，你说对不对？

魏莲生　（老老实实地抓住玉春一只手）我说还是在一块儿好。

　　　　〔玉春忽然把手一缩，退回八仙桌旁坐下来，笑得"格儿格儿"的。

魏莲生　（大感不解）你笑？

玉　春　（笑渐止，变得庄重起来）魏老板，坐下，我问你。

魏莲生　（坐下，肃然）什么？四奶奶？

玉　春　你今天是来干什么的？

魏莲生　（嗫嚅地）……给院长拜寿来的。

玉　春　我问你到这儿来，到这间屋子里来干什么的？

魏莲生　（有点着慌）是，是兰姑娘引我来的……

玉　春　（微笑）你弄错了，我问你是为什么来的？

魏莲生　（想了想，想了起来）是你问了我的话，教我回家想明白了，今儿晚上来告诉您。

玉　春　那么你想了没有呢？

魏莲生　我昨儿一宿也没睡，就想了一宿。

玉　春	想明白了没有？
魏莲生	（颓丧地）没有。
玉　春	怎么没有呢？
魏莲生	是因为我不知道怎么想好。
玉　春	那你是压根儿就没想啊！
魏莲生	不，我也是不知道怎么说好。
玉　春	那等我来问你，你先告诉我，你家原先不是梨园行的？
魏莲生	不是，由我起才唱戏。
玉　春	那你的爸爸是干什么的？
魏莲生	（再也想不到）我父亲？
玉　春	（点头）你们老爷子。
魏莲生	已经过世了。
玉　春	我知道。我问他是什么出身？
魏莲生	（说不出来）他是……
玉　春	是干什么的？
魏莲生	是……
玉　春	你说呀！
魏莲生	（逼急了，撒谎）他，他不干什么。
玉　春	不做事？
魏莲生	是，他住在家里。
玉　春	是个读书人？
魏莲生	（于心有愧）是。
玉　春	不做事，住在家里，想必是很有点钱了？
魏莲生	（声极微弱）也没什么……
玉　春	那我可太苦了，我才真是地地道道的苦孩子。以前的那段儿让我将来再跟你说；以后的这段儿你应该知道。
魏莲生	（为难地）不，不，我不知道。
玉　春	你别装傻，这没有什么不好意思的，我十六岁就叫爸爸给卖了，我就是人家说的"青楼出身"。我是个妓女。
魏莲生	（目瞪口呆）你！四奶奶……
玉　春	吓着你吧？你想不到我就这么痛快地说出来吧？是啊，谁要是有这么一段儿可羞的事情，谁都不会说的。可是你再想想，这有什么可羞呢？这是为了穷啊！为什么我们会穷呢？
魏莲生	（茫然）为什么？
玉　春	为什么也有不穷的呢？
魏莲生	（自语）为什么？
玉　春	你想不到我过的那段悲惨的日子。不光是我呀，还有的是数也数不清的受苦的人呀。（忽然转出笑容）可是什么叫苦？你知道什么是苦吗？你知道苦里也有乐吗？

　　〔莲生低下了头。

玉　春　去年冬天，苏院长给我赎了身，娶我当他的第四个姨奶奶。大家伙儿都说："玉春，你好福气呀！你要转运喽！你再不过苦日子喽！"（用手一抬莲生的下巴）抬起头来，看着我！

　　　　［莲生哭笑不得。

玉　春　可是这不算福气，也不是转运，像一只小鸟儿出了那个笼子，又进了这个笼子，吃好的，穿好的，顶多不过是当人家的玩意儿。（脸上罩一层阴惨）半夜三更，我神魂不定，老像有人叫着我的名字，说："玉春呀！你有罪呀！你凭什么离开你这么多受苦的朋友，你凭什么一个人去享福呀！"

　　　　［红烛上结了大灯花，光暗下来，玉春又取了烛剪把灯花剪去。

玉　春　（愤愤地）天知道我多享福来着，天知道我这身好衣裳；我吃的这些好东西，我住的这样好房子，客人的逢迎，老爷的宠爱，听差丫环老妈子的巴结，能给我多少快活，（停顿）莲生啊！我告诉你！人，都在受苦呀，我们怎么能离开我们受苦的朋友。

魏莲生　（含糊地）离开？

玉　春　我想，你一定没有把自己打在受苦的人里吧？你帮人家忙，救人家难，是不是你自个儿的力量？假如是人家的力量的话，人家可又是为的什么？你还高兴，是什么值得高兴？你笑，是从心里发出来的笑吗？再说你活着，你想到过你是为什么活着的吗？你想到过你是个男人吗？一个男子汉，（伸出大拇指）大丈夫……

　　　　［莲生痛苦地扭转身去。

玉　春　从昨天晚上我们见了面到现在，莲生，你一点儿长进也没有啊！你爸爸是一个铁匠，可是你为什么瞒着不告诉我？你觉得你的铁匠爸爸会失了你的身份吗？你觉着读书人就比铁匠、木匠、皮匠、花儿匠、泥水匠要高几等吗？你觉着自己……

魏莲生　不说了，不说了，不……

玉　春　不。我知道你现在心里不受用，可是你不能拦着我，你得……

魏莲生　随您说，我都听着。

玉　春　刚才你从大街上来，是不是？

魏莲生　是。

玉　春　走过大街，走过闹市，你看见有多少数不清的来来往往的行人？

魏莲生　天天都是这样儿的。

玉　春　是啊，连你，连我，都在其内，这些人各走各的路，有的顶高兴，有的不快活，有的走得快，像是急着办事，有的慢慢儿溜达，有的眼睛望天儿，有的低头想心事；一个人有一个人的神气，正像秃子、瞎子、罗锅儿、胖子、瘦子、大个儿、小个儿，一个跟一个都不同似的。

魏莲生　对了，一个人有一个人的长相儿。

玉　春　可是这些人有一样可都相同。

魏莲生　相同？

玉　春　（干脆一句）都没脑筋！（想一想）也许该这么说！脑筋是有，可是从来不用。（悠闲地）该用的东西老不用，日子多了，就发霉，长锈，僵住了。可惜呀！让几十年的光阴就白白地过去了。

魏莲生　您是说我。

玉　春　（摇手）我还没说完哪。这些人里有的是生性聪明，心地好，根基厚的。可是常言说得好哇："道高一尺，魔高一丈。"世上的珍珠宝石虽说不少，可是常常让泥沙给埋住了，永远出不了头。其实，你叫它返本归元，再发光放亮，可也不算难事。

魏莲生　那让它怎么办呢？

玉　春　只要它有这份运气，碰上一个机缘。

魏莲生　运气？机缘？

玉　春　就这么说吧。这就是一根针，扎你一针，一针见血，让你转一下念头，想一想从来没有想过的事。成仙，成佛，变鬼，变妖怪；上天堂还是下地狱，就在你这"一念之转"。

魏莲生　（略有所悟）这念头转过之后就怎么样？

玉　春　那个时候，你才真是一个"人"了，到那时候你才知道什么是快活，什么是苦恼；你才觉得什么是人的快活，什么是人的苦恼。（见莲生静静不动）懂了不？

魏莲生　懂了一点儿。

玉　春　非懂明白了不可。不然的话，迷迷糊糊过一辈子，那么人跟猫，跟狗，跟畜生，有什么两样？（停住不再说下去）

魏莲生　（低了头，有点忧愁，有点悔恨）……我这二十几年的日子，也许全是白过了……

玉　春　（渐渐高兴起来）没有的事，什么日子都不会是白过的。我们也许每一天，每一时，每一刻，都会犯很多的毛病，可耻的念头，顶不好的骄傲，可是只要我们有一天知道了那些错处，明白了那些毛病，认识了我们以后该走的那条路。

魏莲生　一条新的路？

玉　春　对了，知道了以后该走的那条路之后，从前的错处就都变成了这条新路的指南针。

〔静了一会儿。

玉　春　珍珠宝玉尽管满地都是，可是盖上一层灰之后，就轻易看不出来了。万一我们有一回真看出来了，我们就该把它捡起来，擦干净，把它放到一个有用的地方去。

魏莲生　你这是指着谁说的？

玉　春　（没想到有此一问，有点说不出口，笑了起来）我随便打比方。

魏莲生　没那个事，你得说出来。

〔玉春摇摇头。

魏莲生　不然的话，我还是不明白呀！

玉　春　（笑得更厉害）你——不明白什么？

魏莲生　你说的那么些……

玉　春　难道你非得让我说出来，说你根基厚重，心地光明；可惜……（用手对莲生点了点，不说下去了）

〔莲生不是傻子，他明白玉春那些影影绰绰的含义，可是他更盼望听到更实际的话。现在玉春终于说了出来，莲生反而觉得手足无措了。

玉　春　（缓和空气）咳，我真不好，我胡说了些什么呀？我这哪儿算待客呀！（在桌上倒杯茶递给莲生）让我伺候伺候你。
　　　　〔莲生接过来捧在手里，呷一口。
玉　春　你抽烟不？
魏莲生　不。
玉　春　（点头）好，不抽烟的都是好孩子。
　　　　〔莲生忍不住笑了起来。
玉　春　你笑什么？
魏莲生　你装得那么老。
　　　　〔玉春也笑了。
　　　　〔屋里安静而温暖，两个人不动，都不愿冲破这安静。
　　　　〔过了一会儿。
玉　春　莲生，尽管天上那两颗大星星永远见不着面，我可是要找一个朋友，（伸一个指头）不过，有这么一桩……
魏莲生　有一桩什么？
玉　春　（抱着膝盖，眼睛向窗外看）就是啊，这个人得是个贫苦之人，得是个不得意的人，凡是得意的人，我都高攀不上。
魏莲生　（冲动地）四奶奶……
玉　春　不，叫我玉春吧。
魏莲生　（惊喜）玉春！
玉　春　因为你倒有点儿像我的那个朋友。
魏莲生　我……
玉　春　就是可惜你不是苦人，你太得意了，你不愿意做我们这边儿的人。
魏莲生　（情急地）玉春，不要骂我了，不要骂我了，我懂得很多了，我不快活呀！我知道我的快活都是假的呀！玉春，你得告诉我……我怎么办呢？我该怎么做呢？
玉　春　（像是自言自语）这儿不是我们待的地方，你带我走吧。
魏莲生　（惊）走？
玉　春　（摇摇头）咳！我也许是太性急了一点儿！总得让人家多想想才好。（向莲生瞟了一眼，泄露出无限深情）
魏莲生　（忽然站了起来）玉春！（又愣住了）
　　　　〔玉春坐定不动，望着他。
　　　　〔静片刻。
玉　春　（微笑）我的傻二哥！
　　　　〔莲生一股狠劲，上前握紧玉春的手。
玉　春　你要干什么？
　　　　〔莲生愣愣地说不出话来。
玉　春　咱们再看看那颗星星去。
　　　　〔莲生扶玉春起来，两人并肩走到窗前。
　　　　〔两人倚在窗前不做声。

〔门帘子忽然轻轻地掀开了一点,王新贵偷偷探进头来张望。又缩回头去,门帘又放严了。

玉　春　（急回身,向房门注视）谁？
魏莲生　（也一惊）什么？
玉　春　我觉着好像有人。
　　　　〔没有动静。
魏莲生　没什么。
玉　春　好像帘子动了一下儿似的。
魏莲生　是风吹的。
玉　春　（轻轻地）明天早晨十点钟在你家等我,我找你去。
魏莲生　（意料不到）到我家？
玉　春　你来看我,我也该回看呀！
　　　　〔两人回过身来。
魏莲生　你不认识我住的地方。
玉　春　认识,我早就认识。
魏莲生　十点钟,你出得来吗？
玉　春　你不知道,他们总是半夜才睡,十点钟没有人起来,我出门正是时候。这家子人是拿黑夜当白天,白天当黑夜的。
魏莲生　（感动地）玉春,我不知道该怎么谢你？
玉　春　明天再说,该走了,上前头去吧。过一会儿你该上装了,这出《尼姑思凡》你得好好儿唱。
魏莲生　我准唱不好,我哪儿还有心思唱戏。
玉　春　可是你非好好儿唱不可,我要去听。
魏莲生　这就是我们的苦处,到了时候,就得唱,不唱也得唱。
玉　春　（打趣地）谁让你吃了这碗饭？
魏莲生　（有点不想动）走了。
玉　春　你先走吧。（又叫住他）慢点儿。（把头上的那小枝海棠花拿下来塞在莲生手里）待会儿把这枝海棠花儿戴在那小尼姑头上。
　　　　〔烛焰摇红,星光花影。
　　　　〔幕下。

【简注】

　　[1]《风雪夜归人》写一位京剧名伶与一位官宦人家姨太太的爱情悲剧。京剧名伶魏莲生自视艺高名重,对自身的处境颇为满足。玉春是官僚家的姨太太,这位青楼出身的女子虽过着锦衣玉食的生活,但她十分明白,自己不过是别人手中的玩物,处在既可怜又可悲的位置。两人相识,她告诫魏莲生不可安于眼前,应有清醒的自知,知道"人该是什么样儿,什么样儿就不是人",二人真诚相爱,相约出走。在出逃前夕,事情败露,魏被驱逐出城,玉春则被送给盐运使任洒扫之役,一对有情人终被拆散。二十年后,在一个大风雪之夜,两人从不同的地方赶来,固执地寻找他们当初的定情处,可是未及谋面,魏莲生即在饥寒交迫中死去,玉春满怀伤痛,不知所终。本文节选自第二幕。

【浅释】

　　此戏表面上写的是爱情悲剧,实际上张扬的是人文思想,写人的觉醒,探究人生的真谛。

　　作品结构匀称,情节集中。序幕和尾声放在同一时刻,使全剧首尾连成一气,加强了完整、统一感,同时又蕴藏着诗意。序幕是象征,写窗外的饥寒、风雪、死亡,引人深思。尾声是暗示,写窗内的炉火、金钱、怀旧,撩人余情。在窗里、窗外之间,插入二十年前发生的爱情悲剧。第一幕是角色亮相,情节铺张;第二幕是幽会定情;第三幕是私奔破败。每一幕的情节重点都集中突出,剧情进展紧凑,三幕一气呵成,简洁利落。在戏台上红得发紫的魏莲生对自己的生活无所反省,而生活在锦衣玉食中的玉春却痛苦地意识到自己不过是别人的玩物。玉春的出现,使魏莲生终于从浑浑噩噩中惊醒过来。第二场描写的是魏莲生在玉春的启发下逐渐觉醒的过程。

　　抒情风格与诗意特征贯穿全剧,诗意浓郁,情致感人。

【习题】

1. 试分析剧中人对"人"的价值与尊严追求的时代意义。
2. 试比较玉春、魏莲生两个剧中人物的性格特征。
3. 本剧舞台语言自然流畅,简洁干净,请结合实例分析。

参考文献

[1] 刘大杰. 中国文学发展史[M]. 上海：上海古籍出版社，1982.
[2] 游国恩等. 中国文学史[M]. 北京：人民文学出版社，1963.
[3] 袁行霈等. 中国文学史[M]. 北京：高等教育出版社，1999.
[4] 陆侃如，冯沅君. 中国诗史[M]. 天津：百花文艺出版社，1999.
[5] （日）吉川幸次郎. 中国诗史（章培恒，骆玉明译）[M]. 上海：复旦大学出版社，2012.
[6] 钱理群、温儒敏、吴福辉. 中国现代文学三十年[M]. 北京：北京大学出版社，1998.
[7] 洪子诚. 中国当代文学史[M]. 北京：北京大学出版社，2010.
[8] 中国大百科全书编辑部. 中国大百科全书·中国文学卷Ⅰ. 北京：中国大百科全书出版社，1988.
[9] 中国大百科全书编辑部. 中国大百科全书·中国文学Ⅱ. 北京：中国大百科全书出版社，1986.
[10] 卢达等. 中国历代著名文学家评传（六卷）[M]. 济南：山东教育出版社，1985.
[11] 朱东润. 中国历代文学作品选（六卷本）[M]. 上海：上海古籍出版社，1980.
[12] 刘盼遂，郭预衡. 中国历代散文选[M]. 北京：北京大学出版社，1980.
[13] 林庚，冯沅君. 中国历史诗歌选[M]. 人民文学出版社，2001.
[14] 王起，洪柏昭，谢伯阳. 元明清散曲选[M]. 北京：人民文学出版社，1988.
[15] 袁梅. 诗经译注（国风部分）[M]. 济南：齐鲁书社，1980.
[16] 俞陛云. 唐五代两宋词选释[M]. 上海：上海古籍出版社，2011.
[17] 龙榆生. 近三百年名家词选[M]. 上海古籍出版社，2014.
[18] 黄瑞云. 诗苑英华[M]. 武汉：湖北教育出版社，2002.
[19] 黄瑞云. 词苑英华[M]. 武汉：湖北教育出版社，2003.
[20] 唐圭璋. 唐宋词简释[M]. 北京：人民文学出版社，2010.
[21] 唐圭璋. 宋词三百首笺注[M]. 北京：人民文学出版社，2013.
[22] 王国维. 人间词话[M]. 北京：中华书局，2009.
[23] 叶嘉莹. 迦陵论词丛稿[M]. 石家庄：河北教育出版社，1997.
[24] 傅庚生. 中国文学欣赏举隅[M]. 西安：陕西人民出版社，1983.
[25] 傅庚生. 杜甫诗论[M]. 上海：上海古籍出版社，1985.
[26] 胥树人. 李白和他的诗歌[M]. 上海：上海古籍出版社，1984.
[27] 袁行霈. 中国诗歌艺术研究[M]. 北京：北京大学出版社，2009.
[28] 宁宗一，鲁德才. 论中国古典小说的艺术——台湾香港论著选辑[M]. 天津：南开大学出

版社,1984.

[29] 周振甫.诗词例话[M].北京:中国青年出版社,2007.
[30] 周振甫.文章例话[M].北京:中国青年出版社,2006.
[31] 陈振鹏,章培恒.古文鉴赏辞典[M].上海:上海辞书出版社,1997.
[32] 萧涤非等.唐诗鉴赏辞典[M].上海:上海辞书出版社,1983.
[33] 夏承焘等.宋词鉴赏辞典[M].上海:上海辞书出版社,2003.
[34] 蒋星煜等.元曲鉴赏辞典[M].上海:上海辞书出版社,2014.
[35] 人民文学出版社编辑部.唐宋词鉴赏集[M].北京:人民文学出版社,1983.
[36] 人民文学出版社编辑部.汉魏六朝诗歌鉴赏集[M].北京:人民文学出版社,1985.
[37] 华东师范大学中文系资料室.古典文学名篇赏析[M].上海:上海教育出版社,1982.
[38] 华东师范大学中文系资料室.古典文学名篇赏析(续编)[M].上海:上海教育出版社,1985.
[39] 沈祖棻.宋词赏析[M].北京:中华书局,2008.
[40] 沈祖棻.唐人七绝诗浅释[M].北京:中华书局,2008.
[41] 姜亮夫.屈原赋今译[M].昆明:云南人民出版社,1999.
[42] 夏承焘.唐宋词欣赏[M].北京:北京出版社,2009.
[43] 王兆鹏.唐宋词名篇演讲录[M].桂林:广西师范大学出版社,2006.
[44] 徐应佩,周溶泉,吴功正.中国古典文学名著赏析[M].太原:山西人民出版社,1982.
[45] 吴满珍.大学语文作品赏析[M].武汉:华中师大出版社,2003.
[46] 郭纪金,高楠,赵有声.中国文学阅读与欣赏[M].北京:首都师范大学出版社,2008.
[47] 王步高,丁帆.大学语文(简编本)[M].南京:南京大学出版社,2008.
[48] 尚永亮,杨建波,吴天明.大学语文[M].北京:中国人民大学出版社,2010.
[49] 徐中玉,齐森华.大学语文[M].上海:华东师范大学出版社,2012.
[50] 百度文库 https://www.baidu.com